Elina Backman
Dunkelstrom

ELINA BACKMAN

DUNKEL STROM

THRILLER

Aus dem Finnischen
von Alena Vogel

PIPER

Mehr über unsere Autorinnen, Autoren und Bücher:
www.piper.de

Wenn Ihnen dieser Thriller gefallen hat, schreiben Sie uns unter Nennung des Titels »Dunkelstrom« an *empfehlungen@piper.de*, und wir empfehlen Ihnen gerne vergleichbare Bücher.

Von Elina Backman liegen im Piper Verlag vor:
Die Saana-Havas-Reihe
Band 1: Brandmal
Band 2: Dunkelstrom

Die Übersetzung wurde von FILI, Finnish Literature Exchange, gefördert. Wir bedanken uns herzlich.

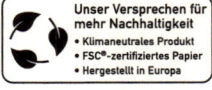

ISBN 978-3-492-06264-0
© Elina Backman 2021
Titel der finnischen Originalausgabe: »Kun jäljet katoavat«, Otava, Helsinki 2021
© Piper Verlag GmbH, München 2023
Published by agreement with Elina Backman and Elina Ahlback Literary Agency, Helsinki, Finland.
Redaktion: Susann Harring
Satz: Uhl + Massopust, Aalen
Gesetzt aus der Kepler
Druck und Bindung: CPI Books GmbH, Leck
Printed in the EU

»Wir waren die beiden
Denen es niemand zugetraut hat
Du warst Der Stille Junge
Ich Das Sonntagskind«

TEXT UND MUSIK: OLAVI UUSIVIRTA

»Was war, ist im Schlund des Wolfes,
von jetzt an aber soll ein anderes Gesetz herrschen.«
ALEKSIS KIVI

PROLOG

Ich stehe am Waldrand und höre hoch oben die Krähen krächzen. Ich sehe hinauf, der Himmel wölbt sich über mir wie eine Kuppel. Die Äste der Bäume reiben aneinander, und ihr Knarzen begleitet meinen eigenen schnellen Atem. Ansonsten ist es ganz still. Ich richte meinen Blick auf den Boden. Er sieht aus wie ein großer schwarzer Schlund. Was hat er wohl schon alles verschlungen?

Noch ein letzter Blick, dann lege ich die kalten Gliedmaßen aufeinander, platziere die Blumen unter den Händen. Stelle sicher, dass alles genau richtig aussieht.

Dann gehe ich. Ich schiebe die Zweige aus dem Weg. Die spitzen Nadeln der starren Fichtenzweige piksen, aber ich kümmere mich nicht darum und gehe weiter. Nähere mich entschlossenen Schrittes dem Schatten der Bäume und verschwinde.

Freitag, 23. August

Saana betrachtet die Gassen von Alfama, die kleinen Außentische und die gemütlichen Restaurants, von denen jedes einzelne auf Holzkohle gegrillte Sardinen im Angebot hat. Jan hat schon ein paar Anrufe von der Arbeit bekommen. Mitten im Urlaub. Sie denken noch nicht einmal an den Rückflug, und schon hat der Alltag sie wieder eingeholt. Saana fällt ein, wie kurz davor sie schon war zu sagen: Ich liebe dich, oder: Ich habe mich in dich verliebt. Aber der erste Anruf hatte die Stimmung kaputt gemacht, und in den Tagen darauf hatte Jan immer wieder gedankenverloren ins Leere gestarrt. Im Moment würde er solche großen Worte bestimmt nicht mal richtig mitbekommen. Abgesehen davon kennen sie sich erst seit kurzer Zeit. Ist es überhaupt möglich, dass sie ihn schon liebt? Sie sieht zu, wie er auf seinem Handy herumtippt und nicht mehr bemerkt, wie sanft das Licht von den Wandfliesen reflektiert wird oder wie schön die alten, abgenutzten Türen aussehen. Das glatt geschliffene Kopfsteinpflaster fühlt sich rutschig unter ihren Sandalen an.

»Kaufen wir uns ein Eis?«, fragt Jan und sieht endlich vom Handydisplay auf. Saana nimmt die Sonnenbrille ab, um ihn ohne den dunklen Filter sehen zu können. Im hellen Sonnenlicht muss sie die Augen zusammenkneifen und verzieht dann den Mund zu einem vorsichtigen Lächeln. Zu Eis hat sie noch nie Nein gesagt.

»Ist alles in Ordnung?«, fragt sie und streift Jan am Oberarm. Er hält seine Arbeitsangelegenheiten meistens geheim, aber sie versucht trotzdem, ihm wenigstens einen kleinen Hinweis darauf zu entlocken, ob in Finnland etwas Ungewöhnliches passiert ist.

»Wenn du den Anruf meinst, das war nur die neue Chefin, die sich vorgestellt hat«, sagt er und streckt die Hand nach Saana aus. Tut so, als sei er anwesender, als er es wirklich ist.

»Obwohl sie weiß, dass du diese Woche noch im Urlaub bist?«, hakt Saana nach. Sie ergreift Jans Hand und lässt zu, dass er sie an sich zieht. Die portugiesische Hitze sorgt dafür, dass die ineinanderliegenden Hände schnell schwitzig werden. In Jans Armen hebt Saana den Blick zur brennend heißen Sonne. Peinlich berührt stellt sie fest, dass ihre Oberlippe schon wieder von Schweiß benetzt ist. Sie schaut Jan an, der sein Handy endlich in die Jeanstasche steckt. Wer hätte gedacht, dass sie einmal einen romantischen Urlaub mit einem Ermittler des zentralen Kriminalamts KRP verbringen würde. Mit einem Mann, der nicht einmal bei einer solchen Hitze Shorts trägt. Sie grinst in sich hinein und mustert seine dunkle Jeans und die Bikerstiefel. Dann beugt sie sich zu ihm, um ihm einen Kuss zu geben. Seine Bartstoppeln kitzeln.

Hand in Hand halten sie vor einem kleinen Eiscafé an, und Jan löst sich von ihr. Schweigend schauen sie auf die verlockenden Eisberge in verschiedenen Farben. Vor ihnen liegt die größte Herausforderung dieses Urlaubstages: die Wahl der Eissorten. Saana blickt zwischen Jan und dem Eis hin und her. Sie weiß, dass es nichts bringt, nachzufragen, wie es ihm geht. Seine Mutter ist diesen Sommer gestorben, und ein Grund für sein Schweigen ist sicherlich die Trauer. Wahrscheinlich ist seine Ernsthaftigkeit aber auch Teil seines Charakters. Sie kennen sich erst so kurz, dass Saana noch nicht einmal sagen kann, wie sein Grundzustand aussieht, der normale Jan. In seiner Rolle als Kriminalbeamter ist er sehr besonnen und sachlich. Und allein aus Sicherheitsgründen behält er alles, was die Arbeit angeht, für sich. Selbst wenn in Finnland etwas passiert sein sollte, dürfte er ihr als Ermittler des KRP nichts sagen. Mordermittlungen und Todesfälle gehen normale Bürger nichts an, und Polizisten erzählen zu Hause keine Einzelheiten über ihre Arbeit. Das wissen sogar die Verbrecher, und gerade das schützt die Angehörigen. So hatte Jan es formuliert. Dennoch ist es eindeutig, dass er seit dem Telefonat schweigsamer und etwas ruhelos geworden ist. Es scheint, als würde er sich nach der Arbeit sehnen.

Jan blickt sich nach einer Papierserviette um, als ihm sein Pistazieneis über die Hand läuft. Auf einmal überkommt Saana ein starkes Gefühl der Zuneigung. Sie beobachtet ihn – den Jan, der jeden Tag hartnäckig sein Eis in der Waffel bestellt, das dann jeden Tag in der Sonne blitzschnell dahinschmilzt. Sie betrachtet seine starke, gebräunte Hand und von dort aus den Mann, mit dem sie schon seit vielen Tagen jede Minute verbringt, von Kopf bis Fuß. Es gibt eine Zeitrechnung vor Jan und eine mit ihm. Eine chaotische, seltsame und wunderbare Zeit, die mit ihrem ersten Treffen begann. Sie lernten sich kennen, als Jan gerade mit komplizierten Mordermittlungen beschäftigt war. Wenn Saana daran denkt, was im Sommer alles passiert ist, läuft ihr noch immer ein kalter Schauer über den Rücken. Vielleicht kommt die plötzliche Kälte aber auch vom Eis. Sie beobachtet, wie Jan die freundliche Bedienung, die ihm einen Stapel Papierservietten reicht, dankbar anlächelt. Er sieht wirklich gut aus, auf eine raue Art und Weise. Genau die Art, die Saana immer anziehend fand. Entschlossenes Auftreten, gleichzeitig aber auch ein Hauch von etwas Unbestimmtem. Etwas, was man nicht sofort einordnen kann und was einen in den Bann zieht. Seine geheimnisvolle Seite hält Saana genau im richtigen Maß auf Trab. Natürlich könnte all das Mysteriöse an ihm auch nur ihrer Einbildung entspringen. Im schlimmsten Fall könnte es passieren, dass sie sich dadurch eine eigene Version von Jan erschafft und sich dann blind in ihre Illusionen verliebt.

Nein. Diesmal mache ich nicht denselben Fehler, schwört sie sich und führt den winzigen Eislöffel mit der weich gewordenen Eismasse zum Mund. Amarena. Ihre Lieblingssorte, eine Mischung aus Joghurt und süßen Kirschen. Diesmal erlaube ich es mir nicht, mir ein falsches Bild von jemandem zu machen, sondern bleibe offen und lerne ihn in aller Ruhe kennen. Ich speichere nur die Dinge ab, die er selbst von sich zeigt, verspricht sie sich.

Während das Eis im Becher immer weniger wird, beginnt auch die unbeschwerte, romantische Stimmung zwischen ihnen zu verschwinden. Am Anfang der Woche waren sie noch eine Einheit, aber heute sind sie auf einmal wieder zwei einzelne Menschen, die aus einem wunderschönen Traum erwachen.

TEIL I

Sonntag, 25. August

Noora hört nur noch ihren eigenen Atem. Sie läuft so schnell, dass sie an ihre Grenzen kommt, trotzdem hat sie alles unter Kontrolle. Sie kennt ihren Körper sehr gut, kennt seine Ausdauer. Sie wird durchhalten. Instinktiv scannt sie das Gelände. Ab und zu muss sie ihren Blick auf die Wurzeln richten, damit sie nicht stolpert, aber meistens schaut sie in die Ferne, konzentriert sich nur auf ihren Atem und den Wald. Je länger sie läuft, desto mehr erweitern sich ihre Sinne und desto stärker spürt sie, wie offen sie ist, ganz sie selbst. Momentan muss sie mit dem Auto fahren, um richtig in den Wald zu gelangen, durchzuatmen und außer Atem zu kommen. Das ist schon ein hartes Schicksal ... Es ist ziemlich früh am Morgen, vor einer Stunde schwebte noch der Morgennebel über dem Wasser. Bisher ist sie niemandem begegnet. So früh am Morgen hat man noch alles für sich allein. Noora weiß, dass sie tiefer in den Wald vordringt als die meisten Menschen, die hierherkommen. Am liebsten läuft sie ihre eigenen Wege – ausgetretene Pfade haben sie noch nie gereizt.

Beim Laufen achtet sie nicht besonders auf Details, sondern genießt die frische Luft und das allgegenwärtige saftige Grün, den Wald an sich. Die grüne, moosige Erde voller Zweige, hier und da alte, morsche Bäume. Das Sonnenlicht, das durch die Äste dringt, lässt alles beinahe magisch aussehen. Der Wald befindet sich in seinem natürlichen Gleichgewicht: Er gedeiht und vergeht zugleich.

Nachdem Noora über eineinhalb Stunden gelaufen ist, hält sie beim Vogelbeobachtungsturm Keinumäki an und prüft ihren Puls. Er ist ziemlich gleichmäßig geblieben. Dass sie schon den ganzen Sommer über joggen geht, zeigt langsam Wirkung. Jetzt, da sie stehen geblieben ist, muss sie allerdings immer dringender pinkeln. Sie sieht sich um. Immer noch niemand zu sehen. Am besten hockt sie sich einfach schnell in die dichte Vegetation. Sie versucht, ihre Atmung zu beruhigen, und wird ganz still, um zu lauschen. Was, wenn doch jemand in der Nähe ist? Sind da irgendwo Schritte? Der Wind rauscht durch die Blätter, die Bäume knarzen, während die Äste aneinanderreiben, ansonsten ist es ganz ruhig. Irgendwo ist ein kleines Knacken zu hören. War das ein Tier? Noora kommt es oft so vor, als wäre der Wald selbst lebendig. Als würde er jeden ihrer Schritte mit angehaltenem Atem verfolgen. Wenn sie in hohem Tempo über die Pfade rennt, stellt sie sich manchmal vor, wie sich die Geschöpfe des Waldes in ihr Versteck zurückziehen, sobald sie sie hören, und wie sie sich wieder hervorwagen, sobald sie weg ist.

Irgendwo in der Nähe hört man das Krächzen von Krähen. Den Geräuschen nach zu urteilen, sind es mehrere. Noora hat Krähen, Raben und Dohlen noch nie gemocht. Etwas an ihrem Verhalten ist zu selbstbewusst und frech, auch ihr Krächzen klingt unangenehm. Ihr bläulich schwarzes Gefieder strahlt eine Düsternis aus, etwas, woran sie – besonders allein im Wald – nicht denken will. Noora nähert sich einer Ansammlung von Fichten. Die starken Äste der hohen Bäume ragen in den Weg hinein, und sie schiebt sie vorsichtig zur Seite, um sich nicht von den Nadeln piksen zu lassen. Nachdem sie sich vergewissert hat, dass auch wirklich niemand sie sehen kann, geht sie schnell in die Hocke und lässt die Hose herunter. Dann bemerkt sie es. Von hier unten ist plötzlich gut zu erkennen, was die Vegetation bisher vor ihr verborgen hat. Die Krähen haben sich um den Wurzelballen eines umgefallenen Baumes versammelt, es wimmelt nur so von ihnen. Während Nooras Blase sich leert, füllt sich ihr Geist mit fürchterlichen Gedanken. Warum schwirren die Vögel genau dort herum? Es sieht aus, als würden sie auf etwas herumpicken. Das will ich gar nicht wissen, denkt sie zuerst, obwohl ihr Interesse bereits geweckt ist. Etwas widerstrebend, aber voller Neugier steht sie auf und geht auf den steil in die Luft ragenden, dunklen Wurzelballen zu, der sich aus der lockeren Erde erhebt und Richtung Himmel zeigt. Eine mächtige Fichte ist umgestürzt, der Wurzelballen hat ein riesiges Loch in den Boden gerissen. Dieser Baum muss beim Sturz ein ordentliches Rumpeln verursacht haben, und niemand war hier, um es zu hören, denkt Noora, während sie immer näher herangeht.

Die Krähen krächzen und machen ihr Platz, indem sie zur Seite hüpfen, aber sie fliehen nicht. Ihr neugieriger Blick bleibt an Noora haften, während sie sich nähert und zaghaft in das Loch späht. Erst als Nooras hysterisches Kreischen die Luft erfüllt, ergreifen sie die Flucht.

HEIDI

Heidi kramt die Autoschlüssel aus ihrer Jeanstasche und drückt auf den Entriegelungsknopf. Ihr schwarzes Auto hat sich in der Morgensonne bereits unerträglich stark aufgeheizt. Sie lässt sich auf den Sitz plumpsen und merkt, dass sie schon jetzt verschwitzt ist. Schweigend sitzt sie in diesem heißen Ofen und wartet – darauf, dass die Klimaanlage das Auto herunterkühlt, vor allem aber darauf, dass sie selbst endlich in Schwung kommt. Die sommerliche Unbeschwertheit verschwindet ebenso schnell wie die Flüssigkeit aus ihrem Körper. Die Schweißtropfen, die Heidi übers Gesicht laufen, zeugen aber auch von der Umstellung, vom Alarm am Sonntag, von der Rückkehr vom Urlaub zur Arbeit. Wenn es um Morde geht, gibt es keine Feiertage. Und heute, einen Tag früher als geplant, zieht sie sich wieder den schweren, obligatorischen Harnisch an. Zurück zur Kompanie der Toten. Als Ermittlerin beginnen ihre Arbeitstage immer mit einer Leiche.

Kühle Luft strömt ins Auto und füllt langsam den Innenraum, verdrängt die Hitze. Auch ihr im Urlaub erlangtes, manchmal geradezu schwindelerregendes Freiheitsgefühl wird mit der Zeit verschwinden und von etwas anderem abgelöst werden: von dem unfassbar starken Wunsch, den neuen Fall zu lösen. Vielleicht auch von Furcht – davor, wie der neue Fall erneut ihre Gedanken vereinnahmen und sie von innen auffressen wird, bis nur noch die harte Schale übrig bleibt, der Harnisch, der sie gerade noch so zusammenhält. Und dennoch, all der bevorstehenden Schlaflosigkeit und der Drohbilder zum Trotz, stellt Heidi fest, dass sie langsam einen gewissen Tatendrang entwickelt. Die Katerstimmung, die nach den letzten Ermittlungen im Sommer zurückgeblieben war, beginnt zu verschwinden. Eine unidentifizierte Leiche mitten im Wald? Während ihr Gehirn diesen neuen Input verarbeitet, fühlt sie sich wieder lebendiger. Die Leiche lag beim Fund angeblich unter dem Wurzelballen eines umgestürzten Baumes. Während die Klimaanlage auf Hochtouren läuft, setzt Heidi das Auto zurück und spürt überall auf der Haut einen herrlich eisigen Luftstrom. Es wird nicht mehr lange dauern, bis die Kälte sie komplett umgibt.

Die Hauptstadtregion ist ländlicher, als man oft glaubt, denkt sie, während sie an den roten Backsteingebäuden bei der donnernden Altstadtstromschnelle vorbeifährt. Auf den Feldern im Stadtteil Viikki sieht man Kühe. Vielleicht ist sie schon zu weit gefahren. Sie bremst, stellt den Blinker an und hält kurz am Straßenrand. Von wo aus erreicht man die Stelle wohl am besten zu Fuß? Sie wendet und fährt die Viikintie zurück. Auf der einen Seite sieht man Neubaugebiete und auf der anderen Seite weite, offene Felder. In der Ferne zeichnet sich der Waldrand ab. Heidi fährt am Auktionshaus Helander vorbei und weiter in Richtung Feld. Rechter Hand stehen Industriegebäude, linker Hand blaue Baracken und ein paar Dixi-Klos, und neben dem breiten Bach vor ihr verläuft ein Wander- und Radweg. Heidi hält erneut an und googelt nach der Karte der Altstadtbucht, um herauszufinden, wie groß das Areal ist. Zum Naturschutzgebiet gehören unter anderem das Schilf von Säynäslahti, ein Streifen des westlichen Schilfs in der Nähe der Insel Lammassaari sowie das offene Wasser auf der Südseite, der Schwarzerlenwald von Pornaistenniemi und der Mölylä-Wald. Ob der Fundort im Naturschutzgebiet liegt? Heidi ist sich nicht sicher. Die Altstadtbucht umfasst weit mehr als nur die geschützten Bereiche. Die Strände der landwirtschaftlichen Lehr- und Versuchsanstalten von Viikki wurden als Erstes unter Naturschutz gestellt, bereits im Jahr 1959, liest sie und betrachtet dann durch die Windschutzscheibe die idyllische Landschaft: den Strand und die in der Ferne herumschwimmenden Wasservögel. Die sich im Wind wiegenden Baumwipfel und die am Himmel kreisenden Dohlen. Den alten Wald. Heidi geht noch einmal die Informationen auf ihrem Handy durch. Säynäslahti, dort liegt der Fundort. Sie löst die Handbremse und fährt auf dem Feldweg in Richtung Nordosten.

Schnell trifft sie auf die ersten verblüfften, sogar wütenden Passanten. Ein Auto auf dem Feldweg! Sie stellt sich vor, was die Wanderer ihr mit ihren finsteren Blicken wohl sagen wollen. Runter von unserem Weg, du dreiste Autofahrerin! Sie beschließt, Erbarmen mit den selbst ernannten Gesetzeshütern zu haben, die sofort böse schauen, sobald jemand eine Regel verletzt, öffnet das Fenster und befestigt das Polizeilicht auf dem Dach ihres Privatautos.»Aus dem Weg, ihr kleinen Quälgeister«, murmelt sie und gibt etwas mehr Gas. Die Seitenstreifen sind voller Blumen, dahinter erstreckt sich gelbes, im Wind wogendes Schilfgras. Es grenzt an einen undurchdringlichen Wald, dessen Dunkelheit eine imposante Wirkung hat. Am Straßenrand steht ein Holzschild:»Universität Helsinki, Arboretum«. Schnell geht die offene, weite Landschaft in den dichten Fichtenhain über. Heidi fährt langsamer.

Das Naturschutzgebiet ist über dreihundert Hektar groß. Unglaublich, dass sich so nah am Zentrum von Helsinki ein so weitläufiges, üppiges, abwechslungsreiches Naturschutzgebiet befindet. An einer Wegkreuzung stehen grüne Holzunterstände, die bebilderte Informationen über die hiesige Natur bieten. Das Bild wird allerdings von einem Rettungswagen gestört, daneben zwei Polizeibusse, die den Weg versperren. Ein Polizeiband hält zufällig vorbeikommende Spaziergänger fern. Heidi steigt aus ihrem kühlen Auto und ist überrascht, wie heiß die Sonne herunterbrennt. Der Feldweg knirscht unter ihren Schuhen. Die Wanderschuhe fühlen sich gut an und lassen Heidi die Wege vermissen, auf denen sie ihr bereits gute Dienste erwiesen haben: auf den Lofoten, in Lappland und im Frühjahr beim Trekking in Bad Gastein. Auch in Finnland gibt es natürlich schöne Landschaften, aber verglichen mit Norwegen oder den Alpen sind sie eher moderat. Nachdenklich starrt Heidi auf den Pfad, der zum Vogelbeobachtungsturm führt. Entschlossen macht sie sich auf den Weg in die Dunkelheit des Waldes.

Die Anweisungen, die sie bekommen hat, waren klar: Vom Hauptwegweiser aus zuerst knapp dreißig Meter dem Pfad folgen, dann sei auf der rechten Seite ein weißes Zeltdach zu sehen. Schnellen Schrittes nähert sie sich dem beschriebenen Ort und dem unfreiwilligen Treffen mit einem Toten.

Sie spürt, wie ihr Mund trocken wird. Die erstarrte Leiche, ein junger Mann, liegt mit dem Gesicht Richtung Himmel in einem Erdloch. Menschen laufen hin und her, um Einzelheiten zu dokumentieren. Fotos werden gemacht, Proben werden genommen. Lautlos zeichnet eine Drohne den Ort von oben auf. Irgendwo weit in der Ferne brummt der Verkehr, während Heidi schweigend die Leiche betrachtet. Ein junger Mann, noch nicht identifiziert. Die Hände über dem Brustkorb gefaltet. Heidi sieht sich die Hände an, die Fingernägel sind sauber, die Haut unversehrt. Er trägt einen schwarzen Kapuzenpulli, eine graue Cargohose und schwarze Vans-Schuhe. Neben ihm liegt ein Anglerhut, den Heidi sofort ins Visier nimmt: ebenfalls sauber. Als Nächstes untersucht sie den Kopf des Toten: keine Schläge, kein Blut. Auf seiner Brust, unter seinen Händen, liegt irgendeine verwelkte Pflanze. Heidi beugt sich tiefer hinunter, kann sie aber nicht bestimmen. Für einen Unfall gibt es keine erkennbaren Anzeichen, und für einen Herzinfarkt oder Schlaganfall ist das Opfer zu jung, auch die Inszenierung spricht dagegen. Was bleibt also übrig? Heidi lässt ihren Blick über die Baumstämme, die dichten Zweige und den mit Nadeln bedeckten Boden schweifen. Sofort überkommt sie ein ungutes Gefühl. Die Position, in der die Leiche daliegt. Der Fundort. Die ruhige Atmosphäre, die hier herrscht. Das hier ist nicht irgendein zufälliger Todesfall.

SAANA

Saana drückt ihre Stirn gegen die eiskalte Fensterscheibe des Flugzeugs. Draußen dämmert es schon. Wenn man abends nach Finnland zurückkehrt, ist die Stimmung irgendwie erträglicher. Im Halbdunkel kann man noch eine Zeit lang so tun, als wäre man irgendwo anders hin unterwegs. Die Maschine überquert die schummrige Landschaft, hier und da zeichnen sich die Lichter einzelner Inseln und das dunkle, wogende Meer ab. Saana stellt sich vor, wie es wäre, jetzt in einer neuen Stadt zu landen. In Berlin, Nizza oder New York. Aber nein. Leider warten vor ihr unvermeidlich der Flughafen Helsinki-Vantaa, das Taxi, ihre Straße, die Sturenkatu.

Sie denkt darüber nach, was die neue Woche für sie bereithält. Zuerst muss sie ihre Sachen bei Tante Inkeri abholen. Bei ihr in Hartola hatte sie den ganzen Sommer verbracht und ein Mordmysterium recherchiert, das Jahrzehnte zurücklag. Saanas Gedanken wandern zurück zum Frühsommer, als sie nach Hartola kam, um sich bei ihrer Tante von der grenzenlosen Erschöpfung aufgrund der Arbeit zu erholen. Im Laufe des Sommers hat sie ihre Kräfte wiedererlangt und angefangen, Nachforschungen zu einem alten, ungelösten Todesfall anzustellen, der sich vor langer Zeit in Hartola ereignet hatte. Das hatte sie mitten hinein in komplizierte und gefährliche Ermittlungen geführt, die ihr im Nachhinein beinahe unwirklich vorkommen. Das viele Recherchematerial, das sie zusammengetragen hat, und die berührende Geschichte, auf die sie dabei stieß, warten im Gästezimmer ihrer Tante in einer Kommodenschublade auf sie. Lose Zettel und alte Fotos, Interviews und ausgedruckte Zeitungsausschnitte. Kurze Stimmungseindrücke, die sie bereits schriftlich fixiert hat. Jetzt wäre es an der Zeit, alle Ereignisse des Sommers in die Form eines Skripts zu bringen. Auch wenn Lissabon sie von den Morden abgelenkt und auf neue Gedanken gebracht hat, waren ihr auf der Reise immer wieder wie von selbst Ideen für den Text eingefallen. Aus den Geheimnissen des Königreichs Hartola ließe sich auch ein interessanter Podcast machen. Gleichzeitig sollte sie anfangen, sich einen neuen Job zu suchen.

Saana streichelt Jans raue, stoppelige Wange. Er ist schon zu Beginn des Flugs eingeschlafen und lehnt mit dem Kopf an ihrer Schulter. Der Sinkflug kann jeden Moment beginnen, aber sie bringt es nicht übers Herz, ihn zu wecken. Lächelnd sieht sie aus dem Fenster. Nach und nach kommt unter dem bläulichen Abendhimmel immer mehr von Finnland zum Vorschein. Wasser, hier und da Inseln. Reichlich dichter und dunkler Wald, aus dem die sanften, stecknadelgroßen Lichter der Stadt hervorschimmern. Saana schafft es gerade noch, an der Küstenlinie ein paar vertraute Details auszumachen, als das Flugzeug schon über der Nachbarstadt Espoo kreist und sie die Orientierung verliert. Jan schreckt hoch.

Finnland ist ein dünn besiedeltes Land. Das begreift man erst so richtig, wenn man aus dem dicht bevölkerten Mitteleuropa zurückkehrt, aus Städten, deren Lichter sich während des Sinkflugs bis zum Horizont erstrecken. Wenn man in Helsinki ankommt, ist die Beleuchtung hingegen eher spärlich. Die erhellten Straßen sehen von oben aus wie dünne Leuchtkabel. Abseits der Straßen ist es dunkel. Selbst in der Hauptstadtregion sieht man Felder. Selbst der gut organisierte, ruhige Flughafen ist von Wald umgeben. Heute kehren sie wieder in dieses stille Land zurück, in dem es sauberes Leitungswasser und viele Regeln gibt. In das Land, das für seine Zähigkeit und seine gute Bildung bekannt ist. Saanas geliebtes Heimatland, dessen Schönheit sie immer erst zu schätzen weiß, wenn sie eine Weile weg war. Hier gibt es viel Platz und saubere Luft, aber auch mürrische Menschen, die nur durch Schnauben kommunizieren.

Das Flugzeug fährt rumpelnd sein Fahrwerk aus, und alle Passagiere halten den Atem an, bis sie den finnischen Boden unter sich spüren.

Montag, 26. August

JAN

Jan hat kaum geschlafen. Aufgrund der Müdigkeit haben sich Saana und er im Taxi etwas distanziert voneinander verabschiedet, dann ist jeder zum Schlafen zu sich nach Hause gegangen. Sobald er im Bett lag, hat er befürchtet, vielleicht kein Auge zuzubekommen. Und so ist es natürlich auch gekommen. Erst am frühen Morgen ist er kurz davor gewesen einzuschlafen, aber zu dem Zeitpunkt hätte es nichts mehr gebracht, denn sein Handywecker war auf 6:15 Uhr gestellt. Entsprechend gerädert rührt er etwas braunen Zucker in seinen starken Espresso und reibt sich die Schläfen. Ein neuer Tag, seit Langem mal wieder allein und in seiner eigenen Wohnung, und sofort geht es wieder los zur Arbeit. Nachdem er den Kaffee heruntergekippt hat, läuft er von einem Raum zum anderen und versucht, sich zu erinnern, wo er vor der Reise seine Fahrradsachen hingelegt hat.

Die durch den Schlafmangel hervorgerufene trübe Sicht verfliegt erst, nachdem er mit dem Fahrrad die ersten Kilometer an der frischen Luft zurückgelegt hat. Er inhaliert die saubere finnische Luft tief in seine Lunge und stellt fest, dass sie schon leicht nach September riecht. Er spürt die Ankunft des Herbstes, obwohl es dafür noch kaum Anzeichen gibt. Vielmehr ist die Luft überraschend warm. Im Büro ersetzt er sein Sportshirt durch ein Jeanshemd, ohne zu duschen. Zerstreut wirft er seine Fahrradsachen auf das abgewetzte Sofa in der Ecke und geht in die Küche. Der Zeitunterschied zwischen Portugal und Finnland beträgt nur zwei Stunden, aber das heißt, dass er heute sogar länger als sonst durchhalten muss. Außerdem erwarten ihn ein paar Veränderungen. Nicht nur die Rückkehr vom Urlaub in den Alltag, sondern auch eine neue Vorgesetzte. Er hat es gerade geschafft, seine Kaffeetasse auf dem Schreibtisch abzustellen und sich hinzusetzen, als sich in seinem Sichtfeld etwas bewegt. Jemand kommt entschlossen auf ihn zu, und ohne hinzusehen, weiß er bereits, dass es die neue Chefin ist.

Johanna Nieminen nickt ihm zu und setzt sich auf die Ecke seines Schreibtischs, ohne ihm die Hand zu geben.

»Johanna Nieminen«, sagt sie.

»Jan Leino«, stellt er sich vor.

»Jetzt, da wir die Förmlichkeiten hinter uns haben, kann ich ja verraten, dass ich es gewohnt bin, Jone genannt zu werden.«

»Alles klar«, antwortet Jan. »Und ich werde immer nur Jan genannt«, sagt er lächelnd und hebt seine Hand zum Gruß.

Johanna Nieminen, *Jone*. Der Spitzname hat sich schon in sein Gedächtnis eingebrannt, als Johanna ihn rücksichtslos mitten im Urlaub anrief.

»Leider haben wir keine Zeit, das noch weiter zu bequatschen. Unsere Tagesplanung mussten wir schon jetzt über Bord werfen. Hier in Helsinki ist etwas passiert, wofür man möglicherweise unsere Einschätzung braucht«, sagt Jone. »Der erste Fall in meiner Amtszeit. Ich höre schon, wie alle den Atem anhalten und darauf warten, dass ich es vermassle.« Sie lacht auf, und Jan ist sich nicht sicher, ob sie ihre Worte ernst meint oder nicht.

Er sieht seine neue Vorgesetzte an, eine schlagfertige Antwort will ihm einfach nicht einfallen. Weder ist er derselben noch anderer Meinung. Wenn er mit seinem ersten Eindruck richtigliegt, dann will sie mit ihren Worten nur provozieren, aber wenn er nach dem Köder schnappen und ihre Aussage bestätigen würde, dann würde sich vielleicht herausstellen, dass es doch kein Sarkasmus war, was ihn in eine unangenehme Lage bringen würde. Vielleicht.

»Ziehen wir nicht alle am selben Strang?«, antwortet er daher und kommt sich vor wie ein Politiker. Jone lächelt und scheint seine Vorsicht zu schätzen.

»Ich habe gehört, dass du einer unserer besten Ermittler bist. Für eine Führungskraft bist du bei zu vielen Einsätzen dabei, aber die Fälle, in denen du Ermittlungsleiter warst, hast du mit Bravour gemeistert. Den Berichten zufolge hast du eine sehr gute Aufklärungsrate«, sagt sie und wippt beim Sprechen mit ihrem rechten Fuß, der in einer Reitstiefelette aus Leder steckt.

»Ich verstehe dich. Auch ich hasse Bürokratie – und, wenn ich das sagen darf, euren Kaffee genauso.« Sie deutet auf die Tasse in ihrer Hand.

Jan muss schmunzeln, als er sieht, dass sie sich die Simpsons-Tasse aus dem Schrank genommen hat. Er spürt, dass die neue Chefin ihn genau beobachtet, auch wenn sie sich um einen lockeren, ja sogar sorglosen Eindruck bemüht.

»Hundert«, sagt er und schaut ihr direkt in die Augen. Er weiß, dass die Aufklärungsrate in den von ihm geleiteten Ermittlungen bei hundert Prozent liegt.

»Also, Herr Hundert, gerade hat sich möglicherweise ein neues Tötungsdelikt ereignet«, sagt Jone und steht auf. Sie beginnt, unruhig vor seinem Schreibtisch hin- und herzulaufen.

»Im Naturschutzgebiet in der Altstadtbucht wurde gestern eine Leiche gefunden, ein junger Mann.« Sie bleibt stehen.

»Die Trailläuferin, die die Leiche gefunden hat, hat sich vorläufig verpflichtet, der Öffentlichkeit keine Informationen preiszugeben. Nur die Behörden wissen davon. Das Areal wurde unverzüglich nach dem Leichenfund abgesperrt.«

Jan nickt.

»Die Helsinkier Mordkommission bearbeitet den Fall. Die üblichen Voruntersuchungen wurden eingeleitet, aber die dortige Ermittlungsleiterin hat, kurz bevor du kamst, Kontakt zu mir aufgenommen und gefragt, ob du dir das Ganze einmal ansehen und deine Einschätzung dazu abgeben könntest.«

»Warum?« Jan muss einfach nachhaken. Die Helsinkier Polizei wird doch bestimmt einen hervorragenden Job machen.

»Weiß ich nicht. Aber das werden wir bald herausfinden. Die Anruferin war eine gewisse Nurmi.«

»Heidi Nurmi?«, vergewissert er sich. Heidi ist die fähigste Ermittlerin, die er kennt. Was kann sie im Wald vorgefunden haben, das sie veranlasste zu glauben, die Unterstützung des KRP zu brauchen, und auch noch freiwillig um Hilfe zu bitten? Vielleicht hat sie ihn nur vermisst, denkt er belustigt.

»Genau die«, antwortet Jone. »Ich hätte gern, dass du zum Fundort fährst und dir einen Eindruck von der Lage machst. Ein ungeklärter Todesfall im Wald und ein junges Opfer, das hört sich nicht besonders gut an. In diesem Fall gibt es ein paar versteckte Alarmsignale, auf die ich mittlerweile schon ganz automatisch reagiere.«

Jan nickt. Ihm gefällt Jones Art, Tacheles zu reden. Erst jetzt betrachtet er seine neue Chefin genauer. Sie sieht fit aus. Braune Haare und hübsche Gesichtszüge, dezentes Make-up und kluge Augen. Am linken Ringfinger ein Doppelring, auf einem davon eine Reihe schlichter Diamanten. Zwischen vierzig und fünfzig, schätzt er, will sich aber auf keine genaue Zahl festlegen.

»Ich habe dir alle nötigen Infos schicken lassen, die wir bis jetzt haben. Mach dich gleich mit dem Fall vertraut«, sagt Jone, und Jan weckt seinen Computer mit einer Bewegung der Maus aus dem Stand-by auf.

»Seit dem Fund ist weniger als ein Tag vergangen. Der Tote wurde gestern am späten Abend in die Leichenhalle gebracht, aber die Spurensicherung untersucht den Fundort immer noch. Wir wissen bisher nur, dass es sich um eine männliche Leiche handelt, womöglich Opfer eines Gewaltverbrechens. Und das basiert hauptsächlich auf meinem Bauchgefühl. Der Leichnam hat höchstens ein paar Tage im Wald gelegen. Wir warten noch auf genauere Angaben.«

»Es besteht doch bestimmt Grund zur Annahme, dass jemand ihn mittlerweile vermisst«, kommentiert Jan.

»Die Daten der vermissten Personen werden bereits mit der DNA des Fundes verglichen.«

»Gut«, sagt er und sieht auf die Uhr. Sollte es sich um jemanden handeln, der erst kürzlich als vermisst gemeldet wurde, würden sie die Identität des Toten innerhalb weniger Stunden herausfinden. Er nimmt einen Schluck von dem bitteren Kaffee. Bitter wie der Gedanke an Mord. Das ist das Schlimmste, was finnischen Naturliebhabern passieren kann, denkt er. Ein junger Mensch wird tot in einem beliebten Erholungsgebiet gefunden. Was die Statistik anbelangt, handelt es sich bei jungen Männern in vier von fünf Fällen entweder um Selbstmord oder um einen Unfall aufgrund von Alkoholisierung.

»Wenn sich der Verdacht auf Mord erhärtet oder du auf etwas Ungewöhnliches stößt, werde ich Gespräche darüber führen, ob der Fall möglicherweise komplett an uns geht. Normalerweise werfen wir nicht nur kurz einen Blick drauf«, sagt Jone. »Wie ich erfahren habe, gab es auch schon im vorherigen Fall eine gelungene Zusammenarbeit mit der Helsinkier Polizei. Kannst du mir etwas mehr darüber erzählen?«

Jan sieht sie überrascht an. Nicht nur ist die neue Chefin direkt und redet Klartext ohne komplizierte Werturteile, sondern sie ist außerdem über den Erfolg seiner vorherigen Ermittlungen informiert.

»Zur Möglichkeit, wieder mit Nurmi von der Helsinkier Mordkommission zusammenzuarbeiten, sage ich nicht Nein«, antwortet er. »Mein Kollege Saki ist allerdings unersetzlich, und ich scheue mich nicht, um Hilfe zu bitten, wenn es möglich ist, weitere Ressourcen zu bekommen«, fährt er fort und wartet darauf, gelyncht zu werden. Es kommt aber nichts.

»Alles klar«, sagt die neue Chefin und sieht ihn an. »Ich habe keinerlei Bedürfnis, gut funktionierende Abläufe zu ändern. Das bleibt bitte unter uns, aber normalerweise ist es leichter, sich hinterher bei mir zu entschuldigen, als im Voraus meine Erlaubnis zu bekommen. Aber wenn die Sache nicht funktioniert oder ich das Gefühl habe, dass die Ressourcen falsch eingesetzt werden – ungeachtet meines Vertrauens –, bin ich ziemlich schnell bereit, alles über den Haufen zu werfen.« Ihr Lächeln entblößt ihre weißen Zähne.

»Ich verstehe«, sagt Jan und plant gedanklich bereits sein Vorgehen. Er muss sich mit dem neuen Fall und der Situation vertraut machen, sodass während der Voruntersuchung bei Bedarf zusammengearbeitet werden kann. Da das Helsinkier Dezernat für Gewaltverbrechen bereits mit den Ermittlungen begonnen hat, wird Jan sehr schnell Zutritt zum Tatort erhalten. Allerdings missfällt es ihm, sich einen unklaren Fall anzuschauen, bevor er überhaupt Ermittlungsleiter ist. Es bräuchte mindestens ein Indiz für eine vorsätzliche Tötung.

»Also, das mit dem Gewaltverbrechen«, sagt Jan, um zum Thema zurückzukehren, obwohl Jone das Gespräch bereits beendet hat. »Welche Anhaltspunkte haben wir, dass die tote Person Opfer einer Gewalttat wurde?«

Jone bleibt auf dem Weg zur Tür stehen und dreht sich auf dem Absatz um.

»Jeder Mensch, dessen Leben unerwartet beendet wurde, ist gewissermaßen einem schlimmen Schicksal zum Opfer gefallen«, erwidert Jone. »Aber in diesem Fall gibt es Dinge, die Verdacht erregen. Der Tote wurde mitten im Wald gefunden, und nirgendwo lagen Gegenstände, die ihm gehörten. Kein Rucksack, kein Zelt oder etwas anderes in der Art. Nichts, woraus man auf seine Identität hätte schließen können. Gesundheitliche Ursachen oder ein Selbstmord können noch nicht komplett ausgeschlossen werden, aber zum Zeitpunkt des Fundes lag die Leiche in einer sehr friedlichen Haltung auf dem Boden, weshalb ein Unfall nicht infrage kommt. Keine Schusswunden oder Messerstiche. Keine Würgemale oder sichtbare Spuren von Schlägen. Nichts.«

»Wirklich nichts?«, fragt Jan, um sicherzugehen.

»Momentan haben wir nichts – und genau das ist verdächtig.«

Sitzung Nr. 1

Kaj blickt auf seinen Terminkalender. Heute wird er in seiner Privatpraxis im Stadtteil Töölö drei Klienten empfangen, bevor am Ende noch eine Stunde Supervision auf dem Programm steht. Er leert sein Wasserglas und schaut aus dem Fenster seines Arbeitszimmers auf die schönen Häuserfassaden gegenüber und einen Ahornbaum. Das gedämpfte Rauschen des Verkehrslärms dringt herein. Wie oft ich diesen Ahorn schon angestarrt habe, denkt Kaj, steht auf und bringt sein Wasserglas in die Gemeinschaftsküche.

Während der letzten paar Jahre hat er seine Zeit zwischen der Praxis und gelegentlichen Hilfseinsätzen aufgeteilt. Die Profile, die er für das KRP erstellt hat, waren interessant, aber letztendlich ziemlich weit entfernt von dem, was er am liebsten tut: Menschen helfen. Für manche bedeuten die Termine bei ihm, am Leben zu bleiben, anderen verhelfen sie zu einem tieferen Leben. Kaj freut sich, wenn er konkrete Fortschritte sehen kann. Im besten Fall kann man sogar schon nach einer einzigen Sitzung eine Veränderung wahrnehmen, eine gewisse Erleichterung, wenn die Person ihre Gedanken teilen durfte und mit einem offeneren Geist wieder geht. Ein langfristiges seelisches Gleichgewicht kann allerdings jahrelange Arbeit erfordern.

Kaj sieht auf die Uhr, es ist zwei Minuten vor. Die nächste Klientin kommt gleich. Schon seit Jahren sagt man nicht mehr *Patienten,* sondern *Klienten.* Kaj geht zurück ins Sprechzimmer und hört, wie das Parkett knarzt.

Die junge Frau ist eingetreten, ohne zu klopfen.

»Die Tür war offen«, sagt sie schüchtern, und Kaj lächelt.

»Willkommen«, sagt er und schafft Raum für ein Gespräch.

Die schwarzhaarige Frau mit schwarzer Lederjacke, schwarzer Jeans und weißem Strickpullover sieht nicht vom Boden auf, sondern geht schweigend auf die Sitzgruppe in der Mitte des Zimmers zu, auf die er weist, und trifft eine schnelle Entscheidung: Statt den Sessel zu nehmen, lässt sie sich auf das Sofa fallen und legt sich hin. Kaj wirft einen Blick auf das Notizheft in seinem Schoß. Eine neue Begegnung, eine leere Seite, die erste Sitzung.

»Was bringt Sie hierher?«, fragt er und streicht mit der Hand über das noch unberührte weiße Papier.

»Ich weiß nicht mal, ob ich hier richtig bin«, stammelt sie. »Aber ich kann nicht schlafen.« Dann schließt sie ihre schwarz umrandeten Augen und faltet die Hände im Schoß.

Kaj beobachtet, wie sie sich auf dem Sofa ausstreckt. In letzter Zeit hat er in seiner Praxis vor allem Essstörungen und Depressionen, diffuse Angstzustände und Fälle von Burn-out behandelt. Neugierig sieht er die neue Klientin an. Der menschliche Geist ist wie ein Eisberg, von dem an der Oberfläche nur sehr wenig zu sehen ist. Aber um tiefer in die Seelenlandschaft des anderen eintauchen zu können, braucht es Zeit und großes Vertrauen. Menschen sind besser darin, sich selbst zu schützen, als darin, sich zu öffnen.

Kaj schaut zum Tisch, auf den er eine Taschentuch-Box und

zwei Wassergläser gestellt hat. Hier in der Praxis, in diesen vier Wänden, gelten nicht dieselben Höflichkeitsregeln wie außerhalb. Hier begegnet ihm jeder Klient als er selbst, ohne jegliche Schutzwälle oder Statussymbole. Wenn sonst nichts, bietet die Sitzung zumindest fünfundvierzig Minuten lang einen sicheren Raum, in dem man seine Gefühle ausdrücken und thematisieren kann, ohne dafür verurteilt zu werden. Hier darf man einfach nur man selbst sein.

»Hält die Schlaflosigkeit schon lange an?«, fragt Kaj und notiert sich: Klientin leidet an Schlaflosigkeit.

»Es wäre gut, wenn Sie zu Beginn etwas beschreiben würden, was Schlaflosigkeit für Sie konkret bedeutet«, präzisiert er. »Ein paar Stunden Schlaf, gelegentliches Aufwachen? Erheblicher Schlafmangel?«

»Es gibt Nächte, in denen ich gar nicht schlafe, und Nächte, in denen es ein paar Stunden sind, aber dann wache ich frühmorgens auf und kann nicht mehr einschlafen«, erzählt die Frau. »Ich schrecke immer wieder hoch.«

»Wie lange geht das schon so?«, fragt Kaj. Ihre Haut ist blass, aber ansonsten hat sich die Müdigkeit noch nicht auf ihr äußeres Erscheinungsbild ausgewirkt. Selten sieht man einem Menschen seine inneren Kämpfe an. Die meisten sind gut darin, all die Dinge, für die sie sich besonders schämen oder die an ihnen nagen, zu verstecken. Im Zimmer ist es still. Kaj nimmt an, dass die Frau nachdenkt, aber als sich die Stille ausdehnt, wird ihm klar, dass sie in eine Art Entspannungszustand verfallen ist.

»Wie lange hält die Schlaflosigkeit schon an?«, wiederholt er seine Frage.

Sie zieht sich ein Sofakissen unter den Kopf, rollt sich in Embryonalstellung zusammen und lässt ihren Blick durch den Raum schweifen.

»Mehrere Jahre, mindestens vier«, sagt sie leise.

Kaj beschleicht ein eigenartiges Gefühl. Es ist eine Ahnung, die noch jeglicher Grundlage entbehrt. Aber ihm kommt es vor, als wäre die sie umgebende Welt auf irgendeine Art und Weise zu viel für die junge Frau, als wäre sie zu ihm gekommen, an diesen sicheren Ort, um sich wenigstens für einen kleinen Augenblick ausruhen zu können. Kaj schüttelt den Kopf, versucht, die vorschnellen Interpretationen seines Gehirns beiseitezuschieben. Als Therapeut besteht seine einzige Aufgabe darin, offen zu bleiben, und nicht darin, voreilige Schlüsse zu ziehen.

»Ist in Ihrem Leben in letzter Zeit etwas passiert, was damit zu tun haben könnte?«, fragt er und gibt ihr den Raum und die Zeit, um in Ruhe und in ihrem eigenen Tempo zu antworten.

Träge setzt sie sich auf.

»Laut meiner Mutter date ich einen gefährlichen Mann«, sagt sie. Kaj zuckt beinahe zusammen, als ihre schöne weiche Stimme die Stille durchbricht. Große Rehaugen dominieren ihr schmales Gesicht.

»Und Ihrer eigenen Meinung nach?«, fragt er und sieht sie so freundlich wie möglich an. Er will sie nicht unter Druck setzen oder erschrecken. Sie soll selbst den Rhythmus des Gesprächs bestimmen.

Sie zuckt mit den Schultern und zieht die Ärmelbündchen ihres dünnen Wollpullovers aus der Lederjacke heraus. Mit den Handflächen tief in den Ärmeln hebt sie ihren rechten Arm und streicht sich eine schwarze Haarsträhne zurück hinter die Ohren. Dann zuckt sie erneut mit den Schultern.

»Am liebsten würde ich zuerst von ihm erzählen«, sagt sie, und Kaj sieht sie nachdenklich an. Die Klientin verstummt wieder, und er wirft heimlich einen Blick auf die Uhr. Sie stehen erst am Anfang, aber die Sitzung nähert sich schon dem Ende.

»Das hier ist Ihre Zeit«, versucht es Kaj noch einmal, stellt aber sofort fest, dass er gegen eine Wand läuft. »Sie dürfen natürlich gern alles erzählen, was Sie möchten, aber denken Sie daran, dass wir uns hier auf Sie konzentrieren.«

Die junge Frau geht nicht auf seine Worte ein, sondern starrt gedankenverloren auf das Muster von Kajs marokkanischem Teppich. Sie hat noch so gut wie nichts gesagt. Eine ruhige Kennenlernsitzung ist trotzdem ein erster Schritt, um gegenseitiges Vertrauen aufzubauen.

»Unsere Zeit ist jetzt leider zu Ende«, sagt Kaj.

»Na dann schaffe ich es nicht mehr, mit meiner Geschichte anzufangen«, sagt sie und untersucht ihre langen, schwarz lackierten Nägel. Ihre Augen sind jetzt zu Schlitzen verengt.

»Geschichte?«, fragt Kaj und versucht, ihren scheuen Blick aufzufangen. »Ich bin hier für Sie. Das nächste Mal, wenn wir uns sehen, versprechen Sie mir eins: Sagen Sie immer die Wahrheit. Hier brauchen Sie keine Geschichten zu erzählen oder sich zu verstellen. Ich bin an Dingen interessiert, die wahr sind«, sagt er sanft.

Ohne etwas zu erwidern, nickt die Frau, steht zaghaft auf und geht zur Tür. Dort hält sie allerdings inne.

»Ich mache bald einen neuen Termin aus«, sagt sie mit der Hand auf der Türklinke. »Aber ... wenn ich wirklich die Wahrheit erzählen würde, würden Sie mir vielleicht nicht glauben.« Damit geht sie hinaus.

JAN

Ein guter Anfang, denkt Jan, während er locker die Treppe des Bürogebäudes hinunterjoggt. Sein erster Eindruck von der neuen Chefin ist neutral, fast schon positiv. Und er vertraut immer auf seine ersten Eindrücke.

Eine knappe Stunde später rinnt ihm der Schweiß in Strömen unter dem Radhelm hervor. Unermüdlich wischt er sich mit dem Ärmel das Gesicht ab. Nicht nur sind manche Kollegen der Meinung, er verbringe zu viel Zeit mit Außeneinsätzen, sondern ihm ist auch bewusst, dass es den ein oder anderen stört, wenn er während der Arbeitszeit Rad fährt. Das Wetter ist schön, und es fährt sich jetzt angenehmer als am Morgen. In einer geschotterten Bucht am Straßenrand bleibt er stehen und schaut sich auf seinem Navi die verbleibende Strecke und den genauen Zielpunkt an. Strahlend weiße Wattewolken bedecken den hellblauen Himmel. Auf dem Feld nebenan wurde schon mit dem Dreschen begonnen. Die Stoppeln leuchten goldgelb, aber am Straßenrand ist hier und da immer noch ein sattes Grün zu sehen. Jan lässt sein Santa Cruz langsam wieder anrollen und denkt darüber nach, was ihn am Ziel erwartet.

Im Stadtteil Viikki angekommen, nimmt er seine Trinkflasche

mit dem Honig-Fitnessdrink aus der Halterung und leert sie komplett. Aufgrund des Schlafmangels ist sein Körper immer noch sehr behäbig. Nicht einmal die Energiezufuhr scheint ihn zu beleben. Mit dem Schwitzen ist es aber zum Glück gleich vorbei, sobald er in die kühle Luft des Waldes eintaucht. Jan schließt sein Fahrrad mit zwei Schlössern an einen robusten hölzernen Fahrradständer und wirft einen Blick auf den Baumstumpf neben den Wegweisern, in den Eulen und kleine Vögel geschnitzt sind. Dann schließt er für einen Moment die Augen und lauscht. Der Wind rauscht in den Bäumen, ansonsten ist es ganz still. Die Vogelkonzerte des Frühsommers sind vorbei. Bald wird der Blues des Vogelzugs beginnen, und der Himmel wird sich wieder mit Schwärmen füllen, die hoch oben Richtung Süden fliegen. Jan betrachtet die saftig grüne Natur. Auf dem Feldweg sind Reifenspuren zu sehen. Hier waren offensichtlich schon größere Gerätschaften im Einsatz. Aktuell parken noch zwei dunkle Fahrzeuge auf dem Weg. Eins davon erkennt er sofort: Heidis Pkw. Bereits nach gut zwanzig Metern erreicht er die Stelle, an der die Leiche gefunden wurde. Massive Bäume ragen hoch in den Himmel, und die Ecke des weißen Zeltes, das von der Spurensicherung aufgestellt wurde, spitzt zwischen den Bäumen hervor. Was hat diesen vorerst noch unidentifizierten Mann in den Wald der Altstadtbucht geführt? Und was hat ihn umgebracht?

In der Ferne bewegt sich etwas. Jan späht zum Zelt hinüber. Zwei Leute in Schutzanzügen durchsuchen die Umgebung des Fundortes immer noch nach möglichen Spuren. Während er auf die am Boden hockenden Techniker zugeht, denkt er über sein zwanghaftes Bedürfnis nach, am Ort des Geschehens sein zu müssen, im Einsatz. Es ist keine Entscheidung, sondern eine Berufung. Die einzige Art, wie er es schafft, einer Sache auf die Spur zu kommen. Den Gründen hinter der Grausamkeit. Nur wenige Dinge sind in der Praxis so, wie sie auf dem Papier scheinen. Die Landkarte ist nicht das Gelände. Jan ahnt bereits, wie die Einzelheiten des Falls bald in seinem Unterbewusstsein kreisen werden. Zu Beginn tauchen sie wahrscheinlich sogar in seinen Träumen auf. Sie prägen sich in sein Gedächtnis ein, und schon bald wird jedes noch so kleine Detail ein Eigenleben in seinem Kopf führen. Nach und nach werden sich die Informationsbruchstücke zu logischen Ketten zusammensetzen, die seine Gedanken schließlich zur Lösung führen. Die unerklärliche Informationsverarbeitung seines Gehirns funktioniert ohne bewusste Steuerung. Jan muss nur zuhören und auf seinen Instinkt vertrauen. Dieser erwacht nicht, wenn Jan nur im Büro sitzt und Berichte liest, sondern ist auf alle verfügbaren Reize angewiesen, auf Gerüche, Geschmäcker, Düfte und Farben. Die Atmosphäre am Tatort. Die kleinen Dinge, die man am Anfang kaum wahrnimmt.

Jan zieht sich einen weißen Schutzanzug über und schaut sich neugierig um. Sein stilles Inspizieren des Tatorts veranlasst die beiden Techniker in ihren ebenfalls weißen Schutzanzügen dazu, ihre Tätigkeit kurz zu unterbrechen. Er grüßt sie, dann setzen sie ihre Arbeit fort. Jan hebt das Absperrband und betritt gespannt den abgegrenzten Untersuchungsbereich. Jetzt sieht er den Fundort der Leiche aus nächster Nähe. Das tiefe Erdloch, das die Wurzeln hinterlassen haben. Ringsherum stehen zahlreiche Bäume, die den Boden mit ihren Nadeln bedeckt haben. Jan denkt darüber nach, dass er oft als rätselhaft abgestempelt wird. Er ist der Unglücksbote des KRP, dessen Ankunft oft das Schlimmste bedeutet: einen gewaltsamen Mord und den Beginn einer Hetzjagd.

Am Boden, ungefähr einen Meter vom Fundort entfernt, befindet sich ein Schuhabdruck, das Profil einer Sohle ist erkennbar. Die Stelle wurde markiert. Jan macht ein Foto davon. Er kauert immer noch auf dem Boden, als er eine Hand auf seiner Schulter spürt.

»Howdy.«

»Heidi«, antwortet er bereits, bevor er sich umdreht, um sie zu begrüßen. »Hast du angerufen, weil du mich vermisst hast?« Er grinst.

Heidi ist nicht nur die beste Ermittlerin, die er kennt, sondern sie ist auch wahnsinnig fit. Bestimmt trainiert sie doppelt so viel wie er. Er würde es niemals zugeben, aber vermutlich würde sie ihn schon allein beim Wettlaufen schlagen, wenn man sie gegeneinander antreten ließe. Aber das tut nichts zur Sache, denn bei Teamwork braucht man sich nicht miteinander zu messen.

Nachdem sie den Fundort und die Umgebung eine Weile gemeinsam unter die Lupe genommen haben, verlassen sie den abgegrenzten Bereich und schälen sich aus ihren Schutzanzügen.

»Hast du dich in der Sportart vertan?« Heidi deutet mit dem Kinn auf Jans Fahrradshirt, das unter dem Anzug zum Vorschein kommt. »Das hier ist nicht die Tour de France. Bestenfalls eine Mordstour, aber wir liegen schon in der ersten Etappe ziemlich zurück.«

»Ein Scheißwitz«, gibt Jan zurück. In seiner Stimme liegt all die Wärme, die er Heidi gegenüber im Laufe der Jahre angesammelt hat.

Und so stehen sie da, inmitten des wunderschönen Naturschutzgebiets, mit dem Wissen über dieses schrecklich unnatürliche Ereignis. Das Leben eines jungen Menschen wurde beendet. Irgendwo in der Umgebung läuft womöglich ein Mörder herum. Jemand, über den noch niemand etwas weiß. Jemand, der den Mann umgebracht hat, dann verschwunden ist und jetzt sie beide auf den Fersen haben wird. Beim Anblick von Heidis entschlossenem Gesichtsausdruck weiß Jan schon jetzt, dass sie erst ruhen werden, wenn dieser Fall gelöst ist. Es wird nicht mehr lange dauern, und sie werden auf demselben Wissensstand sein. Im Moment liegt dieser aber noch fast bei null. Nach wie vor sind die wesentlichen Fragen: Wer ist der Tote? Und was ist mit ihm passiert?

Sie verlassen den Fundort, und Heidi bleibt mitten auf dem Feldweg stehen.

»Dort drüben ist ein Vogelbeobachtungsturm. Steigen wir hinauf?«, fragt sie, und Jan nickt. Das ist eine gute Idee. Schweigend erreichen sie den Turm und erklimmen die steile Holztreppe.

»Wie ist es dir ergangen?«, fragt Heidi, als sie oben an der Brüstung lehnen und ihren Blick auf der malerischen Landschaft vor ihnen ruhen lassen. »Mit der Trauerarbeit und auch ansonsten«, fügt sie hinzu.

Jan denkt an seine Mutter, die er im Sommer verloren hat, und spürt sofort, wie eine Welle des Schmerzes über ihn hinwegrollt. Trotz allem ist es erleichternd, dass das Gewicht der Trauer ihn nicht mehr komplett hinuntergedrückt. Hin und wieder bekommt er schon wieder richtig Luft.

»Ganz gut eigentlich«, sagt er. »Besser«, ergänzt er noch und geht davon aus, dass Heidi den Bezug auf die Zeit während der letzten Ermittlungen versteht. Auf den Hochsommer, als es am schlimmsten war. Nach wie vor trägt er einen grenzenlosen Schmerz in sich, Mutters Tod ist noch nicht besonders lange her. Es gibt Tage, an denen er seinen Verlust kurz vergisst, aber auch Tage, an denen er die Sehnsucht als harten Stich im Herzen und als lähmendes Gewicht im ganzen Körper spürt.

»Trauer braucht Zeit«, sagt Heidi und lächelt ihn aufmunternd an.

Sie betrachten weiter das weitläufige Schilfgebiet. Die Sonne funkelt auf der Wasseroberfläche, über ihnen ziehen Vögel ihre Kreise.

»Da sind wir wieder«, sagt Heidi und klopft nervös mit den Fingern auf die Brüstung.

»Da sind wir«, antwortet Jan.

»Dieser Fall ist irgendwie anders«, sagt Heidi halb zu sich selbst, halb zu Jan. »Da ist etwas, was ich noch nicht greifen kann, so als ob es viele mögliche Richtungen gäbe und trotzdem überhaupt nichts, wo man ansetzen kann. Wir können uns nicht einmal sicher sein, dass es sich um Mord handelt. Und trotzdem musste ich dich einfach kontaktieren. Diese Sache jagt mir irgendwie einen kalten Schauer über den Rücken. Was hier passiert ist, war definitiv kein Versehen.«

»Ich weiß, was du meinst«, erwidert Jan. »Darum wolltest du, dass ich herkomme, stimmt's? Weil du vermutest, dass wir gerade das Werk eines Mörders entdeckt haben, der mit Kalkül vorgeht.« Er richtet sich auf und sieht Heidi erwartungsvoll an.

»Wenn der Mann ermordet wurde, können wir uns dann überhaupt sicher sein, dass er das erste Opfer ist?«, überlegt Heidi laut. »Ich weiß nicht. Deine neue Chefin scheint wachsam zu sein. Ich bin sehr gespannt, was die Obduktion ergeben wird.«

»Jone wirkte so, als wolle sie den Fall haben, wenn es auch nur den geringsten Anlass dazu gibt. In ein paar Tagen sind wir schlauer«, sagt Jan.

»Irgendwie macht mich dieser Wald nachdenklich. Die Natur und das Schutzgebiet. Hat der Ort irgendeine Bedeutung? Als ich hier entlanggegangen bin und der Spurensicherung bei ihrer Arbeit zugesehen habe, hat mich ein ziemlich starkes Gefühl überkommen. Inmitten all der Stille hat jemand eine Leiche hinterlassen. Außerdem gibt es noch eine Sache, die ziemlich merkwürdig ist.«

»Was denn?«, fragt Jan so schnell, dass er sie fast unterbricht.

»Es waren schon Tiere hier, aber laut den vorläufigen Informationen haben sie die Leiche überraschend unversehrt gelassen. Alle Körperteile sind noch intakt. Normalerweise nähern sich die Tiere einem Aas schnell, selbst so nah an Siedlungen. Manchmal tragen sie auch Teile der Leiche als Beute davon. Die Finderin hat erzählt, dass viele Krähen da waren, aber auch die haben nicht an dem Toten herumgepickt. Es ist, als ob...« Heidi verstummt und wendet sich Jan zu.

»Als ob was?«, fragt er.

»Es ist, als ob der Wald die Leiche in Besitz genommen und beschützt hat, anstatt sie zu zersetzen«, sagt sie, und Jan spürt, wie er trotz der Wärme Gänsehaut bekommt.

SAANA

Saana führt die Gabel zum Mund. In der Küche ihrer Tante Inkeri duftet es himmlisch nach Melanzane. Saana nimmt noch einen Bissen, dann einen Schluck Rotwein und lächelt. Gleichzeitig überkommt sie ein Gefühl der Melancholie. Sie weiß nicht, wann sie nach diesem Besuch das nächste Mal hier sein wird.

»Schön, dass du noch mal gekommen bist«, sagt Inkeri kauend. An diese fürchterliche Angewohnheit hat Saana sich bereits gewöhnt.

»Du weißt doch, dass das mein liebster Ort auf der ganzen Welt geworden ist«, erwidert Saana lachend.

»Hast du schon entschieden, was du mit dem ganzen Material machst?«, fragt Inkeri und schiebt ihren leeren Teller beiseite. Mit einem warmherzigen Blick sieht sie Saana über den Tisch hinweg an.

»Ich habe auf der Fahrt hierher eine Entscheidung getroffen«, erzählt Saana und merkt, wie sofort die Begeisterung in ihr erwacht. »Ich will einen genau geskripteten Podcast aus dem Fall machen. Über die Morde im Königreich Hartola wurde mittlerweile so viel in den Zeitungen berichtet, dass ich aus den Artikeln zusätzlich zu meinen eigenen Erfahrungen viel Material für das Skript bekomme. Ich habe auch schon einen Namen für den Podcast. Er soll ›Brandmal‹ heißen.«

Ihre Tante nickt anerkennend.

»Weißt du noch, als ich im Sommer gesagt habe, dass du noch deine Geschichte finden wirst? Das hier hört sich stark danach an.«

Sie nehmen die Weingläser mit nach draußen und setzen sich in die Gartenschaukel. Saana schaut erst in den Himmel und dann zu ihrer Tante. Kleine, zarte Insekten fliegen herum, und über dem Rasen steigt langsam Nebel auf. Die Abendsonne spitzt hinter der Hausecke hervor und taucht alles in Gold. Inkeri stößt die Schaukel an.

»Ich denke, ich bleibe bis Samstag hier und schreibe das Skript für die ersten Folgen fertig. Nächste Woche teste ich dann im Studio die Aufnahme«, sagt Saana und nimmt einen Schluck von dem vollmundigen Wein. Er ist pflaumig und weich, und man spürt nicht, wie sonst so oft, die Trockenheit der Tannine an Zahnfleisch oder Gaumen.

»Ich will mich auch nach einem neuen Job umsehen.«

»Du wirst mir fehlen«, sagt Inkeri und spricht Saana damit aus dem Herzen. Im Laufe des Sommers haben sie sich wirklich aneinander gewöhnt.

»Du hast mittlerweile ja noch jemanden, der dir Gesellschaft leisten kann«, sagt Saana grinsend und deutet auf den Holzspalter und die Kreissäge, die während ihres Urlaubs vor der ockerroten Scheune aufgetaucht sind.

»Ach, Harri ist einfach nur Harri. In meinem Alter lasse ich mich von niemandem mehr in meiner Ruhe stören«, sagt Inkeri und spielt die Taffe, aber Saana bemerkt in ihrem Blick sofort eine neuartige Sanftheit. Harri ist im Spätsommer auf der Bildfläche erschienen und scheint schon jetzt einen Eindruck in dem strikt abgesteckten Einsiedlerrevier ihrer Tante hinterlas-

sen zu haben. Auf der Treppe vor dem Haus liegen ein paar achtlos hingeworfene Arbeitshandschuhe neben ein paar riesigen Gummistiefeln.
»Essen wir noch Nachtisch?«, schlägt Saana vor. Sie hat *pasteis de nata* dabei. Sie stammen allerdings nicht aus Portugal, sondern aus dem Lidl im Einkaufszentrum Kamppi.
»Nein danke, aber iss du ruhig. Harri und ich verzichten seit Kurzem auf Süßes«, sagt Tante Inkeri, bevor ihr selbst klar wird, was sie da gerade gesagt hat. Saana lacht schelmisch. Scheinbar hat es die unabhängige Inkeri total erwischt.

Als Saana endlich aufhören kann zu lachen, gehen sie hinein und holen sich noch ein Glas Wein.

Dienstag, 27. August

JAN

»Todesursache?«, fragt Jan an der Wand lehnend. Die weiß gestrichene Betonmauer fühlt sich selbst durch das T-Shirt hindurch kühl an. Joki beugt sich über die leblose Gestalt, ohne den Blick auf Jan zu richten. Heidi steht in der Mitte des Raums und beobachtet Joki gespannt.

»Es gibt vieles, was wir noch nicht wissen«, setzt Joki an. Die Neonröhre beleuchtet den bleichen Gerichtsmediziner. Seine Haut sieht aus wie eine dünne Membran, unter der sich die Blutgefäße wie bläuliche Würmer entlangwinden. Ari Joki ist der beste Gerichtsmediziner, den sie kennen. »Das stille Wasser«, wie er unter den Ermittlern schon seit Jahren genannt wird. Ein Mann mit trockenem Humor, der sich nicht scheut, tief zu graben.

»Keine Anzeichen von äußerer Gewalt«, sagt er. Jan nickt, und Heidi nähert sich zögerlich dem Obduktionstisch mit der Leiche.

»Auf Schädel und Knochen sind keine Spuren von Messerstichen oder anderen scharfen Gegenständen. Im Weichgewebe gibt es winzige blaue Flecke, aber nichts deutet beispielsweise auf Schläge hin. Wenn der Tote an einem Anfall gestorben wäre, dann würde ich annehmen, dass er sich verkrampft hätte und nicht in einer so friedlichen Position dagelegen hätte«, fährt Joki fort, und Heidi und Jan registrieren jede noch so kleine Nuance in seinen Aussagen. »Es wirkt fast so, als hätte er sich mit den Händen auf der Brust schlafen gelegt. Oder jemand hat ihn anschließend in diese Körperhaltung gebracht.«

Jan hört Joki zu und muss daran denken, wie viele Fälle sie schon gemeinsam analysiert haben. Trotzdem behandelt Joki jeden Fall, als wäre es der erste – systematisch und sorgfältig.

»Was ist deine aktuelle Schätzung, wann das Opfer gestorben ist?«, fragt Jan und blickt auf den Leichnam, der ihm nicht mehr wirklich menschlich vorkommt. Er gibt sein Bestes, um ihn als eine Art Filmrequisite zu betrachten und nicht als übel riechenden Toten.

»Es ist unmöglich, das auf die Stunde genau festzulegen, aber ich würde sagen, dass er am Freitag, dem 23. August, am späten Abend oder in der Nacht gestorben ist, möglicherweise war es also schon Samstag. Zwischen dem Todeszeitpunkt und dem Fund liegen knapp zwei Tage. Das Wetter war warm, es gab etwas Nieselregen und so gut wie keine Insekten«, sagt Joki. Während er spricht, hüpft sein Adamsapfel auf und ab. Jan findet, dass Joki schon immer etwas Vogelartiges an sich hatte. Er ist ganz offensichtlich ein Geier. Glatze, Hakennase, dünner langer Hals.

»Ein gesunder Mann, schätzungsweise erst zwanzig«, sagt Joki und reicht Jan mit seinen Gummihandschuhhänden eine Plastiktüte. Alles, was der Tote bei sich trug. Jan sieht sich den Inhalt an. Nur ein kleiner, trüb gewordener Silberanhänger an einem Lederband. Kein Handy, kein Geldbeutel oder Schlüssel.

»Er wurde nie operiert und hat auch keine Metall- oder anderweitigen Implantate. Nichts, woraus man mittels Patientenakte auf seine Identität schließen könnte. Seinen Zahnabdruck und seine DNA haben wir bereits genommen. Wir gleichen sie gerade mit den Daten einer Person ab, die am Sonntag als vermisst gemeldet wurde.«

»Alles klar«, sagt Jan knapp. Er will, dass Joki das Gespräch leitet.

»Eine der essenziellsten Fragen ist sicherlich, was den jungen Mann dazu bewogen hat, seine letzte Ruhestätte im Schutz der Bäume zu suchen. Am Fundort gab es keine Schleif- oder Transportspuren. Die Leiche ist intakt, unverletzt. Die Nägel sind sauber. Es wurden keine Quetschungen, Wunden oder signifikante Kratzer gefunden, die sie vor oder nach dem Tod bekommen hat. Die Spuren geben also keinen Grund zur Annahme, dass der Tote über den Boden geschleift wurde.«

»Stimmt«, sagt Jan. Bis jetzt wurde laut Spurensicherung nichts Außergewöhnliches im Wald gefunden, aber die Umgebung wird noch immer durchkämmt.

»Die Theorie, der zufolge das Opfer schon vorher an einem anderen Ort gestorben ist und anschließend erst in den Wald gebracht wurde, ist tatsächlich problematisch. Es ist schwer, eine Leiche durch das Dickicht zu schleifen, außerdem hätte man sie auch viel leichter loswerden können«, sagt Joki.

»Es ist eine interessante Wahl, die Leiche mitten in einem Naturschutzgebiet abzulegen«, sagt Heidi. »Der Mann ist komplett angezogen, und es gibt keine Hinweise auf sexuelle Gewalt oder andere Grausamkeiten. Irgendetwas an dieser Aufmachung bringt mich auf den Gedanken, dass das Opfer vielleicht selbst zu seiner letzten Ruhestätte gegangen sein könnte. Er hat sich dort auf den Boden gelegt, mit dem Gesicht zum Himmel, und dann kam der Tod.«

»Aber wo ist dann der mutmaßliche Mord, wegen dem wir alarmiert wurden?«, fragt Jan.

Heidi wandert nervös im trostlosen Zimmer auf und ab, während sie offenbar Jans Worte überdenkt. Jan schließt die Augen und lässt sein Gehirn für einen Moment die Informationen abspeichern. Die kaltweißen Lichter der Leuchtstoffröhren sieht er auch noch durch die geschlossenen Augenlider. Den Gestank, der vom Leichnam aufsteigt, nimmt er nicht mehr wahr, seine Nase hat sich bereits daran gewöhnt.

»Es ist nicht klar, ob es gewollt war, dass die Leiche gefunden wird«, sagt Heidi und bricht die Stille. »Es wirkt eher so, als hätte jemand das Opfer im Wald zurückgelassen, ohne sich Gedanken über die Folgen zu machen. Wenn es sich um einen Mord handelt, könnte das Loch unter den Wurzeln sich einfach angeboten haben.«

»Der Täter könnte auch gedacht haben, dass seine Spuren nicht gefunden werden«, fährt Jan fort.

»Trotzdem gibt es dort einen Fußabdruck«, murmelt Heidi.

»All das, was wir jetzt sehen, könnte auch auf ein Verbrechen aus Leidenschaft hindeuten. Der Täter hat kein Interesse daran, einen theatralischen Auftritt zu inszenieren, sondern hat im Eifer des Gefechts einen Menschen getötet und ihn im Wald zurückgelassen. Aber was ist die offizielle Todesursache? Hat man im Blut etwas gefunden?«, fragt Jan.

»Die offizielle Todesursache bekommt ihr demnächst, wenn ich die Ergebnisse aus dem Labor habe. Es ist wahrscheinlich, dass das Opfer stark betrunken war, als es starb. Im Blut und auf den Schleimhäuten wurden bereits Spuren von Alkohol gefunden. Aber der Alkohol hat ihn wohl kaum umgebracht. Genauer gesagt vermute ich, dass der Tote vergiftet wurde«, sagt Joki und scheint die absolute Stille, die er damit verursacht, zu genießen.

»Wir können also festhalten, dass wir nichts haben, was auf einen Unfall hinweist?«, hakt Jan nach.

»Das Opfer ist zum Beispiel nicht ohnmächtig geworden oder

an seinem Erbrochenen erstickt. Erfrieren kommt nicht infrage, die Nacht war warm«, antwortet Joki.

»Und Selbstmord?«, fragt Heidi vorsichtig. »Aber warum sollte sich jemand mitten im Wald vergiften? Es gibt auch einfachere Arten zu gehen.«

»Ich tendiere nicht zu Selbstmord«, sagt Joki. »Es gibt nämlich ein Detail, das ihr kennen solltet.« Er deutet auf den Brustkorb des Toten.

»Hier auf seiner Brust lag eine Pflanze. Diese kleinen Überreste dort auf dem Tisch, ich habe sie zur genaueren Untersuchung beiseitegelegt.«

Jan und Heidi folgen ihm zum Tisch. Auf dem Edelstahltablett liegt ein langer, vertrockneter Stiel mit verwelkten violetten Blüten.

»Ich habe ein bisschen recherchiert. Das ist ein Fingerhut.«

Jan betrachtet die Pflanze, macht mit dem Handy ein Bild davon und merkt, wie seine Aufmerksamkeit steigt. Ist der Mann mit den Blumen auf der Brust gestorben, oder hat jemand sie ihm erst nach dem Tod dorthin gelegt?

»Der Fingerhut ist eine ziemlich verbreitete Gartenpflanze. Wenn ihr nach Bildern sucht, erkennt ihr sie bestimmt. Normalerweise wächst sie bei uns nicht wild im Wald.«

Die Neonröhre an der Decke surrt. Drei ernste Gestalten stehen in einem Raum im Kellergeschoss und schauen auf eine Pflanze.

»War jemand dort und hat die Blume auf der Leiche abgelegt?«

SAANA

Saana nimmt die große Tasse Kaffee mit Rosenmuster mit in den Garten und genießt das Gefühl des kühlen Morgentaus an den Zehen. Inkeri folgt ihr kurz darauf mit einem Tablett voller Frühstücksutensilien.

»Komm«, sagt Inkeri und zieht die noch verschlafene Saana von der Gartenschaukel hoch. »Die obligatorische Gartenrunde«, fügt sie hinzu, und sie gehen hinüber zu Inkeris Beeten.

»Das hier sind Breitblättrige Platterbsen«, fängt Inkeri an und deutet auf die schönen pinken Pflanzen, die aussehen wie Duftwicken.

»Und dort wachsen Mädchenauge, Goldkolben, Fingerhut und Purpur-Sonnenhut.«

Saana bleibt stehen und betrachtet die Sonnenhüte. Die pinken Blüten um die rötliche Mitte sind nach unten gewölbt, wie bei einem Kaninchen, das die Ohren hängen lässt.

»Gerade den Sonnenhut mögen die Zitronenfalter am liebsten, und um die Minzblüten flattern oft Kaisermäntel herum«, erzählt ihre Tante, während sie weitergehen.

Saana atmet die von den Pflanzen erfrischte, feuchte Luft tief ein und spürt, wie sie langsam wacher wird.

»Der August ist die beste Schmetterlingszeit. Jetzt sind gerade diejenigen unterwegs, die im Erwachsenenstadium überwintern und im Frühjahr wieder zurückkehren«, fährt Inkeri fort und streckt ihren Arm aus, um die Schmetterlinge einzuladen, sich darauf niederzulassen. »Admirale sind Wanderfalter, die im Frühsommer nach Finnland kommen. Ein Teil wandert mit der Luftströmung wieder zurück.«

Saana nickt und lächelt. Inkeri kommt anscheinend gerade erst in Fahrt.

»Distelfalter sind einzigartig. Sie kommen von südlich des Mittelmeers, und während der Wanderung entwickelt sich bereits die nächste Generation. Diesen Sommer saß auch ein Schwalbenschwanz auf den Blüten der Heidenelke.«

Saana denkt mit Bedauern daran, dass sie sich bald nicht einmal mehr an die Hälfte dieser Pflanzen- und Schmetterlingsnamen erinnern wird.

»Je weniger man versucht, die Schmetterlinge zu fangen, desto besser sind die Chancen, dass sie sich ohne Scheu auf deiner Hand niederlassen«, fährt Inkeri lächelnd fort und lässt ihren Arm sinken.

Beim Betrachten des Gartens wird Saana klar, wie wenig Zeit sie eigentlich inmitten der Blumen verbracht hat. Wo ist der Sommer nur geblieben?

»Deine Wege scheinen sich diesen Sommer nicht sehr häufig mit denen der Schmetterlinge gekreuzt zu haben«, sagt Inkeri, als könnte sie Saanas Gedanken lesen. »Schmetterlinge flattern in der Sonne herum, aber du hast dich den ganzen Sommer über hauptsächlich im Schatten verkrochen.«

»Unsere Arbeitsteilung ist ziemlich klar«, sagt Saana und lacht. »Du wühlst in der frischen Erde und ich in alten Mordfällen.«

Als sie nach dem Frühstück den Garten verlässt, um einen

Spaziergang zu machen, zirpen die Heuschrecken auf den Grashalmen am Wegesrand, und die Luft ist so mild, dass es ihr vorkommt, als wäre sie wieder im Süden Europas. Eine entgegenkommende Nordic Walkerin erinnert sie allerdings schnell wieder daran, wo sie sich befindet, nämlich im tiefsten Finnland, in Hartola, dem kleinen, selbstbewussten Ort, der sich selbst ein Königreich nennt.

Saana biegt auf ihre gewohnte Spazierroute ab. Die Blätterspitzen der Weidenröschen haben sich schon leicht rötlich verfärbt, und die lila Blütenstände sind zu langen Stängeln geworden, die von unten vertrocknet sind und an denen ein zarter weißer Flaum hängt. Die Pflanzen erinnern sie daran, was sie selbst zu Beginn des Sommers war: ein vertrockneter Stiel mit dem Kopf voller Watte. Erst jetzt, da es ihr viel besser geht, nimmt sie die Leichtigkeit und die Ruhe wahr, die die Abwesenheit von Stress mit sich gebracht hat. Kann das Leben wirklich so leicht sein? Ab und zu kommt es ihr so vor, als wäre sie aus einem langen Winterschlaf erwacht. Aufgrund ihrer diffusen Müdigkeit hat sie das komplette Frühjahr wie durch einen Nebel wahrgenommen.

Schließlich geht sie zum Supermarkt, kauft sich ein Eis und setzt sich damit vor Hartolas große Steinkirche. Sie holt ihr Handy heraus und fängt an, durch Stellenangebote zu scrollen. Mit Schrecken liest sie die Anforderungen der Arbeitgeber. Jedes Unternehmen scheint mindestens einen Superhelden zu suchen. Saana geht auf Facebook, und sofort fällt ihr Blick auf eine Anzeige, die eine ihrer ehemaligen Kolleginnen aus der Redaktion geteilt hat. *Communications specialist.* Eine Agentur sucht einen Kommunikationsberater in Teilzeit, eine Person mit journalistischem Hintergrund, die gut schreiben kann. Saana isst ihr Eis auf und entschließt sich, es zu versuchen. Viele ihrer Freunde aus dem Journalismus haben in den letzten Jahren gute Stellen in Content-Marketing- oder Kommunikationsagenturen bekommen. Vielleicht sollte sie es auch probieren. Langsam ist sie bereit, wieder ins Arbeitsleben zurückzukehren. Dass sie immer knapper bei Kasse ist, trägt merklich zu ihrer Motivation bei.

HEIDI

Heidi muss eine kleine Pause einlegen. Das lange Sitzen vor dem Computer macht sich schon im Nacken bemerkbar. Sie stellt den Laptop neben sich auf das Sofa und massiert sich die Schultern. Dann steht sie auf, um ein paar lockernde Dehn- und Yogaübungen zu machen, aber mitten in ihrem Ritual bekommt sie auf einmal Lust auf Whisky. Genau wie gestern. Da hat sie nach der Arbeit vier Sonnengrüße gemacht – und danach genauso viele Gläser Whisky getrunken. Eine fürchterliche Bilanz. Der Alkohol hat ihr den Mut gegeben, Julia eine nette Nachricht zu schreiben, aber als diese den ganzen Abend nichts von sich hören ließ, wurde Heidi trotzig und beschloss plötzlich, sich wieder Tinder herunterzuladen. Angetrunken hatte sie schnell ihr Profil wiederhergestellt und sich zu allem Überfluss als Gold-Userin angemeldet. Die Gold-Version erzeugt die Illusion, dass sie selbst die App kontrolliert, nicht umgekehrt. Sie ermöglicht es ihr, eine Collage von allen zu sehen, die Interesse an ihr gezeigt haben. Somit bekommt sie mehr auf einen Blick.

Heidi beendet die Dehnübungen und checkt die Uhrzeit auf ihrem Handy. 21:03 Uhr. Sie arbeitet seit heute Morgen um sieben, und ihr Körper verlangt jetzt nach einer richtigen Pause.

Neben der Lust auf Whisky verspürt sie schon wieder eine brennende Neugier auf Tinder. Ist seit gestern etwas passiert? Mit wem könnte sie heute ein Match bekommen? Sie schenkt sich ein Glas Single Malt ein und fängt an, durch die Fotos zu swipen. Ich bin ein unersättliches, neugieriges Schwein, denkt sie. Dann fällt ihr ein, wie es das letzte Mal war. Nachdem sie die App vom Handy gelöscht hatte, schwor sie sich, sie nie wieder zu benutzen. Tinder und das damit verbundene endlose Gewische hatten sie fast wahnsinnig gemacht. Anschließend hat sie es lange ruhiger angehen lassen und dann im Sommer überraschend Julia getroffen.

Aber jetzt ist sie komplett verunsichert, was Julia angeht. Die Gefühle brechen erneut mit voller Wucht über sie herein, als ihr klar wird, dass Julia immer noch nicht auf ihre Nachricht von gestern geantwortet hat. Heidi war nie gern die Unterlegene, diejenige, die an der anderen hängt und den aktiveren Part einnimmt. Sie weiß, dass auf Bali ein anderer Rhythmus herrscht und dass Julia bestimmt einen guten Grund hat, nicht auf ihre Nachrichten zu antworten, dennoch fühlt sich die Stille schrecklich an. Außerdem hat Julia ihr zu keinem Zeitpunkt irgendwelche Versprechungen gemacht. Das hat sie ihr gleich zu Beginn gesagt, wortwörtlich, aber in ihrer Verknalltheit hat Heidi das wohl nicht ganz begriffen.

»Ich kann dir nichts versprechen«, das waren Julias Worte.

Heidi hat nur gelacht, sich hinter sie gestellt, ist mit den Händen unter ihr T-Shirt gewandert, hat ihre weichen Brüste gestreichelt und alles andere vergessen.

Sie nimmt noch einen Schluck Whisky und wischt weiter durch die Fotos. Nein, nein, auf keinen Fall, nein. Sie kann gar nicht sagen, was genau sie sucht. Ein bestimmtes Gefühl? Eine Person, die nicht nur ein interessantes Bild hat, sondern sich auch von der Masse abhebt? Ist es überhaupt möglich, den richtigen Menschen nur anhand eines Fotos zu finden? Eigentlich weiß sie nur, was sie nicht will: jemanden, der einen langen Lebenslauf in seine Bio geschrieben hat. Andererseits trifft sie sich auch nicht gern mit Leuten, die nichts von sich erzählen oder nur über Emojis kommunizieren.

Der Whisky brennt im Rachen. Auf den Bildern der Frauen ziehen Pflanzen, Katzen und Landschaften vorbei. Schließlich hält Heidi bei einer hübschen Blondine inne. Erst als diese auf dem vierten Foto im Arm irgendeines Mannes posiert, liest Heidi den Text: »Pärchen sucht Einhorn.« Nein danke, sagt Heidi zu sich selbst und legt frustriert das Handy weg. Niemand von ihnen ist Julia. Aber die kommt frühestens im November von ihrer Yoga-Ausbildung zurück.

Heidi geht zum Kühlschrank und zieht einen kompletten Stapel Dosen aus dem Gefrierfach. Es ist der letzte. Bald muss sie wieder Nachschub bei ihrer Arbeitskollegin bestellen. Sie nimmt sich eine der Dosen und stellt den Rest zurück. Meine Mutter friert Pilze und Beeren ein und ich nur Snus, denkt sie mit der kalten Plastikdose in der Hand. Was sagt das über mich aus? Sie grinst amüsiert, öffnet die Dose und schiebt sich den Tabak unter die Oberlippe. Das kühle Beutelchen wirkt belebend. Nach und nach lässt das wohlige Gefühl, das sich in ihrem ganzen Körper ausbreitet, jeden Zweifel verstummen, und Heidi spürt, wie sie die Kontrolle wiedererlangt. Zurück am Computer, fängt sie an, die Informationen über die in letzter Zeit vermisst gemeldeten Personen zu lesen, die Saki zusammengestellt hat. Könnte eine von ihnen der Junge sein, der im Wald gefunden wurde? Heidi leert ihr Whiskyglas, gerade als das Handy auf dem harten Glastisch vibriert und dabei ein unangenehmes Geräusch erzeugt.

Es ist Jan.

»Die Leiche wurde identifiziert«, sagt er, und Heidi horcht

auf. »Ich schicke dir die Daten. Sehen wir uns gleich morgen früh im Büro, sagen wir, um sieben?« Er fragt, als ob sie eine Wahl hätte, aber Heidi weiß, dass es eine Anweisung ist. Das KRP hat soeben das Kommando übernommen.

Mittwoch, 28. August

SAANA

Saana drückt auf den Senden-Button. Ihre Bewerbung, bestehend aus aktualisiertem Lebenslauf und Portfolio mit Auszügen aus ihren Artikeln, hat sie rekordverdächtig früh losgeschickt. Es ist erst kurz nach acht Uhr morgens. Sie geht hinunter in Inkeris gemütliche Küche. Routiniert schaltet sie die Kaffeemaschine ein und nimmt sich eine große Tasse. Inkeri ist wahrscheinlich schon beim Morgenrundgang und genießt ihren prächtigen Garten. Aus der leeren Teetasse auf der Spüle duftet es noch leicht nach schwarzer Johannisbeere.

Saana lehnt sich mit der Stirn an den Küchenschrank und sieht zu, wie die Flüssigkeit langsam in die Kanne tropft. Der herrliche Duft von frisch gekochtem Kaffee verbreitet sich in der Küche. Heute will sie die Textabschnitte durchgehen, die sie schon während des Sommers geschrieben hat, und mit dem Aufsetzen des Gesamtskripts beginnen. Außerdem steht noch etwas anderes auf dem Programm, was sie schon lange aufgeschoben hat: die alten Sachen ihrer Mutter. Saana weiß, dass auf dem Dachboden Kartons stehen, in denen Inkeri Andenken an sie aufbewahrt. Mutters alte Bücher, Hefte, Gemälde, Fotos und Klamotten sowie Spielzeug aus Saanas Kindheit. Nostalgische Erinnerungen, die gleichzeitig ein schönes und ein schmerzliches Gefühl hervorrufen werden. Es ist alles so lange her, dass der Gedanke an sie nicht mehr mit endloser Trauer, sondern nur noch mit Melancholie verknüpft ist. Mutters Tod liegt bereits über zehn Jahre zurück, und Saana ist endlich bereit, einen der Kartons mit nach Helsinki zu nehmen. Dann kann sie ihn irgendwann öffnen, wenn der passende Augenblick gekommen ist. Sie schenkt sich Kaffee in die riesige Tasse, gibt einen Schuss Hafermilch dazu und tapst dann in ihren Wollsocken zurück ins Gästezimmer im ersten Stock, in dem sie schon den ganzen Sommer über gewohnt hat.

Als sie am frühen Abend wieder nach unten geht, hört sie aus der Küche Stimmengewirr. Inkeri und Harri essen zu Abend.

»Ich wollte dich nicht stören. Du schienst mit dem Schreiben so gut voranzukommen«, sagt Inkeri. »Nimm dir einen Teller aus dem Schrank, und gesell dich zu uns.«

Zufrieden schöpft sich Saana den Teller mit der leckeren Fischsuppe ihrer Tante voll und bestreicht sich ein Stück Rübenbrot mit Butter. Während sie isst, beobachtet sie, wie liebevoll Inkeri und Harri einander ansehen, und bemerkt, wie sehr sie Jan bereits vermisst. Sofort überkommt sie die Sehnsucht nach Nähe, und es fühlt sich bescheuert an, hier zu Besuch zu sein, allein in einem schmalen Bett zu schlafen, weit weg von Jan. In Helsinki könnte sie in seinen Armen liegen. Zumindest in der Theorie. In der Praxis scheint Jan seit der Rückkehr aus dem Urlaub fast jede Stunde mit Arbeit verbracht zu haben. Das wäre wahrscheinlich auch nicht anders, wenn sie zu Hause wäre.

Sie nimmt sich noch Suppe nach, streut etwas Flockensalz und frischen Dill darauf und hört mit halbem Ohr zu, wie Harri Inkeri von den anstehenden Renovierungsarbeiten erzählt, die vor dem Winter am Haus gemacht werden müssen. Als der Teller leer ist, fällt Saana eine Entscheidung. Sie wird früher als geplant nach Helsinki zurückfahren.

Am Abend heizt Inkeri die Sauna im Garten an. Der Duft der Holzsauna schwebt über dem feuchten Rasen, und Saana macht draußen ein paar Dehnübungen, während sie darauf wartet, dass das Thermometer ansteigt. Als die Sauna bereit ist, zieht sie sich wie gewohnt den abgenutzten gelben Frotteebademantel an und huscht in die alte Hütte. Der Vorraum ist klein, an der Wand hängt ein blauer Plastikspiegel aus den Fünfzigern, dessen Farbe bereits verblichen ist. Seit Saana denken kann, war immer dieser Spiegel da, genau wie der abgenutzte bunte Teppich auf dem Boden. Das soll sich niemals ändern, denkt sie, bevor sie die Tür zur Sauna öffnet und in die wohlige Wärme eintaucht.

JAN

Jan notiert die Eckdaten auf der Ermittlungswand: »Johannes Tapio Järvinen, geboren 1994, gestorben 2019.«

»Was wissen wir über ihn?«, fragt Heidi Saki, der ihnen alle verfügbaren Daten über die kürzlich aufgenommene Vermisstenanzeige zusammengestellt hat, inklusive weiterer Informationen über das Verschwinden sowie die begonnenen polizeilichen Maßnahmen zur Auffindung des Vermissten. Jan wirft Heidi einen Blick zu. Ihre Augen sind gerötet. Lediglich zu dritt sitzen sie im grellen Licht, das nur auf einige wenige Schreibtische gerichtet ist. Es ist erst sieben Uhr. Überall sonst im Büro ist es still.

»Student, eingeschrieben im Studiengang Film und Fernsehen an der Fachhochschule Metropolia, Alter: fünfundzwanzig Jahre, wohnhaft in der Ulvilantie im Helsinkier Viertel Munkkivuori. Am Sonntagabend von der Mutter, Maria Järvinen, als vermisst gemeldet. Vorläufig wurde der junge Mann zuletzt gesehen, als er letzten Freitag das Haus verlassen hat. Johannes besitzt ein Fahrrad. Laut der Mutter steht es nicht im Hof oder im Keller, weshalb wir annehmen, dass er damit unterwegs war.«

»Wo ist das Fahrrad jetzt?«, fragt Jan, aber Saki schüttelt den Kopf.

»Hat er sich mit jemandem verabredet, ist er zufällig auf jemanden getroffen oder zielstrebig allein in den dunklen Wald gegangen, um sich umzubringen?«, überlegt Heidi laut und klebt eine Karte des Geländes an die Ermittlungswand.

»Der Polizist, der die Vermisstenanzeige aufnahm, hat hier vermerkt, dass Johannes am Freitag, dem 23. August, mit einem Rucksack das Haus verließ und seiner Mutter sagte, er käme erst am Sonntag wieder. Er war fünfundzwanzig und hatte gerade Sommerferien, dementsprechend hatte seine Mutter natürlich keinen Anlass, misstrauisch zu werden. Als sie am Sonntag, dem 25. August, nichts von ihm hörte, rief sie ihn viele Male an und stellte fest, dass das Handy ausgeschaltet war. Sie hat ihn nie erreicht.«

»Wir haben also keine Augenzeugenberichte oder andere Informationen über Johannes' letzten Abend?«, hakt Jan nach.

»Noch nicht«, sagt Saki. »Wir analysieren gerade die Handydaten.«

»Und wenn es doch ein freiwilliger Tod war? Wenn er im Voraus seine Abwesenheit angekündigt hat, damit niemand nach ihm fragt, und sich dann zum Sterben in den Wald zurückgezogen hat?«, überlegt Jan.

»Hier steht, dass Johannes laut seiner Mutter bei guter Gesundheit war, nichts deutete auf selbstverletzendes Verhalten oder Depressionen hin. Die Helsinkier Polizei war gestern bei ihm zu Hause und hat eine DNA-Probe von seiner Zahnbürste entnommen. Und jetzt verknüpft diese winzig kleine Probe die Leiche aus dem Wald mit dem verschwundenen Mann«, sagt Heidi.

»Jetzt haben wir die Leiche des Vermissten«, bestätigt Jan.

»Ja, wir haben die Leiche«, murmelt Saki und studiert die Karte des Fundortes und seiner Umgebung auf dem Bildschirm.

Es ist nur wenige Tage her, seit der junge Mann vermisst gemeldet wurde, und jetzt hat man ihn gefunden. Jan denkt über die traurige Nachricht nach, die den Angehörigen überbracht werden muss. Ihr Sohn wurde gefunden, es tut mir leid. In der Regel befürchten die Angehörigen das Schlimmste, aber im Falle eines Verschwindens hat man zumindest noch einen Funken Hoffnung. Erst wenn die Suche beendet ist, wird der Tod zur Wirklichkeit. Dann gibt es keine Hoffnung mehr.

»Ich hab die Anrufdaten für euch«, sagt Saki und scrollt am Bildschirm durch eine Liste von Nummern.

»Ich drucke euch die letzten Nummern aus, die Järvinen angerufen hat oder von denen aus er angerufen wurde. Keine umfangreiche Anrufhistorie, sondern eine ziemlich kurze.«

»Danke«, sagt Jan. »Und die Standorte?«

»Zuletzt hat sich Johannes' Handy am Freitag um 18 Uhr mit einem Mast in der Nähe der Straße Hämeentie verbunden.«

»Machen wir uns an die Arbeit«, sagt Jan. »Wir müssen in der Umgebung mögliche Augenzeugen suchen. Ich bitte um Verstärkung, damit wir so bald wie möglich die Restaurants, Cafés und Läden durchhaben.«

Trotz des Schlafmangels fühlt sich Jan seltsam frisch. Er erinnert sich daran, wo er selbst am Freitag, dem 23. August, war, und kehrt gedanklich in die Wärme Portugals zurück. Es kommt ihm vor, als wäre das schon eine Ewigkeit her. Die Vorstellung, dass das Leben eines jungen Menschen einfach so endete, während er in seiner Blase der Verliebtheit Urlaub machte, ist beklemmend. Er kratzt sich am Bart. Die Jalousien im Büro sind geschlossen, und sein Zeitgefühl kommt ihm langsam abhanden. Von seinem Platz aus sieht er das leuchtende Display von Sakis Computer im Halbdunkel des Raums. Der Cursor ruht auf einer kurzen Liste von Telefonnummern. Vielleicht ist ja jemand darunter, der mehr weiß.

HEIDI

Heidi bringt das Auto vor dem Hochhaus in der Ulvilantie zum Stehen. Das braune Gebäude aus den Fünfzigern mit Spritzputz erinnert sie an ihr eigenes Elternhaus. Sie geht die Treppe hinauf in den zweiten Stock und klingelt. Johannes Järvinens Mutter öffnet schweigend die Tür und weicht zurück, um sie eintreten zu lassen. Heidi zieht im Flur die Schuhe aus und folgt ihr auf Socken ins Wohnzimmer.

»Mein herzliches Beileid«, sagt sie und sieht Frau Järvinen mitfühlend an.

Die Angehörigen zu besuchen ist jedes Mal wieder ein Scheißjob. Heidi muss sofort in ihr dickes Fell schlüpfen, damit die Trauer der Frau sich nicht auf sie überträgt. Es gibt so vieles, was einem leidtun kann.

Sie wirft einen Blick auf die Pflanzen im Wohnzimmer. Es sieht schön aus, wie das Licht in den Raum fällt, aber an kleinen Dingen merkt Heidi, dass im Haus Trauer herrscht. Maria Järvinen steht mit der Kaffeekanne in der Tür zur Küche und sieht sie fragend an. Heidi schüttelt den Kopf.

»Nein danke.«

Die Wohnung ist sauber, aber hier und da schwirren Fruchtfliegen herum. Heidi schmunzelt bei der Erinnerung an einen Tipp, den sie irgendwo gelesen hat, demzufolge man Fruchtfliegen als winzig kleine Feen betrachten soll. Dann würde man ihnen gegenüber eine wohlwollendere Haltung einnehmen. Keine Chance, denkt sie. Sie hasst Fruchtfliegen, und Feen hat sie auch noch nie gemocht.

»Geht man von einem Verbrechen aus?«, fragt Frau Järvinen zaghaft, als sie sich auf das Sofa setzt. »Hat jemand meinen Sohn umgebracht?« Ihre Stimme versagt fast. Auf dem Couchtisch entdeckt Heidi einen Stapel Taschentücher und reicht ihr eines.

»Habe ich das richtig verstanden, dass Johannes noch zu Hause gewohnt hat?«, fragt sie, ohne auf die vorherige Frage zu antworten. Vom Vorraum zweigt ein Flur ab, der mit Sicherheit in das Zimmer des toten Sohnes mündet. Das wird sie sich noch ansehen.

»Ja, das hat er.«

»Hatte er in letzter Zeit Freunde zu Besuch?«

»Nein, seit Jahren nicht. Johannes war immer gerne allein. Ihm reichten sein Computer und die Schule. Ich habe mir etwas Sorgen darüber gemacht, dass mein Sohn so viel Zeit mit sich selbst verbrachte. Aber alle Versuche, ihn zu etwas anderem zu bewegen, waren erfolglos. Er ist ja nun auch schon deutlich über zwanzig. Letzten Endes konnte ich ihm nur eine liebevolle Mutter sein, mein Bestes geben«, erzählt sie traurig. »Indem er hier wohnte, sparte er Geld, und mir war das nur recht. In Helsinki sind die Mieten so hoch. Sie können sich sein Zimmer anschauen, wenn Sie wollen. Ich habe nichts angerührt, es ist noch genauso wie vorher, als ...«

Sie bricht in Tränen aus. Heidi macht sich leise auf den Weg in Johannes' Zimmer und lässt Frau Järvinen im Wohnzimmer zurück. Hinter sich hört sie Schniefen.

Johannes' Zimmer ist asketisch, fast leer. Auf den knapp zehn Quadratmetern befinden sich ein Bett, ein großer Schreibtisch, ein Gaming-Stuhl und ein Kleiderschrank. Sein Computer war ihm eindeutig wichtig, denkt Heidi mit einem Blick auf den Tisch, auf dem ein Laptop und zwei große Bildschirme stehen. Ihr fällt das Wort *hikikomori* ein – »sozialer Rückzug« –, mit dem in Japan überwiegend junge Männer bezeichnet werden, die sich zu Hause einschließen, um den Herausforderungen des Alltags zu entgehen. Heidi denkt über all die Nachrichten nach, die sie gelesen hat, über junge Männer in Finnland, die sich genauso isolieren, nur dass es hier noch keinen Begriff dafür gibt. Nesthocker ist nicht die passende Bezeichnung für Jugendliche, die sich freiwillig absondern. Druck und Erwartungen seitens der Gesellschaft bringen sie dazu, das Tageslicht zu meiden, den großen Anforderungen nicht nachzukommen. Heidi schaut auf den Computer. Dank des Internets hat man trotz allem die ganze Welt in greifbarer Nähe.

Sie wirft einen Blick in den Papierkorb unter dem Tisch. Darin liegt nur eine leere Pepsi-Flasche. Dann öffnet sie den Kleiderschrank, und ihr schlägt ein starker Geruch von Waschmittel entgegen. Johannes hat eine fürsorgliche Mutter. Auf den Kleiderbügeln hängen Kapuzenpullis, in den Fächern liegen Jeans und T-Shirts. Heidi zieht sich Einmalhandschuhe an und tastet hinter den Klamotten im Schrank herum – nichts. Anschließend prüft sie die Taschen der Jeans. Ein paar zerknüllte und verblichene Kassenzettel, ein Feuerzeug. Sie liest einen der Kassenzettel: eine Banane und ein Thai-Fertiggericht. K-Market in Toukola, 20.8.2019. Sie sucht nach dem Standort des Supermarkts, er scheint sich in der Nähe der Schule zu befinden, die er besucht hat, die Fachhochschule Metropolia in der Hämeentie 135. Als Heidi einen der Kapuzenpullis durchsucht, findet sie in dessen Tasche ein rosafarbenes Haargummi. Sie betrachtet es kurz und steckt es dann vorsichtig in eine kleine wiederverschließbare Tüte. Als sie es gegen das Licht hält, sieht sie, dass ein blondes Haar daran hängt. Gehört es Johannes oder jemand anderem? Auf dem Boden des Kleiderschranks steht auch ein Paar Laufschuhe von Nike. Heidi bückt sich, um sie genauer zu inspizieren. Sie rechnet nicht damit, in den abgewetzten Tretern fündig zu werden, bis ihre Hand doch auf etwas trifft. Verblüfft zieht sie eine dicke Rolle Geldscheine aus einem der Schuhe. Es sind Fünfzigeuroscheine, sorgfältig mit einem Gummiband umwickelt. Das könnten ein paar Tausend Euro sein. Heidi steckt das Geld in eine weitere Plastiktüte. Okay, okay, denkt sie, irgendwie bist du also an ganz schön viel Geld gekommen. Sie setzt sich an den Schreibtisch und sieht sich hier um. Den Laptop wird sie mitnehmen. Schließlich tastet sie unter dem Bett herum und überprüft, ob es noch irgendwo Dinge gibt, die vor neugierigen Blicken geschützt werden sollten. Nichts. Über dem Bett hängt ein Poster, auf dem »DJ JJ aka Järvinen« steht. Ein DJ, denkt Heidi. Ein schüchterner Junge, der sich durch Musik ausdrückt? Bevor sie ins Wohnzimmer zurückkehrt, klemmt sie sich das MacBook unter den Arm.

»Wie finanzierte sich Ihr Sohn?«, fragt Heidi und bemüht sich um einen möglichst neutralen Gesichtsausdruck.

»Er bekam Studienbeihilfe und hat ab und zu als DJ gearbeitet. Am Donnerstag könnte er einen Auftritt gehabt haben, zumindest war er bis morgens unterwegs. Aber ich hatte keine Gelegenheit, mich lange mit ihm zu unterhalten. Ich war gerade auf dem Weg zur Arbeit, als er heimkam und ins Bett ging«, antwortet Frau Järvinen.

»Fällt Ihnen noch etwas ein, zum Beispiel, wie er in letzter Zeit zu großen Geldsummen gekommen sein könnte?«

»Nein, wovon sprechen Sie?«, fragt Frau Järvinen verdutzt.

Heidi beschließt, das Geld vorerst nicht zu erwähnen. Sobald sie die Fingerabdrücke untersucht haben, werden sie es zurückgeben.

»Für uns wäre es wichtig zu wissen, wer Ihrem Sohn nahestand. War er zum Beispiel mit jemandem zusammen?«, fragt Heidi. Die Worte bleiben im stickigen Raum in der Luft hängen. Frau Järvinen tut ihr leid. Die Trauer wird langsam undurchdringlich.

»Johannes hat mir nicht mehr viel erzählt, und ich habe ihn in Ruhe gelassen. Anders als sonst hat er den Sommer über immer wieder bei anderen übernachtet, bei Freunden, sagte er. Und er ging in Clubs. Dort blieb er manchmal bis zum Morgen, und wenn er dann nach Hause kam, schlief er fast den ganzen Tag. Johannes hat ziemlich viel Zeit vor dem Computer verbracht. In den letzten Wochen war er irgendwie hektisch und wich mir mehr aus. Aber nicht auf eine Art, bei der ich mir Sorgen gemacht hätte. Ich weiß nicht, es kann schon sein, dass er eine Freundin hatte, ohne dass ich davon wusste.«

»Aber Ihr Sohn hat nicht mit Ihnen über eine Freundin gesprochen? Oder einen Freund, über einen Partner oder eine Partnerin mit blonden Haaren? Und es hat auch niemand Kontakt mit Ihnen aufgenommen und nach Johannes gefragt?«

Maria Järvinen schüttelt den Kopf.

»Jetzt, da Sie fragen – ich kann Ihnen nicht einen einzigen seiner Freunde nennen. Er hat nie über irgendjemanden gesprochen.«

»Waren Sie am Freitag zu Hause, als Johannes fortging?«, fragt Heidi.

»Ja, war ich. Johannes ging so gegen vier Uhr nachmittags aus dem Haus, teilte mir mit, er würde bei Bekannten übernachten. ›Bis dann, Mama‹, sagte er. Das waren seine letzten Worte«, sagt Frau Järvinen leise und schluckt. Mit zitternden Händen umklammert sie das Papiertaschentuch, das bereits ganz nass und zerknüllt ist.

»Hat er diese Formulierung verwendet, ›bei Bekannten‹?«

»Nein, warten Sie, er sagte, ›bei jemandem‹. Spielt das eine Rolle?«

»Das wissen wir noch nicht«, sagt Heidi und notiert sich: »Bekannte?«

»Auch wenn mein Sohn gelegentlich nur für sich war, verzweifelt oder traurig war er nicht, das möchte ich noch sagen. Mein Sohn hätte sich selbst nichts angetan, dessen bin ich mir ganz sicher«, sagt Frau Järvinen und wirft Heidi einen flehentlichen Blick zu.

Heidi geht die bisher erhaltenen Informationen durch. Johannes wies keine Anzeichen von selbstverletzendem Verhalten auf, bei ihm wurden keine psychischen oder physischen Probleme diagnostiziert. Ein in sich gekehrter Junge, eine unbekannte Einkommensquelle. Ein nicht auffindbares Fahrrad. Es ist jetzt von großer Bedeutung, herauszufinden, welche Wege er an seinem letzten Abend ging. Die Strecke von der Bar nach Hause kann für einen betrunkenen jungen Erwachsenen vor allem dann gefährlich werden, wenn der Weg an einem Strand oder Gewässer vorbeiführt. Aber in diesem Fall lag der Ort des Geschehens mitten im Wald. Wie man in den Wald hineinruft, so schallt es heraus, sagt man. Aber hatte Johannes überhaupt gerufen? Heidi verabschiedet sich von Frau Järvinen. Erst als sie die Tür hinter sich zuzieht, hat sie das Gefühl, wieder atmen zu können.

Sie lässt das Auto an. Die Luft ist abgekühlt, und das Auto muss nicht mehr als Kühlschrank herhalten. Aus einer plötzlichen Eingebung heraus fährt sie nicht zum Büro, sondern steuert die Stromschnelle in der Altstadtbucht an. Diesmal stellt sie das Auto an der Säynäslahdentie ab und geht zu Fuß zum Fundort. Die Straßenränder strotzen nur so vor Pflanzen, die in gemischten Grüppchen Richtung Licht wuchern. Sie erkennt die anilinrote, stachelige Distel. Auch die kleinen gelben Blümchen kommen ihr bekannt vor, aber wie sie heißen, fällt Heidi nicht ein.

Der Feldweg ist leer, niemand kommt ihr entgegen. Womöglich hat sich die geheime Information über den Leichenfund herumgesprochen, nachdem die Leute gesehen haben, dass die Polizei einen Teil des Waldes abgesperrt hat. Nach wie vor markiert ein Polizeiband den Bereich, der nicht betreten werden darf. Das überraschende Ereignis könnte die Begeisterung, in der Natur nach Abenteuern zu suchen, gedämpft haben. Was hat Johannes in seinen letzten Augenblicken inmitten von Bäumen angetroffen? Im Wald ist es wahrscheinlicher, auf wilde Tiere zu treffen als auf Mörder, fährt es Heidi durch den Kopf, und sie muss an ihre eigene Angst vor der Dunkelheit denken. Die in die Höhe ragenden, stämmigen Nadelbäume, der abgelegene Ort, vor allen Blicken verborgen. Dabei ist sie selbst in der Nähe eines Waldes aufgewachsen. Damals war der Wald für sie ein Ort der Freiheit und des Abenteuers, aber je mehr Regeln es gab, desto furchterregender wurde er im Laufe der Zeit. Geh nicht im Dunkeln in den Wald, vertraue keinen Fremden. Hüte dich vor Wölfen und Bären, wurde sie ermahnt, obwohl so weit im Süden noch nie welche gesichtet wurden. Ob Jungen genauso zur Vorsicht angehalten werden, fragt sie sich, während sie sich dem ihr mittlerweile bekannten Wanderweg nähert.

Sie bewegt sich nur langsam vorwärts und versucht, nicht dauernd aufs Handy zu schauen. Das ist wahrscheinlich der einzige Moment des Tages, in dem sie von vollkommener Stille umgeben ist. Die Natur fordert rein gar nichts von ihr.

Blaubeer- und Preiselbeersträucher, Halme und Gras, vertrocknete Blätter, Fichtennadeln, flauschiges grünes Moos und kleine Eschensprösslinge. Halb verrottete abgebrochene Äste,

Farne, kleine junge Fichten und hohe, kräftige Birken. Während Heidi sich dem Fundort der Leiche nähert, muss sie aus irgendeinem Grund an den Winter denken, daran, wie es ist, wenn man bei Tageslicht in den Wald geht und davon überrascht wird, wie schnell die blaue Stunde hinter den Baumwurzeln und dem Horizont hervorkriecht. Wie man sofort unruhig wird und so schnell wie möglich wegwill, bevor es dunkel wird. Wie auf dem Heimweg, wenn der Wettlauf gegen die Zeit begonnen hat, der Puls steigt und das Herz schneller schlägt. Auch wenn Heidi das nie laut zugeben würde, bildet sie sich bei Dunkelheit im Schatten der Bäume alles Mögliche ein. Wesen, die Waldpflanzen fressen, aber auch Wesen, die im Schnee keine Spuren hinterlassen.

Irgendwo über sich hört sie Krähen krächzen. Sie blickt auf den Boden, denkt über Johannes' Fahrrad und diese Umgebung nach. Die Wege und Pfade, die sich durch den Wald winden, sind voller Fahrradspuren. Kurz darauf steht sie vor dem dunklen Wurzelballen des umgestürzten Baumes. Was müsste passieren, damit ich mich in so ein Loch lege?, fragt sie sich und blickt sich um. Sonnenstrahlen dringen flimmernd durch die Bäume und bringen den Wald zum Leuchten. Könnte es sich um eine Wette oder ein Spiel gehandelt haben? Heidi atmet tief ein. Für einen kurzen Moment setzt sie sich auf einen bemoosten Stein und schlägt dann einen anderen Weg zurück zum Auto ein.

Bald ragt eine mächtige Fichte vor ihr auf, deren Äste wie ein schwerer Vorhang nach unten hängen. Die einzelnen Zweige wirken wie Greifarme, und der ganze Baum wirkt verwunschen. Heidi hebt den Blick zum Wipfel des riesigen, mystischen Baumes. Zu ihrer Überraschung bemerkt sie ein kleines Holzschild auf halber Höhe: »Picea abies f. Virgata. Schlangenfichte.« Eine Laune der Natur, eine seltene genetische Mutation der Gemeinen Fichte.

Donnerstag, 29. August

SAANA

Nachdem Saana all ihre Sachen zusammengepackt und hinausgetragen hat, trinkt sie mit Inkeri noch einen Abschiedskaffee. Plötzlich schiebt ihre Tante ihre Tasse zur Seite und reicht Saana ein kleines Päckchen über den Tisch.

»Danke für den gemeinsamen Sommer und viel Glück im Herbst«, sagt sie, und Saana ist augenblicklich gerührt. Am liebsten würde sie Inkeri und deren wunderbares Haus mit dem Mansardendach mit nach Helsinki nehmen. Sie wischt sich mit dem Ärmel über die Augen und nimmt den wattierten Umschlag, ohne ihn zu öffnen. Er fühlt sich schwer an.

»Lass uns künftig öfter telefonieren«, sagt Inkeri vor der Tür und drückt Saana lange.

»Du meinst sicher, lass uns überhaupt mal telefonieren«, erwidert Saana lachend. Sie kennt Inkeri schon ihr ganzes Leben, aber regelmäßig miteinander telefoniert haben sie nie. Doch nach dem gemeinsamen Sommer fühlt sie sich ihr näher als jemals zuvor. »Und gib Bescheid, wenn du beschließt, nach Helsinki zu kommen«, ergänzt sie.

Arm in Arm gehen sie zum Auto. Inkeri wirft einen erschrockenen Blick auf Saanas Gepäck: ein Karton, den sie vom Dachboden geholt hat, ein großer Koffer, ein Rucksack und ein Stoffbeutel. Saana will den Koffer schon in den Kofferraum des alten Käfers legen, bis sie sich amüsiert daran erinnert, dass sich hinten der Motor befindet. Mit schwungvollen Handgriffen verstaut sie die ganze Ladung also auf der Rückbank. Anschließend geht sie noch einmal ins Haus, vergewissert sich, dass sie nichts vergessen hat, schnappt sich den isländischen Pullover von der Garderobe im Flur und schlüpft hinein. Sie hat beschlossen, ihn mit nach Helsinki zu nehmen. Früher gehörte er ihrer Mutter. Zuletzt geht sie in die Küche und trinkt ein Glas Wasser. In dem Moment klingelt ihr Handy. Die Nummer ist ihr nicht bekannt, also hebt sie gespannt ab, meldet sich höflich und betont selbstbewusst mit ihrem vollständigen Namen. Zu ihrer Überraschung erhält sie eine Einladung zu einem Bewerbungsgespräch am Freitagvormittag.

Kieselsteinchen scheppern gegen die Unterseite des Käfers, als Inkeri das klapprige Auto in hohem Tempo über die Feldwege zum bescheidenen Busbahnhof von Hartola steuert. Saana beobachtet, wie die goldenen Halme sich sanft im Augustnachmittag wiegen, und ein Gefühl der Melancholie macht sich in ihr breit. Der Sommer bei Inkeri war der beste seit Langem. Erst im Bus öffnet sie das Päckchen, das sie von ihr bekommen hat. Ihre Hand trifft auf einen kühlen, glatten Stein sowie einen Zettel, auf den Inkeri mit ihrer schnörkeligen Schrift geschrieben hat:

Für meine liebe Nichte

Der Mondstein bringt dich mit der Magie des Mondes in Verbindung. Es ist ein weiblicher Kraftstein, der dabei hilft, die eigene Intuition zu stärken. Er hat eine beruhigende Wirkung, bringt im Unterbewusstsein ver-

borgene Kräfte zum Vorschein und fördert das Impathievermögen. Der Mondstein ist der Kraftstein der spirituellen Reisenden, ein Talisman für Reisen ins Innere. Er setzt Liebesenergie frei und unterstützt dich bei Neuanfängen.

Der nächste Vollmond ist am 30. August.

Auf Neuanfänge, denkt Saana und schließt ihre Finger um den hübschen Stein. Im Laufe der Fahrt nimmt er langsam die Temperatur ihrer Hand an. Sie schickt Jan eine Nachricht: »Auf dem Weg nach Helsinki!«

Sie lächelt, während sie an ihn denkt, und wirft in regelmäßigen Abständen einen Blick auf ihr Handy, nur um festzustellen, dass er noch nicht geantwortet hat. Offenbar ist er gerade mit sehr zeitintensiven Ermittlungen beschäftigt, die wieder einmal wichtiger sind als alles andere. Aus dem Busfenster sieht sie zu, wie Hartola langsam in Heinola, dann Lahti und schließlich Helsinki übergeht. Auf der Höhe des Prisma-Supermarkts im Stadtteil Viikki fühlt sie sich gleichermaßen enthusiastisch und angespannt. Sie kehrt zurück in die Vertrautheit ihres alten Lebens, zu der sich aber auch ein paar neue Dinge gesellt haben oder noch gesellen werden: das Schreiben ihres Podcast-Skripts, ein möglicher neuer Job und ein fester Freund, das heißt, noch nicht offiziell, aber auf jeden Fall ein toller Mann: Jan, der auf einmal in ihr Leben getreten ist. Sie kennen sich erst seit Kurzem, aber zwischen ihnen ist etwas Besonderes. Und Saana will unbedingt sehen, wohin es sie führt.

Sitzung Nr. II

»Zweite Sitzung«, schreibt Kaj auf ein leeres Blatt Papier, ergänzt das Datum und unterstreicht es. Die neue Datenschutzverordnung macht es komplizierter, sich Notizen zu machen. Also notiert er sich niemals ganze Namen, sondern nur Pseudonyme. Er überlegt, welchen Spitznamen er der jungen Frau geben soll. Schließlich schreibt er »Klientin, Fräulein X« auf das Blatt.

»Auf einer Skala von eins bis zehn, wie fühlen Sie sich jetzt?«, fragt Kaj und rückt sich auf seinem Stuhl zurecht. »Zehn bedeutet, Sie fühlen sich rundum gut, eins bedeutet, Sie fühlen sich ängstlich und sehr müde.«

»Sechs«, antwortet sie, ohne ihn anzusehen, und spricht die Zahl dabei überdeutlich aus.

Kaj übergeht die mögliche Anspielung auf etwas anderes als die Zahl. Er ist alles gewohnt. Es kommt häufig vor, dass Klientinnen versuchen, mit ihrem Therapeuten zu flirten, oder dass sie sich in ihn verlieben. Aber normalerweise handelt es sich um keine echte Verliebtheit, sie projizieren nur die eigenen Bedürfnisse auf den Therapeuten. Die Emotionen können ziemlich intensiv sein, wenn man sich plötzlich gesehen fühlt. Wenn man eine Resonanz erhält, auf die man möglicherweise schon sein ganzes Leben gewartet hat. Mal ist Kaj ein Erwachsener, der Grenzen setzt, mal ermutigt er seine Klienten sanft, aber meistens dient er ihnen einfach als Spiegel.

Er betrachtet die zu zwei langen Zöpfen geflochtenen schwarzen Haare der jungen Frau. Sie liegt erneut mit Schuhen auf dem Sofa, aber er entscheidet sich dafür, sie weiterhin nicht darauf hinzuweisen. Womöglich wird sie heute nicht ganz so schweigsam sein wie bei ihrer ersten Begegnung. Dieses Mal trägt sie ein rotes Kleid. Die Spitzenränder ihres schwarzen BHs ragen aus ihrem Ausschnitt hervor, gerade so weit, dass es erst recht die Fantasie anregt. Schnell wendet Kaj den Blick ab und beginnt, das »X« auf seinem Blatt mit dem Bleistift nachzufahren.

»Was ist das für eine Welt, in der Todkranke, aber psychisch Gesunde leben wollen und körperlich Gesunde, aber psychisch Kranke freiwillig sterben wollen?«, fragt sie plötzlich und sieht Kaj herausfordernd an.

Dieser holt tief Luft und antwortet dann mit ruhiger Stimme: »Was für eine ist es Ihrer Meinung nach?« Er wirft ihr die Frage wie ein Spiegel zurück.

»Eine komische«, erwidert sie. »Meiner Meinung nach ist diese Welt, in der wir leben, komisch.«

Kaj nickt und versucht, sie dazu zu ermutigen weiterzusprechen.

»Fast alle Menschen, die ich kenne, haben Klima-Angst, Angst davor, dass wir mit Volldampf auf außergewöhnliche Zeiten zusteuern. Alles deutet darauf hin, dass die Natur in rasantem Tempo zerstört wird. Wir können nur auf die Fähigkeit der Menschen vertrauen, ihr Verhalten zu ändern, und darauf, dass die Wirtschaft zukunftsorientierter wird und uns nicht die Gegenwart raubt.«

Kaj notiert sich »Klima-Angst« und lässt den Rest vorerst weg. Wenn er die richtigen Worte wüsste, die diese Angst beseitigen würden, hätte er sie schon gesagt. Außerdem bräuchte es vielmehr Taten statt Worte, und zwar von jedem Einzelnen.

»Wie sind wir Menschen Ihrer Auffassung nach?«, fragt er.

Sie zuckt mit den Schultern.

»Bis jetzt habe ich noch nicht besonders viele Beispiele für das Gute im Menschen gefunden.«

»Ich bin für *Sie* hier. Würden Sie mir erzählen, welche Beispiele Sie kennen?« Er wirft ihr ein aufmunterndes Lächeln zu.

Sie sieht ihn mit großen Augen an und macht den Anschein, als würde sie in Gedanken verschiedene Dinge durchgehen, aber es kommt nichts aus ihrem Mund. Entweder will sie nicht antworten, oder sie kann es nicht.

»Würden Sie mir zum Beispiel etwas über Ihre Familie erzählen? Wer gehört alles dazu?«, fragt Kaj weiter, um das Gespräch nicht verebben zu lassen.

Die junge Frau rutscht auf dem Sofa hin und her.

»Nur meine Mutter und ich. Mein Vater ist abgehauen, als ich fünf war. Seitdem ist Mama alleinerziehend. Ich bin immer ziemlich einsam gewesen.«

»Ist Ihre Mutter der Mensch, der Ihnen am nächsten steht?«, fragt Kaj.

Sie setzt sich auf und zieht ihr Kleid zurecht.

»Nein. Das war meine Oma. Sie hatte ich am allerliebsten, sie war warmherzig und all das, aber meine Großeltern sind schon lange tot. Wissen Sie, wie meine Oma mich immer nannte? *La pauvre petite,* armes Ding«, fährt sie zu Kajs Überraschung fort. »Ich war immer eins dieser ernsten Kinder, zu denen fremde Erwachsene gesagt haben: ›Lächle doch mal.‹«

Kaj nickt ermutigend.

»Sie können sich sicherlich vorstellen, wie ätzend das ist.«

Kaj muss schmunzeln. Für den Bruchteil einer Sekunde hätte er sich fast dazu hinreißen lassen, ein ganz normales Gespräch mit ihr zu führen. Eines, bei dem er selbst etwas aus seinem Leben teilt, erzählt, dass auch er ein verdammt ernstes Kind war, aber dass das nichts heißen muss. Nicht jeder lächelt. Aber stattdessen schweigt Kaj. Es gehört nicht zu den Aufgaben eines Therapeuten, von sich selbst zu erzählen. Vielmehr muss er sein eigenes Ich ausblenden.

»Als ich klein war, habe ich mir manchmal gewünscht, krank zu werden«, erzählt die Klientin weiter. »Damit ich eine Rechtfertigung dafür hätte, nur dazuliegen, mir die Nase zu putzen, mich umsorgen zu lassen und fernzusehen. Wenn es mir dann tatsächlich dreckig ging, habe ich diesen Wunsch natürlich bereut. Ich hatte niemanden, der Zeit gehabt hätte, um mich aufzupäppeln. Ich bin daran gewöhnt, allein klarzukommen. Mama ist nicht der Typ, der andere umsorgt.«

Kaj lässt ihr Zeit durchzuatmen.

Sie reibt sich den Nacken und schließt die Augen, denkt nach.

»Ich erinnere mich an einen Moment, als ich im Kleiderschrank saß. Ich war vielleicht neun und machte mir Gedanken über den Tod. Ich weiß noch, wie ich dachte, dass der Tod das Ende von allem ist. Das Ende des täglichen Laufs des Lebens, bei dem man aufs Klo geht, isst, spielt, Hausaufgaben macht, spricht, lacht, sich die Zähne putzt, sich das Gesicht wäscht, einkaufen geht, wieder isst und Nachrichten schaut. Der Tod ist das Ende der Unsterblichkeit, das Ende von Plänen und Glaubenssätzen. Auch Raum und Zeit verschwinden. Für den Menschen ist der Tod das Ende von allem. Ein Stopp. Durch den Tod löst sich alles Erlebte in Luft auf, mit ihm verschwinden Lehrsätze und Erinnerungen. Was ist das alles hier überhaupt? Das dachte ich, als ich im Schrank saß.«

Sie verstummt, und Kaj notiert sich »starke Grüblerin«. Es ist gut, dass sie endlich spricht.

»Konnten Sie schlafen?«, fragt er.

Sie schüttelt den Kopf.

»Gibt es etwas Bestimmtes, was Ihnen im Kopf herumgeht, wenn Sie nicht einschlafen können?«

Sie reibt sich die Schläfen.

»Durch die Übermüdung ist mein Kopf ziemlich wirr.«

»Träumen Sie oder haben Sie Albträume?«

»Ich erinnere mich nicht an meine Träume. Entweder habe ich gar keine, oder ich träume von Dingen, an die ich mich gar nicht erinnern sollte.«

Kaj wirft einen unauffälligen Blick auf seine Armbanduhr. Er muss die Sitzung bald zu einem Ende bringen, denn die Zeit ist schon wieder fast um. Er kommt zu dem Schluss, dass die friedliche Stille, die sich über den Raum gelegt hat, ihm die Gelegenheit bietet, das Gespräch zu beenden.

»Danke«, sagt er mit Nachdruck. »Unsere Zeit ist für diesmal vorbei. Passen Sie gut auf sich auf.«

Er bleibt auf seinem Stuhl sitzen und wartet darauf, dass sie vom Sofa aufsteht und selbst hinausfindet.

Nachdem sie gegangen ist, bleibt der Duft ihres süßlichen Parfums im Raum zurück. Kaj tritt ans Fenster, und während er auf den Ahornbaum starrt, kann er auf einmal überhaupt nicht mehr benennen, welche Gefühle ihre Worte in ihm ausgelöst haben. Frustration? Wie soll es ihm nur jemals gelingen, ihr Hoffnung zu geben, wenn sie wieder auf sich allein gestellt ist, sobald sie das Zimmer verlassen hat?

Selbst als sie über schmerzhafte Themen gesprochen hat, hat sie einen ruhigen Anschein erweckt. Möglicherweise hatte sie bisher nie jemanden, dem gegenüber sie ihre Gefühle in einem sicheren Rahmen hätte ausdrücken können. Womöglich hat sie sich ein falsches Selbst erschaffen, eines, das ausschließlich Charakterzüge besitzt, die von der Außenwelt akzeptiert werden. Eigenschaften, für die man von allen Seiten Anerkennung bekommt, zum Beispiel Freundlichkeit, Gehorsam und gute Laune. Im Laufe der Zeit kann so etwas dazu führen, dass man vorgibt, jemand komplett anderes zu sein, als man wirklich ist. Dass man nach außen hin ruhig erscheint während innerlich die Angst in einem wühlt, all die Gefühle, denen man nie Ausdruck verleihen durfte. Aber da ist noch etwas anderes. Kaj massiert sich die Schläfen und nimmt wahr, wie ein eigenartiges Gefühl in sein Bewusstsein rückt. Ruhelosigkeit. Während er die sich im Wind wiegenden Ahornblätter betrachtet, wird ihm klar, dass er auf etwas wartet. Voller Spannung erwartet er das nächste Treffen, bei dem er hoffentlich mehr über diese interessante, scheue Person erfahren wird. Gleichzeitig hat er auch Angst vor dem Moment, in dem sie ihm zum ersten Mal etwas Schreckliches erzählen wird. Etwas, was er eigentlich nicht hören möchte.

JAN

»Bitte sehr«, sagt Jone und beendet das Telefonat.

Der Fall liegt jetzt offiziell auf dem Tisch des KRP. Jan fragt sich, warum Jone von Anfang an so großes Interesse daran hatte. Andererseits sitzt sie jetzt auf dem Schleudersitz. Vielleicht wird sich die Tatsache, dass sie sich gleich zu Beginn proaktiv gezeigt hat, noch zu ihrem Vorteil erweisen. Jan muss an seinen früheren Chef denken, der genau das Gegenteil von proaktivem Handeln war. Um keinen Preis würde Jan mit Johanna Nieminen tauschen wollen. Die Last der Verantwortung, die nicht vorhandenen Freiheiten, und die ganze Zeit sitzt einem jemand im Nacken.

Saki steht vor der Ermittlungswand.

»Ich habe jetzt alles gesammelt, was wir über diesen Johannes Järvinen wissen«, sagt er. »Er ist gebürtiger Helsinkier und hatte gerade mit dem dritten Studienjahr an der Metropolia begonnen. Wir versuchen aktuell, Personen ausfindig zu machen, die dort in den Tagen vor seinem Tod mit ihm zu tun hatten.«

»Ich habe die Mutter getroffen, sie wirkte normal, aber natürlich am Boden zerstört. Saki, ich habe Johannes' Laptop für dich dabei«, ergänzt Heidi. »Johannes wohnte noch zu Hause, doch seine Mutter konnte keinen einzigen seiner Freunde benennen. Aufgrund der Beschreibung scheint er mir ein schüchterner Junge gewesen zu sein, der sich hinter seinem Computer verschanzte und gern mit sich allein war. Trotzdem ist er als DJ JJ aka Järvinen aufgetreten, das stand auf dem Poster in seinem Zimmer. Am Abend vor seinem Tod war er noch unterwegs, möglicherweise hatte er einen Auftritt.«

»Alles klar, wir versuchen herauszubekommen, wo das gewesen sein könnte«, antwortet Saki. »In der Technoszene ist es relativ üblich, dass die Leute irgendwelche Drogen nehmen. Das Geld aus seinem Zimmer könnte etwas damit zu tun haben. Ich werde mir den Laptop anschauen. Auch wenn Johannes vielleicht im Real Life keine Freunde hatte, ist es gut möglich, dass er im Internet welche gefunden hat, über Spiele oder anderes.«

Jan und Heidi treten an die Ermittlungswand und betrachten die noch relativ leere Fläche.

»Was ist mit der hier?« Heidi deutet auf das Bild mit der silbernen Halskette. Der Anhänger hat die Form einer liegenden Acht.

»Die trug er um den Hals. Der einzige Gegenstand, den man bei ihm gefunden hat. Ein Infinity-Anhänger, das Unendlichkeitssymbol«, sagt Saki, während er in seinen Papieren kramt. »Es waren keine Fingerabdrücke darauf.«

»Nicht einmal seine eigenen?«, fragt Jan.

»Könnte er doch eine Freundin oder einen Freund gehabt haben, und die Kette hat etwas damit zu tun?«, fragt Heidi und blättert durch ihre Notizen. »Keine unserer Quellen hat etwas davon erwähnt, und auch die Mutter wusste nichts. Wir haben also keine Gewissheit.«

Saki schüttelt den Kopf. »Vorerst nicht. Aber vielleicht, nachdem wir den Laptop und seine Social-Media-Profile durchsucht haben.«

»In der Tasche eines seiner Kapuzenpullis war ein Haargummi mit einem blonden Haar. Johannes' Haare sind aber eher braun«, fügt Heidi hinzu.

»Und der Fingerhut?«, fragt Jan. »Verrät uns der Name der Pflanze oder ihre Bedeutung etwas?«

Als Antwort bekommt er nur Schweigen. Heidi und Saki ziehen sich kurz hinter ihre Schreibtische zurück, um zu recherchieren.

»Okay, das hab ich tatsächlich nicht gewusst«, sagt Heidi nach einer Weile und rollt mit ihrem Stuhl ein Stück vom Bildschirm weg.

»Wusstet ihr, dass der Fingerhut tierisch giftig ist?«

JEREMIAS

Jeremias spürt die Augustwärme auf seinem Gesicht. Die Abendsonne hat noch Kraft. Es ist ein windstiller Abend, doch in Jeremias' Innerem sieht es anders aus. Dieses seltsame, quälende Gefühl der letzten Tage lässt ihm keine Ruhe. Es wäre besser, an nichts zu denken und stattdessen einfach zu handeln. Rauschendes Schilfrohr rahmt den Bretterpfad ein, der auf die kleine Insel führt. Wo die Schafe wohl geblieben sind?, fragt sich Jeremias und schaut nach oben. Warum nur heißt die Insel Lammassaari, Schafsinsel, obwohl es dort kein einziges Schaf gibt?

Jeremias betrachtet die dünnen, rauchartigen Wolken am Himmel, der in rosa, orangen und lila Farbtönen leuchtet. Wieder überkommt ihn ein Gefühl der Melancholie. Verdammt! In Helsinki kann es wirklich schön sein, wenn man nur die richtigen Orte findet und auch imstande ist, innezuhalten und sie zu genießen. Aber jetzt ist nicht der richtige Moment dafür. Jeremias ist gerade nicht in der Verfassung, irgendetwas zu genießen. Die Angst lässt alles ganz unscharf erscheinen, so als ob sich die Welt unter einer Glaskuppel befände, für ihn unerreichbar.

Jeremias hält an. Als er seinem Körper erlaubt, stehen zu bleiben, und in ihn hineinhorcht, wird ihm wieder bewusst, dass er völlig erschöpft ist. In den Schläfen spürt er einen pochenden Schmerz, seine Ohren klingeln, seine Hände zittern. Schon seit vielen Tagen streift er umher. Er fühlt sich unruhig und gleichzeitig todmüde, merkt, wie ihm das Herz bis zum Hals schlägt. Für einen kurzen Moment überlegt er, sich einfach hinzulegen und sich zusammenzurollen. Und dann zu schreien. Aber das würde nichts bringen. Energisch erteilt sein Gehirn den Beinen den Befehl weiterzugehen, und die Beine gehorchen. Die Sonne steht schon tief, die Schatten der Schilfrohre tanzen auf den Pfosten, die den Holzsteg säumen. Der Pfad kommt ihm irgendwie unwirklich vor, beinahe mystisch. Jeremias bleibt noch einen Moment stehen und lauscht dem Rauschen des Schilfs. Es erstreckt sich, so weit das Auge reicht. Niemand ist zu sehen. Er sieht auf die Uhr: 19:23. Dann geht er weiter und weiß nicht mehr, wie er sich fühlt. Hat er Angst? Ist er traurig? Auf jeden Fall ist da ein Gefühl der Beklemmung. Als ob alles gleichzeitig auf ihn einstürzen würde.

Plötzlich hört er ein leises Knacken. Panisch blickt er sich zu allen Seiten um, aber da ist niemand. Das hohle Schilfrohr wiegt sich weiterhin im Wind. Jeremias lauscht noch einmal. Was, wenn sich etwas im Röhricht versteckt?

Bald taucht vor ihm eine hölzerne Aussichtsplattform auf. Schnell steigt er die Rampe hinauf, um dem Schilfrohr zu entkommen. Er sehnt sich nach offenem Raum, nach Ausblick, er will nicht komplett von Vegetation umgeben sein. Von der Plattform aus kann er über das Ried bis hinüber zu den Feldern sehen. In dem Moment dringt ein eigenartiges Geräusch an sein Ohr. Es klingt wie ein Horn oder eine Oboe, ein sonderbarer Blaslaut. Könnte es das sein, wovon der Einsiedler gesprochen hat? Jeremias lässt seinen Blick schweifen. Eine Rohrdommel? Irgendwo hier muss eine sein, aber er kann keinen derart großen Vogel entdecken. Rohrdommeln verstecken sich im Schilfrohr, und ihr

Gesang klingt, als ob jemand in eine Flasche pusten würde. Raunend, summend. Jeremias versucht, ein passendes Wort dafür zu finden. Vielleicht ist der Vogel ein Zeichen. Das Geräusch verstummt. Jeremias nimmt sein Handy aus der Hosentasche. Keine neuen Nachrichten. Mit der Handykamera macht er ein kurzes Video von der Landschaft ringsumher und dem sich im Wind wiegenden Schilfrohr, dann schickt er den Gruß aus der Natur an seinen Bruder. Anschließend steckt er das Handy wieder in die Jeanstasche und hebt den Blick zum Himmel. Von oben tönt lautes Schnattern zu ihm herab. Ein dunkler Schwarm aus unzähligen Gänsen fliegt in einer schönen Formation über ihn hinweg. Die Vögel scheinen ihre Positionen ganz automatisch zu finden. Nur einer von ihnen tanzt aus der Reihe, er fliegt etwas unkoordinierter als die anderen und bewegt sich nicht im selben Takt wie sie. Ein bisschen wie ich, denkt Jeremias, geht die Rampe wieder hinunter und läuft weiter.

Nach und nach weitet sich die Landschaft etwas, und ein großes Feld kommt in Sicht. Lammassaari liegt vor ihm wie ein saftig grünes Band. Nur noch ein paar Hundert Meter, und der Bretterpfad wird ihn in den Schatten des Waldes führen. Verärgert stellt Jeremias fest, dass seine Schnürsenkel aufgegangen sind. Erneut bleibt er stehen und beugt sich hinunter, um sie zu binden. Sein Blick fällt auf seine Armbanduhr: 19:28. Es kommt ihm vor, als würde alles in Zeitlupe passieren. Durch die tiefe Müdigkeit erscheint ihm jede Bewegung langsam und zäh.

Auf einmal hört er gedämpfte Stimmen. Er zuckt zusammen und entdeckt zwei Frauen in Yoga-Leggings und bunten Laufschuhen, die sich strammen Schrittes von der Insel her nähern. Erst als die beiden munter plaudernd an ihm vorbeigezogen sind, steht er auf und sieht sich prüfend um, ob noch jemand in der Nähe ist. Die Luft ist rein. Niemand folgt ihm.

Und so setzt er an diesem ganz normalen Donnerstagabend seinen Weg Richtung Lammassaari fort, bis er zwischen den Bäumen verschwindet. Die Sonne hat bereits ihre größte Strahlkraft verloren, und der Abendhimmel über der Altstadtstromschnelle und dem Viertel Arabianranta färbt sich langsam rot. Die Felder, die Silhouetten der Häuser und die samtenen Ähren des Schilfs, die sich an diesem fast windstillen Abend nur leicht wiegen, sind in sanftes Licht getaucht.

Freitag, 30. August

JAN

Als Jan im Büro ankommt, muss er feststellen, dass Jone auf seinem Stuhl sitzt. Verärgert geht er zu seinem Schreibtisch und wirft seinen Rucksack auf das Sofa daneben.

»Wie ist der aktuelle Stand?«, fragt Jone, rollt mit Jans Bürostuhl in die Mitte des Raums und macht keine Anstalten aufzustehen. Heidi beobachtet das Ganze mit schief gelegtem Kopf.

Auch Saki schaut von der Ermittlungswand zu ihnen herüber. Sein Jeanshemd ist bis oben zugeknöpft und wirkt ordentlich, und wie immer trägt er seine schwarze Brille mit den runden Gläsern, doch seine Haare sind verstrubbelt. Jan ist sich nicht sicher, ob sein Kollege überhaupt zu Hause war, um zu schlafen.

»Ich habe Johannes' Laptop und seine Social-Media-Accounts durchsucht. Letztere hat er mit seinem DJ-Namen erstellt, aber viel war dort nicht los. Johannes war nicht besonders aktiv, hatte wenige Follower, keine Posts.«

»Das ist alles?«, hakt Jone nach.

»Das ist alles«, sagt Saki und setzt sich an seinen Tisch. »Zumindest was die öffentlichen Profile angeht. Aber er hat noch andere Dinge mit seinem Computer gemacht. Von seinem Laptop aus wurde über das Tor-Netzwerk ein Marketplace namens

Sipulimarket aufgerufen. Ich glaube, ich übertreibe nicht, wenn ich sage, dass Johannes womöglich in den letzten Monaten im kleinen Stil Online-Handel mit illegalen Drogen betrieben hat. Allerdings kann ich das nicht mit absoluter Sicherheit sagen, und ich fürchte, dass das Knacken der Passwörter ziemlich lange dauern wird.«

»In Ordnung, danke«, sagt Jan. »Das könnte eine Erklärung für das Geld sein, das wir bei ihm gefunden haben.«

»Ich habe mir die Karte der Altstadtbucht etwas genauer angeschaut und mich gefragt, wie der Tote an den Fundort gelangt ist. Entweder ist er von Lammassaari gekommen, aus Viikki oder aus dem Stadtteil Herttoniemi«, fährt Saki fort. »Es ist anzunehmen, dass er mit dem Rad unterwegs war und damit auch bis zum Fundort gefahren ist. Möglicherweise finden wir das Fahrrad noch.«

»Als ich nach Veranstaltungen gesucht habe, die am Freitag hier in der Gegend stattgefunden haben, bin ich auf das hier gestoßen«, sagt Heidi und zeigt den anderen auf ihrem Laptop ein Facebook-Event.

»Isle of Sheep«, liest Jan vor.

»Eine Tanzveranstaltung auf der Insel Lammassaari, die einmal im Jahr stattfindet«, sagt Heidi.

Fünfundzwanzig Minuten später kehrt Heidi mit ihrem Smartphone in der Hand ins Zimmer zurück.

»Ich habe den Richtigen erreicht, einen der Veranstalter. Das Event ging von vier Uhr nachmittags bis ein Uhr nachts. Die Party selbst findet immer in der Veranstaltungsstätte *Pohjolan pirtti* statt, im Zentrum der Insel, aber angeblich herrscht auf dem ganzen Grundstück eine gemütliche Festivalstimmung«, erzählt sie. »Es gab keine Aufzeichnungen von Überwachungskameras, auf denen ich Johannes suchen könnte. Aber der Veranstalter hat versprochen, den Fotografen zu bitten, uns all seine Aufnahmen des Abends zur Verfügung zu stellen. Außerdem hat er mir den Tipp gegeben, auf Instagram zu schauen, ob es dort unter dem Hashtag #isleofsheep Fotos von Besuchern gibt.«

»Was für eine Veranstaltung ist das genau?«, fragt Jan, dem der Name vage bekannt vorkommt.

»Eine mit Paartänzen«, erwidert Heidi grinsend. »Da wird zum Beispiel finnischer Tango getanzt. Warum habe ich noch nie was davon gehört?«

»Wärst du dann hingegangen?«, fragt Jan und sieht sie verwundert an.

»Ich tanze nicht, aber die Atmosphäre scheint einmalig zu sein. Die kleine Insel direkt vor der Stadt in völlig abgeschiedener Lage. Livemusik, ein Augustabend, an dem es langsam dunkler wird, Laternen und eine Nachtwanderung über den Bohlenweg zurück aufs Festland. Es wird einem sogar empfohlen, sich für den Rückweg eine Taschenlampe...«

»Ich werde den Fotografen kontaktieren. Vielleicht finden wir auf den Fotos ja Hinweise auf Johannes«, unterbricht Saki sie.

Von außen macht das rote Backsteingebäude der Metropolia-Hochschule einen ruhigen Anschein. Die Mittagspause ist schon vorbei, als Jan und Heidi auf den Campus fahren. Sie steigen aus und betreten schnellen Schrittes das Foyer. Ein Dozent des Studiengangs Film und Fernsehen erwartet sie in der Aula und führt sie schweigend in einen leeren Seminarraum, wo sie Platz nehmen. Jan sieht an dem Mann vorbei aus dem Fenster, das einen schönen Ausblick auf die Altstadtstromschnelle bietet.

»Es tut mir leid, aber ich muss Ihnen mitteilen, dass einer Ihrer Studenten, Johannes Järvinen, tot aufgefunden wurde«, sagt Heidi.

Auf dem Gesicht des Dozenten liegt ein Ausdruck von Fassungslosigkeit, der jedoch schnell in Trauer übergeht. Johannes' Mutter hat offenbar noch nicht die Kraft gehabt, die Hochschule zu informieren.

»Wie kann ich Ihnen helfen?«, fragt der Dozent und fährt sich mit der Hand über seine Glatze. Er trägt ein T-Shirt von Patagonia und eine kurze Hose. Seine freundlichen Augen wirken gleichzeitig aufmerksam und betroffen. Fast könnte er selbst noch ein Student sein, denkt Heidi und beobachtet, wie er aufsteht und anfängt, im Zimmer auf und ab zu laufen. Sie beobachtet seine Körpersprache genau. Die Trauer und die Überraschung wirken echt. Über Johannes' Tod stand noch nichts in den Zeitungen. Das könnte sich aber ziemlich schnell ändern.

»Wann haben Sie Johannes zuletzt gesehen?«, fragt Heidi.

»Das Herbstsemester hat erst letzte Woche begonnen. Die Studenten sind aus den Ferien zurückgekommen, und die Kurse starten gerade. Wenn ich mich recht erinnere, war Johannes Järvinen zumindest in der ersten Woche hier. Am Dienstag, dem 20., gab es für die Studenten im dritten Jahr eine Vorlesung zur Forschungsmethodik. Danach habe ich ihn nicht mehr gesehen. Aber die Drittjährler haben aktuell keine regelmäßigen Lehrveranstaltungen. Ein Teil von ihnen absolviert Praktika, der andere arbeitet an seinem Abschlussprojekt.«

»Und seine Kommilitonen? Mit wem hat Johannes Zeit verbracht?«, fragt Heidi.

»Wahrscheinlich bin ich nicht die geeignetste Person, um diese Frage zu beantworten. Ich kann nicht behaupten, dass ich Johannes gekannt habe. Er war so ein stiller und gleichzeitig unruhiger Typ, kam nur gelegentlich in die Hochschule. Aber er arbeitete zumindest teilweise an einem Dokumentarfilmprojekt mit, gemeinsam mit zwei anderen Studenten. Selbst im Sommer haben sie sich Equipment aus der Schule ausgeliehen. Eigentlich hatten wir vereinbart, dass sie es heute zurückgeben. Aber keiner von ihnen ist aufgetaucht.«

»Warum?«, fragt Heidi.

Der Dozent wirkt verwirrt.

»Wie ich schon sagte, ich kenne die drei nicht besonders gut. Aber ich wüsste eine Person, mit der Sie sprechen könnten.«

SAANA

Saana überprüft noch einmal die Adresse auf ihrem Handy. Vor ihr liegt ein großer Bürokomplex. Über die Kopfhörer hört sie *Win* von Jay Rock – der beste Weg, um sich nach langer Pause in das richtige Mindset für ein Vorstellungsgespräch zu bringen. Sie betritt das klinisch saubere, nagelneue Foyer und blickt sich suchend nach dem Aufzug um. Auf der Fahrt nach oben betrachtet sie sich im Spiegel. Ihre schlaffen Haare schüttelt sie etwas auf und macht sich innerlich bereit, einer Gruppe unbekannter Leute gegenüberzutreten. Der Aufzug ist zu schnell am Ziel. Sie steigt aus und landet mitten in einem hellen Großraumbüro.

»Herzlich willkommen!«, ertönt eine energiegeladene Stimme von links, und Saana setzt schnell ein strahlendes Lächeln auf.

»Hallo«, grüßt sie zurück und wartet auf Anweisungen. Kurz darauf bekommt sie einen Kaffee in die Hand gedrückt und folgt der Chefin, die ein schwingendes violettes Kleid trägt, in einen kleinen Besprechungsraum mit Glaswänden.

Eine Stunde später fühlt Saana sich schon eine Spur entspannter. Sie beenden das Gespräch, stehen auf und gehen in Richtung Flur. Dort bleibt die Chefin stehen und lächelt sie an.

»Danke für das nette Gespräch. Schön, dass du so kurzfristig kommen konntest. Wir haben ein paar neue Kunden und brauchen daher jemanden, der gut schreiben kann. Ich habe bereits im Voraus deinen Referenzgeber angerufen.«

Saana lächelt verlegen und muss an ihren früheren Chef denken. Hoffentlich war er nicht zu ehrlich und hat ein gutes Wort für sie eingelegt. Das Bewerbungsgespräch lief gut, und der Job in der Kommunikationsagentur kommt ihr immer verlockender vor.

»Ich würde mich freuen, dich bei uns begrüßen zu dürfen«, sagt die Chefin zu Saanas Überraschung.

»Heißt das, dass ...?«

»Herzlich willkommen bei uns!«, sagt die Chefin fröhlich.

Saana muss an den endlosen Stress im Frühjahr denken, daran, wie sie am Schluss sogar ihren Job verloren hat. Kaum einer ihrer damaligen Arbeitskollegen ahnte, wie es ihr wirklich ging und dass sie an Burn-out litt. Aus Angst vor dem Stigma hatte sie beschlossen, niemandem etwas zu erzählen.

»Du brauchst nicht so geschockt zu sein, deine Arbeitsproben waren ausgezeichnet, und dies ist auch nur eine befristete Teilzeitstelle. Aber wenn das für dich in Ordnung ist, dann herzlich willkommen! Von meiner Seite her kannst du schon am Montag anfangen«, fährt die Chefin fort, und Saana spürt, wie die Anspannung von ihr abfällt.

Anschließend wird sie zu ihrem künftigen Arbeitsplatz geführt: ein leerer weißer Tisch, ein Laptop, ein Bildschirm, eine Dockingstation und ein Sattelhocker.

»Hast du noch einen Moment Zeit? Ich organisiere mal schnell ein Treffen mit unserem Account-Manager«, sagt ihre neue Chefin und eilt davon.

Perplex setzt sich Saana auf den Hocker und streicht mit der Hand über den weißen Tisch. Er ist herrlich sauber, schließlich hatte sie noch nicht die Gelegenheit, ihn schmutzig zu machen. Sie blickt sich im Großraumbüro um: drei leicht voneinander abgetrennte geräumige Sitzbuchten mit verschiedenen Arbeitsplätzen, an denen momentan niemand sitzt. Auf dem Nachbartisch liegt ein Rucksack, daneben steht ein Foto von einem kleinen grinsenden, rothaarigen Mädchen.

Saana nippt an ihrem Kaffee und spürt, wie ihre Aufregung in Erstaunen und schließlich in Freude übergeht. Sie hat einen Job! Sie lässt ihren Blick durch das gänzlich weiß eingerichtete Büro schweifen, während sie gleichzeitig mit Stolz und mit Schrecken über ihre neue Berufsbezeichnung nachdenkt. Saana Havas, *Communications specialist*. Freut mich, Sie kennenzulernen. In dem Moment entdeckt sie etwas weiter weg eine Gruppe Mitarbeiter, die sich um einen großen Mann versammelt hat. Ihre neuen Arbeitskollegen. Sie kann nicht hören, worüber sie sprechen, aber ihre Gesichter sehen aus, als wäre etwas Schreckliches passiert. Der große Mann sagt etwas, und eine kleine blonde Frau umarmt ihn. Dann unterhalten sie sich weiter. Der Mann holt sein Handy heraus und zeigt den anderen etwas. Ob sie sich über irgendein aktuelles Ereignis unterhalten? Saanas Neugier ist geweckt, aber sie traut sich nicht hinüberzugehen. Für einen Moment beobachtet sie weiter die neuen Kollegen und richtet ihren Blick dann auf ihren künftigen Arbeitslaptop. Es wird wahrscheinlich etwas dauern, bis sie sich wieder daran erinnert, wie man einen PC anstelle eines Macs bedient.

Kurz darauf lernt Saana den Account-Manager kennen und erhält gleich ihr erstes Projekt für Montag: Sie soll eine Pressemitteilung für einen Kunden aus der Lebensmittelbranche schreiben. Sie kann nicht anders, als sich den Auftrag schon jetzt anzuschauen.

Thema: Produkteinführung
Kernaussage: beliebter Frischkäse jetzt auch mit Olivengeschmack erhältlich

Saana liest sich den Auftrag wieder und wieder durch und überfliegt nebenher die Produktinformationen des Herstellers. Mehr Material hat sie nicht zur Verfügung. Sie spürt eine leichte Anspannung in sich aufsteigen. Auf einmal soll sie einen sachlichen und interessanten Text über Frischkäse schreiben, über den es eigentlich nichts zu sagen gibt. Sie entschließt sich, das Ganze erst einmal zu verdauen, und öffnet auf dem Handy Facebook. Ihr Newsfeed ist neuerdings voll von Werbung und Statusmeldungen oberflächlicher Kontakte. Geburtstage, Tausch- und Schenkgruppen und Veranstaltungseinladungen sind mittlerweile der einzige Grund, warum sie dort noch angemeldet ist.

Anschließend geht sie auf die Website ihrer neuen Arbeitgeberin, um einen Blick auf die Namen und Bilder der Mitarbeitenden zu werfen. Und plötzlich, ganz nebenbei, fällt ihr eine Lösung für den Auftrag ein. Vielleicht könnte man den Frischkäse mit den Worten »mediterran« oder »frische Neuheit« beschreiben. »Dieser Frischkäse ist wie eine cremige, mediterrane Brise auf dem finnischen Frühstücksteller«, tippt sie versuchshalber in ihre Notiz-App und muss über den Ausdruck »cremige Brise« lachen. Einen Moment lang sitzt sie kichernd an ihrem Schreibtisch, dann reißt sie sich wieder zusammen, um von den anderen nicht als verrückt abgestempelt zu werden. Die allein vor sich hin lachende, aber ansonsten stumme neue Mitarbeiterin.

Sie beschließt, sich noch einen Kaffee zu holen und dann nach Hause zu gehen. Das Großraumbüro ist mittlerweile so gut wie leer, und schließlich ist ihr offizieller Arbeitsstart auch erst am Montag. Auf einmal fängt ihr Herz an zu rasen. Ob das von dem Bürokaffee kommt? Oder hat sie es fertiggebracht, sich selbst schon jetzt unter Druck zu setzen? Beim ersten Arbeitsauftrag zu scheitern wäre das Schlimmste, was sie sich vorstellen kann. Sie geht in den Pausenraum, nimmt sich eine Tasse aus dem Schrank und schaltet die Kaffeemaschine ein. Als der Kaffee fertig und ihre Tasse gefüllt ist, dreht sie sich um und stößt dabei fast mit jemandem zusammen.

»Entschuldigung«, sagt sie, erleichtert, dass sie die Kollision noch verhindern konnte.

»Macht nichts«, entgegnet der große, dunkelhaarige Mann schmunzelnd. »Du konntest ja nicht wissen, dass ich mich anschleiche. Ich gehe immer so leise, dass es niemand merkt, wenn ich hereinkomme.«

»Okay«, sagt Saana und lächelt, obwohl sie sich nicht sicher ist, ob man über so etwas spaßen sollte.

Sie mustert ihn etwas genauer und stellt fest, dass er zumindest keine Stalker-Vibes aussendet. Er hat freundliche braune Augen, trägt T-Shirt und Jeans. Seine etwas längeren Haare hat er hinten zusammengeknotet. Ein Manbun, schießt es ihr durch den Kopf. Mit seinem Grinsen und den Lachgrübchen sieht er sympathisch aus.

»Samuli, auch bekannt als der Wollsockenmann«, stellt er sich vor.

»Saana, ich bin neu hier, offiziell habe ich noch gar nicht angefangen«, erwidert sie und lenkt ihren Blick zu seinen Füßen. Ja, er wird seinem Spitznamen gerecht.

»Willkommen an Bord. Ich glaube sogar, wir sind Tischnachbarn. Ich arbeite hier als Grafiker«, sagt er höflich, obwohl er mit den Gedanken woanders zu sein scheint. Daraufhin verabschiedet er sich auch schon, und Saana kehrt mit dem Kaffee in der Hand zu ihrem Tisch zurück. Ihr Smartphone zeigt eine WhatsApp-Nachricht von Jan an: »Zu dir oder zu mir?«

Sie stellt ihren Bürohocker tiefer und schaut an die Decke. Ihre Wohnung ist gemütlicher, aber Jan hat ein besseres und größeres Bett. Beim Gedanken daran, ihn zu sehen, verspürt sie ein Kribbeln. Gleichzeitig fragt sie sich, was sie zusammen kochen könnten, doch ihr fällt kein einziges Rezept ein. Mit ihm hat sie schon alle schnellen und einfachen Gerichte, die sie auswendig kann und die ihr auch sicher gelingen, durch. Die nächste Phase ihres noch frischen Abenteuers wird jetzt darin bestehen, einander so kennenzulernen, wie sie wirklich sind. Die Wahrheit ist: Saana ist eine Drei-Rezepte-Frau, die zwar gut essen, aber schlecht kochen kann. Andererseits interessiert sich Jan nicht besonders für Essen, und eigentlich ist es auch total nebensächlich, schließlich haben sie in erster Linie Hunger aufeinander.

»Wollen wir erst essen gehen? Pizza? Dann können wir meinen neuen Job feiern!!!«, schreibt Saana und leert hastig ihre Kaffeetasse, bevor sie sich ihre Jacke schnappt, die Tasse in den Geschirrspüler stellt und Richtung Fahrstuhl geht. Als sie näher kommt, erkennt sie, dass sich dort eine kleine Versammlung gebildet hat.

»Wirklich komisch. Also er geht nicht ans Telefon und antwortet auch nicht auf Nachrichten?«

»Hast du versucht, seine Freunde anzurufen?«

Saana erkennt den Wollsockenmann namens Samuli wieder, es sieht ganz so aus, als ob er besorgt und irgendwie durcheinander wäre. Am liebsten würde sie fragen, wer nicht ans Telefon geht und was passiert ist, aber noch kennt sie diese Leute nicht gut genug, um sich einzumischen.

Also drückt sie auf den Fahrstuhlknopf und wartet. Auf einmal muss sie lächeln. Ein neuer Job, und das so schnell. Sie steigt in den Aufzug und zuckt zusammen, als der Wollsockenmann im letzten Moment seine Hand in die Tür schiebt.

»Ich muss jetzt los. Sagt der Chefin, dass ich wegmusste«,

ruft er den Leuten hinter sich zu und betritt zerstreut den Fahrstuhl.

»Ist etwas passiert?«, fragt Saana vorsichtig und begegnet seinem freundlichen, aber besorgten Blick. Der Mann sieht aus, als würde er jeden Moment anfangen zu weinen.

»Mein kleiner Bruder...«, setzt er an. »Niemand weiß, wo er ist.«

Nervös schielt Samuli auf sein Handy. Saana hat Mitleid mit ihm, aber sie weiß nicht, wie sie es zum Ausdruck bringen soll.

»Hoffen wir, dass alles gut wird«, bringt sie hervor. »Sag Bescheid, wenn ich irgendwie helfen kann«, fügt sie noch hinzu, während der Aufzug hält und die Türen sich öffnen. Aber Samuli ist schon draußen und rennt zielstrebig Richtung Ausgang.

HEIDI

Heidi mustert die junge Frau, die abwartend zwischen den Ermittlern und ihrem Dozenten hin- und hersieht.

»Ich dachte, dass du vielleicht eine Hilfe sein könntest, Tuuli«, sagt der Dozent und schließt die Tür. »Gleich geht hier der Unterricht los, aber einen Moment lang sind wir noch ungestört.«

»Wir suchen nach Informationen über Johannes Järvinen«, sagt Heidi, den Blick weiterhin auf die Frau mit dem hippen Kurzhaarschnitt gerichtet. Sie trägt einen weinroten Anorak und ein Nasenpiercing, was in Heidi das Gefühl entstehen lässt, ihrem jugendlichen Ich gegenüberzustehen.

»Ich kenne Johannes, aber nur flüchtig«, erwidert Tuuli.

»Du hattest doch ab und zu mit den Jungs zu tun, mit denen von der Dokumentarfilmgruppe«, wirft der Dozent ein und sieht Tuuli ermutigend an. »Sie waren heute nicht hier. Weißt du, wo sie sind?«

Tuuli schüttelt den Kopf. Schweigend holt sie einen Kaugummi aus ihrer Tasche und steckt ihn sich in den Mund. Heidi mustert sie nachdenklich.

»Wann haben Sie Johannes zuletzt gesehen?«, fragt sie dann.

»Warum fragen Sie? Hat Johannes etwas angestellt?«, will Tuuli wissen und wirft den Ermittlern einen ungläubigen Blick zu.

»Antworte ruhig«, sagt der Dozent.

»Das weiß ich nicht mehr. Johannes ist eher ein Einzelgänger, aber ich glaube, zumindest in der ersten Woche war er hier«, sagt Tuuli. »Es tut mir leid, aber ich kenne ihn nicht besonders gut«, wiederholt sie und sieht ihren Dozenten Hilfe suchend an.

»In Ordnung«, sagt Heidi. »Haben Sie trotzdem eine Idee, wo Johannes einen Auftritt als DJ gehabt haben könnte?«

Während sie überlegt, starrt Tuuli gedankenverloren aus dem Fenster.

»Im *Pultti* vielleicht«, antwortet sie schließlich. »Das ist so ein Club.«

»Im *Pultti?*«, wiederholt Heidi sicherheitshalber und reicht Tuuli gleichzeitig ihre Karte. »Danke. Sie können sich bei uns melden, wenn Ihnen noch etwas Wichtiges einfällt. Egal was.«

Im selben Moment geht die Tür auf, und Studenten strömen herein.

Um 15:45 Uhr hält Heidi direkt vor dem Restaurant. Ein ziemlich spätes Mittagessen, denkt sie, und erst jetzt fällt ihr auf, wie hungrig sie ist. Es kommt ihr vor, als hätte sie den Kontakt zu ihrem Körper verloren. Es gibt nur den Kopf, der rattert, und den willenlosen Körper, der das ausführt, was das Gehirn ihm befiehlt. Vor ihr erstreckt sich ein riesiger weißer Bogen, die Isoisänsilta-Brücke, auf deren anderer Seite die Insel Mustikkamaa, »Blaubeerland«, liegt. Felsen, die sich aus dem Meer erheben, dahinter dichtes Grün. Wenn man die Brücke überqueren und nur lange genug weitergehen würde, käme man am Ende auf der Insel Korkeasaari heraus. Dem Ort, an dem Pfauen frei herumstolzieren und den Heidi immer noch in erster Linie mit riesigen

Lollis in Form eines Teddybärkopfs in Verbindung bringt. Als sie klein war, gab es dort solche Lollis in verschiedenen Farben zu kaufen. Sie schmeckten eigentlich nach nichts und waren so klebrig, dass sie immer an der Verpackung haften blieben, trotzdem hatte Heidi jeden Sommer darauf bestanden, einen dieser Lutscher zu bekommen.

Der Zoo auf Korkeasaari hat zweifelsohne eine schöne Lage, so auf seinem eigenen Eiland. Eine ganze Insel voller in Käfigen eingesperrter Wildtiere. Manchmal trägt das Wasser das Gebrüll der Löwen bis in die nahe gelegenen Wohngegenden. Nur wenige wohnen so hoch im Norden und trotzdem so nah an exotischen Tieren.

Heidi schlägt die Autotür zu, drückt den Verriegelungsknopf auf dem Schlüssel, und die Lichter blinken auf. In dem Moment bekommt sie eine Nachricht auf Tinder: »Hi.« Sie muss grinsen. Frauen schreiben nur selten Nachrichten und warten oft einfach darauf, dass die andere Person den Anfang macht. Im schlimmsten Fall wird daraus nur ein freundliches und verständnisvolles Hin- und Hertexten, das nie zu einem Treffen führt.

Gleichzeitig schreibt Jan ihr, er sei beim Einkaufszentrum Redi. Heidi entschließt sich, nur mal kurz einen Blick in die App zu werfen. Schon jetzt, nur zwei Tage nachdem sie sich Tinder Gold zugelegt hat, erinnert sie sich wieder daran, was für eine dämliche Abhängigkeit diese App erzeugt und wie bescheuert das ganze System eigentlich ist. Während sie an ihrem Stammplatz in der *La Bella Trattoria* Platz nimmt, in der sie sich mit Jan verabredet hat, muss sie trotzdem schon wieder nachschauen, wer alles zur Auswahl steht. Mittlerweile ist sie nur noch an solchen Profilen interessiert, die ihr einen fertigen Köder hinwerfen: Geh mit mir auf einen Waldspaziergang oder ins Kino. Kein Um-den-heißen-Brei-Herumgerede, nichts Kryptisches.

Was Julia wohl jetzt macht? Sie haben nur einige durchwachsene Tage miteinander verbracht. Irgendetwas an Julia hat sich so kompliziert angefühlt. Abwechselnd haben sie ihre Spielchen miteinander getrieben, bis Heidi am Ende nicht mehr wusste, wer hier wen jagte. Als Julia dann verkündete, sie würde eine Weile nach Bali gehen, war Heidi regelrecht erleichtert. Ihre Arbeit ist in jeder Hinsicht schon kompliziert genug, da hat sie in ihrer Freizeit keinen weiteren Bedarf an schwierigen zwischenmenschlichen Beziehungen. Ja, vielleicht sollte ich mir einen netten und einfachen Menschen suchen, jemanden, der so schockierend ehrlich ist, dass er mich dazu zwingt, mich mit all meinen Gefühlen auseinanderzusetzen, denkt Heidi. Doch dann muss sie über die Idee lachen. Sie und eine unkomplizierte zwischenmenschliche Beziehung, mit einer unkomplizierten Frau? Als Jan hereinkommt, lacht sie immer noch in sich hinein.

»Was sitzt du hier allein rum und kicherst?«, fragt Jan und lässt sich auf einen der Stühle plumpsen. »Du Spinnerin. Was ist denn so lustig?« Er sieht aus, als könnte auch er einen Anlass zum Lachen gebrauchen.

»Ach, nichts. Ich bin nur so dumm. Vorgestern hab ich mir Tinder heruntergeladen.«

»Und, hast du schon jemanden gefunden?«, fragt Jan und gibt gleichzeitig dem Kellner ein Zeichen.

»Nur die üblichen Verdächtigen«, sagt Heidi und geht davon aus, dass Jan sofort weiß, was sie meint. In dem Moment gibt ihr Handy ein *Ping* von sich, weil sie ein Match bekommen hat, und ein Schamgefühl überkommt sie. Während der Arbeit sollte man wirklich nicht tindern.

Die Eiswürfel in der Karaffe klirren, als Heidi sich und Jan Wasser einschenkt. In stiller Übereinkunft bestellen sie beide die gleiche Pizza, die Amorosa mit Rucola, wie schon so oft. Sie mögen das italienische Restaurant im Stadtteil Kalasatama wegen seiner Schlichtheit. Irgendwie war es von Anfang an ihr Lieblingslokal.

»Ich habe Neuigkeiten von Joki«, sagt Jan. »Die Leiche weist Anzeichen einer Vergiftung auf. Die offizielle Todesursache war ein Herzinfarkt. Der Tote hat keine Einstichstellen, und es gibt auch keine Spuren eines äußerlich verabreichten Giftes. Aber in seinem Organismus wurden Rückstände von irgendetwas Pflanzlichem gefunden, die zuerst unbedeutend erschienen. Joki hat Proben des Mageninhalts ins Labor geschickt, und die toxikologische Untersuchung deutet auf Eibennadeln oder -rinde hin. Laut Jokis Bericht hat der Tote also eine schwere Vergiftung erlitten, die zu Herzrhythmusstörungen und schließlich zum Tod führte. Eben kam noch die endgültige Bestätigung, dass die Vergiftung durch Bestandteile der Eibe verursacht wurde.«

»Eibe? Wirklich?«, fragt Heidi und googelt sofort nach der Pflanze.

Jan sieht aus dem Fenster. Ein kleines Motorboot fährt gerade unter der Brücke hindurch. Die Pizza wird gebracht, aber keiner von beiden fängt an zu essen.

»Lähmt das zentrale Nervensystem, kann im schlimmsten Fall schon innerhalb von eineinhalb oder zwei Stunden nach Verzehr zum Tod führen. Das Gift kann sogar ein Pferd umbringen«, liest Heidi vor.

Jan richtet den Blick auf seinen Teller.

»Er hat das Gift also oral konsumiert?«, vergewissert sich Heidi noch einmal.

»Laut der Untersuchungsergebnisse ja, aber Konsum ist in diesem Kontext ein etwas schwieriges Wort«, meint Jan.

»Hier steht, dass die Eibe im Laufe der Geschichte bei Morden und Suiziden verwendet wurde, zum Beispiel, wenn man den Göttern Menschenopfer darbrachte. Was, wenn Johannes freiwillig eine Art Opfertrank zu sich nahm?«

SAANA

»Ernsthaft?«, fragt Saana. Jan hat ihr gerade gebeichtet, dass sein spätes Mittagessen aus Pizza bestanden hat. »*Wir* wollten doch zusammen Pizza essen«, sagt sie lachend.

»Hab ich vergessen«, entgegnet Jan und umarmt sie als Wiedergutmachung. »Lass uns trotzdem deinen neuen Job feiern«, murmelt er mit dem Mund an ihrem Hals. Sie spürt seine Bartstoppeln, atmet seinen vertrauten Geruch ein. Alles an Jan fühlt sich immer noch so gut an wie zu Beginn. Und dort stehen sie ja schließlich nach wie vor. Saana muss an das Blind Date denken, den Moment, in dem sie ihn zum ersten Mal sah und dachte, dass er zu gut aussieht. Dieses seltsame unsichere Gefühl, das sie überkam, kommt ihr jetzt zum Glück schon weit weg vor. Jan wirft sie auf die Couch und küsst ihren Hals. Veera, denkt Saana, ohne Veera wäre sie nicht hier. Diese hatte das Blind Date organisiert, und dass die Verkupplung geglückt war, hatte zweifellos alle Beteiligten überrascht. Alle außer Veera. Jan löst sich leicht von Saana und sieht sie an, als wolle er überprüfen, ob sie bei der Sache und alles in Ordnung ist. Sie lächelt und beugt sich nach vorne, um seine Hose zu öffnen. Werde leer, schalte ab, befiehlt sie ihrem Kopf, aber so funktioniert der menschliche

Geist leider nicht. Erst als sie die geschickten Bewegungen seiner Finger in ihrer Unterhose spürt, stöhnt sie und merkt, wie sich all ihre überflüssigen, kreisenden Gedanken verflüchtigen.

Später liegen sie aneinandergeschmiegt auf dem Sofa, Jans Brusthaare kitzeln an ihrer Wange. Er schwitzt, und Saana fühlt sich angenehm erschöpft, aber gleichzeitig auch gierig. Seit vielen Tagen haben sie sich nicht gesehen, sodass sie jederzeit bereit für eine neue Runde wäre. Als sie es Jan sagt, lacht er auf.

»Essen, ich brauche erst Essen«, erwidert er, und auch dagegen hat Saana nichts einzuwenden. Zusammen mit ihm ist sie zu allem bereit. Sie bestellen sich Shanghai-Tacos aus dem Restaurant *Lie Mi,* und während sie warten, deckt Saana den Tisch.

»Die letzten Tage war ziemlich viel los«, sagt Jan, während sie Platz nehmen, die Boxen öffnen und die köstlich duftenden Gerichte auf Tellern anrichten.

»Das habe ich gemerkt«, erwidert Saana.

Während des Essens muss sie darüber nachdenken, was Jan die letzten Tage gemacht hat. Als sie in Hartola war, hat er kein einziges Mal angerufen. Wenn er sich noch seltener bei ihr melden würde, bekäme Saana praktisch gar nicht mehr mit, was er so tut oder nicht tut. In solchen Momenten weiß sie nur, dass Jan nicht da ist und sie ihm nichts von sich erzählen kann. Andererseits hat er ihr heute Bescheid gegeben, dass er ein wenig freie Zeit zur Verfügung hat. Doch, denkt Sanaa, es fühlt sich gut an, wieder in Helsinki zu sein. Bei ihm.

Später am Abend, als Jan gerade das Licht im Wohnzimmer ausschaltet, folgt Saana ihm mit zwei Portionen Eis in der Hand zum Sofa. In stillem Einvernehmen sucht Jan auf HBO nach der Serie *Succession.*

»Das ist das Beste seit Langem«, meint Saana und schiebt sich schon während des Vorspanns den ersten Löffel Eis in den Mund. Himbeere und weiße Schokolade. Lecker!

»Ich weiß nicht mehr genau, wo wir bei der letzten Folge stehen geblieben sind, aber egal«, sagt Jan.

Saana bringt sich in eine bequemere Position und legt ihre Füße auf Jans Schoß. Sie bedenkt ihn noch mit einem kurzen Blick, bevor sie sich dem Wolkenkratzer auf dem Bildschirm zuwendet. Im Handumdrehen sind sie in die Welt der Serie eingetaucht.

In der Nacht wacht Saana von einem Albtraum auf. Im Traum hatte sie versucht, vor etwas zu fliehen, aber sie hatte sich wie durch eine zähflüssige Masse bewegt und war nicht vorangekommen. Nach einem kurzen Blick auf den neben ihr schlafenden Jan schleicht sie sich in die Küche. Das Licht der Dunstabzugshaube brennt noch. Sie füllt ein Glas mit Leitungswasser, und erst in dem Moment fällt ihr auf, dass sie sich in einem Aquarium befindet, komplett nackt. Ob im Nachbarhaus noch jemand wach ist? Ob man von dort aus direkt in die Küche schauen kann? In einigen Fenstern des gegenüberliegenden Hauses brennt tatsächlich noch Licht, und schnell wird ihr klar, dass sie ins Innere der Wohnungen blicken kann. Es ist also anzunehmen, dass das auch andersherum so ist. Eigentlich wäre es doch egal, wenn ein Unbekannter zufällig hersehen und sie nackt sehen würde. Aber es ist mir nicht egal! Wem mache ich hier was vor?, denkt sie im nächsten Moment. Auf keinen Fall will sie sich nackt im Schaufenster präsentieren. Also schnappt sie sich Jans verknittertes T-Shirt vom Stuhl und streift es sich über. Durchs Tragen ist es weich geworden. Es riecht nach seinem Aftershave und so, als hätte er es den ganzen Tag angehabt. Es reicht ihr fast bis zu den Knien.

Auf Zehenspitzen schleicht sie zu ihrer Tasche, um ihren Laptop zu holen, setzt sich an den Küchentisch und beginnt, die Website ihrer neuen Arbeitgeberin zu durchstöbern. Wozu hat sie sich da eigentlich verpflichtet? Es ist spannend, aber auch ein wenig beängstigend, diesen Schritt zurück zu einem geregelten Büroalltag zu machen. Seit ihrem Burn-out im Frühjahr ist schon etwas Zeit vergangen, und zum ersten Mal seit Langem fühlt sie wieder eine zaghafte Energie in sich aufsteigen. Mit der Arbeit wird sie schon klarkommen, wenn sie nur darauf achtet, sich regelmäßig zu regenerieren. Die Grenze zwischen Arbeit und Freizeit ist allerdings fließend, und bis jetzt sieht es gar nicht so aus, als ob sie diese wahren könnte. Es bleibt nur zu hoffen, dass an ihrem neuen Arbeitsplatz nicht der Zeitdruck den Ton angibt und dass sie in den Bereichen, die während des Sommers auf dem Land neue Priorität erlangt haben – wie etwa ihr persönliches Wohlbefinden –, nicht sofort einen Rückschlag erleidet, wenn sie wieder anfängt zu arbeiten.

Sanaa wirft einen Blick auf die Uhr. Es ist schon halb vier Uhr morgens, aber sie fühlt sich erschreckend munter. So munter, dass sie beinahe schon den neuen Tag beginnen könnte. Gleichzeitig ist ihr klar, dass diese Wachheit trügerisch ist. Um fünf, spätestens um sechs, würde sie eine so tiefe Müdigkeit verspüren, dass es sie glatt umhauen würde. Sie muss unbedingt versuchen, noch etwas zu schlafen.

Sanft klappt sie den Deckel des Laptops zu. Das Einblatt in der Ecke sieht nicht gut aus. Einige der spitz zulaufenden Blätter sind gelb, und ein Teil von ihnen ist bereits vertrocknet. Ob sie es wohl zu viel oder zu wenig gegossen hat? Mit Schrecken stellt sie fest, dass sie schon wieder eine Zimmerpflanze umgebracht hat. Diesmal hat sie den Pflanzenmord in Jans Wohnung verübt. Auf einmal fällt ihr eine Theorie wieder ein, von der sie vor Kurzem gelesen hat und der zufolge schlecht organisierte Serienmörder ihre Opfer meistens in einer ihnen vertrauten Umgebung finden. Das Schicksal des Einblatts war also schon von dem Moment an besiegelt, als Saana zum ersten Mal bei Jan zu Besuch war.

Sie geht auf die Toilette und kehrt ins Schlafzimmer zurück. Schon auf der Türschwelle zieht sie sich das T-Shirt aus, genau in dem Augenblick dreht Jan sich zu ihrer Überraschung um und sieht sie an. Schlaftrunken stößt er einen Pfiff aus und macht keinen Hehl daraus, dass er ihren nackten Körper mit den Augen verschlingt. Saana dreht sich um die eigene Achse und macht eine Pose wie ein Fotomodell, obwohl sie sich gleichzeitig ein kleines bisschen geniert. Lachend wirft sie sich zu Jan aufs Bett. Wenn sie schon beide wach sind, können sie auch etwas anderes tun, als zu schlafen.

Samstag, 31. August

JAN

Jan öffnet die Augen einen Spaltbreit. Ein komischer Laut hat sich in seinen Traum geschlichen, und sein Gehirn hat ihn sogleich in das Traumszenario eingewoben. Als er die Augen ganz aufmacht, wird ihm klar, dass der Ton gar nicht Teil des Traums war, sondern real ist. Auf dem Boden neben dem Bett liegt sein Smartphone und vibriert aggressiv vor sich hin. »Saki ruft an«, steht auf dem Display. Jan tastet nach dem Handy, bis er es zu fassen bekommt, und wirft dann einen Blick auf den Hügel, der sich neben ihm unter der Bettdecke abzeichnet und sich warm anfühlt. Saana schläft offenbar noch tief und fest, umständlich in ihre Decke eingewickelt. Nicht einmal die laute Handyvibration hat sie aus dem Schlaf reißen können.

»Morgen«, murmelt Jan ins Handy und schleicht sich ins Wohnzimmer, um Saana nicht doch noch zu wecken. Sanft lächelnd lässt er seinen Blick auf ihr ruhen, reißt sich dann aber zusammen.

»In Helsinki wurde ein junger Mann als vermisst gemeldet«, sagt Saki.

Während Jan Sakis Ausführungen lauscht, massiert er sich den Nacken.

»Möglicherweise ist er schon seit Donnerstagabend verschwunden, und jetzt machen seine Angehörigen sich richtig Sorgen. Eine Vermisstenmeldung, die jemand aus seinem Umfeld auf Facebook gepostet hat, wurde schon auf der Seite von MTV3 geteilt und in der Online-Ausgabe der *Ilta-Sanomat* veröffentlicht. Der Name des Vermissten ist Jeremias Silvasto, eingeschrieben an der Metropolia.«

»An der Metropolia?«, wiederholt Jan und spürt, wie die Farbe aus seinem Gesicht weicht.

»Du hast richtig gehört. Das ist ziemlich nah dran an…« Saki bricht ab, aber Jan weiß genau, was er meint.

»Mit welcher Wahrscheinlichkeit handelt es sich um einen Bekannten von Johannes?«

Nachdem sie das Gespräch beendet haben, holt Jan sich seine Klamotten aus dem Schlafzimmer und zieht sich rasch an. Da Saana noch schläft, wagt er es nicht, die laute Espressomaschine zu benutzen, und kocht sich stattdessen einen normalen Filterkaffee.

In dem Moment klingelt das Handy erneut. Es ist Johanna Nieminen.

»Jetzt also ein weiterer Vermisster. Besser, wir schließen so schnell wie möglich alle Optionen aus, die ihn in irgendeiner Weise mit der Leiche im Wald in Verbindung bringen, nicht wahr?«, sagt sie, und Jan muss sich damit zufriedengeben, mit einem Brummen zu antworten, denn sie lässt ihn nicht zu Wort kommen.

»Die Zeitungen haben sich jetzt auf den Fund von Johannes' Leiche gestürzt. Es war schon am Wochenende in den Schlagzeilen. Und dieser Vermisstenfall erleichtert die Dinge nicht gerade. Den Spekulationen der Medien müssen wir so schnell wie möglich ein Ende bereiten, indem wir den Täter und den verschwundenen jungen Mann finden. Man übt bereits von allen Seiten Druck auf uns aus. Wir sind so lange am Fall beteiligt, bis die Sache geklärt ist.«

»Es ist wirklich äußerst besorgniserregend, dass jetzt ein weiterer Mann als vermisst gemeldet worden ist. Außerdem müssen sich die beiden gekannt haben. Sie waren auf derselben Schule.«

Am anderen Ende ist es still.

»Lies deine Mails«, sagt Jone dann und legt grußlos auf.

Jan schenkt sich den dampfenden Kaffee in eine Tasse und ruft mit dem Handy seine neueste E-Mail auf.

Vermisstenfall in Helsinki
Vermisste Person: Jeremias Silvasto, Alter: 23. Hauptberuflich Student. Sein älterer Bruder, Samuli Silvasto, meldete ihn als vermisst.
Jeremias trug schwarze Halbschuhe, schwarze Jeans, ein schwarzes Sweatshirt und eine hellgraue Mütze. Möglicherweise führte er auch einen schwarzen Rucksack mit sich, in dem sich seine Kamera befindet. Der Vermisste ist bei guter Gesundheit und nimmt keine Psychopharmaka o. Ä. ein.
Samuli Silvasto zufolge hatte Jeremias am Tag seines Verschwindens sowie an den Tagen zuvor sowohl mit ihm als auch mit Freunden Treffen für die Zukunft vereinbart, was darauf hindeutet, dass es sich um einen Unfall oder ein Verbrechen handeln könnte. Das letzte Lebenszeichen ist ein Videoclip, den der Vermisste am Abend seines Verschwindens an seinen Bruder geschickt hat. Der darin erkennbare Bretterpfad inmitten von Feldern konnte schnell der Helsinkier Insel Lammassaari zugeordnet werden. In der Umgebung wurden großräumige Suchaktionen gestartet.

Jan ist körperlich noch nicht ganz wach. Die intensive Nacht mit Saana hat ihm auf der einen Seite Energie verliehen, aber auf der anderen Kraft gekostet. Doch es hilft nichts. Heidi wird gleich hier sein, um ihn abzuholen. Also schreibt er Saana einen Entschuldigungszettel, malt ein Herz darauf und legt ihn auf den Tisch. Sehnsüchtig denkt er an die Zeit zurück, in der ein Samstag einfach ein gewöhnlicher Samstag war. Ein freier Tag ohne Programm, ohne Verantwortung. Jan schnappt sich die Schlüssel aus dem Flur und schließt die Wohnungstür so leise wie möglich hinter sich.

Zwei Polizeiautos parken hinter den Lebensmittel-Lkw auf dem sandigen Parkplatz. Am Ufer scheinen ein paar Angler zu stehen. In regelmäßigen Abständen kommen Jogger und Radfahrer vorbei. Jan betrachtet die Umgebung genau. Das Areal ist so groß, dass man es auf keinen Fall komplett absperren kann. Auf der Suche nach Schaulustigen mustert er die vorbeikommenden Passanten. Wenn er an einem Tatort ankommt, nimmt er immer auch das Publikum in Augenschein und verwendet viel Zeit darauf, diejenigen zu beobachten, die die Polizei beobachten. Manchmal kommt es nämlich vor, dass Schuldige die Ermittlungen aus nächster Nähe mitverfolgen wollen und selbstbewusst davon ausgehen, dabei unbemerkt zu bleiben. In manchen Fällen machen Täter sogar Aussagen als Augenzeugen. Im Moment gibt es allerdings niemanden, der Jan ins Auge sticht. Was lässt sich daraus schließen? Müssen sie vielleicht nach jemandem suchen, der sich versteckt, jemandem, der die Grenze zur Welt des Bösen überschreitet, aber anschließend schnell wieder zur Normalität zurückkehrt und mit der Masse verschmilzt? Der sich nur durch den Wunsch, Böses zu tun, von den anderen unterscheidet?

Jan kehrt zurück zu Heidi. »Die Helsinkier Polizei hat bereits umfassende Ermittlungen aufgenommen«, sagt diese und schaut ihn mit einem kampfeslustigen Gesichtsausdruck an. »Ist dir klar, was das schlimmstenfalls bedeutet? Im Laufe der Jahre haben wir alles Mögliche gesehen. Was ist deiner Meinung nach schlimmer: jemand, der den Menschen mit seinen Taten Angst einjagen will und es darauf anlegt, dass das Opfer gefunden wird, oder jemand, der in aller Stille auf die Jagd geht und sein Opfer einfach verschwinden lässt?«

»Ich weiß nicht«, gibt Jan zurück. »Aber im Moment könnten wir es sowohl mit dem einen als auch dem anderen zu tun haben.«

Zwei von Heidis Kollegen von der Helsinkier Polizei kommen auf sie zu, offenbar, um die Einzelheiten des Falls zu besprechen.

»Wir suchen die Insel ab. Es hat sich bereits eine Gruppe Freiwilliger gemeldet, um bei der Suchaktion zu helfen, die bald startet. Aktuell befragen wir die Besitzer der Sommerhäuser und versuchen, mögliche Augenzeugen ausfindig zu machen«, sagt einer der beiden.

»Lammassaari ist ein beliebtes Naherholungsgebiet. Es ist wahrscheinlich, dass jemand den Vermissten hier gesehen hat. Wir werden noch im Laufe des Vormittags eine offizielle Vermisstenmeldung veröffentlichen, in der wir um Mithilfe bitten. Der Post auf Facebook wurde schon vielfach geteilt. Auch ein mögliches Tötungsdelikt ziehen wir in Betracht.«

»Wer hat Jeremias zuletzt lebend gesehen?«, fragt Jan.

»Das kommt darauf an«, antwortet der andere Beamte. »Wenn wir davon ausgehen, dass er noch lebt, dann waren es nach aktuellem Wissensstand zwei Nordic Walkerinnen, die sich bei uns meldeten, nachdem sie die Nachricht gelesen hatten. Ihnen zufolge stand am Donnerstagabend gegen halb acht ein Mann, der aussah wie Jeremias, auf dem Bohlenweg kurz vor der Insel und band sich die Schnürsenkel. Aber wenn wir von einem Mord ausgehen, dann wissen wir alle, dass der Mörder der Letzte war.«

Jan wirft dem Mann einen Blick zu, der verrät, dass er nichts von dessen Kommentar hält.

»Wir überprüfen gerade die Videoaufzeichnung eines Hobby-Drohnenfliegers von Sonntagabend. Noch wissen wir nicht mit Sicherheit, ob auch Lammassaari mit aufgenommen wurde. Die Drohne, die das Gebiet momentan aufzeichnet, ist unsere eigene.«

»Alles klar, danke«, sagt Heidi.

Jan schließt die Augen und stellt sich die Umgebung aus der Vogelperspektive vor. Wie sieht das Areal aus? Was gibt es dort? Das größte Naturschutzgebiet von Helsinki und über hundert verschiedene Baum- und Rindenpilzarten. Das Feuchtgebiet der Altstadtbucht mit seinen vielen Vögeln, der alte Abwasserkanal der Kläranlage von Viikki. Die Altstadtstromschnelle und Pornaistenniemi, das Naherholungsgebiet, wo der Holzpfad nach Lammassaari beginnt. Der Altstadtfjärd mit mehreren Inseln. Einige Hundert Hektar Naturschutzgebiet und bereits zwei vermisste Männer.

Jan hört, wie ein Schwarm Gänse schnatternd über ihn hinwegfliegt. Irgendwo weiter weg bellt ein Hund. Vermutlich hat die Suchaktion, an der auch Polizeihunde beteiligt sind, begonnen. Die warme Sonne, die ihm ins Gesicht scheint, kommt Jan angesichts der aktuellen Situation viel zu angenehm vor. Zuerst der merkwürdige, unnatürliche Todesfall und jetzt ein weiterer verschwundener junger Mann. Jan öffnet die Augen und hebt den Blick zum Himmel, der von den Wipfeln der Bäume eingerahmt wird. Das Blau ist immer gleich hoch, immer gleich weit, nur Jans Gedanken und Gemütszustände ändern sich. Im Moment ist das vorherrschende Gefühl Sorge. Große Sorge.

Für Fußgänger gibt es nur einen Weg nach Lammassaari: den von hohem Schilfgras gesäumten Bretterpfad, der in Pornaistenniemi beginnt. Alternativ kann man mit dem Boot zur Insel fahren. Beides gilt auch für die Insel Kuusiluoto südlich von Lammassaari. Um dorthin zu gelangen, muss man ganz Lammassaari einmal überqueren. Heidi und Jan machen sich auf den Weg zum Suchareal.

Trotz aller Beliebtheit des Naherholungsgebiets wurde der Zugang zum Holzpfad ausnahmsweise gesperrt. In Vermisstenfällen kann jede Stunde, schlimmstenfalls jede Minute, die Suchenden weiter vom Verschwundenen wegführen, und Jeremias wird schon seit über vierundzwanzig Stunden vermisst. Es gibt keine Garantie, dass er gefunden wird, aber noch besteht Hoffnung.

Während sie zur Insel laufen, nimmt Jan selbst die kleinsten Details und die leisesten Geräusche wahr. Wenn das Wasser nicht gefroren ist, ist das Betreten der weitläufigen Felder und Wiesen verboten. Jan ist sich nicht sicher, ob man momentan darauf gehen kann oder ob man einsinken würde. Der Wind braust ihm und Heidi um die Ohren, als sie auf die hölzerne Aussichtsplattform steigen. Schilf, so weit das Auge reicht. Jan betrachtet den gut gewarteten Holzsteg, der alle paar Meter von Holzpfosten gesäumt wird. Er kennt diesen Ort sehr gut, aber jetzt versucht er, ihn so zu sehen, als wäre er zum ersten Mal hier. An der Holzwand auf der Plattform hängt eine Tafel mit Illustrationen von Vögeln und deren lateinischen Namen. »Bekassine, langschnäbeliger Vogel (*Gallinago gallinago*), Schilfrohrsänger (*Acrocephalus schoenobaenus*), Spitzname Schönling.« Der Schilfrohrsänger ist klein und unscheinbar wie ein Spatz.

Sie gehen weiter. Bald gelangen sie an den Ort, an dem die Walkerinnen angeblich den Vermissten gesehen haben. Das muss die Stelle sein, an der auch die Hundestaffel mit der Suche begonnen hat.

Wo einst der Meeresboden war, säuselt trockenes, hohles

Schilfrohr im Wind. Der Holzsteg endet im Schutz der Insel an einer Kreuzung mit einem schwarzen Holzschild. Links der Vogelbeobachtungsturm, geradeaus die Veranstaltungsstätte *Pohjolan pirtti* und rechts die Insel Kuusiluoto. Das sind die Optionen.

Sie wissen, auf welchem Weg der Vermisste auf die Insel gelangte, aber nicht, wie und ob er zurückkam.

HEIDI

Auf der Insel gibt es über hundert Sommerhäuser, aber viele davon sind nur selten bewohnt. Heidi wirft einen Blick auf die Informationen, die sie erhalten hat. Die Polizei hat allen Eigentümern eine Nachricht geschickt; am Donnerstagnachmittag soll nach Möglichkeit allen derzeit anwesenden Sommerurlaubern ein Besuch abgestattet werden. Heidi sieht sich die Liste an. Nur zwei Namen stehen darauf: zwei Personen, von denen man mit Sicherheit weiß, dass sie sich gerade auf Lammassaari befinden. Na gut, es ist immerhin Ende August, ein Abend unter der Woche. Heidi betrachtet die aneinandergereihten, kleinen bunten Häuschen. Zu Beginn waren sie nur einfache, rechteckige Hütten, aber im Laufe der Jahre wurden sie zu immer robusteren Ferienhäuschen ausgebaut. Ob man in den Grundrissen Hohlräume entdecken würde, in denen man einen Menschen oder sogar eine Leiche verstecken könnte?, überlegt Heidi, während sie den wurzeligen Pfad zur Veranstaltungsstätte *Pohjolan pirtti* hinaufgeht. Es führt offenbar keine Wasserleitung auf die Insel, aber den Sommerhausbewohnern stehen zwei Brunnen zur Verfügung. Könnte jemand in einen der beiden eine Leiche geworfen haben? Heidi schaudert. Jedes Ferienhaus und auch die Brunnen werden in den kommenden Tagen sicherheitshalber durchsucht werden.

In dem Moment dringt irgendwo aus der Nähe das Bellen der Polizeihunde an ihr Ohr. Es wird etwas dauern, bis die Tiere die Insel umrundet haben. Die erste Bestätigung gibt es allerdings schon: Die Hunde, die man an Jeremias' Kleidung riechen ließ, haben die Ermittler zur Insel geführt. Nichts hat die Hunde vom Pfad weggelockt. Es sieht ganz danach aus, als hätte sich Jeremias auf dem Bohlenweg in Luft aufgelöst.

In der Mitte der Insel stehen ein paar größere Gebäude. Eines davon, das *Pohjolan pirtti,* ist ein rotes, Anfang des 20. Jahrhunderts erbautes Blockhaus. Was es im Laufe der Zeit wohl schon alles miterlebt hat, fragt sich Heidi. Eines der Fenster ist kaputt und wurde notdürftig mit Pappe abgedichtet. Etwas weiter entfernt steht ein weißes Haus. Das muss Lepola sein, ein Gebäude im Empirestil, ebenfalls sehr alt. Heidi bleibt vor dem Informationsschild über das Naturschutzgebiet stehen. Darauf ist eine Reihe grüner Fichten auf weißem Grund abgebildet.

Naturschutzgebiet Viikki und Altstadtbucht
Schutzzone gemäß finnischem Naturschutzgesetz. Dieses Naturschutzgebiet wurde ausgewiesen, um den ökologischen Wert des Wasser-, Schilf- und Strandareals der Altstadtbucht zu bewahren. Es besitzt eine Vogelwelt von internationaler Bedeutung.

In diesem Bereich ist untersagt:
- das Betreten des Schilfs, solange keine Eisdecke vorhanden ist
- das Pflücken und Beschädigen von Pflanzen
- das Stören von Tieren
- Fischen und Angeln

Heidi hebt den Blick zu den Wipfeln der Bäume. Ein paar Wattewolken ziehen gemächlich über den Himmel. Auf dem Schild steht nichts von Jagd, denkt Heidi. Sie ist Teil der Natur, aber trotzdem etwas, worüber man nicht laut spricht. Genau wie man früher die Namen von furchterregenden Dingen nicht aussprach, um die Ungeheuer nicht aus ihren Verstecken zu locken. Heidi geht bis an die Uferlinie. Auf dem Steg aus Beton liegen grüne, vom Meer glatt geschliffene Glasscherben, ein Stück Porzellan und eine verrostete Gürtelschnalle. Die eigenwillige Sammlung war vielleicht ein Schatz, den sich irgendein Kind am Strand zusammengesammelt hat. Heidi betritt den Sand. Unter ihren Füßen knirschen gelbe Binsen, die an den Strand gespült wurden. Sie hebt einen Stein auf und wirft ihn so weit aufs Wasser hinaus, wie sie kann. Im Gegensatz zum Stein würde eine Leiche nicht untergehen. Nach ein paar Tagen würde sie an der Oberfläche treiben. Im Moment treibt dort allerdings nichts.

Heidi liest noch einmal die Informationen auf ihrem Handy durch: Aila Savolainen, Sommerhaus Nummer drei. Dann vergewissert sie sich noch einmal des Standorts. Haus Nummer drei befindet sich in der Nähe des Stegs. Sie ist gleich da. Ein paar verlassene Boote lagern im Sand. Sogar ein oranges städtisches Rettungsboot liegt einsam neben der Strandsauna.

»Ich habe hier schon Marder, Nerze und Wiesel beobachtet, Hirsche, sogar einen Maulwurf, aber den verschwundenen Jungen habe ich nicht gesehen, tut mir leid«, sagt die freundliche Frau Savolainen gleich zu Beginn und geht dann hinein, um Teewasser zu holen.

»Ein lauschiges Plätzchen haben Sie da«, ruft Heidi ihr von der Terrasse aus hinterher. Weiter als bis zur Türöffnung kann sie nicht sehen, da es draußen ziemlich hell und drinnen zu dunkel ist. Verstohlen holt sie ihren Snus unter der Lippe hervor und schnipst ihn hinunter ins Gras.

Kurz darauf kommt Frau Savolainen mit einer Teekanne im japanischen Stil und zwei kleinen Tassen zurück.

»Ein bisschen was zum Aufwärmen«, sagt sie und schenkt Heidi unaufgefordert Tee ein.

»Zucker?«, fragt sie. Heidi schüttelt den Kopf. Frau Savolainen wirkt nett. Die langen grauen Haare hat sie zu einem losen Dutt gebunden, und um die Schultern trägt sie einen dicken Schal in einem hübschen Blauton. Ihre Augenwinkel sind voller Lachfältchen.

»Mein Häuschen ist wie ein kleiner Flur, von dem aus sich das Wohnzimmer in die Natur hinaus öffnet. Hier auf der Insel leben wir im Einklang mit der Natur, wissen Sie? Wir kommen immer im Frühling hierher, wenn das Grün wieder sprießt, die Tiere aus ihren Löchern kriechen und die Vögel zurückkehren. Wenn Kälte und Eis alles erstarren lassen, ziehen wir uns in den Schutz der Stadt zurück.«

Heidi nickt und bläst auf den heißen Tee, bevor sie einen Schluck davon nimmt.

»Meine Lieblingstiere hier sind die Waldohreulen. Auf Lammassaari nistet jedes Jahr ein Paar. Die Küken schlüpfen sehr zeitig und machen viel Lärm. Manche sagen, ihre schrillen Rufe erinnern an rostige Sägen. In der Abenddämmerung kann man sie manchmal sehen. Dort in den Bäumen sitzen sie dann, und wenn die erwachsenen Eulen merken, dass man sie anschaut, versuchen sie, sich als Ast zu tarnen. Dann machen sie sich ganz lang, wie ein Mensch, der sich für ein Foto aufrichtet und den Bauch einzieht«, erzählt Frau Savolainen, sehr zu Heidis Erheiterung.

»Wir leben hier wie eine kleine Dorfgemeinschaft. Als es einen neuen Bebauungsplan gab, wurden mehr Sommerhäuschen gebaut, und ein Teil der bisherigen Häuser musste weiter nach oben versetzt werden, weg vom Strand.«

»Waren Sie am Donnerstag auf der Insel?« Heidi kommt direkt zur Sache, und Frau Savolainen bejaht ihre Frage.

»Haben Sie irgendetwas Ungewöhnliches gesehen? War hier zum Beispiel nach sechs Uhr abends jemand unterwegs?«

Frau Savolainen denkt einen Moment nach.

»Die Abende werden schon dunkler. Normalerweise sitze ich bis spät in die Nacht mit einer Öllampe hier auf der Veranda, wenn es nur warm genug ist, so wie letzten Donnerstag. Ich habe gelesen und ging dann irgendwann nach zehn Uhr auf die Gemeinschaftstoilette. Ich erinnere mich, dass ich einen Lichtschimmer auf der Insel Kuusiluoto sah. Sonst fällt mir nichts Ungewöhnliches ein«, sagt sie nachdenklich und nimmt einen Schluck von ihrem Tee.

»Dieser Lichtschimmer – waren das Laternen oder Taschenlampen? Haben Sie Menschen gesehen?«, hakt Heidi nach.

»Schwer zu sagen, da war nur flackerndes Licht«, erwidert Frau Savolainen. »Gegen halb elf kam der Inselwächter hier vorbei. Er dreht abends oft eine Runde über das Gelände.«

Heidi notiert sich alles und überprüft, wohin man von der Veranda aus überall sehen kann. In der Ferne zeichnet sich Kuusiluoto ab, aber das Schilfgras verdeckt die Sicht darauf fast vollständig. Vom Plumpsklo aus hat man wahrscheinlich eine bessere Sicht.

»Übernachten Sie hier?«, fragt Heidi, und die Frau nickt.

»Das Häuschen lässt sich ziemlich gut einheizen, normalerweise fühle ich mich hier bis Ende August wohl. Auch bei Temperaturen um den Gefrierpunkt würde man es noch aushalten, aber es wird zu früh dunkel. Mittlerweile bleiben nicht mehr viele über Nacht. Aber der Inselwächter wohnt auch in den Sommermonaten in der Nähe des *Pohjolan pirtti,* in dem Gebäude namens Lepola. Er verkauft Gas, hält die Örtlichkeiten sauber. Mit ihm sollten Sie sprechen.«

»Gibt es hier noch andere, die den Ort gut kennen?«

»Da fällt mir der Bewohner von Kuusiluoto ein. Vielleicht war er am Donnerstag vor Ort, weil ja Licht zu sehen war. Er lebt das ganze Jahr über auf der Insel«, sagt Frau Savolainen und ergänzt grinsend: »Er ist nicht gerade ein großer Menschenfreund.«

»Wem gehört das Haus auf Kuusiluoto?«, fragt Heidi.

»Die alte Holzvilla ist im Besitz der Asio-Stiftung.«

Heidi notiert sich den Namen.

»Und der Mann, der Bewohner, den Sie erwähnten?«

»Roy. Roy Kuusisto.«

Heidi nickt und leert ihre Tasse.

»Hier inmitten des Schilfrohrs ist man völlig ungestört«, fügt Frau Savolainen noch hinzu. »Als Rentnerin habe ich Zeit, in aller Ruhe in der Gegend herumzuschauen. Ich habe als Bühnenbildnerin an der Oper und verschiedenen Theatern gearbeitet, aber die Welten, die ich dort erschuf, waren nie so vielfältig und fantasievoll wie die Natur selbst. Allein dort drüben tummeln sich etliche Fischarten lautlos unter der Wasseroberfläche – Karpfen, Barsche, Hechte, Brachsen und mehr.«

Heidi betrachtet das wogende Meer. Der Wind rauscht in den Bäumen und Gräsern. Obwohl die Insel mit ihrem üppigen Grün wunderschön ist, erweckt die Atmosphäre eine seltsame Melancholie in Heidi, die sie nicht ganz greifen kann.

Montag, 2. September

SAANA

Saana reibt sich die Schläfen. Es kommt ihr vor, als hätte sie am Wochenende gar nicht geschlafen. Jan ist am Samstag früh zur Arbeit gegangen, ohne sie zu wecken. Verdutzt ist sie in seiner leeren Wohnung aufgewacht. Wenn er ihr nicht eine Nachricht auf dem Küchentisch hinterlassen, sich dafür entschuldigt und sogar ein krakeliges Herz auf den Zettel gekritzelt hätte, wäre sie womöglich ausgerastet. Wieder einmal hat sie also Quality Time mit sich selbst verbracht, das Skript für ihren Podcast fertiggestellt und sich am Ende mit Lakritze und vier Folgen von *The Killing* belohnt. Sie hat die Serie zwar schon einmal komplett gesehen, aber egal. Aus irgendeinem Grund hat keine Polizeiserie, die nach *The Killing* erschienen ist, Saana so sehr in ihren Bann gezogen. Schließlich hat das Starren auf den Laptopbildschirm bis spät in die Nacht ihre Müdigkeit vertrieben, und sie konnte nicht mehr richtig einschlafen.

Langsam zieht Saana ihre Jacke aus und wirft einen unauffälligen Blick auf den leeren Tisch neben ihrem. Samulis Platz. Er ist heute nicht zur Arbeit gekommen. Neugierig sieht sie sich im Büro um, hier und da sitzen vereinzelt Leute. Vor den Aufzügen scheint es erneut eine Versammlung zu geben. Ob sie über

Samuli reden oder etwas ganz anderes? Saana nimmt ihren Mut zusammen, steht auf und geht hinüber, um sich vorzustellen.

»Hat er etwas von sich hören lassen?«, fragt eine rothaarige Frau gerade, und eine dunkelhaarige schüttelt den Kopf.

»Er bleibt heute daheim, um etwas Neues in Erfahrung zu bringen. Total verrückte Sache«, sagt die Dunkelhaarige.

»Hi, ich wollte nur kurz Hallo sagen, ich habe gerade hier angefangen«, sagt Saana und stellt sich dabei direkt vor die Frauen. »Entschuldigung, aber ich muss einfach fragen: Wisst ihr etwas über Samuli?«, fügt sie hinzu. »Mein Platz ist direkt neben seinem, und am Freitag habe ich mitbekommen, dass sein kleiner Bruder verschwunden ist.«

»Wirklich beängstigend, das Ganze«, antwortet die Rothaarige sofort. »Ich bin Niina, und das hier ist Sari.«

»Saana«, sagt Saana und wartet auf eine Fortsetzung.

»Samuli ist heute nicht da, er sucht wahrscheinlich gerade weiter nach seinem Bruder«, sagt Niina.

»Weiß man schon etwas Neues?«, fragt Saana.

»Nein, nichts. Wir haben alle schon die Vermisstenmeldung geteilt und unsere Hilfe angeboten, aber es hat sich noch nichts Neues ergeben. Eine schreckliche Situation.«

Nachdem Saana an ihren Platz zurückgekehrt ist, ruft sie sofort die Firmenwebsite auf und sucht nach Samulis Nachnamen. Silvasto. Neugierig googelt sie und findet schnell ein Facebook-Profil, auf dessen Foto sie ihn wiedererkennt. Es ist ein öffentliches Profil, sodass sie seinen neuesten Post sehen kann:

JEREMIAS SILVASTO IST VERSCHWUNDEN
Mein kleiner Bruder Jeremias Silvasto, 23 J., ist am Donnerstagabend im Umkreis von Lammassaari verschwunden und seither nicht erreichbar. Bitte teile das hier. Wenn du etwas weißt, kontaktiere mich oder direkt die Polizei.

Unter dem Post wurden bereits einige Kommentare und Herzchen hinterlassen. Alle wünschen Samuli viel Kraft bei der Suche, aber niemand schreibt, dass er etwas von Jeremias gehört hätte. Beim Lesen der Kommentare wird Saana unruhig. Sie schickt Samuli eine Freundschaftsanfrage, ihr Blick kehrt immer wieder zum Foto des Posts zurück, auf dem ein junger, blonder Jeremias selbstbewusst direkt in die Kamera lächelt, nichts von seinem bevorstehenden Schicksal ahnend.

Wie kann jemand in Helsinki einfach so verschwinden? Saanas Interesse ist geweckt. Ob sie irgendwie bei der Suche helfen kann? Sie geht in den Pausenraum, um sich frischen Kaffee zu holen, und stellt dabei überrascht fest, dass Samuli ihre Freundschaftsanfrage bestätigt hat. So schnell. Sie öffnet sein Profil erneut und sieht sich die Bilder an. Samuli ist eindeutig nicht oft auf Social Media, in den letzten Jahren hat er nur wenige Statusmeldungen gepostet. Immer wieder kehrt sie zu seinem letzten Post zurück und liest ihn sich durch. Je länger sie über die Sache nachdenkt, desto sicherer ist sie sich.

»Ich werde dir helfen, deinen kleinen Bruder zu finden«, sagt sie laut.

Sie hat das Gefühl, Samuli ein unwiderrufliches Versprechen gegeben zu haben.

Sitzung Nr. III

»Ich habe ihn auf Tinder getroffen«, sagt die junge Frau. Kaj sieht sie an. Ihre Haare sind diesmal zu einem strengen Pferdeschwanz zurückgebunden, ihre Augen katzenhaft geschminkt. Sie sieht lebendig aus. Bestimmt hat sie schlafen können, denkt Kaj. Dann stellt er belustigt fest, dass er selbst in der gesamten Tinder-Ära nie Single war. Er ist sich nicht sicher, ob er sich darüber ärgern oder freuen soll.

»Meine Altersspanne lag lange bei 18–26-Jährigen, also deutlich unter dreißig. Aber dann habe ich mich entschieden, sie zu erweitern. Männer in meinem Alter sind so, na ja, kindlich und naiv. Ich habe nicht einmal groß über den Altersunterschied von fünfzehn Jahren nachgedacht, da habe ich auch schon nach rechts gewischt.«

Kaj nickt und rechnet rasch nach. Der Mann, um den es hier geht, ist ungefähr in seinem eigenen Alter.

»Wir haben uns auf einen Kaffee getroffen und über alles Mögliche geredet. Danach habe ich für eine Weile nichts von ihm gehört. Als er mich eines Abends auf einmal angerufen hat, war ich ganz schön überrascht. Er sagte mir, ich solle ans Fenster kommen und hinunterschauen. Also ging ich zum großen Fenster im Wohnzimmer und spähte in den Garten. Da saß er, auf einem Motorrad, und blickte direkt zu mir hoch. Es war eine ziemlich große und beeindruckende Harley Davidson. Später habe ich erfahren, dass es irgendein ganz spezielles Modell war. Aber damals wusste ich noch nichts über Motorräder. Und auch nichts über Männer. Ich ging trotzdem hinunter, er gab mir seinen Zweithelm, und wir fuhren quer durch Helsinki. Am Ende haben wir am Strand im Kaivopuisto-Park gehalten, und er kaufte uns Eis. Danach: gar nichts.«

Kaj greift nach seinem Wasserglas.

»Ich wusste schon damals, dass er mich verarscht. Er hat gewittert, dass ich Menschen mag, die man nicht sofort durchschauen kann«, sagt die junge Frau und lächelt. Kaj bemerkt, dass er ihr Lächeln schön findet. Er wünschte, sie hätte öfter Anlass dazu.

»Sie kann ich übrigens auch nicht lesen, Sie sind so cool wie ein Kühlschrank«, sagt sie auf einmal zu ihm. Dann setzt sie ihre Erzählung fort: »Am Freitag danach stand ich gerade vor einer Bar an, als er mich wieder anrief. Ich hielt es für einen Witz, aber es stellte sich ziemlich schnell heraus, dass er es ernst meinte. Nicht mal fünf Minuten später hielt ein schwarzer Mercedes vor mir, und ich stieg gespannt ein. Der Fahrer sprach die ganze Fahrt über kein Wort mit mir. Er brachte mich zum Hügel Malminkartanonhuippu, und als die Tür aufging und ich ausstieg, stand *er* am Gipfel und wartete mit zwei Gläsern Champagner in der Hand auf mich. Das Auto fuhr wieder weg, und vor lauter Anspannung fing ich an, nervös zu kichern.

›Ich wollte dir eine Bar mit eigener Aussicht bieten‹, sagte er grinsend. Wir tranken recht schnell unsere Gläser aus, und dann sagte er, die Reise ginge noch weiter. Auf seinem Motorrad fuhren wir also mit Vollgas den Berg hinunter und weiter zu ›einem gewissen interessanten Ort‹. So drückte er es aus.«

Kaj nickt und notiert sich: »Mann, 35+, Motorrad«. Er fragt sich, warum die Klientin über den Mann und nicht über sich selbst sprechen möchte. Ob die Geschichte womöglich eine Überleitung zu etwas sein soll, von dem sie nicht direkt erzählen kann? Hat sie womöglich etwas Traumatisches erlebt? Viele verbannen schmerzhafte Dinge in die Tiefen ihrer Seele, an einen Ort, an den man nicht leicht herankommt. Indem man sich selbst von den traumatischen Ereignissen distanziert, lässt sich ein vorübergehendes Gefühl von Sicherheit herstellen. Am entsetzlichsten sind die Momente, in denen Klienten lachend von furchtbaren Erfahrungen berichten.

Kaj weiß nicht, was die Frau alles erlebt hat. Das wird erst mit der Zeit ans Licht kommen. Aber hinter Depressionen oder selbstverletzendem Verhalten können traumatische Ereignisse stecken. Kaj wägt die Lage der jungen Frau ab. Das Suchen nach gefährlicher Gesellschaft hört sich in der Tat nach selbstzerstörerischem Verhalten an.

Die Klientin erzählt weiter.

»Ich glaube, ich war etwas überrascht, als wir vor einer großen Industriehalle ankamen. ›Willkommen in meinem bescheidenen Heim‹, sagte er und führte mich höflich in seine Höhle hinein. ›Hier gibt es alles, und was es nicht gibt, wird besorgt.‹«

Kaj sieht sie an. Während sie über den Mann spricht, ist ihr Gesicht lebhafter und ihre Stimme weicher als sonst.

»Ich habe erst später verstanden, dass der Ort, an den er mich gebracht hatte, das Quartier eines Motorradclubs war. Und noch später wurde mir außerdem klar, dass dieser Mann nicht einfach nur irgendein Mitglied der Gang war.«

Dienstag, 3. September

SAANA

Der zweite Arbeitstag. Saana versucht, kein Aufsehen zu erregen. Alles ist neu, und sie ertappt sich immer wieder bei der Sorge, dass sie vielleicht doch nicht gut genug für diese Stelle ist. Entschlossen schiebt sie den Gedanken weg und konzentriert sich stattdessen darauf, die Pressemitteilungen zu schreiben, mit denen sie beauftragt wurde. Gleichzeitig versucht sie, sich Energie für die erste Podcast-Aufnahme am Abend aufzuheben. Bisher ist sie mit der Arbeit am Skript zügig vorangekommen, aber jetzt hat sie nach dem Fall aus dem Sommer schon gleich wieder die nächste Idee. Saana geht allein zum Mittagessen und zieht sich an den hintersten Ecktisch zurück. Die Idee ist ihr ganz plötzlich gekommen, und jetzt kann sie ihre Begeisterung dafür einfach nicht mehr bremsen.

Die Suche nach Jeremias. Der erste finnische Podcast, der einen echten Vermisstenfall hautnah begleitet. Eine Reihe, deren Fokus darauf liegen würde, dem Verschwinden von Jeremias auf den Grund zu gehen, und die die Zuhörenden an den Ermittlungen teilhaben ließe. Saana würde von den verschiedenen Schauplätzen aus über die Stimmungslage der Angehörigen und auch der Polizei berichten. Ein Teil des Contents würde darin bestehen, den Ablauf der Tage vor dem Verschwinden durchzugehen und ein Bild des Vermissten zu skizzieren – ohne jedoch sensationshungrig zu sein, sondern mit Respekt den Menschen gegenüber. Aber wie soll sie Samuli ihre Idee verklickern? Er darf es nicht falsch verstehen und glauben, dass sie das Verschwinden seines Bruders ausschlachten will, denn so ist es nicht. Es geht ihr um die Möglichkeit, auf ihre eigene Art zu helfen, dem Verschwundenen eine Stimme zu verleihen. Wer weiß, vielleicht hört jemand zu, der etwas gesehen hat? Im besten Fall weckt der Podcast so viel Interesse, dass er die Menschen dazu bringt, ihre Umgebung aufmerksamer zu beobachten. Idealerweise kann Saana am Ende sogar zur Lösung des Falls beitragen.

Sie spürt, wie der schiere Gedanke daran Begeisterung in ihr hervorruft. Nach kurzem Zögern schreibt sie Samuli eine Nachricht, in der sie ihn um Erlaubnis bittet, in Form eines Podcast zu ermitteln.

Am Abend sitzt sie allein im Studio einer kleinen Produktionsfirma und isst Lakritz-Sticks. Zuerst einen weißen, dann zwei lilafarbene und am Schluss einen gelben. Sie kann sich nicht entscheiden, welche Farbe am besten schmeckt. Unterscheiden sie sich überhaupt im Geschmack? Sie steckt sich drei verschiedenfarbige auf einmal in den Mund. Das Abendessen hat sie ausfallen lassen, das rächt sich nun – jetzt ist es schwer, mit den Süßigkeiten aufzuhören. Sie hört sich den Ausschnitt, den sie gerade aufgenommen hat, noch einmal an: »Das an der Staatsstraße 4 gelegene Hartola war ein verschlafenes Kirchdorf, in dem das Leben in seinem eigenen gemütlichen Trott verlief...«

Der Podcast wird voraussichtlich sechs Folgen haben. Noch ein paar Wochen, und die Story über das Mordmysterium vom Sommer ist im Kasten. Saana kaut auf der etwas zähen Lakritzmasse in ihrem Mund herum. Jetzt wäre es eigentlich an der Zeit, sich selbst zu beglückwünschen und die Tatsache zu feiern, dass sie zum ersten Mal in ihrem Leben etwas abgeschlossen hat, was sie ganz allein zustande gebracht hat. Stattdessen fängt sie an, den Post zu lesen, den sie gerade beim Googeln nach Jeremias Silvasto gefunden hat.

Polizeidienststelle Helsinki
Die Polizei sucht nach dem 23-jährigen Jeremias. Zuletzt wurde er vor fünf Tagen auf der Helsinkier Insel Lammassaari gesehen. Am Tag seines Verschwindens trug er dunkle Jeans, ein schwarzes Sweatshirt und schwarze Schuhe. Hinweise bitten wir der Polizei zu melden. #Polizei #Helsinki

Auf dem Foto blickt Jeremias freundlich in die Kamera, mit einem kleinen Lächeln um die Mundwinkel. Es ist dasselbe Bild wie auf Samulis Facebook-Beitrag. Schnell stößt Saana auf einen weiteren Post:

Großräumige Polizei-Suchaktion am Samstag –
Helsinkier weiterhin vermisst
Die Polizei sucht nach dem vermisst gemeldeten Jeremias Silvasto und bittet seit Freitag um Mithilfe aus der Bevölkerung. Im Zuge umfassender Ermittlungen startete eine Einheit der Helsinkier Polizei am Samstag eine großräumige Suchaktion auf der Insel Lammassaari. An der Suche beteiligten sich der Freiwillige Rettungsdienst sowie eine Hundestaffel der Polizeidienststelle Helsinki. Nach Angaben der Polizei ist derzeit nicht auszuschließen, dass der Vermisste Opfer eines Gewaltdelikts wurde.

Saana spürt eine innere Unruhe und überlegt, wo sie am besten mit diesen neuen Recherchen anfangen soll. Sie sucht online nach Handlungsanweisungen in einem Vermisstenfall: Stellen Sie sicher, dass die Person nicht bei Freunden, Verwandten oder in ihrem Sommerhaus ist, und falls die Person schon einmal verschwunden ist, sehen Sie an dem Ort nach, an dem sie damals gefunden wurde. Überprüfen Sie die Umgebung der Wohnung, rufen Sie in Krankenhäusern und Gesundheitszentren an, und nehmen Sie Kontakt mit der Polizei auf, falls Sie befürchten, dass es sich um ein Verbrechen handeln oder die Person anderweitig in Gefahr schweben könnte.

Falls die Person nach diesen Schritten nicht gefunden wird, muss bei der örtlichen Polizeidienststelle eine offizielle Vermisstenanzeige aufgegeben werden. Dabei werden Alter, Geschlecht, Haar- und Augenfarbe, Körperbau, Kleidung, Größe, Gewicht und besondere Merkmale aufgenommen. Diese Informationen werden Ante-Mortem-Daten genannt. Saana schreibt sich das Wort auf: *Ante mortem* – Daten, die zu Lebzeiten erfasst wurden. So könnte der Name der ersten Folge lauten. Saana erinnert sich, irgendwo das Wort »Exitus« gelesen zu haben. Dieser unmissverständliche Terminus bedeutet, dass man nichts mehr tun kann. Aber Jeremias wurde zum Glück noch nicht für tot erklärt.

Obwohl Samuli noch nicht geantwortet hat, beginnt Saana, das Skript für die erste Podcast-Folge aufzusetzen.

Ich bin Saana Havas, und in diesem Podcast beschäftige ich mich mit einem Vermisstenfall, der in Finnland passiert ist. Ich nehme dich mit zu dem Moment, in dem ein junger Mann verschwand. An den Ort, an dem sich seine Spuren in nichts auflösen. Gemeinsam nähern wir uns der Frage: Was geschah mit Jeremias Silvasto, der am Donnerstag, dem 29. August, inmitten von wunderschöner, friedlicher Natur verschwand?

Als Saana den Text fertig hat, startet sie die Aufnahme und liest den Abschnitt probeweise vor. Er könnte funktionieren. Sie stoppt die Aufnahme, nimmt die Kopfhörer ab und lehnt sich im Stuhl zurück. Das Sprechen ins Mikrofon fällt ihr jetzt schon viel leichter als am Anfang. Im Kopf geht sie noch einmal die Kurzanweisungen, die sie vom Produzenten bekommen hat, durch: Sprich, als würdest du mit einem guten Freund reden. Denke nicht an eine große Menge Zuhörer, sondern stell dir nur einen einzigen vor, der direkt neben dir sitzt. Du brauchst nicht zu schreien oder die Stimme zu erheben. Sei du selbst, und denk daran, beim Sprechen zu lächeln.

Saana schluckt. Sie hofft von ganzem Herzen, dass Jeremias gefunden wird. Wenn schon nicht mithilfe ihres Podcasts, dann wenigstens durch die Polizei. In jedem Fall wird sie ihr Bestes geben, um Jeremias' Stimme Gehör zu verschaffen.

VIERZEHN WOCHEN
VOR DEM VERSCHWINDEN

»Dieses ganze Gebiet hier ist für uns besonders wichtig«, sagt Jeremias, ohne sich zu den anderen, die hinter ihm gehen, umzudrehen. Dann bittet er Abdi, die Kamera einzuschalten. Die treue Sony F5 beginnt, die atemberaubende Stimmung aufzuzeichnen. Jeremias wendet sich der Kamera zu.

»Von Lammassaari bis New York sind es über sechstausend Kilometer, bis Rovaniemi beträgt die Entfernung über achthundert Kilometer, aber bis zur Helsinkier Innenstadt sind es weniger als zehn. In Finnland, diesem schönen Land im Norden, gibt es die Besonderheit, dass man vom Zentrum unserer Hauptstadt aus mit dem Fahrrad im Nullkommanichts in ein ruhiges Naturschutzgebiet gelangt. Die Altstadtbucht und ihre Umgebung sind von faszinierender Schönheit und vor allem für ihre reiche Vogelwelt bekannt. Lammassaari und Kuusiluoto sind Naherholungsgebiete im Besitz der Stadt und für alle zugänglich. Aber Lammassaari ist noch so viel mehr. Es ist eine mystische Insel, die Tausende von Geschichten in sich birgt. Die Vögel, die in der Höhe ihre Kreise ziehen, sind ihre Augen, ihr Mund ist der Holzpfad, der in Pornaistenniemi beginnt. Ihre Lunge ist das weitläufige Schilfgras, das sich im Wind wiegt. Und das Herz bilden

die Menschen. Wir befinden uns auf dem Weg zu diesem faszinierenden Ort, und zwar aus gutem Grund: Auf Lammassaari gibt es über hundert Sommerhäuser, aber auf der angrenzenden Insel Kuusiluoto nur ein einziges. Und in diesem Haus wohnt die Person, die wir jetzt treffen wollen. Willkommen auf unserer Reise an diesen abgelegenen Ort, zu dem Haus, in dem eine fast in Vergessenheit geratene Legende wohnt.«
Sie gehen im Gänsemarsch über den Bretterpfad. Das Schilfrohr zu beiden Seiten ist über zwei Meter hoch. Jeremias erreicht als Erster das Holzgatter nach Kuusiluoto und öffnet es. Die Schafe, derentwegen es am Ende des Holzpfades errichtet wurde, sind nirgendwo zu sehen. Wenig später tauchen die jungen Männer in den Schatten der Bäume ein und steigen die Felsen hinauf. Dort angekommen, nehmen sie den Pfad, der zum einzigen Haus von Kuusiluoto führt. »Privatgelände – Asio-Stiftung – Zutritt für Unbefugte verboten«, steht auf dem Schild. Vorsichtig öffnen sie das windschiefe Gatter und betreten das Grundstück. Ein rotes Holzhaus liegt direkt vor ihnen, und sie machen ein paar Schritte rückwärts, um die ganze Villa mit ihrem üppig grünen Garten ins Bild zu bekommen.

»Was wurde aus dem legendären Dokumentarfilmregisseur, der zu seiner Zeit Kultstatus erlangte? Wir haben einen weiten Weg zurückgelegt, um an den Punkt zu gelangen, an dem wir jetzt stehen«, sagt Jeremias mit gedämpfter Stimme und lässt die Kamera über das Gestrüpp schweifen.

»Es heißt, Roy stamme aus den USA, aber in seinen Adern fließe auch finnisches Blut und er habe jahrelang bei einem Stamm nordamerikanischer Ureinwohner gelebt. Was wir mit Sicherheit wissen, ist allerdings nur, dass er einer der interessantesten Dokumentarfilmmacher der jüngeren Geschichte ist. Ein preisgekrönter Regisseur, der sich weigerte, gesellschaftlichen Konventionen zu folgen. Im Moment ist Roy offiziell obdachlos, aber es ist bekannt, dass er sich hier auf Kuusiluoto in diesem Haus dort einquartiert hat. Schauen wir mal, ob er gerade da ist.«

»Gut!«, ruft Abdi. »Ich glaube, das haben wir. Wir können weiter zur Tür.«

Vor dem Eingang des verfallenen roten Hauses schalten sie die Kamera wieder ein. Jeremias klopft mit der Faust an. Johannes verlagert im Hintergrund unruhig das Gewicht von einem Bein auf das andere. Alle warten. Niemand öffnet, aber sie lassen die Kamera laufen. Nichts. Schließlich schalten sie das Gerät aus. Auf einmal ist aus dem Gebüsch ein Knacken zu hören, und Jeremias zuckt zusammen. Die dichten Zweige verbergen, was genau das Geräusch verursacht hat. Erst als sich Jeremias' Aufregung wieder gelegt hat, bemerkt er im hohen Gras ein starrendes Augenpaar. Ein weißes Schaf glotzt ihn kurz an und kehrt dann dorthin zurück, wo es herkam.

Obwohl Roy dem Dreh bereits zugestimmt hat, haben sie keinen Termin mit ihm vereinbart. Jeremias möchte sich in allem eine gewisse Spontaneität bewahren, die ihnen auch Aufnahmen von Pannenszenen ermöglicht. Er versucht, die Tür zu öffnen. Tatsächlich ist sie nicht abgeschlossen. Vorsichtig treten sie ein. Jeremias ruft nach Roy, aber nichts rührt sich. Auf einem alten Holztisch brennt eine Tafelkerze, ansonsten ist der Raum so gut wie leer. In den Zwischenräumen der hölzernen Wandpaneele stecken verschiedene Vogelfedern. Helle und zarte, schwarze, sogar gepunktete. Es riecht modrig. Das Leben hat auf dem Boden, an den Wänden und an der Decke seine Spuren hinterlassen. Um hier wieder frische Luft hineinzubekommen, müsste man wahrscheinlich das ganze Haus abreißen, denkt Jeremias. Und trotzdem ist dieser Ort wirklich schön, authentisch. Abdi setzt sich an den Holztisch, Johannes entscheidet sich für den Schaukelstuhl. Jeremias wirft einen Blick darauf. Er ist aus Maserholz und verdammt hässlich. Die Kerzenflamme tanzt im halbdunklen Raum, es fehlt nur noch eine tickende Standuhr an der Wand.

»Ihr habt es euch offenbar schon gemütlich gemacht.«

Sie sehen sich um, können aber nicht ausmachen, woher die Stimme kommt. Im selben Augenblick erlischt die Kerze auf dem Tisch und fängt an zu qualmen.

Roy Kuusisto betritt das Zimmer. Jeremias sieht ihn an. Auch wenn man anhand seines Äußeren glauben könnte, dass der Geist des Mannes seinen Körper bereits verlassen hat, scheint der Alte nur so vor Energie zu strotzen.

»Wir starten heute mit dem Dreh«, sagt Jeremias. »Ist das okay?«

Roy nickt, was man nur als Zustimmung interpretieren kann. Jetzt fängt die wichtigste Phase des Projekts an. Der Dreh mit der Hauptfigur. Der Beginn der Geschichte.

Nachdem sie Roy eine Zeit lang dabei gefilmt haben, wie er zum Ufer schlurft, vor dem verfallenen Schuppen im Garten Holzscheite hackt, in der Zimmerecke im Schaukelstuhl sitzt und in seiner einfachen Küche Kaffee kocht, erklärt Jeremias die erste Drehsession für beendet. Abdi beginnt, das Filmequipment zurück in die großen schwarzen Taschen zu packen, das Sennheiser-Mikrofon und die LED-Panels sind schnell verstaut, während Jeremias die Kamera vom Stativ löst. Johannes zieht sich die Kapuze seines Hoodies über den Kopf und schleicht hinaus, um eine Zigarette zu rauchen. Aus eigenem Antrieb tut der gar nichts, denkt Jeremias seufzend. Roy hingegen setzt sich wieder in den Schaukelstuhl und steckt sich eine Pfeife an. Das aufflammende Streichholz wirft kurz einen Schein auf sein runzliges, harsches Gesicht. Wettergegerbt ist das erste Wort, das Jeremias durch den Kopf schießt.

Schweigend gehen sie mit ihrer Ausrüstung zurück Richtung Hauptinsel. Es ist Ende Mai, bald wird es richtig Sommer werden. Das Semester neigt sich dem Ende entgegen, aber ihre Arbeit fängt gerade erst an. Für ihr ambitioniertes Schulprojekt werden praktisch die ganzen Sommerferien draufgehen. Jeremias überlegt, wie er die Motivation seines Teams hochhalten könnte, auch wenn sie den ganzen Sommer über drehen müssen.

»Er ist zweifellos interessant«, meint Abdi auf einmal. »Ich will euch auf keinen Fall Angst machen, aber mich erinnert Roy an Hannibal Lecter. Irgendwie ist er trotz seiner ganzen Verschrobenheit ein echt schlauer Kerl, vielleicht sogar zu schlau.«

»Zuerst baut er ein gutes Verhältnis zu uns auf und zieht uns mit seinen Geschichten in seinen Bann. Aber in Wahrheit wartet er nur auf den richtigen Moment, um zuzuschlagen und uns bei lebendigem Leib zu fressen«, witzelt Johannes.

Jeremias schmunzelt.

»Am Wochenende hab ich mir noch mal seine Doku angesehen«, sagt er dann. »Als Roy über die Wald- und die Wasserwesen geredet hat, hab ich darüber nachgedacht, wozu man dieses Schilfgebiet zählen würde, Land oder Wasser«, fährt er im Plauderton fort und betritt etwas unbeholfen den Bretterpfad.

Abdi schließt schweigend das Tor hinter ihnen. Sagt nichts. Auch Johannes bleibt still. Aber Jeremias wird den Gedanken nicht mehr los. Die Schilfrohre stehen so dicht beieinander, dass man nicht zwischen ihnen hindurchgehen kann. Es ist, als ob zwischen Lammassaari und dem Meer eine Fläche übrig bliebe, die ihre ganz eigenen Wesen bräuchte. Das Röhricht ist weder Wald noch Meer. Jeremias betrachtet die teilweise unter Wasser stehenden Holzplanken. Stellenweise überdeckt das Wasser den Weg vollständig, verschlingt den Bohlenweg regelrecht. Dann wieder hat ein starker Nordwind den Boden trockengelegt. Inmitten all dessen liegt das stille Schilf, das öde Brachland, der einstige Meeresboden. Das Land, über das niemand herrscht.

TEIL II

Mittwoch, 4. September

AILA

Aila Savolainen sitzt auf ihrer Terrasse und schenkt sich eine zweite Tasse Grüntee ein. Der Morgen geht langsam in den Vormittag über, und mittlerweile sieht man immer mehr Menschen auf dem Pfad, der die Insel umrundet. Aila sieht zu dem Felsen hinüber, an denen er vorbeiführt. Bis jetzt waren alle Passanten Sommerhausbewohner, die sie zumindest vom Sehen her kennt. Befreundet ist sie nur noch mit wenigen. Seine Nachbarn kann man sich nicht aussuchen. Aila bläst in die Tasse und spürt die Wärme an ihrem Kinn. Ein kleines Dampfwölkchen steigt in den Himmel.

Es wird ein klarer Tag werden. Die Nacht war schon etwas kühl. Nur noch ein paar Wochen, dann wird Aila das Häuschen winterfest machen. Aber noch kann sie das nicht, nicht jetzt, da es auf der Insel nur so von Leuten wimmelt. Es ist wichtig, ein Teil der Gemeinschaft zu sein, präsent zu bleiben, nicht zu fliehen. Was würden die Leute sagen, wenn sie plötzlich einfach verschwinden würde? Aus dem Augenwinkel beobachtet Aila, wie die Nachbarn Reisig rechen. Schon wieder. Sie gehen ihr mit ihrem Fleiß auf die Nerven. Es kommt ihr so vor, als würden die Nachbarn die Bäume manchmal absichtlich schütteln, damit Zweige und Blätter herunterfallen, die sie dann wegrechen können.

Aila lässt ihren Blick über die umliegenden Bäume streifen. Der Herbst kommt immer näher, aber noch ist es schön, und die Farben fangen gerade erst an, sich zu entfalten. Die Erlen gehören zu den letzten Bäumen, die ihr Laub verlieren. Auch wenn das Sonnenlicht langsam weniger wird, bekommen sie noch Nährstoffe über ihre Wurzelknöllchen. Aila steht auf, geht hinüber zu der Erle, die ihrer Terrasse am nächsten steht, und streicht über ihren Stamm. Er fühlt sich warm an. Bäume sind klug, das Abwerfen der Blätter ist ein sehr bewusster Vorgang. Es ist nicht der Wind, der dafür verantwortlich ist, sondern der Baum selbst. Ohne die Blätter verliert er weniger Wasser durch Verdunstung. Das Chlorophyll zieht sich über den Winter zum Schutz in den Stamm zurück. Und ich ziehe mich in meine Stadtwohnung zurück, denkt Aila und macht ein paar Dehnübungen, da sie nun schon einmal auf den Beinen ist.

Drei Polizisten gehen vorbei. Aila hebt die Hand zum Gruß. Seit vielen Tagen ist die Insel voll von ihnen. Sie haben die Brunnen untersucht, sich Zutritt zu den Sommerhäusern verschafft und ihre Hunde auf den Grundstücken und an Häuserecken herumschnüffeln lassen. Auch die Hausbesitzer haben sie befragt und in Erfahrung gebracht, wer von ihnen zum fraglichen Zeitpunkt vor Ort war. Bald werden sie die ganze Insel auf links gedreht haben. In der Ferne hört man ein Motorboot. Fischen sie jetzt auch schon das Meer ab? Das alles kommt ihr so seltsam vor. Als ob eine schwarze Flüssigkeit die Insel überschwemmt und verunreinigt hätte. Die Pflanzen zerquetscht, die Freude zerstört.

Ein Pärchen, das Aila kennt, biegt um die Ecke. Sie setzt eine gekünstelt freundliche Miene auf und hofft, dass die beiden einfach weitergehen, aber natürlich verlangsamen sie ihre Schritte und kommen näher, um mit ihr zu plaudern.

»Was, denken Sie, ist hier los?«, fragt die Dame ohne jegliche Begrüßungszeremonie. *Wie geht's Ihnen? Gut, und Ihnen? Ausgezeichnet. Nein.* Schon seit mehreren Tagen wird auf der Insel mit dem Wind um die Wette geraunt und getuschelt, getratscht und geschwatzt. Was passiert gerade Schreckliches auf der Insel? Wie ist es möglich, dass im Wald von Viikki ein toter Mann lag? Und was ist mit dem Vermissten passiert, wer ist schuld daran? Ob die Polizei auch wirklich alles untersucht hat? Ist der Schuldige vielleicht einer von ihnen? Jemand, der in seinem Sommerhaus ein grausiges Geheimnis versteckt?

»Was meinen Sie?«, fragt Aila, obwohl sie ganz genau weiß, was wieder einmal das Gesprächsthema ist.

»Da fragt man sich wirklich, ob man sich noch trauen soll, im Dunkeln rauszugehen«, sagt die Frau in verschwörerischem Tonfall, und ihr Mann nickt dazu. »Haben Sie keine Angst? So ganz allein hier?« Sie lässt ihren Blick über Ailas Sommerhaus schweifen. »Wir verbringen die Nächte nicht mehr hier. Wäre es für Sie nicht auch besser, schon wieder in der Stadt zu sein?«

Aila spürt ein Lachen in sich aufsteigen. Sie hat sich noch nie gefürchtet. Diese Nachbarin hat ja keine Ahnung, wovon sie redet.

Seitdem der Junge verschwunden ist, wirft man sich hier neugierige und zum Teil sehr ernste Blicke zu. Misstrauen lodert in den Augen der Inselbewohner. Ist es möglich, dass einer von ihnen für das Verschwinden des jungen Mannes verantwortlich ist? Aila geht im Kopf die Sommerhausbesitzer durch, die sie kennt. Der Inselwächter verhält sich schon seit einer Weile komisch, er scheint allen ständig dicht auf den Fersen zu sein. Lasst mich in Ruhe, würde Aila am liebsten sagen, aber sie kann es nicht. Nicht jetzt. Im Moment will sie kein unnötiges Aufsehen erregen. Mit einem kurzen Winken verabschiedet sie sich von den Nachbarn und geht zurück auf ihre Terrasse. Mit bedächtigen Bewegungen nimmt sie ihre Teetasse und betritt das Halbdunkel ihres Sommerhauses. Sie gleitet hinein, zieht den Vorhang vor die Tür, versichert sich, dass niemand sie beobachtet. Dann schließt sie von innen die Tür ab.

Die jungen Männer sind im Frühsommer auf der Insel aufgetaucht, das hatten alle bemerkt. Auch Aila hatte davon Notiz genommen, wie sie überall ihre Streifzüge machten, hier und da filmten und ihre Nase in Dinge steckten, die sie nichts angingen. Und nun ist einem von ihnen etwas Schreckliches zugestoßen.

Aila nimmt den Anhänger ihrer Halskette zwischen die Finger und spielt gedankenverloren daran herum. Es ist, als ob die Männer durch ihr Herumstöbern die Harmonie der Natur gestört, eine Bestie geweckt und unwissentlich das Böse herbeigerufen hätten.

JAN

Jan blickt auf die Betonklötze von Ost-Pasila. Vor ihm ragt ein graues Hochhaus mit blauen Balkongeländern auf. Jarrumiehenkatu 6, Treppenhaus B, dritter Stock. Jan folgt Heidi die Treppe hinauf. Es riecht nach würzigem Essen. Während er immer zwei Stufen auf einmal nimmt, denkt er über das große Ganze nach. Drei junge Männer, die an der Fachhochschule studieren, haben einen Dokumentarfilm gedreht. Einer von ihnen wurde tot aufgefunden, ein weiterer ist verschwunden. Mit dem dritten, Abdirisaaq Hassan Yussuf, sind sie jetzt verabredet. In der dritten Etage bleiben sie stehen. An der Tür in der Ecke steht »Yussuf«.

Nachdem Jan geklingelt hat, geht es in der Wohnung rund. Man hört Kindergeschrei und jemanden, der in einer Fremdsprache darüber hinwegruft. Jan tippt auf Somali. Vermutlich werden die Kinder dazu ermahnt, leiser zu sein, denn der Geräuschpegel sinkt abrupt. Als die Tür mit Schwung aufgerissen wird, weicht Jan schnell ein Stück zurück. Vor ihnen steht ein junger Kerl um die zwanzig, hinter ihm zwei grinsende Kinder im Vorschulalter.

»Polizei, können wir reinkommen?«, stellt sich Heidi minimalistisch vor und kommt direkt zur Sache. »Wie wir am Telefon schon gesagt haben, würden wir Ihnen gern ein paar Fragen stellen.«

»In Ordnung, aber besser, wir gehen irgendwo anders hin, mit denen hier hat man keinen Moment Ruhe«, sagt Abdi und wuschelt einem der beiden Kinder durch die Haare. »Ich gebe Mama Bescheid, dass ich rausgehe.« Er verschwindet kurz in der Küche und spricht mit jemandem. Im Wohnzimmer läuft der Fernseher, offenbar irgendeine Kindersendung.

»Gehen wir am besten runter in den Hof«, sagt Abdi, zieht die Tür hinter sich zu und drückt auf den Fahrstuhlknopf.

»Warum waren Sie in letzter Zeit nicht in der Schule?«, fragt Heidi auf der Fahrt nach unten.

»Ich habe Mama geholfen und bin arbeiten gegangen. Ich hab nur noch ein paar Kurse, während ich an meiner Abschlussarbeit schreibe«, antwortet Abdi.

Draußen zündet er sich eine Zigarette an.

»Meine kleinen Geschwister sind super, aber auch ziemlich anstrengend«, sagt er lachend, und Jan merkt, dass er Abdi mag. Er ist irgendwie unverstellt. Sie durchqueren den verwaisten Innenhof, und Abdi setzt sich in eine Reifenschaukel.

»Johannes Järvinen, sagt Ihnen der Name etwas?«, fragt Jan, und Abdi wirkt etwas überrascht.

»Wir sind auf derselben Schule, also ja, natürlich.«

Jan fragt sich, wie die Nachricht von Johannes' Schicksal den jungen Mann wohl erreicht hat. Ob er in der Zeitung davon gelesen hat oder ob die Sache in der Schule schon die Runde gemacht hat?

»Was ist am 23. August passiert?«

»Bei mir? Nichts, ich war bei der Arbeit. Ich jobbe im Supermarkt.«

»Und am Donnerstag, dem 29. August? Wo waren Sie da?«, fragt Heidi.

»Zu Hause«, sagt Abdi und wirkt immer verwirrter.

»Haben Sie eine Idee, warum wir hier sind?«, fragt Heidi weiter, aber Abdi scheint keine Ahnung zu haben.

»Wegen Jeremias wahrscheinlich?«, schlägt er vor und greift nach den Metallketten der Schaukel, die bei seiner Berührung klirren. »Ich habe schon gehört, dass er verschwunden ist. Unfassbar.«

»Es stimmt, dass wir wegen seines Verschwindens ermitteln«, erwidert Jan.

Abdi bringt die Schaukel zum Schwingen, ohne die Füße vom Boden zu lösen.

»Ich habe mit seinem großen Bruder gesprochen und erfahren, dass Jeremias auf Lammassaari war. Wir haben da im Sommer viel gedreht. Die Landschaft dort sieht auch irgendwie intensiver aus, seit er verschwunden ist, finde ich. So als ob die Insel ihn am Ende in sich aufgesogen hätte.«

»Was für ein Verhältnis hatten Sie zu Johannes Järvinen?«, fragt Jan, um das Thema zu wechseln.

Abdi sieht ihn verwundert an.

»Zu Johannes? Eigentlich gar keins. Wir haben zusammen dieses Schulprojekt gemacht, aber sonst nichts. Johannes ist ein ziemlicher Einzelgänger, erzählt nichts von sich. Wieso?«

»Johannes Järvinen ist tot aufgefunden worden«, sagt Jan so ruhig wie möglich und behält dabei Abdis Gesichtsausdruck im Blick. Es scheint, als hätte die Nachricht ihn noch gar nicht erreicht.

»Unser aufrichtiges Beileid. Wie fühlen Sie sich jetzt?«, fragt Heidi geradeheraus, und Jan beobachtet, wie Abdis Augen und Nasenflügel sich ungläubig weiten. Seine Reaktion wirkt echt.

»Total komisch«, sagt Abdi. Seine Stimme bricht leicht. Er stampft auf den Asphalt. »Was zur Hölle ...? Also, Sie sind doch hier die Polizisten, was für ein kranker Scheiß!« Er hebt den

Kopf und blickt zwischen Heidi und Jan hin und her. »Worum geht's hier eigentlich? Muss ich Angst haben?«

Jan und Heidi sehen sich an. Einen Moment lang antwortet keiner von beiden.

»Ehrlich gesagt wissen wir das nicht. Haben Sie irgendeine Ahnung, womit das Ganze zusammenhängen könnte? Sie drei haben einen Dokumentarfilm gedreht, und jetzt ist zweien von Ihnen etwas zugestoßen«, sagt Heidi, und Jan zieht sich zurück, um einen Anruf anzunehmen, der genau zur richtigen Zeit kommt. Es ist besser, wenn nur einer dem jungen Mann Fragen stellt, dadurch wird das Gespräch persönlicher.

»Ist während der Dreharbeiten etwas vorgefallen? Gab es irgendetwas, was wir wissen sollten? Drohungen? Streit? Egal was«, fragt Heidi, während ihr bohrender Blick auf Abdis Augen ruht, die trotz allem freundlich aussehen.

Abdi schaut kurz auf seine Schuhspitzen und murmelt dann: »Mehr als Kiffen nicht, glaub ich, zumindest bei mir. Bei Johannes weiß ich's nicht, der ist echt speziell, das war schnell klar. Er hat sich ziemlich abgesondert und kam und ging, wie er Lust hatte. Er wurde sozusagen unserem Projekt zugeteilt, von sich aus hätte er nicht mitgemacht.«

»Woher kam das Gras?«, fragt Heidi.

»Von allen möglichen Quellen. Wir haben auch wirklich nur Tüten durchgezogen. Das letzte Zeug kam tatsächlich von Johannes. Megagute Ernte. Er hat versprochen, dass er so viel besorgen kann, wie wir brauchen, vom Preis war gar nicht die Rede.«

Abdi macht eine kurze Pause.

»Jetzt, da Sie fragen, fällt mir wieder ein, dass ich damals drüber nachgedacht hab, was Johannes eigentlich so treibt, ob er vielleicht mit mehr als nur Gras dealt. In der Schule gibt's alle möglichen Gerüchte.«

»Was für welche?

»Also, sofort nach den Ferien wurde überall erzählt, dass Johannes dealt. Mir hat er irgendwie leidgetan. Es kam mir so vor, als wollte er einfach nur Anerkennung. Er konnte sich auch nicht richtig konzentrieren. Keine Ahnung, ob Johannes überhaupt irgendeinen guten Freund hat.«

»Für wen hat Johannes verkauft?«

»Weiß ich nicht«, sagt Abdi. Heidi mustert ihn einen Moment lang und entscheidet sich dann dafür, ihm zu glauben. »Ich glaub, er hat in so einem Club irgendwelche Typen kennengelernt.«

»Im *Pultti?*«, hakt Heidi nach, und Abdi nickt.

»Als wir das letzte Mal gedreht haben und Johannes dabei war, hatte ich das Gefühl, dass es zwischen ihm und Jeremias irgendwie Stress gab.«

»Worum könnte es da gegangen sein?«

»Keine Ahnung«, erwidert Abdi und klingt enttäuscht. »Sind Sie sich sicher, dass Johannes wirklich ...«, setzt er an.

»... tot ist?«, ergänzt Heidi. »Ja, leider.«

Jan beendet etwas weiter entfernt sein Telefonat und kehrt zu ihnen zurück.

»Und? Habt ihr alles Wesentliche besprochen?«, fragt er und deutet mit dem Kinn Richtung Auto. Zeit zu gehen.

Bevor Jan und Heidi jedoch das Auto erreichen, hören sie hinter sich Laufschritte.

»Warten Sie«, ruft Abdi und schließt zu ihnen auf.

»Ich hab zuletzt diese Nachricht von Jeremias bekommen«, sagt er und zeigt sie ihnen auf seinem Handy:

Können wir uns heute treffen? Gibt was zu besprechen.

»Und ›heute‹ heißt …?«

»Der Tag, an dem er verschwunden ist. Er wollte sich an dem Abend mit mir treffen, aber ich hatte keine Zeit, weil ich auf meine kleine Schwester aufpassen musste. Jeremias war fast schon manisch, was unsere Doku anging. Träumte davon, sie bei allen möglichen Wettbewerben einzureichen. Der Zeitplan war fast unmöglich einzuhalten, im Verhältnis zu den Zielsetzungen und der Menge des Filmmaterials. Aber mir ist noch ein Kommentar in Erinnerung geblieben, den er gemacht hat. Als wir an einem Tag nach dem Dreh von der Insel zurückkamen, sagte Jeremias, dass er langsam die Regisseure verstehen würde, die ihre Kunst über alles andere stellen, auch wenn sie dabei Angst haben müssen.«

Jan und Heidi werfen sich einen Blick zu.

»Angst?«

»Das hat er gesagt, aber ich weiß nicht genau, was er damit meinte.«

Heidi hält vor einer Ampel, und Jan sieht aus dem Fenster. Ein ganz normaler Wochentag. Die Spätsommerhitze ist endlich auf dem Rückzug. Jan kratzt mit dem Fingernagel etwas Schmutz von seiner Barbour-Jacke.

»Als du mit Abdi gesprochen hast, habe ich erfahren, dass Johannes' Fahrrad gefunden wurde. Es wurde gerade aus dem Wasser gezogen. Jemand hatte es in den Kanal von Säynäslahti geworfen.«

Die Ampel schaltet um. Heidi gibt Gas.

»Gut«, sagt sie.

Als sie im Büro ankommen, zieht Jan nicht einmal seine Jacke aus, sondern geht direkt zu Saki.

»Gibt es außer dem Fahrrad noch etwas Neues?«, fragt er und sieht auf Sakis Computerbildschirm.

Sein Kollege untersucht gerade ein Video, das die Drohne des Hobbyfotografen am Abend von Jeremias' Verschwinden aufgenommen hat. Außer der Landschaft hat die Kamera noch ein paar Angler und Spaziergänger mit Hunden eingefangen. Während die Drohne ihren Flug über den Parkplatz und den Hundepark bei der Altstadtstromschnelle in Richtung der Felder fortsetzt, taucht eine Gestalt im Bild auf, die durchaus Jeremias sein könnte. Sie halten das Bild an. Zumindest die dunklen Klamotten stimmen mit der Kleidung des Vermissten überein. Die Gestalt ist allein unterwegs, etwa fünfzig Meter vor der eigentlichen Insel. Als Saki das Video weiterlaufen lässt, entfernt sich die Drohne von der Gestalt. Unter die Bäume hätte die Kamera sowieso nicht filmen können.

»Wenn das Jeremias war, dann ist er also tatsächlich allein auf die Insel gegangen«, sagt Jan, und Saki nickt.

»Am Ende fliegt die Drohne noch weiter über die Felder und kehrt dann zu ihrem Besitzer, der an der Stromschnelle steht, zurück. Nichts, was ungewöhnlich wäre. Auf dem Parkplatz des Technologiemuseums stehen drei Autos, die Besitzer haben sich bereits bei der Polizei gemeldet. Sie hatten nichts Nützliches zu berichten. Aber ich habe hier noch etwas«, sagt Saki, und Jans Neugier ist sofort geweckt.

»Ich habe Johannes Järvinens Laptop durchforstet und über die Apple-ID seine Apps gefunden.«

»Ich höre«, sagt Jan gespannt.

»Find My iPhone hat Johannes' Handy getrackt. Es ist eingeschaltet und befindet sich dort.« Er zeigt auf einen Punkt auf der Online-Karte Helsinkis.

Heidi kommt herbeigeeilt, um mit auf den Bildschirm zu schauen.

»Ist das auf Kuusiluoto?«, vergewissert sich Jan.

»Was geht in diesem Gebiet bloß vor sich?«, fragt Heidi leise.

SAANA

Als Saana morgens an ihrem Schreibtisch ankommt, stellt sie erstaunt fest, dass Samuli zur Arbeit erschienen ist.

»Hi«, sagt sie vorsichtig.

»Ich hab schon auf dich gewartet«, antwortet er, ohne den Blick von seinem Monitor zu heben. »Der Podcast ist eine verdammt gute Idee«, fügt er dann zu ihrer Überraschung hinzu.

Er dreht sich mit dem Bürostuhl zu ihr.

»Ich bin völlig verzweifelt und fürchte, dass die allgemeine Aufmerksamkeit bald abebben wird, weil Jeremias nicht sofort gefunden wurde. Wir können jede Hilfe gebrauchen, alles, was diesen Fall bekannter macht und möglicherweise jemanden erreicht, der etwas weiß. Danke, Saana, danke.«

Dann steht er auf und umarmt sie. Saana ist verdattert, eine solche Reaktion hat sie nicht erwartet.

»Bist du okay?«, fragt sie behutsam.

»Überhaupt nicht«, erwidert Samuli. »Aber ich habe mich gezwungen, zur Arbeit zu gehen. Ich brauche einfach Ablenkung. Abgesehen davon habe ich Venla diese Woche, meine fünfjährige Tochter, sie ist alle zwei Wochen bei mir. Ich versuche, trotz der Situation wenigstens halbwegs normal weiterzuleben. Erst abends, wenn sie schläft, weine ich.« Samuli wirkt so liebenswert, dass Saana nicht weiß, wohin mit sich.

Sie fasst sich jedoch schnell wieder und führt ihn in ein leeres Besprechungszimmer.

»Lass uns die erste Folge so schnell wie möglich fertig bekommen«, sagt sie. »Fangen wir mit den grundlegenden Aspekten an. Es wäre super, wenn du mir helfen könntest. Ich erzähle, wie Jeremias aussieht und wo er verschwunden ist. Außerdem will ich ganz allgemein erläutern, wie die Polizei vorgeht, wenn eine vermisste Person gesucht wird. Dass sie zum Beispiel versucht, so genau wie möglich nachzuvollziehen, was die Person in den letzten vierundzwanzig Stunden vor ihrem Verschwinden gemacht hat.«

»Da ist noch viel mehr«, sagt Samuli und wirft ihr einen betretenen Blick zu. »Jeremias hat den ganzen Sommer über eine Doku auf Lammassaari gedreht, zusammen mit zwei anderen Jungs. Einen von ihnen hat man vor Kurzem tot aufgefunden. Es stand am Wochenende in den Zeitungen.«

Saana spürt, wie sie ein eigenartiges Gefühl beschleicht und ihr Puls steigt.

»Was?«

Mehr bekommt sie nicht heraus. Das wird den ganzen Podcast verändern. In wie großer Gefahr schwebt Jeremias eigentlich?

»Und der dritte?«

»Der dritte heißt Abdi. Bei ihm ist alles okay. Oder eben so okay, wie es in einer solchen Situation sein kann«, antwortet Samuli und klopft nervös mit den Fingern auf der Tischplatte.

»Okay«, sagt Saana. »Ich schlage vor, dass wir uns trotzdem nur auf die Suche nach Jeremias konzentrieren. Welches Schicksal den anderen Jungen ereilt hat, muss die Polizei herausfinden. Wen sollte ich am besten interviewen?«

»Jeremias hat keinen besonders großen Freundeskreis, aber da gibt es noch Tuuli, abgesehen von Abdi wahrscheinlich seine beste Freundin. Von anderen weiß ich nichts«, sagt Samuli. »Na ja, und dann ist da noch eine riesige Menge an Leuten auf Social Media, die jetzt ihr Mitleid und ihre Bestürzung bekunden, aber ich glaube, dass Jeremias die meisten von ihnen schon ewig nicht mehr gesehen hat.«

»Gehen wir die wichtigsten Informationen ganz genau durch, vielleicht fällt uns irgendetwas Nützliches auf«, sagt Saana.

Wie die Polizei in ihren Ermittlungen vorgehen wird, hat sie bereits herausgefunden. Man wird den Bus- und Zugverkehr, Krankenhäuser, Bezahlungen mit EC-Karte und die Handydaten überprüfen. An diese wird Saana nicht herankommen, aber vielleicht könnte sie etwas finden, was sich nicht aus technischen Daten ablesen lässt. Jeremias' Freunde und deren Ansichten über ihn, seine geheimen Lieblingsorte, alle erdenklichen inoffiziellen Meinungen über ihn.

»War er mit jemandem zusammen?«, fragt Saana, aber darauf hat Samuli keine Antwort.

»Wir haben nicht viel miteinander geredet. Mein kleiner Bruder war immer recht schüchtern, gern mit sich allein. Als Kind war er oft krank, und ich habe immer versucht, ihn aufzumuntern, indem ich mir lustige Sachen ausdachte. Im Erwachsenenalter hätten wir mehr miteinander reden und zusammen schöne Dinge unternehmen sollen. Jetzt ist es vielleicht schon zu spät«, sagt er mit brechender Stimme.

Saana legt ihm tröstend die Hand auf die Schulter.

»Ich würde gern auch seine Freunde treffen. Möglicherweise traut sich nicht jeder, der Polizei alles zu erzählen, was er weiß. Wir sind nahbarer, falls jemand etwas verheimlicht.«

»Was denn zum Beispiel?« Samuli scheint hellhörig geworden zu sein.

»Zum Beispiel Drogen«, sagt Saana stockend.

»Ich glaube nicht, dass Jeremias ein Drogenproblem hat«, erwidert Samuli.

»Natürlich nicht, so hab ich das nicht gemeint«, antwortet sie hastig.

Wenn Saana eins aus Vermisstenfällen gelernt hat, dann, dass die Verschwundenen oft überraschende Geheimnisse haben.

JAN

Jan und Heidi sind erneut auf dem Weg Richtung Altstadtbucht.

»Wusstest du, dass Helsinki hier gegründet wurde, als Finnland noch Teil von Schweden war?«, fragt Jan, als sie an der tosenden Stromschnelle vorbeifahren. »Irgendwann im 16. Jahrhundert, hier neben der Stromschnelle bei der Mündung des Vantaanjoki. Die Stadt wurde nach der Stromschnelle benannt, und die hieß auf Schwedisch damals Helsinge fors«, erzählt er weiter und hält sich am Armaturenbrett fest, als Heidi eine Vollbremsung hinlegt, um einen Fußgänger mit Pudel über die Straße zu lassen.

»Ich frage mich...«, sagt Jan, »...wenn Johannes am Freitag, dem 23., gestorben ist und das Handy zwischendurch aus war...«

»Du fragst dich, ob jemand in der Zwischenzeit das Handy aufgeladen und wieder eingeschaltet hat?«

»Ja.«

Während Heidi weiterfährt, liest Jan sich die Informationen durch, die Saki ihnen geschickt hat. Die Suche nach Jeremias war bislang erfolglos. Die Gruppe der Freiwilligen wird die Suche bald beenden, da sie das Areal schon so sorgfältig wie nur möglich durchkämmt haben. Mit der Polizeidrohne hat man das Schilfgebiet und die Felder Meter für Meter aufgezeichnet, in der Hoffnung, irgendeine Beobachtung machen zu können. Aber die mehrtägigen Aufzeichnungen haben bislang zu keinem Ergebnis geführt. Auf den Bildern sind lediglich Vögel und Pflanzen zu sehen.

Jan muss schlucken. Man hat viel Aufwand betrieben, um Jeremias zu finden, aber nun droht sich sein Name in die lange Liste ungelöster Vermisstenfälle einzureihen. Ein beklemmender Gedanke. Sie brauchen neue Hinweise, weitere Steine, die sie umdrehen können. Gleichzeitig haben sie Johannes' Leiche. Momentan haben die Mordermittlungen für sein Team oberste Priorität.

Als sie den Beginn des Bretterpfades nach Kuusiluoto erreichen, stellt sich heraus, dass der Weg überschwemmt ist. In der Ferne sieht man einen Teil der Planken auf dem Wasser treiben.

»Der Wind kam schon eine Weile nicht mehr von Norden«, sagt Jan. »Ich habe gehört, dass der Nordwind das Wasser wegbläst.«

Dennoch ist der Pfad durch die Binsen schön. Die Spätsommersonne glitzert auf der Wasseroberfläche zwischen den Schilfgräsern und lässt die Ähren silbrig schimmern. Irgendwo weiter weg schnattern Gänse. Sie sind so laut, dass sie sich anhören wie ein vorbeifahrender Zug. Jan und Heidi ziehen Schuhe und Socken aus und krempeln die Hosenbeine hoch. Das kühle Meerwasser reicht ihnen bis zu den Knöcheln, und das Holz unter der Wasseroberfläche fühlt sich glitschig an. Zwischen dem Schilfrohr wachsen hier und da Mädesüß, Blutweiderich und Tollkirsche. Bald erreichen sie das Holzgatter am Ende des Pfades. Dort setzen sie sich auf den Boden und trocknen die nassen Füße an ihren Socken ab. Jans Schuhe fühlen sich an seinen nackten Füßen zu locker und hart an. Neben einem Baum steht ein gelbes Schild, welches das Füttern der Schafe verbietet.

Im Gehen betrachtet Jan die Bäume. Ihm fällt ein, einmal gelesen zu haben, dass es auf der Insel fast gar keine Fichten oder andere Nadelbäume gibt, dabei bedeutet Kuusiluoto »Fichtenschäre«. Namen können täuschen, denkt er. Auf Lammassaari, der Schafsinsel, gibt es keine Schafe, und auf Kuusiluoto gibt es offenbar nur eine Fichte. Der Wald der Insel besteht aus einem schönen Laubhain. Espen, Ahornbäume, Birken und Schwarzerlen.

In der Mitte der Insel liegen glatte Felsen und Wiesen. Von hier aus kann man in verschiedene Richtungen sehen: Im Süden zeichnet sich der Altstadtfjärd ab, im Norden und Osten erstreckt sich das Naturschutzgebiet. Auf der Insel kann man gleichzeitig die Silhouette der Stadt bewundern und die absolute Stille genießen.

»Da sind sie«, ruft Heidi.

Ein schwarzes, ein weißes und ein hellbraunes Schaf stehen eng zusammengedrängt im Dickicht und zerkleinern in hohem Tempo Gras in ihren Mäulern. Heidi und Jan setzen ihren Weg über die Insel fort. Überall liegen kleine schwarze Kötel herum, und Jan bemerkt, dass ihm auch ein paar davon unter der Schuhsohle kleben. Schließlich erreichen sie wieder ein Tor. Den Informationen von Saki zufolge befindet sich auf Kuusiluoto eine alte Holzvilla, als deren Inhaber die Asio-Stiftung eingetragen ist – das einzige Wohnhaus auf der Insel. Laut der Sommerhausbesitzerin, die Heidi befragt hat, wohnt in der Villa schon lange ein Mann, der allerdings bisher nicht zu erreichen war. Vielleicht haben sie jetzt mehr Glück und er ist zu Hause.

»Privatgelände – Asio-Stiftung – Zutritt für Unbefugte verboten«, steht auf einem Schild. Entschlossen öffnet Jan das Tor und durchquert den Garten in Richtung des großen roten Holzhauses. Dabei denkt er über dessen Bewohner nach, den einige der Sommerfrischler »den Inselschamanen« getauft haben.

Sie umrunden das rote Gebäude, das sicher einmal ein hübsches Anwesen war. Der Garten führt hinunter zum Strand, an den Bäumen hängen hier und da Traumfänger. Der Altstadtfjärd erstreckt sich in seiner ganzen Schönheit vor ihnen, und der Gedanke daran, dass die Großstadt sich in unmittelbarer Nähe befindet, erscheint nahezu unwirklich. Der weite Himmel dominiert die Landschaft, und Jan betrachtet die wunderschönen spätsommerlichen Farbtöne. Auf dem Strandabschnitt, der zum Grundstück der Villa gehört, stehen vereinzelt Bäume, doch an vielen Stellen ist er komplett überwuchert. Einige Meter vom Strand entfernt liegen ein Ruderboot und ein rotes Seekajak im Gras.

Der Rasen um die Blumenbeete am Rande des Grundstücks ist überraschend ordentlich. Plötzlich bleibt Heidi neben ihm wie angewurzelt stehen, bevor sie sich umso schneller wieder in Richtung eines Blumenbeets in Bewegung setzt, wo sie vor einer Gruppe von Pflanzen stehen bleibt. Glockenartige violette Fingerhüte. Heidi geht in die Hocke, um die Stiele der Blumen zu untersuchen. Auf Anhieb findet sie zwei, deren langer Blütenstand fein säuberlich mit einer Schere abgeschnitten wurde.

Nachdenklich kehrt sie zu Jan zurück. Gemeinsam stehen sie vor dem Haus und blicken auf die dunklen Treppenstufen, die steil hinauf auf die Veranda führen. Das Rot des Hauses ist stellenweise verblasst, und von den weiß gestrichenen Glastüren der Veranda blättert die Farbe ab. Wie aus dem Nichts steht auf einmal ein Mann mit kräftiger Statur hinter ihnen. Jan fährt herum. Der Mann hat sich wie ein Raubtier bewegt, ist im Windschatten geblieben, daher haben sie ihn nicht sofort bemerkt. Ohne ihnen eine Frage zu stellen, bedeutet er ihnen mitzukommen.

Sie folgen Roy Kuusisto ins Haus. Schwerfällig ächzend betritt er das Gebäude, und Heidi folgt ihm in die Stube. Jan will sich erst im Haus umsehen. Neben dem Kamin bemerkt er auf einem

Stapel Holzscheite ein paar alte Zeitungen und wirft einen Blick darauf: Auch eine Ausgabe der *Ilta-Sanomat* von dem Tag, an dem Jeremias verschwand, ist dabei. Kuusisto war an dem Tag zumindest nicht weit weg. Jan macht eine schnelle Tour durch die Räume. Ein kleines Schlafzimmer, eine Kochnische und eine Toilette. Keine Treppen, die in einen Keller führen, oder versteckte Luken. Er kehrt in die als Wohnzimmer fungierende große Stube zurück und kommt gerade rechtzeitig, um zu hören, wie Kuusisto einen schlimmen Hustenanfall bekommt. Als Jan sich auf der Holzbank niederlässt, erreicht der Gestank seine Nase. Der Mann riecht beißend nach Schweiß, und seine Klamotten strömen einen Zigarettengeruch aus, der sich dort über Jahrzehnte festgesetzt haben muss. Ein hartnäckiger kalter Rauch. Kuusisto tritt an den Tisch und zündet ein Ästchen an, das in einem Aschenbecher liegt. Es fängt an, qualmend abzubrennen. Jan wirft einen Blick darauf und tippt auf Wacholder.

»Wo ist Jeremias?«, fragt er und erschrickt, als Roy plötzlich in die Hände klatscht.

»Er ist verschwunden«, antwortet dieser und kratzt sich am mit verfilzten Haaren bedeckten Kopf. »Das Leben ist ein einziges großes Mysterium, nicht wahr?«

Jan mustert Roys bärenhafte riesige Pranken. *Warum hast du so große Hände? Damit ich erwürgen kann, wen auch immer ich will. Warum hast du so glühende Augen? Damit ich mein nächstes Opfer ganz genau sehen kann.*

Roy hat wieder Platz genommen und schaukelt in seinem Schaukelstuhl gemächlich vor und zurück. Seine Augen sind pechschwarz, irgendetwas an seinem Blick lässt Jan erschaudern. Ein merkwürdiges, unheimliches Gefühl erfüllt ihn. Als Roy ihn direkt ansieht, kommt es Jan vor, als würde sich sein Blick tief in ihn hineinbohren. Wie ein Messer, das direkt ins Auge trifft.

Obwohl Roy nichts sagt, beschleicht Jan die seltsame Ahnung, dass er etwas weiß. Ob es etwas gibt, was er nicht laut aussprechen will? Womöglich traut er sich auch nicht. Oder sitzen sie gerade mit dem Mörder in einem Raum?

Jan späht auf die Vogelfedern, die zwischen den Wandpaneelen stecken, dabei streift sein Blick den kleinen Schädel, der auf dem Regal liegt. Daneben befinden sich ein paar noch kleinere, die eindeutig einmal Vögeln gehört haben. Leere, ins Nichts starrende Augen und groteske Schnäbel.

Jan ändert seine Taktik. Sie lautet: Konzentriere dich aufs Zuhören. »Erzählen Sie uns von Jeremias«, bittet er.

»Na gut«, entgegnet Roy, verstummt aber gleich wieder. Nur das langsame Knarzen des Schaukelstuhls auf dem Holzboden ist zu hören.

»Ein sympathischer Junge, ein kluger Kopf«, hebt Roy schließlich zu reden an. »Sie kamen den ganzen Sommer über immer wieder hierher, sie waren nicht mehr wirklich Amateure, haben aber noch einiges zu lernen.« Er zieht eine Flasche Schnaps aus einer Plastiktüte auf dem Boden.

»Wann haben Sie ihn zuletzt gesehen?«, fragt Heidi, und Jan konzentriert sich auf die Körpersprache des Mannes.

»Vor ein paar Wochen.«

»Wo waren Sie am Abend seines Verschwindens?«, fragt Heidi weiter.

»Hier«, sagt Kuusisto und rülpst laut.

»Kann das jemand bestätigen?«

Er schüttelt den Kopf.

»Die Schafe«, sagt er dann und lacht. In seinem dunkel verfärbten Gebiss prangt ein Goldzahn. »Die haben mich im Laufe des Abends viele Male gesehen. Scheißen noch die ganze Insel voll, wird Zeit, dass sie zum Schlachter kommen, wenn Sie mich fragen.«

»Gibt es sonst noch etwas? Sie wissen ja, wie das läuft. Im Nachhinein ist es schwieriger, Dinge zu erklären«, sagt Heidi.

»Also gut. Meiner Meinung nach wirkte Jeremias verängstigt, als er das letzte Mal hier war. Es schien, als sei er verflucht«, meint Kuusisto.

»Hatte er Angst vor Ihnen?«, fragt Heidi probehalber.

»Ich habe schon damit gerechnet, dass die Polizei mir die Schuld dafür in die Schuhe schieben will«, brummt er und nimmt einen großen Schluck aus der Flasche. »Ich habe nichts getan. Schon verrückt, das Ganze, verdammte Scheiße.«

Jans Blick fällt auf einen blauen Rucksack, der unter dem Tisch liegt.

»Was ist das hier?«, fragt er und hebt ihn auf.

»Den habe ich heute auf der Veranda gefunden«, murmelt Roy. »Nehmen Sie ihn, ich kann nichts damit anfangen.«

Jan öffnet den typisch rechteckigen Stoffrucksack der Marke Fjällräven und findet zwei ungeöffnete Bierdosen, ein Handy und einen Geldbeutel. Schnell zieht er das Portemonnaie heraus. Darin befindet sich eine EC-Karte, auf der Johannes Järvinens Name steht.

»Machen Sie das aus«, sagt Jan und deutet mit dem Kinn auf das qualmende Ästchen. »Sie kommen mit uns!«

DREIZEHN WOCHEN
VOR DEM VERSCHWINDEN

Jeremias schaut durch das Kameraauge aus dem Fenster. In der Ferne, bei den Bäumen, schwingt etwas hin und her, schwer zu erkennen, was es ist. Durch die unscheinbare Bewegung sieht es aus, als würde der Hintergrund flackern. Es dauert einen Moment, bis ihm die vielen Traumfänger in den Bäumen und Büschen wieder einfallen. Heute sind sie zum zweiten Mal auf Kuusiluoto. Jeremias hat ein eigenartig sicheres Gefühl und eine klare Vision, was das Endergebnis angeht. Eine lebensechte, authentische und interessante Dokumentation über einen vergessenen Menschen. Über den Mann, an den sich alle erinnern, den aber niemand mehr besucht. Auch der Titel des Films steht schon fest: *Wild by Nature. The Story of Roy.* Ein ambitioniertes Studentenprojekt, das ihnen die ganzen Sommerferien rauben wird. Doch dieses Opfer ist es wert. Mit der Regie dieses Films hofft Jeremias, direkt für Preise internationaler Filmfestivals nominiert zu werden. Das Tampere Film Festival wäre natürlich das wichtigste, aber eigentlich strebt er nach Höherem. Palm Springs, Clermont-Ferrand, Sundance, Aspen, Raindance, Berlin. Aus dem Material, das sie den ganzen Sommer über gesammelt haben, müssen im Herbst die besten Szenen zu weniger als vierzig Minuten zusammengeschnitten werden. Aber der Film ist nicht das Einzige, worüber Jeremias mit Roy sprechen will. Er hat eine wichtige Frage, die er ihm stellen will, aber er muss die Sache behutsam angehen.

Im Regal steht ein kleiner Schädel. Ob er echt ist?

»Dieser Schädel dort, hat der irgendeine Geschichte?«, fragt Jeremias und setzt sich wieder.

Sie sind nur noch zu zweit in der Stube. Abdi und Johannes sind schon vorausgegangen, um die Aufzeichnungen auf einen der Rechner in der Hochschule zu ziehen.

»Den habe ich mal aus Haiti mitgebracht«, sagt Roy.

Jeremias betrachtet den Schädel genauer. Er sieht unheimlich aus und wirkt unnatürlich klein. Dann wirft er einen weiteren Blick aus dem Fenster. Die Sonne ist schon lange untergegangen. Es ist schon nach Mitternacht, und am Nachthimmel stehen leuchtende Wolken. Die Traumfänger in den Bäumen und die sonderbaren, mit Schnüren zusammengebundenen Ansammlungen von Stäben schwingen im Wind hin und her und schlagen ständig gegen die Äste. Jeremias hat in seinem Leben schon so manche Stunde damit verbracht zu warten, bis die leuchtenden Nachtwolken aufziehen. Jetzt wäre der perfekte Moment, um draußen zu drehen.

Auf dem Tisch stehen zwei leere Kaffeetassen und eine fast abgebrannte Kerze. Roy schenkt ihnen selbst gebrannten Schnaps in die Tassen.

»Moonshine«, brummt er.

»Ein schönerer Name als Fusel«, meint Jeremias und greift nach seiner Tasse, die bis zum Rand mit Klarem gefüllt ist. Wenn du in Rom bist, dann halte es wie die Römer, das ist der erste Schritt zum Aufbau von Vertrauen, denkt Jeremias. Zum Glück hat ihm Roy kein Fleisch angeboten. Das brächte er mittlerweile nicht mehr so leicht herunter.

»Der Hang zur Kultur, das Wertschätzen von Kunst, das unterscheidet uns unglückselige Menschen von den niederen Tieren. Du bist auf dem richtigen Weg, Junge«, sagt Roy.

Jeremias mustert sein Gegenüber. Er trägt einen abgewetzten schwarzen Filzhut, ein fleckiges Jeanshemd und um den Hals eine Cowboy-Krawatte mit einem kleinen türkisen Stein. Seine grauschwarzen Haare sind teilweise verfilzt, an manchen Stellen hängen ein paar Federn heraus.

»Was ist das für eine Feder?«, fragt Jeremias und deutet auf die größte von ihnen, die über Roys Schulter hängt.

»Eine Turmfalkenfeder. Hier gibt es schöne Vögel. Ich beobachte den Wechsel der Jahreszeiten vor allem anhand ihres Verhaltens. Jetzt ist es für eine Weile ruhig, der Nestbau und alles andere ist erledigt. Wenn du hier spazieren gehst, hör genau hin. Wenn du ein hohles Geräusch wahrnimmst, das klingt, als würde jemand in eine Flasche pusten, dann weißt du, dass eine Rohrdommel in der Nähe ist.«

Eine Weile sitzen sie schweigend da. Jeremias wartet darauf, dass Roy weiterspricht, aber es kommt nichts mehr. Stattdessen zieht dieser eine Packung Streichhölzer aus seiner Brusttasche. Er reißt eines davon an und hält die Flamme an das trockene Ästchen, das im Aschenbecher auf dem Tisch liegt. Nach und nach verschlingen die Flammen den Zweig und dessen spitze, abstehende Nadeln. Eine nach der anderen beginnt zu verbrennen.

»Wacholder vertreibt das Böse und reinigt. In alten Zeiten schlug man den Tod in die Flucht, indem man die Häuser mit Wacholder ausräucherte.«

»Ist jemand gestorben?«

»Noch nicht. Aber ich spüre es immer, wenn der Tod sich nähert«, sagt Roy, wischt sich mit dem Ärmel über die trockenen, schmalen Lippen und zieht an seiner Westernkrawatte.

Beißender Rauch steigt langsam auf und windet sich wie ein hauchfeiner Schleier durch die abgestandene Luft. Es sieht aus wie ein Tanz.

SAANA

Ob »Spuren« ein guter Name für den Podcasts wäre? Immerhin würde das Wort die Situation gut beschreiben. Schließlich sucht Saana wirklich nach Spuren, nach wie auch immer gearteten Brotkrumen, die Jeremias hinterlassen hat.

Während ihrer Recherche zu Vermisstenfällen hat sie zu ihrer Überraschung herausgefunden, dass in Finnland jedes Jahr eine beträchtliche Zahl an jungen Männern verschwindet. Sie notiert sich zwei Sätze für den Podcast.

- *In Finnland verschwinden vier- bis fünfmal so viele Männer wie Frauen.*
- *Warum ist das so?*

Saana hat ein Treffen mit Samuli an der U-Bahn-Station Kalasatama vereinbart, von dort aus wollen sie mit dem Rad am Strand entlang zu Jeremias' Wohnung in Merihaka fahren.

Keiner von ihnen spricht es laut aus, aber auf dem Weg sehen sie sich unablässig um. Wo auch immer sie vorbeikommen, halten sie Ausschau. Saana ist sich sicher, dass Samuli die Umgebung permanent ganz genau im Blick hat.

»Weißt du, was mein liebstes Schimpfwort ist? Es ist etwas absurd und auch kein finnisches Wort«, sagt Samuli, als sie über die Strandpromenade im Stadtteil Sörnäinen rollen. Der von Glaswänden umgebene Padel-Tennisplatz ist leer. Von der Strandbar weht gedämpfte Musik zu ihnen herüber.

»Welches?« Saana ist neugierig.

»Der deutsche Ausdruck ›Arsch mit Ohren‹, ein Arsch, der Ohren hat, ist das nicht gut?«, sagt Samuli lachend.

Saana ist froh, für einen kurzen Moment Freude in seinem Gesicht wahrzunehmen.

»Zugegeben ganz lustig«, erwidert sie schmunzelnd und tritt kurz etwas kräftiger in die Pedale, um mit Samuli mithalten zu können.

Sie fahren in ein dunkles Parkhaus in Merihaka und stellen ihre Räder an der Treppe ab. Samuli schließt beide mit einem alten Kettenschloss zusammen.

»Ich habe in der *Suomen Kuvalehti* einen interessanten Artikel übers Fluchen gelesen. Wusstest du, dass Schimpfwörter im limbischen System produziert werden? Also an einem anderen Ort als alles, was man sonst sagt. Fluchen steht also irgendwie stärker im Zusammenhang mit Gefühlen, genau wie wenn man errötet«, erzählt Samuli.

»Den hab ich auch gelesen«, antwortet Saana lachend. »War das der Text, in dem stand, dass Leute, die fluchen, einen vielseitigeren Wortschatz haben und das wiederum mit Intelligenz in Zusammenhang steht?«

»Jep.«

»Puh, dann gibt's ja keinen Grund zur Sorge«, sagt Saana und sieht Samuli an. Für einen Augenblick wirkt er unbeschwert. Saana fragt sich, wie sorglos und glücklich er erst wäre, wenn sein kleiner Bruder jetzt zu Hause wäre, wenn er einfach niemals verschwunden wäre.

»Weißt du, was schrecklich ist? Woher weiß ich, dass Jeremias sich nicht absichtlich etwas antun wollte?«, sagt Samuli auf dem Weg zur Treppenhaustür. »Ein paar Tage vor seinem Verschwinden hat er mir das hier geschickt.« Er zeigt Saana eine Nachricht auf seinem Handy.

Können wir uns treffen? Gibt was zu besprechen.

»Ich hatte gerade Venla bei mir und habe ihm vorgeschlagen, dass er zu mir kommen soll, aber er wollte nicht. ›Besser, wenn ich nicht komme‹, schrieb er. Er wollte sich irgendwo in Ruhe unterhalten. Ich hab nur geantwortet, dass ich mich wieder melde. Und er hat ›okay‹ geschrieben. Ich habe viel darüber nachgedacht und fühle mich schlecht deswegen. Was wollte er mir nur erzählen? Wenn ich gewusst hätte, dass ich ihn nicht mehr sehen werde…«

»Das konntest du nicht wissen«, sagt Saana schnell, auch wenn ihr klar ist, dass diese Worte ihn nicht wirklich trösten können.

»Ich habe darüber nachgedacht, was das ›Okay‹ zu bedeuten hatte. Heißt es, dass er beleidigt war, oder nur, dass er auf einen neuen Termin von meiner Seite gewartet hat?«

»Wahrscheinlich Letzteres«, versucht Saana ihn zu ermutigen.

»Als wir klein waren, hat Jeremias mir öfter Rätselaufgaben gestellt. Jede Lösung hat mich zu weiteren Rätseln und Hinweisen geführt. Letzte Nacht habe ich mich plötzlich gefragt, ob ich irgendetwas übersehen habe. Was, wenn Jeremias mir tatsächlich einen Hinweis hinterlassen hat? In der Wohnung ist noch etwas, was ich gern überprüfen würde.«

Sie betreten den geräumigen Aufzug, und Samuli wählt den Knopf für die richtige Etage. Als die Türen wieder aufgehen, blicken sie auf eine dunkelgelbe Wand, an der ein riesiges schwarzes X prangt. Saana braucht einen Moment, bis ihr klar wird, dass niemand Jeremias' Stockwerk markiert hat, sondern der Buchstabe nur bedeutet, dass sie sich im zehnten Stock befinden. Sie folgt Samuli, der schnell auf die richtige Wohnung zusteuert und die Tür aufschließt. Auf dem Boden im Flur liegen ein Stapel Werbungen und ein paar Briefe, die wie Rechnungen aussehen.

»Das ist echt schlimm«, grummelt Samuli. »Wenn ein Mensch verschwindet, bleibt das Leben stehen, aber all die Blutsauger bombardieren einen einfach weiter, versuchen, einem was zu verkaufen oder ihr Geld zu kriegen.«

Er tritt gegen den Stapel, damit er die Tür schließen kann. Dann bleibt er im Flur stehen, und auch Saana verharrt stumm auf der Stelle und lässt die Wohnung auf sich wirken. Alles ist still. Je länger sie schweigen, desto genauer können sie verschiedene Geräusche ausmachen. Das Surren des Kühlschranks, den Fahrstuhl im Treppenhaus. Das Rauschen der Wasserleitungen, weil einer der Nachbarn offenbar duscht.

In Jeremias' Wohnung hat schon eine Weile niemand mehr das Wasser aufgedreht. Die Luft ist abgestanden. Zaghaft betritt Saana das Wohnzimmer. Durch die Fenster fällt Licht herein. Es wirkt, als würde das Meer direkt in den Raum übergehen. Ein außergewöhnlicher Ausblick. Den unten verlaufenden Fußgängerweg kann man vom Fenster aus nicht sehen, es sei denn, man drückt seine Wange gegen die Scheibe. Der unverbaute Blick aufs offene Meer hingegen wirkt sich sofort lindernd auf die Stimmung aus. Es ist, als würden die Gedanken durch den weiten Horizont etwas heller werden.

Saana geht auf den Balkon. Von dort aus kann man fast das gesamte Gebiet, in dem nach Jeremias gesucht wird, überblicken. Es fühlt sich komisch an, in einer Wohnung zu sein, aus der jemand einfach so verschwunden ist und in der das Leben stehen geblieben ist. Im Kühlschrank ist noch Essen, im Badezimmer warten ein paar Klamotten darauf, gewaschen zu werden. Alles sieht so aus, als könnte der Bewohner jeden Moment zurückkommen. Aber wird er das wirklich?, fragt sich Saana beklommen.

Im Bücherregal stehen Familienfotos aus Jeremias' Kindheit. »Vater, Mutter, großer Bruder«, murmelt Saana. »Eigentlich interessiert uns ja all das, wovon es keine Fotos gibt. Fehlt irgendetwas?«

Samuli schüttelt den Kopf. Vor dem Fenster steht ein kleiner Tisch mit zwei Stühlen und in der Ecke ein Stativ mit einem Fernrohr.

»Da ist noch diese Sache, die ich überprüfen wollte«, sagt Samuli und geht entschlossen zum Fenster. »Ich muss unbedingt nachsehen.«

Unruhig, aber neugierig verfolgt Saana Samulis Bewegungen.

»Die da«, sagt er und zeigt auf die goldene Katze auf dem Tisch vor dem Fenster, deren Pfote wild auf und ab wedelt. Solche Figuren kennt Saana aus chinesischen Restaurants und von ihren eigenen Reisen nach Asien.

»Eine Winkekatze?«, fragt sie.

»Ja. Eine *maneki neko*. Wir hatten zu Hause zwei. Papa hat sie uns mal aus Japan mitgebracht. Das war so ein lustiger Insider zwischen uns Brüdern. Als wir klein waren, haben wir uns damit Nachrichten übermittelt«, erzählt Samuli. »Rate mal, wie!«

»Keine Ahnung«, sagt Saana und wartet gespannt auf die Auflösung.

»Also, es gibt diese Staffordshire-Hunde aus Porzellan, die etwas mit Matrosen zu tun haben. Wenn der Mann des Hauses gerade auf See ist, wird der Hund so gedreht, dass er aus dem Fenster hinausschaut. Wenn der Mann nach Hause zurückkehrt, schaut der Hund nach innen. Das ist so ein Zeichen. Wir haben das Gleiche mit den Katzen gemacht«, erklärt Samuli. »Jeremias fand das aufregend, er ist ja auch fast zehn Jahre jünger als ich. Wenn ich in die Schule ging, drehte ich meine Katze so, dass sie zum Fenster hinausschaute, dadurch wusste Jeremias, dass ich unterwegs war. Als wir erwachsen waren und jeder woandershin zog, nahmen wir beide unsere Katzen mit. Meine war weiß. Sie ist kaputtgegangen, als Venla damit gespielt hat, aber die von Jeremias ist noch heil. Als er zum Backpacking nach Asien ging und ich hin und wieder hier vorbeikam, um nach der Post zu sehen, musste ich lachen, denn er hatte die Katze nach außen gedreht.«

Saana muss schmunzeln. Die goldene Katze blickt tatsächlich aus dem Fenster und winkt unermüdlich.

»Aber schau sie dir jetzt an«, sagt Samuli, obwohl Saana das bereits tut.

»Zwar war die Polizei hier, aber so was würden die doch nicht anfassen. Ich könnte schwören, dass die Katze nach innen gerichtet war, als ich das letzte Mal hier war. Aber jetzt, siehst du?«, wiederholt er noch einmal und deutet auf das Tier.

»Wenn wir noch Kinder wären, würde mir das jetzt sagen, dass Jeremias unterwegs ist.«

Saana spürt, wie ihr ein kalter Schauer über den Rücken läuft.

Sitzung Nr. IV

Empfänger: Kaj Johansson
Absender: Rosa Heikkinen

Sehr geehrter Herr Johansson,
ich kontaktiere Sie als besorgte Mutter. Ich habe erfahren, dass meine Tochter Termine bei Ihnen wahrnimmt, aber ich konnte nichts aus ihr herausbekommen. Hat sie Ihnen einen besonderen Grund genannt, weshalb sie die Therapie begonnen hat? Ist alles in Ordnung?

Kaj lehnt sich in seinem Stuhl zurück. Es dauert einen Moment, bis er den Zusammenhang begreift. Die Mutter der jungen Frau, die bei ihm in Behandlung ist, versucht also, dem Therapeuten ihrer Tochter Informationen zu entlocken. Beim Anblick ihrer E-Mail-Signatur ist er überrascht. Frau Heikkinen ist die Generalsekretärin des finnischen Innenministeriums.

Ich weiß nicht, ob sie Ihnen schon von ihrem Freund erzählt hat. Nur zu Ihrer Information: Über diesen Mann habe ich bereits mit Bekannten bei der Polizei gesprochen. Es ist bekannt, dass dieser Mann Mitglied eines Clubs namens Wolves MC ist und dort eine hohe Position innehat. Über den Club war vor einem Jahr ein Artikel in der Helsingin Sanomat (unten der Link zu dem Artikel). Der Wolves MC wurde wiederholt mit Drogenschmuggel in Verbindung gebracht, aber bislang weiß man sehr wenig über den Club. Vor einiger Zeit wurde ein Mitglied der Gang wegen des Verkaufs von Amphetaminen festgenommen. In die Bearbeitung des Falls war ich nicht involviert, aber ich habe die Unterlagen gelesen.

Ich denke, dass diese kriminelle Bande möglicherweise versucht, meine Tochter dazu zu bringen, Drogen zu konsumieren, sie zu verkaufen oder als Strohfrau zu fungieren. Sie wirkt unschuldig genug und kommt noch dazu aus einer guten, man könnte sogar sagen, angesehenen Familie. Wer könnte sie schon verdächtigen?

Ich hoffe, dass Sie in den kommenden Sitzungen sicherstellen können, dass meine Tochter in keiner Weise ausgenutzt wird und dass sie in Sicherheit ist. Sie wohnt noch bei mir zu Hause. Rechtlich gesehen ist sie erwachsen, weshalb ich sie leider nicht dazu zwingen kann, diese unselige Beziehung zu beenden, aber ich würde mir wünschen, dass Sie in den Gesprächen mit ihr das Setzen von Grenzen und das Treffen von Entscheidungen thematisieren.

Ich habe viel Gutes über Sie gehört. Meine Bekannten beim KRP haben mir erzählt, dass Sie neben Ihrer Arbeit als Therapeut einer der führenden Profiler in Finnland sind, deshalb vertraue ich Ihnen in dieser Sache. Bitte enttäuschen Sie mich nicht. Ich will nur das Beste für meine Tochter. Ich würde mich freuen, wenn Sie mich über alles informieren, was Sie in Ihren Sitzungen besprechen. Auch gehe ich davon aus, dass Sie mich umgehend in Kenntnis setzen, wenn Sie aufgrund der Dinge, die meine Tochter erzählt, den Eindruck haben, dass sie sich in Gefahr befindet.

Mit freundlichen Grüßen
Rosa Heikkinen
Generalsekretärin des Innenministeriums
Besorgte Mutter

Kaj öffnet den Artikel, dessen Link Frau Heikkinen ihm geschickt hat. Darin steht, dass in der Hauptstadtregion eine neue Biker-Gang gegründet wurde. Möglicherweise sind auch Mitglieder aus anderen bekannten Motorradclubs beigetreten. Außerhalb der Hauptstadtregion ist der Club nicht aktiv. In was ist die junge Frau da hineingeraten? Kaj liest die E-Mail zweimal und seufzt. Psychotherapie ist kein Wunschkonzert. Seine Klientin gibt das Tempo vor. Die Schweigepflicht verbietet es ihm sowieso, Informationen aus den Sitzungen an deren Mutter weiterzugeben. Es ist natürlich verständlich, dass diese sich Sorgen um ihre Tochter macht. Als Vater von zwei Kindern weiß Kaj ganz genau, wie beängstigend es sich anfühlt, wenn einem plötzlich klar wird, dass man als Eltern letztendlich nicht mehr als sein Bestes geben kann. Kinder sind ihren Eltern nur geliehen. Eines Tages gehen sie ihre eigenen Wege, und dann muss man mit all der Unsicherheit, der Angst, die ihre Unabhängigkeit in einem auslöst, klarkommen. Man kann die Welt nicht kontrollieren, sondern nur das Beste hoffen und sich bemühen, eine Beziehung zu den Kindern aufzubauen, in der sie sich trauen, um Unterstützung zu bitten, wenn nötig.

Kaj googelt Rosa Heikkinen. Die Bildersuche liefert ihm zahlreiche Fotos einer schlicht, aber stilvoll gekleideten Frau im

Hosenanzug. Was für ein Verhältnis hast du eigentlich zu deiner Tochter? Kaj betrachtet ein Bild, auf dem Frau Heikkinen fröhlich in die Kamera grinst. In dem Moment klopft es an der Tür. Die junge Frau ist etwas zu früh dran.

»Herein«, sagt Kaj vom Schreibtisch aus und schließt den Deckel seines Laptops.

»Haben Sie gut schlafen können?«, fragt er mit sanfter Stimme und spürt eine leichte Enttäuschung, als sie matt den Kopf schüttelt. »Ich dachte mir, dass wir heute etwas umfassender über Ihre zwischenmenschlichen Beziehungen sprechen könnten. Beginnen Sie doch mit dem, was Ihnen dazu als Erstes in den Sinn kommt«, sagt er und rückt sich auf seinem Stuhl zurecht.

»Ich war nie besonders gut darin, Freundschaften aufrechtzuerhalten«, murmelt die junge Frau. »Es ist immer irgendetwas Schlimmes passiert, eine Freundin hat sich jemand anderen gesucht oder meine Geheimnisse weitererzählt. Mit Jungs Zeit zu verbringen war viel einfacher. Aber dabei vermischen sich zu leicht Freundschaft und Liebe. Ich weiß noch, als ich in der siebten Klasse war...« Sie macht eine Pause.

»Da gab es einen Jungen, mit dem ich bis dahin nur über Fußball, Computerspiele und über den anstehenden Mathetest geredet habe. Ich wollte mich mit ihm über Dinge unterhalten, in denen er gut war. Ich hielt ihn für einen guten Freund und war stolz auf uns, darauf, dass ich endlich einen Freund gefunden hatte. Sein leichter Oberlippenflaum machte ihn irgendwie sympathisch. Aber dann wollte er mich küssen, und ich habe mich nicht getraut, Nein zu sagen, denn das hätte das Ende unserer Freundschaft bedeuten können. Also haben wir uns geküsst.«

Sie schließt ihre Augen und scheint angestrengt zu versuchen, sich an alles zu erinnern.

»Ich weiß noch, dass ich seinen großen, feuchten Mund gespürt habe, seine Zunge, die er mir fast bis in den Rachen schob. Ich fühlte nichts. Drei Tage später hatte ich Pfeiffersches Drüsenfieber mit starken Symptomen. Mit Fieber und angeschwollenen Lymphknoten schickte ich ihm eine Nachricht, in der ich ihm sagte, dass ich nur mit ihm befreundet sein will. Wissen Sie, was ich geschrieben habe? ›Es liegt nicht an dir, sondern an mir.‹ Das habe ich geschrieben. Und wissen Sie, was er geantwortet hat?«

Sie sieht traurig aus.

»›Schlampe!‹ Das hat er geantwortet, und ich habe wieder einen guten Freund verloren. Vielleicht stimmt der Satz, den ich ihm geschrieben habe. An mir ist alles falsch.«

Kaj wirft ihr einen besorgten Blick zu.

»Ist die Stimme in Ihrem Kopf sehr streng mit Ihnen?«, fragt er.

Die Frau schweigt und starrt an die Wand.

»Wenn Ihre innere Stimme gehässig, zurechtweisend oder anderweitig unangenehm ist, dann hat das Auswirkungen auf Ihr gesamtes Wesen«, fährt Kaj fort. »Sie steht dann zwischen Ihnen selbst und Ihrem Geist. Wenn Ihre innere Stimme bösartig ist, kann sie Sie daran hindern, sich selbst zu lieben.«

Zu seiner Überraschung scheint sie ihm zuzuhören.

»Einer der wichtigsten Schritte auf dem Weg zu Selbstakzeptanz ist es zu lernen, liebevoll mit sich selbst zu sein. Das beginnt mit der Art und Weise, wie Sie über sich selbst sprechen. Kritisieren Sie sich nicht, sondern ermutigen Sie sich selbst. Wie würden Sie Ihre beste Freundin bestärken? Wie sähe Ihre Liebe einem kleinen Kind gegenüber aus? Gehen Sie mit sich selbst genauso um.«

Die Frau rutscht immer weiter an der Sofalehne herunter, bis sie sich fast in einer Liegeposition befindet. Es ist so still, dass Kaj das Knarzen ihrer Lederhose hören kann.

»Am Ende des Films *Boyhood* wird gesagt, dass das Sprichwort ›Nutze den Tag‹ eigentlich andersherum sein müsste, also ›Der Tag nutzt uns‹«, sagt sie dann, während sie an die Decke starrt. »Das ist irgendwie ein schöner Gedanke.«

Sie redet am Thema vorbei, aber Kaj lässt sie sprechen. Auch er schaut zur Decke und stellt fest, dass neben der Stuckrosette ein schmaler, unscheinbarer Riss verläuft, der ihm noch nie aufgefallen ist.

»Ereignisse und Gefühle bleiben für immer in uns, wir behalten sie immer in Erinnerung, und daraus besteht das ganze Leben«, fährt die Frau fort.

»Und Ihre jetzige Beziehung? Erzählen Sie ein bisschen davon. Welche Momente erleben Sie da?«, fragt Kaj und befürchtet im selben Augenblick, sie zu stark in eine Richtung zu lenken.

»Sein Spitzname ist ›der Akademiker‹. Das heißt nicht, dass er ein Weichei oder so wäre. Im Gegenteil. Der Name kommt daher, dass er fürchterlich schlau ist.«

»Fühlen Sie sich geliebt?«, fragt Kaj.

»Er liebt mich so sehr, dass er mich nie allein lässt«, antwortet sie nickend und pult an ihren Fingernägeln herum. Kaj bemerkt ihre langen, schmalen Finger und die Nägel, deren roter Lack sich bereits ablöst.

»Manchmal steht nachts ein Auto vor unserem Haus. Meine Mutter hasst es, aber ich finde das irgendwie fürsorglich. Es steht immer eine Zeit lang im Hof, die Lichter sind aus. Im Dunkeln ist es schwer zu sehen, wer im Auto sitzt. Aber ich weiß, dass es Typen sind, die der Akademiker geschickt hat, damit sie nachschauen, ob bei mir alles okay ist.«

JAN

Jan füllt einen weißen Einmalbecher mit Wasser aus dem Automaten, und es blubbert im Tank. Mit dem Becher in der Hand geht er in den Vernehmungsraum. Roy Kuusisto dreht sich um, als er das Zimmer betritt. Jan setzt sich und stellt das Wasser vor ihm ab, aber dieser macht keine Anstalten, danach zu greifen.

»Haben Sie nichts Stärkeres?«, fragt Kuusisto, und Jan ist sich nicht sicher, ob es ein Witz sein soll.

»Wo waren Sie am 23. August?«, fragt er und sieht ihn durchdringend an.

»Zu Hause.«

»Was meinen Sie damit? Nirgendwo gibt es Aufzeichnungen darüber, dass Sie einen Mietvertrag unterschrieben hätten oder das Haus Ihr Eigentum wäre«, stellt Jan fest.

»Die Natur ist mein Zuhause. Kuusiluoto ist nur mein Stützpunkt«, meint Kuusisto und starrt auf den weißen Tisch.

»Der Rucksack des toten Mannes befand sich in Ihrem Besitz. Wie kam er dorthin?«

Jan mustert ihn. Kuusisto windet sich auf seinem Stuhl. Die Zeit im Polizeipräsidium wird sich bei ihm bestimmt bald körperlich bemerkbar machen, schließlich hat er seit einer Weile keinen Tropfen Alkohol mehr bekommen.

»Ich habe den Rucksack auf der Veranda gefunden, ich habe ihn nicht...«, stammelt er. »Irgendwer muss ihn dort hingelegt haben.«

Jan sieht ihn immer noch an. Er fühlt sich hin- und hergerissen. Ein Teil von ihm glaubt Kuusisto, aber sein Instinkt sagt ihm, dass der Mann mehr weiß, als er zugibt. Was verheimlicht er bloß?

Allmählich verbreitet sich ein starker, beißender Geruch von Urin im Raum. Mehr scheint Kuusisto aktuell nicht von sich zu geben. Vorläufig haben sie nichts Stichhaltiges gegen ihn in der Hand, sie brauchen viel mehr als nur einen Rucksack, um ihn festzuhalten. Aber vielleicht bekommen sie ja mehr, sobald die Polizei das Haus, das Kuusisto besetzt, auf den Kopf gestellt hat.

Jan tritt auf den Flur hinaus, um frische Luft zu schnappen. Dort begegnet er Saki, der ihm ein ausgedrucktes Foto reicht. Darauf ist ein junger Mann zu sehen, der aussieht wie Johannes und mit Anglerhut auf dem Kopf und geschlossenen Augen auf einer Tanzfläche steht.

»Wo wurde das aufgenommen?«, fragt Jan.

»Auf Lammassaari, bei der Isle of Sheep-Veranstaltung, kurz nach acht an dem Abend, als Johannes starb. Es war noch hell«, sagt Saki. »Ich habe den Fotografen erreicht. Ich glaube, du solltest dich mit ihm treffen. Er hat ein Sommerhaus auf Lammassaari.«

Jan kehrt zurück zu Kuusisto, der still auf seinem Platz sitzt und vor sich hin stiert.

»Sie können gehen«, stößt er widerwillig hervor und versucht, Kuusistos Blick zu fangen, aber vergeblich.

»Jeder von uns geht am Ende«, murmelt dieser und erhebt sich schwerfällig.

Donnerstag, 5. September

JAN

Die Morgendämmerung bricht an, der Himmel ist bewölkt. Jan bremst in der Abwärtskurve nach der Brücke, biegt nach rechts Richtung Lammassaari ab und rollt an diversen Umzäunungen für kleine und große Hunde vorbei. Auf der rechten Seite spitzen die bunten Schubkarren der Sommerhausbewohner zwischen den Bäumen hervor. Er lehnt sein Fahrrad an einen Baum in der Nähe der Stelle, wo der Bretterpfad beginnt, und schließt es ab. Dann fällt ihm Johannes' letzter Abend wieder ein. Es gibt so wenige Spuren. Das scheint das zentrale Problem der Ermittlungen zu sein. Dass sie einfach keine Spuren haben.

Auf Lammassaari angekommen, erwartet ihn der Fotograf bereits. Jan mustert den Mann. Er trägt Brille, eine bunte Windjacke, Gummistiefel und eine grüne Tarnhose. Um seinen Hals hängt ein Fernglas. Jan ist unsicher, ob er es mit einem Hipster zu tun hat, der ironisch den Stil der Neunziger imitiert, oder ob der Fotograf unbeabsichtigt im Trend liegt, weil seine alten Klamotten mittlerweile wieder in Mode gekommen sind.

»Wo ist der einsamste Ort der Insel?«, fragt Jan und macht dabei eine ausladende Armbewegung.

Der blonde Mann mit den blauen Augen blickt ihn durch seine runden, etwas trüben Brillengläser an.

»Die ganze Insel ist ziemlich einsam, andererseits sind hier die ganze Zeit alle möglichen Leute unterwegs. Es ist der Lieblingsort der Helsinkier, was auch kein Wunder ist. Hier gibt es viele Wasser- und Watvögel, im Laufe der Jahre hat man hier über dreihundert Vogelarten gesichtet. Aus den Sümpfen Lapplands und der Tundra kommen Wasser- und Strandläufer hierher. Ich habe sogar schon einmal eine Ansammlung von tausend Krickenten beobachtet.«

»Uns interessieren eher Versammlungen von Menschen. Waren Sie am Freitag, dem 23. August, hier?«, fragt Jan und deutet auf das Sommerhaus.

»Ja, war ich«, entgegnet der Mann offenkundig enttäuscht, vielleicht, weil Jan nicht auf sein umfassendes Vogelwissen eingeht. »Ich war auf der Isle of Sheep und habe im Sommerhaus noch eine Afterparty veranstaltet.«

»Kann das jemand bestätigen?«, fragt Jan, und der Mann wirkt verblüfft.

»Verdächtigen Sie mich wegen etwas?«

Jan setzt einen möglichst freundlichen Gesichtsausdruck auf.

»Ich kann Ihnen versichern, dass das eine ganz normale Frage ist. Wir suchen nach Bestätigungen für Dinge, die uns erzählt wurden. Es ist immer gut, wenn es Zeugen gibt.«

Der Mann nickt und verspricht, ihm eine Namensliste seiner Gäste zukommen zu lassen.

»Kennen Sie alle Sommerhausbewohner?«, fragt Jan weiter.

»Die meisten nur vom Sehen«, antwortet der Mann langsam. »Die Stadt hat neue Sommerhausgrundstücke verlost, und die alten Bewohner haben Platz gemacht. Ein Teil der Sommerhütten steht die ganze Saison lang leer oder wird nur von Kindern oder Bekannten der Besitzer genutzt. Oft weiß man gar nicht, wer der Besitzer ist. Ich habe mein Haus 2012 gekauft und genieße es sehr, hier so ungestört zu sein, im Sommer nutze ich es auch als Büro. Aber sprechen Sie doch mit dem Inselwächter, er kennt sicher die meisten Leute hier.«

»Gab es auf der Insel irgendetwas Besonderes, was Ihre Aufmerksamkeit erregt hätte?«, fragt Jan. Der Mann fährt sich durch die Haare.

»Eigentlich nicht. Über die Jahre hat es ein paar kleinere Nachbarschaftsstreitereien gegeben, aber die gibt es ja in jeder Gemeinschaft. Und dann ist da noch das Haus Nummer 17. Das liegt dort am Hang, wenn man auf dem Holzpfad Richtung Vogelbeobachtungsturm geht. Offiziell nutzt das wohl niemand, aber ich habe dort hin und wieder Vogelbeobachter gesehen.«

»Vogelbeobachter?«

»Ja, ich habe sogar bei verschiedenen Vereinen nachgefragt, bei Tringa und BirdLife zum Beispiel, aber niemand wusste etwas darüber, dass hier irgendein Sommerhaus genutzt werden würde.«

Jan notiert sich die Hausnummer.

»Wie gut erinnern Sie sich an ihn?«, fragt er dann und reicht dem Mann das Foto, das dieser selbst gemacht hat und auf dem Johannes inmitten von lachenden Menschen in einem holzverkleideten Saal zu sehen ist. Im Hintergrund leuchtet das warme Sommerabendlicht.

Das Foto gibt keinen Aufschluss darüber, mit wem er dort war.

»Nicht besonders gut, aber er ist wahrscheinlich einer der Jungs gewesen, die diese Dokumentation gedreht haben, oder?«

Jan nickt. Letzten Endes handelt es sich hier um eine sehr kleine Insel, eine kleine Gemeinschaft, welcher die Arbeit der jungen Männer mit Sicherheit aufgefallen ist. In Anbetracht dieser Tatsache hat die Polizei bis jetzt überraschend wenig Informationen darüber erhalten, wo auf der Insel sie überall unterwegs waren.

»Der Kollege hier scheint allein beim Tanzen gewesen zu sein, die anderen habe ich nicht gesehen. Er saß im Garten, rauchte und schien auf etwas zu warten. Aber ich habe nicht beobachtet, dass ihn jemand begleitet hätte, es dämmerte, und die Party kam gerade richtig in Fahrt«, sagt der Mann. »Vielleicht ist er noch woanders hingegangen?«

Jan dankt ihm und betrachtet nachdenklich das Bild. Johannes war bei der Tanzveranstaltung und wartete offenbar auf etwas. Aber auf wen oder was?

Im Büro öffnet Jan den fast leeren Kühlschrank. Nur eine zähflüssig gewordene laktosearme Milch, die schon zu lange offen ist, eine halbe Gurke und ein Stück vertrockneter Käse sind da. Jan hat vergessen, sich ein Mittagessen zu bestellen. Genau wie zu Hause. Auch dort hat er meistens nur Licht im Kühlschrank.

Er setzt Wasser auf und kramt eine Packung Instant-Nudeln aus der untersten Schublade. Der Wasserkocher pfeift aus dem letzten Loch und hüpft leicht auf und ab. Lustlos sieht Jan aus dem Fenster. Die Sonne scheint durch die Jalousie herein, und die Schatten werfen Streifen auf den Boden und den Tisch. Die Kaffeemaschine gluckert vor sich hin. Er schüttet die alte Plörre weg, die sich am Boden der Kanne abgesetzt hat. Es ist schon lustig, wie er sich mittlerweile daran gewöhnt hat, den bitteren Kaffee mit den Ermittlungen und der dafür erforderlichen Denkleistung zu verknüpfen.

Jan denkt über das Gespräch mit Roy Kuusisto nach. Der Mann hat nichts erzählt, sondern lediglich bestätigt, dass Jeremias mit seinen Freunden bei ihm war, um eine Dokumentation zu drehen. Kuusisto hatte bestritten, etwas über die jungen Männer zu wissen. Jan erinnert sich daran, vor Jahren in den Schlagzeilen einmal etwas über dessen erfolgreichen Dokumentarfilm *Wesen* gelesen zu haben. Die Dokumentation, die er in den Wäldern Ostfinnlands gedreht hat und mit der er das Gedeihen und Vergehen der Natur eingefangen hat, ist sein neuestes Werk. Vielleicht auch sein letztes, denn jetzt scheint er nicht mehr arbeitsfähig zu sein. Jan schlingt die Nudeln herunter, stellt seine Tasse in die Spüle und eilt mit großen Schritten zurück an seinen Schreibtisch.

Als Saki niest, zuckt er zusammen. Fast hätte er vergessen, dass er auch da ist.

»Wir haben einen neuen Augenzeugenbericht von einer Frau, die an dem Abend, an dem Jeremias verschwunden ist, mit ihrem Hund spazieren gegangen ist«, verkündet Saki.

»Was sagt sie?«, fragt Jan mit einem Anflug von Skepsis in der Stimme. Bei Vermisstenfällen sind die ersten achtundvierzig Stunden die entscheidendsten. Je später Hinweise bei der Polizei eingehen, desto wahrscheinlicher ist es, dass die Beobachtungen nicht ganz der Wahrheit entsprechen. Die Erinnerungen werden unzuverlässiger, und der Geist färbt sie mit Dingen, die auf Hörensagen und Zeitungsartikeln beruhen.

»Die Augenzeugin berichtet, dass zwischen acht und neun ein männlicher Vogelbeobachter in Pornaistenniemi unterwegs gewesen sei.«

»Gut, das ist interessant«, meint Jan. Sie müssen unbedingt die Person, die sie beobachtet hat, ausfindig machen.

»Aber warum hat sich diese Person nicht selbst bei der Polizei gemeldet?«, überlegt Saki laut. »Bemerkenswert ist auch, wie die Augenzeugin den Vogelbeobachter beschreibt: als einen Mann mit Wiedererkennungswert. Angeblich würde sie ihn erkennen, wenn sie ihm begegnen würde. Sein kompletter Hals sei nämlich tätowiert gewesen.«

Heidi kommt ins Zimmer. Sie war beim Training, ihre Haare

sind noch nass vom Duschen. Neidisch beäugt Jan die sportliche Energie, die von seiner Kollegin ausgeht. Mit aufrechter Haltung setzt sie sich aufs Sofa und folgt aufmerksam dem Gespräch der Männer.

»Jetzt, da wir alle versammelt sind, lasst uns noch einmal durchgehen, was wir haben«, sagt Jan und geht zur Ermittlungswand.

Dort hängen zahlreiche nummerierte Fotos. Auf dem ersten ist Johannes' blasse Leiche zu sehen, wie sie kurz nach dem Fund fotografiert wurde. Seine bläuliche Haut ist glanzlos und transparent. Auf den Fotos daneben wurden der Tatort und der auf dem Boden gefundene Schuhabdruck dokumentiert. Saki schreibt die Nummer 42 daneben, die geschätzte Schuhgröße, die sie von der Spurensicherung bekommen haben. Jan betrachtet die ordentlich aneinandergereihten Bilder: die Halskette, der Fingerhut, das Blumenbeet auf Kuusiluoto, eine Eibe und das nasse Fahrrad, das man aus dem Bach gezogen hat. Das Fahrradschloss war offen, und der Schlüssel hat noch im Schloss gesteckt. Es ist also möglich, dass Johannes selbst in den Wald gefahren ist und der gesuchte Täter das Fahrrad am Ende beseitigt hat.

Unter Johannes' Foto hängt eine ausgedruckte Liste der Anrufhistorie seines Handys. Saki hat den letzten Anruf eingekringelt. Freitag, der 23. August – der Abend, an dem Johannes starb. Laut den Handydaten ist Jeremias Silvasto der Letzte, mit dem Johannes telefoniert hat. Saki hängt noch einen Zettel mit der Aufschrift »Vogelbeobachter« an das Board.

»Apropos Vogelbeobachter, könntest du möglichst bald den Eigentümer des Sommerhauses Nummer siebzehn für uns ausfindig machen?«, bittet Jan ihn und setzt sich kurz neben Heidi auf das Sofa.

Er hat Saana und ihren Freunden versprochen, sie am Freitag

auf eine Bootstour zu begleiten. Im Augenblick liegt es ihm fern, an Freizeit auch nur zu denken, es erscheint ihm schier unmöglich. Andererseits sehnt er sich nach etwas, was ihn zumindest für eine Weile von den Ermittlungen ablenkt. Er reibt sich mit den Fingerknöcheln die schweren Augenlider.

»Der Besitzer des Hauses ist ein gewisser Timo Honkanen«, verkündet Saki kurz darauf. »Sicherheitshalber habe ich gleich noch ein paar Informationen über ihn eingeholt. Da stimmt irgendetwas nicht. Er scheint Geschäftsführer einiger Unternehmen zu sein, aber es sind sehr unterschiedliche Branchen. Eine der Firmen ist Sodexca Oy, die Immobilien besitzt.«

»Warum denkst du, dass da etwas nicht stimmt?«, hakt Heidi nach.

»So etwas gibt es manchmal. Die Firmen wurden innerhalb kürzester Zeit gegründet, es ist also absolut möglich, dass der Mann nur ein Name auf dem Papier ist.«

»Meinst du, er könnte ein Strohmann sein?«

»Genau das. Über Honkanen gibt es nämlich ziemlich wenig Informationen, kein Strafregister, und bei allen Kontaktdaten sind nur Prepaid-Nummern angegeben.«

»Also gut, versuchen wir, ihn zu erreichen«, sagt Jan, verstummt aber, als Heidis Handy klingelt.

»Kannst du das wiederholen?«, bittet Heidi den Anrufer, nachdem sie rangegangen ist und eine Weile gelauscht hat. »Alles klar, danke«, sagt sie dann und wirft Jan einen überraschten Blick zu.

»In dem Haus, das Kuusisto besetzt, wurde ein Paar Gummistiefel gefunden, Größe zweiundvierzig. An der Sohle Dreck und Baumnadeln, das würde gut ins Bild passen«, sagt sie und deutet zu dem Foto des Schuhabdrucks.

»Alle Spuren führen auf die ein oder andere Art zu Kuusisto«, murmelt Jan, und im Raum wird es still.

Jan nimmt den alten, abgenutzten Tennisball vom Papierstoß.

»Fang«, sagt er, während er ihn bereits wirft.

Mühelos schnappt Heidi sich den Ball. Ihre Reaktion war so schnell, dass sie selbst überrascht auflacht.

»Also gut, was fällt dir ein?«, fragt Jan. Heidi wirft den Ball in der Hand auf und ab.

»Sowohl der Fundort unserer Leiche als auch der Ort, an dem Jeremias verschwunden ist, befinden sich in der Natur. Will uns der Täter damit etwas sagen?«, überlegt sie laut und wirft den Ball zurück zu Jan.

»Der Täter ist sehr sorgfältig, zurückhaltend. Er hat nirgendwo versehentlich eine Spur hinterlassen, außer möglicherweise den Schuhabdruck«, sagt Jan.

»Wie wurde Johannes überhaupt in den Wald gelockt?«

»Warum ist Jeremias erst Tage später verschwunden? Die Sache ist kompliziert. Gibt es etwas, was die beiden Männer verbindet, von dem wir noch nichts wissen?«

»Ein gemeinsames Geheimnis? Eine gemeinsame Bedrohung?« Heidi greift nach dem Ball und dreht ihn hin und her, während sie nachdenkt. »Das Motiv. Warum wurde Johannes ermordet?«

»Kann Roy Kuusisto das alles getan haben?«, fragt Jan.

»Wenn er unser gesuchter Mörder ist, könnte er in der Vergangenheit bereits andere Morde begangen haben?«

Der Ball rutscht Heidi aus der Hand und rollt über den Boden. Saki unterbricht das Ballspiel. »Ich habe alle Vermisstenfälle der letzten zehn Jahre herausgezogen, in denen die Verschwundenen achtzehn bis dreißig Jahre alt und männlich waren«, sagt er und streckt sich ausgiebig. Seine Augen hinter den Brillengläsern sind gerötet.

»Wonach suchen wir eigentlich genau?«, fragt Heidi.

»Wir suchen nach Übereinstimmungen, aber hoffen auf Unterschiede«, sagt Jan. »Es wäre gut, wenn wir Dinge eingrenzen und ausschließen könnten, anstatt die Sache auszuweiten. Daher wäre es wünschenswert, in der Vergangenheit keine ähnlichen Fälle zu finden.«

»Lasst uns jetzt zu Beginn vor allem nach Vermissten suchen, die in Naturschutzgebieten verschwunden sind, männliche Personen bis höchstens dreißig Jahre«, sagt Saki. »Ich habe die Fälle nicht sortiert. Sie durchzugehen wird dauern.«

Nach einer halben Stunde klopft Jone an die Tür und durchbricht die andächtige Stille.

»Was haben wir?«

Heidi hebt die Augenbrauen, dann ihr Kinn und schnuppert. Es riecht nach Essen. Sofort fühlt sie sich wie ein gereiztes Raubtier, das man versucht zu zähmen. Das ärgert sie vor allem deswegen, weil es so durchschaubar ist. Ihr Magen fängt an zu knurren.

»Fallt mir nicht vom Fleisch. Ich weiß noch, wie es ist, im Außendienst ständig zu wenig Zeit zum Essen zu haben«, sagt Jone und stellt im selben Atemzug zwei Papiertüten mit dem Logo eines Sushi-Restaurants auf den Tisch. Sie wartet nicht auf ein Danke, sondern setzt sich stattdessen auf die Tischkante, die dort herumliegenden Papiere ignorierend, und nickt Jan auffordernd zu.

»Die Ermittlungen sind bis jetzt ergebnislos. Die freiwilligen Helfer machen derzeit Pause, sie haben das Areal gründlich durchkämmt«, sagt Jan. Das Essen würdigt er keines Blickes.

Auf dem Tisch ist eine große Karte ausgebreitet, auf der die abgesuchten Gebiete markiert sind. Heidi fällt auf, dass Jones fester Hintern fast die ganze Innenstadt bedeckt.

»Wir haben mit den Angehörigen gesprochen, die zwei Männer kannten sich. Jetzt konzentrieren wir uns darauf, wer oder was die beiden möglicherweise verbindet.«

»Ein nerdiger Filmstudent und ein auf Techno stehender *hikikomori*, richtig?«, fragt Jone nachdenklich. »Was, wenn unser Mörder absichtlich Menschen sucht, die viel Zeit allein verbringen? Kann man sich nicht leicht Zutritt zu dem Leben solcher Personen verschaffen, ohne dass es jemand mitbekommt?«

Jan stimmt Jones Gedankengang zu und nickt.

»Irgendein Chatforum oder Tinder? Und der Laptop? Habt ihr Johannes' Laptop durchsucht?«, fragt Jone Saki.

»Johannes hat möglicherweise kleine Mengen an Drogen verkauft, fast die gesamte diesbezügliche Kommunikation lief über das Tor-Netzwerk.«

»Gibt's dort nicht alle möglichen verrückten Sachen? Kann es theoretisch nicht sein, dass da irgendeine Seite Leute zum Selbstmord anstiftet?«

»Das wäre denkbar«, sagt Saki. »Selbstmordforen gibt es, soweit ich weiß, aber es gab erst ein paar Präzedenzfälle, und das ausschließlich bei den Amis. Wenn er über Suizid nachgedacht hat und dann irgendwo jemand war, der ihn dazu ermutigt hat, dann könnte das die Lösung sein.«

Jone steht auf und geht zur Ermittlungswand.

»Ich habe jetzt die Ortungsdaten der letzten Tage von Johannes' Handy für euch«, fährt Saki fort. »Hier war Johannes ziemlich oft. An diesem Punkt.« Er zeigt mit dem Stift auf eine Stelle der Karte, an der sich zwei Markierungen mit unterschiedlichen Farben überschneiden.

»Ein Gebäude im Industriegebiet Roihupelto.«

»Was ist dort?«, fragt Jone sofort.

»Ein Club namens *Pultti*. Der Ort, an dem Johannes nach unseren Informationen weniger als einen Tag vor seinem Verschwinden noch war. Er hat dort als DJ gearbeitet. Ein geheimer Underground-Club, in den man nur reinkommt, wenn man auf der Liste steht. Von außen sieht man nicht viel – man findet den Club nicht einmal, wenn man ihn googelt.«

»Das Gebäude wird vermietet, als Vermieter ist Sodexca eingetragen. Laut Handelsregister sind sie hauptsächlich im Bereich Bauwirtschaft tätig. Ich frage mal ein bisschen herum.«

»Kannst du den Namen noch mal wiederholen?«, bittet Jan.

»Sodexca«, sagt Saki.

»Ist das nicht dasselbe Unternehmen, das zu Honkanens Konglomerat gehört?«, fragt Jan.

Er merkt, dass er sich ein Stück weit über die winzige Möglichkeit freut, einen Zusammenhang zwischen zwei Aspekten ihres Falles herstellen zu können. Genau solche kleinen Details oder Richtungsweiser brauchen sie. Man kann nie wissen, was sich am Ende als entscheidender Hinweis herausstellt. Auch wenn die Arbeit ihm im Laufe der Zeit jeglichen Idealismus ausgetrieben hat, brennt er immer noch dafür. Sehnt sich nach Gerechtigkeit. Trotz der zermürbenden Finsternis arbeitet er jeden Tag beharrlich auf die Lösung von Fällen hin und kämpft gegen die Ungerechtigkeit.

Zeit, Bekanntschaft mit dem *Pultti* zu machen.

HEIDI

Stadtteil Roihupelto, Pulttitie. Heidi betrachtet das weiße Fabrikgebäude. Von außen sieht es nicht aus wie ein Ort, in den man unbedingt hineinkommen will, aber sie ist auch nicht die Richtige dafür, wenn es darum geht, die Anziehungskraft von Clubs zu bewerten. Sie denkt über die Jugend nach, die überall, wo es ihr gerade passt, kleine Clubs mit internationaler Techno-Ästhetik gründet und ihre eigenen Partys veranstaltet. Ob Heidi selbst einfach nur langweilig ist, da sie es so lange geschafft hat, sich von der Underground-Kultur fernzuhalten?

Der Sommer war warm und sonnig, und im Zusammenhang mit Outdoor-Partys wurden an verschiedenen Orten in Helsinki bereits Zwischenfälle gemeldet. Die Insel Sompasaari etwa ist zu so etwas wie einer inoffiziellen Partyinsel geworden, von der aus der Bass über das Wasser bis zu den Strandvillen getragen wird. Heidi fragt sich, was die Löwen auf Korkeasaari wohl von den Partys halten, konzentriert sich aber schnell wieder auf das Gebäude vor ihnen. Mit dem Handy ruft sie noch einmal die wichtigsten Informationen auf, die sie über Sodexca bekommen hat.

Haupttätigkeitsbereich: Vermietung oder Verpachtung von eigenen oder geleasten Grundstücken und Gebäuden
Weitere Tätigkeitsbereiche: Wartung und Reparatur von Kraftfahrzeugen, Lagerung, spezialisierte Bautätigkeiten

Es ist noch niemand da, also testen Heidi und Jan, ob die Türen offen sind, doch alle sind abgeschlossen. Auf dem Gelände befinden sich zwei identische Gebäude, die wie Fabrikhallen aussehen. In einem von beiden ist das *Pultti*.

»Was wohl in dem anderen ist?«, überlegt Heidi laut.

Genau in dem Moment kommt jemand mit dem Fahrrad in den Hof gefahren, grüßt hastig, bremst und lehnt das Rad an die Wand, ohne es abzuschließen.

»Sorry, dass ihr warten musstet«, sagt der Mann und kramt ein Schlüsselbund aus der Jackentasche.

Der Typ, der ihnen gegenüber als Restaurantmanager des Clubs bezeichnet wurde, sieht aus, als würde er nicht gerade viel Zeit im Tageslicht verbringen. Seine leicht geröteten Augen und seine strubbligen blonden Haare erinnern an ein Albinokaninchen. Die Vorstellung, dass er nur bei Nacht unterwegs ist, fällt nicht besonders schwer.

Der Mann öffnet die Tür und führt sie in eine geräumige, dunkle Halle. Als er kurz darauf den Hauptschalter drückt, erwachen Leuchtstoffröhren flackernd zum Leben, die den Raum in ein kaltes, grelles Licht tauchen.

»Normalerweise machen wir erst gegen ein Uhr nachts auf«, murmelt der Mann und löst genervt seine Schuhe vom klebrigen Boden.

Heidi kommt direkt zur Sache: »Erinnern Sie sich, ob Sie diese Person am Donnerstag, dem 22. August, gesehen haben?«, fragt sie und zeigt ihm ein Foto von Johannes.

Der Mann betrachtet das Bild und legt den Kopf schief.

»Ach, Johannes?«, sagt er und beugt sich tiefer über das Handy. »DJ Järvinen. Warum?«

»Wann haben Sie ihn zuletzt gesehen?«

»Na, genau am zweiundzwanzigsten. Johannes hat hier ein kurzes Set aufgelegt«, sagt er. »Was hat er gemacht?«, fragt er dann neugierig.

»Haben Sie an dem Abend mit Johannes gesprochen?«, fragt Heidi, aber der Mann schüttelt den Kopf. »Johannes ist außergewöhnlich unsozial, aber er legt gut auf. Ich habe gar keine Ahnung, wie er hier seinen Abend verbracht hat. Es war ziemlich voll. Aber ich könnte vielleicht noch die Namensliste von dem Abend haben, wenn ihr die wollt. Die Leute stehen allerdings hauptsächlich mit Vor- oder Spitznamen drauf.«

»Danke«, sagt Heidi nickend.

Während der Mann geht, um die Liste zu suchen, schauen sie sich um. Eine fast leere Halle mit schwarzen Wänden und schwarzem Boden. Ein süßlicher Geruch liegt in der Luft, wie von abgestandenen Energy-Drinks.

Der Mann kehrt mit einem Smartphone zurück.

»Das ist unser *Pultti*-Handy für die Türsteher«, sagt er und stellt ein Bier, das er sich wohl aus dem Backstagebereich geholt hat, auf einen der Tische. »Partys dauern normalerweise bis um sechs oder sieben, so war es auch an dem Abend. Um halb sieben hatten wir die Meute draußen, und um acht Uhr morgens war die Tür zu und der Laden leer.«

»Wer von denen kannte Johannes?«, fragt Jan und deutet auf das Handy mit der Namensliste.

»Schwer zu sagen, für mich sind das alles Typen in Schwarz, die gleich aussehen«, sagt der Mann und nimmt einen Schluck Bier.

»Und dieser Kollege hier?«, fragt Heidi und zeigt ihm ein Foto von Jeremias. »War er an dem Abend auch da?«, fragt sie weiter und mustert den Mann, während dieser über seine Antwort nachdenkt.

»Unmöglich zu sagen«, meint er dann. »Johannes kenne ich, an den kann ich mich erinnern, aber an den da nicht, sorry«, sagt er und beginnt, am Schlüsselbund, der mit einer Kette an seiner Jeans befestigt ist, herumzuspielen.

»Entschuldigung, ich war unhöflich, hättet ihr etwas trinken wollen?«, stammelt er plötzlich und deutet auf den Backstagebereich, wo sich vermutlich ein Lager befindet. Die Bartheke und die Kühlschränke sind nämlich komplett leer.

»Nein danke«, sagt Heidi knapp. »Aber die Aufzeichnungen der Überwachungskamera und sonstige Bilder hätten wir bitte gerne.«

»Bei uns darf nicht gefilmt werden, und wir haben auch keine Überwachungskameras. Alle Besucher müssen an der Tür einen Sticker auf ihre Handykameras kleben«, sagt er schnell.

»Und Gebäudeüberwachung?«, hakt Heidi nach.

»Wir haben keine Sicherheitsfirmen beauftragt, bei uns gibt es sozusagen eine Eigenüberwachung, die hervorragend funktioniert«, sagt der Mann schmunzelnd.

Heidi fragt lieber nicht, was er damit meint.

»Rufen Sie an, wenn Ihnen noch etwas einfällt«, sagt sie stattdessen, reicht ihm ihre Karte und macht sich mit Jan auf den Weg zum Ausgang.

In dem Moment fällt ihr eine weiße Zeichnung an der schwarzen Wand auf, ein paar Meter von der Tür entfernt. Ein großes weißes W, dessen einer Höcker die Silhouette eines Wolfs darstellt, in einem Strich gezeichnet.

»Was ist das?«, fragt Heidi und deutet auf das Logo.

»Ein Wandbild«, antwortet der Mann.

»Worauf bezieht sich das?«

Er spielt wieder an einem seiner Schlüssel herum.

»Du bist ein Bulle, du weißt es bestimmt.«
»Hilf mir auf die Sprünge«, gibt Heidi zurück.
»W wie Wolves, der Club, dem der Laden hier gehört.«

ZWÖLF WOCHEN
VOR DEM VERSCHWINDEN

»Du hast erwähnt, dass du damals einen Film über irgendeinen Kult gemacht hast. Über den Bärenkult, oder?«, beginnt Jeremias.

Es geht nur zäh voran. Selbst hinter der Kamera zu stehen und gleichzeitig der Interviewer zu sein ist eine größere Herausforderung, als er dachte. Noch dazu spricht Roy nur, wenn man ihm Fragen stellt, was Jeremias' Plan, nicht zu sehr in den Ablauf einzugreifen, erschwert. Doch es kommt einfach kein richtiger Dialog zustande. Jeremias hat nicht einmal ein Drehbuch. Alles, was ihm zur Verfügung steht, sind die Insel mit ihrer Natur, ein altes Holzhaus inmitten von Kuusiluoto und ein interessanter Mensch – die zentrale Figur, durch die der Film nach und nach Gestalt annehmen wird.

Jeremias dehnt seinen Nacken und versucht, sich zu entspannen. Im Hintergrund tritt Abdi ungeduldig von einem Bein auf das andere. Johannes ist nicht zur vereinbarten Zeit in der Schule aufgetaucht, also hat Jeremias beschlossen, ohne ihn mit dem Dreh zu beginnen. Jetzt ist das Licht gut, und auch über die Kameraperspektiven hat er sich schon Gedanken gemacht. Abdi hält das Mikrofon über Roy, und mit einem Blick, der zu sagen scheint: »Jetzt nicht schlappmachen, weiter geht's«, nickt er Jeremias ermutigend zu.

»Fangen wir ein bisschen weiter vorne an«, sagt Jeremias und tritt kurz hinter der Kamera hervor, damit Roy ihn komplett sehen kann. Er hofft, dass die Ehrfurcht, die er gegenüber dem Regisseur empfindet, sich in seinem ganzen Auftreten widerspiegelt. Der Mann ist eine lebende Legende.

Roy nickt ihm von seinem Platz aus zu. Er verändert seine Position nicht, er existiert einfach und macht bereits einen interessanten Eindruck, indem er nur dasitzt. Eine Figur am Rande der Gesellschaft mit der Seele eines Schamanen und dem Lebenslauf eines erfolgreichen Filmemachers.

»Beginnen wir also ganz am Anfang, Junge«, sagt er, wirkt aber immer noch so, als stünde er neben sich.

Es scheint, als hätte er seine eigenen Erinnerungen ausgelöscht und sein Lebenswerk vergessen. Vielleicht hat er das ja auch. Roy wirkt wie jemand, der den Wert eines Menschen nicht an dessen Erfolgen misst. Abgesehen davon scheint er stark alkoholisiert zu sein. In der Vergangenheit war die alte Holzvilla auf Kuusiluoto bereits ein Lager für Säufer, ein Nest zwischen Bäumen auf einer einsamen Insel, in dem kollektiv Gehirnzellen zerstört wurden. Jetzt wohnt hier nur noch ein Mann. Jeremias ist sich immer noch nicht im Klaren darüber, ob er das Haus nur besetzt oder ob er die Berechtigung hat, dort zu wohnen.

Er nickt Roy zu, um ihm zu bedeuten, dass die Kamera läuft. Das kleine rote Licht leuchtet. Ab hier beginnt ihr langer gemeinsamer Weg. Sie werden Szenen aus Roys Leben einfangen. Was für eine Geschichte daraus wird, wird sich erst am Ende der Dreharbeiten herausstellen.

»Worüber ich recherchiert habe und was mich immer noch interessiert, sind ursprüngliche Religionen«, sagt Roy und zeigt der Kamera ein unnatürliches Lächeln. Im hinteren Teil seines

Mundes kommt neben seinen schmutzigen Beißern ein einzelner Goldzahn zum Vorschein.

»Meine letzte Arbeit ist eine Dokumentation namens *Wesen*. Darin habe ich alte Religionen und das Verhältnis des Menschen zur Natur erforscht. Unsere Sprache führt uns zu unserer eigenen Geschichte. Damit wir unsere Vergangenheit verstehen, müssen wir unserer Sprache zuhören. Sie birgt alle Antworten.«

»Was ist mit Wesen gemeint? Im Film erwähnen Sie zumindest die Wesen des Waldes und die des Windes.«

»Jetzt warst du voreilig. Es gibt keine schnellen, vorgefertigten Antworten«, sagt Roy und zeigt seine schmutzigen Zähne. »Ich habe die Natur so eingefangen, wie sie ist. Habe Geburt und Tod gefilmt. Verfall und Neubeginn. Ich habe die Natur ihre eigene Geschichte erzählen lassen. Insgesamt kamen über zweihundert Stunden Rohmaterial zusammen.«

»Hört sich nicht besonders zuschauerfreundlich an«, sagt Jeremias hinter der Kamera lachend.

Roy schweigt und sieht Jeremias durch die Kamera direkt an.

»Wer sagt, dass man es dem Zuschauer leicht machen muss?«

Roy sitzt am massiven Holztisch und starrt weiter in die Kamera. Sein Blick ist stechend, beinahe brennend, und Jeremias hat das Gefühl, dass er sich durch seine Augen direkt in sein Gehirn bohrt. Eine unerklärliche Angst überkommt ihn.

»Die Aufgabe des Menschen besteht hauptsächlich darin, zu sterben. Der Tod ist das Einzige, was im Leben wirklich sicher ist«, erklärt Roy.

Dann deutet er mit seinem schmutzigen Zeigefinger auf irgendeinen Punkt hinter Jeremias.

»Du«, flüstert er plötzlich. »Dich umgibt die fahle Blässe des Todes. Deine Zeit läuft langsam ab.«

Jeremias dreht sich verwirrt um, um zu sehen, wohin Roy deutet. Im Türrahmen steht Johannes.

Seine Augen werden fast von seinem Anglerhut verborgen, seine Klamotten sehen aus, als hätte er sie in Eile übergezogen, auf dem Gesicht hat er ein merkwürdiges Grinsen. Jeremias fragt sich, wo er gewesen ist. Johannes kommt herein, nimmt sich eine Zigarette aus der Schachtel auf dem Tisch und wirft die Schachtel achtlos zurück. Jeremias richtet seinen Blick wieder in die Kamera. Das Bild ist jetzt friedlicher, ein in der Zeit stehen gebliebener Moment. Im Hintergrund hört man Johannes, der unruhig mit den Fingern auf den Tisch trommelt.

»Johannes, kannst du damit aufhören?«, bittet ihn Jeremias und nickt Roy zu, damit dieser fortfährt.

»In der Natur ist alles schon da. Schönheit, Harmonie und Hierarchie. Ich lese euch einen Text vor. Es ist derselbe, mit dem ich meinen eigenen Dokumentarfilm begonnen habe, es sind die Worte von Elias Lönnrot höchstpersönlich«, sagt Roy und trägt dann vor:

»*Diese Schutzgeister, manch einer gut, manch einer böse, vermutete man in der gesamten Natur, in der Luft, auf der Erde und auch unter ihr. Es gab weder See, Insel, Landzunge noch Bucht, weder Wald, Wildnis, Sumpf, Heide, Aue noch Tal, weder Anhöhe, Berg noch Hügel, weder Quell, Bach, Fluss noch Stromschnelle, weder Baum, Grasland noch Blume, weder Mensch noch sonst etwas Lebendes, das nicht seinen eigenen Schutzgeist besaß. Wasser und Eisen, Feuer, Wind und Frost, sogar derlei wie Traum und Tod hatte seinen ureigenen Schutzgeist. Man glaubte, dass alle Schutzgeister sowohl Gutes als auch Böses zu bewirken vermochten, sowohl auf ihrem eigenen Gebiete als auch in entlegenen Gefilden, wozu man sie nötigenfalls mit gutem Zuspruch, Gebeten und auch Opfergaben ermunterte, bisweilen auch mit Schmach- und Drohworten überzeugte.*«

Freitag, 6. September

HEIDI

Wohngebiet Kaitalahti, Stadtteil Laajasalo. Die langatmige Melodie der Türklingel ertönt schon zum zweiten Mal. Heidi sieht sich ungeduldig um. Vor der Garage parkt ein weißer Tesla. Eigentlich sollte jemand zu Hause sein, denn Jussi Silvasto hat ausdrücklich um ein Treffen gebeten. Heidi tritt ein Stück zurück und späht hoch zu den Fenstern des mehrstöckigen weißen Einfamilienhauses im Loft-Stil. Von drinnen ist kein Laut zu hören. Heidi drückt ein drittes Mal auf die Klingel. Endlich rührt sich etwas hinter der Glastür im Flur. Eine elegante Frau öffnet ihr.

»Guten Tag, danke für Ihr Kommen«, sagte sie. »Ich bin Lene Silvasto.«

Heidi begrüßt sie und tritt ein. Während sie von einem Stockwerk ins andere gehen, begutachtet sie den schlichten weißgrauen Einrichtungsstil. Das Haus strahlt eine moderne Würde aus, aber Heidi glaubt nicht, dass sie sich in so einer Kargheit wohlfühlen würde.

Das Wohnzimmer befindet sich im obersten Stock. Durch das Fenster sieht man die Dächer der Nachbarhäuser und einen Teil des Meeres. Ein Mann mit grauem Hemd und gerade geschnittener schwarzer Hose erhebt sich aus dem Sessel und kommt auf Heidi zu.

»Jussi Silvasto«, stellt er sich vor und reicht ihr die Hand.

»Samuli«, grüßt Jeremias' älterer Bruder vom Sofa aus. Er ist mit einem rot-schwarz karierten Hemd bekleidet und sieht traurig aus.

Heidi wirft Lene Silvasto einen neugierigen Blick zu, den diese offenbar richtig interpretiert.

»Ich stamme aus Norwegen«, erklärt sie.

»Lene und ich haben uns als Studenten in Oslo kennengelernt«, fügt Jussi hinzu und wirft seiner Frau einen liebevollen Blick zu. Die beiden haben es sich eindeutig zur Gewohnheit gemacht, ihr gemeinsames Glück mit einer gelassenen Offenheit zur Schau zu stellen und andere daran teilhaben zu lassen. Einen Sekundenbruchteil später scheinen sie sich aber wieder daran zu erinnern, warum Heidi gekommen ist.

Heidi setzt sich aufs Sofa und holt ihr Notizbuch hervor.

»Ich habe mir notiert, dass Sie Jurist sind«, sagt sie. Jussi Silvasto nickt.

»Wurde Ihre Familie schon einmal auf irgendeine Art und Weise bedroht? Haben Sie vielleicht schwierige Fälle bearbeitet, die möglicherweise etwas mit Jeremias' Verschwinden zu tun haben könnten?«

Jussi und Lene Silvasto sehen sich an.

»Es gab nichts dergleichen«, sagt Frau Silvasto. »Darum ist das hier auch so...«

Sie fängt an zu weinen.

»Wir begreifen nicht, warum Jeremias...«, stammelt Herr Silvasto und versucht eindeutig, seine Trauer und Angst hinter höflicher Sachlichkeit zu verstecken.

Heidi lächelt Frau Silvasto, die trotz allem aufrecht im Sessel sitzt, freundlich zu. Ihr Gesicht ist blass und ungeschminkt, sieht aber dennoch frisch aus. Nur ihre vom Weinen geröteten Augen und die kleinen Falten in ihrem Blümchenkleid brechen den diskreten Charme und die gespielte Höflichkeit und offenbaren die Trauer über das Verschwinden ihres Sohnes.

Jussi Silvasto schreitet langsam im Zimmer auf und ab. Ein Jurist mit förmlichem Auftreten und einer makellosen Vergangenheit. Lene Silvasto wiederum hat für Wohltätigkeitsorganisationen gearbeitet und wirkt in jeder Hinsicht sympathisch, ja liebenswert.

»Beginnen wir ganz am Anfang«, sagt Heidi und beugt sich vor. »Wir müssen möglichst viel wissen. Wie ist Jeremias, wer steht Ihrer Familie besonders nahe und so weiter.«

Lene Silvasto nickt und holt ein zerknittertes Taschentuch aus ihrer Strickjacke.

Gemeinsam gehen sie Jeremias' Schulzeit durch, und Heidi bekommt Fotoalben zu sehen, die sie mit ihrem Handy abfotografiert. Familienfotos, der erste Schultag, die Konfirmation, ein Gruppenbild mit den Austauschschülern aus dem Lions-Club, die Abiturfeier.

»Jeremias war auf einem Schüleraustausch in Neuseeland«, sagt Frau Silvasto und deutet mit dem Kinn auf das Bild. »Nach dem Abi dauerte es zwei Jahre, bis er die Motivation fand, sich bei der Fachhochschule zu bewerben.«

»Wenn man die überhaupt so nennen kann«, brummt Jussi Silvasto.

»Jussi hat Jeremias' Entscheidung für eine Ausbildung im Medienbereich noch nicht verdaut. Er hätte sich gewünscht, dass beide Söhne Jura studieren, aber der eine studiert Film, und der andere wurde Grafiker.« Lene Silvasto lächelt ein wenig.

Heidi wirft einen Blick auf Jeremias' großen Bruder. Bis jetzt saß Samuli Silvasto still auf dem Sofa. Jetzt scheint er aufzuhorchen und zu überlegen, was er sagen soll.

»Jeremias ist Künstler. Seine Empfindsamkeit macht ihn dazu«, sagt er matt.

»Die beiden sind sehr verschieden. Samuli wusste schon von klein auf, wo es langgeht, aber Jeremias musste sich erst finden. Erst das Filmstudium war der zündende Funke.«

»Jeremias hat irgendwie immer alles infrage gestellt, auch sich selbst. In der Hinsicht hatte ich es womöglich leichter«, fügt Samuli hinzu.

»Stimmt es, dass Jeremias Ihnen genau am Abend seines Verschwindens ein Video geschickt hat?«, fragt Heidi.

»Ich habe es noch auf dem Handy«, murmelt Samuli. »Er schrieb nichts weiter dazu, man sieht darin bloß eine schöne Landschaft. Ich habe nur mit ›klasse‹ geantwortet, aber möglicherweise hat er meine Antwort gar nicht mehr gesehen. Auf WhatsApp sind nie diese blauen Häkchen erschienen.«

Heidi schließt das Fotoalbum. Nirgendwo waren Unstimmigkeiten, nichts hat ihre Aufmerksamkeit erregt. Wenn es um Mord geht, findet man den Schuldigen meistens im nahen Umfeld. Aber im Fall von Jeremias stellt sich die Frage, wer ihm überhaupt nahesteht. Heidi kommt es langsam so vor, als hätte Jeremias sein Leben bereits an einen anderen Ort verlegt.

»Die Freunde Ihres Sohnes, kannten Sie die?«, fragt sie.

»Nicht wirklich. Abdi und Tuuli kann ich nennen, sonst niemanden. Jeremias ist vor zwei Jahren von zu Hause ausgezogen. Die Jungen kommen nur noch sonntags zum Essen zu uns.« Frau Silvastos Stimme bricht.

Heidi denkt über Abdi und Tuuli nach. Beide hat sie schon getroffen.

»Und Johannes Järvinen?«, fragt sie.

Alle drei sehen Heidi stumm an, als würden sie auf eine Fortsetzung warten.

»Johannes wurde am 25. August tot aufgefunden, und die beiden kannten sich. Leider können wir nicht ausschließen, dass sich Ihr Sohn möglicherweise in Gefahr befindet.« Samuli steht auf und geht nervös auf und ab.

»Davon haben wir in der Zeitung gelesen«, sagt Lene Silvasto stockend. »Ein schrecklicher Gedanke, dass die beiden Fälle etwas miteinander zu tun haben könnten.«

»Waren Sie am Donnerstagabend zu Hause?«, fragt Heidi.

»Ja, den ganzen Abend. Ich frage mich die ganze Zeit, was ich hätte anders machen können.«

Sie wirft Heidi einen verzweifelten Blick zu.

»In solchen Situationen ist es besser, sich nicht den Kopf über so etwas zu zerbrechen. Sie können sich sicher sein, dass wir alles tun, um Ihren Sohn zu finden.«

Gern würde Heidi ihr versprechen, dass alles gut wird, aber das kann sie nicht garantieren. Und so beschränkt sie sich darauf, Frau Silvasto nur freundlich anzusehen. Herr Silvasto tritt an Samuli vorbei in Heidis Blickfeld und gibt ihr mit einer Geste zu verstehen, dass er sie hinausbegleiten möchte.

»Ich gehe davon aus, dass Sie jede verfügbare Stunde für die Suche nutzen«, sagt er bestimmt, aber Heidi glaubt, in seiner Stimme auch einen Anflug von Entmutigung wahrzunehmen.

»Ich bin die Akten der Fälle, an denen ich in den letzten Jahren gearbeitet habe, sorgfältig durchgegangen, aber ich habe nichts gefunden, was hiermit zu tun haben könnte. Es muss um etwas anderes gehen«, fährt er fort. Er klingt aufrichtig. In der Polizeiausbildung wurde Heidi schon ziemlich früh klar, dass das Beobachten und Analysieren von Mimik, Gestik und Tonfall zu ihren Stärken gehört. Menschen lesen konnte sie schon immer gut.

Das Klingeln ihres Handys unterbricht Herrn Silvasto. Eilig geht Heidi ran.

»Auf der Mitgliederliste der Asio-Stiftung steht der Name von

Jeremias' Vater«, berichtet Saki. »Er ist eines der Gründungsmitglieder. Ich dachte mir, das willst du bestimmt sofort wissen.«

»Okay, danke«, sagt Heidi und legt gleich wieder auf. Jetzt mustert sie Jussi Silvasto noch eingehender.

»Ich würde Sie gern noch eine Sache fragen. Uns ist bekannt, dass Jeremias einen Dokumentarfilm auf der Insel Kuusiluoto gedreht hat. Das einzige Gebäude dort befindet sich im Besitz der Asio-Stiftung, und Sie sind eines der Gründungsmitglieder. Ist das richtig?«

Jussi Silvasto runzelt die Stirn. »Ja, natürlich. Ich bin seit über zwanzig Jahren in der Stiftung.«

»Was genau macht die Asio-Stiftung?«, fragt Heidi. Aus dem Augenwinkel sieht sie, dass auch Frau Silvasto sich aufrichtet. Vielleicht interessiert die Antwort auch sie.

»Nichts, was hiermit etwas zu tun hätte. Wir sind nicht irgendein Geheimbund, falls Sie das meinen. Die Stiftung besteht aus Naturliebhabern, wir wollen die heimische Natur schützen. Das Wort Asio kommt vom lateinischen Namen der Waldohreule, *Asio otus*. Und ja, das einzige Haus auf Kuusiluoto gehört der Stiftung. Ich weiß, dass dank ein paar zu nachsichtigen Mitgliedern derzeit ein Landstreicher darin haust«, brummt Silvasto.

»Ich verstehe nicht, warum Jeremias gerade über ihn einen Dokumentarfilm drehen musste. Überprüfen Sie diesen Mann«, fügt er dann energischer hinzu und mustert Heidi mit seinen wachsamen blauen Augen.

Auf dem Weg nach unten bleibt er plötzlich auf der Treppe stehen und stützt sich am Geländer ab.

»Nur damit Sie es wissen. Wenn sich das hier als, wie sagt man, Kidnapping herausstellt, dann wären wir bereit, ein Lösegeld zu bezahlen. Wir würden alles tun, damit unser Sohn gefunden wird und wieder zu uns zurückkommt.«

Als sie wieder draußen ist, geht Heidi um das Haus herum, bleibt auf dem Rasen im Hintergarten stehen und denkt über das, was sie erfahren hat, nach. Es stimmt, dass sich im Herzen von Kuusiluoto ein Haus befindet, das etwas Eigentümliches an sich hat, und dass Jeremias Silvasto kurz vor seinem Verschwinden eine Dokumentation über den dort wohnenden Einsiedler gedreht hat. Roy Kuusisto ist ein umstrittener Dokumentarfilmregisseur, dessen Werke sowohl als meisterhaft als auch als befremdlich gelten. Er ist eine wilde Mischung aus Künstler und eigenbrötlerischem Sonderling, der sich dazu entschieden hat, außerhalb der Gesellschaft zu leben.

Schafft sich so ein Mensch seine eigenen Gesetze? Hat Kuusisto Johannes still und heimlich umgebracht, als Teil irgendeines Rituals? Nach außen wirkt er wie ein mürrischer Alkoholiker. Aber was, wenn das alles nur Kulisse ist? Wenn Jeremias einem Mörder, der sich für Naturreligionen und alte Kulte interessiert, zum Opfer gefallen ist?

Winzig kleine Stechmücken fliegen über den Rasen. Auch diese Idylle hier trügt, denkt Heidi und kratzt über die juckenden Stiche an ihren Knöcheln.

SAANA

Saana sitzt an ihrem Arbeitsplatz. Im Kalender stehen heute zwei Meetings, in denen sie unbedingt positiv und proaktiv rüberkommen muss. Gleichzeitig kann sie nicht aufhören, über die Probezeit nachzugrübeln, die viermonatige Testphase für beide Seiten. Jetzt läuft gerade mal die erste Arbeitswoche, und Saana hat bereits mehr erledigt, als ursprünglich für diese Woche vorgesehen war.

Bevor die erste Besprechung losgeht, fängt sie schon einmal an, einen Beschreibungstext für den neuen Podcast zu entwerfen.

Spuren

Was tun, wenn die Spuren im Sande verlaufen? Jeremias Silvasto wird seit dem 29. August 2019 vermisst. Zuletzt hat man ihn in Richtung Lammassaari gehen sehen. Danach verschwand er spurlos.

»Spuren« ist ein aktueller Podcast von Saana Havas über das Verschwinden von Jeremias Silvasto. Sie interviewt Angehörige,

Augenzeugen sowie freiwillige Helfer, die auf Lammassaari und in der Umgebung erfolglos nach Jeremias gesucht haben. Die Suche ist noch nicht abgeschlossen.

Auch der Inhalt der ersten Folge nimmt bereits Gestalt an. Saana öffnet Instagram und erstellt einen Account mit dem Namen @spurenpodcast. Als Profilbild wählt sie ein schwarz ausgefülltes Quadrat und fügt eine kurze Account-Beschreibung hinzu: *Neuer Podcast über einen aktuellen Vermisstenfall. Was tun, wenn jemand spurlos verschwindet?*

Sie ist schnell vorangekommen, die Recherche läuft fast wie von selbst. Sie muss nur den Hinweisen folgen, jedem noch so kleinen Anhaltspunkt, und die werden sie dann immer weiterführen. Die nächste Aufgabe wird sein, sich mit jemandem zu treffen, der von Anfang an bei der Suchaktion dabei war, aber vorher will sie versuchen, sich etwas zu entspannen. Sie will sich alle Mühe geben, ein normales Sozialleben zu führen, in dem es auch andere Dinge gibt als Arbeit, Mordpodcasts und die Suche nach einem Vermissten. Heute Abend wird sie sich mit Freunden treffen und mal wieder Spaß haben. Und das Beste ist: Jan kommt auch mit.

Im Bootsradio läuft ein Song von Alma.

I bring the karma, you better run run run yeah, it's coming your way…

Saana holt eine Dose Lonkero aus ihrer Tasche. Sie haben kurz am Steg der Insel Tervasaari angelegt, um die Aussicht zu genießen, bevor sie weiter in Richtung Pihlajasaari fahren wollen. Es ist kurz nach vier, und in der Sonne ist es noch warm.

»Na?«, fragt Veera und sieht erst Jan und dann Saana an. Grinsend erwidert Saana ihren Blick. Mit ihrem strengen Pferdeschwanz sieht Veera energisch aus. Dazu die knallige Schwimmweste, die Sonnenbrille und die Sommersprossen, die der August hinterlassen hat.

»Was na?«, fragt Saana und grinst Jan an, der ganz dicht neben ihr sitzt. In der Hand hält sie ihren eiskalten Lonkero, und an ihrem Oberschenkel spürt sie die Wärme, die von Jan ausgeht. Es ist schön, zusammen draußen zu sein.

»Wann wollt ihr mir offiziell für meine Verkupplungsaktion danken?«, fragt Veera, und auch Kaj hebt neugierig die Brauen.

»Danke«, sagt Jan lachend.

»Ich hatte von Anfang an so was von recht mit dieser Blind-Date-Idee«, sagt Veera zufrieden und wendet sich Kaj zu.

Dieser wechselt das Thema: »Okay, auf geht's. Ich freu mich schon auf die Sauna.« Dann startet er den Motor.

Mit einem Zischen öffnet Saana ihre Lonkero-Dose und bietet auch Jan einen Schluck an.

Der Wind fährt ihnen in die Haare, während Kaj das Boot mit sicheren Handgriffen Richtung Pihlajasaari steuert. Dort haben sie eine Sauna für sich allein gebucht. Es ist das letztmögliche Wochenende vor der Winterpause. Lächelnd betrachtet Saana die wechselnde Landschaft und genießt das sachte Schaukeln des Bootes. Sie wirft einen Blick auf Kaj und Veera. Das Paar, das schon seit einer Ewigkeit zusammen ist. Jan streicht Saana die vom Wind zerzausten Haare aus dem Gesicht, um ihr einen kleinen Kuss zu geben. Das Wasser leuchtet, und der laute Motor überdeckt alle anderen Geräusche. Schließlich liegen der Steg von Pihlajasaari und der Strand mit den kleinen bunten Umkleidekabinen vor ihnen.

Während die Männer in der Sauna sind, sitzen Saana und Veera in Bademänteln draußen an die Wand gelehnt und plaudern. Der Garten der mit Holz beheizten roten Saunahütte ist mit einem Seil abgesperrt. Es ist ein bisschen so, als säßen sie in ihrem eigenen kleinen VIP-Bereich. Weiter draußen auf dem offenen Meer fährt langsam ein großes Kreuzfahrtschiff vorbei. Für die nächsten drei Stunden gehört die Holzsauna nur ihnen.

»Normalerweise rauche ich nicht, aber jetzt, da ich ein bisschen was getrunken habe, gönne ich mir eine«, erklärt Veera und kramt eine weiße Schachtel aus der Tasche ihres Bademantels. Eine Windböe gestaltet das Anzünden der Zigarette allerdings schwierig. Hier an ihrem Sonnenplatz ist es dennoch herrlich warm.

»Nur zu«, sagt Saana, während sie die wogenden Wellen am Steg beobachtet. Geschmeidig brandet die Wassermasse auf die Felsen, gleitet an den Steinen entlang nach oben und fließt träge zurück ins Meer. Die Sauna befindet sich in beeindruckender Lage am Rande der Insel, von wo aus man weit aufs Meer hinaussehen kann. Schroffe Felsen, daneben Bäume, die sich im Wind wiegen, und etwas weiter entfernt der erhöhte Steg, von dem aus man über eine kerzengerade Leiter hinunter ins Wasser klettern kann. Beharrlich fährt der Wind durch den Blutweiderich, der in den Felsspalten wächst.

»Von dem wurden im Sommer bestimmt viele Bilder für Insta gemacht«, sagt Veera, den Blick auf den Steg gerichtet. Saana muss ihr zustimmen. Von hier bekäme man sogar ein perfektes Foto von dem Ausblick.

»Ich mach eins von dir, stell dich dorthin«, befiehlt Veera, die brennende Zigarette im Mund, um die Hände frei zu haben, und sucht in der Tasche ihres Bademantels nach ihrem Handy.

Auf einmal muss Saana wieder an die Zeit zurückdenken, in der sie noch Studentinnen waren. Veera war schon immer für Überraschungen gut. Alles andere als eine brave und förmliche Lehrerin. Die Erinnerung bringt Saana zum Schmunzeln, und fast rennend eilt sie in ihrem Bikini einem perfekten und komplett inszenierten Instagram-Post entgegen.

Der Wind hat sich gelegt, als sie von der Sauna zurück zum Steg gehen. Das kalte Meerwasser und die heiße Sauna waren herrlich entspannend, auch wenn Saana nach ein paar Lonkeros der Kopf brummt. Auch Kaj scheint ziemlich betrunken zu sein. Er schlägt vor, nachher noch irgendwo hinzugehen. Irgendwohin, wo Menschen sind. Damit was los ist. Er wirkt so eifrig, als hätte er so etwas schon seit Jahren nicht mehr erlebt.

»Wie alt bist du noch mal?«, kann Saana sich nicht verkneifen zu fragen, schließlich verhält sich Kaj wie ein typischer Mann in den mittleren Jahren.

»Siebenunddreißig, das ist bei Männern ein mittleres Alter«, meint er und fängt an, wie ein gebrechlicher Greis zu gehen.

»Hör auf«, sagt Veera zu Kaj, und Saana merkt, wie die Stimmung um sie herum angespannter wird. Veera ist die Einzige, die nüchtern ist und sie jetzt noch zum Festland fahren kann.

»Ich zumindest fahre nach Hause, ich muss morgen um sieben zur Arbeit«, sagt Jan und wirft Saana einen Blick zu. »Aber Saana kann noch mit, oder, Saana? Also, wenn du willst.«

»Nein, ich bin auch schon ziemlich fertig. Aber danke für den schönen Abend«, sagt sie schnell.

Helsinki sieht atemberaubend aus, als Saana und Jan mit dem Fahrrad am Strand entlang zum Stadtteil Kallio fahren. Der Himmel ist in ein fluffiges Rosa getaucht.

»Es war ein toller Abend«, ruft Saana Jan zu, der vor ihr herfährt. Von der glühenden Hitze der Sauna sind ihre Wangen noch ganz warm.

»Kaj war irgendwie komisch«, sagt Jan und lässt sich zurückfallen, um direkt neben ihr zu fahren.

»In welcher Hinsicht komisch?«

»Irgendwie übereifrig und ungeduldig. Schon in der Sauna war er ziemlich betrunken. Hast du gesehen, in welchem Tempo er das Bier runtergestürzt hat? Als ob er trinken wollte, um etwas zu vergessen oder zu überdecken.«

»Das ist mir nicht aufgefallen. Ich kenne ihn nicht so gut, ich dachte einfach, er hat eben Durst«, sagt Saana lachend.

»Zwischen ihm und Veera läuft aber alles gut?«

»Also, Veera hat mir nichts Gegenteiliges erzählt, wenn du das meinst«, erwidert Saana und atmet den dämmrigen Abend tief ein.

»Sie sind schon eine Ewigkeit zusammen, da durchläuft man wahrscheinlich alle möglichen Phasen«, sagt Jan halb zu sich selbst. »Aber ich kann mich nicht erinnern, Kaj schon einmal so gesehen zu haben.«

»Wie?«, hakt Saana nach.

»Als ob er irgendwas verheimlichen würde.«

Als sie sich im Karhupuisto-Park trennen, küsst Jan sie mitten auf dem Gehsteig zum Abschied, und sie fragt sich, warum sie eigentlich gesagt hat, sie wolle allein nach Hause. Andererseits wird Jan wieder so früh zur Arbeit gehen, dass sie gleich am Morgen sowieso wieder allein wäre. Sie schaut zu, wie er sich auf sein Rad schwingt, losfährt und sich noch einmal umdreht, um ihr eine Kusshand zuzuwerfen. Er kann so aufmerksam sein, aber irgendetwas an ihm lässt sie auch zweifeln. Wird das immer so weitergehen? Wird sie sich daran gewöhnen müssen, ihn immer nur davonfahren zu sehen?

Auf dem Heimweg macht sie noch einen Abstecher zum Supermarkt. Dort fallen ihr die Schlagzeilen der Boulevardzeitungen ins Auge, die sie sofort wieder an Jeremias erinnern, und sie bekommt ein schlechtes Gewissen. Jeremias wird nach wie vor vermisst, und sie hat Spaß. Sie nimmt sich eine der Zeitungen und fängt an, den Artikel zu lesen.

Ein Vermisster, ein Toter. Sucht die Polizei nach einem Mörder?
Das zentrale Kriminalamt bittet um Hinweise zu dem vermissten Jeremias Silvasto, der am letzten Augustwochenende auf der Insel Lammassaari verschwand. Silvasto hat auf dem Weg zur Insel nachweislich das Erholungsgebiet Altstadtstromschnelle durchquert. Auf die Insel führt nur ein einziger Fußweg.

Saana entscheidet sich dafür, die Zeitung zu kaufen, und geht in Richtung Kasse. Davor hat sich bereits eine Schlange gebildet. Während sie wartet, liest Saana weiter.

Die Polizei ermittelt derzeit in mehrere Richtungen. Ein Tötungsdelikt könne nicht ausgeschlossen werden, heißt es. Erst wenige Tage zuvor ist in der Altstadtbucht eine Leiche gefunden worden. Die Polizei hält sich bedeckt, aber Quellen zufolge handelt es sich bei dem Toten um einen jungen Mann, und möglicherweise besteht ein Zusammenhang zwischen den beiden Fällen.

Saana bezahlt ihre Einkäufe und verlässt sprachlos den Supermarkt. Ist es wirklich so wahrscheinlich, dass Jeremias bereits tot ist?

Als Saana vor dem Eingangstor ihres Hauses steht und die Schlüssel aus der Tasche kramt, hat sie plötzlich das Gefühl, dass jemand hinter ihr steht. Sie öffnet das Tor, und im selben Moment schiebt sich ein Mann, der es eilig zu haben scheint, an ihr vorbei in den Innenhof. Er wahrt keinen Höflichkeitsabstand, sondern drängt sich dicht an ihr vorbei. Ob er auch im Haus wohnt? Wohin will er? Für einen Moment befürchtet Saana, einen Einbrecher in den Innenhof gelassen zu haben, aber schließlich erkennt sie ihn: Es ist ihr Nachbar aus Treppenhaus C.

Saana seufzt über ihre eigene Paranoia. Schon seit der Schulzeit sitzt die Angst vor einer unbekannten Gefahr tief in ihrem Unterbewusstsein. Seit sie als Kind begriffen hat, dass Erwachsene nicht immer nur gut sind, hat sie gelernt, auf der Hut zu sein und ihre Umgebung genau zu beobachten. Besonders im Dunkeln ist sie wachsam und taxiert entgegenkommende Passanten, nimmt ihren Schlüssel schon lange, bevor sie die Haustür erreicht, in die Hand. Bemüht sich um einen selbstbewussten Gang, stellt sicher, dass ihr niemand zu nahe kommt. Wie hasst sie es doch manchmal, im Dunkeln allein nach Hause zu gehen. Wie viele Male sie schon gehorcht hat, ob ihr jemand folgt, und ihre Schritte beschleunigt hat, obwohl niemand zu sehen oder zu hören war.

Zu Hause hängt sie Handtuch und Bikini zum Trocknen auf, zieht sich rasch aus und kriecht unter die Decke. Sobald ihr Körper sich entspannt, schießen ihr ohne Vorwarnung die Ereignisse der letzten Tage durch den Kopf. Ob Jeremias jemanden an sich herangelassen hat, dem er nicht hätte vertrauen sollen?

Samstag, 7. September

SAANA

Samuli ist heute sehr still. Das Verschwinden seines Bruders nimmt im Moment sein ganzes Leben ein, denkt Saana voller Mitleid. Nebeneinander radeln sie schweigend die lange, gerade Straße entlang, die vom Stadtteil Kalasatama zum Viertel Arabia führt. Sie passieren eine Baustelle, die mit Maschendrahtzaun abgesperrt ist und auf der überall gegraben wird. Die Kräne und Radlader lassen Saana an Heuschreckenbeine denken. Wie große Insekten heben die orangen Bagger Erd- und Schottergruben aus.

Als Nächstes lassen sie eine Autowaschanlage und eine Tankstelle hinter sich, dann ein Burger-Restaurant mit Drive-in. Der Wind bläst ihnen den Straßenstaub ins Gesicht. Saana betrachtet die seltsamen, mit Maschendrahtzaun umgebenen Areale voller Schrott. Verblichene Schilder mit der Aufschrift »Privatgelände« und Boote, die zum Überwintern schon an Land gezogen wurden. Blaue und weiße Baracken, am Strand schöne, spätsommerliche Birken mit kräftigen Blättern. Je weiter sie sich dem Recyclinghof nähern, desto größer wird die Menge an Gerümpel. Kurz darauf kommen Berge voller Stromkabel in Sicht. Wie exotische Schlangen sind die bunten Kabel zu riesigen Haufen verknäult. Eines Tages ertrinken wir noch in Müll, denkt Saana.

Das rote Backsteingebäude des Wertstoffhofs ragt steil in den Himmel hinauf, doch dahinter kommen langsam wieder Wohngebiete. Die ordentlichen Häuserreihen des Stadtteils Arabianranta sind schon zu sehen. Der Sand knirscht unter den Reifen, das Meer ist ruhig. Der Himmel ist gleichzeitig hellblau, violett und rosa. Möwen ziehen hoch oben ihre Kreise. Saana sieht sich um. Wenn sie nicht den Spuren eines Vermissten folgen würden, könnte man das Ganze hier als Vergnügen ansehen. Zwei Freunde, die an der Uferlinie entlangradeln.

Am Ziel angekommen, stellen sie die Räder am Rand eines Parkplatzes ab und warten. Samuli hat ein Treffen mit der Leiterin des Freiwilligen Rettungsdienstes, Tytti Jokinen, vereinbart. Sie war schon bei zahlreichen Suchaktionen dabei, auch bei Jeremias'. Kurze Zeit später sehen sie bereits eine kräftige Gestalt mit knallroter Outdoorjacke und einem energiegeladenen Hund an der Leine auf sich zukommen.

»Danke, dass Sie Zeit hatten«, beginnt Samuli das Gespräch, und auch Saana drückt der Frau ihre Dankbarkeit aus.

»Die Polizei hat auf dem Gelände, wo Jeremias zuletzt gesehen wurde, bereits eine ziemlich groß angelegte Suchaktion organisiert«, kommt Tytti Jokinen direkt zur Sache. »Auch wir durchkämmen das Gebiet seit mehreren Tagen. Leider muss ich Ihnen sagen, dass wir die Suche bald beenden werden, auch ohne Ergebnis.«

»Ich verstehe«, sagt Samuli, auch wenn man ihm die Enttäuschung ansieht.

»Können Sie das noch einmal sagen, damit ich es aufnehmen kann?«, fragt Saana.

Jokinen wiederholt ihre Aussage und bittet Saana und Samuli dann, ihr zu folgen.

»Es gibt da einen Ort, zu dem wir gemeinsam gehen könnten«, sagt Jokinen, während sie an der Leine zerrt, an deren anderem Ende ein deutscher Schäferhund eifrig herumspringt. »Und zwar den Vogelbeobachtungsturm in Pornaistenniemi, auf dem Festland kurz vor der Insel. Von dort aus können Sie das ganze Schilfgebiet sehen, und Sie werden verstehen, wie weitläufig und unwegsam das Gelände ist.«

Still folgen sie Jokinen und ihrem Hund.

»Dieser Weg führt nicht direkt nach Lammassaari, sondern bleibt am Rande des Schilfs auf der Seite von Pornaistenniemi«, fährt Jokinen fort.

»Bei der Suche halten wir die ganze Zeit Ausschau nach Spuren. Wir prüfen den Wegesrand, suchen nach umgeknickten Zweigen oder Pflanzen, nach allem, was irgendwie ungewöhnlich ist. Wir haben den Weg zur Insel unter die Lupe genommen und die ganze Insel sorgfältig durchkämmt. Es ist, als hätte sich Ihr Bruder in Luft aufgelöst.«

»Ich weiß Ihre Hilfe sehr zu schätzen«, bringt Samuli hervor, der die ganze Zeit schweigend das Schlusslicht gebildet hat.

Tytti Jokinen bindet ihren Hund am Zaun an, dann steigen sie die lange Holztreppe hinauf.

Die Landschaft ist beeindruckend. Sanft wie Seide bewegt sich der Teppich aus Schilfgras im Wind, darüber öffnet sich der weite Himmel. Mitten durch das Röhricht verläuft ein schmaler Pfad, der zu einem kleinen Tarnstand führt. Saana macht ein Foto von der Aussicht und lädt es als neues Titelbild des Podcast-Accounts hoch.

»Bei der Suche mussten wir uns an die natürlichen Gegebenheiten halten. Wir konnten keine Trampelpfade in die Sumpfwiesen machen, weil diese nicht betreten werden dürfen, solange der Boden nicht gefroren ist. Andererseits ist anzunehmen, dass der Vermisste sie dann auch nicht betreten konnte.«

Saana macht noch weitere Fotos von den Feldern und der Tafel am Vogelbeobachtungsturm, auf der vier Vögel abgebildet sind. Still betrachtet sie das Bild des Höckerschwans. *Höckerschwan, Cygnus olor, mute swan.* Ein stummer Schwan, ein Vogel ohne Gesang. Saana will etwas sagen, schweigt dann aber doch. Samuli schaut traurig auf die weitläufigen Felder. Er wirkt, als wolle er nicht gestört werden.

Als sie sich anschließend der malerischen Tarnhütte nähern, zieht der Hund eifrig an der Leine. Der dunkle Bohlenweg inmitten des glitzerndes Wassers endet direkt an dem kleinen Holzhäuschen, vor dem ein Schild aus dem sumpfigen Boden ragt: »Schleich dich leise in den Tarnstand, du kommst mitten in die Vorstellung. Denn darum handelt es sich hier. Um ein Naturschauspiel im Theater der zahllosen Wunder.«

Sie treten ein. Durch das Sichtfenster, das so breit ist wie die ganze Wand, bietet sich ihnen ein perfekter Ausblick auf das Schilf und das Wasser. Saana legt ihre Hände auf das zerfurchte Holzgeländer und lässt ihren Blick über die herrliche Landschaft schweifen. Das Wasser reflektiert das Sonnenlicht und wirft es an die Wände. Sie könnte ewig hierbleiben. Doch das geht nicht.

Als sie zum Parkplatz zurückkehren, wird Samuli wieder etwas lebendiger.

»Wie tief ist das Wasser in dieser Bucht?«, fragt er, während er nach unten schaut.

»Der Wasserspiegel verändert sich hier sehr stark. Viele sind überrascht, wenn sie hören, wie flach es ist: nur eineinhalb Meter, einem erwachsenen Mann reicht das Wasser höchstens bis zum Kinn. Der Grund ist allerdings recht schlammig und sumpfig, aber wenn man nur nach der Tiefe geht, könnte man von der Insel zum Festland laufen und würde nirgendwo besonders tief einsinken. Der östliche Fjärd ist genauso flach.«

Samuli nickt schweigend.

»Die Umgebung von Lammassaari wurde per Boot, Unterwasserkamera und Echolot abgesucht. Bis jetzt wurde nichts gefunden. Wenn die Strömung stark ist, ist das Wasser sehr trüb und die Sicht schlecht. Wir haben es hier mit einer seichten, verlandenden Meeresbucht zu tun. Selbst wenn die Strömung schwach ist, sieht man nur ungefähr einen halben Meter weit, wenn überhaupt.«

»Alles klar«, antwortet Samuli.

Saana drückt seinen Arm, um ihm Trost zu spenden.

Nach diesen Informationen sieht sie die Umgebung mit anderen Augen und denkt über den Suchtrupp nach. Wie es wohl ist, das dunkle Wasser mit dem Echolot zu durchforsten, in der Angst und gleichzeitig in der Hoffnung, dass der womöglich ertrunkene Junge auf dem Radar auftaucht?

Sie verabschieden sich von Jokinen und gehen zu zweit in Richtung Insel weiter.

»Ich weiß nicht, langsam verliere ich jede Hoffnung«, gesteht Samuli.

»Wir geben noch nicht auf«, sagt Saana.

Nach und nach nähern sie sich dem Pfad, der nach Lammassaari führt. Die Polizei hat die Absperrbänder entfernt, offenbar hat man das Areal kürzlich wieder für Spaziergänger geöffnet. Instinktiv nimmt Saana Samuli an der Hand, und er drückt sie leicht. Saana wird plötzlich bewusst, dass sie sich mit Samuli die ganze Zeit entspannt und behaglich fühlt, während sie bei Jan oft eher wachsam ist. Oder sagt das mehr über die Anziehungskraft und die daraus resultierende Spannung zwischen ihnen aus? Samuli ist so nett, dass es Saana leichtfällt, ihm eine Freundin zu sein, aber eigentlich ist sie sich gar nicht mehr sicher, ob sie ihm gegenüber nur freundschaftliche Gefühle hegt. Der Gedanke kommt ihr zum völlig falschen Zeitpunkt. Hätte sie Interesse an ihm, wenn sie Single wäre?

Samulis Handy klingelt. Er hebt ab und lässt sich zurückfallen, und Saana geht allein weiter. Bald erreicht sie die Stelle, an der Jeremias zuletzt gesehen wurde. Sie hat sie extra auf Google Maps markiert. Warum ist er gerade hier verschwunden? Hat der Ort irgendeine Bedeutung, oder ist es reiner Zufall? Saana startet das Diktiergerät.

Ich stehe auf dem Bohlenpfad, der auf die Insel führt. Hinter mir liegt der Weg, auf dem man zur Altstadtstromschnelle kommt, links neben mir, weit hinter den Feldern, liegt Viikki und rechts in der Ferne die Meeresbucht, hinter der die Neubauten von Kalasatama aufragen. Kurz bevor er verschwunden ist, stand Jeremias ebenfalls hier und nahm ein Video auf, auf dem dieses Schilf zu sehen ist. Ab hier führt mein Weg weiter hinein in die Dunkelheit der Bäume. Auf die Insel, zu der alle Spuren führen, auf der man aber bisher nichts gefunden hat.

Saana steuert zur Veranstaltungsstätte *Pohjolan pirtti*, die in der Mitte der Insel liegt, und Samuli folgt ihr in einigem Abstand. Die freiwilligen Helfer suchen nur noch heute Abend die Felder nach Jeremias ab. Vom Wasser her ist das entfernte Geräusch eines Motorboots zu hören, das womöglich auch zum Suchtrupp gehört.

Es ist schon die zweite Woche, in der Jeremias sowohl von Freiwilligen als auch von der Polizei gesucht wird, aber bislang erfolglos. Man hat auch im Wasser gesucht, aber je länger jemand vermisst wird, desto geringer sind die Erfolgschancen. Heute haben wir die Worte gehört, die uns zweifellos verfolgen werden: Die Suche wird eingestellt. Jeremias hat sich in Luft aufgelöst.

Saana betritt die Terrasse des *Pohjolan pirtti* und versucht, durch die Fenster einen Blick in das Innere des Blockhauses zu erhaschen. Als sie Schritte hinter sich hört, dreht sie sich um in der Erwartung, Samuli zu sehen, aber jemand anders steht ihr gegenüber: Ein Mann mit oranger Mütze und geländegrünem Anzug mustert sie grimmig.

»Was machen Sie da?«, fragt er schroff, und sie zuckt zusammen. Ihr fällt keine schlagfertige Antwort ein.

»Ich suche, oder wir suchen ...«, setzt sie an und nickt in Richtung Samuli, der gerade das Grundstück betritt. »Wir suchen hier alles ab und ...«

»Die Polizei ist schon seit Längerem hier«, unterbricht der Mann sie. »Es wäre besser, wenn Sie die Insel in Ruhe lassen würden. Hier sind schlimme Dinge passiert.«

»Genau deshalb sind wir hier«, erwidert Saana.

»Sie sind wegen der verschwundenen Vögel hier?«

Der Mann verlagert sein Gewicht von einem Bein auf das andere und wartet darauf, dass Saana antwortet. Sie wirft Samuli einen ratlosen Blick zu.

»Ich weiß leider nicht, wovon Sie sprechen«, bekommt sie schließlich heraus.

»Hier in der Gegend ist dieses Jahr eine beträchtliche Anzahl an Vögeln verschwunden, vielleicht auch noch anderes, aber ich beobachte vor allem Vögel.«

Saana mustert den Mann. Ob er etwas weiß?

»Was meinen Sie?«, fragt sie.

»Ich habe diesen Sommer schon zwei von denen auf dem Boden gefunden«, sagt er und zieht zwei Vogelringe aus seiner Hosentasche.

»Die Vögel selbst bekommen die nicht runter«, fügt er nachdenklich hinzu. »Ich bin mir sicher, ich finde den Schuldigen noch.«

»Ich habe gelesen, dass die Insel Klobben diesen Sommer zu einer richtigen Sehenswürdigkeit geworden ist, weil dort sowohl Graureiher als auch Seeadler nisten.« Saana versucht vorsichtig, auf ihn und sein Anliegen einzugehen.

»Mhm, das stimmt«, brummt der Mann. »Auf Klobben ist der Zutritt verboten, weil wir sicherstellen wollen, dass die Vögel Nistruhe haben.«

»Wir suchen allerdings nach einem verschwundenen Menschen, nicht nach Vögeln«, bringt Saana heraus.

Samuli kommt näher und ergänzt: »Meinen kleinen Bruder, ihn suchen wir.«

Endlich scheint der Mann zuzuhören.

»Na dann kommen Sie mal mit.«

Saana und Samuli tauschen einen Blick und folgen ihm.

Vor einem alten weißen Gebäude bleibt der Mann stehen, schiebt sich mit dem Zeigefinger die heruntergerutschte kleine Brille wieder auf die Nase, öffnet die Tür und bittet sie herein.

»Ich glaube, ich habe Ihren Bruder getroffen, er hat diesen Sommer einen Dokumentarfilm auf Kuusiluoto gedreht, stimmt's?«, sagt er dann, und Samuli wird hellhörig.

»Ein netter junger Kerl, das kann man nicht über alle Besucher der Insel sagen«, fährt der Mann fort, nimmt seine Brille ab und fängt an, die Gläser mit einem kleinen Tuch aus seiner Brusttasche zu putzen.

Vor dem Fenster stehen ein alter Tisch und zwei Stühle. Blinzelnd schaut der Mann hinaus.

»Wenn Sie mich fragen, gehen hier merkwürdige Dinge vor sich. Verschwundene Vögel, verschwundene Menschen – beziehungsweise ein verschwundener Mensch. Die Polizei hat keine Achtung gegenüber der Natur, sie machen überall Trampelpfade und haben die falschen Leute im Verdacht, stellen die falschen

Fragen. Das hier habe ich bei den Wurzeln vor dem Bretterpfad nach Kuusiluoto gefunden.«

Sie starren auf das schwarze Notizheft auf der Fensterbank, auf welches er deutet. Blitzschnell greift Samuli danach und blättert fieberhaft durch die Seiten. Dann blickt er auf und sieht Saana an.

»Das ist Jeremias' Handschrift«, sagt er und drückt das Heft an seine Brust.

»Haben Sie es schon der Polizei gezeigt?«, fragt er dann an den Mann gerichtet, aber Saana unterbricht ihn in derselben Sekunde und sagt:

»Das nehmen wir mit, danke.«

AILA

Ich bin die Augen von Lammassaari, denkt Aila. Sie schirmt ihr Gesicht mit der Hand ab und lehnt die Stirn an das kühle Fensterglas. Es ist unmöglich, einen Blick in das Innere des Sommerhauses zu werfen, weil jemand die Vorhänge zugezogen hat. Als sie Schritte hört, weicht sie schnell zurück und entfernt sich ein Stück. Ob das die Polizei ist? Aila setzt sich auf einen Stein und beobachtet summend, wie einer der Sommerhausbesitzer, ein flüchtiger Bekannter, mit der Schubkarre ein paar Säcke und eine Werkzeugkiste den Berg hochschiebt. Es ist Samstag, viele sind zu ihren Häusern gekommen.

Aila kehrt zum Fenster zurück und versucht noch einmal, hineinzusehen. Zwischen den Vorhängen ist ein winzig kleiner Spalt, und sie linst hindurch. Das Innere des Hauses ist schlicht und spärlich eingerichtet, kein Lebenszeichen.

»Was spionierst du denn hier herum?«, ertönt es plötzlich hinter ihr.

Aila räuspert sich. Man hat sie gesehen. Langsam dreht sie sich in die Richtung, aus der die Stimme kam, und stellt erleichtert fest, dass es sich um den Inselwächter handelt. Er ist zwar neugierig, aber immerhin kennen sie sich.

»Findest du nicht auch, dass dieses Haus hier verdächtig ist? Ab und zu kommt hier so ein Mann mit einer Tätowierung am Hals vorbei«, murmelt sie. »Ich dachte nur, die Polizei hat bestimmt auch dieses Haus …«

»Die Polizei weiß schon, was sie tut, das Haus hier haben sie schon durchsucht. Sie haben nichts gefunden.«

»Du kennst doch die Gerüchte«, sagt Aila und hebt eine herangewehte Plastikfolie vom Boden auf, um sie wegzuwerfen. »Ich weiß nicht mehr, wem oder was ich vertrauen soll.«

»Hm«, sagt der Inselwächter und entfernt die Schutzabdeckungen des Fernglases, das er um den Hals trägt.

»Willst du eigentlich noch lange die Nächte auf der Insel verbringen?«, fragt er dann und macht einen Schritt auf sie zu. »Sag einfach Bescheid, wenn du noch Gas oder sonst irgendwie Hilfe brauchst. Ich habe mich auch gefragt, ob …« Er stockt.

»Ob was?«, hakt Aila nach.

»Ob diese Insel noch besonders sicher ist«, stößt er hervor, und Aila spürt, wie ein Gefühl von Wärme sie durchströmt. Trotz seiner ruppigen Art scheint er sich Sorgen um sie zu machen.

»Ich dachte nur, vielleicht wäre es besser, wenn du in deiner Stadtwohnung wartest, bis der Junge gefunden wird. Damit die Polizei ihre Arbeit abschließen kann.«

»Ich weiß deine Fürsorge zu schätzen«, antwortet sie. »Aber ich komme schon klar.«

»Man spürt es hier auf der Insel irgendwie«, fährt der Inselwächter fort. »Es ist, als ob die ganze Insel den Atem anhalten würde. Alle beäugen sich gegenseitig und warten. Trotzdem bringe ich es nicht übers Herz zu gehen. Ich kann diesen Ort nicht der Polizei oder den Neugierigen überlassen, die plötzlich hierherkommen.«

»Normalerweise ziehe ich erst zurück in die Stadt, wenn die Schafe von Kuusiluoto weg sind, und ich will auch diesmal keine

Ausnahme machen«, sagt Aila und wundert sich selbst über die Entschlossenheit in ihrer Stimme.

»Ich glaube, du bist die Einzige, die hier noch übernachtet. An deiner Stelle wäre ich vorsichtig«, brummt der Inselwächter, bevor er sich das Fernglas vor die Augen hält.

Nur ein paar unscheinbare Wattewölkchen gleiten lautlos über den strahlend blauen Himmel. Vereinzelt fliegen Vögel hin und her. Aila schaut am Inselwächter vorbei zum leeren Sommerhaus. Es gibt also nichts Neues.

»Ich habe es allerdings so verstanden, dass die Polizei nicht mehr herkommt«, sagt er, das Fernglas immer noch vor den Augen. »Sie haben nichts gefunden. Wir sind wieder für uns. Hoffentlich kehrt nun wieder Ruhe ein.«

»Mhm«, murmelt Aila. Sie ist sich nicht sicher, ob sie sich schutzlos oder erleichtert fühlen soll.

»Der Zug der Raubvögel fängt bald an. Was nicht alles passiert«, meint er und späht weiter in den Himmel.

»Hoffen wir mal, dass mit ihnen auch gleich alle anderen Räuber verschwinden«, flüstert Aila und geht dann langsam hinüber zu dem kleinen Pfad, der um die Insel herum führt. Sie folgt ihm in den Schatten des Waldes, dann hinauf zur Sauna und schließlich zu den Felsen am Strand. Dann ist Aila endlich wieder bei ihrem geliebten Sommerhäuschen, außer Sichtweite.

SAANA

Es ist noch nicht ganz dunkel, aber die Dämmerung hat schon eingesetzt. Jetzt haben sie Jeremias' Notizbuch, doch bevor Samuli es zur Polizei bringt, will Saana erst jede Seite abfotografieren.

»Wäre es für dich in Ordnung, wenn wir kurz zu mir gehen?«, fragt sie ihn, während sie ihre Fahrräder über die Brücke schieben, von der aus man auf die wild tosende Altstadtstromschnelle blickt.

»Absolut«, sagt Samuli und schwingt sich behände auf den Fahrradsattel.

Eine halbe Stunde später sitzen sie in Saanas Wohnzimmer in der Sturenkatu und mustern das schwarze Notizheft, das zwischen ihnen auf dem Boden liegt. Saana hat Tee gekocht, aber die dampfenden Tassen haben sie bisher ebenso wenig angerührt wie das Heft.

»Öffnest du es, oder soll ich?«, fragt Samuli.

»Wie es dir lieber ist«, sagt Saana und sieht ihn ermutigend an.

Das Notizbuch seines kleinen Bruders. Jeremias' persönliche Aufzeichnungen sind zum Greifen nah. Saana platzt fast vor Neugier.

Endlich schlägt Samuli zögerlich die erste Seite auf.
Sie ist leer.
Saana pustet in ihre Tasse und verfolgt gespannt, wie Samuli weiterblättert.

»Da stehen so ein paar einzelne Datumsangaben, Wörter und Sätze«, murmelt Samuli. »Auch so was wie Gedichte. Ich schätze, dass die was mit der Doku zu tun haben.«

Gemeinsam betrachten sie eine Seite, auf der in ordentlicher Handschrift notiert wurde:

Wer beherrscht das Schilf? Wasser- oder Waldwesen?
Freitag, 14.6., 41:00
Donnerstag, 18.7., 08:13

»Datumsangaben und Zahlen«, meint Samuli. »Bestimmt beziehen die sich auf Takes oder Sekunden?«

»Kann gut sein. Ich würde mir gern mal das Filmmaterial anschauen«, sagt Saana.

»Ich gebe dir Abdis Nummer, ich glaube, der kann dir weiterhelfen«, sagt Samuli.

Unvermittelt bricht er in Tränen aus.

Saana holt ein Papiertuch aus der Küche. Als sie sich wieder neben ihn gesetzt hat, nimmt sie Samuli spontan in den Arm.

»Vielleicht kann ich das hier doch nicht«, murmelt er an ihrer Schulter. »Irgendwie ist es gerade ein bisschen zu viel für mich, in Jeremias' Sachen herumzuschnüffeln.«

Saana lässt ihn in Ruhe weinen. Danach sitzen sie aneinandergelehnt auf dem Boden, schlürfen ihren Tee und schauen auf das Notizheft, die einzige Spur, die sie haben.

Saana nimmt das Heft in die Hand und schlägt es irgendwo

auf. Ein Stück Papier fällt heraus, ein Zeitungsausschnitt aus dem Jahr 2015.

»Was ist das?«, fragt Samuli und putzt sich die Nase.

Saana hebt den Ausschnitt auf.

»Das ist ein Artikel. Die Überschrift lautet: ›Wo ist Kasper Hakala?‹. Hier steht, dass er vermisst wird: ›Der achtzehnjährige Kasper Hakala verschwand am Freitag, dem 6. Mai. Er wurde zuletzt gegen ein Uhr nachts beim *Katajanokan Kasino* gesehen. Dort fand gerade eine Party von Schülern des Ressu-Gymnasiums statt.‹ Er ging also auf das Ressu-Gymnasium. War Jeremias auch auf dieser Schule?«

»Ja«, sagt Samuli und streckt die Hand nach dem Zeitungsausschnitt aus. »Zeig mal.« Einen Moment lang vertieft er sich in den kurzen Text. »Ich erinnere mich dunkel daran, das war in Jeremias' letztem Jahr auf dem Gymnasium. Warum hat er das bloß aufgehoben?«

»Ich weiß nicht, aber es könnte uns vielleicht weiterhelfen«, sagt Saana.

Ihr Instinkt sagt ihr, dass sie gerade eine wichtige Entdeckung gemacht haben.

Nachdem Samuli nach Hause gegangen ist, versucht sie, die Situation aus seiner Perspektive zu betrachten. Da sie selbst Jeremias nicht kennt, fällt es ihr nicht schwer, seine Sachen durchzugehen. Es ist zwar bedrückend und traurig, aber gleichzeitig hat sie das Gefühl, einen wichtigen Beitrag zu leisten. Samuli hingegen ist gerade sehr aufgewühlt. Er ist der erste Mann, den Saana so offen hat weinen sehen. Wie viel die Menschen doch meist in sich hineinfressen ...

Sie setzt sich aufs Sofa und geht die Bilder durch, die sie vom Notizbuch gemacht hat. Bei einem Großteil der Vermerke ist ihr unklar, worauf sie sich beziehen oder was sie bedeuten, aber der Zeitungsausschnitt über das Verschwinden von Kasper Hakala erregt erneut ihre Aufmerksamkeit. Ob Jeremias kurz vor seinem Verschwinden den Fall recherchiert hat?

Saana nimmt ihren Laptop auf den Schoß, öffnet den Browser und tippt Kasper Hakalas Namen in das Suchfeld.

ELF WOCHEN
VOR DEM VERSCHWINDEN

Die Luft im Seminarraum ist abgestanden, und die Leuchtstoffröhren sirren. Da sitzen sie nun, im totenstillen Hochschulgebäude, und arbeiten an ihrem Abschlussprojekt, obwohl sie offiziell Sommerferien haben.

»Du bist verrückt«, schimpft Abdi.

»Aber auf eine gute Art«, fügt er hinzu, als er Jeremias' beleidigten Gesichtsausdruck bemerkt.

Sie sitzen zu zweit im Computerraum, müssen mit der stickigen Luft hier drin vorliebnehmen, obwohl draußen ein so schöner Sommertag ist.

»Wo ist eigentlich Johannes?«, fragt Abdi. Jeremias zuckt mit den Schultern. Johannes hat sich in den letzten Wochen komisch verhalten. Er kam oft zu spät und schien sich insgesamt nicht besonders für den Dreh zu interessieren. Er war eindeutig mit den Gedanken woanders.

Sie fangen an, das bisher aufgenommene Material zu sichten. An manchen Stellen wackelt die Kamera viel zu stark, obwohl Jeremias dachte, er hätte sie ruhig gehalten. Etwas enttäuscht betrachtet er die Aufnahmen.

»Schau mal, wer ist das denn, der da aus Richtung Kuusiluoto kommt?« Er hält das Video an, gerade als sich die Schilfreihen vor dem rötlich-orangen Abendhimmel lebhaft hin- und herwiegen.

Auf dem Standbild ist eine Frau mit grauen Haaren und einem blauen Schal zu sehen, die gerade noch so zu erkennen ist. Jeremias drückt wieder auf Play. Die Frau berührt das Schilfgras, als würde sie es streicheln. In einer Hand hält sie violette Blumen. Dann geht sie weiter Richtung Lammassaari.

»Nur irgendeine Sommerhausbewohnerin. Gehen wir noch mal zu den Innenaufnahmen zurück«, sagt Abdi und klickt die erste Datei an.

Die sind zum Glück besser geworden.

»*Ich habe mich schon immer für die Rangfolge in Wolfsrudeln interessiert. Alpha und Omega. Das Rudel wählt ausschließlich starke Individuen als Anführer. Die Aufgabe der Gruppe ist es, alle Wölfe am Leben zu halten, sie können sich keinen Fehler erlauben.*«

Roy sitzt im Schaukelstuhl und starrt an die Wand, während er spricht.

»*Und was ist mit einsamen Wölfen?*«, fragt Jeremias.

Roy dreht sich zur Kamera.

»*Jeder weiß, dass ein einsamer Wolf verloren ist*«, antwortet er und lächelt über seine eigenen Worte. »*Ihm fehlt es an allem, was ein Wolf braucht, um zu überleben. Die Kraft und Unterstützung des Rudels. Eine klare Rolle, Hierarchie.*«

»*Trifft das auf Sie zu?*«

»*Welcher Teil?*«

»*Dass Sie ein einsamer Wolf sind. Sie sind der einzige Bewohner dieser Insel. Man könnte sagen, dass Sie am Rande der Gesellschaft leben.*«

»*Auf keinen Fall. Es ist meine eigene Entscheidung, mich zurückzuziehen. Ich mag Menschen nicht besonders, ich bevor-

zuge anderes Volk. Abgesehen davon brauche ich kein Rudel, um an Nahrung zu kommen. Ich kann mir jederzeit im Einkaufszentrum von Arabia Essen holen.«

Abdi und Jeremias lachen auf und stoppen die Aufnahme.

Jeremias muss daran denken, wie sie das erste Mal quer durch Lammassaari nach Kuusiluoto liefen. Sie stolperten den wurzeligen Pfad entlang und waren gespannt, was die Zukunft bringen würde. Und jetzt wissen sie es.

Eine verdammt gute Doku.

Jeremias denkt über *Wesen* nach. Ob es ihnen gelingen wird, den Geist der Natur auf Video zu bannen? Roy war es nicht geglückt, aber würde er selbst es schaffen?

»Wie lange hält denn der Akku, wenn man die Kamera nonstop laufen lässt?«, fragt er Abdi.

Dieser sieht ihn verdutzt an.

»So zwölf Stunden vielleicht«, antwortet er.

Jeremias beschließt, die Kamera ab und zu auf Kuusiluoto stehen zu lassen, um das geheime Leben der Insel aufzuzeichnen.

Sonntag, 8. September

JAN

Jan und sein Vater sitzen im *Lehtovaara*. Jans Vater streicht über das weiße Tischtuch, und Jan gibt vor, die Speisekarte zu lesen, obwohl er sie praktisch schon auswendig kennt. Das gemeinsame Essen hat Tradition. Das *Lehtovaara* hat Tradition. Trotz der Hektik auf der Arbeit bemüht Jan sich stets, die sonntägliche Verabredung zum Mittagessen einzuhalten. Aber heute spürt er, dass er nervös ist. Sie haben mit der Tradition gebrochen, indem sie noch jemanden eingeladen haben.

Es war ausgemacht, dass sie sich um 12 Uhr treffen, jetzt ist es fünf nach. Sein Vater liest entspannt die Weinliste, während Jan nervös zur Tür schielt.

Endlich wird die Tür aufgerissen, und Saana stürmt herein. Jan hebt die Hand zum Gruß, was seinen Vater dazu veranlasst, von der Karte aufzusehen und sich zu erheben. Grinsend schlängelt Saana sich zwischen den Tischen zu ihnen durch. Sie sieht hübsch aus, auch wenn ihre Haare vom Wind zerzaust sind.

»Hi«, sagt sie und gibt Jan einen Kuss auf die Wange.

»Entschuldigung, dass ich zu spät bin«, fügt sie lachend hinzu. »Ich habe erst im letzten Moment gemerkt, dass ich die Fahrradreifen noch aufpumpen muss.«

Jan ist amüsiert. Saana ist fast immer zu spät, und trotzdem scheint sie jedes Mal aufrichtig überrascht darüber zu sein, dass sie es nicht rechtzeitig geschafft hat.

»Nun denn«, setzt Jans Vater an und lächelt Saana zu. Sie umrundet den Tisch. Statt seine ausgestreckte Hand zu ergreifen, beugt sie sich vor und umarmt ihn. Jan beobachtet belustigt die steife Körperhaltung seines Vaters, der etwas zu spät auf die Umarmung reagiert.

»Nun denn«, wiederholt dieser und mustert Saana neugierig. »Schön, dich kennenzulernen.«

»Ebenfalls«, erwidert Saana lächelnd und nimmt dann neben ihm am Vierertisch Platz.

Jan stellt fest, dass er Angst vor der Reaktion seines Vaters hat, davor, dass dieser Saana gegenüber unhöflich sein könnte. Schnell stellt sich jedoch heraus, dass seine Sorge unbegründet ist. Sein Vater und Saana finden sofort ein Gesprächsthema, und zu seiner Überraschung fühlt Jan sich einen Moment lang sogar wie ein Außenseiter.

Als Saana auf die Toilette geht, sieht ihn sein Vater so durchdringend an wie seit Langem nicht mehr.

»*She's a keeper*, wie man so schön sagt«, meint er und zwinkert ihm zu.

Jan lächelt, obwohl er sich aus irgendeinem Grund auch ärgert. Warum spricht sein Vater Englisch und tut so entspannt? Außerdem hat er ihn gar nicht um seine Zustimmung gebeten oder diese bewusst gesucht, im Gegenteil. Er muss sich eingestehen, dass er es womöglich sogar genossen hätte, wenn sein Vater seine neue Freundin nicht gemocht hätte. Aber in dieser Hinsicht ist er mit Saana gescheitert – es ist unmöglich, sie nicht zu mögen.

»Was tuschelt ihr denn da?«, fragt Saana, die überraschend schnell an den Tisch zurückgekehrt ist.

»Wir haben uns über die Altstadtbucht unterhalten.«

»Genau, ich habe gerade erzählt, dass ich ein interessantes Buch gelesen habe, *Die Reusenkaiser von Sörkkä*«, sagt Jans Vater. »Darin werden auf ziemlich interessante Weise die wilden Zeiten der Altstadtbucht beschrieben. Kann ich nur empfehlen.«

Sein Vater richtet seine Worte ausschließlich an Saana. Trotz allem gibt es Jan ein gutes Gefühl, dass zwischen ihm und seinem Vater eine freundliche, ja sanfte Atmosphäre herrscht. Allein Saanas Anwesenheit versetzt ihn in eine vertraute Stimmung, in eine Zeit, in der seine Mutter noch da war. Er schluckt. Die Zeit der Trauer ist noch nicht vorbei, aber er will nicht, dass sie ihn gerade jetzt überrollt, in einem Moment, in dem alles gut ist. Er nimmt einen Bissen von seinem Essen und schluckt ihn zusammen mit dem Kloß in seinem Hals und den aufsteigenden Tränen hinunter.

»Hast du es auch gelesen?«

Saanas Frage reißt ihn aus seinen Gedanken. Sie und sein Vater schauen ihn erwartungsvoll an.

Jan bekommt kein Wort heraus, sondern schüttelt nur den Kopf. Er erzählt nicht, dass die Altstadtbucht und Kuusiluoto mit seinem Schilf für ihn gerade aktueller sind denn je.

»Damals bestand Helsinki nur aus dem Bereich an der Altstadtbucht, dem alten Stadtkern. Es war die Gegend der Schnapsbrenner«, ergänzt sein Vater, bevor sie sich anderen Themen zuwenden. »Jan, bist du überhaupt schon dazu gekommen, den schönen Spätsommer zu genießen?«

Jan spießt mit der Gabel ein Stück Seesaibling auf, schiebt es sich in den Mund und kaut möglichst langsam, um sich etwas mehr Zeit für seine Antwort zu verschaffen.

Montag, 9. September

JAN

Draußen nieselt es. Montagmorgenstimmung. Heidi und Saki sitzen am Tisch und warten. Gleich steht der Motorradclub Wolves auf dem Programm. Jan ist tief in das durchgesessene Sofa eingesunken, massiert sich die Stirn. Als er sich die Hände gegen das Gesicht drückt, sieht er Blitze vor seinen Augen zucken.

»Ojala müsste bald hier sein«, sagt er.

»Sind die Wolves in den letzten Jahren vom Morddezernat mit irgendwelchen Fällen in Verbindung gebracht worden?«, fragt Heidi.

»Ich habe nachgesehen, es gab keine Tötungsdelikte. Ein paar Festnahmen, aber keine Verurteilungen«, antwortet Saki. »Und dann waren da letztes Jahr noch ein paar Schießereien.«

»Scheint, als würden wir in den Ermittlungen zu Johannes' Mordfall momentan öfter auf Fallgruben stoßen als auf weiterführende Hinweise«, wirft Heidi ein.

»Was meinst du?«, fragt Jan.

»Wir haben nur Wolfsgruben und ein verschwundenes Lamm«, murmelt sie, ihre leere Kaffeetasse in den Händen drehend.

»Während wir auf Ojala warten, könnten wir die anderen Vermisstenfälle durchgehen, die mit Naturschutzgebieten zu tun haben. Wie viele gab es da?«, fragt Jan.

»Zwei. Der erste ist ein Fall aus dem Sipoonkorpi-Nationalpark. Ich bin die Akten aus den Vorermittlungen durchgegangen, es war ein Vermisstenfall, der als Tötungsdelikt untersucht wurde. Bei der Person handelt es sich um einen Sechsundzwanzigjährigen, der nie gefunden wurde. Jemand hat gesehen, wie er aus einem Bus stieg, aber dort endet die Spur. Er ist seit 2015 verschwunden«, berichtet Saki.

»Der zweite Fall war in Oulu. In der Nähe des Rokua-Nationalparks wurde ein 28-jähriger Mann tot aufgefunden, nachdem er vermisst wurde. Er hatte sich erhängt. Kein Fingerhut oder sonst etwas, was die Fälle miteinander verbindet. Das Alter passt allerdings ins Schema.«

»Langsam frage ich mich: Was, wenn das Naturschutzgebiet hier gar nicht der springende Punkt ist?«, sagt Heidi. »Wahrscheinlich ist die Sache komplexer.«

»Wir dürfen auch die Vergiftung nicht außer Acht lassen. Wir haben die Todesfälle durch Vergiftung aus den letzten Jahren überprüft, aber bei keinem davon kamen derart natürliche Mittel zum Einsatz.«

»Es könnte trotzdem sein, dass die Person, die wir suchen, schon früher eine Straftat begangen hat, ohne erwischt zu werden«, überlegt Jan laut.

»Haben wir die Möglichkeit, Kajs Profiling-Expertise in Anspruch zu nehmen? Er kennt den Fall noch nicht, oder?«, schlägt Heidi vor.

»Wir könnten Kaj bitten, in den nächsten Tagen vorbeizukommen«, sagt Jan.

In dem Moment taucht eine vertraute Gestalt auf. Der breitschultrige Jari Ojala in seiner typischen Kluft aus Lederjacke, Jeans und dunklem T-Shirt betritt das Zimmer und gibt ihnen der Reihe nach die Hand. Sein Händedruck ist so fest, dass Jan beinahe das Gesicht verzieht, aber im letzten Moment bekommt er seine Mimik noch unter Kontrolle.

»Ich habe Ojala zu unserem Fall gebrieft. Wir befinden uns mitten in den Mordermittlungen, und die Spuren haben uns zu einem Gebäude geführt, das sich im Besitz der Wolves befindet. Wir wissen nicht, welche Rolle diese Gang bei den aktuellen Ereignissen spielt, aber so langsam haben wir einen Grund, auch den Motorradclub unter die Lupe zu nehmen«, fasst Jan die Situation für alle zusammen, bevor er das Wort an Ojala übergibt.

»Ihr kennt wahrscheinlich im Großen und Ganzen die Gangs, die es im Hauptstadtgebiet gibt, oder?«

Jan mustert den selbstbewussten und kräftig gebauten Kollegen. Von seinem Äußeren her wäre er als Mitglied einer Gang genauso glaubhaft, wie er es als Polizist ist.

»In der Welt der Motorradclubs sind die Wolves der neueste Akteur. Sie geben an, ungebunden zu sein, stehen also nicht mit bekannten internationalen Clubs in Kontakt, aber hinter den Kulissen stellen sie alles Mögliche an. Ich würde sogar sagen, dass sie ihr Drogengeschäft erstaunlich schnell aufgezogen haben. Sie werden sogar für eine Art Intellektuellenvereinigung gehalten. Der Wolves MC hat sich öffentlich an verschiedenen Wohltätigkeitsaktionen beteiligt, zum Beispiel gegen Mobbing an Schulen.«

Bis jetzt hat Ojala im Stehen geredet, aber nun zieht er sich einen Stuhl heran und setzt sich. Dann sieht er einem nach dem anderen direkt in die Augen und senkt seine Stimme.

»Zu Beginn noch eine Bitte unter Kollegen: Macht keine Festnahmen auf eigene Faust. Nehmt jemanden von uns mit. Wir wollen nicht, dass unsere Ermittlungen wegen euch schiefgehen. Noch wissen wir ja nicht einmal wirklich, ob der Club etwas mit dem Fall zu tun hat.«

»So ist es. Einer unserer Ermittlungsstränge führt zu den Wolves, aber die genaue Verbindung kennen wir noch nicht. Welche Gedanken kamen dir, als du dich mit dem Fall vertraut gemacht hast?«, fragt Jan.

»Ich habe mir die Informationen über den Toten, den man in Viikki gefunden hat, durchgelesen. Aus der Sicht der Wolves könnte er ein harmloses kleines Würstchen sein, das den Hals nicht vollgekriegt hat, vielleicht hat er kleine Mengen gedealt. Der Name Johannes Järvinen ist mir allerdings bei uns noch nie untergekommen. Ein Mitglied ist er also schon mal nicht.«

Ojala fährt sich durch die Haare. »Außerdem geben mir der Fundort und die Todesart zu denken. Sieht den Wölfen nicht ähnlich. Wenn sie jemanden beseitigen wollten, würden sie eher hingehen und ihn erschießen. Zu dem Vermissten kann ich nichts sagen. Normalerweise verraten wir so was selbst anderen Abteilungen nur ungern, aber in dem Fall kann ich euch sagen, dass Mitglieder der Wolves auf der Achse zwischen Lammassaari und Viikki hin und wieder Erdverstecke für Drogen genutzt haben. Große Verstecke haben sie unseres Wissens nach dort aber momentan nicht. Also so ganz allgemein kann man festhalten, dass Jeremias Silvasto im Revier der Wölfe verschwunden ist, aber ob die Wolves etwas damit zu tun haben, kann ich nicht sagen.«

»Und Sodexca?«, fragt Heidi.

»Die Gang hat verschiedene Firmen, deren Geschäftsführer Strohmänner sind. Eines dieser Unternehmen ist Sodexca. Die Wolves besitzen also indirekt das *Pultti,* und die zweite große Halle hinter der Wand des Fabrikgebäudes ist ihr Clubquartier. Von dort wurden nie irgendwelche Zwischenfälle oder sonst irgendwas gemeldet, weil es in der Nähe keine Nachbarn gibt. Ihr wusstet ja sicher, dass Johannes Järvinen dort als DJ aufgelegt hat. Aber Jeremias Silvastos Name ist bisher nirgendwo aufgetaucht. Auch von uns schaut hin und wieder jemand im *Pultti* vorbei, um einen Blick drauf zu werfen, was dort so abgeht, aber das sind relativ gemäßigte Jugendpartys. Das *Pultti* ist für die Wolves höchstens ein Rekrutierungskanal. Ein paar der Jugendlichen können sie als Verkäufer gewinnen, die den Stoff dann in ihren eigenen Kreisen verticken.«

»Also ist es möglich, dass Johannes im kleinen Stil gedealt hat?«, fragt Jan.

»Das ist sehr gut möglich.«

»Und die Hierarchie der Wolves?«, fragt Heidi. »Wer ist ihr Chef?«

»Das ist eine etwas speziellere Angelegenheit«, antwortet Ojala. »Wir haben eine Liste mit vollwertigen Mitgliedern, aber wir haben keine absolute Sicherheit darüber, wer eigentlich die Strippen zieht. Präsident und Vizepräsident sind uns bekannt, aber manches ist nach wie vor offen. Nach außen sagen sie alle nur, dass sie Wölfe sind, und sie haben auch keine Aufnäher auf ihren Kutten, nichts, woraus man Rückschlüsse über die Hierarchie ziehen könnte. Gerissene Kerle. Von Anfang an haben sie sich bemüht, auch mit sogenannten Intellektuellen Bekanntschaften zu schließen. Man weiß, dass zum Freundeskreis des Clubs einflussreiche Mitglieder unserer Gesellschaft gehören, sowohl Geschäftsführer großer Unternehmen als auch ein paar Politiker. Wir haben den Verdacht, dass man mit allen Mitteln versucht, im Verborgenen an Einfluss zu gewinnen.«

»Standardprozedere?«, fragt Heidi.

»Standardprozedere. Zuerst ist man freundlich, lächelt so breit, dass das Zahnfleisch zum Vorschein kommt. Man bietet dem Gegenüber Dinge an, die auf dessen Schwächen abzielen, und verbrüdert sich, bis man Beweise und Bildmaterial davon hat, wie die Person kokst oder eine Nutte bumst, um es so deutlich zu sagen. Und wenn man dann was von ihnen braucht, droht man damit, sie bloßzustellen.«

Jan legt die Stirn in Falten. Lassen sich Menschen wirklich so leicht reinlegen? Und funktioniert das sogenannte Standardprozedere auch bei weiblichen Führungskräften?

»Ich sagte eben, die Wölfe hätten keine Aufnäher auf ihren Kutten, ein Erkennungszeichen haben sie aber trotzdem. Jeder, der als Vollmitglied aufgenommen wird, lässt sich das Bild eines Wolfes tätowieren. In Finnland gibt es nur etwas mehr als zweihundert dieser Tiere, aber wenn der Club in diesem Tempo weitermacht, kommt er bald auf dieselbe Zahl. Irgendwas machen sie also richtig, wenn man es so sieht. Sie haben ihr Rudel innerhalb kürzester Zeit vergrößert.«

»Was müssen wir sonst noch wissen?«, fragt Jan.

»Zusätzlich zu den Immobilien in Helsinki besitzt der Club ein Haus in Kirkkonummi. Eigentlich ist es kein Haus, sondern eine Villa. Sie gehört ihrem Präsidenten. Wir haben eine Undercover-Aktion gestartet, aber das ist vertraulich. Einer von unseren Leuten ist gerade ein *Prospect,* das heißt, er wird als Mitglied in Erwägung gezogen.«

Jan nickt etwas unzufrieden.

»Ich habe euch die relevantesten Fakten zusammengestellt, den Ordner lasse ich hier. Ruft mich an, wenn etwas ist«, sagt Ojala, während er bereits Anstalten macht zu gehen. Dann bleibt er jedoch plötzlich stehen und verengt die Augen, als ob er nachdenken würde, wie er den folgenden Satz formulieren soll.

»Die Wolves sind kein kleiner und harmloser Club mehr. Die anderen Clubs sehen sie schon als Bedrohung an. Möglich, dass sich zwischen den Gangs schon ein Sturm zusammenbraut. auch wenn es im Moment noch windstill ist. Aber ihr kennt ja das Sprichwort.«

Sitzung Nr. V

»Im Clubhaus war ich das erste Mal allein mit ihm in einem Raum«, beginnt die junge Frau zu erzählen und schlägt die Beine übereinander. »Er hat sogar die Hänger rausgeschickt.«
»Die Hänger?«
»Ja, die Hangarounds, diejenigen, die nur Handlanger sind, aber darauf hoffen, Mitglieder zu werden. Dann hat er mich gefragt, ob ich Musikwünsche hätte. Ich hab nur einen Lieblingssong. Den hab ich mir gewünscht.«
»Welchen?«
»Raten Sie mal.«
Kaj zuckt mit den Schultern und wartet.
»*Wuthering Heights* von Kate Bush. Das wünschte ich mir, und dann ließ ich mich in so einen durchgesessenen Ledersessel fallen. Ich lag da so quer drüber, ließ die Füße über die Armlehne baumeln und versuchte, so locker wie möglich zu sein. Aber eigentlich war ich aufgeregt. Ich war wie ein Beutetier, das er in seine Höhle geschleppt hatte.
Bad dreams in the night, they told me I was going to lose the fight.«
Sie beginnt zu summen, und Kaj erkennt das Lied. Er kann

nicht umhin, sich zu fragen, warum sie ihm gegenüber so ein Schauspiel abzieht. Bisher haben sie keine großen Fortschritte gemacht. Sie erzählt immer noch zu viele Geschichten.

»Ich habe mitgesungen, und er war der Meinung, das höre sich schrecklich an. Er setzte sich mir gegenüber auf das Ledersofa. Ich hasse Ledersofas, wenn man Jeansshorts anhat. Dann bleiben die Oberschenkel so eklig kleben, wissen Sie, was ich meine?«

Sie macht eine kurze Pause, ehe sie fortfährt: »Ich hörte auf zu singen, als er eine Waffe hinter seinem Rücken hervorholte und sie ganz gelassen auf den Tisch zwischen uns legte. Ich war überrascht, aber dann fiel mir ein, ihn zu fragen, ob sie geladen sei. Er sagte, ich solle raten, und ich riet, dass sie es war.

Er antwortete nicht, sondern ging in die Küche, um uns Gin Tonics zu machen. Das Lied war schon fast zu Ende. Vom Sessel aus sah ich, wie er mit lockeren Handgriffen Gin in zwei hohe Gläser goss und dann mit dem Feuerzeug kleine Tonic-Flaschen öffnete. Als er mir meinen Drink reichte, ließ er ein Lächeln aufblitzen. In dem Moment vergaß ich die Angst vor der Waffe. Stattdessen gab sie mir mit einem Mal ein Gefühl von Sicherheit, andererseits war sie auch aufregend. Noch nie hatte ich das Gefühl, so sehr in Gefahr und gleichzeitig trotzdem in Sicherheit zu sein. Das ist schwer zu erklären. Erst später habe ich Gerüchte gehört, dass der Akademiker seine frühere Freundin verprügelt haben soll.«

Sie wickelt sich einen Faden, der sich von ihrem Wollpullover löst, um den Finger und reißt ihn ab.

»Unser romantischer Moment wurde unterbrochen, als Clubmitglieder hereinkamen. Sie wollten an dem Abend auf irgendeinen Rachefeldzug gehen«, fährt sie fort, bevor Kaj weitere Fragen stellen kann. »Ich bekam mit, wie sie ins Hinterzimmer gingen und mit Waffen zurückkehrten. Ab diesem Abend sah ich ihn in einem anderen Licht. Irgendwie bedrohlicher. Ich bat ihn, nicht zu gehen, aber er ignorierte mich. Da fing ich an, den Stellenwert des Clubs zu begreifen: Der Club geht immer vor. Ich glaube, mir wurde schon an dem Abend klar, dass ich niemals seine Nummer eins sein würde.«

Kaj bemerkt, dass er sich Sorgen um die junge Frau macht. Es ist normal, sich zu älteren oder sogar gefährlichen Männern hingezogen zu fühlen, aber eine Biker-Gang ist der absolut falsche Ort, um nach Aufmerksamkeit oder Liebe zu suchen. Es muss doch irgendein Mittel geben, mit dem man sie noch aus den Fängen der Gang befreien kann, bevor es zu spät ist.

SAANA

»Du bist Saana?«, fragt Abdi, als sie sich in der leeren Aula der Metropolia-Fachhochschule treffen.
»Ich weiß es zu schätzen, dass du den Podcast machst. Die Situation ist schrecklich, aber dank des Podcasts gerät die Sache zumindest nicht in Vergessenheit. Ich selbst bin momentan wie gelähmt.«
»Du hast bestimmt auch schon mit der Polizei gesprochen?«, fragt Saana. Abdi nickt. Trotz allem strahlt er eine gewisse Gelassenheit aus, durch die Saana sich in seiner Gesellschaft wohlfühlt.
»Ich habe der Polizei auch das ganze Material übergeben. Aber du wolltest ein paar konkrete Stellen überprüfen?«, fragt er, als sie sich an den Computer setzen.
Er klickt ein paar Ordner an.
»Es dauert ein bisschen, bis sich das hier öffnet«, sagt er, und Saana nippt vorsichtig an ihrem zu vollen Pappbecher und verbrennt sich dabei fast die Zunge.
Mit einem Zischen macht Abdi eine Dose Cola auf, die er sich aus dem Automaten geholt hat.
»Ich kann mir gar nicht vorstellen, wie du dich fühlen musst«,

setzt Saana behutsam an. »Zwei von drei Leuten, die an der Dokumentation beteiligt waren... Wenn zwei Freunde...« Sie sucht nach den richtigen Worten.»... verschwunden sind.«

Abdi schweigt.

»Was hat die Polizei zu dem Ganzen gesagt?«

»Keine Ahnung«, erwidert Abdi. »Die konnten auch nichts sagen. Manchmal würde ich am liebsten einfach im Erdboden verschwinden. Aber wozu? Ich hab nichts falsch gemacht.«

»Hast du dich gefragt, warum es von euch dreien gerade die beiden getroffen hat? Was unterscheidet dich von ihnen?«

»Machst du Witze?«, fragt Abdi und breitet die Arme aus. »Schau mich an. Und dann ruf dir die beiden vor Augen. Wir haben eine völlig unterschiedliche Herkunft.«

Saana gerät in Verlegenheit. Darauf wollte sie eigentlich nicht hinaus.

»Ich meinte eher, ob Johannes und Jeremias Zeit zu zweit verbracht haben. Könnten sie sich mit irgendetwas beschäftigt haben, von dem du nichts wusstest?«

Abdi denkt nach.

»Schon möglich, manchmal sind sie nach dem Dreh noch auf der Insel geblieben und haben was getrunken.«

»Wann hast du Jeremias zuletzt gesehen?«

»Am Mittwoch, hier in der Hochschule.«

»Einen Tag vor seinem Verschwinden also. Hat er sich ganz normal verhalten?«

»Er war vielleicht ein bisschen aufgekratzt«, murmelt Abdi. »Er saß da, wo du jetzt sitzt.«

Saana rutscht auf ihrem Stuhl hin und her.

»Was habt ihr hier gemacht?«

»Jeremias hat am Computer editiert. Ich hab an dem Tag nichts zustande gebracht. Hauptsächlich hab ich auf dem Handy herumgespielt.«

Abdi leert seine Coladose. »Also gut. Hier ist das Rohmaterial unserer Dokumentation«, sagt er nach einer Weile und markiert mit der Maus eine ellenlange Liste an Ordnern. »Was genau willst du dir anschauen?«

Saana sucht auf ihrem Handy das Foto mit den Angaben aus Jeremias' Notizbuch: *Freitag, 14.6., 41:00. Donnerstag, 18.7., 08:13.*

»Woher hast du die?«, fragt Abdi verwundert.

»Frag nicht, sondern hilf mir lieber«, entgegnet Saana lachend, und Abdi gehorcht.

»Hier ist das Material, das am 18. Juli aufgenommen wurde«, sagt er und spielt ein Video ab. »08:13 ist genau – hier.«

Beide betrachten das Schilfrohr, das in der Einstellung zu sehen ist.

Plötzlich erklingt ein Schrei, und ein großer dunkler Vogel fliegt auf. Der Schilfteppich bewegt sich im Wind hin und her, er wogt wie ein goldenes Meer. Nachdenklich legt Saana den Kopf schief. In dem Ausschnitt war nicht wirklich etwas zu sehen.

»Das muss die Stelle sein«, sagt Abdi, als er Saanas Verwunderung bemerkt.

»Aber warum hat sich Jeremias gerade die notiert?«, fragt Saana laut, mehr an sich selbst gerichtet.

»Es könnte einfach eine schöne Szene gewesen sein, eine gelungene Landschaftsaufnahme. Außerdem war der Vogel ein Graureiher«, sagt Abdi grinsend. »Bevor wir mit dem Dreh anfingen, kannte ich nur Möwen. Wenn ich über eine Sache verdammt viel gelernt habe, dann über Vögel«, erzählt er mit aufrichtigem Stolz in der Stimme.

»Aber warum flieht der Vogel so aufgeregt?«, überlegt Saana weiter. »Als ob jemand hinter ihm her gewesen wäre.«

Abdi öffnet einen neuen Ordner. Saana beobachtet ihn aus dem Augenwinkel. Wie kann er nur so ruhig bleiben, wenn den Menschen um ihn herum so schreckliche Dinge zustoßen? Weiß

Abdi mehr, als er zugibt? Oder hat er Angst und zeigt sie nur nicht?

»Hier ist das Bildmaterial vom Vierzehnten«, murmelt er. Als die Minutenanzeige am unteren Bildrand sich der vierzig nähert, hält Abdi das Video kurz an, damit Saana die Einstellung genauer betrachten kann.

»Gleich müssten wir bei Minute einundvierzig sein.«

Gespannt verfolgen sie, was im Video passiert. Es läuft mit normaler Abspielgeschwindigkeit, und trotzdem kommt es Saana so vor, als würden die Sekunden nur so dahinkriechen.

»Da!«, ruft sie schließlich, und Abdi zuckt zusammen.

Etwas weiter entfernt, am Anfang des Schilfpfades, steht eine dunkle Gestalt. Abdi spult zurück, damit sie zusehen können, wie sie ins Bild kommt und schließlich wieder daraus verschwindet.

»Wer ist das? War das geplant?«, fragt Saana, aber Abdi schüttelt den Kopf.

»Die Aufnahme hat die Kamera selbstständig vom Stativ aus gemacht. Jeremias war gar nicht unbedingt dabei.«

»Und dann trat jemand ins Bild, der Jeremias' Aufmerksamkeit erregte«, sagt Saana. »Er hat sich eindeutig genau diese Stelle vermerkt. Dort taucht die Gestalt auf und bleibt stehen. Kann man das irgendwie schärfer machen?«, fragt sie hoffnungsvoll.

»Es ist schon so scharf, wie es geht«, erwidert Abdi.

Schweigend mustern sie das Bild. Die Person könnte sowohl eine Frau als auch ein Mann sein. Saana macht mit dem Handy ein Foto von der dunklen Gestalt auf dem Bildschirm. Wer ist sie, und warum hat Jeremias sich genau für diese Stelle interessiert?

Saana bemerkt, dass ihr Kaffeebecher einen braunen Ring auf dem weißen Tisch hinterlassen hat. Seit vielen Stunden starren sie bereits auf den Bildschirm, auf dem man abwechselnd von Schilfgras gesäumte Pfade und den geheimnisvollen, wettergegerbten Roy Kuusisto sieht, der irgendetwas erzählt.

»Jetzt haben wir das Rohmaterial der ersten vier Drehsessions gesehen«, meint Abdi schließlich.

Saana wirft einen Blick in ihr Notizbuch. Sie hat sich keinen einzigen Vermerk gemacht. Nichts an dem Material deutet direkt auf eine fahrlässige Tötung oder Kuusistos geheime Mordlust hin. Saana steht auf und wirft ihren leeren Kaffeebecher in den Müll. Vom langen Sitzen sind ihre Beine ganz taub.

»Es gibt noch eine Aufnahme«, sagt Abdi. »Wir haben in der Nähe des Hauses eine Wildkamera aufgestellt, um authentische Naturaufnahmen zu bekommen. Damit wollten wir den Lauf der Zeit festhalten. Wie Roy Tag für Tag allein im Haus verharrt. Er weicht nicht vom Fleck, selbst wenn draußen Winter herrscht. Wenn die Insel sich in sich zurückzieht und selbst die Schafe weggebracht werden. Wir wollten da so einen Hyperlapse draus machen.«

Saana setzt sich wieder und beugt sich nach vorne zum Bildschirm. Das Video beginnt mit einem am Boden hockenden und in die Kamera winkenden Abdi. Die beiden anderen jungen Männer stehen vor dem Haus im Hintergrund, auch sie schauen in die Kamera.

»Ist das Johannes?«, fragt Saana und deutet auf die Gestalt neben Jeremias.

»Jep.«

In dem Video sieht man, wie Abdi aufsteht und zu den anderen geht. Einen Moment später beschäftigen sich die drei schon wieder mit anderen Dingen, und die Kamera beginnt mit ihrer stillen Aufzeichnung. Jeremias lacht lautlos. Saana hingegen ist nicht zum Lachen zumute. Der Blick in die Vergangenheit eines Vermissten macht ihr alles andere als gute Laune. Eine sonderbare Melancholie überkommt sie, ein ähnliches Gefühl wie auf einem Friedhof. Eine Trauer über etwas, was für sie genau genommen nie existiert hat.

»Ich kann die Abspielgeschwindigkeit erhöhen, hier kannst du stoppen«, sagt Abdi und zeigt ihr, wo. Saana schaut auf das Bild.

Nur die über den Himmel ziehenden Wolken und die Vögel, die hin und wieder vor dem Haus herumfliegen, sorgen für etwas Bewegung und Abwechslung. Im Schilf rührt sich plötzlich ein dunkler Schemen, und Saana hält das Bild an, um ihn besser sehen zu können. Ein Schaf. Sie muss schmunzeln.

Gerade wollen sie aufhören, als Saana auf Laufwerk Z einen Ordner namens »Jeremias' eigene Sachen« entdeckt.

»Was ist das?«, fragt sie und deutet neugierig auf den Ordner, der am 28. August erstellt wurde. Nur einen Tag bevor Jeremias verschwand.

HEIDI

»Das war's für heute, danke«, ruft Heidi. Das dritte Gruppentraining mit ihr in der Rolle der Kursleiterin ist vorbei. Sie verabschiedet sich von den Teilnehmerinnen, wirft die im Raum verbliebenen Handschuhe in den Korb und öffnet ein paar Fenster, damit die Luft zirkulieren kann. Es kommt ihr vor, als wäre der Schweiß Tausender Trainingseinheiten in die Matten im Fitnessraum des Kaapeli eingesickert. Der Geruch verschwindet nicht.

Heidi betrachtet ihr Spiegelbild im Fenster. Ganz plötzlich ist sie von der Trainingsteilnehmerin zur Kursleiterin aufgestiegen. Julia hat erst gefragt, dann gebettelt. Ob es möglich wäre, ob Heidi sich irgendwie vorstellen könnte, für das Herbstsemester eine Gruppe zu übernehmen? Beim Gedanken daran, überhaupt irgendetwas regelmäßig zu übernehmen, ist Heidi in Panik geraten, aber Julia war gut darin, sie zu überzeugen. Und so hat sie eingewilligt. Die Frauen, die hier Selbstverteidigung und Kampfsportarten trainieren, haben sie dankbar angenommen, und heute hat sie zum ersten Mal gemerkt, dass sie ihre neue Rolle sogar genießt. Wer weiß, vielleicht machen jede Bewegungsabfolge, jeder Schlag und jeder Tritt die Frauen nach und nach stärker, und eines Tages haben sie ein breites Arsenal an Verteidigungsstrategien, falls sie einmal in eine bedrohliche Situation geraten sollten.

Heidi streift sich den Schweiß am Ärmel ihres T-Shirts ab und geht in den Umkleideraum. Fast alle Teilnehmerinnen sind schon weg, der Raum ist leer. Sie zieht ihre Trainingsklamotten aus, lässt sie als kleinen Haufen vor der Umkleidekabine liegen und betritt den Duschraum. Nur eine der Duschen ist besetzt. Die Frau in der Ecke dreht sich zu ihr um.

»Hi«, sagt Heidi und schaut unbeabsichtigt auf deren schöne Brüste. Sie bemerkt noch, dass die Frau einen rasierten Intimbereich hat, bevor sie es schafft, ihren Blick abzuwenden.

Heidi muss an Julia denken und schmunzelt. Was auch immer passiert, jage nicht in deinem eigenen Bau, hat Julia sie angewiesen, und Heidi hat gehorsam salutiert. »Ich schwöre«, hat sie gesagt und gelacht. Sie hat die Warnung eher als Witz empfunden. Natürlich würde sie als Trainerin nicht mit ihren Teilnehmerinnen vögeln. Aber jetzt, da die vorlaute Frau aus ihrer Trainingsgruppe sie neugierig aus der Ecke heraus beobachtet, ist sie bereit, die Sache noch einmal zu überdenken.

Heidi spürt den Blick der Frau in ihrem Rücken. Schnell wäscht sie sich und geht zurück in den Umkleideraum. Auch die Kursteilnehmerin kommt nackt aus der Dusche, Heidi spürt, wie sie sich dicht neben sie stellt. Ihre Spinde liegen zufälligerweise direkt nebeneinander. Bilde ich mir das alles ein, bin ich so untervögelt, dass ich mir einrede, da wäre was?, fragt sich Heidi und merkt, dass sie langsam unsicher wird. Sie dreht sich zu der Frau um und überlegt, was sie sagen soll. Irgendeinen dummen Spruch über die nebeneinanderliegenden Spinde? Wie im Hallenbad, haha. Aber Heidi sagt nichts und beginnt schweigend, sich anzuziehen.

Die Frau – sie ist immer noch nackt – wendet sich ihr zu und sieht Heidi abwägend an. »Danke für das Training.«

Heidi weiß nicht, wohin sie schauen soll. Sie muss an all die Male denken, die sie eine Situation völlig falsch interpretiert hat, den ersten Schritt gemacht hat, obwohl da gar nichts war. Sie ist zu alt für Spielchen. Wäre sie nur mutig genug, würde sie einfach direkt fragen. Entschuldigung, aber lese ich das richtig, dass da zwischen uns etwas ist? Aber sie sagt nichts dergleichen. Stattdessen fragt sie die Kursteilnehmerin freundlich, ob sie schon lange zu den Gruppentrainings kommt.

Die Frau verengt die Augen und legt ihr Handtuch auf die Bank vor dem Spind. Dabei bewegt sie sich wie in Zeitlupe. Dann wendet sie sich wieder Heidi zu, tritt noch näher an sie heran und mustert sie prüfend. Heidi lächelt und streckt die Hand aus, um sanft über ihre Schulter zu streichen.

Während sie sich küssen, denkt Heidi über diese komische Wendung nach. Auf einmal lässt sie alles einfach geschehen, und kurz darauf wird ihr klar, dass sie das Versprechen gegenüber Julia gebrochen hat. Dann fegt die Leidenschaft jeden Gedanken fort.

Nach dem Sex nimmt die Frau lächelnd ihre Klamotten aus dem Spind und zieht sich rasch an. Ihre Haare sind vom Duschen noch nass und tropfen auf ihr graues T-Shirt.

Heidi sitzt erschöpft auf der Bank und beobachtet sie. Gerade als sie den Mund aufmachen will, um zu gestehen, dass sie nicht einmal deren Namen weiß, und um vorzuschlagen, gemeinsam noch etwas essen zu gehen, sieht sie, wie die Frau etwas Kleines aus ihrem Geldbeutel holt. Beim Gedanken an ein Bumstrinkgeld von fünf Cent muss Heidi grinsen, aber als sie erkennt, dass es sich um einen Ring handelt, den sie an ihren linken Ringfinger steckt, wird sie wieder ernst. Dann schlägt die Frau die Tür des leeren Spinds zu.

»Ich muss los«, sagt sie und richtet ihren Blick auf den kalten grauen Fußboden, anstatt Heidi anzusehen. »Wenn es dir nichts ausmacht, dann ist das hier nie passiert.«

Eine Stunde später liegt Heidi zu Hause auf dem Bett und dreht den schwarzen Oura-Ring an ihrem Finger hin und her. Die Schlafdaten, die er in letzter Zeit aufgezeichnet hat, waren kein schöner Anblick. Was bringt es mir, wenn mir ein Ring sagt, dass ich mich zu wenig erhole?, überlegt sie. Das merke ich auch ohne Ring. Trotzdem behält sie ihn am Finger, denn er war ziemlich teuer.

Sie starrt an die Decke und fühlt sich hin- und hergerissen. Eigentlich hätte sie Lust, die Tagesdecke wegzulegen und sich unter der warmen Bettdecke zu verkriechen, aber gleichzeitig fühlt sie sich extrem ruhelos. Sie hat die Frau aus der Trainingsgruppe bereits gestalkt und ein Foto von ihr mit Mann und Kindern gefunden. Für einen Moment horcht Heidi in sich hinein: Sollte sie sich ausgenutzt fühlen? Aber dann lässt sie es auf sich beruhen und schwelgt in der warmen Erinnerung an den spontanen Moment. Vorher war ich doch auch zufrieden, denkt sie. Warum habe ich jetzt mehr erwartet?

Sie zwingt sich aufzustehen, und sofort schaltet ihr Kopf in den Arbeitsmodus. Sie seufzt tief. Heute wird sie ihre Sinne nicht mit Whisky betäuben.

JAN

»Danke, dass du kommen konntest«, sagt Jan.
»Kein Problem, entschuldige bitte die späte Uhrzeit. Mein Kalender ist voller Termine, und auf das hier war ich nicht vorbereitet«, sagt Kaj und sieht sich im leeren Büro des KRP um.
»Natürlich. Hauptsache, du bist da. Momentan nutzen wir jede Stunde des Tages«, sagt Jan und führt Kaj direkt zur Ermittlungswand.

Er fasst die wichtigsten Eckdaten der Ermittlungen zusammen, anschließend betrachten sie zusammen das Board, das sich im Laufe der Zeit mit vielen Details gefüllt hat.

»Bei Tötungsdelikten brauche ich normalerweise einen ziemlich umfassenden Einblick in die Fakten, bevor ich den Tathergang umreißen oder das Verhalten des Täters bewerten kann«, sagt Kaj.

Jan weiß, dass er die schlechte Angewohnheit hat, voreilig zu sein und Kaj dazu zu bringen, sich von seinem Instinkt leiten zu lassen. Zwar waren sie bisher damit erfolgreich, dennoch ist die Arbeitsmethodik fraglich.

»Wir stellen uns im Moment die Frage, ob wir es hier mit einem Serienmörder zu tun haben könnten«, sagt Jan, den Blick weiter auf die Ermittlungswand gerichtet. »Allerdings haben wir erst eine Leiche«, fügt er murmelnd hinzu.

»Angenommen, Johannes war das erste und Jeremias das zweite Opfer, dann ist das nicht unmöglich. Man muss bedenken, dass der Täter bereits eine Grenze überschritten hat, er hat mindestens einen Menschen umgebracht. Das Überschreiten der Grenze könnte ihn dazu ermutigen weiterzumachen, aber es kann auch andersherum ablaufen: Der Täter erschrickt vor seiner eigenen Tat und wiederholt sie nicht mehr. Dann sprechen wir natürlich nicht mehr von einem Serienmörder.«

Jan nickt ungeduldig.

»Die Eibe wurde oral eingenommen. Das deutet nicht auf Impulsivität hin, also war die Tat geplant«, überlegt Kaj laut. »Ein impulsiver Täter hätte am Tatort Spuren hinterlassen, wäre achtloser gewesen.«

Jan merkt, wie sich seine Stimmung hebt. Anders als erwartet kommen sie also schon heute ein bisschen voran.

»Wie ist das Zeitfenster?«, fragt Kaj.

»Seit dem Mord an Johannes Järvinen sind siebzehn Tage vergangen. Zwischen Järvinens Tod und Jeremias' Verschwinden liegt genau eine Woche.«

»Seit dem Leichenfund ist schon eine gewisse Zeit verstrichen, und die Polizei ist dem Täter noch nicht auf die Spur gekommen. Es ist möglich, dass das Selbstvertrauen des Täters dadurch wächst. Es könnte sein, dass er mehr Risiken eingeht, mutiger wird.«

»Macht der Täter so lange weiter, bis er gestoppt wird?«, fragt Jan.

»Wir wissen nicht, wie er tickt. Ist ihm die Tragweite seiner Taten bewusst? Hofft er, dass er geschnappt wird, dass wir ihn vor sich selbst retten? Ich kann momentan nur Hypothesen aufstellen und auch die nur auf einer sehr dürftigen Basis.«

»Auch reine Hypothesen bringen uns möglicherweise schon weiter. Wir wissen gelinde gesagt nichts über den Täter«, sagt Jan.

»Es ist denkbar, dass hier irgendeine Art von Opfer dargebracht wurde, an den Wald oder die Natur, oder Järvinen hat sich selbst dem Mörder geopfert. Dahinter könnte der Wunsch des Täters stecken, das Opfer für immer an sich zu binden«, überlegt Kaj weiter.

Nachdenklich setzen sich die beiden Männer hin.

»Können wir noch die Verdächtigen durchgehen?«, fragt Kaj und bricht damit die Stille, die überraschend lange angedauert hat.

Jan steht auf, um der Bitte zu folgen.

»Roy Kuusisto ist ein Exzentriker, der sowohl mit Jeremias als auch Johannes etwas zu tun hatte. Ihr gemeinsamer Freund Abdi hat ein Alibi, nicht nur für den Abend, an dem Johannes starb, sondern auch für den Zeitraum, in dem Jeremias verschwand. Auf Lammassaari wohnt eine Rentnerin namens Aila Savolainen, die sich zur Zeit seines Verschwindens auf der Insel aufhielt und kein Alibi hat. In einem unserer Ermittlungsansätze ziehen wir die Möglichkeit in Betracht, dass der Mord etwas mit Naturreligionen oder altem Volksglauben zu tun hat und eine Person dahintersteckt, die sich für diese Welt interessiert. Roy würde ins Bild passen. Es ist trotzdem komisch, dass der Täter einen Stiefelabdruck am Tatort hinterlassen und der Polizei praktisch den Rucksack des ermordeten jungen Mannes übergeben hat, aber ansonsten mit Sorgfalt vorgegangen ist.«

Kaj nickt, holt sich einen Stuhl und stellt ihn vor das Whiteboard.

»Ein weiterer Ermittlungsansatz betrifft das Privatleben der Männer. Bis jetzt haben wir noch niemanden gefunden, der Johannes oder Jeremias hätte schaden wollen, aber beide könnten zum Beispiel eine Freundin gehabt haben, von der wir noch nichts wissen«, fährt Jan fort. »Und dann ist da noch der Motorradclub namens Wolves MC. Ihre Verwicklung in den Fall ermitteln wir noch, aber eine Vergiftung mit Eibe passt nicht zu ihnen.«

»Das ist alles?«, fragt Kaj.

Jan nickt widerstrebend. »Das ist alles.« Er schließt die Augen und lässt Kaj die Informationen verdauen. Vor seinem inneren Auge ziehen Bretterpfade, Vogelbeobachtungstürme und die Häuserreihen von Arabianranta vorbei. Wie im Zeitraffer wiederholt er die Szenen und Ereignisse in seinem Kopf. Im Geiste folgt er dem Holzpfad, der mitten durch das Schilfrohr nach Lammassaari führt, und bleibt dort stehen.

»Sagtest du Wolves MC?«, fragt Kaj nach einer Weile nachdenklich. »Ich habe eine Klientin. Eine seltsame Angelegenheit, in jeder Hinsicht«, fügt er murmelnd hinzu.

Jan horcht auf.

»Ein Mitglied der Gang?«

»Nein, aber in deren Dunstkreis.«

Jan mustert Kaj eingehend. Es scheint, als ob das Thema ihn irgendwie in Verlegenheit bringe. Kaj weicht seinem Blick aus, und in Jan entsteht der Verdacht, dass sein Freund nur einen Teil der Geschichte erzählt. Möglich ist es, vielleicht will er seine Schweigepflicht nicht brechen. Ermittlungen wegen Mordes sind allerdings ein ausreichender Grund, um Patientendaten preiszugeben.

Als Kaj schließlich nach Hause geht, stellt Jan überrascht fest, wie spät es ist. So spät, dass auch Saana wahrscheinlich schon schläft. Er beschließt, es trotzdem zu versuchen, schwingt sich auf sein Fahrrad und fährt Richtung Vallila. Die vorbeirasenden Autos auf der Straße neben ihm geben ihm das Gefühl, sich wie in Zeitlupe zu bewegen. Der Nachthimmel ist dunkel, aber die

Straßenlaternen, die in regelmäßigen Abständen am Wegesrand stehen, beleuchten die Umgebung ausreichend. Jan war schon immer gern zu ungewöhnlichen Uhrzeiten unterwegs: entweder am frühen Morgen oder spät in der Nacht. Dann, wenn möglichst wenig Menschen draußen sind. Allein unterwegs zu sein gibt ihm ein Gefühl von Freiheit. Wenn um ihn herum jeglicher Lärm verschwindet, kann er freier atmen.

Er schaut auf sein Navi. Noch eine gute halbe Stunde und er wird hoffentlich bei Saana im Bett liegen.

AILA

Aila zündet die Öllampe an. Die warme Flamme erleuchtet jeden Winkel der Terrasse. Die leere Vase auf dem Tisch der Veranda schreit nach Blumen. Ab und zu holt sie sich bei dem gut gepflegten Blumenbeet der Asio-Stiftung ein paar. Aila legt sich ihren blauen Schal um und fragt sich, ob sie jetzt gleich einen Strauß pflücken soll. Roy wird es nicht merken. Er scheint die Blumen sich selbst zu überlassen, lässt sie kommen und verwelken, wie sie wollen.

Aila entschließt sich, die Lampe auf der Veranda brennen zu lassen. Bei ihrer Rückkehr wird es dunkel sein, dann ist es schöner, wenn sie ein bisschen Licht hat. Sie zieht ihre Strickjacke über und schließt die Tür. Im selben Moment hört sie irgendwo einen Knall. Was war das? Wie angewurzelt bleibt sie stehen und lauscht, aber das Geräusch wiederholt sich nicht. Sie reibt sich die Schläfen. War es nur in ihrem Kopf, oder kam es wirklich von außerhalb? Wenn man so viel mit sich allein ist, ist es manchmal schwierig, Wahrheit von Einbildung zu unterscheiden.

Sie vergewissert sich noch einmal, dass die Tür verschlossen ist und sie den Schlüssel dabeihat, dann geht sie zum Holzpfad von Kuusiluoto. Ich liebe diesen Ort, denkt sie und schaut in den Himmel. Ein paar Gänse fliegen durch die Abenddämmerung. Die Luft riecht nach Herbst. Die Dunkelheit der Abende und Nächte wird immer tiefer. In wenigen Wochen wird Aila das Sommerhaus winterfest machen, es verlassen und den holzbefeuerten Kamin gegen die Wärme der Stromheizung eintauschen.

Sie erreicht Kuusiluoto und will gerade in Richtung Holzhaus abbiegen, als sie irgendwo ein Knacken hört. Das Herz schlägt ihr bis zum Hals. Warum muss ich so überreagieren?, fragt sie sich und geht weiter. Sie kennt die Insel und würde den Weg sogar im Stockdunklen finden. Schon liegt das Blumenbeet vor ihr. Vor sich hin summend geht sie in die Hocke und begutachtet die Auswahl. Die größte Sommerpracht ist schon vorbei, aber es sind noch ein paar hübsche Dahlien da. Auch die Gräser sind schön. Aila wirft einen Blick auf das Haus – drinnen ist es dunkel. Sie hockt noch immer vor dem Blumenbeet hinter der Veranda, als auf einmal die Tür geöffnet wird und jemand die Treppe heruntergeeilt kommt. Ailas Neugier ist geweckt. Mühsam hievt sie sich hoch und macht ein paar schnelle Schritte auf das Haus zu, um besser sehen zu können. Wer da wohl zu Besuch war?

Eine Gestalt im langen Mantel entfernt sich rasch vom Haus in Richtung Wald. Aila weiß nicht, wieso, aber ihre Neugier setzt sie in Bewegung. Mit dem Blumenstrauß in der Hand folgt sie eilig der Gestalt, gerät aber sofort außer Atem. Sie sieht die Person gerade noch von hinten, ihren leicht im Wind flatternden Mantelsaum. Hatte Roy tatsächlich Besuch? Höchstens irgendeinen illegalen Schnapshändler, denkt Aila und lächelt in sich hinein. Trotzdem brennt sie darauf, zu sehen, wer es ist. Vielleicht jemand von Lammassaari, jemand, den sie kennt. Normalerweise scheint Roy keine Anziehungskraft auf andere Menschen auszuüben, im Gegenteil, die Leute wollen weg von ihm.

Die Gestalt nähert sich den Felsen. Es ist so spät, dass keine Spaziergänger mehr zu sehen sind. Erst jetzt kommt Aila in den Sinn, dass der Gast nicht unbedingt gute Absichten verfolgt haben könnte. Von außen betrachtet, lässt sich die Situation auch so interpretieren, dass er auf der Flucht ist. Aila beschließt, ihm nicht weiter hinterherzuspionieren, aber genau in dem Augenblick tritt sie auf einen dicken Ast und verliert das Gleichgewicht. Ein lautes Knacksen ist zu hören, und ihr entfährt ein Fluch. Die Blumen verteilen sich kreuz und quer auf dem Boden, und Aila liegt ächzend dazwischen. Sie fühlt sich wie ein unbeholfener Käfer, auf dem Rücken liegend und mit den Beinen zappelnd. Ein schrecklicher Gedanke schießt ihr durch den Kopf. Ob sie allein wieder hochkommt und es schafft, ihre abendlichen Medikamente einzunehmen? Dann bemerkt sie die Umrisse der mysteriösen Gestalt. Diese ist in einiger Entfernung stehen geblieben, hat sich umgedreht und späht zu ihr herüber. Aila stützt sich am Boden ab und holt tief Luft, bevor sie versucht aufzustehen. Roys Gast kommt auf sie zu. Sie weiß nicht, was sie tun soll. Ein unbehagliches Gefühl breitet sich in ihr aus. Kurz darauf erblickt sie jedoch ein freundliches Gesicht und ist überrascht, als dieser nette Mensch sie auch noch fragt, ob sie Hilfe braucht.

»Oh, vielen Dank!«, sagt Aila und greift nach der ausgestreckten Hand im Lederhandschuh.

»Ich hab's im Knie, darum bin ich hin und wieder etwas tollpatschig«, erklärt sie. »Auch mein Diabetes macht mir zu schaffen, ich habe schon befürchtet, dass ich hier festsitze«, hört sie sich plappern, sobald die Anspannung von ihr abgefallen ist.

»Sind Sie schon lange auf der Insel?«, fragt die Person, hilft Aila hoch und sammelt anschließend die auf dem Boden verteilten Dahlien ein. Die pinken Blumen zeichnen sich als einzelne Farbkleckse in der Abenddämmerung ab.

»Wo haben Sie denn so schöne Blumen gefunden?«
Aila lächelt und versucht abzuwägen, ob es sich wirklich um eine unverfängliche Frage handelt. Eine Erklärung hätte sie ja, aber sie will nicht auffliegen. Deswegen deutet sie nur grob in die Richtung des roten Hauses.

»Ich kann Sie ein Stück begleiten, dann sehen wir, wie gut Sie laufen können«, sagt die fremde Person, und Aila nimmt die Hilfe dankbar an.

Als sie sich beieinander unterhaken und unbeholfen Richtung Bretterpfad laufen, schämt Aila sich und muss innerlich über ihr ungutes Gefühl und die grundlose Angst lachen.

Dienstag, 10. September

SAANA

Saana schaut auf ihr Handy. Jan hat ihr ein Herz geschickt. Immerhin konnten sie eine kurze Nacht miteinander verbringen. Doch als sie am Morgen aufwachte, war er schon fort. Zurück blieben nur seine Kaffeetasse und seine vergessene Zahnbürste. Saana lächelt. Ob er die Zahnbürste vielleicht absichtlich bei ihr gelassen hat? Sie haben noch nicht über dieses Thema gesprochen. Bis jetzt haben sie beide immer brav ihre Sachen wieder mitgenommen und weder Gegenstände noch Kleidungsstücke beim anderen deponiert.

Nach der Arbeit fährt Saana mit Samuli zu ihm nach Hause. Heute wollen sie die Dateien aus Jeremias' eigenem Ordner vom Hochschulserver durchgehen. Sie kann es kaum erwarten, fragt sich unablässig, warum Jeremias die Sachen ausgerechnet auf dem Hochschulrechner gespeichert hat. Wollte er sie vor unerwünschten Blicken schützen? Ob er die Informationen schon mit irgendjemandem geteilt hat?

»Wir machen noch einen kurzen Abstecher zur Kita«, sagt Samuli plötzlich. »Ich habe vergessen zu erwähnen, dass meine Tochter heute zu mir kommt«, fügt er lächelnd hinzu.

Bei der Kita bleibt Saana in einigen Metern Entfernung stehen und sieht zu, wie Samuli den Riegel des Gartentors aufschiebt und den Innenhof betritt, der von Gelächter und freudigem Kreischen erfüllt ist. Kindertagesstätte, eine Stätte für den Tag, denkt Saana. Eigentlich ein schönes Wort. Immerhin besser als das Wort Kindergarten, bei dem sie an Kinder in Gehegen denken muss. Kurz darauf kommt Samuli mit einem fröhlich vor sich hin plaudernden Mädchen zurück zum Tor.

»Hallo, wer bist du?« Die Kleine mustert Saana neugierig.

»Saana. Und wie heißt du?«

»Venla.«

»Ich bin eine Arbeitskollegin von deinem Vater«, fügt Saana hinzu und überlegt, wie schwammig sich das für ein Kind anhören muss.

»Was gab es heute zum Mittag?«, fragt Samuli, und die Worte sprudeln fröhlich und in keiner sinnvollen Reihenfolge aus Venlas Mund.

Zu Hause angekommen, geht Samuli vom Flur direkt in die Küche, um das Abendessen vorzubereiten.

»Die Sachen können wir uns dann gleich anschauen«, ruft er Saana zu und verschwindet.

Verdattert bleibt Saana mit Venla im Flur zurück. Kurz darauf greift eine kleine, warme, klebrige Kinderhand nach ihrer.

»Komm«, sagt Venla und zieht Saana hinter sich her. Saana versucht, Blickkontakt zu Samuli herzustellen, aber der schneidet schon das Gemüse klein. Aus der Küche dringen Kochgeräusche, ab und zu wird der Wasserhahn aufgedreht, dann wieder hört man, wie das Messer durch ein hartes Stück Gemüse fährt und auf dem Holzschneidebrett aufkommt.

»Venla, du kannst Saana ja dein Zimmer zeigen«, ruft Samuli, nicht wissend, dass die beiden schon auf dem Weg dorthin sind.

Im pink gestrichenen Zimmer hängt ein Baldachin über dem Bett, wie bei einer Prinzessin.

»Bei Mama habe ich mehr Spielzeug, aber bei Papa hab ich das Prinzessinnenbett«, sagt Venla, vor Freude strahlend, als Saana, die neue, spannende Besucherin, ihr Zimmer erkundet.

»Ein tolles Bett. Wenn ich so eins gehabt hätte, als ich klein war, wäre ich überglücklich gewesen«, sagt Saana.

»Spielen wir Elsa und Anna? Ich bin Elsa«, ruft das Mädchen und sucht nach etwas. »Papaaa! Wo ist mein Elsa-Kleid?«, ruft sie, und Saana stellt fest, dass sie sich etwas unwohl fühlt. Wie geht man mit so kleinen Kindern um? Am liebsten säße sie schon mit Samuli im Wohnzimmer und würde Jeremias' Dateien durchgehen.

Samuli erscheint grinsend im Türrahmen und zieht dann das Kleid aus dem Schrank.

»Ihr seht beide total aus wie Elsa. Venla, du darfst dir eine Sendung im Fernsehen anschauen, Papa und Saana müssen arbeiten«, sagt er und bedeutet Saana, ihm ins Wohnzimmer zu folgen.

Saana schaltet ihren Laptop an und klickt die Ordner an, die Jeremias gespeichert hat.

»Ein tolles Mädchen«, sagt sie lächelnd, den Blick auf den Bildschirm gerichtet.

»Venla ist die Allercoolste«, meint Samuli, aber Saana hört schon nicht mehr richtig zu, bemerkt nicht einmal, dass er in die Küche zurückkehrt. Alle Geräusche rücken in den Hintergrund, als sie die Dateien im Ordner öffnet, darunter ein Foto der Abiturienten des Ressu-Gymnasiums und drei abfotografierte Zeitungsausschnitte, in denen über das Verschwinden von Kasper Hakala berichtet wird. Außerdem gibt es noch ein Textdokument mit einer Liste von Personen: *Kasper Hakala, große Schwester Jennica, bester Freund Tero,* dahinter eine Telefonnummer.

Auch Roy Kuusistos Name findet sich auf der Liste. Dahinter steht: »Asio-Stiftung, Patenonkel«. Saana saugt die Informationen in sich auf, auch wenn sie nicht alles begreift. Sie hat die Angaben schon einige Male durchgelesen, wird aber Samuli brauchen, um sie richtig zu interpretieren. Trotz seines Zusammenbruchs beim letzten Mal hat er sich bereit erklärt, sie sich anzusehen. Ob er als Jeremias' großer Bruder vielleicht etwas sieht, was Saana als Außenstehende nicht wahrnimmt?

»Essen«, ruft Samuli, der gerade hinter ihr aufgetaucht ist.

Saana dreht sich um und sieht ihn an. Er sieht gut aus, wie er da so locker im Türrahmen steht, die Haare von der Alltagshektik ein wenig verstrubbelt.

Schnell wendet sie sich wieder dem Computerbildschirm zu.

ZEHN WOCHEN
VOR DEM VERSCHWINDEN

»Das finnische Wort für Bär, *karhu,* ist ja eigentlich ein Euphemismus, der ursprünglich das Fell des Bären bezeichnete. Durch verschiedene Umschreibungen wollte man verhindern, das Raubtier herbeizurufen. Meister Petz, König des Waldes, der Braune, Honigpranke, Dämon des Waldes, Schrecken der Wildnis, Biest.«

Jeremias spürt, wie er eine Gänsehaut bekommt. Genau so etwas wollen sie dokumentieren und den Menschen vermitteln. Ein Schimmer des Vergangenen inmitten des Lärms der Gegenwart, in der die echten Dinge unter den belanglosen begraben werden. Jeremias richtet die Kamera einen Moment lang auf den Bärenschädel auf dem Tisch. Roy hat ihn bereits der Kamera präsentiert. Im Verhältnis zur Gesamtgröße dieses Tieres wirkt der Schädel eigenartig klein.

»Wenn man einen Bären erlegt hatte, wurde ihm zu Ehren ein großes Schlachtfest abgehalten. Wusstet ihr, dass der Gedenktag des heiligen Heinrich von Uppsala auf denselben Tag fällt wie der Tag des Bären? Der Übergang vom Paganismus zum Christentum ging schrittweise vonstatten. Es gab eine Zeit, in der man sowohl an christliche Heilige als auch an Wesen der

Naturreligion glaubte. Der Bär wurde als Gott und als Urahne angebetet.«

Jeremias' Verehrung gegenüber Roy wächst mit jedem Dreh. Der Mann ist eine unerschöpfliche Datenbank, eine Maschine, die in einer Tour interessante Fakten auswirft.

»Alles, was wir haben, wird schon seit Langem durch Sprache weitergetragen. Sprache ist alles. Sogar unser Nationaldichter Aleksis Kivi hat in seinen Texten aus Folklore, Anekdoten, Liedern und Glaubensvorstellungen geschöpft. Sagen werden von Mensch zu Mensch weitergegeben, aber erst durch begabte Erzähler springt der Funke über. Und immer, wenn eine Geschichte weitergegeben wird, wird sie in gewisser Weise lebendig«, sagt Roy und bringt mit den Füßen den Schaukelstuhl in Schwung.

Als der Dreh vorbei ist, ist Jeremias erleichtert. Zügig packen sie das Filmequipment zusammen. Er sieht zu Johannes hinüber, der gedankenversunken am Tisch sitzt und zufrieden in sich hineinlächelt. Er wacht erst auf, als Jeremias sagt, es sei Zeit zu gehen.

Die Veränderung hat im Juni begonnen, kurz nach Beginn der Semesterferien. Johannes kam immer wieder zu spät zum Dreh, und gleichzeitig war er ab und zu sogar gesprächig. Heute riecht er stark nach Aftershave. Der Geruch vermischt sich auf widerwärtige Weise mit dem Mief des Hauses. Als Jeremias draußen nach Roys üblem Gestank wieder die frische Sommerluft einatmet, hat er auf einmal eine Idee, was der Grund für den Wandel sein könnte. Die Unruhe, das Aftershave, die Zerstreutheit – kann es sein, dass Johannes sich verliebt hat?

Am Abend hat der leichte Regen, der den ganzen Tag über gefallen ist, endlich aufgehört, und der Wind hat einen Teil der Wolken weggeblasen. Jeremias springt über eine Pfütze. Die feuchte

Luft wirkt belebend, es scheint, als wäre die ganze Welt ein Stück wacher. Er ist es zumindest. Pfeifend betritt er sein Elternhaus. Im Flur empfängt ihn gedämpfte Jazzmusik. Er durchquert den Korridor, wirft einen Blick in den großen Spiegel im Foyer, fährt sich im Vorbeigehen durch die Haare und geht zur Hintertür. Auf der Schwelle bleibt er stehen und betrachtet den hübsch dekorierten Garten. Das Festzelt steht auf dem üblichen Platz, genau wie die Laternen.

»Es sieht schön aus, Mama«, sagt er und umarmt seine Mutter.

Lene lächelt, und Arm in Arm mischen sie sich unter die Gäste. Eine Zeit lang wird Jeremias sich in seine Rolle fügen, sich von seiner Mutter herumführen und vorzeigen lassen. »Unser Jeremias studiert jetzt Film«, erzählt sie, obwohl diese Nachricht schon zwei Jahre alt ist. Aber die Leute brauchen Wiederholungen. Wieder und wieder begeistern sie sich für dieselben Neuigkeiten, genau wie Hunde sich immer wieder freuen, wenn sie ihre Besitzer sehen. Jeremias kommt es vor, als würde das traditionelle Gartenfest seiner Eltern jedes Mal gleich ablaufen. Jedes Jahr leiern die Leute denselben Text aus demselben Drehbuch herunter.

Höflich lächelnd betritt Jeremias das Festzelt und nimmt sich eines der bereits vorbereiteten Gläser Weißwein. Das Grundstück reicht vom Garten hinter dem Haus über einen Hang bis hinunter zum Strand. Jeremias läuft zu seinem Lieblingsort, einer Mulde im Felsen, in der er schon als Kind herumkrabbelte und zu der er mittlerweile Zuflucht vor solchen gesellschaftlichen Verpflichtungen wie heute sucht.

Er geht weiter, über den vertrauten kleinen Felsen bis zum Steg. Der Wein schwappt über, aber es gibt ja Nachschub. Auf dem Steg angekommen, schließt er die Augen. Die Sonne wärmt sein Gesicht.

»Wusste ich's doch, dass ich dich hier finde«, sagt eine ihm bekannte Stimme.

Auch diese Szene kenne ich schon, denkt Jeremias. Er schirmt seine Augen mit der Hand ab und sieht zu, wie Samuli herunterkommt, sich neben ihn auf den Steg legt und in den Himmel blickt. Er bemerkt das glühende Ende eines kleinen Joints in Samulis Hand. Genussvoll inhaliert sein Bruder den Rauch. Kurz darauf reicht er ihn ihm. Jeremias sträubt sich zuerst.

»Nicht hier, falscher Ort.«

»Genau deswegen«, sagt Samuli lachend. »Die merken nichts, die interessieren sich nur für sich selbst, falls du's noch nicht bemerkt hast.«

Jeremias lächelt, greift nach dem schmalen Joint, nimmt einen tiefen Zug und behält den Rauch so lange wie möglich in der Lunge. Schließlich stößt er ihn in einer schmalen Linie wieder aus. Er fragt sich, wie sie wohl aussehen würden, wenn jetzt jemand ein Foto von ihnen machen würde. Sie könnten direkt aus irgendeinem Film stammen: *Die unsichtbaren Brüder*. Von der Mutter geliebt, aber in den Augen des Vaters nur eine Reihe an Enttäuschungen.

»Komm, wir holen dir was zu trinken«, sagt Samuli und steht auf. Er reicht Jeremias die Hand und wiederholt noch einmal: »Komm.«

Im Zelt schnappen sie sich eine Weinflasche vom Büfett und laufen dann um die Wette die Treppe hoch bis in Jeremias' altes Zimmer. Er verliert den Wettlauf, wie immer. In seinem Zimmer hängt noch immer das Filmplakat von *Der Pate*. Das war mir einmal wichtig, erinnert er sich. Samuli lümmelt auf dem Sofa, beide schweigen. Wir sind seelenverwandt, denkt Jeremias und lässt seinen Blick auf seinem Bruder ruhen. Aufgrund der Arbeit ihrer Eltern werden sie beide immer wieder zu drögen formellen Anlässen gezwungen. Jeden Sommer die gleiche Feier.

Erst am frühen Morgen gehen sie wieder hinunter in den Garten. Das Sommerfest ist vorbei, die Gäste sind schon lange fort. Zurück bleiben nur die etwas zerrupfte Dekoration, leere Gläser, umgefallene Flaschen.

Sitzung Nr. VI

Kaj schaut an der jungen Frau auf der Couch vorbei zur geschlossenen Tür. Durch das Fenster fällt ein heller Lichtstreifen darauf. Wenn die Sonne noch ein wenig wandert, wird sie auf das Gesicht der Frau treffen. Kaj steht auf und schließt die Jalousie.
»Worüber wollen Sie heute sprechen?«, fragt er, nachdem er wieder Platz genommen hat.
»Ich habe mich immer ein bisschen wie eine Außenseiterin gefühlt. Ich werde oft falsch verstanden«, sagt die Klientin.
»Gibt es Ausnahmen?«, fragt Kaj. »Erinnern Sie sich an Orte oder Situationen, in denen das Gefühl, ausgeschlossen zu sein, nicht so stark war?«
»Ich dachte, dass ich mich im Club endlich einmal zugehörig fühlen würde. Aber als ich das erste Mal tagsüber im Quartier war, war ich ziemlich schockiert. Das lag vor allem an den anderen Frauen dort. Manche von ihnen sahen ziemlich fertig aus. Nuttige Biker-Chicks in Lederklamotten. Am schlimmsten war es zu sehen, wie die Männer diese Frauen behandelten. Für die waren sie sozusagen gar nicht da, außer wenn sie mit heiserer Stimme über die Witze der Männer lachten oder wenn eine von ihnen für einen Quickie im Hinterzimmer herausgepickt oder

mit auf eine Spritztour genommen wurde. Ich glaube, Mikko hat das Entsetzen in meinen Augen gesehen. Er beschützte mich. Mikkos Position machte mir das Leben leichter. Wenn ich mich setzen wollte, machten alle Platz. Wenn ich etwas trinken wollte, musste ich nur meine Hand heben. Einmal rutschte mir heraus, dass ich mich daran gewöhnen könnte, und ich spürte, wie sich alle Augen auf mich richteten. Wenn der Akademiker mal kurz nicht da war, merkte ich sofort, wie die Stimmung umschlug, und mir wurde klar, dass ich nicht aus reiner Höflichkeit beschützt wurde. Wäre ich ohne den Akademiker im Club gewesen, wäre ich wahrscheinlich Freiwild gewesen.«

Kaj rutscht unruhig auf seinem Stuhl hin und her.

»Ich muss mich einfach vergewissern: Sie sind sich der Gefahr des Clubs doch bewusst, oder? Sie wissen, was über den Wolves MC in den Zeitungen stand?«

Die Frau sieht Kaj mit schief gelegtem Kopf an, so als ob diese Information keine Rolle spielen würde. Kaj stellt seine Kaffeetasse auf den Tisch. Ihm drängt sich der Gedanke auf, dass er, verglichen mit dieser jungen Frau, noch gar nicht richtig gelebt hat.

»Beim ersten Date fuhren wir nur herum. Das war irgendwie süß. Nach dem dritten Date hat er mich sogar extra um Erlaubnis gefragt, bevor er mich geküsst hat. Dabei wäre ich schon beim ersten Date dazu bereit gewesen.«

Sie lächelt, während sie spricht.

»Damals hatte ich ehrlich gesagt noch keine genaue Vorstellung davon, wie seine Welt aussieht. Er holte mich mit dem Motorrad immer direkt zu Hause ab und hatte einen Helm für mich dabei. ›Komm, Flöhchen, auf geht's‹, sagte er immer. Noch nie hatte mich jemand Flöhchen genannt.«

»Und wie ist Ihre Beziehung jetzt?«, fragt Kaj.

Die Frau wirkt nachdenklich.

»Alles begann mit kleinen Andeutungen und nahm dann schnell immer größere Ausmaße an. Ein bisschen wie ein umgefallenes Glas, bei dem sich das Wasser plötzlich über eine große Fläche verteilt. Zuerst fingen die Biker an, vor unserem Haus Wache zu schieben. Das fand ich sogar süß. Aber dann kam der erste Brief. Sie wollten, dass meine Mutter Einfluss auf einen Prozess nimmt, der vor dem Amtsgericht verhandelt wurde. Es war keine Drohung, denn nirgendwo stand, was passieren würde, wenn sie der Bitte nicht folgen würde. Sie ging damit zur Polizei, und die versprach, die Sache zu prüfen. Die Tatbestandsmerkmale einer Bedrohung waren nicht erfüllt, es war als Bitte formuliert. Mama war ziemlich ratlos. Ich fragte mich einzig und allein, ob der Akademiker dahintersteckte oder ob der Brief hinter seinem Rücken verschickt worden war. Hatte sich jemand über ihn hinweggesetzt? War der Mann, den ich liebte, zu so etwas fähig?«

Sie fängt an, ihr offenes Haar zu einem Pferdeschwanz zusammenzubinden.

»Für wie gleichberechtigt halten Sie Ihre Beziehung?«, fragt Kaj.

Die Frau fährt sich noch einmal durch die Haare, zieht ein Gummi von ihrem Handgelenk und wickelt es um den Zopf.

»Vielleicht bin ich am Ende ein bisschen der Underdog, keine Ahnung«, murmelt sie nachdenklich.

Kaj sieht sie an und überlegt, was er tun könnte, damit es eine erfolgreiche Sitzung wird, damit er das Gefühl bekommt, dass sie Fortschritte machen. Auf jeden Fall muss die junge Frau aufhören, Geschichten zu erzählen, und über ihre Gefühle sprechen.

»Der Club steht an allererster Stelle. Als wir uns kennenlernten, dachte ich noch, dass ich ihn ändern könnte. Wenn wir nur genug Spaß zusammen hätten, würde er den Club vielleicht verlassen.«

»Sie dachten, Sie könnten einen erwachsenen Mann komplett ändern?«, vergewissert sich Kaj.

Die Frau antwortet nicht.

»Der ganze Sommer ist ziemlich gleich abgelaufen: Mit dem Gruppentaxi von der VIP-Lounge im Restaurant zum Nachglühen ins Quartier. Am frühen Morgen wurde immer viel gekokst. Je öfter ich beim Nachglühen dabei war, desto deutlicher habe ich ein gewisses Muster erkannt. Nichts, was die Wolves einem anbieten, ist umsonst. Nicht einmal ein Lonkero aus dem Kühlschrank. An allem hängt ein unsichtbarer, unendlich langer Faden. In der Nacht, in der jemand das erste Mal im Quartier zu Gast ist, wird an ihm eine Schnur befestigt. Es wird immer mehr zugegeben, bis die Spule eines Tages leer ist. Ab da verändert sich alles. Zuerst straffen sie den Faden, dann holen sie ihren Fang geräuschlos immer weiter ein. Am Ende gehen die Wölfe als Sieger hervor. Ohne Ausnahme. Einmal war beim Nachglühen so ein Unternehmensleiter dabei, der meinen Rat wollte. Mit nassen Augen fragte er, wie er wieder vom Haken käme. Dachte, es sei okay, zuerst Zeug einzuwerfen und Sex mit Frauen anzunehmen, die dafür bezahlt werden, und dann angekrochen zu kommen und um Hilfe zu bitten.« Sie lacht. »Sie hätten sein Gesicht sehen sollen, als ihm klar wurde, dass auch ich nicht frei bin. Zu dem Zeitpunkt stand ich schon komplett in ihrer Gewalt. Und es könnte sein, dass ich an dem Abend ein kleines Veilchen am Auge hatte.«

JAN

»Was zur...«, brummt Jan. Einen Moment lang glaubt er, in der falschen Küche zu sein. Die billige, altersschwache Kaffeemaschine wurde durch ein Gerät ersetzt, das auf eigenen Füßen steht und fast größer ist als sein Kühlschrank zu Hause. Skeptisch schaut er sich um, nimmt sich dann eine Tasse aus dem Geschirrschrank und stellt sie in die Halterung des neuen Automaten. Auf dem Display wählt er einen Espresso und drückt den Startknopf. Zu seiner Überraschung fängt die Maschine tatsächlich an, Bohnen zu mahlen.

»Ach du Scheiße«, entfährt es ihm.

Mit dem Espresso in der Hand geht er zu Heidi und Saki. Von der Tasse steigt ein zarter Dampf auf. Der Automat hat sogar eine dünne Schicht Crema zustande gebracht.

»Habt ihr das gesehen?«, fragt er und befürchtet sofort, die eklige Plörre, die sie bis jetzt als Kaffee bezeichnet haben, eines Tages noch zu vermissen.

»Haben wir«, erwidern seine Kollegen, die seine Reaktion für übertrieben zu halten scheinen.

Jan tritt ans Fenster und öffnet die Jalousie einen Spaltbreit. Auf dem hässlichen Parkplatz ist nicht wirklich etwas zu sehen.

Zum Glück vibriert in dem Moment das Handy in seiner Hosentasche.

»Jan Leino«, meldet er sich.

Was ihm im nächsten Moment mitgeteilt wird, ist die Bestätigung, auf die er bereits gewartet hat. Er spürt, wie sein Puls steigt und das Blut in seinen Ohren zu rauschen beginnt.

»Wir haben die Stiefel, die ihr uns gebracht habt, analysiert. Das Muster der Sohle stimmt mit dem Abdruck am Tatort überein, genau wie die Erde.«

Ein schriller Tinnitus drückt auf Jans Ohren, bis sie anfangen zu dröhnen. Roy muss festgenommen werden, sie haben keine andere Wahl. Er leert seine Kaffeetasse und macht sich auf den Weg zum Büro der Chefin.

Jone sieht ihn neugierig an, als er den Raum betritt, so als ob sie versuchen würde, die Neuigkeiten schon im Vorfeld von seinem Gesicht abzulesen. Im Hintergrund läuft leise Musik von Radio Nostalgia. Jan schaut sich um. Jone hat das triste Büro mit fünf großen Zimmerpflanzen bestückt und Vorhänge an den Fenstern angebracht. So etwas hat Jan noch nie gesehen.

»Gemütlicher, oder?«, meint sie, als sie seinen erstaunten Blick bemerkt.

»Schieß los«, sagt sie dann, steht auf und kommt auf ihn zu.

»Wir nehmen Kuusisto fest. In seinem Haus wurden der Rucksack des Toten und jetzt auch die Stiefel gefunden, deren Sohle mit der Spur am Tatort übereinstimmt. Ich muss allerdings sagen, dass das Team in dieser Sache gespalten ist. Erst einmal wirkt der Mörder nicht so achtlos, dass er vergessen würde, die Stiefel zu verstecken. Zweitens, wenn Kuusisto hinter alldem steckt, ist er in Anbetracht der vermeintlichen Tat irgendwie zu ruhig, zu arglos.«

»Oder er hat nicht das Gefühl, dass er noch etwas zu verlieren hat«, sagt Jone.

Als Jan den Raum kurz darauf wieder verlässt, kommt es ihm vor, als hätte er einen botanischen Garten besucht. Nach dem vielen Grün wirkt der Rest des Hauses noch trister als zuvor. Ihm fällt seine eigene Zimmerpflanze zu Hause ein, die bereits ein besorgniserregendes Gelb angenommen hat. Alles um mich herum stirbt, denkt er noch, bevor er sich wieder auf den Einsatz konzentriert. Die Streife wird in ein paar Minuten auf Kuusiluoto sein, auch das Boot ist wahrscheinlich schon unterwegs. Gleich wird sein Handy klingeln, und er wird die Bestätigung der Festnahme erhalten. Unruhig geht er in die Küche und lässt sich vom Automaten noch einmal eine Handvoll Kaffeebohnen mahlen und in einen Shot pressen, der ihn die ganze Nacht wach halten wird, wenn nötig.

Jan stellt sich wieder ans Fenster und starrt auf den Parkplatz, während er über Roy Kuusisto nachdenkt. Der gesetzlose Einsiedler. Der Mann, bei dem das Handy des toten jungen Mannes gefunden wurde.

Der Anruf kommt schneller als erwartet.

»Habt ihr ihn?«, fragt Jan sofort.

»Ja, haben wir, aber anders als geplant«, informiert ihn der Kollege aus Kuusiluoto.

Jan richtet sich auf.

»Wir waren zu spät. Der Kerl ist tot wie Stein.«

Auf dem Weg von Lammassaari nach Kuusiluoto wirkt die Wand aus Schilfgras noch höher als auf dem Weg vom Festland nach Lammassaari. Heidi läuft vorneweg, Jan folgt in einigen Metern Abstand. Es ist ein klarer Herbsttag. Das hellste Grün ist vergangen, und die vertrockneten Halme verleihen der Landschaft eine erdigere Farbe. Bald werden sämtliche Brauntöne vertreten sein. In der Herbstsonne vereinen sich Rot, Gelb und Orange. In dieser Zeit des Jahres ist jeder sonnige Tag ein Gewinn, eine Möglichkeit, Licht für die dunklen Monate zu tanken. Licht ist das Gegenteil von all dem, womit sie ihre Zeit verbringen.

Während Jan zu den hohen Schilfgräsern aufschaut, muss er an seinen Vater denken. Auf einmal erinnert er sich an die Ausflüge, die sie unternahmen, als er noch klein war. Die dick belegten Sandwiches, die sein Vater machte, die in der Sonne warm gewordene Limo. Das aufregende Gefühl, dass sie gemeinsam irgendwo weit weg waren. Vielleicht waren sie damals auch einmal hier. Das Gedächtnis ist erschreckend selektiv. Er betrachtet die wogenden Gräser. In den Augen eines Kindes ist dieser Weg hier sicherlich aufregend.

Umgeben von Natur wirkt Heidi irgendwie kleiner. Einsamer. Jan weiß nicht genau, was in ihrem Leben so los ist. Normalerweise macht sie gern mal Witze auf Kosten anderer, gibt dabei jedoch nur selten etwas über sich selbst preis.

Kurz darauf erblickt Jan das Gatter, das locker von einer Schnur zugehalten wird. Heidi reißt es auf. Schafen sind sie in der Nähe des Gatters noch nie begegnet, es ist wohl mehr ein symbolisches Hindernis. Die Tiere scheinen sich mit der Insel zufriedenzugeben. Womöglich schützt das Gatter sie ja auch vor etwas, was außerhalb der Insel lauert.

Das Polizeiboot hat in der Nähe angelegt, mehrere Polizisten sind bereits an Land gegangen. Jan beobachtet von der Seite, wie die Sanitäter mit leeren Händen aus dem Haus kommen. Als er die Stube betritt, wird ihm ganz anders. Roy Kuusisto liegt leblos auf dem Boden. Dunkles Blut ist von einer Schusswunde am Kopf auf den abgenutzten Bretterboden geflossen und hat dort eine Lache gebildet. Der rechte Arm liegt ausgestreckt da, und in der erschlafften Hand liegt eine Waffe. Jan hält sich die Nase zu und geht zu seinen Kollegen hinüber. Die Techniker bereiten alles für die Untersuchung des Ortes vor, die gleich beginnen soll. Ihnen werden weder Staubpartikel noch Spritzer entgehen, die durch den Schuss entstanden sind, und wenn sie noch so klein sind. Jan richtet den Blick wieder auf den am Boden liegenden Kuusisto und die klaffende Wunde an dessen Kopf.

»Der Schuss ist schon etwas her, kann jemand sagen, wie lange?«, fragt Heidi.

»Die Totenstarre hat bereits angefangen, sich wieder zu lösen, es sind deutlich weniger als vierundzwanzig Stunden vergangen«, bekommt sie zur Antwort.

»Ob jemand den Schuss gehört hat?«, überlegt Jan.

Ein Schuss. Eine kleine Kugel hat auf einen Schlag alles beendet.

Der Gestank im Raum beißt in der Nase. Jan lässt den Blick durchs Zimmer schweifen. Auf dem Tisch stehen eine offene Schnapsflasche und ein Glas, daneben liegt ein stumpfer Bleistift, den einer der forensischen Techniker gerade in eine Plastiktüte steckt.

»Sehen wir nach, ob es hier irgendwo eine Nachricht gibt«, sagt Jan mit erstickter Stimme und verfolgt, wie eine Technikerin Fotos mit Blitzlicht macht.

Warum gerade jetzt?, überlegt Jan, während er das Zimmer auf demselben Weg wieder verlässt, auf dem er gekommen ist, um möglichst wenige Spuren zu hinterlassen. Er muss einfach hier raus, um Luft zu schnappen und sich mit Heidi zu unterhalten. Sie folgt ihm schweigend.

Während sie in Richtung Strand gehen, bläst ihnen der Meereswind ins Gesicht.

»Kuusisto ist nicht der Typ, der aus dem Glas trinkt«, murmelt Heidi und wirft einen Blick zurück zum Haus. »Saufen Männer wie er ihren Fusel nicht direkt aus der Flasche?«

HEIDI

Die Ermittlungen sind wie ein sumpfiges Moor. Ein Morast, in den man im Laufe der Ermittlungen tiefer und tiefer einsinkt, wenn man ihn betritt. Bleibt man jedoch nur am Rand stehen, erfährt man nicht, was sich in den Tiefen verbirgt. Die Lösung findet sich immer dort, wo es besonders dunkel ist.

Heidi zieht sich Gummihandschuhe an und setzt sich zum Schutz von Mund und Nase eine Maske auf. Dann macht sie sich bereit. Vorsichtig beugt sie sich über die Leiche und untersucht die Hosentaschen und das schmutzige Jeanshemd. In der linken Brusttasche steckt ein zusammengefalteter Zettel. Ein Kollege reicht ihr eine Pinzette. Vorsichtig zieht sie das Stück Papier heraus, tritt von der Leiche zurück und öffnet es. Darauf steht in einfacher, krakeliger Handschrift: »ich war's. ich habe johannes umgebracht.«

»Sonst nichts?«, vergewissert sich Jan.

»Sonst nichts«, erwidert Heidi und starrt auf den Zettel in ihrer Hand. »Wissen wir, ob Roy Rechts- oder Linkshänder war?«

»Er könnte Linkshänder sein, versuchen wir, es herauszufinden«, antwortet Jan.

»Die Schrift ist etwas verschmiert, das deutet darauf hin, dass er beim Schreiben den Text mit der Hand verwischt hat«, konstatiert Heidi.

Sie schließt die Augen und reibt sich die Schläfen. Warum hat Roy die Nachricht geschrieben?

»Bevor wir hierhergekommen sind, hätte ich mich noch mit dem Gedanken anfreunden können, dass Roy schuldig ist«, stellt sie laut fest. »Aber jetzt, nachdem ich das hier gesehen habe, denke ich, dass etwas nicht stimmt. Jan, ich bin der festen Überzeugung, dass jemand die ganze Zeit versucht hat, Roy als den Schuldigen zu inszenieren. Aber warum ihn umbringen? Ist Roy ihm auf die Schliche gekommen, wusste er zu viel?«

»Gar keine schlechte Theorie«, sagt Jan. »Auch wenn nach wie vor alles darauf hindeutet, dass Roy der Mörder ist, den wir suchen.«

Sie haben das Haus bereits inspiziert, aber das reicht nicht. Die Spurensicherung muss noch den Schuppen im Garten durchforsten und auf der Insel nach Grabungsspuren suchen. Heidi muss an frühere Fälle denken, in denen der Täter versucht hat, sein Opfer loszuwerden, indem er die Leiche zerstückelt in einen Koffer gepackt, im Wald vergraben, in einem Brunnen versenkt oder ins Meer geworfen hat. Aber auf Lammassaari wurde nichts dergleichen gefunden, auch die Durchsuchung der Sommerhäuser hat zu keinem Ergebnis geführt. Keine Spur von Jeremias. In Finnland verschwinden jährlich Hunderte von Menschen, aber nur wenige bleiben dauerhaft vermisst. Wie schwierig es manchmal ist, die Notwendigkeit einer zeitnahen Suchaktion richtig einzuschätzen, denkt Heidi. Woher weiß man, wann es dringend ist?

Ein Kollege bietet ihr an, sie im Boot zum Festland mitzunehmen, aber Heidi lehnt ab. Sie geht lieber zu Fuß. Als sie endlich von Stille umgeben ist und allein über den Bohlenweg von Kuusiluoto nach Lammassaari geht, fühlen sich ihre Beine schwer an. Es kommt ihr vor, als trüge sie Steine auf dem Rücken. Das Gewicht drückt sie nieder, obwohl sich in Wahrheit nur eine Trinkflasche in ihrem Rucksack befindet. Was eigentlich auf ihr lastet, ist das Pflichtgefühl gegenüber den Ermordeten. Wenn sie die Mordopfer als das betrachtet, was sie sind – Menschen, die vor ihrer Zeit aus dem Leben gerissen wurden –, weiß sie, dass sie die Geschichte jedes einzelnen mit sich herumtragen wird. Am meisten quälen sie die ungelösten Fälle. Manche Menschen glauben, Opfer, die bei Unfällen oder Verbrechen ums Leben kamen, hingen am Ort des Geschehens fest, bis sie Frieden fänden. Würde Heidi an Geister glauben, würde sie sagen, sie arbeite als Dienstleisterin für Tote.

Von den Toten bekommt man jedoch in aller Regel keine Rückmeldung, zu Wort kommen nur die Lebenden. Wenn ein Arzt bei seiner Arbeit versagt, kann es sein, dass der Patient stirbt. Bei der Arbeit einer Ermittlerin ist der Tod sicher, aber wenn sie scheitert, lastet das ungelöste Schicksal für immer auf ihren Schultern. Plötzlich fühlt sich Heidi einsam. Wenn die Hektik der Arbeit von ihr abfällt und sie mit sich allein ist, bleibt eine eigenartige Leere zurück.

Auf einmal saust etwas über sie hinweg. Sie hat es nicht genau erkennen können, aber es war schneller als ein Vogel. Vielleicht eine Fledermaus? Kann das sein? Sie bleibt stehen, das muss sie googeln. Als sie fündig wird, lächelt sie. Auf Lammassaari gibt es einen großen Fledermausbestand. Laut Internet fühlen sich in diesem Gebiet unter anderem die Nordfledermaus, die Wasserfledermaus, die Kleine Bartfledermaus und das Braune Langohr wohl. Und jetzt auch ich, die verzweifeltste Nachtschwärmerin Helsinkis, denkt Heidi und lacht, während sie nach oben schaut.

Es gibt Tage, an denen der Himmel wie eine riesige Kuppel

aussieht, die sich wie ein Bogen über alles spannt, und dann wieder gibt es Tage, an denen man die Größe der Welt nicht sehen kann. Heute kommt es Heidi vor, als wäre alles eine einzige graue Masse und der Himmel würde ihr bleischwer in die Arme fließen.

Mittwoch, 11. September

SAANA

Saana steht vor der Zentralbibliothek Oodi und sieht sich um. Eine heftige Böe fegt über den Betonplatz, auf dem sich ein paar Skater an ausgefallenen Figuren üben. An den Wänden des Gewerbegebäudes Sanomatalo und des Konzerthauses Musiikkitalo hängen riesige Werbeflächen, die ihren Inhalt in einem ständigen Loop wiederholen. Gleich wird sie Jeremias' beste Freundin Tuuli treffen, aber sie weiß nicht, wie diese aussieht. Saana nimmt die Sonnenbrille ab – die Sonne ist schon vor einer Weile hinter imposanten grauen Wolkenmassen verschwunden – und sieht hoch zur berühmten gläsernen Ecke der Bibliothek, die in kürzester Zeit zu einem Instagram-Spot geworden ist, an dem sich viele fotografieren lassen wollen. Von außen sieht die Ecke aus wie ein scharfkantiger Schiffsbug.

Kurz darauf nimmt Saana im Augenwinkel eine Bewegung wahr. Eine zierliche junge Frau mit kurzen blonden Haaren, deren Blick genauso fragend ist wie ihr eigener wahrscheinlich, kommt direkt auf sie zu. Das muss Tuuli sein. Lächelnd hebt Saana die Hand zum Gruß.

»Du bist eine gute Freundin von Jeremias, oder?«, fragt sie, als sie gemeinsam loslaufen, ohne vorher ein Ziel vereinbart zu haben.

Tuuli nickt und kramt einen Kaugummi aus ihrer Jackentasche.

»Wie ich am Telefon schon gesagt habe, helfe ich Samuli, seinen Bruder zu finden.«

»Und du machst einen Podcast darüber«, sagt Tuuli.

Saana nickt.

»Ich wollte mich mit dir treffen, weil ich es so verstanden habe, dass Jeremias und du euch nahestandet.«

»Ja, auf dem Gymnasium sind wir gute Freunde geworden. Wir waren sozusagen Künstlerseelen auf einer Eliteschule«, sagt Tuuli und lacht. »Wir passten nicht richtig in eine der Cliquen.«

»Verstehe«, sagt Saana. »Ich wollte dich treffen, weil die beste Freundin normalerweise am meisten weiß.«

Tuuli sieht sie an, verengt die Augen und wartet auf eine Fortsetzung.

»Ja?«

»Also, was hat Jeremias aus seinem Leben erzählt? Was für ein Mensch ist er?« Saana bemüht sich, über Jeremias im Präsens zu sprechen.

»Jeremias ist toll. Lieb und fürsorglich. Außerdem ist er so ein Von-Null-auf-Hundert-Typ, entweder macht er etwas mit vollem Einsatz oder gar nicht. Oft sogar mit zu viel Einsatz«, erzählt Tuuli und macht eine dünne Kaugummiblase, die sich im Wind bewegt. Zum Glück sind Tuulis Haare so kurz, dass sie nicht am Kaugummi kleben bleiben können, denkt Saana.

»Worum, denkst du, geht es bei der ganzen Sache?«, fragt sie und sieht Tuuli durchdringend an. Diese starrt auf ihre Schuhspitzen und schweigt.

»Es könnte um Leben und Tod gehen, jetzt ist nicht die Zeit für Geheimnisse. Fällt dir irgendetwas ein, was uns weiterhelfen könnte?«

Am Strand der Töölö-Bucht bleiben sie stehen. Von einem Stand-up-Paddling-Verleih dringt Reggaemusik herüber.

»In der zweiten Schulwoche, also genau vor seinem Verschwinden, erwähnte Jeremias, dass er etwas Wichtiges verstanden habe. Einen *Zusammenhang*, dieses Wort verwendete er, ›ich begreife den Zusammenhang der Dinge‹, sagte er, aber genauer hat er es nicht erklärt.« Tuuli blickt Saana mit ihren leuchtend grünen Augen an.

»Vor seinem eigenen Verschwinden hat er sich offenbar mit dem Verschwinden einer Person namens Kasper Hakala beschäftigt. Könnte das damit zu tun haben?«, fragt Saana.

»Vielleicht«, antwortet Tuuli. »Ich erinnere mich noch an die Sache mit Kasper, das war wirklich eine traurige Geschichte. Die ganze Schule ist damals in Schweigen verfallen. Keiner konnte glauben, was passiert war. Ich weiß, dass Jeremias sich jetzt im Frühjahr plötzlich wieder für den Fall interessiert hat.«

»Weißt du, warum, nach all den Jahren? Könnte es sein, dass er etwas Neues herausgefunden hat?«

Tuuli zuckt mit den Schultern.

»Jeremias und Kasper waren nicht befreundet. Eher im Gegenteil. Kasper gehörte zu einer Clique, die andere gern ärgerte. Auch Jere hatten sie ab und zu auf dem Kieker.«

»Welche Freunde hatte Kasper denn?«

»So einige. Besonders erinnere ich mich an einen Typen namens Tero.«

Vor ihrem inneren Auge sieht Saana den Namen in Jeremias' Textdokument. Mit ihm muss sie unbedingt Kontakt aufnehmen.

»Ich weiß noch, dass Kasper damals den ganzen Sommer über gesucht wurde. An dem Abend seines Verschwindens hatten wir im *Katajanokan Kasino* unsere Abifeier. Alle waren ziemlich betrunken, die Polizei hat wahrscheinlich ziemlich wirre

Augenzeugenberichte bekommen. Gegen eins wurde Kasper noch auf der Party gesehen, aber niemand weiß, was danach passiert ist.«

In der Ferne gleitet ein Schwanenpaar vorbei. Tuuli hebt einen kleinen Zweig auf, nestelt daran herum und wirft kleine Stücke davon ins Wasser. Saana denkt über den vom Meer umgebenen Stadtteil Katajanokka nach. Ob Kasper ins Wasser gefallen und ertrunken ist?

Sie bedankt sich bei Tuuli, verabschiedet sich und beschließt, zu Fuß nach Hause zu gehen. Als sie die Holzvilla im Linnunlaulu-Park auf der anderen Seite der Bucht sieht, muss sie an ihre Tante Inkeri denken. Ihr schönes Haus und die Idylle, in der Saana den ganzen Sommer verbringen durfte. Inkeri war immer ein Teil von ihrem Leben, aber auf ihre eigene Art und Weise. Sie hat ihr immer Karten zum Namenstag geschickt und sie nach Hartola eingeladen, aber viel zu oft hatte Saana keine Zeit. Erst der Sommer in Hartola hat sie beide wieder näher zusammengebracht. Spontan ruft Saana ihre Tante an.

»Wie geht's, meine kleine Detektivin?« Inkeris Stimme verströmt eine Wärme, die sie unweigerlich zum Lächeln bringt.

»Ja, ganz gut«, sagt sie, verlangsamt ihr Tempo und bleibt bei der Brücke, die über die Gleise führt, stehen. Die vorbeifahrenden Züge machen viel Lärm. Das Schilfgras, das die Töölö-Bucht umgibt, lässt sie augenblicklich an Lammassaari denken.

»Ich habe mich dazu entschlossen, einen verschwundenen jungen Mann zu suchen«, gesteht sie.

»Das überrascht mich überhaupt nicht«, sagt Inkeri.

»Niemand hat Jeremias gesehen. Die Ermittlungen treten auf der Stelle.«

Am anderen Ende der Leitung ist es still. Saana betrachtet das Wasser und die vorbeigleitenden Enten.

»Früher arbeitete die Polizei in solchen Fällen mit Hinweisen von Wahrsagern und Träumern«, sagt Inkeri mit einem mystischen Klang in der Stimme.

Saana muss an den Sommer und die Dinge, die ihre Tante ihr erzählte, zurückdenken. Dass sie sich für Schamanismus interessierte, Nächte im Moor verbracht hatte. Inkeris Denkweise hat noch nie in eine Schublade gepasst. Saana geht den steilen Weg zum Linnunlaulu-Park hinauf und erzählt ihrer Tante, was über Jeremias' Verschwinden bekannt ist.

»Vielleicht ist nicht alles, wie es scheint«, stellt Inkeri nach einer kleinen Pause fest. »Wenn du die Antwort nicht kennst, kannst du dich ja darauf beschränken, nur Fragen zu stellen. Die Dinge lösen sich meistens irgendwie von selbst, denk daran.«

»Mhm«, brummt Saana und dreht sich zur Brücke um.

»Du bist nicht für das Schicksal eines anderen Menschen verantwortlich, das will ich dir noch sagen. Es ist toll, dass du helfen willst, aber nimm nicht die ganze Suche auf deine Kappe. Überlass das der Polizei. Außerdem hört sich das mit dem Verschwundenen nach einer ernsten Angelegenheit an. Es ist etwas ganz anderes, einen aktuellen Vermisstenfall zu recherchieren, als sich mit einem alten Todesfall zu beschäftigen, der Jahrzehnte zurückliegt, wie du es im Sommer getan hast. Bist du dir sicher, dass alles, was du machst, auch absolut ungefährlich ist?«

Saana zögert. »Ich kann schon auf mich aufpassen«, sagt sie dann, und bald darauf beenden sie das Gespräch.

Doch Inkeris Frage lässt ihr auch danach keine Ruhe. Wo wohl die Grenze verläuft? Die Grenze, ab der sie zu weit geht. Jetzt, da sie mit der Suche begonnen hat, kommt es ihr so vor, als gäbe es kein Zurück mehr. Wenn sie jetzt aufhört, würde es sich anfühlen, als gäbe sie auf. Trotzdem hat Inkeri recht. Sie kann nicht von sich selbst verlangen, den ganzen Fall zu lösen. Die Lindensamen platzen unter ihren Sneakern, während sie ihre Schritte beschleunigt.

Das Wetter schlägt um. Ein paar Tropfen fallen vom Himmel, im Licht der Straßenlaternen sehen sie aus wie herabsausende Lichtfäden. Sobald der Körper vom schnellen Gehen warm ist, kühlt einen der Wind nicht mehr so aus. Aneinandergereihte Gartenlampen verleihen auch dem tristesten Häuservorsprung, der sich Terrasse schimpft, eine heimelige Atmosphäre. An den ersten Herbstabenden, wenn die sanfte Dunkelheit sich über die Stadt herabsenkt, hat man plötzlich widersprüchliche Impulse. Einerseits will man draußen auf der Terrasse sitzen, andererseits seine Herbstklamotten aus dem Schrank holen.

Zu Hause angekommen, stellt Saana ihre Schuhe unter die Garderobe, geht ins Wohnzimmer und lässt sich verschwitzt aufs Sofa fallen. Sie fühlt sich komisch. Während sie sich rekelt, stellt sie fest, dass sie doch nicht so kaputt ist, wie sie dachte. Das Laufen hat sie erfrischt.

Unter der Dusche denkt sie wieder über das Gespräch mit Inkeri nach. Auf eine Art und Weise war es ermutigend. Bestimmt wird der Fall noch gelöst werden. Bis jetzt hat Saana ausschließlich Informationen über den Weg, den Jeremias genommen hat, und seinen Bekanntenkreis gesammelt. An den möglichen Schuldigen hat sie bisher keinen Gedanken verschwendet. Das liegt daran, dass sie tief in ihrem Inneren davon ausgegangen ist, dass Jeremias sich nur verlaufen hat. Aber mittlerweile sagt ihr Bauchgefühl etwas ganz anderes. Jeremias hat sich verirrt, das schon, aber nicht in der Natur, sondern auf einer viel höheren Ebene, die Saana noch nicht sieht.

Sie wickelt sich einen Handtuchturban um den Kopf und zieht ihren Pyjama an. Zeit, tiefer in Jeremias' Gedankenwelt einzutauchen. Was verheimlichst du? Sie fängt an, ihr gesammeltes Material durchzugehen. Das Foto von Jeremias, die Karte von Lammassaari und ein Schilfgras, das sie von der Insel mitgenommen hat. Den Artikel über Kasper Hakalas Verschwinden.

Ein Standbild aus dem Videomaterial für die Dokumentation, die mysteriöse Gestalt. Saana holt ihr Notizbuch hervor.

Ein unbekanntes Übel, das in der Dunkelheit lauert, verursacht die schlimmste Form der Angst. Wenn die Gefahr sich versteckt hält, weiß niemand genau, wovor er Angst haben muss. Die Fantasie geht mit einem durch. Es könnte jeder gewesen sein. Wenn aber die Bruchstücke all der Düsternis einzeln ins Licht gehalten werden, nimmt die übermächtige Bedrohung der Dunkelheit ab.

Saana hält inne. Schon nach kurzer Zeit hat sie den Eindruck, dass die Geschichte dabei ist, sich zu verändern. Eine Variable ist hinzugekommen, ein unbekannter Faktor. Ein unangenehmer Gedanke beschleicht sie. Es ist, als ob sie drauf und dran ist, etwas in Gang zu setzen, was das Ungeheuer aus seinem Versteck locken könnte.

NEUN WOCHEN
VOR DEM VERSCHWINDEN

Jeremias lacht Tuuli aus, die im Maschendrahtzaun hängen geblieben ist. Wie schon oft haben sie sich gegenseitig eine Mutprobe gestellt. Diesmal war es Tuulis Idee. Mitten in der Nacht haben sie ihre Schwimmsachen in die Rucksäcke gepackt und sind mit dem Fahrrad Richtung Kumpula gefahren. Von der Sommernacht beflügelt und nachdem sie sich gegenseitig angefeuert haben, sind sie über den Maschendrahtzaun geklettert, haben ihre Badesachen angezogen und sind heimlich in die glatte Wasseroberfläche eingetaucht. Unerlaubtes Nachtbaden, einfach perfekt, denkt Jeremias. Er lässt sich auf der Stelle treiben, sodass ihm das Wasser fast bis zur Nasenspitze reicht, und beobachtet das verlassene Freibad wie ein im Becken lauerndes Krokodil. Die warme Sommernachtsluft fühlt sich so weich an, dass man das Gefühl hat, sie wäre gar nicht da.

Genau danach hat er sich gesehnt, nach einer Abwechslung zum Filmdreh. Einem Abenteuer ohne Ziel, bei dem man Tränen lacht und mit dem Fahrrad dahin fährt, wohin es einen gerade verschlägt. Bei dem man Freunde trifft. Er schaut Tuuli zu, die gerade eine Arschbombe vom Dreier macht. Sie ist für ihn ein Superlativ. Lustig, lustiger, Tuuli.

Später schwingen sie sich wieder auf ihre Räder und fahren zum Stadtteil Kallio. Jeremias speichert den Moment in seinem Kopf ab wie eine Kamera. Lautlos über den Nachthimmel fliegende Möwen, weggeworfene Burger-Verpackungen am Boden, Freundesgruppen mit Stofftaschen, eine schwankende Gestalt mit einem Stetson auf dem Kopf. Gesprächsfetzen und Geschrei, das von den Terrassen der Bars herübergetragen wird. Eine leere Dose, vom Wind quer über den Asphalt getrieben. Jeremias trinkt lieber irgendwo abseits ein Bier aus dem Supermarkt statt ein teures in einer Bar inmitten von Menschen, aber die Leute auf den Terrassen erzeugen eine angenehme Art von Trubel. Das Gefühl eines ausgelassenen Abends, an dem alles Mögliche passieren kann. Der Zigarettengeruch, der von den Tischen herüberzieht, erinnert ihn an Sommerfestivals und die Wochenenden, die er in der Oberstufe auf Hauspartys verbrachte, bei denen der Qualm mit der Kleidung und dem Atem der Raucher von draußen hereingetragen wurde. Das Beste an den Partys war das Lachen, ein von Schlafmangel zeugendes Glucksen, und vor allem die verkaterten schlechten Witze am nächsten Tag. Manchmal tut die mit dem Hangover einhergehende Empfindsamkeit sogar gut, so war er oft am kreativsten.

Er und Tuuli verabschieden sich voneinander und fahren in verschiedene Richtungen davon. Jeremias' Haare sind schon wieder ganz trocken. Beim Anblick eines entgegenkommenden Pärchens verspürt er plötzlich eine unbestimmte Sehnsucht. Sehnt er sich danach, verliebt zu sein? Nach Verknalltheit, Sex, irgendetwas in der Art? Er schämt sich, wenn er daran denkt, wie ruhig es in seinem Liebesleben bisher war. Die größte Schwierigkeit ist für ihn, dass er immer nur als Bruder gesehen wird und die Mädchen ihm schnell ein freundschaftliches Vertrauen entgegenbringen. Du bist ein toller Typ – aber als Kumpel. Ich stelle keine Gefahr dar, denkt Jeremias. Von mir gehen ausschließlich Kumpelvibes aus. Vielleicht würde er nie eine Freundin finden.

Er denkt an Tuuli, die bereits verkündet hat, dass sie sich alles offenhalten will, jetzt und für immer. Sie will sich in ihrem Leben nicht nur an einen einzigen Menschen binden und versucht nicht einmal, sich in die engen Schubladen zu zwängen, welche die Gesellschaft ihr vorgibt. Tuuli ist einfach Tuuli. Auch Jeremias hat sich bemüht, offen zu bleiben und sich alles zu erlauben, aber diese radikale Offenheit hat dazu geführt, dass er bis jetzt noch nie jemanden hatte. Von allen Leuten, die er kennt, ist er selbst der konservativste. Seine Eltern würden lachen, wenn sie wüssten, wie es unter der Schale des Bohemian-Filmstudenten wirklich aussieht. Wäre er dem Wunsch seines Vaters gefolgt und hätte Jura studiert, hätte er in seiner Studienzeit wahrscheinlich mehr rebelliert als jetzt, da er das Fach gewählt hat, das ihn immer schon am meisten interessiert hat, und er seinen großen Traum verfolgt. Er saugt noch einmal die Sommernacht in sich auf und verspürt eine überbordende, unbeschreibliche Freiheit, das Gefühl, dass die Möglichkeiten grenzenlos sind. Trotzdem wird er seine Chance auch heute ungenutzt lassen, sich noch irgendwo ein Falafel-Pita holen und nach dem Essen möglichst schnell unter die Decke schlüpfen. Allein.

Auf der Treppe grüßt er seinen Nachbarn. Nach außen muss das nach einer aufgeschlossenen Geste wirken, freundlich und mutig, aber innerlich plagen ihn Angst und Nervosität. Wenn es nach ihm ginge, würde er mitten in der Nacht keine Nachbarn grüßen, aber er will keinen feindseligen Eindruck machen. Das würde nicht mit dem Bild zusammenpassen, das er selbst von sich hat: das des kreativen und netten Filmstudenten. Wenn er eines Tages ein preisgekrönter Regisseur sein wird, werden sich die Leute an die Zeit zurückerinnern, in der sie ihn kannten, und er will, dass sie ihn als möglichst sympathisch im Gedächtnis behalten. Diese Erinnerungen werden jetzt geschaffen.

Zu Hause verschlingt er das Pitabrot und spürt, wie die Soße ihm auf die Hand tropft. Irgendwo in seinem Unterbewusstsein geistert der Gedanke herum, wie er mit Roy am besten über Kaspers Schicksal sprechen soll. Er hat herausgefunden, dass Roy, Kaspers Pate, in den ersten beiden Jahren nach Kaspers Verschwinden beim Freiwilligen Rettungsdienst war und aktiv an der Suche teilnahm. Roy hat anscheinend auch dann noch alles getan, um Kasper zu finden, als sogar dessen Eltern schon aufgegeben hatten.

Bei den Dreharbeiten hat Jeremias Roy beobachtet. Er wollte sichergehen, dass sie auf einer Linie sind. Irgendetwas an Roy hat ihn in dem Gefühl bestätigt, dass der Mann ehrlich ist. Aber gleichzeitig verspürt er Angst. Trotzdem will er mit Roy über das Material sprechen, das er gesammelt hat, ihm ein paar Fragen stellen. Herausfinden, ob sie gemeinsam auf etwas stoßen würden, was dabei helfen könnte, Kaspers Schicksal aufzuklären.

SAANA

Es klopft an der Tür. Saana schreckt aus ihren Gedanken hoch. Sie wirft einen Blick auf ihr Handy, das die ganze Zeit auf lautlos gestellt war. Auf dem Display ist eine ganze Liste entgangener Anrufe zu sehen, alle von Jan. Jemand öffnet den Briefschlitz in ihrer Tür.

»Hallo, bist du daheim? Warum gehst du nicht ans Telefon?«

Als sie Jans Stimme erkennt, springt sie vor Freude auf und flitzt zur Tür. Jan wirft sie direkt im Flur über seine Schulter wie seine Beute und trägt sie ins Wohnzimmer. Er duftet nach Nachtluft.

»Weißt du noch, als wir das erste Mal telefoniert haben?«, fragt Saana lächelnd, als sie wenig später nackt nebeneinander im Bett liegen. Durch das leicht geöffnete Fenster dringt gedämpfter Verkehrslärm herein. Jan streift sanft Saanas Wange und streicht ihr eine verirrte Haarsträhne hinter das Ohr. Es ist schon ziemlich spät, aber die wunderbare Zeit, die sie miteinander hatten, wird den Schlafmangel wieder wettmachen.

»Nicht wirklich«, sagt Jan und beugt sich vor, um Saanas Brüste zu küssen. »Aber an alles andere erinnere ich mich gut.«

»Au!« Saana lacht auf, als er an ihrer Brustwarze knabbert.

»Also ich weiß es noch. Ich war bei unseren ersten Telefonaten ziemlich nervös«, gesteht sie.

»Du?«, fragt Jan überrascht. Dann macht er weiter, wo er aufgehört hat, und küsst ihren Bauch.

»Ja, ich«, sagt Saana, während Jan noch weiter an ihrem Körper herunterwandert.

Eigentlich wollte sie ihn fragen, wie es ihm geht, ob alles in Ordnung ist, weil sie sich in letzter Zeit so selten gesehen haben. Woher zum Teufel nimmt er nur die Energie? So viele Stunden Arbeit, so wenig Schlaf. Ob er die Ermittlungen im Mordfall Altstadtbucht leitet? Auch das wollte sie ihn fragen, aber jetzt hat er ihre Aufmerksamkeit ganz hinterlistig auf etwas anderes gelenkt.

Genussvoll stöhnt Saana auf und vergisst für einen Moment alle Fragen.

Donnerstag, 12. September

SAANA

Am nächsten Morgen stehen sie im Flur und sehen einander verliebt an. Als ob ihnen erst jetzt wieder eingefallen wäre, dass der jeweils andere existiert, dass es in ihrem Leben jemand Wunderbaren gibt. Saana sucht nach ihren Schlüsseln.
»Ich habe keinen Schimmer, wo ich die hingetan habe«, murmelt sie. »Gerade waren sie noch hier.«
»Sind sie in deiner Tasche? Oder in deiner Jackentasche?«, schlägt Jan vor und lehnt sich an die Wand.
»Du bist doch hier der Detektiv«, schnaubt Saana, kann jedoch ihr Lächeln nicht verbergen.
»Wo hast du sie zuletzt gesehen?«
»Als ich gestern aus der Arbeit kam und ... Ach ja.« Sie geht in die Küche. »Dann habe ich sie in die Stofftasche hier gesteckt, in der ein Teil meiner Essenseinkäufe war«, ruft sie und kommt zurück in den Flur.
»Ich kapiere nicht, warum du ständig deine Taschen wechselst«, sagt Jan verwundert und zieht Saana an sich.
»Ich richte es mir so ein, dass wir zusammen zu Mittag essen können, okay?«, schlägt er vor, bevor sie sich verabschieden und ihren jeweiligen Arbeitstag beginnen.

Restaurant *Hoku*, Einkaufszentrum Kamppi. Es ist, als ob es den stressigen Vormittag auf der Arbeit gar nicht gegeben hätte. Gemeinsam sitzen sie im Obergeschoss des Einkaufszentrums und beäugen hungrig die Gerichte, die an ihnen vorbeigetragen werden. Um sie herum ist das laute Stimmengewirr der geschäftigen Mittagszeit zu hören, und nun kommt auch ihre Bestellung. Saana hat ihr Lieblingsgericht auf dem Teller, *Salmon Teriyaki*.

»Wie läuft's?«, fragt Jan. Saanas Blick wandert zwischen ihm und ihrem Essen hin und her. Beides sieht zum Anbeißen gut aus.

»Schön, dich wiederzusehen«, sagt sie, hat aber gleichzeitig das Gefühl, die Leichtigkeit nur zu spielen. Dass sie sich tagsüber und unter Leuten treffen, ist eher die Ausnahme. Saana sieht zum Tisch am Fenster hinüber, an dem ein Pärchen sitzt und sich anschweigt. Ihre größte Angst ist es, eines Tages auch Teil eines solchen stillen Paares zu werden, das nur dasitzt und isst, ohne miteinander zu reden.

»Ist ja auch schon lange her«, sagt Jan grinsend.

Saana lächelt zurück. Wenn man verliebt ist, verliebt man sich auch in die Art und Weise, wie der andere einen wahrnimmt. Ein überwältigender Gedanke, dass es jemanden wie Jan gibt, der ihren Blick so verliebt erwidert. Saana weiß noch nicht genau, worauf ihre Gefühle für Jan basieren. Auf der körperlichen Anziehung oder auf einer Art seelischen Verbundenheit? Im besten Fall auf beidem. Aber haben sie wirklich schon eine tiefer gehende Verbindung gefunden, was die Kommunikation angeht?

»Danke, dass du das Restaurant vorgeschlagen hast«, sagt Jan, und Saana greift nach seiner Hand. Oje. Jetzt erst wird ihr klar, dass sie fast während des gesamten Essens einen inneren Monolog geführt hat.

»Ich habe bald Geburtstag, da könnten wir auch in irgendein schönes Restaurant gehen.«

»Geburtstag?«, wiederholt sie. Der erste gemeinsame Geburtstag ihres Freundes. Sie lächelt. »Klar überlegen wir uns was Schönes!«

»Ich muss los, aber ich komme nach der Spätschicht direkt zu dir, wenn es klappt«, sagt Jan und wischt sich den Mund an der Serviette ab.

»Super, ich überlege mir ein gutes Essen.«

»Denkst du auch mal einen Moment nicht ans Essen? Wir haben doch gerade gegessen.« Jan lacht.

»So bin ich eben, unersättlich«, erwidert Saana mit einem flirtenden Unterton und bemerkt zufrieden einen gewissen Schimmer in seinen Augen. Er ist eindeutig derselben Meinung.

Als Jan geht, beschließt Saana, im *Hoku* noch einen Kaffee zu trinken. Sie wirft einen Blick auf den Instagram-Account ihres *Spuren*-Podcasts. Er hat erst ein paar Hundert Follower. Die erste Folge hat sie bereits veröffentlicht, bald kommt die zweite. Sie will die Episoden nicht zu sehr perfektionieren, sondern den Content möglichst niedrigschwellig halten. Ihr ist klar, dass True Crime ein beliebtes Genre ist, aber das, was sie macht, betrachtet sie als etwas völlig anderes. Sie will nur einen Vermisstenfall lösen, damit der Verschwundene am Ende gefunden wird. Je mehr Hörer der Podcast hat, desto mehr Leute halten die Augen offen und beobachten ihre Umgebung etwas genauer.

Saana fällt ein, dass sie während des Studiums in einem Sozialpsychologiekurs etwas über den Fall von Kitty Genovese gelesen hat. Vor einem Hochhaus wurde eine junge Frau ermordet, und keiner der Bewohner griff ein, obwohl viele von ihnen die Schreie der Frau hörten. Alle gingen davon aus, dass jemand anders etwas tun würde. So einfach ist das also, das Versagen der sozialen Verantwortung, denkt Saana. Sobald noch andere vor Ort sind, hilft am Ende niemand, weil jeder annimmt, dass die anderen schon etwas unternehmen würden. Niemand der achtunddreißig Augenzeugen hatte Kitty geholfen. Ob man auch mitten in Helsinki vor aller Augen entführt oder umgebracht werden kann? Saana bemerkt, dass sie über den Podcast-Account eine Privatnachricht bekommen hat. Bisher hat ihr noch keiner der Hörer geschrieben. »Ich folge«, steht darin. Saana beschleicht ein seltsames Gefühl. Was soll das bedeuten? Die Nachricht stammt von einem Account namens @purpurea123, und als sie das Konto aufruft, sieht sie sofort, dass es keinen einzigen Follower hat. Es ist auf privat gestellt und folgt nur ihrem Podcast. Saana fühlt, wie ihr Herz einen Schlag aussetzt. Durch das große Fenster beobachtet sie das Gewimmel unten auf dem Narinkkatori, aber trotz der Menschen fühlt sie sich ganz allein. Sie spürt einen Kloß im Hals, und ihr Herz schlägt schneller. Wer ist der Absender, und warum diese merkwürdige Nachricht?

Auf dem Heimweg nach Kallio merkt sie, dass ihre Hände zittern. Selbst beim Fahrradfahren muss sie sich dauernd zu allen Seiten umsehen. Mitten am Tag, umgeben von Leuten, die mit ihren Hunden spazieren gehen, kommt ihr das eigene Unbehagen komisch vor. Als sie den Anstieg der Helsinginkatu erreicht, entscheidet sie sich, ihr Rad zu schieben. Sie hat ihr Handy bereits weggesteckt und versucht, sich etwas zu beruhigen, als ihr plötzlich ein Gedanke kommt.

Was, wenn sich das Blatt wendet und sie selbst zur Gesuchten wird? Was, wenn derjenige, der für das Verschwinden von Jeremias verantwortlich ist, den Podcast gehört hat und jetzt sie im Visier hat?

TEIL III

Sitzung Nr. VII

Kaj öffnet die glänzend weiße Holzspiegeltür zu seinem Arbeitszimmer. Sie stammt original aus den 1920ern, wie auch das Haus selbst. Er hängt seine Jacke an den Haken und stellt seine lederne Aktentasche auf den Bürostuhl. Dann geht er in die Küche, um sich eine Tasse Kaffee zu holen. Das Ankommen am Arbeitsplatz folgt einem gewissen Automatismus, einer routinierten Abfolge von Handlungen. Das Kaffeezubehör aus dem Schrank, das Pulver in die Filtertüte und das Wasser in den Wasserbehälter. Dabei ist wichtig: Das Wasser muss mit einer separaten Kanne in den Behälter gegeben werden, damit die Kaffeemaschine sauber bleibt. Während der Kaffee durchläuft, geht Kaj auf die kleine schmale Toilette, schnäuzt sich geräuschvoll und kehrt dann in die Küche zurück, um sich den Kaffee einzuschenken – zu früh. Er nimmt seit jeher gern Abkürzungen und ist so ungeduldig, dass er sich den Kaffee schon in die Tasse schenkt, während dieser noch in die Kanne tropft. Er macht es immer wieder, obwohl er dabei manchmal alles vollkleckert und obwohl er weiß, dass der Kaffee ein kleines bisschen schlechter schmeckt, wenn er nicht ordentlich durchgelaufen ist. Kaj gibt Milch in den Kaffee – normale Milch, er wird wahrscheinlich nie auf Hafermilch umsteigen können – und eilt zu seinem Schreibtisch. Summend, auch das tut er immer, schaltet er den Computer ein, lässt ihn in Ruhe hochfahren, dreht seinen Stuhl Richtung Fenster, wo sein Blick auch heute wieder auf den Ahorn trifft.

Am Nachmittag kommt die junge Frau.

»Wir haben Ihre Gefühle hinsichtlich Ihrer aktuellen Beziehung ja schon ein Stück weit angeschnitten«, beginnt er vorsichtig.

»Was, denken Sie, führt Sie zu einer solchen Beziehung? Fällt Ihnen zum Beispiel auf, dass Sie einem bestimmten Muster folgen, das sich immer wiederholt?«

Was für eine üble Sache, denkt er bei sich. Eine leicht beeinflussbare junge Frau und ein fünfzehn Jahre älterer, notorischer Gangster. Wenn der Mann eines Tages wütend auf sie ist oder einfach so beschließt, ihr etwas anzutun, egal was, würde die junge Frau die Situation nicht mit der gleichen kindlichen Gewitztheit bewältigen können, die sie vielleicht bisher immer an den Tag gelegt hat.

»Ich habe viele Bohemians getroffen, geheimnisvolle Jungs, die anfangs ein aufregendes Gefühl von Abenteuer ausgestrahlt und große Versprechen gemacht haben, mich aber letztendlich enttäuscht haben. Die Versprechen wurden nicht gehalten, und meine Gutgläubigkeit und meine Fügsamkeit wurden ausgenutzt. Sie können sicher verstehen, dass der Akademiker deshalb mein Interesse weckte. Er ist ein erwachsener Mann. Ich will Abenteuer und Sicherheit in einem.«

Kaj überlegt, welches Ziel er sich für diese Sitzung setzen sollte. Es kommt ihm vor, als wäre die junge Frau ihrer Situation gegenüber blind. Seine Klienten sehen oft nicht besonders klar. Die Krux ist: Es kommt nicht zu einer Veränderung, wenn der Therapeut ihnen direkt sagt, was zu tun ist. Man muss die Menschen sanft auf den Pfad der Erkenntnis führen.

»Das letzte Mal haben Sie einen blauen Fleck erwähnt, wollten Sie damit andeuten, dass Ihnen Gewalt widerfahren ist?« Kaj muss einfach nachhaken. »Schlägt er Sie?«, fragt er dann direkt und sieht die Frau an. Wartet.

»Das ist nur ein paarmal passiert, er meint es nicht so«, antwortet sie schnell, als wolle sie ihre Erfahrungen herunterspielen. Erst jetzt bemerkt Kaj den gelblichen Fleck unter ihrem Pony.

Sorgfältig denkt er darüber nach, welche Worte er als Nächstes wählen soll.

»Gewalt ist in keinem Fall akzeptabel«, sagt er schließlich.

Die Klientin sieht ihn an. Sagt nichts.

»Ich weiß ja, aber es ist alles in Ordnung. Der Akademiker kümmert sich um mich.«

Kaj erwidert ihren Blick. Er wünschte, sie hätte mehr Selbstvertrauen. Er wünschte, sie würde ihren Mut zusammennehmen und ihn verlassen. Sie würden Strategien finden müssen, um die Selbstachtung der jungen Frau zu stärken. Die gnadenlose Realität der Bandenwelt könnte noch zu schicksalhaften Ereignissen führen. Kaj erinnert sich an die Dinge, die er im Laufe der Jahre über Misshandlungen und Tötungsdelikte gelesen hat und hinter denen nachweislich Berufsverbrecher aus Biker-Gangs steckten.

»Ich habe keine Angst. Aber ich sehe manchmal Angst in den Blicken mancher Leute, wenn ihnen klar wird, wer mein Freund ist«, sagt sie.

»Sie verstehen doch sicher, dass Sie sich selbst in Gefahr begeben«, sagt Kaj.

»Am Anfang dachte ich, der Akademiker wäre der Einflussreichste und Gefährlichste im Club. Da hatte ich Queen Bee noch nicht getroffen.«

Nach der Arbeit geht Kaj ins Fitnessstudio. Im Umkleideraum fallen ihm die Worte der Frau wieder ein, und er betrachtet sich selbst im Spiegel. *Abenteuer und Sicherheit in einem.* Zu seiner Enttäuschung findet er an sich selbst keinen Funken Abenteuer. Rückentag, Beintag, Schummeltag. Er fühlt sich alt und gebrechlich. Aus dem Spiegel schaut ihn ein Erwachsener an, nicht der junge Mann, für den er sich bisher immer noch gehalten hat. Der Sixpack ist verschwunden, und zu Hause in Jogginghosen herumzulaufen ist ihm mittlerweile zur Gewohnheit geworden. Veera liebt ihn trotzdem. Und jeden Abend rennen die Kinder mit ihren dreckigen Pfoten in seine Arme und freuen sich so aufrichtig, dass es ihn fast jedes Mal berührt. Dennoch hat er zunehmend das Gefühl, dass irgendetwas fehlt. Sicherheit und Stabilität, der Zustand, den er fast sein ganzes Leben lang angestrebt hat – jetzt hat er ihn erreicht, und ironischerweise hat er ihn nun auf einmal satt. Keine Überraschungen, keine Abenteuer, kein Gefühl, auf der Jagd zu sein. Ich war schon mit fünfundzwanzig ein Rentner im Geiste, denkt Kaj und macht brav die Übungsabfolgen, die er sich in seinem kleinen Trainingsheft notiert hat.

Eineinhalb Stunden später, als er die Haustür aufschließt, merkt er, dass er völlig ausgelaugt ist. Schnaufend stellt er die Einkaufstaschen im Flur ab, kickt sich die Schuhe von den Füßen, zieht die Jacke aus und hängt sie auf. Das Synthetik-Innenfutter fühlt sich feucht an.

»Ich bin schon da«, ruft er in Erwartung eines stürmischen Empfangskomitees, aber es kommt keins. Überrascht stellt er fest, dass die Wohnung leer ist. Er geht in den Flur zurück und checkt schnell den Schuhbestand. Die essenziellen Schuhe fehlen. Offenbar ist Veera mit den Kindern unterwegs.

Aus einer plötzlichen Eingebung heraus lässt Kaj die Einkäufe in den Taschen, geht entschlossenen Schrittes nach oben und holt sich aus dem vollgestopften Eckschrank im Gästezimmer die ungeöffnete Flasche Whisky, die er einmal geschenkt bekommen hat. Der völlig falsche Moment und gerade deshalb der richtige. Er schenkt sich mehr als zwei Fingerbreit ein und geht durch das Wohnzimmer auf die Terrasse. Tagsüber hat es geregnet, sodass seine Socken auf dem Bretterboden sofort nass werden, aber es ist ihm egal. Der Stuhl unter dem Dach ist trocken, und Kaj setzt sich. Träge schnuppert er an seinem Drink, ohne ihm jedoch die gleiche Aufmerksamkeit zu schenken wie sonst. Dabei hätte es der Whisky verdient, gewürdigt zu werden. Kaj starrt in den gepflegten Garten, in dessen Ecke ein schönes Spielhäuschen steht. Um die Terrassenlampe flattern Nachtfalter – ein viel zu schmeichelhaftes Wort für diese mottenartigen hellbraunen Fluginsekten.

Wieder blitzen Bilder in seinem Kopf auf. Er sieht die junge Frau auf dem Sofa sitzen. Das graue Sofa und die schöne Frau. Er wünschte, er hätte heute nicht auf ihre Kleidung geachtet, aber plötzlich hat er ein ziemlich genaues Bild von ihr vor Augen. Am schlimmsten war der Lederrock. Er war so kurz, dass Kaj sich eingebildet hat, ein Stück ihres Slips zu sehen. Er muss sich fast zwingen, die Augen zu schließen, um seine Gedanken zu ordnen und das Bild aus seinem Kopf zu bekommen, aber es verschwindet nicht. Er merkt, wie er langsam einen Ständer bekommt. Dann leert er das Glas in zwei großen Schlucken.

Am Abend schaut Veera im Bett *Temptation Island*, aber Kaj will mit so etwas keine Sekunde verschwenden. Auf der Arbeit hat er schon genug mit zwischenmenschlichen Dramen zu tun. Er nimmt sein Handy und scrollt kurz durch seinen Newsfeed, bevor er seine E-Mails öffnet. Im Postfach warten zwei neue Nachrichten. Absender: Rosa Heikkinen. Die neueste ist wahrscheinlich ein Nachtrag zur vorherigen, also beginnt er mit der ersten.

Sehr geehrter Herr Johansson,

ich bekomme nichts aus meiner Tochter heraus. Ich habe sie respektvoll nach den Therapiesitzungen gefragt und wie es vorangeht, aber sie gibt keinen Kommentar. Sagt nur, dass alles okay ist. Das kann nicht sein, sie hat sogar blaue Flecke. Was hat sie Ihnen alles erzählt?

Meiner Tochter stünden in ihrem Leben alle Möglichkeiten offen, aber sie zieht sich immer weiter in ihr Schneckenhaus zurück. Nach dem Abi ging es langsam bergab. Ich weiß nicht, ob Sie das Thema schon behandelt haben. Außerdem ist sie nachts nicht zu Hause. Ich nehme an, dass sie die Nächte mit diesem Motorrad-Gangster verbringt.

Ich würde mich freuen, möglichst bald von Ihnen zu hören.

Mit freundlichen Grüßen
Rosa Heikkinen
Generalsekretärin des Innenministeriums

HEIDI

Heidi starrt Jone an, die gerade Heidis schlimmste Befürchtungen wahr gemacht hat: Aufgrund der Beweislage und weil Roy ein schriftliches Schuldeingeständnis hinterlassen hat, werden die Vorermittlungen eingestellt. Es gibt Grund zur Annahme, dass Kuusisto für Johannes Järvinens Tod verantwortlich ist. Man stützt sich dabei nicht auf Vermutungen oder ein Bauchgefühl, sondern ausschließlich auf die erlangten Beweise. Es ist schwierig, vor Gericht etwas mit Intuition zu begründen. Weil der Verdächtige tot ist, wird die Sache eingestellt.

»Und Jeremias?«, fragt Heidi. »Er wurde noch nicht gefunden.«

»Wir setzen die Suche fort«, sagt Jone.

»Du weißt ja, was das bedeutet. Der Fall des jungen Mannes wandert in dasselbe Archiv für Vermisstenanzeigen wie all die anderen ungelösten Fälle«, sagt Heidi enttäuscht, bevor sie Jan einen Blick zuwirft. Dieser hat während des gesamten Gesprächs geschwiegen. Es ist, als hätte es ihm die Sprache verschlagen. Auf wessen Seite steht er eigentlich?

»Ich... Jone«, setzt er an. »Ich muss dir leider sagen, dass ich die Lösung, die du uns präsentiert hast, nicht plausibel finde. Es gibt Beweise, mit denen wir die Vorwürfe gegenüber Roy noch widerlegen können. Ich bin ...« Er sucht nach den richtigen Worten. »Ich bin mir fast hundertprozentig sicher, dass Roy ebenfalls ein Opfer ist. Er ist nicht der Täter, den wir suchen.«

Jone hebt ihre rechte Augenbraue und sieht Jan durchdringend an.

»Das heißt ...?«

»Gib uns wenigstens ein paar Tage. Ich glaube, dass wir Roys Unschuld beweisen können.«

»Roy ist tot«, sagt Jone mit einem Gesichtsausdruck, der nicht mehr so interessiert und verständnisvoll ist wie noch vor wenigen Augenblicken. »Die Handschrift wurde untersucht, und wir können beweisen, dass Roy die Nachricht geschrieben hat. Wir haben ein Geständnis.«

»Da steckt etwas anderes dahinter, *jemand* anderes. Die Sache ist komplizierter.«

»Ich bin mit Jan einer Meinung«, sagt Heidi schnell. »Die Sache ist deutlich komplizierter. Außerdem haben wir Jeremias Silvastos Leiche noch nicht.«

»Na gut«, sagt Jone und sieht die beiden abwechselnd an. »Das werde ich vielleicht bereuen, aber ich gebe euch etwas mehr Zeit. Wenn in einer Woche nichts Neues herausgekommen ist, gehen wir so vor, wie es die Datenlage erfordert. Ich hoffe sehr für euch, dass ihr etwas findet. Ansonsten wird es euch noch teuer zu stehen kommen, dass ihr euch mir so widersetzt.« Sie verlässt das Zimmer.

»Ich mag sie«, sagt Heidi, als Jone außer Sicht- und Hörweite ist.

»Wir haben nur wenig Zeit«, sagt Jan. »Gehen wir noch einmal alles durch, was wir haben. Wir sprechen auch noch einmal persönlich mit jedem, der mit der Sache zu tun hat.«

In dem Moment betritt Saki den Raum.

»Kuusiluoto ist immer noch abgesperrt. Die Spurensicherung beendet gerade ihre Arbeit dort. Aber es gibt gute Nachrichten: An Roys Hose wurde ein mittellanges blondes Haar gefunden«, sagt er, und seine Kollegen drehen sich blitzschnell zu ihm um. »Sonst gibt es aber leider keine guten Nachrichten. Joki hat beste Arbeit geleistet, die Todesursache war schlicht und einfach die Kugel. Kein Gift, keine Bewusstlosigkeit vor dem Tod, nur eine hohe Promillezahl. Außerdem habe ich gerade die Bestätigung bekommen, dass Roy Linkshänder war. Das hat sein früherer Arbeitskollege ausgesagt. Die Waffe lag in Roys linker Hand, was die Annahme stützt, dass er sich selbst das Leben genommen hat.«

»Aber das Haar?«, fragt Jan.

»Gehört niemandem, dessen DNA wir in unserer Datenbank haben.«

»Es muss irgendwas mit der Sache zu tun haben. Herrgott noch mal, die gesamten Ermittlungen könnten um ein Haar scheitern«, sagt Heidi und erinnert sich im selben Moment wieder an das Haargummi, das sie in Johannes' Kapuzenpulli fand. Daran hing ebenfalls ein blondes Haar.

»Warum haben wir das nicht kommen sehen?«, fragt sie dann und richtet ihren Blick auf das Whiteboard. Im Laufe der Zeit hat es sich mit immer mehr Indizien gefüllt, und bisher wurde nichts wieder entfernt. »Als wir bei Roy waren, sind wir unterwegs zwei oder drei Menschen begegnet. Es ist möglich, dass jemand gesehen hat, ob Roy am Dienstag Besuch hatte.«

»Gab es unter den Sommerhausbewohnern jemanden, der zu dem Zeitpunkt noch auf der Insel übernachtet hat? Wir sollten vielleicht noch einmal eine neue Befragungsrunde starten«, sagt Jan.

Heidi fällt Aila Savolainen ein. Könnte das lange blonde Haar nicht vielleicht auch grau sein? Sie denkt über die Rentnerin nach, die die Gegend kennt wie ihre Westentasche. Die Frau, die seit Johannes' Tod jede Nacht auf der Insel war.

»Ich habe eine Idee«, sagt Heidi. »Ich werde mit Aila Savolainen sprechen, jetzt sofort.«

SAANA

Venla will »Engelchen flieg« spielen. Saana sieht lächelnd zu, wie das Mädchen erst die eine Hand in die ihres Vaters schiebt und dann die andere hoffnungsvoll nach Saana ausstreckt. Saana ergreift Venlas zierliches Händchen und hält es ganz fest, sodass sie bloß nicht herunterfällt. Sie zählen bis drei und lassen die Kleine dann zwischen sich durch die Luft fliegen.

»Noch mal!«, jauchzt Venla.

Anschließend bereitet Samuli in der Küche ein Tofu-Curry zu. Der leckere Duft von gebratenen Zwiebeln, Knoblauch und Curry dringt bis ins Wohnzimmer. Venla schaut *Frozen* und will, dass Saana dabei ganz nah bei ihr sitzt und ihr etwas auf den Rücken malt. Gehorsam zeichnet sie mit dem Zeigefinger einen Kreis mit Strahlen außen herum auf den zarten kleinen Rücken von Samulis Tochter.

»Es ist gelb, steht am Himmel und wärmt«, gibt sie ihr als Hinweis.

»Die Sonne!«, ruft Venla und ist glücklich, weil sie richtig geraten hat. »Mehr!«

Saana streicht ihr über den Rücken, als ob sie eine Tafel wischen würde. Auf dem T-Shirt des Mädchens sind blaue Schmetterlinge.

»Mal was Unheimlicheres!«, flüstert Venla.
Saana denkt an Märchen, und als Erstes fällt ihr *Rotkäppchen* ein.
»Und...?«, fragt Venla ungeduldig, und Saana fängt an zu malen. Sie zeichnet das Profil eines Wolfes mit listigen Augen und kräftigem Kiefer.
»Es lebt im Wald und kommt im Märchen von *Rotkäppchen* vor.«
Venla denkt nach, kommt aber nicht sofort auf die Lösung. Saana sieht den düsteren Wald und den Wolf, für den es am Ende zum Glück nicht gut ausging, vor ihrem inneren Auge.
»Na, das war auch ein bisschen schwer«, sagt sie. »Es war ein Wolf.«
»Noch eins«, bittet Venla, und Saana zeichnet eine Maus auf ihren Rücken.
»Das ist eine Kitzelmaus«, flüstert Saana und verlängert den Schwanz der Maus bis unter Venlas Achsel, woraufhin diese anfängt zu kichern.

Als das Mädchen im Bett ist, sitzen Saana und Samuli am Küchentisch. Samuli trinkt Kombucha. Er ist ein konsequenter Vegetarier und *sober curious*. Saana selbst freundet sich gerade erst mit dem Gedanken an, Vegetarierin zu werden, nur ihre Vorliebe für Wein ist momentan noch zu groß, als dass sie ihn aufgeben könnte. Vielleicht kann man sich auch Schritt für Schritt umstellen? Neugierig probiert Saana den Kombucha. Er schmeckt wie das finnische Maigetränk Sima, nur mit Essig.

»Das sind die schlimmsten Abende, wenn Venla schläft und alles still wird«, sagt Samuli und steckt sich ein paar Wassermelonenstücke, die Venla auf dem Tisch liegen gelassen hat, in den Mund. Rosafarbener Saft läuft ihm über das Kinn, und Saana reicht ihm ein Stück Küchenpapier.

»Ich habe meinen Vater nach Roy gefragt. Er hat bestätigt, dass Roy und Kaspers Vater sich kennen. Und dass Roy Kaspers Patenonkel ist.«

»Interessant«, sagt Saana.

»Ich weiß nicht«, sagt Samuli und nimmt noch einen Schluck Kombucha. Die Glasflasche sieht aus wie eine Bierflasche, sodass Saana Lust auf Bier bekommt.

»Ich fange schon langsam an zu denken, dass es das war. Dass Jeremias nie gefunden wird«, gesteht er.

»Es gibt so lange Hoffnung, bis das Gegenteil bewiesen ist«, sagt Saana. Sie überlegt, wie sie die Sache ansprechen soll. Wie sie ihr Bedauern darüber ausdrücken soll, dass nach der Veröffentlichung der ersten Podcast-Folgen nichts passiert ist. Sie hat keine Hinweise von Hörern bekommen. Die einzige bisherige Kontaktaufnahme war die seltsame Nachricht von dem unbekannten Absender. Saana fühlt sich, als wäre sie gescheitert. Vielleicht wird der Podcast nie irgendwohin führen, und all die Arbeit, die sie hineingesteckt hat, war umsonst. Sie überlegt, wie sie ihre Worte am besten wählen soll, um nicht paranoid zu klingen.

»Ich habe eine Nachricht von einem Hörer bekommen, die mich etwas verwirrt hat.«

»Zeig«, sagt Samuli, der auf einmal ganz wach ist, und sieht sie erwartungsvoll an.

»*Ich folge*. Schreiben das die Leute nicht in die Kommentare, wenn sie eine Diskussion verfolgen, die in der Kommentarspalte stattfindet?«, fragt Samuli.

»Ja, aber hier gab es keine Diskussion, als Privatnachricht hat das eine ganz andere Bedeutung. Jemand wollte mir extra erzählen, dass er meinem Projekt folgt. Das kann jeder gewesen sein. Ich weiß nicht, irgendwie finde ich das beängstigend. Was, wenn dieser Mensch etwas mit Jeremias' Verschwinden zu tun hat?«

Samulis Miene wird erst ernst, dann traurig.

»Moment, du glaubst doch nicht, dass jemand… Es gibt bestimmt für alles eine Erklärung.« Samuli verstummt, sein innerer Konflikt steht ihm ins Gesicht geschrieben.

»Ich kann es immer noch nicht fassen, dass Roy irgendetwas mit Kasper Hakala zu tun hatte«, sagt Saana. »Das ist doch ein ziemlich großer Zufall, oder? Was, wenn Jeremias' Dokumentation über Roy nur ein Vorwand war? Wenn Jeremias durch den Film an Roy herankommen und ihm Fragen über Kasper stellen wollte?«

»Interessanter Gedanke. Wenn es so war, macht das Roy dann zum Verdächtigen oder zur Informationsquelle?«

Saana beobachtet schweigend, wie Samuli aus dem Fenster starrt. Sein dichtes dunkles Haar ist im Nacken zu einem Knoten zusammengebunden, und sein gut gebauter Oberkörper wird von einem weiten schwarzen Kapuzenpulli verhüllt. In Samulis Wohnung ist es gemütlich, und mittlerweile sieht Saana ihn nicht mehr nur als Arbeitskollegen. Ihr Blick fällt auf seine Hände. An den Knöcheln seiner rechten Hand hat er ein paar kleine Wunden. Ihr fällt wieder ein, dass er erzählt hat, er würde klettern. Aber was weiß sie sonst noch von ihm? So gut wie nichts. Sie lässt ihren Blick durch den Raum schweifen. Ich sitze hier in seiner Wohnung und kenne ihn eigentlich überhaupt nicht, denkt sie und pult am Etikett der Kombucha-Flasche herum. Samulis Miene wird auf einmal wieder ernst, beinahe finster.

»Ist sonst noch etwas passiert?«, fragt er, steht auf und räumt die leeren Teller ab.

Sie kann sein Parfüm riechen. Es ist ganz anders als Jans. Viel würziger. Wie vertrauensselig sie doch Informationen mit ihm geteilt hat, ohne sich jemals zu fragen, ob er etwas mit Jeremias' Verschwinden zu tun hat.

»Nein, nichts«, sagt sie.

»Wenn eine Frau das sagt, bedeutet das normalerweise etwas anderes«, sagt Samuli und mustert sie mit prüfendem Blick.

ACHT WOCHEN
VOR DEM VERSCHWINDEN

Sie stehen an der Gabelung vor Lammassaari, wo der Pfad sich in vier verschiedene Richtungen teilt. Johannes bleibt stehen und sagt, er müsse mal schnell nach »da drüben«.

»Wo ›da drüben‹?«, fragt Abdi und wirft Johannes einen ungeduldigen Blick zu. Im Gegensatz zu Johannes hat er schwere Sachen zu tragen.

»Wir sollten langsam weiter«, sagt Jeremias. »Wenn du irgendwohin musst, dann mach schnell und komm nach, okay?«

»Okay«, murmelt Johannes und geht entschlossen in Richtung Vogelbeobachtungsturm davon.

Als er außer Sichtweite ist, platzt Jeremias fast vor Neugier.

»Kannst du darauf aufpassen, ich komm gleich wieder«, sagt er und legt seine Ausrüstung vor Abdi auf den Boden. Dann läuft er Johannes hinterher. Er muss einfach herausfinden, wohin er geht.

Als er Johannes entdeckt, verlangsamt er seine Schritte und geht hinter ein paar Bäumen in Deckung. Statt auf den Vogelbeobachtungsturm zu steigen, geht Johannes den Hang hinauf, an dem die Ferienhäuser stehen. Aus seinem Versteck heraus beobachtet Jeremias, wie er eines der näher gelegenen Häuser betritt und kurz darauf mit einem locker über der Schulter hängenden Rucksack wieder herauskommt. Hat er etwas abgeholt? Hat er neben dem Dokumentarfilm noch etwas anderes auf der Insel zu tun? Jeremias wartet, bis Johannes wieder bei Abdi angekommen ist, und schleicht erst dann hinterher. »Was hast du gemacht?«, fragt er möglichst beiläufig. »Ich war nur kurz pinkeln«, sagt Johannes, dann gehen sie weiter in Richtung Kuusiluoto. Jeremias heftet seinen Blick auf Johannes' Rücken, während dieser über die Bretter schreitet. Warum lügt er?

Sechs Stunden später steht Jeremias im Gebüsch und leert seine Blase. Um ihn herum ist es still, nur der Wind rauscht ihm in den Ohren. Auf dem Weg zurück zu den anderen beschleicht ihn ein merkwürdiges Gefühl, so als würde ihm jemand folgen. Abrupt dreht er sich um. Niemand. Komm hervor, wenn du da bist, denkt er, bekommt aber keinen Mucks heraus. Dann fällt ihm die Kamera wieder ein, die die ganze Nacht über lief. Ob sie etwas aufgenommen hat, was seine Vermutung bestätigen würde – dass jemand sie bei ihrer Arbeit beobachtet? Moment, haben sich da gerade die Gräser bewegt? Oder veräppeln Johannes und Abdi ihn? Jeremias lacht nervös und beschleunigt seine Schritte. »Ihr verdammten Clowns«, murmelt er zu sich selbst.

Johannes und Abdi sind am Lagerfeuer. Letzterer liegt mit geschlossenen Augen da. Johannes raucht. Die orange glühende Spitze frisst sich knisternd durch die trockene Zigarette. Jeremias setzt sich zu ihnen und starrt in die Flammen, die an den Zweigen und Holzscheiten lecken. Rauch steigt in den Himmel, Funken wirbeln herum. Sie sind wie kleine wütende Hilferufe, die niemand hört. Jeremias erschrickt vor seinen eigenen düsteren Gedanken. Verstohlen beobachtet er Johannes. Der wirkt nervös, ruhelos, gleichzeitig aber auch selbstsicherer als früher.

»Hast du zurzeit jemanden?«, muss Jeremias ihn einfach fragen.

Johannes lacht auf, löst dann langsam den Blick von den Flammen und richtet ihn auf ihn.

»Was, wenn ja?«, sagt er mit verschmitztem Gesichtsausdruck.

Jeremias stellt fest, dass er sauer ist. Sogar Johannes hat es geschafft, jemanden zu finden.

»Was filmst du eigentlich da draußen?«, wechselt Johannes das Thema. »Sieht aus, als würdest du versuchen, was Bestimmtes einzufangen.«

»Ich imitiere den Stil von *Wesen*. Die Kamera ist einfach nur da und nimmt auf, was passiert. Ich will all die Bewegungen der Natur aufzeichnen, die die Menschen nicht mitbekommen.«

»Dort im Schilf, oder was?«, fragt Johannes mit glasigen Augen.

Plötzlich steht er auf und rennt los. »Willst du, dass ich die ›Wesen‹ ein bisschen interviewe?«, fragt er und lacht. »Komm mit!«

Erschrocken läuft Jeremias hinter Johannes her.

»Bleib stehen, was machst du denn…?«

Aber Johannes hört ihn nicht. Kichernd und wie besessen rennt er über die Felsen zum Gatter von Kuusiluoto, den Blick auf das dichte Schilfgras gerichtet.

»Na los, Wesen! Heißt mich willkommen!«, ruft er und stürmt auf das dichte Röhricht zu. Die Pflanzen wackeln durch die Erschütterung, und Jeremias kann kaum hinsehen, während Johannes immer tiefer ins Schilf hineinprescht.

»Hör auf!«, stößt er hervor. »Du betrittst ihr Land ohne Erlaubnis.«

Kurze Zeit später kehrt Johannes von seinem manischen Sturmlauf zurück. Seine Haare und Klamotten sind voller Halme und Schilfflaum.

»Ich hab Neuigkeiten für dich: Da war nichts. Gehen wir zurück, ich hab Durst«, sagt Johannes mit einem nervtötenden Lachen und spuckt ein paar Grashalme aus.

HEIDI

Ein paar kleine Vögel fliegen lautlos über den dunklen Himmel. Heidi zieht den Reißverschluss ihrer Jacke bis ganz nach oben. Irgendwo ist ein Knacken zu hören. Sie pausiert den Song, den sie gerade auf Spotify hört, und nimmt die Kopfhörer von den Ohren. War da wirklich etwas, oder hat sie sich das nur eingebildet? Alles sieht aus wie vorher. Während sie sich der düsteren Silhouette von Lammassaari nähert, fragt sie sich, was sich wohl tief im Inneren des Schilfs verbirgt. Es geht auf sieben Uhr zu, bisher ist ihr niemand entgegengekommen. Es scheint, als hätten sich alle in ihre Verstecke zurückgezogen, einschließlich der Insekten.

Vor Ailas Sommerhaus bleibt Heidi stehen. Niemand ist zu sehen, nichts ist zu hören. Das Meer mit der beinahe völlig glatten Wasseroberfläche wirkt beruhigend. Heidi macht ihre Taschenlampe an, steigt die wenigen Treppenstufen zur Veranda hoch und klopft an die Tür. Schon von unterwegs aus hat sie ein paarmal versucht, Aila anzurufen, aber aus irgendeinem Grund hat diese nicht abgenommen.

»Aila, hallo«, ruft sie und klopft noch einmal.

Nichts rührt sich. Da sie schon einmal hierhergekommen

ist, umrundet sie noch das Haus und kehrt wieder zur Veranda zurück. Versuchsweise drückt sie die Klinke herunter. Natürlich ist die Tür abgeschlossen. Dann beugt sie sich zum Schloss hinunter, um zu sehen, wie aufwendig es wäre, es zu knacken. Das Schloss sieht minderwertig aus, aber ohne Durchsuchungsbefehl kann sie nicht einfach die Tür aufbrechen.

Auf einmal hört sie im Inneren des Hauses einen dumpfen Schlag, als ob etwas auf den Boden gefallen wäre. Heidis Sinne schärfen sich. Völlig regungslos steht sie da und lauscht angestrengt. In der Stille kommt ihr sogar ihr eigenes kontrolliertes Atmen laut vor. Ob tatsächlich jemand im Haus ist? Wenn es Aila ist, warum hat sie ihr dann nicht aufgemacht? Heidi wägt ihre Optionen ab. Leise verlässt sie die Veranda und schleicht sich ans Fenster. Die Vorhänge sind zugezogen, drinnen ist es stockdunkel. Sie geht zurück auf die Veranda und presst ihr Ohr an die Tür. Hat sie da gerade Schritte gehört? Heidi hält den hellen Lichtkegel der Taschenlampe still und geht innerlich die Bewegungen durch, die sie ausführen muss, um ihre Waffe zu ziehen.

Dann brüllt sie: »Polizei! Machen Sie bitte auf!«

Zuerst passiert nichts, aber schließlich öffnet jemand vorsichtig die Tür. Heidi starrt die Gestalt an, die wiederum angsterfüllt auf Heidis gezogene Pistole späht. Sie lässt die Waffe sinken und hält nur noch die Taschenlampe auf die Tür gerichtet. Es ist der Inselwächter. Er trägt dunkle Kleidung und blinzelt gegen das grelle Licht.

»Guten Tag«, sagt er erstaunt und hebt schützend die Hände vors Gesicht.

»Das ist eigentlich mein Text«, sagt Heidi. Nach der überraschenden Begegnung zittern ihr noch die Hände.

»Was machen Sie hier?«, fragt der Inselwächter, aber Heidi antwortet nicht.

»Ich stelle hier die Fragen«, sagt sie schroff, greift den Mann am Arm und schiebt ihn zurück ins Haus. Sie will sichergehen, dass er nicht abhaut.

»Ich habe nichts zu verheimlichen«, stammelt er, obwohl er so aussieht, als hätte er so einiges zu verheimlichen. Es muss irgendeinen Grund geben, warum er sich unerlaubt Zutritt zu Ailas Sommerhütte verschafft hat.

»Ich stelle schon seit einer Weile heimlich Nachforschungen an. Beringte Vögel sind von der Insel verschwunden, möglicherweise auch andere Tiere. Ich habe schon seit einiger Zeit Aila im Verdacht. Als die Suche nach Jeremias Silvasto anfing, wurde Aila meiner Meinung nach ziemlich geheimniskrämerisch.«

»Sie wissen sicher, dass Sie nicht die Erlaubnis haben, einfach so in fremde Sommerhäuser einzudringen. Wo ist Aila?«, fragt Heidi, ohne den Mann loszulassen.

»Ich weiß es nicht. In ihrer Stadtwohnung wahrscheinlich«, sagt er und windet sich in Heidis Griff wie ein Tier, das man unter seinem Stein hervorgezerrt hat. »Hier spielt alles verrückt«, fügt er murmelnd hinzu und macht dabei einen bemitleidenswerten Eindruck.

»Wann haben Sie Aila zuletzt gesehen?« Heidi sieht ihn wachsam an.

»Anfang der Woche war sie noch hier, wir haben uns ein paarmal unterhalten«, erzählt er und erwidert Heidis Blick. »Sie sind Polizistin, ja? Dann will ich Ihnen meine Sicht der Dinge schildern. Ich bin mir sicher, dass Aila die Mörderin ist. Sie war nämlich auf irgendeine Weise in das Verschwinden zweier Vögel verwickelt. Die Sache treibt mich schon den ganzen Sommer um, und ich finde keine Ruhe, bevor sie gelöst ist. Ich habe Aila eine Weile nicht mehr gesehen, darum dachte ich, das Sommerhaus sei leer. Da musste ich einfach nachsehen. Ich dachte, ich könnte Aila überführen.«

Heidi mustert den Mann. Er ist augenscheinlich gleichzeitig niedergeschlagen und aufgebracht und scheint über das Schicksal der Tiere bestürzter zu sein als über die Tatsache, dass immer noch nach einem vermissten Menschen gesucht wird.
»Wir befinden uns in laufenden Mordermittlungen«, sagt Heidi scharf und lockert ihren Griff etwas.
»Ja, aber Sie haben sich ja überhaupt noch nicht hier umgeschaut«, sagt der Mann und deutet mit einer fuchtelnden Geste in den Raum.
Im Haus ist es fast stockfinster, und an den Wänden lauern dunkle Schatten. Erst jetzt hebt Heidi den Lichtkegel ihrer Taschenlampe vom Boden, lässt ihn über die Wände gleiten – und zuckt heftig zusammen: Dort hängt ein struppiger, räudiger Nerz, daneben Bilderrahmen voller aufgespießter Käfer und exotischer Schmetterlinge, über der Tür eine Sammlung verschiedener Geweihe. Was zum Teufel ist das hier? An der dunkelgrünen Wand hängen Regale mit erstarrten Tieren auf Sockeln. Ein ausgestopfter Fuchs und sogar ein winziges Katzenjunges unter einer Glaskuppel. Beim Anblick des Kätzchens fährt Heidi erneut zusammen und lenkt den Blick schnell auf die ausgestopften Vögel. Es sind zwei. Ob Aila sie wirklich heimlich gefangen und ausgestopft hat? Ihr fällt ein, dass Aila als Bühnenbildnerin gearbeitet hat. Die ach so liebenswürdige Rentnerin hat also still und heimlich ihr Sommerhaus in ein Museum für tote Tiere verwandelt.

Im Raum herrscht eine seltsame, stickige Atmosphäre. Heidi bittet den Inselwächter zu gehen, und prompt huscht der Mann leise davon. Auf der Wache wird sie ihn später anzeigen, aber im Augenblick beansprucht die eigentümliche Sommerhütte ihre ganze Aufmerksamkeit. In der Ecke steht ein alter, gusseiserner Kaminofen, daneben ein kleiner Tisch mit Kochutensilien. Heidi geht an einem riesigen hellgrünen Insekt im Bilderrahmen vorbei, das den Gestank von Konservierungsmittel verströmt, und nimmt den Raum noch genauer unter die Lupe.

In der Kochnische steht ein hoher Schrank, hinter dessen Türen ein Regal voller Werkzeuge und anderer Utensilien zum Vorschein kommt. Gewöhnlicher Leim, eine Schere, Draht und zwei Flaschen. Heidi studiert die Etiketten: Trophäenbleiche, Putz- und Lösemittel. Also gut. Aila hat sich einen Vorrat an Zubehör für das Ausstopfen von Tieren angelegt, aber wäre sie auch in der Lage gewesen, etwas Schlimmeres zu tun? Heidi tritt vom Schrank zurück, um sich noch den Alkoven im hinteren Bereich des Zimmers anzusehen. Hinter den zugezogenen Vorhängen befindet sich wahrscheinlich eine Schlafnische.

Sie reißt die Vorhänge auf. Das Bett ist leer.

Freitag, 13. September

SAANA

Als Saana das Haus entdeckt, das sie gesucht hat, pausiert sie ihr Hörbuch. Sicherheitshalber schaut sie noch einmal auf dem Handy nach, ob es auch die richtige Adresse ist. Ja. In dem Studentenwohnheim hier in der Tilkankatu wohnen die Medizinstudenten. Heute führt Saanas Neugier sie zu dem Menschen, der damals am engsten mit Kasper Hakala befreundet war. Stand vielleicht auch Jeremias schon hier, schaute auf dasselbe Haus und ging hinein, um sich mit Tero zu unterhalten?

Ein paar Minuten später steht Saana etwas unsicher in der rund zwanzig Quadratmeter großen Einzimmerwohnung und späht hinüber zur Kochnische, in der sich dreckiges Geschirr, leere Bierdosen und Pizzakartons auftürmen.

»Achte gar nicht drauf.« Tero deutet mit einer abwinkenden Armbewegung auf das Chaos. »Ich hatte gestern ein paar Kommilitonen zu Gast«, erzählt er, obwohl Saana nicht nach einer Erklärung gefragt hat.

Tero tritt ans Fenster und zieht die Jalousien hoch. Die Aussicht wird fast vollständig von einer großen Birke verdeckt. Die eindringenden Sonnenstrahlen verraten, dass das Fenster schon lange nicht mehr geputzt wurde. Aber Saana kann sich kein Urteil erlauben, sie ist selbst nicht besonders gut im Fensterputzen.

Tero wirkt freundlich auf sie. Auch wenn sie in ihren Jahren als Journalistin etwas Gesprächserfahrung gesammelt hat, sind jedes Interview und jeder Besuch bei einem Unbekannten auf seine eigene Art und Weise unangenehm. Wie spricht man mit jemandem, der seinen Freund verloren hat? Saana steht mitten im Raum und überlegt, wie sie das Gespräch beginnen soll.

»Danke, dass du zugesagt hast«, fängt sie an. Tero nimmt einen offenen Pizzakarton mit angetrockneten Resten vom schwarzen Ikea-Beistelltisch.

»Na klar, und setz dich ruhig, wenn du willst.« Er selbst bleibt mit dem Karton in der Hand stehen.

Saana rührt sich nicht. Das fleckige Ledersofa ist nicht gerade einladend.

»Wie ich am Telefon schon gesagt habe, recherchiere ich gerade die Hintergründe zu einem gewissen Fall. Dein Freund Kasper Hakala ist vor ein paar Jahren verschwunden.« Saana versucht, mit einem warmen Blick ihre stille Anteilnahme auszudrücken.

»Das ist schon etwas her, aber ja, ich trauere immer noch um ihn. Er war ein guter Kerl.« Tero wirft den Pizzakarton auf den ohnehin schon vollen Spültisch.

»Ihr wart gute Freunde, oder?«

»Das stimmt«, sagt Tero und setzt sich schließlich selbst aufs Sofa.

»Wie war Kasper so?«, fragt Saana, und Tero lehnt sich zurück.

»Er war ziemlich beliebt und auffällig und, na ja, auch ein Player, wenn du weißt, was ich meine.«

»Verbringst du immer noch Zeit mit deinen Schulfreunden vom Gymnasium?« Zu Saanas Enttäuschung schüttelt Tero den Kopf.

»Nicht wirklich, nach dem Abi hab ich mich gleich für einen Studienplatz in Medizin beworben und ihn bekommen. Ich hab jetzt sozusagen ein neues Leben.«

»Ist in den Jahren auf dem Gymnasium irgendetwas Ungewöhnliches passiert? Etwas, was dir im Gedächtnis geblieben ist? Gab es vor Kaspers Verschwinden Streitereien, komische Situationen oder sonst etwas in der Richtung?«

»Nur so ganz normales Rumgeblödel halt. Kasper war einfach Kasper, laut, ab und zu auch arrogant, aber alle wussten das.« Teros Augen fangen an zu glänzen. »Das war in jeder Hinsicht eine schreckliche Geschichte. Wie kann jemand einfach so verschwinden? Alle aus unserer Schule, die auf der Party waren, haben in den Tagen danach bei der Suche mitgeholfen; Kasper wurde den ganzen Sommer lang gesucht. Das war so abgefahren. Zwischen den Zeilen habe ich gelesen, dass die Polizei die Sache letzten Endes für Pech hielt, für einen Unfall, weil er sehr betrunken war. An dem Abend war ja die Abschlussfeier, wir hatten einen eigenen Veranstaltungsraum im *Katajanokan Kasino*.«

»Ist das nicht direkt am Strand?«, hakt Saana nach.

»Genau darum, aber auch im Wasser hat man Kasper nicht gefunden. Die Polizei hat damals wohl auch diese Möglichkeit geprüft.«

»Was ist mit Kaspers Familie?«

»Ich hab hin und wieder noch mit Kaspers Vater zu tun, ich hatte einen Sommerjob bei ihm in der Firma. Ich will den Kontakt aufrechterhalten, mir tut er leid. Eine Zeit lang hat ein Freund von Kaspers Familie die Suche nach ihm übernommen, ein ziemlicher Künstler mit einem angeblich launischen Charakter. Roy, glaube ich, hieß er. Soweit ich weiß, suchte er auch dann noch nach Kasper, als die Polizei schon aufgehört hatte.«

Saana nickt interessiert.

»War unter den Abiturienten auch ein gewisser Jeremias Silvasto?«

»Jeremias, ja, der war auch da.«

»Wann hattest du zuletzt Kontakt zu ihm?« Saana muss einfach fragen.

»Jetzt, da du es sagst, wir haben uns tatsächlich im Sommer gesehen, er hat ganz ähnliche Fragen gestellt wie du.«

»Was genau hat er dich gefragt, weißt du das noch?«

»Ihn hat interessiert, mit wem Kasper in der Zeit, als er verschwunden ist, was am Laufen hatte. Jeremias und ich haben uns nicht gerade in denselben Kreisen bewegt, ich war ziemlich sportlich, und Kasper und ich waren in Eishockeygruppen unterwegs. Jeremias hingegen war gern allein, sehr verschlossen oder zumindest ruhig. Mehr kann ich über ihn nicht sagen. Er hat öfter Zeit mit einer gewissen Tuuli verbracht. Als wir uns jetzt im Sommer gesehen haben, war es ganz cool, sich mit ihm zu unterhalten.«

Saana nickt.

»Und, mit wem hatte Kasper was?«, fragt Saana grinsend.

»Ich gebe dir die gleiche Antwort wie ihm: Kasper hatte in dem Sommer mit mehreren was am Laufen, aber keine von denen war offiziell seine Freundin. Zumindest hat er das behauptet. Aber in den Wochen vor dem Unglück hatte er einige. Ich erinnere mich hauptsächlich an Suvi und Tiia. Ich kann dir ihre Kontaktdaten geben, aber das wird dir wahrscheinlich nicht viel helfen.« Tero sieht sich ratlos in der Wohnung um.

Saana nickt erneut und gibt ihm Zeit, seine Gedanken zu sortieren.

»Die Polizei hat uns alle vernommen, jeden Einzelnen, der auf der Party war. Alles wurde schon einmal überprüft.«

Saana nickt nur mitfühlend. Wenn jemand einen Menschen verloren hat, fällt es schwer, Worte zu finden.

»Für eine Weile war das die letzte Party. Nach dem Sommer hatte ich zum Glück die Möglichkeit, mich mit anderen Dingen zu befassen, und versuchte, es zu vergessen.«

Auf dem Heimweg schaut Saana nach, ob Jan sich gemeldet hat, und bemerkt dabei eine private Nachricht auf Instagram.

Lass die Sache auf sich beruhen.

Die Nachricht stammt vom selben Alias wie beim letzten Mal, @purpurea123. Saana wirft einen Blick auf die Uhr: halb eins mittags. Jeder ist entschlossenen Schrittes irgendwohin unterwegs. Die Straßenbahn fährt beständig auf ihren Schienen hin und her. Der Wind weht ein paar trockene Blätter gegen den Randstein. Die Sonne scheint so hell, dass man den Eindruck bekommt, sie wolle die Blätter auf den Bäumen versengen. Saana schielt noch einmal auf die Nachricht. Wäre sie nachts gekommen, wäre Saana vielleicht erschrocken, aber jetzt, bei Tageslicht, weckt sie vor allem ihre Neugier. Warum schreibt diese Person so etwas? Es klingt, als hätte sie etwas mit Jeremias' Verschwinden zu tun.

Ob Jan helfen und herausfinden kann, wer hinter dem Pseudonym steckt? Saana wählt seine Nummer und wartet. Er geht nicht ran. Na gut, denkt sie und macht einen Screenshot vom Profil des Absenders. Dann schickt sie ihn an Jan und bittet ihn um einen kleinen Recherchegefallen. Ein ständiger Strom an Autos und Bussen fährt vorbei. Alles wirkt völlig alltäglich und normal, aber Saanas Tag ist alles andere als gewöhnlich. Aufgewühlt setzt sie ihren Weg nach Hause fort. Der Verkehrslärm übertönt dabei ihr wild klopfendes Herz.

JAN

Jan sieht sich das Bild an, das er von Saana bekommen hat. Der Screenshot eines Instagram-Profils. Er liest die Nachricht und holt sich ein Glas Wasser aus der Küche. Beim Radfahren hat er geschwitzt, und der getrocknete Schweiß hat eine dünne salzige Schicht auf seiner Haut hinterlassen. Eine Dusche wäre jetzt großartig, aber dafür hat er keine Zeit. Warum sich Saana wohl für dieses bestimmte Profil interessiert? Aus dem Augenwinkel nimmt er Saki wahr, der mit drei Pizzakartons in der Hand genau zum richtigen Zeitpunkt das Zimmer betritt. Der leckere Duft von Pizza und warmen Pappkartons verbreitet sich im Raum. Jan spürt, wie sein Magen zu knurren beginnt.

»Könntest du bitte mal nachschauen, ob du zu dem hier was rausfinden kannst?«, bittet Jan Saki und zeigt ihm das Bild von Saana. Mit der anderen Hand greift er nach einem Stück Puttanesca.

»Einen Moment«, erwidert Saki und beäugt sehnsüchtig das Essen, das in der Zwischenzeit kalt werden wird. Trotzdem setzt er sich an den Computer und startet eine Suche.

»Dieser Alias ... Ich finde keine Informationen über den User, aber wenn man nach ›purpurea‹ sucht, bekommt man Bilder von Sonnenhüten und anderen purpurfarbenen Blumen. Und das hier«, sagt Saki und deutet auf den Monitor.

Jan beugt sich vor und betrachtet die Fotos der glockenartigen Blumen. Sie kommen ihm bekannt vor. *Digitalis purpurea,* Fingerhut. Eine unangenehme Erinnerung an die Mordermittlungen, mit denen sie mittlerweile schon fast in eine Sackgasse geraten sind.

»Was hat es damit auf sich?«, fragt Saki und steht entschlossen auf, um sich Pizza zu holen.

»Ich wollte jemandem bloß einen Gefallen tun, ausnahmsweise. Wir kommen also nicht an Informationen über den User?«, nuschelt Jan mit vollem Mund. Saki schüttelt den Kopf.

»Normalerweise sind die Nutzerdaten auffindbar. Aber wenn jemand anonym in der App unterwegs ist, gibt es dafür wahrscheinlich irgendeinen besonderen Grund. Hinter dem Pseudonym kann jeder stecken.«

»Alles klar, danke, das genügt mir«, meint Jan.

Er beißt von seinem Stück Pizza ab, legt den Rest zurück in den Karton und wischt sich die mehligen Hände an der Hose ab. Dann geht er hinüber zur Ermittlungswand und starrt auf das grüne Areal der Karte, auf dem momentan ein dunkler Schatten zu liegen scheint – zweifellos eine Gefahrenzone.

SIEBEN WOCHEN
VOR DEM VERSCHWINDEN

Jeremias sitzt am Computer und weiß nicht, wo die Zeit geblieben ist. Seit vielen Stunden am Stück starrt er auf den Bildschirm und geht das Filmmaterial durch. Sie haben Roy dazu bekommen, ihnen von seiner Vergangenheit und seinen Interessen zu erzählen, das Leben auf der Insel aufgenommen, deren schöne Natur eingefangen. Aber die wichtigsten Dinge sind auf den Aufnahmen nicht zu sehen. Jeremias hatte beschlossen, seinen ganzen Mut zusammenzunehmen und das Thema anzusprechen, das schon seit Jahren an ihm nagt.

»Im Abschlussjahr auf dem Gymnasium ist etwas passiert, was mir immer noch keine Ruhe lässt«, sagte er. Seine Worte hat er sich schon lange vorher zurechtgelegt. Doch bevor er sie aussprach, hatte er sichergehen wollen, dass Roy auch wirklich auf der Seite der Guten steht. »Ein gewisser Kasper Hakala ist verschwunden. Er wurde niemals gefunden. Ich habe mit meinem Vater gesprochen, und ich weiß, dass du ein Freund von Kaspers Familie bist. Du hast dir Kaspers Eishockeyspiele angeschaut. Der Fall lässt mir keine Ruhe, seit vielen Jahren denke ich mir schon, dass sein Verschwinden kein Unfall gewesen sein kann. Ich habe beschlossen herauszufinden, was passiert ist.«

Jeremias hielt seinen Blick auf Roy gerichtet, der ihn nachdenklich erwiderte. Jeremias hat eindeutig Roys härteste Schale durchdrungen und etwas in seinem Inneren bewegt. Roy, wie er im Juli in einer dunklen Ecke des Hauses sitzt. Das vertrauliche Gespräch über Kaspers mysteriöses Verschwinden. Sein nachdenklicher Kommentar, dass der Junge vor aller Augen verschwunden sei. Dass es auf keinen Fall ein Unfall gewesen sei. Und nach und nach hat sich in seinem betrunkenen Gefasel ein klarer Standpunkt abgezeichnet. Eine Verbindung – es muss irgendeine Art von Verbindung geben. Vielleicht ist Roys Theorie die Erklärung für alles.

Nachdenklich leert Jeremias sein Brooklyn Bel Air Sour, das er zwischenzeitlich auf dem Boden abgestellt hat. Auf einmal ist es schon 02:48 Uhr. Er legt den Laptop neben sich aufs Bett und steht auf, um auf die Toilette zu gehen. Er hätte zwar Lust auf noch ein Bier, aber es wäre vernünftiger, endlich schlafen zu gehen. Als er von der Toilette zurückkommt, holt er sich trotzdem die letzte Flasche aus dem Kühlschrank und setzt sich in den Sessel am Fenster. Seine Kumpels haben ihn ausgelacht, als sie nach dem Umzug zum ersten Mal in seiner Wohnung in Merihaka waren und die Sessel und das Fernrohr am Fenster sahen. »Beobachtest du hier die Landschaft, oder was?«, fragte Abdi. Aber als Jeremias ihm ein kaltes Getränk in die Hand drückte und ihn dazu aufforderte, sich hinzusetzen und einfach hinauszuschauen, fing Abdi an, vor sich hin zu nicken.

Die Aussicht gibt einem das Gefühl, das Haus würde direkt aus dem Wasser aufragen. Die Weite ringsum überwältigt Jeremias manchmal fast. Der Umzug in diese offene Landschaft hat deutlich mehr Raum für Gedanken geschaffen.

Sommernacht. Jeremias starrt hinaus aufs Meer, sieht aber im Fenster nur sein eigenes Spiegelbild. Ein einsamer Junge im hellen Fenster. Die leuchtende Stadt sieht friedlich aus und wirkt großstädtischer, als sie es tatsächlich ist. Die Kohleberge und das Viertel Sompasaari am gegenüberliegenden Ufer, die neuen Baustellen von Kalasatama. Im Hellen könnte man über Korkeasaari bis zum Viertel Kruununvuorenranta und nach Ost-Helsinki sehen.

Sehr zu seiner Freude entdeckt Jeremias in Sompasaari Lichter. Ein Auto. Er nimmt einen Schluck Bier und greift nach dem Fernrohr. Darauf hat er gehofft. Dass draußen etwas passiert. Ihm läuft ein kalter Schauer über den Rücken, als er mit dem Fernrohr das Nummernschild fokussiert. Da ist keins. Es wurde mit irgendetwas Schwarzem abgedeckt. Was hat das zu bedeuten? Auf einmal kommt ein Fahrradfahrer hinzu und hält direkt neben dem Auto. Alles wirkt wie in einem Mafia-Film. Ein paar Typen treffen sich in einer verlassenen Gegend, glauben, unbeobachtet zu sein. Jeremias weiß nicht, warum, aber aus irgendeinem Grund wird ihm mulmig. Dabei befindet er sich eigentlich in sicherem Abstand zu den Typen da unten. Kann das wirklich sein?, fragt sich Jeremias und nimmt einen großen Schluck Bier. Kann es wirklich sein, dass die da drüben überhaupt nicht kapieren, dass ich von meinem Wohnzimmer aus direkt zu ihrem Treffpunkt hinüberschauen kann?

Neugierig fokussiert er den Radfahrer. Er trägt Anglerhut und Kapuzenpulli, aber im Dunkeln ist es schwer, sein Gesicht zu erkennen. Je länger Jeremias jedoch hinschaut, desto stärker wird der Eindruck, dass er ihm irgendwie bekannt vorkommt. Es dauert einen Moment, bis ihm klar wird, um wen es sich handelt. Es ist Johannes, der da mitten in der Nacht unwissend vor seiner Linse posiert und zwielichtiges Zeug treibt. Jeremias macht die Augen zu und reibt sich die Lider, um sich zu vergewissern, dass er überhaupt noch wach ist. Als er die Augen wieder öffnet, sieht er gerade noch, wie die Typen im Auto Johannes ein Päckchen geben. Sein Herz schlägt ihm bis zum Hals. Was geht hier eigentlich vor? Auf einmal kommt ihm ein verrückter Gedanke. Was, wenn Johannes auf die Idee kommt, zu seiner Wohnung herüberzuschauen? Jeremias stellt sich das große kastenartige Hochhaus vor, in dem nur ein einziges Auge zu sehen ist – sein eigenes hell erleuchtetes Fenster. Schnell schaltet er alle Lichter aus. Im Dunkeln guckt er durch das Fernrohr noch einmal hinüber zum Auto. Zu seiner Überraschung schaut einer der Typen jetzt zu seinem Haus herüber, direkt in sein Wohnzimmerfenster. Es kommt ihm vor, als würde sich sein Blick durch die Dunkelheit bohren, mitten in sein Fernrohr hinein.

Samstag, 14. September

SAANA

Saana sitzt auf dem Bett und betrachtet ihr Gesicht im kleinen Spiegel ihrer Bronzing-Puderdose. Dann trägt sie Lippenstift auf und überlegt, was sie anziehen soll.

»Wie förmlich ist denn der Anlass?«, fragt sie Jan, mit dem sie gerade telefoniert.

»Nicht besonders«, ertönt Jans Stimme aus dem Lautsprecher. »Es ist ja schließlich *mein* Geburtstag, und darum bestimme ich als Geburtstagskind, dass es nicht besonders förmlich sein soll.«

»Aber letztes Mal hatte dein Vater einen Anzug an.«

»So was trägt er immer.«

Saana geht hinüber zum Kleiderschrank.

»Was ziehst du selber an?«

»Jeans und ein schwarzes Jeanshemd.«

Saana grinst in sich hinein. Vielleicht will Jan seinen Vater ärgern, indem er sich so alltäglich wie möglich kleidet. Am anderen Ende der Leitung ist es still.

»Habt ihr herausgefunden, wer hinter dem Pseudonym steckt?«, fragt Saana und bemüht sich, dabei einen sorglosen Tonfall zu bewahren.

»Wir konnten niemanden ausfindig machen. Wenn jemand seine Identität so sorgfältig verschleiert, sollte man sich aber fragen, warum. Du mischst dich doch nicht in irgendwelche fragwürdigen Sachen ein, oder?«

Saana schweigt. Sie trägt gerade Eyeliner auf und kann nicht gleichzeitig sprechen. Wie viel sie Jan wohl über den Podcast erzählen kann? Bisher haben sie sich noch nicht darüber unterhalten.

»Keine Sorge«, gibt sie schließlich zur Antwort.

»Bist du dir sicher?«, fragt Jan. Sein Tonfall gefällt ihr nicht. Er ist irgendwie anklagend.

Als Saana nicht antwortet, wechselt Jan das Thema. »Weißt du, als Papa uns zum Geburtstagsbrunch eingeladen hat, sagte er: ›Wir laden euch ein‹«, erzählt er nachdenklich. »Was das wohl zu bedeuten hat?«

»Bestimmt ist er noch daran gewöhnt, in der Wir-Form zu sprechen«, meint Saana und ist dankbar über den Themenwechsel. »Auch wenn deine Mutter nicht mehr da ist, braucht es vielleicht Zeit, bis man sich an das Sprechen in der Einzahl gewöhnt«, sagt sie sanft und schlüpft in ihr Kleid.

»Papa hat meinem Geburtstag noch nie besonders viel Beachtung geschenkt, und du kannst mir glauben, dass er noch nie in seinem Leben das Wort ›Geburtstagsbrunch‹ benutzt hat«, murmelt Jan. »Warum jetzt auf einmal?«

»Vielleicht, weil ihr jetzt zu zweit seid. Vielleicht will er eine stärkere Bindung zu dir aufbauen. Sei doch nicht dauernd so skeptisch. Versuch auch mal, das Positive an deinem Vater zu sehen.«

Kurz nachdem sie das gesagt hat, überkommt Saana ein unangenehmes Gefühl. Sie muss an ihren eigenen Vater denken, der hoch oben im Norden lebt und nur zu gerne mit sich allein ist. Für gewöhnlich haben sie nur zweimal im Jahr Kontakt, an

Weihnachten und am Vatertag. Am Telefon hatten sie noch nie gut miteinander reden können.

Sie verabschiedet sich von Jan, schnappt sich ihren Lippenstift, Handy und Schlüssel und holt zum Schluss das Gastgeschenk aus der Küche, einen hochwertigen Crémant, der niemals schlecht wird.

Fast eine Stunde später steht Saana in einem schönen großen Wohnzimmer. An der Decke hängt ein Kronleuchter, doch da das Zimmer bestimmt vier Meter Höhe misst, bleiben zwischen ihm und dem Boden noch einige Meter Platz. Saana richtet ihren Blick auf das Empfangskomitee: Jans Vater und seine Freundin Anu, die ihr soeben vorgestellt wurde. Saana gibt ihr die Hand und lächelt freundlich. Im Gegenzug erhält sie ein Glas Champagner.

»Herzlich willkommen zur Geburtstagsfeier meines Sohnes«, erklärt Jans Vater feierlich und erhebt sein Glas.

Saana mag ihn, und auch Anu scheint nett zu sein, aber wenn sie sich vorstellt, wie Jan die Überraschung wohl aufgenommen hat, überkommt sie schon jetzt ein beklemmendes Gefühl. Es herrscht peinliches Schweigen, und jeder von ihnen nimmt einen Schluck von seinem Getränk.

»Lasst uns ruhig schon zum Essen übergehen«, sagt Jans Vater und führt sie ins Esszimmer, wo sie ein reich gedeckter Tisch erwartet. Saana stellt ihr Glas ab und stibitzt sich eine Erdbeere aus einer Schüssel. Gleichzeitig greift sie nach Jans Hand und drückt sie fest. Er hat noch keinen Ton von sich gegeben.

Im Vergleich zu Jans Vater im Anzug und dessen neuer Freundin mit ihrem todschicken Rüschenkleid fühlt Saana sich underdressed, auch wenn sie weiß, dass sie eigentlich ganz gut aussieht. Anu wirkt genauso nervös wie alle anderen. Saana beobachtet sie. Ihr Gesicht ist sorgfältig geschminkt, und ihr offenes, langes blondes Haar fällt ihr locker über die Schultern.

Saanas erster Eindruck von ihr ist: liebenswert und nett – Jans Vater hat sich also nicht einfach irgendjemanden ausgesucht. Angeblich arbeiten die beiden schon seit Jahren zusammen. Saana hat den Eindruck, als ob diese beiläufig erwähnte Tatsache die Situation für Jan noch schwieriger macht. Ob die beiden sich auch schon voneinander angezogen fühlten, als Jans Mutter noch gelebt hat? Als alles noch gut war? Jan sieht aus, als ob gleich irgendetwas aus ihm herausplatzen würde.

»Danke für die Einladung«, sagt Saana schnell und hebt noch einmal ihr Glas.

»Ja, vielen Dank«, bringt Jan hervor. Anscheinend beruhigt er sich langsam.

Sein Vater und Anu sehen ihn an. Dann tauschen sie lächelnd Blicke aus. Verstohlen beobachtet Saana, wie liebevoll Anu Jans Vater ansieht, und fragt sich, ob sie selbst irgendjemandem gegenüber genauso offen oder unvoreingenommen sein und so viel Akzeptanz aufbringen könnte.

Als der Brunch vorbei ist und sie zu zweit im Treppenhaus stehen, kommt Jan endlich aus sich heraus.

»Sie sind also Arbeitskollegen, das hat gerade noch gefehlt«, meint er, als sie die Tür hinter sich geschlossen haben und auf den Aufzug warten. »Anu arbeitet als Zahnärztin in Papas Klinik. Wer weiß, was im Laufe der Jahre alles passiert ist.«

»Ich weiß, dass dir jetzt nicht danach ist, aber versuch, dich wenigstens ein bisschen für deinen Vater zu freuen«, sagt Saana und drückt noch einmal auf den Fahrstuhlknopf, obwohl es sinnlos ist.

Im Treppenhaus geht das Licht aus. Keiner von beiden macht Anstalten, es wieder einzuschalten. Im Innenhof wirft jemand Glas in den Altglascontainer. Das Scheppern und Klirren ist so laut, dass es in den Ohren wehtut.

Im Aufzug stehen sie sich gegenüber, Saana streckt sich zu Jans Kinn hoch. Seine zu lang gewordenen Bartstoppeln kitzeln an ihrer Nasenspitze.

»Ich kann es nicht glauben«, murmelt Jan. »Dass Papa so schnell wieder eine Frau gefunden hat.« In seiner Stimme schwingen Trauer und Enttäuschung mit. »Mamas Tod ist erst ein paar Monate her.«

»Dein Vater leistet bestimmt schon lange Trauerarbeit«, sagt Saana. Sie kann beide Seiten verstehen, merkt aber zu ihrer eigenen Überraschung, dass sie Jans Vater in Schutz nimmt. Aber es ist egal, was sie jetzt sagt, sie wird nicht zu Jan durchdringen.

»Jetzt hat er mir eine Nachricht geschrieben«, sagt Jan, als sie schon vor seiner Haustür stehen. Er hebt die Brauen und liest laut vor: »*Vielleicht wirst du es eines Tages verstehen. Am Anfang war ich so von meiner Trauer überwältigt, dass ich dachte, ich würde den Rest meines Lebens damit verbringen. Ich stellte mir vor, wie ich alle Erfahrungen allein machen würde. Aber dann kam Anu. Etwas überraschend, und sicher sind viele der Meinung, dass es zu früh war. Aber deine Mutter wird für immer in unseren Erinnerungen weiterleben. Für mich ist das ziemlich klar. Ich habe mich für das Leben entschieden. Hab noch einen schönen Abend, mein lieber Sohn.*«

Jan schnaubt.

»Mein lieber Sohn? Jetzt ist er völlig durchgedreht, so etwas hat er noch nie gesagt.«

Saana weiß nicht, was sie erwidern soll. Sicher braucht Jan nur etwas Zeit. Vieles kommt einem am Anfang schwarz-weiß vor, aber je länger man darüber nachdenkt, desto mehr beginnt man, die Dinge aus verschiedenen Perspektiven zu sehen. Es gibt nicht die eine richtige Antwort. Auf nichts. Oder höchstens auf mathematische Gleichungen. Aber auf nichts, was auch nur ansatzweise mit Gefühlen zu tun hat.

Am Spätnachmittag schläft Jan auf dem Bett in Saanas Armen ein. Sie spürt seinen warmen Körper und fragt sich, wie viel er in letzter Zeit gearbeitet hat. Saanas Beine liegen übereinander, sie spürt, wie die Haut langsam zusammenklebt, streichelt Jan kurz über den Kopf und versucht, ihn nicht zu wecken, während sie sich langsam von ihm wegschiebt.

Saana schaut sich in der Wohnung um. Während sie weg war, hat Jan Kartons an die Schlafzimmerwand gestellt. Sie hat noch nicht hineingeschaut, aber sie weiß, dass sie voll mit Dingen sind, die seiner Mutter gehört haben. Dinge, die er sich ausgesucht hat, Andenken, die er bewahren will. Liebevoll betrachtet Saana den schlafenden Jan und ist überwältigt von Mitgefühl. Er hat die Kartons noch nicht ausgepackt. Die Trauer ist noch zu groß. In der Wohnzimmerecke liegt ein Haufen mit Fahrradzubehör, das Jan im Internet bestellt hat. Das Radfahren ist wahrscheinlich seine Art, mit allem klarzukommen. Er verarbeitet seine Gefühle, während er still vor sich hin strampelt, fasst seine Gedanken aber nie in Worte oder teilt sie gar jemandem mit.

Jan schreckt hoch. Saana beugt sich über ihn und gibt ihm einen Kuss.

»Es ist noch früh am Abend, falls du dich das fragst«, sagt sie schmunzelnd. Einen Moment lang sieht Jan aus wie ein schläfriges Vogeljunges.

»Ich glaube, ich muss joggen gehen, um den Kopf frei zu kriegen«, murmelt er und löst sich von ihr. »In die Arbeit muss ich auch noch.«

»In Ordnung. Dann gehe ich heim«, sagt Saana und sammelt ihre Klamotten zusammen.

Wenig später zu Hause angekommen, wirft sie ihre Sachen in den Flur, geht zum Kühlschrank, trinkt Apfelsaft direkt aus der Packung und zieht sofort das enge Kleid aus. Auf dem Weg von der Küche ins Wohnzimmer beobachtet sie, wie der Staub, der sich in den Ecken angesammelt hat, vom Luftstrom bewegt wird. Saana setzt sich aufs Sofa und legt sich ihr schwarzes Notizbuch auf den Schoß. Für Alltägliches ist sie gerade nicht in der Stimmung. Nachdenklich blättert sie durch ihre Notizen, in denen sie sich mögliche Szenarien überlegt hat.

- *Jeremias hat einen alten Vermisstenfall recherchiert und ist selbst verschwunden?*
- *Jeremias wollte Roy treffen, den Patenonkel des verschwundenen jungen Mannes, der viele Jahre lang nach diesem suchte.*
- *Jeremias hat sich auf dem Videomaterial die Stelle markiert, an der eine Gestalt zu sehen ist.*
- *Befindet sich die Lösung auf Lammassaari?*

Es ist kühl in der Wohnung, die Heizungen sind kalt. Saana zieht sich ihre Lieblings-Wollsocken mit dem aufwendigen schwarz-weißen Muster an und spürt, wie sie eine unbestimmte Melancholie überkommt. Die Socken hat ihre Oma gestrickt. Leider hat sie ihre Großmutter nicht mehr als Erwachsene erlebt, als sie endlich bereit gewesen wäre, sie nach den Dingen zu fragen, über die sie in ihren Zwanzigern nicht nachdenken wollte.

Das Handy vibriert. »Ich gehe zur Arbeit <3«, schreibt Jan. Saana liest die Nachricht noch einmal laut vor. Das Herz entspricht in keiner Weise den Gefühlen, die Jans permanente Arbeitswut in ihr auslöst. Er drückt die Dringlichkeit seiner Aufgaben immer mit den Worten aus: »die Arbeit muss erledigt werden« oder: »Die Arbeit wählt mich aus, nicht andersherum.« Er entschuldigt sich nie, macht einfach weiter. Saana ruft ihn an.

»Ja?«, fragt er mit all der Distanz in der Stimme, die die Arbeit zwischen sie bringt.

»Wirst du die ganze Nacht arbeiten?« Als Jan erwidert, er wisse es noch nicht, will sie das Gespräch fast schon wieder beenden, als ihr auf einmal Fragen einfallen.

»Ermittelt ihr eigentlich in diesen Todesfällen in der Altstadtbucht? Und hat das alles etwas mit dem Verschwinden von Jeremias Silvasto zu tun? Ist an den Zeitungsartikeln was dran?«

»Du weißt, dass ich dir nicht mehr sagen kann als das, was öffentlich bekannt ist und schon irgendwo geteilt wurde«, brummt Jan. Seine Stimme klingt leicht verärgert. »Aber ja, die Fälle haben etwas miteinander zu tun. Ich weiß, dass du sowieso machst, was du willst, aber ich hoffe, dass du dich nicht zu sehr in die Sache verstrickst, es ist gefährlich. Halt dich von Lammassaari fern, Schatz.« Damit legt er auf.

»Danke, Herr Polizist«, knurrt Saana, obwohl er sie nicht mehr hören kann. Es macht sie wütend, dass Jan komplett dichtmacht, wenn er über Arbeitsangelegenheiten spricht, und sogar eine andere Stimme hat. Sie wird wohl nichts Nützliches aus ihm herausbekommen. In letzter Zeit war er zu neunzig Prozent der Zeit gestresst und gereizt und zu zehn Prozent liebevoll. Noch vor ein paar Wochen war es andersherum.

Saana denkt über Jans Ermahnung nach. Ob er durch die Arbeit etwas über den Vermisstenfall weiß, was so schrecklich ist, dass er sie deshalb warnen wollte?

Erst jetzt geht ihr auf, dass er sie gerade »Schatz« genannt hat.

Irgendwie muss sie sich ablenken. Es gibt nur eine einzige Serie, auf die sie jetzt Lust hat: *Succession*. Nur ist das ausgerechnet die Serie, die sie gemeinsam mit Jan schaut. Sie wirft noch einen Blick auf ihr Handy, aber ihr fällt sonst nichts ein, womit sie ihren Abend noch retten könnte. Sie könnte sich ja nur eine Folge ansehen, höchstens zwei oder drei, und dann, wenn sie gemeinsam weiterschauen, so tun, als hätte sie die Folgen noch nicht gesehen. Jan könnte zwar merken, dass sie bereits als abgespielt markiert sind, aber dann würde sie einfach trotzdem alles abstreiten.

Saana muss lachen. Jetzt ist dieser komische Zeitpunkt also erreicht, an dem sich eine neue Bedrohung in ihre Beziehung geschlichen hat, eine Versuchung namens »Fremdschauen«.

HEIDI

Heidi dreht die altmodische Drehklingel zweimal hin und her. Ring ring. Das Metall fühlt sich kalt in ihrer Hand an. Niemand öffnet. Sie wirft noch einmal einen Blick auf das Türschild, um sicherzugehen, dass sie richtig gelesen hat. Hat sie. An der Tür steht »Savolainen«. Sie läutet noch einmal, das rasselnde Klingeln hallt dumpf im hohen Treppenhaus wider. Das Geräusch erinnert sie an all die Male, als sie als Kind zu ihren Freunden rannte und bei ihnen klingelte, damit sie zum Spielen nach draußen kamen. Wehmütig denkt sie an die Zeit zurück, in der nichts im Voraus vereinbart wurde. Es gab keine Handys. Jetzt kommt es ihr beinahe unmöglich vor, spontan irgendwo aufzutauchen, ohne die Verabredung vorher über Nachrichten und Anrufe mehrfach zu bestätigen. Trotzdem funktionierte damals alles mindestens genauso gut wie jetzt.

Im Erdgeschoss fängt ein Hund an zu bellen. Das gedämpfte, aber aggressive Gekläffe ist im ganzen Treppenhaus zu hören. Heidi klopft an die Tür und beugt sich dann zum Briefschlitz hinunter. Vorsichtig schiebt sie ihre Hand hinein und öffnet ihn gerade so weit, dass sie hindurchspähen kann. Ein schwacher Luftzug weht ihr ins Gesicht, erfüllt von einem abgestandenen, fast ranzigen Geruch und irgendetwas Beißendem. Heidi muss an ihre Großeltern und den Geruch von Medikamenten in deren Wohnung denken. Die Zwischentür ist offen, durch den Briefschlitz kann Heidi direkt in den kleinen Flur schauen, der ins Wohnzimmer führt.

Dort sieht sie es. Am Ende des Flurs liegt etwas auf dem Boden.

»Aila?«, ruft Heidi in die Wohnung.

Niemand antwortet. Das Etwas auf dem Boden rührt sich nicht. Ausgestreckt auf dem Fischgrätparkett liegt ein bleicher Arm, so als ob er versucht hätte, die Tür zu erreichen. Der entsetzliche Anblick brennt sich unmittelbar in Heidis Netzhaut ein. Die totenblasse Aila Savolainen liegt rücklings da und starrt mit offenem Mund an die Decke. Schnell schließt Heidi den Briefschlitz wieder und tritt einen Schritt zurück, um zu telefonieren.

Dann rennt sie die Treppe hinunter, um frische Luft zu schnappen, sie braucht jetzt dringend Sauerstoff. Es ist nicht der Tod an sich, der sie in Schrecken versetzt, sondern vielmehr die neue Wendung, die die Ermittlungen genommen haben. Der Tod begegnet ihr so oft in ihrem Leben, dass er fast schon alltäglich geworden ist, aber gleichzeitig schaudert ihr bei jedem neuen Leichenfund. Was ist nur mit Aila passiert?

Heidi stützt sich auf die Knie und atmet tief durch, während sie auf die Verstärkung wartet. Wonach habe ich eigentlich gesucht?, fragt sie sich. Was habe ich für wahrscheinlicher gehalten: Ailas Schuld oder die Tatsache, dass sie etwas gesehen haben könnte, während sie auf der Insel war? Wieder einmal hat eine Leiche Heidi den Boden unter den Füßen weggezogen. Sie weiß nicht, wohin mit sich. Nichts ist in Ordnung. Warum haben sie Aila nicht früher ausfindig gemacht? Am dunklen Himmel haben sich Regenwolken zusammengebraut. Es fängt an zu tröpfeln. Heidi hebt den Blick zum Himmel und schließt die Augen, hofft, dass die kühlen Tropfen ihre Gedanken reinigen, aber dazu sind sie zu klein.

JAN

Jan überkommt ein kurzzeitiges Schwächegefühl, als er versucht, die Neuigkeiten, die Heidi ihm gerade mitgeteilt hat, zu verdauen. Ein weiterer Todesfall in Helsinki, ein Leichenfund im Stadtteil Kruununhaka. Sie werden den ganzen Abend arbeiten müssen, aber er wird alles tun, um am nächsten Morgen neben Saana aufwachen zu können. An seinem eigentlichen Geburtstag.

Er legt die Füße auf den Tisch, lehnt sich im Stuhl zurück und starrt an die Decke, während er im Kopf die Fakten durchgeht, die gesichert sind: Johannes' Leiche, Roys Tod und jetzt der von Aila Savolainen.

»Wie kommen wir voran?« Plötzlich steht Jone hinter ihm. Jan zuckt zusammen und richtet sich überrascht auf. Um diese Uhrzeit ist kaum noch jemand da.

»Ganz ruhig«, sagt Jone und lacht.

Jan dreht sich zu ihr um.

»Aila Savolainen wurde gerade tot in ihrer Wohnung aufgefunden«, erzählt er und bemerkt dabei eine leichte Müdigkeit in seiner Stimme. Sie sind drauf und dran zu scheitern. Ringsherum sterben Menschen, aber bisher haben sie immer noch

keine heiße Spur. Wenn er sich nicht zusammenreißt und einen Zahn zulegt, wird Frau Savolainens plötzlicher Tod ihm bald sein letztes Selbstwertgefühl rauben. Kann ein Mensch allein das alles überhaupt getan haben?
»Ich habe es schon gehört, darum bin ich gekommen. Ich wollte dir auch sagen, dass du recht hattest. Aila Savolainens Tod stützt deine Vermutung, dass der Mörder jemand anderes ist als Roy. Das verkompliziert die Sache und verleiht den Ermittlungen gleichzeitig oberste Priorität. Es gab schon drei Morde, eine weitere Person wird vermisst. Basierend auf diesen Tatsachen bin ich bereit, den Gedanken, dass Roy an dem Mord an Johannes beteiligt war, zu verwerfen.«
Jan nickt.
»Ich fahre als Nächstes zum Fundort nach Kruununhaka. Heidi ist mit der Spurensicherung dort. Auch Ailas Sommerhaus auf Lammassaari wird bald durchsucht.«
»Gut«, sagt Jone.
Ihr Gesicht ist schwer zu lesen, aber ihr Blick ist so durchdringend, dass Jan verwirrt wegschaut. Um den Augenkontakt zu vermeiden, betrachtet er stattdessen die Ringe an Jones linkem Ringfinger. Über ihre Familie hat sie bisher nichts erzählt. Jone merkt sofort, wohin Jan schaut, auch wenn er den Blick eilig wieder abwendet.
»Ich bin verheiratet, wir haben zwei Söhne. Oder hatten. Unseren Erstgeborenen haben wir vor vier Jahren verloren. Er war erst siebzehn, als er starb.«
»Das tut mir leid«, sagt Jan.
Jone dreht ihre Ringe hin und her und schaut über Jan hinweg, irgendwo in die Ferne.
»Eero war schon als Kind ziemlich sensibel. Das Leben ist voller Rätsel. Man sagt, dass die Gene bestimmen, wie unsere Körper wachsen und was wir werden. Aber welche Rolle spielt

dabei die Umwelt? Eero hatte einfach nicht die Kraft zu leben. Er hat sein Leben selbst beendet.«

Jan bemerkt plötzlich die gewaltige Tiefe und den schweren Verlust in Jones dunkelbraunen Augen. Eine Träne löst sich aus ihrem Augenwinkel.

»Nun gut«, murmelt Jone und wischt sich die Augen trocken. »Ich erzähle das, weil meine Erfahrungen sich hin und wieder darauf auswirken könnten, wie ich auf Dinge reagiere. Auf diesen jungen Menschen, den man tot aufgefunden hat, zum Beispiel. Als mein Kollege ist es gut, wenn du das weißt. Wir können noch so professionell sein, aber wir sind auch nur Menschen.«

»Danke, dass du mir das erzählt hast«, sagt Jan. Jetzt versteht er umso besser, warum Jone so auf der Hut war, was den Todesfall des jungen Mannes anging.

Sie hat dabei an ihren eigenen Sohn denken müssen.

Wie oft sie im Laufe ihrer Karriere wohl noch an ihn erinnert werden wird? Jan steht auf, will sein Mitgefühl auf irgendeine Weise deutlicher zum Ausdruck bringen, weiß aber nicht, wie. Eine Umarmung käme ihm unnatürlich vor. Stattdessen verabschiedet er sich mit einem Nicken von Jone, geht mit großen Schritten zur Tür und trabt die Treppe hinunter, um möglichst schnell zu Heidi zu kommen, die bereits auf ihn wartet.

In der Oikokatu angekommen, zieht er die schwere Eingangstür auf und betritt das geräumige, hohe Treppenhaus. Der Fahrstuhl ist in den oberen Stockwerken unterwegs, die Kollegen sind also vermutlich schon da. Er steigt die Treppe in den zweiten Stock hinauf. Savolainens Wohnungstür steht offen. Eine Nachbarin aus derselben Etage späht in den Gang und beobachtet neugierig das Geschehen, aber als sie Jans stechenden Blick bemerkt, zieht sie sich gleich wieder zurück.

»Was wissen wir über Aila Savolainens Tod?«, fragt Jan, sobald er Heidi im Flur der Toten entdeckt.

Hinter ihr kauern Leute in Schutzanzügen über der Leiche. Neben dem Eingang zum Wohnzimmer steht ein großer Keramikkrug voller langstieliger Gräser. Offenbar hat Frau Savolainen ein Stück von Lammassaari in Form von Schilfgras mit in die Stadt genommen.

»Wahrscheinlich ein medizinischer Notfall oder etwas noch Schlimmeres. Im Mülleimer in der Küche war ein Insulin-Pen, das Insulin hat sie im Kühlschrank aufbewahrt. Noch wissen wir nicht, ob das etwas mit ihrem Tod zu tun hat.«

»Wie lange ...«, setzt Jan an, aber Heidi unterbricht ihn.

»Wahrscheinlich ist sie schon seit gestern tot.«

»Könnte sie selbst aus Versehen eine falsche Dosis genommen haben?«, überlegt Jan laut und reckt den Hals, um über Heidi hinwegsehen zu können.

»Das habe ich mich auch gefragt. Warten wir erst mal, ob wir eine Bestätigung für diese Vermutung bekommen, aber ich bin mir sicher, dass sie sich das nicht selbst angetan hat.«

»Gab es irgendwo eine Nachricht?«, fragt Jan.

»Diesmal nicht.«

»Es wird langsam immer enger.«

»Ja. Als ich auf die anderen gewartet habe, ging mir die ganze Zeit ein und dieselbe Frage durch den Kopf: warum Frau Savolainen?«

Eine drückende Ungewissheit senkt sich über sie herab.

Sonntag, 15. September

SAANA

»*Happy birthday to you, happy birthday*, Schatz!«, singt Saana im Flüsterton und gibt Jan einen Kuss auf die Nasenspitze.
Jan schreckt aus dem Schlaf hoch.
»Was zum...? Jetzt hast du mich aber erschreckt.« Er wirkt verdattert. Dann kommt er langsam zu sich, und sie lachen gemeinsam über seine Reaktion. Er sieht niedlich aus, wenn er verschlafen ist. Erst am frühen Morgen ist er zu ihr ins Bett gekrochen.
»Habe ich das richtig gehört? Schatz?«, fragt er frotzelnd und gibt ihr einen Kuss. »Hast du ›Schatz‹ gesagt?«
Saana spürt, wie sie rot wird. Da Jan das Wort bereits verwendet hat, hat sie beschlossen, sich auch zu trauen. Sie nimmt seine Hand und zieht ihn hinter sich her in die Küche, wo sie ein kleines Geburtstagsfrühstück vorbereitet hat: Croissants, Omelett und zwei bunte Frühstücks-Bowls.
»Das ist das tollste Frühstück, das mir je gemacht wurde«, sagt Jan und zieht sie in seine Arme, aber Saana erstarrt. Sie will nicht an die Morgen denken, an denen er neben anderen Frauen aufgewacht ist.
»Alles Gute zum Geburtstag«, sagt sie und schenkt Oran-

gensaft in Sektgläser, um Mimosas zu machen. In dem Moment klingelt Jans Handy.

Er geht sofort ran und blickt sich während des Telefonats angespannt um. Aus seinem kollegialen Tonfall schließt Saana, dass die Anruferin Heidi sein muss. Sie wirft einen Blick auf die Uhr. Es ist kurz nach zehn an einem Sonntagmorgen.

»Lade Heidi ruhig auch ein, wenn sie kommen will«, brummt sie halb im Spaß und betrachtet durch das Fenster den hellen Herbstmorgen. Wahrscheinlich hat Jan schon Schuldgefühle, weil er sich diesen kurzen Moment Freizeit gönnt.

»Du wirst es wahrscheinlich bereuen, aber Heidi ist schon unterwegs hierher«, sagt Jan grinsend, nachdem er aufgelegt hat. »Dann fahren wir weiter zur Arbeit«, fügt er eine Spur ernsthafter hinzu, und Saana spürt, wie sich Enttäuschung in ihr breitmacht. Ihr fällt nichts Positives ein, das sie antworten könnte, auch wenn sie mit so etwas gerechnet hat. Jan hat ihr ja schon gesagt, dass er die nächsten Tage fast die ganze Zeit arbeiten müsse.

Saana sieht an sich herunter. Sie trägt nichts als ein T-Shirt. Schnell sucht sie im Schlafzimmer nach etwas zum Anziehen, bevor Heidi auch schon an der Tür klingelt.

Wenig später sieht Saana zu, wie Heidi umstandslos das Deko-Veilchen von Jans Frühstücks-Bowl zupft und anfängt, sie auszulöffeln.

»Schmeckt gut«, sagt Heidi und deutet mit dem Löffel auf die Schüssel, für deren Garnieren Saana ewig gebraucht hat. Ungläubig blickt Saana sich um. Dieses Mal hat Jan sich zum Telefonieren ins Schlafzimmer zurückgezogen. Er hat gesagt, er könne sich einen Moment freinehmen, aber schon steckt er im nächsten Arbeitsgespräch, und sie feiert seinen Geburtstag nun mit seiner Kollegin statt mit ihm. Heidi ist zwar auch mit Jan befreundet, aber der Grad an Romantik liegt jetzt bei minus zehn. Jan zu erlauben, seine Kollegin einzuladen, obwohl sie gerade dabei sind, zu feiern und ihre Zweisamkeit zu genießen – diesen Fehler wird Saana nicht noch einmal begehen.

Sie holt den Prosecco aus dem Kühlschrank und schenkt sich selbst ein Glas ein – ohne Orangensaft. Den anderen beiden bietet sie ihn erst gar nicht an, schließlich weiß sie, dass sie jetzt keinen Alkohol trinken dürfen. Sie setzt sich mit ihrem Glas an die Kücheninsel und lächelt Heidi matt zu. Diese lehnt sich so dicht zu ihr herüber, dass sie fast ihren Atem riechen kann. Zwischen ihren Zähnen hängen ein paar Chia-Samen. Die Schüssel ist bereits leer, und Heidi greift entschlossen nach einem der frisch gebackenen Croissants.

»Ich bin froh, dass du dir diesen Sturkopf geschnappt hast«, sagt Heidi und richtet die Finger wie eine Pistole auf die Schlafzimmertür, hinter der gedämpft Jans Stimme zu hören ist.

»Ihn zu schnappen ist unmöglich«, murmelt Saana und startet einen höflichen Versuch, das Gespräch in eine andere Richtung zu lenken: »Aber wie läuft's bei dir? Wir haben noch gar nicht über dich gesprochen. Bist du aktuell mit jemandem zusammen oder Single?«

Heidi mustert Saana, als würde sie über ihre Antwort nachdenken.

»Ich bin so im Grenzbereich«, meint sie dann und beißt in ihr Croissant. Blättrige Krümel rieseln auf die Steinplatte. »Es gibt eine, an der mir was liegt, aber die Sache ist kompliziert und aussichtslos, sie ist zurzeit nicht mal in Finnland. Darum habe ich mir wieder Tinder runtergeladen. Unter uns gesagt: Ich hasse es.«

Als Saana merkt, dass Heidi auch ein bisschen lockerer sein kann, muss sie lachen.

»Nicht aufgeben. Vielleicht findest du dort tatsächlich jemanden«, meint sie grinsend.

Autsch. Wenn so etwas jemand zu ihr gesagt hätte, als sie Single war, wäre sie sofort sauer geworden. Als ob die einzige Aufgabe eines Singles darin bestehen würde, »jemanden zu finden«.

Heidi isst weiter ihr Croissant und wirkt müde. Vielleicht ist sie im müden Zustand etwas zugänglicher, denkt Saana. Das ist ihre Chance.

»Eigentlich würde ich gerne etwas mit dir bereden«, beginnt sie und wirft Heidi einen flüchtigen Blick zu, um ihre Reaktion abschätzen zu können. »Ich weiß nicht, ob du es wusstest, aber ich mache einen Podcast über das Verschwinden von Jeremias Silvasto, um einem Arbeitskollegen von mir zu helfen, er ist Jeremias' Bruder. Die Sache scheint komplizierter zu sein, als sie anfangs schien. Ich habe herausgefunden, dass Jeremias über ...«

Jan kommt in die Küche zurück, und sie hält inne. Er wirkt etwas zerknirscht. Bestimmt weiß er selbst, was er getan hat. Aus dem romantischen Geburtstagsfrühstück wurde ein Arbeitsmeeting. Saana nimmt einen großen Schluck Prosecco und sieht erst ihn, dann Heidi an. Alles in allem muss man die beiden einfach mögen. Als Jan auf die Toilette geht, wittert sie erneut ihre Chance.

»Was wolltest du sagen?«, fragt Heidi.

»Ich schicke euch in ein paar Tagen alle Informationen, die ich bisher gesammelt habe«, sagt Saana und steigt vom Barhocker herunter. »Jan und ich halten uns streng an die Regeln, er erzählt mir nichts von dem, was ihr macht. Ich wollte dir nur sagen, dass ich wahrscheinlich in derselben Sache ermittle.«

»Du bist schon irgendwie ein verrücktes Huhn«, sagt Heidi. »Steckst deine Nase freiwillig in Dinge, die wir beruflich machen. Warum tust du das bloß?«

Sie wischt sich ein paar Croissant-Brösel aus dem Mundwinkel, streckt die Arme und gähnt.

»Ist es okay, wenn ich mich kurz ein bisschen auf eurem Sofa ausruhe?«

Saana betrachtet Heidi für einen Moment. Die Haare hat sie zu einem frechen Pferdeschwanz gebunden, aber unter den Augen hat sie große dunkle Ringe. Sie sieht aus, als hätte sie seit Längerem kein Auge zugemacht.

Saana kann ihr das Sofa nicht wirklich verwehren.

JAN

Jan, Heidi und Saki gehen den Obduktionsbericht über Aila Savolainen durch, den Joki ihnen binnen kürzester Zeit geschickt hat. Sie wissen bereits, dass das Insulin über einen Pen verabreicht wurde. In Savolainens Patientenakte gibt es einen Vermerk über Diabetes.
»Aber die Dosis war viel zu hoch«, fasst Jan noch einmal zusammen. »Dem Arzt nach würde sich kein Diabetiker, unter keinen Umständen, selbst eine solche Menge Insulin spritzen.«
»Ja, und auf dem Insulin-Pen waren keine Fingerabdrücke. Das ist merkwürdig, denn wir haben nicht einmal Frau Savolainens eigene Fingerabdrücke gefunden. Als hätte sie jemand abgewischt.«
»Ich bin völlig ratlos«, sagt Heidi. »Das ist wahrscheinlich der komplizierteste Fall in meiner ganzen Laufbahn. Frau Savolainens Körper weist keinerlei Spuren von Gewalteinwirkung auf, es sah fast aus wie ein natürlicher Tod. Auch bei Roy Kuusisto war der Täter eiskalt. Keine Spuren eines Kampfes, nur eine Kugel. Ich bin mir sicher, dass der Mörder für ein solches Vorgehen erst ein gewisses Vertrauen aufbauen musste. Schätzungsweise haben die Opfer den Täter selbst an sich herangelassen.

Kuusisto hat nie seine Tür abgeschlossen, aber Frau Savolainen muss den Mörder in ihre Wohnung gelassen haben.«

»Tja, und dann...«, sagt Jan und fährt sich mit dem Finger symbolisch quer über den Hals.

»Gehen wir noch mal ganz an den Anfang zurück – ich habe etwas Kleines entdeckt«, sagt Saki. »Ich habe Johannes' Transaktionen über das Tor-Netzwerk durchforstet. Er hat keinen Stoff im Ausland bestellt, also ist es möglich, dass er das Zeug, das er verkauft hat, in Finnland bekommen hat. Aber das interessiert uns jetzt eigentlich nicht. Worauf ich hinauswollte, ist, dass ich auch die Spiele auf seinem Computer durchgegangen bin. Johannes hat vor allem CS:GO gespielt.«

»Und das heißt?«, fragt Heidi.

»Counter Strike«, antwortet Saki, aber Heidi verzieht keine Miene. Wenn man sich nicht auskennt, hilft einem der volle Name des Spiels auch nicht weiter.

»Jedenfalls habe ich etwas Neues herausgefunden. Auch Jeremias hat Counter Strike gespielt, und auf Discord habe ich alte Konversationen der beiden gefunden, die sie während des Spielens geführt haben. Ein wortkarger Chat über allgemeine Dinge endet mit den Worten: ›Ich warne dich‹, gesendet von Jeremias' Username an Johannes. Aber das muss sich nicht unbedingt auf das Spiel beziehen. Johannes hat auf einem Sprachkanal immer wieder Unterhaltungen mit ein und demselben User geführt, aber an die komme ich nicht ran. Allerdings kennen wir den Username bereits.«

»Wer?«, fragt Jan gespannt.

»Purpurea123.«

»Derselbe, der auch Nachrichten an Saana geschrieben hat«, sagt Jan beklommen.

»Was sagt die Warnung von Jeremias über ihn aus?«, überlegt Heidi.

»Das ist die Frage«, sagt Saki. »Man muss dazu sagen, dass der Chat nur einen Tag vor Johannes' Tod stattfand.«
»Und kurz darauf hat man Johannes ermordet im Wald gefunden.«
»Könnte Jeremias nicht in dessen Tod verwickelt sein?«, schlägt Saki vor.

Jan nickt nachdenklich. »Wenn ich ehrlich bin, haben wir den Ermittlungsansatz, dass Jeremias absichtlich verschwunden sein könnte, bisher außer Acht gelassen.«
»Johannes hatte am Donnerstag einen Auftritt im *Pultti*, am Abend vor seinem Tod. Den Chat-Verläufen nach zu schließen war Jeremias auch dort.«
»Denkst du das, was ich denke?«, fragt Heidi.
»Hängt davon ab, was du denkst.«
»Dass Jeremias der Täter sein könnte.«
»Ja, zum Beispiel«, sagt Jan und fühlt sich auf einmal benommen.

»Er hat den ganzen Sommer über einen Dokumentarfilm über Naturreligionen gedreht«, fährt Heidi nachdenklich fort.

»Wäre Jeremias zu einem geplanten Mord imstande gewesen? Hätte er es fertiggebracht, Johannes umzubringen und dessen Tod dann als eine Art Opferritual zu inszenieren? Er kannte auch Roys Vergangenheit und dessen Interesse an alten Beschwörungsformeln«, sagt Jan, und im Raum macht sich eine erwartungsvolle, geradezu knisternde Spannung breit. Sie begeben sich damit auf sehr dünnes Eis, sprechen Dinge aus, von denen sie nie gedacht hätten, dass sie sie aussprechen würden. Jan hat das Gefühl, als würde ein unsichtbares Glas in seinem Kopf zerspringen. Die Box, in die er sich gezwängt hatte, bricht auf, und seine Gedanken können wieder frei fließen.

Wenn Jeremias Silvasto nicht einfach so verschwunden ist, sondern sich nach seinen Taten versteckt hat – was bedeutet das für die Suche? Womöglich ist er unsichtbar, hält sich versteckt und kehrt nur zurück, um zu töten. Zuerst brachte er Johannes um, dann sorgte er für Roys Tod. Aber wie passt Aila Savolainens Tod da hinein?

»Könnte es sein, dass sie Jeremias gesehen hat, und deswegen musste er sie umbringen?«

»Aber warum sollte Jeremias das alles tun? Uns fehlt das Motiv«, kommentiert Saki.

»Wenn alle drei Morde von ein und derselben Person begangen wurden, ist die Lage äußerst ernst – und der Täter äußerst gefährlich. Wir hätten es mit einem Serienmörder zu tun. Nicht nur ist es ihm gelungen, ein Verwirrspiel zu veranstalten, sondern er hat auch ausschließlich wohlüberlegte Spuren hinterlassen.«

»Würde diese Ermittlungslinie auch Menschen in Silvastos Umfeld in ein anderes Licht rücken?«, fragt Heidi und geht zur Ermittlungswand. Schweigend überfliegt sie die Namen der entsprechenden Personen.

»Seine Eltern können wir wahrscheinlich ausschließen, in den Augen seiner Mutter lag eine derartige Trauer, wie man sie unmöglich schauspielern kann«, sagt sie dann.

»Und sein großer Bruder? Er hat die Suchaktion initiiert«, sagt Jan. Stirnrunzelnd blicken sie auf das Whiteboard, auf dem in Heidis sauberer Handschrift Samuli Silvastos Name steht.

Montag, 16. September

SAANA

Saana sitzt im Büro und überlegt, was sie zu Mittag essen soll. Statt zu einem gesunden Salat tendiert sie mittlerweile eher zu Pizza und Cola. Seufzend stößt sie sich mit dem Bürostuhl vom Schreibtisch ab und zieht sich wieder zurück an den Tisch. Mit dem aktuellen Text kommt sie einfach nicht voran. Es scheitert an einer Denkblockade. Vielleicht lenkt ihr Tageshoroskop sie etwas ab. »Widder: Konflikte stehen an«, steht in der Überschrift. *Wirf einen Blick auf dein derzeitiges Leben. Es ist Zeit, darüber nachzudenken, welche Dinge du in deinem Leben haben möchtest und in welche Richtung es künftig gehen soll. Glaub nicht alles, was die anderen sagen, vertraue auf dein eigenes Bauchgefühl. In der Liebe hast du gerade kein Glück, aber das Blatt wird sich bald wenden.*

Kein Glück in der Liebe? Zum Glück stimmt das nicht. Zum ersten Mal seit Langem fühlt sie sich mit sich selbst im Reinen, dadurch steht auch die Beziehung mit Jan auf einem guten Fundament.

Saana googelt noch einmal nach Lammassaari. Die beiden größten Boulevardzeitungen haben je einen Artikel über die neuesten Ereignisse geschrieben, aber diese beinhalten kaum

Informationen. Sie fragt sich, was die Polizei im Moment alles weiß und welche schrecklichen Details sie vorerst noch geheim hält.

»Weiterer Todesfall in Helsinki – die Polizei hält sich bedeckt.« Saana liest weiter und erfährt, dass es sich bei dem Toten um die Hauptfigur von Jeremias' Dokumentarfilm, Roy Kuusisto, handelt. Was ist nur passiert? Sie sucht auf ihrem Handy nach den Fotos, die sie von den Ausschnitten des Filmmaterials gemacht hat, die Jeremias sich notiert hatte. Ob Jeremias am Ende wusste, wer im Bild zu sehen ist? Hat er die Stelle darum vermerkt? Saana betrachtet die dunkle Gestalt lange. Bist du die Person, nach der gerade alle suchen?

Auf einmal hört Saana eine vertraute Stimme. Samuli hat das Büro betreten. Sie beobachtet, wie er zu seinem Schreibtisch trottet.

»Hi«, sagt sie zaghaft. Sie will erst einen Eindruck bekommen, wie er drauf ist, bevor sie auf Jeremias zu sprechen kommt.

Samuli wirft einen Blick auf Saanas großen Bildschirm, auf dem in riesigen Buchstaben »DIE MORDE VON LAMMASSAARI« steht. Peinlich berührt schließt sie den Browser.

»Du brauchst mich nicht vor den Nachrichten zu schützen, glaub mir, ich habe sie schon gelesen«, brummt er und zieht seine Jacke aus.

»Na gut«, sagt Saana. »Ich schicke der Polizei heute alles, was ich bis jetzt herausgefunden habe, aber ich weiß nicht, ob das etwas bringt.«

»Ach?« Samuli sieht sie überrascht an. »Du hättest es auch einfach mir schicken können. Dann hätte ich die Sachen zusammen mit meiner Hoffnung begraben«, sagt er resigniert.

Saana mustert ihn und fragt sich, wie er wohl das Wochenende rumgebracht hat. Dann wendet sie sich wieder ihrer Arbeit zu.

»Was hat die Polizei eigentlich gesagt, als du ihnen Jeremias' Notizbuch gegeben hast?«, fragt Saana später auf dem Weg zum Mittagessen. Samuli war einverstanden, sich eine Pizza holen.

»Ich habe es ihnen noch nicht gegeben«, gesteht er in gleichgültigem Tonfall.

»Warum nicht?«, fragt Saana überrascht.

»Jeremias' Notizen waren so seltsam. So diffus. Ich hatte Angst, dass das Heft ihn womöglich in ein schlechtes Licht rücken könnte.«

Saana sieht in verblüfft an. »Das wird es garantiert nicht!«, sagt sie laut.

Warum sollte der Verdacht auf die vermisste Person fallen?

Es sei denn, denkt Saana, es sei denn, etwas an der Person oder in deren Vergangenheit gibt der Polizei den Anlass, sie zu verdächtigen.

SECHS WOCHEN VOR DEM VERSCHWINDEN

Jeremias überlegt, wie er das Thema Johannes gegenüber am besten zur Sprache bringen soll. Kann er sich auf Johannes als Teil des Filmteams überhaupt verlassen? Es ist offensichtlich, dass dieser irgendetwas Illegales treibt. Andererseits geht ihn das nichts an. Als sie bei den Felsen von Kuusiluoto angekommen sind, setzt Jeremias sich neben ihn, holt die warme Dose Bier, die er gerade im Supermarkt gekauft hat, aus seinem Rucksack und öffnet sie mit einem Zischen. Der Schaum quillt knisternd aus der Öffnung und läuft ihm über die Finger. Schnell stellt er die Dose ein Stück von sich weg auf den Boden, woraufhin der Schaum über den Felsen fließt. Er betrachtet die hellorangen, mikroskopisch kleinen Spinnentierchen, die über den Stein flitzen. Hoffentlich ertrinken sie nicht darin.

»Letzte Nacht habe ich etwas Komisches gesehen«, sagt Jeremias und schüttelt seine nasse Hand. Er weiß nicht, ob er weitersprechen oder schweigen soll. Dass die Sache so eigenartig ist, spornt ihn jedoch an, und alles sprudelt aus ihm heraus.

»Ich habe gestern in Sompasaari etwas echt Komisches gesehen«, fängt er noch einmal neu an. »Ich habe ein paar Leute beim Dealen beobachtet.«

Johannes sieht ihn erst verwundert, dann grimmig an.

»Was hast du da mitten in der Nacht gemacht?«, fragt Jeremias weiter. Johannes starrt vor sich hin, er wirkt, als würde er darüber nachdenken, was er sagen soll.

»Wenn du das irgendwem erzählst, ich schwör dir, dann bring ich dich um«, sagt er schließlich ungerührt und nimmt einen Schluck von seinem Bier.

Jeremias bemerkt, dass Johannes' Hand leicht zittert. Der schüchterne, zurückhaltende Johannes ist auf einmal so angriffslustig. Jeremias weiß noch, wie einsam er zu Beginn des Sommers gewirkt hat. Woher kommt dieses plötzliche Selbstbewusstsein? Was wirft er eigentlich alles ein?

Jeremias nimmt seinen ganzen Mut zusammen und sagt: »Ich weiß trotzdem nicht, ob ich einem Dealer vertrauen kann. Das Filmprojekt ist für mich das Wichtigste, was es gibt.«

»Weißt du überhaupt, was das im Auto für Typen waren?«, fragt Johannes, ohne auf eine Antwort zu warten. »Die sind in einem Club namens Wolves MC. Und weißt du, was man über Wölfe sagt?«

Er macht eine kurze Pause.

»Wenn du einen siehst, ist es wahrscheinlich, dass das ganze Rudel in der Nähe ist. Auch jetzt sitzt du gerade in ihrem Revier.«

Sitzung Nr. VIII

Leicht verwirrt streckt Kaj seine Hand zum Gruß aus. Statt der jungen Frau ist gerade Rosa Heikkinen gekommen. Sie ergreift seine Hand, grüßt ihn freundlich, aber kühl und setzt sich dann in einen der Sessel. Kaj setzt sich in einen anderen und mustert sie. Normalerweise setzt sich niemand auf den Sessel, in der Regel nehmen alle auf dem Sofa Platz. Frau Heikkinen schlägt ihre langen Beine übereinander, die in einer edlen hellroten Stoffhose stecken, und zieht ihren Blazer zurecht.

»Wie kommen Sie voran?«, fragt sie und verengt die Augen.

»Ganz gut«, antwortet Kaj und erwidert ihren Blick, während er versucht, nur freundliche Dinge zu denken.

»Wie geht es meiner Tochter Ihrer Meinung nach?«

Frau Heikkinen strahlt eine gewisse Autorität aus. Zweifellos ist sie daran gewöhnt zu bekommen, was sie will.

»Es ist zu früh, um das zu sagen.«

»Ich dachte, Sie würden mich kontaktieren und mir berichten, was meine Tochter erzählt hat.«

Nicht nur ist sie daran gewöhnt, Antworten zu bekommen, sondern auch daran, anderen Vorwürfe zu machen, denkt Kaj und verzieht die Mundwinkel zu einem matten Lächeln.

»Na, jedenfalls befinden wir uns jetzt in einer sehr ungewöhnlichen Situation. Der sogenannte Freund meiner Tochter ist nämlich gerade erschossen worden.«

Kaj bemüht sich, seine Überraschung zu verbergen.

»Meine Tochter wurde vorübergehend in eine Schutzwohnung gebracht. Der Wolves MC weiß, wo wir wohnen. Es handelt sich wohl um eine Auseinandersetzung zwischen zwei Gangs. Und es ist nicht ausgeschlossen, dass die Seite, die geschossen hat, unseren Wohnort kennt.«

»Was sagt die Polizei?«

»Ich habe schon Kontakt zur Polizei aufgenommen, aber sie können nicht viel tun.« Frau Heikkinen lacht auf. In ihrer Stimme liegt dabei etwas, was Kaj als Verachtung interpretiert. »Dabei arbeite ich selbst im Inneren des Systems. Die Wolves haben genau genommen nichts getan, und der andere Club hat uns nicht bedroht. Nichts deutet darauf hin, dass wir in Gefahr wären. Es gibt keine Bedrohung. Angeblich existiert sie nur in meinem Kopf. Gestern stand für ein paar Stunden ein Polizeiauto bei uns im Hof, aber das hatte keinerlei Nutzen. Das Einzige, worauf ich momentan vertraue, ist der private Sicherheitsdienst, der mein Haus bewacht.«

Frau Heikkinen rückt sich im Sessel zurecht und fährt fort: »Vielleicht geht es im Wesentlichen darum, dass sie meine Tochter benutzen wollen, um an mich heranzukommen. Die scheinen nicht zu wissen, mit wem sie es zu tun haben. Auch ich habe so meine Mittel und Wege, wenn es sein muss.«

Eine aufschlussreiche Äußerung. Vor Kaj sitzt eine Frau, die automatisch davon auszugehen scheint, dass sich alles nur um sie dreht.

»Wie geht es Ihrer Tochter?«, fragt er.

Frau Heikkinen lacht erneut auf und schüttelt dann den Kopf.

»Nicht so gut.«

»Sie braucht jetzt jede Unterstützung«, sagt er und denkt an die junge Frau und deren Worte. Ob sie diese von ihrer Mutter bekommen wird?

»Ich bin hierhergekommen, weil ich Sie bitten wollte, die Sitzungen künftig in der Schutzwohnung fortzusetzen. Meine Tochter weigert sich, mit mir zu sprechen. Sie möchte, dass Sie zu ihr kommen.«

Kaj horcht auf. Was ist im Motorradclub passiert?

Dienstag, 17. September

SAANA

Saana wird vom Nachrichtenton ihres Handys geweckt. Verwundert sieht sie auf die Uhr. Erst 6:20 Uhr. Dann liest sie die Nachricht: »Ich komme nach Helsinki – Inkeri.«
Saana muss lachen. Inkeri hat nicht geschrieben, wann. Sofort ruft sie ihre Tante an.
»Kommst du wirklich hierher?« Saana lächelt, vom Schlaf ist ihre Stimme noch ganz rau. »Wann hast du vor zu kommen? Damit ich mich darauf einstellen kann«, fügt sie murmelnd und mit der Wange auf dem Kissen hinzu.
»Dir auch einen guten Morgen«, sagt Inkeri lachend. »Das war so ein spontaner Einfall. Harri und ich verbringen so viel Zeit miteinander, und ... na ja, ich will ihn nicht verletzen, aber ich brauche eine kleine Verschnaufpause. Ich komme morgen oder übermorgen zu dir!« Dann legt sie auf.
Saana starrt mit offenem Mund auf ihr Handy. Um wie viel Uhr genau? Und für wie lange? Natürlich bist du mir willkommen, denkt sie und richtet sich auf. Sie lässt den Blick durch den Raum schweifen. Hier und da liegen Klamotten auf den Stühlen, und in den Ecken haben sich mittlerweile kleine Staubnester gebildet. Zimmerpflanzen hat sie im Moment keine, die

sind alle eingegangen. In letzter Zeit war sie meistens bei Jan, dadurch hat sie angefangen, ihre eigene Wohnung zu vernachlässigen. Inkeri in Helsinki, das gab es schon eine Weile nicht mehr. Widerwillig steht Saana auf und schlurft in die Küche, um Kaffee zu kochen. Dabei hat sie heute frei, erst Ende der Woche muss sie wieder ins Büro.

Eine Schnake fliegt surrend gegen die Randleiste in der Küchenecke. Diese Viecher hat Saana noch nie ausstehen können, auch wenn sie nichts tun. Sie überlässt sie sich selbst und hofft, dass sie von allein wieder verschwindet. Als Kind traute sie sich manchmal nicht, die Augen zu schließen, wenn sie wusste, dass irgendwo in der Nähe eine Schnake war. Was, wenn sie ihr in der Nacht ins Gesicht flog? »Das passiert nicht, keine Angst, die stechen nicht«, hatte ihre Mutter gesagt, und Saana hatte sich damit zufriedengegeben. Wie schön es doch wäre, wenn man es weiterhin einfach glauben könnte, wenn einem jemand sagt, alles sei gut. Aber wer kann das schon versprechen? Manchmal ist das Leben eine Aneinanderreihung von Überraschungen, unkontrollierbaren Ereignissen und sich ständig verändernden Umständen. Nur wenn man akzeptiert, dass man lediglich seine innere Einstellung zu den äußeren Dingen beeinflussen kann, kann man alles überstehen. Saana betrachtet das kleine Insekt und entscheidet sich um. Ihren Ekel überwindend, greift sie nach einem der langen Beinchen und wirft das Tier zum offenen Fenster hinaus.

Der Kaffee ist fast durchgelaufen. Saana überlegt, was sie außer Putzen noch Nützliches erledigen könnte, und ruft sich die Namen, die Kaspers Freund Tero erwähnt hat, in Erinnerung. Es wäre spannend, die Frauen zu erreichen, mit denen Kasper im Abijahr zusammen war. Vielleicht erinnern sie sich an etwas, was hilfreich sein könnte. Außerdem reizt es Saana herauszufinden, ob Jeremias genauso vorgegangen ist wie sie.

Ob auch er diesen Sommer die Frauen befragt hat? Tero hat zwei Namen erwähnt, Tiia und Suvi. Mit Tiia fängt sie an.

Saana schickt eine Anfrage für den Namen Tiia Hagman an den Nummernsuchdienst. Nach kurzer Recherche findet sie unter den Vorschlägen die richtige Person. Dann ruft sie Tiias Profil auf Social Media auf. Die junge Frau, die das Ressu-Gymnasium besuchte, studiert aktuell Jura. Wie ticken diese perfekten Alumni des Ressu-Gymnasiums wirklich? Sie setzt eine Nachricht an Tiia auf.

Am Nachmittag treffen sie sich in der Aleksanterinkatu. Tiia Hagman, die einen rosafarbenen Blazer, eine weiße Bluse und weiße Jeans trägt, schüttelt Saana eifrig die Hand, bevor sie hintereinander das Café *Ihana* betreten. Während ihre große Tasse Hafer-Latte immer leerer wird, füllt sich Saanas Kopf mit Eindrücken von Kasper. Ein Eishockeytyp und auch außerhalb des Spielfelds ein Player, beliebt, ein bisschen arrogant – und sehr arrogant, wenn er betrunken war.

»Was meinst du?«, hakt sie nach, während sie den Schaum aus ihrer Tasse löffelt.

»Kasper war beliebt, aber nicht auf eine gute Art und Weise«, sagt Tiia und nimmt einen Schluck von ihrem Smoothie. »Er wusste, dass er beliebt war. Er nahm sich, was er wollte, und suchte sich danach ein neues Mädchen. Ich bin auch auf ihn reingefallen, wir waren ein paarmal miteinander aus, aber als er bekommen hat, was er wollte, ist er zur Nächsten übergegangen. Genau in dem Moment, als ich dachte, dass wir jetzt zusammen sein könnten. Na ja, never mind. Wichser bleibt Wichser.«

Saana betrachtet Tiia, ihr makelloses Make-up, ihre Gelnägel und ihr strahlend weißes Lächeln. Sie sehnt sich überhaupt nicht in ihre eigene Schulzeit zurück, die elendige Gymnasialzeit. Das anstrengende Wahren des eigenen Ansehens, die Grüppchenbildung, das Aufstylen.

»Damals im Abijahr gab es so eine Hausparty, ich weiß nicht mit Sicherheit, was da wirklich passiert ist, aber es gab Gerüchte, dass Kasper etwas mit einem bewusstlosen Mädchen angestellt hat. Das Mädchen – sie war auch auf unserer Schule – lag im Kaminzimmer im unteren Stock, und einige haben gesehen, wie Kasper zu ihr hineinging.«

»Kasper hat also auf einer Party ein bewusstloses Mädchen missbraucht?«

»Ja, aber darüber wurde aus irgendeinem Grund geschwiegen. Das Mädchen selbst verstummte komplett. So im Nachhinein betrachtet, war das beklemmend. Die ganze Schule sah es als eine Art Witz an, alle wiederholten immer wieder, dass Kasper eben einfach so sei. Es war ein offenes Geheimnis, etwas, in das sich niemand einmischte, obwohl alle es wussten. Nach der Party hat Kasper einfach weitergemacht wie immer.«

»Und wer war dieses Mädchen?«

»Ihr Name ist Suvi. Aber die Sache ist nicht ganz einfach. Statt wütend zu werden oder zur Polizei zu gehen, verhielt sich Suvi nach diesem Abend so, als wäre sie irgendwie in Kasper verknallt.«

»Warum hat sich Jeremias deiner Meinung nach ausgerechnet dieses Jahr wieder mit Kaspers Verschwinden beschäftigt?«, fragt Saana und zeigt Tiia auf dem Handy ein paar Fotos von den Zeitungsausschnitten aus dem Jahr, in dem Kasper verschwand.

»Ich habe keine Ahnung«, sagt Tiia. »Jeremias und Kasper waren nicht mal miteinander befreundet. Sie waren in ganz unterschiedlichen Cliquen unterwegs beziehungsweise hatte Jeremias gar keine richtige Clique. Aber wir waren trotzdem alle auf denselben Partys. Ich war an dem Abend auch da, als ...«

Tiia wechselt ihre Sitzposition.

»Als Kasper verschwand?«, ergänzt Saana.

»Ja.«

»Mit wem hatte Kasper damals etwas, kurz bevor er verschwand?«

»Also, zu der Zeit war gerade ich an der Reihe, auf ihn reinzufallen.«

Saana sieht sie an. Unterschätze niemals die Macht beliebter Schüler, schießt es ihr durch den Kopf.

»Und die anderen?«

»Ich weiß nicht, was genau zwischen Kasper und Suvi lief, aber irgendwas sicher. Kasper hat mich sozusagen gegen Suvi ausgetauscht. Es tut mir leid, aber ich kann auch nach all den Jahren noch nicht behaupten, Suvi zu mögen. Wir haben denselben Mann gedatet, ohne voneinander zu wissen. Das fühlte sich irgendwie schmutzig an.«

Saana wirft Tiia einen verwunderten Blick zu.

»Entschuldige, aber verstehe ich das richtig, dass du nach all dem, was passiert ist, auf Suvi sauer bist anstatt auf Kasper?«

Tiia starrt Saana verblüfft an, zuckt dann mit den Schultern und schlürft ihren grünen Smoothie so geräuschvoll leer, dass die Leute am Nachbartisch zu ihnen herüberschauen.

Mittwoch, 18. September

HEIDI

Heidi ist wieder einmal dabei, sich durch Dutzende Tinder-Bilder zu wischen, und gibt schließlich auf. Nach all der Zeit hat sie es immer noch nicht geschafft, jemanden zu treffen. Dass Jan mit Saana zusammen ist, macht ihre eigene Einsamkeit in gewisser Weise noch sichtbarer. Sie muss an Saanas geduldige Miene denken, als Jan mit seiner Gedankenlosigkeit seinen eigenen Geburtstagsmorgen verdorben hat, und wünscht sich zurück in die Zeit, in der sie auch jemanden hatte. Als Julia noch in Finnland war.

Auch was die Ermittlungen angeht, würde sie gern in der Zeit zurückgehen, zu dem Punkt, an dem alles begann. Eine Leiche im Wald. Eine Filmcrew. Keinerlei Spuren auf Social Media oder in den Handydaten des Opfers. Das Revier der Wölfe und das *Pultti*. Und wenn der Fall trotzdem etwas mit den Machenschaften der Gangs zu tun hat, anders als sie zuerst angenommen hatten? Verdammter Ojala, flucht Heidi innerlich über den vor Selbstbewusstsein strotzenden Mann, der ihnen versichert hatte, die Wölfe würden sich kaum die Mühe machen, Johannes umzubringen. Sie ruft sich frühere Ermittlungen in Erinnerung. Zum Mörder wird man für gewöhnlich aufgrund von Enttäuschungen. Die Identität des Mörders vermischt sich mit all dem, was den Menschen sonst noch ausmacht. Am schlimmsten sind diejenigen, die die Grenze überschreiten, aber mit einem Bein noch auf der anderen Seite bleiben. Mörder verlieren erst dann ihre Macht, wenn sie entlarvt werden. Wenn der Killer aus der Dunkelheit hervorkommt und ins Rampenlicht tritt, um sich seinem Urteil zu stellen, verschwindet alles Geheimnisvolle an ihm. Dann zeigt sich alles so, wie es ist: roh, unverhüllt, nackt. So erbärmlich und abscheulich, dass man zwangsläufig anfängt, das Böse im Menschen zu fürchten.

Heidi dreht den Kopf hin und her und versucht, ihre Schultern zu entspannen. Mit den Ermittlungen sind sie zwar vorangekommen, aber die Suche haben sie trotzdem noch nicht beendet. Heidi ärgert sich, dass sie beim Durchforsten früherer Todesfälle, bei denen der Verstorbene männlich und unter dreißig war, nichts Interessantes gefunden haben. Sie schreibt eine E-Mail an Saki und bittet ihn um eine Zusammenstellung: »Wenn wir einmal die Naturschutzgebiete vergessen, was haben wir dann sonst noch?« Saki würde trotz aller Einsilbigkeit verstehen, worauf sie hinauswill.

Heidi geht zur Ermittlungswand und betrachtet das Foto der totenblassen Leiche von Johannes Järvinen. Dabei fällt ihr Blick auf die Halskette. Das Unendlichkeitssymbol. Was könnte es damit auf sich haben? Steht es für den Übergang in die Ewigkeit oder für ewige Liebe? Heidi setzt sich wieder an ihren Computer und schickt noch eine zweite Nachricht hinterher: »Können wir überprüfen, welchen Schmuck die vermissten Personen getragen haben?«

Während sie auf Sakis Antwort wartet, scrollt sie durch ihre E-Mails. Unfähig, sich zu konzentrieren, starrt sie auf den Bildschirm und döst mit offenen Augen. Erst als sie ein Räuspern hört, schreckt sie hoch. Saki steht hinter ihr.

»Sorry, bin wohl eingeschlafen«, murmelt sie und merkt, wie trocken ihr Mund ist. Sie fährt sich über die Mundwinkel, um eventuell vorhandene Spucke wegzuwischen.

»Solltest du nicht langsam mal heimgehen und dich ein paar Stunden ausruhen?«, brummt Saki. »Aber noch nicht gleich, ich habe eine Liste mit Namen und noch etwas Interessantes für dich.«

Heidi greift nach der Liste, die er ihr hinhält, und liest sie langsam vor.

- *Mikael, 19, Pori*
- *Janne, 28, Helsinki*
- *Mikko, 25, Oulu*
- *Theo, 37, Hyvinkää*
- *Pekka, 19, Rovaniemi*
- *Peter, 25, Turku*
- *Martin, 26, Heinola*
- *Kasper, 18, Helsinki*

»Das sind alles männliche Personen, die in einem Zeitraum von zehn Jahren als vermisst gemeldet wurden«, sagt Saki.

Heidi nimmt ihr Glas vom Tisch und trinkt das abgestandene Wasser in wenigen Schlucken aus.

»Okay, und was war die Sache, die du mir noch sagen wolltest?« Heidi sieht von der Liste auf.

»Das hier«, sagt Saki und markiert den letzten Namen mit einem Filzstift. »*Kasper, 18, Helsinki.* Im Jahr 2015. Er verschwand nach einer Party. Möglicherweise ist er unter Alkoholeinfluss ertrunken. Die Ermittlungen wegen Mordes wurden recht schnell eingestellt. Anklage wurde nicht erhoben, und trotz Suchaktionen wurde er bis heute nicht gefunden. Die Fotos von Kasper sind mir ins Auge gefallen. Ein paar davon stammen von dem

Abend, an dem er verschwand. Da trug er eine silberne Halskette mit genau dem Symbol, das wir schon kennen.«

»Im Ernst?«

»Im Ernst. Die Abiturienten des Ressu-Gymnasiums hatten den Veranstaltungsraum im *Katajanokan Kasino* für ihre Abschlussfeier gemietet, an der auch Kasper Hakala teilnahm. Er verschwand noch am selben Abend. Alle, die auf der Party waren, wurden vernommen, aber offenbar haben nicht alle Aussagen den Weg in die Akten gefunden. Hier ist eine Sammlung der Protokolle. Letzten Endes wurde niemand von ihnen verdächtigt. Es stellte sich heraus, dass Kasper schon ab dem frühen Abend ziemlich betrunken war. Man ging also von einem Unfall aus. Vom *Kasino* ist es nicht weit bis zum Wasser. Aber auch Jahre später trieb nichts an die Oberfläche«, erklärt Saki eifrig. »Zufall oder nicht, aber Jeremias Silvastos Name befindet sich auf der Liste der Abiturienten. Auch er muss damals vernommen worden sein wie alle anderen Gäste.«

»Wirklich?«

»Wirklich.«

»Hm«, macht Heidi. »Super. Danke! Weiß man, woher Kasper die Kette hatte?«

»Darüber steht hier nichts, auch über eine mögliche Freundin wurde im Polizeibericht nichts vermerkt.«

Heidi betrachtet den Anhänger an Kaspers Hals und vergleicht ihn mit dem Foto von Johannes' Anhänger. Das Symbol ist das gleiche, aber die Anhänger unterscheiden sich leicht.

»Zufall?«, überlegt Heidi laut.

»Ich glaube nicht an Zufälle«, sagt jemand hinter ihnen. Jan hat gerade den Raum betreten.

JAN

»Die hier wolltet ihr haben.«

Der Kollege betritt das Zimmer und wirft einen Stapel Papiere auf den Tisch. Jan nickt und grüßt ihn. Sie sind zu ihm gefahren, um mehr über die Ermittlungen vor vier Jahren zu erfahren. Heidi beugt sich vor und nimmt sich einen der Berliner vom Tisch, die ihnen freundlicherweise angeboten wurden.

»Das ist eigentlich alles, was wir haben. Kasper Hakalas Verschwinden hat uns nicht wirklich zu verschiedenen Ermittlungsansätzen geführt, sondern es sah von Anfang an so aus, als handle es sich um einen Unfalltod unter Alkoholeinfluss.«

Heidi nickt und zieht die Papiere näher zu sich. »Du sprichst von Tod, obwohl keine Leiche gefunden wurde?«

»Da wir sonst nichts hatten, haben wir uns auf die Statistik gestützt. Ihr wisst ja selbst, was am wahrscheinlichsten ist, wenn ein junger Mann betrunken nach Hause geht und später nicht mehr auffindbar ist. Vor allem hatte Hakala wohl schon einige Zeit vor der Party mit dem Trinken angefangen, beim Eishockeytraining am Vormittag und bei der Vorbereitung der Abifeier.«

Jan und Heidi hören aufmerksam zu.

»Der junge Mann war gut gelaunt, es gab keinen Streit, in der Schule lief es gut und so weiter.«

»Und das hier?« Heidi deutet auf ein Foto, auf dem Kasper lächelt. Sein weißes Hemd ist gerade so weit aufgeknöpft, dass der Anhänger zu sehen ist.

»Kasper an seinem letzten Abend. Das Bild stammt von der Party in Katajanokka. Hier wurde sogar der Name des Schmuckstücks vermerkt, Moment«, sagt der Polizist und blättert durch die Unterlagen. »Ein Infinity-Anhänger, so hieß es, ist das nicht das Symbol für Unendlichkeit?«

»Könnte er ein Geschenk gewesen sein? War Kasper mit jemandem zusammen?«, fragt Jan.

»Laut unseren Informationen nicht. Die Partygäste wurden mehrfach vernommen, und ein Teil von ihnen erwähnte, dass Kasper mehr oder weniger mit allen etwas hatte, niemand wurde explizit genannt.«

»Habt ihr noch die Aussagen, die ein gewisser Jeremias Silvasto gemacht hat?«, fragt Heidi und beugt sich über die Papiere.

»Warte mal ... nein«, stellt der Polizist fest, »leider nicht.«

Als sie wieder zu zweit im Auto sitzen, wirft Heidi Jan einen schelmischen Blick zu.

»Wie läuft's übrigens mit Saanas neuem Podcast-Projekt?«, fragt sie und wedelt mit ihrem Handy herum, an dem weiße Kopfhörer hängen. »Ich habe alle bisherigen Folgen angehört. Auch sie durchleuchtet den Vermisstenfall von Jeremias Silvasto und teilt im Podcast alle möglichen Informationen mit der Öffentlichkeit. Zwar keine Sachen, die von offizieller Seite bestätigt worden wären, aber trotzdem.«

Jan schweigt und spürt, dass er rot wird. Im Moment hat er keine Kapazitäten, um sich damit zu befassen, was Saana alles ist: sexy, warmherzig, feinfühlig, aber auch eine verdammt neugierige Frau, die ein beharrliches Interesse an Morden zeigt.

»Wir haben ausgemacht, dass wir kein Wort über meine Arbeit verlieren.«

»Und, habt ihr die Abmachung eingehalten?«, frotzelt Heidi.

»Wenn du das überhaupt fragen musst, dann können wir kein Team mehr sein«, knurrt Jan.

Eine Weile lang fahren sie schweigend, aber dann muss Jan es einfach wissen.

»Was ist denn so in Saanas Material?«

»Ich weiß nicht, aber ich habe gesehen, dass sie mir vorhin eine Mail geschickt hat. Damit befasse ich mich als Erstes, wenn wir im Büro sind«, sagt Heidi und drückt aufs Gas.

Trotz des hohen Tempos kramt sie im Handschuhfach herum und überholt dann den Transporter vor ihnen. Einen kurzen Moment lang hat Jan Angst zu sterben.

FÜNF WOCHEN
VOR DEM VERSCHWINDEN

Die Tanzenden verleihen dem grauen Betonboden der *Post Bar* Farbe. Das nimmt der Techno-Ästhetik ihre Härte und macht den Ort angenehmer. Jeremias wirft der Frau, die beim Tanzen immer näher an ihn herangerückt ist, verstohlene Blicke zu. Er kann ihr Gesicht nicht sehen, aber an den Füßen trägt sie die gleichen Vans wie er, dazu eine Jeans und ein weites, bauchfreies T-Shirt. Genau im richtigen Maß lässig und entspannt. Genau so, dass Jeremias sich davon angezogen fühlt. Den Klamotten nach zu urteilen, gehört sie nicht gerade zur oberflächlichen Sorte. Ob er sich traut, sie anzusprechen? Tanzen wird er jedenfalls nicht. Er hat noch nie getanzt, und dabei bleibt es.

Genau in dem Moment dreht sie sich um und lächelt verschmitzt.

»Willst du mich nur anglotzen, oder tanzt du vielleicht mit mir?«

»Kann ich dir lieber ein Bier ausgeben?«, fragt Jeremias stammelnd und versucht, seiner Stimme trotz der Hemmung und Nervosität wenigstens einen kleinen Anflug von Lockerheit zu verleihen. Auf ihr Nicken hin stapft er zur Bar und bestellt zwei Bier.

Er lehnt sich an den Tresen, streicht sich seine widerspenstige lockige Mähne nach hinten. Seine Haare sind so lang, dass sie ihm immer wieder ins Gesicht fallen, trotzdem lässt er sie nicht schneiden. Zumindest in der Schule hat er das Feedback bekommen, dass er sie unbedingt lang lassen soll. Es war eine ganze Clique betrunkener Mädchen, die ihm das irgendwann einmal beim Vorglühen geraten hat.

Dennoch war keine von ihnen an ihm interessiert.

»Bitte«, sagt Jeremias und reicht der Frau die Flasche. Sie nickt, bedankt sich aber nicht.

»Was ist denn hier los?« Wie aus dem Nichts steht Johannes vor ihnen und lässt seinen Blick unverhohlen an ihr auf und ab wandern. »Ich hab Durst, wäre es irgendwie möglich, dass mir die Dame einen Schluck abgibt?«

Die Frage ist so dreist, dass die Frau anfängt zu lachen. Perplex beobachtet Jeremias, wie Johannes näher an sie herantritt und einen großen Schluck von dem Bier nimmt, das *er* ihr gerade ausgegeben hat. Mann, dieser Typ kann richtig ätzend sein. Entweder sagt er gar nichts, oder er redet nur über sich selbst und ist respektlos anderen gegenüber. Jetzt gerade hat er einen guten Moment zerstört. Jeremias dreht sich um, um zu gehen.

»Hey, wohin willst du, warte!«, ruft Johannes ihm nach und holt ihn mitten auf der Tanzfläche ein. Rotes Licht fällt auf ihre Gesichter und die Wände.

»Ich hab übrigens einem Bekannten erzählt, dass du mich in Sompasaari gesehen hast. Du hast nicht nur mich gesehen, sondern auch zwei aus der Gang, ist dir das klar?«

Jeremias starrt ihn mit einer Mischung aus Abscheu und Unsicherheit an. Johannes' Pupillen sind groß und schwarz.

»Jetzt, da sie wissen, dass du am Fenster warst, kannst du nicht zur Polizei. Die Typen willst du nicht im Nacken haben, trust me.«

»Was meinst du mit ›wissen‹? Wer sind die?«
»Der Wolves MC. Du solltest unter keinen Umständen jemals irgendjemandem auch nur ein Sterbenswörtchen davon sagen, was du gesehen hast.«
Jeremias dreht sich vor Angst der Magen um. Er will nur noch weg von hier und den Blicken der Leute.

HEIDI

Heidi steht in der Küche, brät Hähnchenstreifen an und geht dabei im Kopf das Bildmaterial durch, das Saana ihr geschickt hat. Das verschwommene Standbild. Wenn man es genau betrachtet, sieht man, dass im Hintergrund, am Anfang des Bretterpfades, eine dunkle Gestalt steht. Hat jemand Jeremias verfolgt? Statt braun zu werden, kochen die Hähnchenstreifen jetzt in ihrer eigenen Flüssigkeit. Heidi nimmt die Pfanne kurz von der Platte. Vielleicht kann sie die Soße noch mit Sahne retten.

Erst als sie sich wenig später Reis und Hähnchensoße auf die Gabel schiebt, spürt sie, wie überlastet ihr Körper ist. Mit dem Teller neben dem Laptop scrollt sie durch die restlichen Informationen, die Saana zusammengestellt hat. Kurz darauf fällt ihr Blick auf einen vertrauten Namen. Kasper Hakala. Überrascht legt sie die Gabel auf den Tellerrand und ruft Jan an.

»So auf den ersten Blick ist Saana am selben Punkt angelangt wie wir«, sagt sie. »Sie ist auf den Fall von Kasper Hakala gestoßen, aber aus anderen Gründen als wir. Ihren Daten zufolge hat sich Jeremias Silvasto im Sommer noch einmal mit genau diesem Vermisstenfall beschäftigt, und auch Roy Kuusisto steht in Verbindung zu Kaspers Fall.«

Roy Kuusisto, der mittlerweile tot ist. Die Kulturszene bereitet eine Gedenkveranstaltung für ihn vor, und der öffentlich-rechtliche Fernsehsender Yle hat schnell alle Dokumentationen von Roy in sein Programm aufgenommen.

»Na gut, geh der Sache nach, wenn du willst«, sagt Jan matt. »Aber ich würde es sehr schätzen, wenn du danach Saana für die Informationen danken und sie bitten würdest, sich als Bürgerin nicht weiter in diese Sache einzumischen.«

Heidi isst ihre etwas fade geratene improvisierte Mahlzeit auf, seufzt, räumt das Geschirr ab und stellt es in die Spülmaschine. Wenn sie ihr aktuelles Leben so betrachtet, kommt sie zu dem Schluss, dass jeder Abend dem gleichen Muster folgt. Zu viel Arbeit, der obligatorische Haushalt, schlafen und am nächsten Tag wieder alles von vorn. Und so soll es immer weitergehen? In Gedanken kehrt sie zu der jungen, neugierigen Heidi zurück, die das Reisen und das Abenteuer liebte. Die daran glaubte, dass alles möglich sei. Sie wirft einen Blick auf ihre graue Jogginghose. Ihre rechte Socke hat am großen Zeh ein Loch, ihre Haare sind vom Duschen noch nass, ihr Gesicht ist müde und gerötet. Die Entscheidung ist gefallen. Heute wird sie sich zwingen, Spaß zu haben. Sie kann nicht ewig nur passiv sein und sich selbst bemitleiden. Ein paar Drinks, eine nette, entspannte Unterhaltung ohne jegliche Erwartungen. Das kann doch nicht so schwer sein. Widerwillig und gleichzeitig gespannt öffnet sie Tinder und fängt an zu swipen. Es dauert nicht lange, und eines ihrer Matches schickt ihr eine Nachricht.

Auf dem Display erscheint ohne Umschweife die Frage: »Wir haben schon mal geschrieben, gehen wir heute was trinken?«

Heidi ruft das Profil der Absenderin auf, um sie einschätzen zu können. Aber was will sie eigentlich bewerten? Ob die Frau gut genug für sie ist? Nein, so denkt sie eigentlich überhaupt nicht. Sie will nur herausfinden, ob sie vielschichtig genug ist.

Das hat nichts mit dem Aussehen zu tun, sondern mit der Persönlichkeit. Mit der Hoffnung, die andere nicht innerhalb eines Abends sofort zu durchschauen.

»Okay«, antwortet Heidi, ein bisschen zu ihrer eigenen Überraschung. »In einer Stunde im...«, fängt sie an zu tippen, aber dann fällt ihr nichts ein. Sie starrt auf den blinkenden Cursor. In einer Stunde, aber wo, im *Hercules* oder irgendwo anders? Heidis Repertoire an Bars ist ziemlich begrenzt und eintönig, ihr Revier wird immer kleiner. In den letzten Wochen hat sie sich hauptsächlich zwischen Wohnung, Arbeitsplatz und den Tatorten hin und her bewegt. Auch das *Hercules* musste schon lange auf sie verzichten.

»Treffen wir uns in einer Stunde im *Juttutupa*?«, schreibt die Frau namens Laura da auch schon, und Heidi antwortet erleichtert mit »yes«.

Dann zoomt sie in Lauras Fotos hinein, um einen besseren Eindruck davon zu bekommen, nach wem sie gleich Ausschau halten muss. Schwarze, schulterlange Haare, gute Statur und zierlicher Körper. Auf keinem der Bilder ist ihr Gesicht in Nahaufnahme zu sehen. Ob sie es absichtlich versteckt oder ob sie einfach schlecht darin ist, Fotos von sich zu machen? Heidi hofft auf Letzteres, auch wenn Äußerlichkeiten nicht die größte Rolle für sie spielen.

Als Heidi die Bar betritt, schlagen ihr warme Luft und fröhliches Stimmengewirr entgegen. Schnell entdeckt sie die dunkelhaarige Frau, die am Ecktisch sitzt und die Hand hebt. Heidi lächelt und geht betont lässig auf sie zu.

»Laura«, stellt die Frau sich vor.

»Heidi.«

Dann schweigen sie, mustern sich. Wenn ihre Gehirne Geräusche von sich geben würden, würde man jetzt ein lautes Rattern über ihren Köpfen hören. Heidi fallen besonders Lauras schöne grüne, katzenhafte Augen auf. Sie trägt weinroten Nagellack, die gleiche Farbe wie das Kleid, das unter ihrer Lederjacke hervorspitzt. Erst jetzt macht Heidi sich Gedanken darüber, was sie selbst anhat. Ein weißes T-Shirt von Acne und ihre Lieblingsjeans. Die immer noch feuchten Haare hat sie zu einem lockeren Knoten zusammengebunden.

»Ich hole uns was zu trinken«, sagt Laura und sieht sie freundlich an. Heidi verliert sich in ihren Augen, dabei wollte sie sich Mühe geben, ihr Interesse nicht allzu sehr zu zeigen. Vom Äußeren her ist diese Frau genau das, was sie nie geglaubt hätte zu finden. Aber sie fragt sich auch, was mit ihr vielleicht nicht stimmt, wenn sie noch auf dem Markt ist.

Laura kommt mit zwei Gläsern Rotwein an den Tisch zurück. Heidi gefällt es, dass sie nicht einmal gefragt hat, was Heidi trinken möchte, sondern einfach gehandelt hat. Natürlich bestellt sie selbst nie Rotwein, aber aus Höflichkeit nimmt sie trotzdem einen Schluck und beobachtet dabei ihr Gegenüber.

»Normalerweise unterhält man sich beim ersten Date ja acht Stunden lang und geht sämtliche Traumata durch. Wäre es okay, wenn wir einfach nur Spaß haben?«, fragt Heidi und genießt den Anblick von Lauras überraschtem, fast schon erschrockenem Gesicht. Nach dem ersten Schock setzt sie allerdings eine verschmitzte Miene auf. Anscheinend denkt sie, dass Heidi nur einen Witz gemacht hat.

»Machst du immer einen auf knallhart?«, fragt Laura grinsend und hebt ihr Glas. »Prost, du Rowdy«, fügt sie lachend hinzu.

Heidi sieht Laura verdattert an.

»Ich hatte einen ziemlich beschissenen Tag, daher will ich einfach nur ein bisschen Gesellschaft und ein Gläschen trinken ohne irgendwelche Erwartungen, okay? Wahrscheinlich sehen wir uns nach dem Abend hier sowieso nicht wieder«, sagt Laura.

»Das passt mir hervorragend«, entgegnet Heidi und merkt, wie sie sich sofort entspannt. Kein Verstellen, keine Bemühungen. Kein Druck, sich wiedersehen zu müssen.

»Hast du Kinder? Oder willst du welche?«, fragt Laura dann. Ihr Glas hat sie beinahe schon ausgetrunken.

Gleich am Anfang so eine Frage, denkt Heidi. Während sie überlegt, wird ihr klar, dass sie ausnahmsweise einmal eine ehrliche Antwort geben kann.

»Ich glaube nicht, dass ich jemals welche haben will, vom Alter her ist der Zug sowieso schon abgefahren. Aber ich hasse Kinder auch nicht.«

»Gut, ich habe nämlich schon zwei«, sagt Laura, und Heidi hebt die Brauen.

Sie weiß nur zu gut, was Laura da tut. Sie wendet eine Überrumpelungstaktik an, bei der man alles auf einmal auf den Tisch bringt, um zu schauen, wie der andere reagiert. Heidi findet es lustig. Normalerweise stellt sie durch schnelles Reagieren sicher, dass ihr niemand auch nur versehentlich zu nahe kommt. Beim Dating ist sie wie ein glitschiges Stück Seife.

»Seien wir ehrlich, Tinder ist ziemlich scheiße.«

»Absolut, ich hasse diese Spielchen, aber was soll man sonst machen?«, erwidert Laura lachend.

»Wie alt sind deine Kinder?«

»Du willst bestimmt höflich sein, aber wir müssen uns jetzt nicht weiter über sie unterhalten«, sagt Laura lächelnd. »Reden wir über etwas anderes oder tun wir so, als würden wir uns schon kennen, lass uns einfach im Moment sein.«

Heidi nimmt einen Schluck Wein, beobachtet das lebendige Treiben in der Bar und lächelt dann wieder Laura an. So sitzen sie einfach da, nippen weiter an ihren Weingläsern und sehen sich in aller Ruhe um. Als sich ihre Blicke unbeabsichtigt treffen, brechen sie in Gelächter aus. Bei aller Eigenartigkeit ist das wahrscheinlich Heidis normalstes Date seit Langem. Andererseits ist es auch das einzige.

Entgegen aller Erwartungen hat sie Spaß.

JAN

Jan nickt Jone zu, als er an ihrem Zimmer vorbeigeht. Gerade will er nach der Klinke der Toilettentür greifen, als sein Handy klingelt. Es ist Ojala. Jan geht zurück in den Flur, um zu telefonieren.

»Hallo«, sagt Ojala, »ich habe gerade die Mitteilung über den Todesfall auf Lammassaari gelesen. Geht man von einem Gewaltverbrechen aus?«

»Ja, der Fall ist beim Morddezernat«, brummt Jan.

»Bei euch gibt's ja ganz schön viel Gemetzel«, sagt Ojala und räuspert sich. Jan braucht gerade niemanden, der ihm sagt, wie schrecklich die Situation für die Abteilung ist.

»Du wolltest mir sicher irgendwas sagen?«, knurrt er.

»Du bist also nicht in Plauderlaune«, sagt Ojala lachend. »Ich rufe an, um dir zu erzählen, dass sich die Reihen der Wolves am Wochenende gelichtet haben. Bei denen geht gerade alles drunter und drüber.«

»Was meinst du?« Jan hatte noch keine freie Minute, um die internen Mitteilungen zu lesen.

»Am Sonntag gab es in Kirkkonummi gegen Mittag eine Schießerei, bei der ein hohes Tier der Gang ums Leben kam. Die

Lage ist jetzt brandgefährlich. Wir haben schon Verdächtige, ich lass dir sofort die Info zukommen, wenn wir die Namen bestätigen können.«
»Alles klar.«
»Ich dachte, ihr wollt das vielleicht wissen. Wie kommt ihr mit den Ermittlungen über die Wolves voran? Habt ihr eine Verbindung zu den Fällen in der Altstadtbucht gefunden?«
»Nicht wirklich. Danke trotzdem für die Info.«
Jan würde sich wieder mit den Wolves beschäftigen müssen. Er blättert durch den Ordner mit den gesammelten Informationen über die Wolves, die Ojala ihnen bei seinem Besuch übergeben hat, und breitet die Seiten vor sich aus. Dann liest er die polizeiinterne Mitteilung, die am Sonntag herausgegeben wurde. Schießerei in Kirkkonummi. Ein Toter.

Mord in Kirkkonummi steht vermutlich in Verbindung mit Auseinandersetzung zwischen zwei Gangs
Die Polizei verdächtigt zwei Männer des mutmaßlichen Mordes, der sich am Samstag in Kirkkonummi ereignete. Die Verdächtigen stehen möglicherweise in Zusammenhang mit organisiertem Verbrechen. In den Fall verwickelt ist u. a. der Motorradclub Wolves MC. Den am Wochenende aufgenommenen Vorermittlungen zufolge hielten sich mehrere Personen am Tatort auf. Das männliche Opfer erlag kurze Zeit später seinen Verletzungen.

Jan unterdrückt angestrengt ein Gähnen, dann liest er weiter. Man ist den mutmaßlichen Tätern ziemlich schnell auf die Schliche gekommen. Es waren zwei Personen, von denen einer als Fahrer und einer als Schütze fungierte. Neben der Schießerei interessiert sich die Drogenpolizei auch für das große Ganze. Zur Zeit des Vorfalls hatten sich gerade die Führungsköpfe der

Wolves im Haus versammelt. Woher wussten die Schützen, dass sie genau zu dem Zeitpunkt kommen mussten? Jan legt die Papiere aus der Hand und sieht auf die Uhr. Er beschließt, Kaj zu fragen, ob er heute oder spätestens morgen Zeit hätte, um sich zu treffen. Sein Magen knurrt. Es gibt Tage, an denen er so gut wie gar nichts isst, und Tage, an denen der Hunger auch durch Essen nicht weggeht. Heute fühlt sich sein Körper kraftlos und leer an. Rastlos wandert Jan in die Küche und findet zu seiner Freude eine Zimtschnecke auf einem Servierteller, die von einem Meeting übrig geblieben ist. Während er das Gebäckstück verschlingt, wird ihm klar, warum es niemand angerührt hat. Es ist staubtrocken, wahrscheinlich liegt es schon seit mehreren Tagen herum. Er isst es trotzdem.

SAANA

Saana deckt den Tisch mit frischen Pistazienschnecken und Erdbeeren und holt für Inkeri eine große Teetasse aus dem Schrank. Ihre Tante kann jeden Moment da sein. Zwar hat sie Saana nicht direkt gefragt, ob sie bei ihr übernachten kann, aber Platz gibt es in der Wohnung auf jeden Fall genug. Saana hat ihr Bett frisch bezogen und sich selbst das Bettsofa hergerichtet. Sie geht zum Fenster und lehnt sich hinaus, um Ausschau zu halten. Das gedämpfte Rumpeln der Straßenbahn dringt zu ihr nach oben, und im Busch unter dem Fenster zwitschern die Spatzen. Wehmütig betrachtet Saana die Wipfel der Bäume. In ein paar Wochen werden die Blätter fallen. Gut, dass Inkeri in dem Moment kommt und sie aus ihrer Melancholie reißt.

»Herrlich!«, ruft sie keine fünf Minuten später und setzt sich an den schön gedeckten Tisch. »Kein Programm, kein Zeitplan und vor allem kein Mann, der mir im Nacken sitzt. Ich werde es genießen, eine Weile allein unterwegs zu sein«, fügt sie lächelnd hinzu und schenkt sich Tee ein.

»Du warst doch fast dein ganzes Leben lang allein«, sagt Saana vorsichtig.

»Ja, aber die letzten Wochen waren so intensiv. Harri hat immer noch mehr Zeug in mein Haus geschafft. An so eine Unordnung bin ich nicht gewöhnt.«

Saana muss schmunzeln.

»Ich hab dir als Gastgeschenk eine Pflanze mitgebracht, weil ich dachte...« Inkeri sieht sich prüfend in der schlichten Wohnung um.

»Da hast du richtig gedacht«, antwortet Saana lachend. »Alle Pflanzen sind eingegangen.«

»Die hier bringst du bitte nicht um«, sagt Inkeri grinsend und holt eine Papiertüte aus dem Flur. »Das ist eine Spuckpalme, die ist ziemlich zäh. Sie braucht Licht, und du musst die ganze Erde auf einmal gießen, ich lass dir eine Anleitung da.«

»Danke«, sagt Saana und nimmt verlegen die Pflanze entgegen.

»Wenn wir den Tee ausgetrunken haben, hätte ich Lust, mir etwas die Beine zu vertreten«, sagt Inkeri.

»Wir könnten auf Lammassaari spazieren gehen«, schlägt Saana vor, stellt die Pflanze ans Fenster und kommt zurück zum Tisch.

»Dort, wo...?«

»Dort, wo Jeremias verschwunden ist, aber da ist es auch wirklich schön. Und für heute Abend habe ich uns die Kotiharju-Sauna reserviert. Du hast doch von dieser Schröpfbehandlung gesprochen.«

»Super!«, erwidert Inkeri, aber für Saana ist das das Letzte, woran sie beim Wort »Schröpfen« denken muss.

Für sich selbst hat sie keinen Termin ausgemacht. Freiwilliges Blutvergießen ist ihr angesichts der ganzen Mordgeschichten zu viel des Guten.

Während sie in Richtung Altstadtbucht laufen, erzählt Saana Inkeri von ihrem Podcast-Projekt, ihrer neuen Arbeit und auch von Jan.

»Wann schafft ihr es endlich, richtig Zeit miteinander zu verbringen?«, fragt Inkeri.

»Ich weiß auch nicht. Andererseits kannst du dir bestimmt gut vorstellen, dass auch ich gern für mich bin. Mir macht es nichts aus, ab und zu allein zu sein.« Saana lächelt, auch wenn die Frage sie trifft.

Ob es jemals so weit kommt, dass Jan mehrere Tage hintereinander Zeit für sie haben wird? Sie freut sich fast schon auf die Zeit, in der sie sich so oft sehen, dass ihnen das Gesicht des anderen irgendwann auf die Nerven geht. Wenn es so weitergeht, wird das aber noch Jahre dauern.

»Es ist lange her, dass ich zuletzt in Helsinki war. Ich bin immer nur daran vorbeigefahren oder von hier aus ins Ausland geflogen, in größere Städte«, sagt Inkeri und dehnt ihre Arme.

Saana schaut auf ihre Sneaker, die sich hell vom Holz des Bretterpfades abheben. Die Sonne ist von Wolken verdeckt. Es wäre toll gewesen, die Insel von ihrer schönsten Seite präsentieren zu können. Wenn Inkeri nicht dabei wäre, hätte Saana vielleicht sogar ein bisschen Angst, aber jetzt sind sie einfach nur zwei Spaziergängerinnen. Von den Ereignissen der letzten Wochen ist hier längst nichts mehr zu sehen. Die Absperrbänder der Polizei wurden entfernt, die Insel wieder freigegeben. Aber im Hintergrund herrscht immer noch stilles Entsetzen – alle wissen, dass hier innerhalb von kurzer Zeit sehr schlimme Dinge passiert sind.

»Wenn du willst, können wir auch noch nach Kuusiluoto«, sagt Saana, während sie gemächlich dahinspazieren. Das Schilfgras wiegt sich im Wind, nirgendwo sind Schritte zu hören.

»Hier ist es wirklich schön«, sagt Inkeri und schließt die

Augen, um dem Geschnatter der Gänse zu lauschen, die gerade über sie hinwegfliegen.

»Erinnerst du dich an Roy Kuusisto, den Dokumentarfilmregisseur?«

»Der, über den gerade was in den Zeitungen stand? Der gestorben ist?«

»Ja«, sagt Saana und fragt sich, ob sie gerade einen Fehler begeht. Von allen Orten in Helsinki führt sie ihre Tante ausgerechnet zu einem möglichen Mordschauplatz, mehr oder weniger unüberlegt. In den Zeitungen wurde schon spekuliert, ob Roy Kuusisto wirklich durch eigene Hand gestorben ist. Die Polizei hat die Sache noch nicht kommentiert.

»Ja, ich habe im Laufe der Jahre all seine Arbeiten gesehen. Mein Lieblingsfilm war sein allererster. Das ist wirklich schon lange her. Er heißt *Taschenspielertrick*. Weißt du, was er darin gemacht hat?«, fragt Inkeri und streift mit der Hand an den weichen Ähren des Schilfgrases entlang, die sich über den Pfad neigen.

Saana schüttelt den Kopf.

»Er hat seinen eigenen Tod inszeniert und dann mittels Helfern seine eigene Beerdigung dokumentiert. Die Kernidee dahinter war, dass alle Gedenkreden ihm zu Ehren erst bei seiner Beerdigung gehalten wurden und nicht zu seinen Lebzeiten. Der Zweck der Dokumentation bestand darin, die Menschen dazu aufzurufen, die wichtigen Dinge zu sagen, solange ihre Liebsten noch am Leben sind. Natürlich waren manche auch wütend. Der Film sorgte ziemlich für Aufruhr.«

Taschenspielertrick, wiederholt Saana im Stillen.

Als sie sich wieder der Stadt nähern, wird ihr klar, dass Helsinki in Inkeris Begleitung freundlicher aussieht, ja dass ihr alles heller erscheint. Der starke Wind dämpft alle anderen Geräusche, die Natur macht mit ihren Windböen klar, dass sie alles unter Kontrolle hat. Während sie gegen den starken Gegenwind anlaufen, drängt sich Saana der Gedanke auf, dass der Mensch sich an die Natur anpassen sollte und nicht umgekehrt. Sie erreichen den Vogelbeobachtungsturm auf dem Festland, von dem aus man über das Schilf bis zu den Feldern in der Ferne sehen kann, steigen hinauf und beobachten die Vögel, die über das Röhricht fliegen.

»In Helsinki gibt es einen Ort, an den ich schon lange einmal möchte«, sagt Inkeri. »Ich habe nachgeschaut, er ist zufällig hier ganz in der Nähe.«

Neugierig wartet Saana auf die Fortsetzung.

»Der botanische Garten von Kumpula«, sagt Inkeri begeistert. »Ich habe gelesen, dass es dort eine umfangreiche Steinsammlung gibt. Ich weiß nicht, ob du das wusstest, aber da gibt es ganz viele Meteoriten und tolle Mineralien.«

»Na gut«, sagt Saana lächelnd. Schröpfen und Steine. Das sind die Zutaten für Inkeris perfekten Tag.

Sitzung Nr. IX

»Sie dürfen hier trauern und weinen«, sagt Kaj. »Alle Gefühle sind erlaubt.«

Kaj überlegt, was »hier« in diesem Fall überhaupt bedeutet, denn ausnahmsweise hat er sich mit der Klientin an deren Wunschort getroffen, der schlicht eingerichteten Schutzwohnung. Er denkt über die ganze Konstellation nach. Die 23-jährige Tochter der Generalsekretärin des Innenministeriums. Eine Erwachsene, aber trotzdem noch ein Kind. Eine ratlose, geschäftige Mutter und die mit ihrem Posten einhergehende Machtposition, welche enormes Fingerspitzengefühl hinsichtlich der Beziehung zur Klientin erfordert.

Kaj geht im Kopf noch einmal die Informationen durch, die er bisher bekommen hat. Der Vater der jungen Frau wurde nie explizit erwähnt. Sie selbst hat nach dem Abitur keine weitere Ausbildung gemacht und arbeitet auch nicht. Und jetzt hat sie unfreiwillig mit ansehen müssen, wie Berufsverbrecher einen grausamen Mord begangen haben. Kaj spürt ein Gefühl der Machtlosigkeit in sich aufsteigen, auch wenn er sich normalerweise bemüht, jedem Klienten und jeder Situation mit Offenheit und ohne jegliche Erwartungen zu begegnen. Wie arbeitsintensiv es doch werden würde, dieser Frau zu helfen, das Geschehene zu verarbeiten und loszulassen.

Die Klientin kratzt mit ihrem rechten Zeigefinger den Nagellack von ihrem Daumen und scheint sich größte Mühe zu geben, ihre Gefühle im Zaum zu halten.

»Manchmal verstecken gerade die nettesten Menschen ihre aufrichtigsten Gefühle. Sie zeigen nur die Emotionen, die zu keinen Konflikten führen oder bei denen keine Gefahr besteht, zurückgewiesen zu werden. Alle anderen Empfindungen halten sie irgendwo verborgen«, sagt Kaj und stellt plötzlich fest, dass er wie ein Lehrer klingt. Sein Bedürfnis, die Frau vor sich selbst zu retten, ist so stark, dass er angefangen hat, ihr Ratschläge zu erteilen.

»Was verstecken Sie?«, fragt er.

»Ich will nicht, dass Sie es erfahren«, sagt die Frau und sieht Kaj verschämt an.

»Menschen sind süchtig nach allen möglichen Sachen: nach Zucker, Zigaretten, Glücksspiel, PlayStation, Sex, guten Fernsehserien, Geld, Markenklamotten, Alkohol, Drogen, Aufmerksamkeit oder auch nur nach Roggenknäckebrot. Das Leben wird von Verlangen bestimmt. Das Schlimme daran ist, es wird so sehr davon bestimmt, dass das Verlangen jegliche Vernunft unter sich begräbt. Alles, was man eigentlich sehen oder hören sollte. Indem sie ihren Gelüsten nachgehen, indem sie ihnen Folge leisten und ihnen gehorchen, gelingt es den Menschen, ihre echten Gefühle zu verbergen, wenn auch mit viel Aufwand. Die Angst, verlassen zu werden, zu scheitern, die Angst vor Scham und Schuld. Das Begehren verschüttet die eigene Stimme, echte Freude, echte Trauer. Die Menschen haben nicht mehr genug Zeit, um in sich hineinzuhören. Ständig ist nur der von den Begierden diktierte Lärm zu hören, der einen überall umgibt. Der einen schleichend von sich selbst entfernt«, sagt Kaj.

Er gibt der Frau die Gelegenheit zu sprechen, aber sie sagt nichts.

»Wären Sie nicht doch bereit, etwas zu erzählen? Wie fühlen Sie sich gerade?«, versucht er es noch einmal.

»Mikko ist weg«, sagt sie. Kaj reicht ihr ein Taschentuch. Sie reagiert nicht darauf.

»Alles ging so schnell.« Ihre Stimme ist anders als vorher, irgendwie weicher.

»Wir haben in Kirkkonummi ein langes Wochenende verbracht. Die Führungsriege des Clubs hatte sich dort versammelt, es waren auch Kinder da. Die Schützen wussten, wohin sie kommen mussten, sie fuhren in den Hof, sie waren so schnell, niemand hatte überhaupt Zeit zu reagieren.« Kaj sieht, wie ihr Gesicht sich rötet und ihre Augen feucht werden.

Er reicht ihr das Taschentuch erneut, aber sie schüttelt den Kopf, und Kaj zieht die Hand zum zweiten Mal zurück.

»Sie haben etwas Entsetzliches erlebt, der Tod einer nahestehenden Person ist immer ein großer Schock«, sagt er. Sein Mund ist trocken, die Zunge klebt ihm fast am Gaumen. Er hüstelt. Jeder stößt im Leben ab und zu auf Widrigkeiten, aber die junge Frau scheint diese ständig zu erleben.

»Wie sind Sie früher mit Ihrer Trauer umgegangen?«

Die Klientin zuckt mit den Schultern.

»Ich habe Mikko zu früh verloren. Ich habe das Gefühl, dass...«

Sie fängt an zu weinen. Beharrlich bietet ihr Kaj erneut ein Taschentuch an. Auf einmal wirft sie ihm einen Blick zu, der ihm fast das Herz zerreißt. So zerbrechlich, so unvollkommen, so sehnsuchtsvoll. Kaj gibt sich die größte Mühe, seinen eigenen Blick freundlich und anerkennend aussehen zu lassen.

»Möchten Sie ein Glas Wasser?«, fragt er und reicht ihr bereits ein volles Glas. Sie nimmt es, ihre Finger berühren sich leicht. Kaj zuckt innerlich zusammen, zeigt es aber nicht nach außen. Seine Finger fühlen sich an, als würden sie brennen.

»Für Ihr Alter haben Sie sehr viel erlebt«, stellt er fest. Es dauert etwas, bis sie seinen Blick mit ihren verweinten Augen erneut erwidert.

»Mein Leben ist einfach so. Ich kann nicht sagen, was es ist oder nicht ist. Mir fehlt der Vergleich. Ich bin es einfach gewohnt, immer weiterzumachen.«

Offenbar will sie stark wirken, aber Kaj nimmt die Trauer und die Verletzlichkeit hinter ihrer harten Schale wahr.

»Vor so einem großen Verlust fühle ich mich ziemlich klein«, sagt sie. »Ich frage mich, ob das mein Schicksal ist. Dass immer, wenn ich einen Menschen lieb gewonnen habe, wenn ich anfange zu vertrauen, er mich trotzdem früher oder später verlässt.«

»Ich weiß, dass ich Ihnen mit meinen Worten jetzt gerade nicht ausreichend Trost spenden kann, aber er hat Sie nicht absichtlich verlassen. Es war eine Racheaktion von Berufsverbrechern.«

Am nächsten Morgen wacht Kaj als Erster der Familie auf. So hat er es am liebsten. Wenn er einen Augenblick Ruhe haben und seinen Kaffee trinken kann, ohne die ganzen Bedürfnisse und Forderungen, die ihm morgens in der Küche oft um die Ohren fliegen. Er holt zwei ungelesene Zeitungen vom Zeitungsständer und ein neueres Exemplar aus dem Flur. In letzter Zeit war morgens immer so viel los, dass er keine Zeit hatte, sie zu lesen. Er blättert durch die Dienstagsausgabe und nimmt sich die Freiheit, nicht jeden einzelnen Bericht zu lesen.

Nach kurzer Zeit fällt sein Blick auf einen Artikel, in dem es um Einsamkeit geht. *Ich habe eine Mauer um mich herum errichtet, die keiner durchdringen kann. Niemand kann mich verletzen, aber ich bin auch nicht zu einer Liebe auf Augenhöhe fähig.* Kaj muss an die junge Frau denken. Er trinkt seinen Kaffee aus und spürt schon jetzt, dass dieser ihn nicht wie sonst belebt. Und in diesem Augenblick, während er zu Hause in seiner Küche sitzt, wird ihm klar, dass er todmüde ist.

Auf einmal hört er das eifrige Patschen kleiner nackter Füße auf der Treppe.

Als die zwei Knirpse, die vom Schlafen noch ganz warm sind, in ihren Pyjamas und mit verstrubbelten Haaren in die Küche kommen, spürt er eine Welle der Zuneigung in sich aufsteigen.

Donnerstag, 19. September

JAN

Saana hat gesagt, sie werde zu Hause schlafen und für Inkeri Stadtführerin spielen. Das kommt Jan gerade mehr als gelegen. Natürlich wäre es höflich, Inkeri Hallo zu sagen, aber mitten in den Ermittlungen erscheint es ihm schier unmöglich. Er denkt über Saana nach. Mit ihr ist noch kein Gefühl der Angst aufgekommen. Einer Angst, die einem gute Gründe einflüstert, doch lieber allein zu bleiben, den anderen zu verlassen. Ab und zu hat Jan sogar das Gefühl, er könnte derjenige sein, dessen Verliebtheit größer ist. Saana wirkt so unabhängig, sie kommt auch gut allein klar. Wenn ihm in der Vergangenheit zu viele Forderungen, Bitten oder Wünsche entgegengebracht wurden, hat er unfairerweise immer aufgegeben. Aber bei Saana ist er bereit, alles anders zu machen.

Er wirft sich zwei Xylitol-Kaugummis in den Mund und fängt an, das Ermittlungsmaterial über die Motorradclubs zu lesen. Gibt es etwas, was sie bisher übersehen haben? Der Klingelton seines Handys reißt ihn aus seiner Konzentration. Überrascht stellt er fest, dass der Anrufer Joki ist. Jan hebt ab.

»Könntest du vorbeikommen?«, bittet Joki ihn geheimnisvoll, und Jan wird sofort hellhörig. Gespannt sagt er zu.

Joki telefoniert einem selten hinterher, denkt er, während er mit dem Rad zur Gerichtsmedizin in Pikku-Huopalahti fährt. Was er wohl entdeckt hat?

Der Raum, in dem man Joki normalerweise vorfindet, ist abgeschlossen. Jan klopft an die Tür und wartet. Nichts passiert. Im weiß gefliesten, hell erleuchteten Flur ist es genauso still. Tote sprechen schließlich nicht, aber auch Joki gibt kein Lebenszeichen von sich. Erst als Jan erneut klopft, öffnet ihm Joki die Tür. Aus dem Raum dringt ein dezenter Leichengeruch, weiter im Inneren des Zimmers vermischt er sich mit dem Duft von Früchtetee. Jan schaudert, aber er setzt eine versteinerte Miene auf und tut so, als wäre er davon völlig unbeeindruckt.

Jan muss an seine Studienzeit zurückdenken, die Momente, in denen er gepaukt hat, wie man die Todesursache ermittelt. Die Veränderungen, die nach dem Tod im Körper eintreten, genauer gesagt die sicheren Todeszeichen und die Untersuchung verschiedener Wunden. Gibt es blaue Flecke, und wenn ja, welche Farbe haben sie? Wie sehen die Totenflecke aus? Zum Glück ist er selbst nicht derjenige, der die Leiche aufschneiden und sie untersuchen muss.

»Was gibt's?«, fragt Jan direkt, nachdem er eingetreten ist.

Joki ist bereits wieder an seinen Schreibtisch zurückgekehrt. Sein weißer Kittel hängt über der Stuhllehne, und auf dem Tisch steht eine dampfende Tasse Tee.

»Ich mache gerade Pause. Weil ich nicht rauche, trinke ich als Pausenritual Tee.«

Jan sieht Joki an. Dieser arbeitet in einem Bereich, für den sich nicht viele interessieren. Eigentlich könnte er sich sogar erlauben, noch unhöflicher zu sein, und trotzdem würde man ihn brauchen. Niemand würde je seine fachliche Expertise infrage stellen, was fast schon beängstigend ist. Glücklicherweise weist Jokis Charakter noch einen kleinen Rest an Menschlichkeit auf.

»Aila Savolainens Todeszeitpunkt war schätzungsweise am Dienstagabend zwischen acht und neun. Als Todesursache wurde ja schon eine Überdosis an Insulin festgestellt«, sagt Joki.

»Und deswegen hast du mich hergebeten?«, hakt Jan nach.

»Keinesfalls«, fährt Joki geheimnisvoll fort, und Jan wird hellhörig. »Der Fall Mikko Linder vom Sonntag. Er ist bei der Schießerei umgekommen.«

»Hm«, macht Jan.

»Dort liegt er. Willst du ihn sehen?«

»Du zeigst ihn mir ja bestimmt so oder so«, stellt Jan resigniert fest und blickt in die Richtung, in die Joki deutet. Ein vorzeitig beendetes Leben, tausend Fragen.

»Der hier«, sagt Joki und zeigt auf Mikko Linders bläuliche Leiche. »Die Seele oder das Bewusstsein oder der Geist hat den Körper schon verlassen, nur die Hülle ist noch übrig. Sie erinnert sich nicht an das gelebte Leben. Mittlerweile betrachte ich Leichen als Schiff ohne Kapitän«, murmelt er.

Jan lässt ihn reden. Jede Idee, die Joki dabei hilft zu analysieren, was er sieht, sei ihm gegönnt. In Jokis Kalender stehen jeden Tag mehrere Treffen mit Toten. Jan schaudert.

»Ich beneide dich überhaupt nicht um deine Arbeit«, brummt Joki.

»Danke gleichfalls«, entgegnet Jan.

Der stählerne Obduktionstisch ist leer. Die grellen Deckenleuchten sind gedimmt. Jan denkt über Jokis Welt nach. Tief im Inneren des Gebäudes operiert er ständig nur an Toten herum, umgeben von Stille. Wie es sich wohl anfühlt, die Haut eines Menschen aufzuschneiden und mit viel Geduld in alle Schichten vorzudringen? Fett und Muskeln, Blutgefäße und Organe, das Innere des Gehirns und wer weiß was noch alles. Joki hat einmal gesagt, er würde »Lagen und Schichten« untersuchen. Das wird Jan wohl nie aus dem Kopf bekommen.

»Also, ich habe Mikko Linder obduziert, um die durch die Schusswunde verursachten Verletzungen als Todesursache zu bestätigen. Ich habe diesen Kerl hier sowohl auf Mikro- als auch auf Makroebene ganz genau unter die Lupe genommen, dessen kannst du dir sicher sein.« Jan späht neugierig auf die Leiche, die Joki aus dem Fach gezogen hat.

»Ich habe den Toten äußerlich und innerlich untersucht. Abgesehen von den Stellen, an denen die Kugeln ein- und ausgetreten sind, gibt es keine Anzeichen äußerer Gewalteinwirkung, abgesehen von ein paar alten blauen Flecken oder Spuren von körperlichen Auseinandersetzungen, die nichts mit der Todesursache zu tun haben. Die Kugeln sind an drei Stellen in den Körper eingedrungen, an der Schulter, der Stirn und am Bauch. Schätzungsweise wurde aus fünf Metern Entfernung geschossen. An der Kleidung war Blut, und am Blutfleck klebte Kies aus dem Hof. In seinem schwarzen Poloshirt waren zwei Einschusslöcher. Ich habe auch die Austrittsstellen der Kugeln vermerkt.« Joki tippt mit dem Kugelschreiber auf den Papierstapel.

»Vor allem den Schusskanal im Kopf, also im Gehirn, habe ich mir genauer angesehen. Die äußeren Wunden habe ich auf dieser Zeichnung exakt vermerkt, wie du weißt. Nachdem der Mann getroffen wurde, ist er zu Boden gefallen, und der Kopf schlug auf dem Asphalt auf. Ein Pflasterstein hat zu einem Schädelbruch geführt. Ich habe auch Proben aus der Leiche entnommen, um zu sehen, ob im Körper irgendwelche Stoffe sind, die natürlicherweise nicht im Organismus vorkommen. Die toxikologischen Ergebnisse stehen hier auf der nächsten Seite.«

Als Joki den Kopf hebt und ihn gebannt ansieht, ahnt Jan, dass die langatmige Einleitung jetzt zu Ende ist.

»Die offizielle Todesursache ist die Schusswunde, aber auch bei der toxikologischen Untersuchung habe ich etwas gefunden.«

»Was heißt das genau?«, fragt Jan.

»Der Organismus der Leiche befand sich in einem Vergiftungszustand.« Joki starrt Jan immer noch an. »Das ist der Grund, warum ich dich hergebeten habe: Es hat sich herausgestellt, dass das Opfer im Laufe des Abends auch ohne die Schüsse gestorben wäre.«

Sie schweigen einen Moment. Im Flur hört man etwas klappern, und Jan fragt sich unweigerlich, ob dort gerade eine Leiche vorbeigefahren wird, denn nebenan ist der Kühlraum. Kurze Zeit später knallt irgendwo eine Tür zu.

»Im Magen gab es Spuren von Pflanzengift«, fährt Joki ungerührt fort. »Es wird dich ganz besonders interessieren, welches das war.«

»Eibe? Das gleiche Gift wie bei der Leiche in der Altstadtbucht?«, rät Jan.

»Das gleiche Gift.«

Kaum im Büro angekommen, trommelt Jan das Team zusammen. Während er auf die anderen wartet, geht er noch einmal den Ermittlungsordner zur Schießerei beim Wolves MC durch. Der mutmaßliche Schütze wurde schon festgenommen, aber das interessiert Jan nicht. Ihn interessiert die seltsame Entdeckung, die Tatsache, dass hinter dem Mord, der gerade geschehen ist, mehr steckt, als es zuerst den Anschein erweckte. Es handelt sich um eine doppelte Hinrichtung. Linder hatte auch in seinen eigenen Reihen einen Feind. Irgendwann an dem Abend hatte jemand den sogenannten Akademiker vergiftet. Wie ist das möglich? Jan blättert weiter durch den Ordner, um zu den Fotos der Leiche zu gelangen. Er muss unbedingt nachsehen, ob der Mann Schmuck trug, was den Fall über die Vergiftung hinaus mit Johannes in Verbindung bringen würde.

Jan hält eines der Bilder so dicht wie möglich vor sein Gesicht und kneift die Augen zusammen. Ein nackter Oberkörper, breite Schultern. Der Mann war trainiert. Jan betrachtet die Tattoos, die sich als bläulich schwarze Linien beinah über den ganzen Oberkörper ziehen, vom Nabel bis zum Hals. Plötzlich fällt ihm etwas ins Auge, und sein Puls beschleunigt sich. Am linken Brustmuskel des Toten wurde in einer schmalen Linie ein symmetrisches Symbol eintätowiert: das Unendlichkeitszeichen. Jan muss sich noch einmal vergewissern, dass er richtig gesehen hat. Hat er. Er macht sofort ein Foto vom Brustkorb und schickt es an Heidi. Ungläubig schüttelt er den Kopf. Ein merkwürdiges Verbindungsstück und andererseits überhaupt nicht merkwürdig. Nach langem Warten kommen sie der Sache endlich auf die Spur. Wem könnte der Mann mit seiner Tätowierung seine Treue zum Ausdruck gebracht haben?

Als Erstes muss Jan an den Rudelführer denken.

TEIL IV

QUEEN BEE

Queen Bee schaut in den Himmel. Es wird gleich anfangen zu regnen. Sie trägt weiche UGG-Boots, die sie sowohl im Sommer als auch im Winter anzieht, wenn sie draußen eine rauchen geht. Aber Wasser können die Stiefel nicht leiden. Sie sind wie ein putziges, treues Haustier, das sich im Warmen und Trockenen wohlfühlt und am liebsten Sonne und sommerliche Temperaturen mag.

Queen Bee drückt die Kippe im viereckigen Zigarettenbehälter neben der Eingangstür aus. Die Jungs haben ihn irgendwann von der Terrasse einer Bar geklaut, eine riesige Schleife daran befestigt und ihn vors Haus gestellt, damit sie ihn dort findet. Eigentlich war das gar kein schlechtes Geschenk. Jetzt ist er allerdings langsam voll.

Vor dem großen goldenen Spiegel im Flur bleibt Queen Bee stehen und hält ihr Gesicht so dicht davor, dass sie ihn fast berührt. Am rechten Auge ist eine ihrer künstlichen Wimpern verrutscht. Sie versucht, die Wimpern mit ihren langen Nägeln voneinander zu trennen und die verdammten Dinger wieder unter Kontrolle zu bekommen.

Als das erledigt ist, geht sie in die Küche und schenkt sich den letzten Kaffee aus dem Moccamaster ein. Sie wirft ein Stück Süßstoff hinein, setzt sich mit ihrer Tasse an die große Mitteninsel und geht das Menü für den Abend durch: zuerst ein Vorspeisenspecial, dann Lammkarree und einen frischen Salat, zum Nachtisch Road Rage – Rocky Road unter einem neuen Namen. Queen Bee wirft einen zufriedenen Blick auf die Liste und vergegenwärtigt sich die verschiedenen Arbeitsschritte. Sie wird das Abendessen in ein paar Stunden fertig haben. Aber noch hat sie viel Zeit, bevor sie überhaupt anfangen muss.

Hinter sich hört sie schlurfende Schritte. Ihr Ehemann.

»Ist für heute Abend alles fertig?«, fragt er.

Queen Bee nickt zufrieden.

»Könntest du die Jungs bitten, bis heute Nachmittag die Einkäufe zu erledigen?«, fragt sie.

Bei einem zufälligen Blick auf ihre perlmuttfarbenen Nägel stellt sie fest, dass diese vor heute Abend noch eine Aufhübschung nötig haben.

Am Abend, als alles fertig ist, sitzen sie in ihrer Festkleidung im Foyer und warten auf die Gäste. Pünktlich zur vollen Stunde fährt das erste Auto in den Hof ein. Queen Bee hält sich im Hintergrund, um ihrem Mann seine extravagante Empfangsroutine zu ermöglichen. Augenkontakt, langer Blick und selbst die größten Kerle bekommen einen Kniff in die Wange. Immer derselbe Kommentar: »Schön, zu sehen, dass es dir gut geht«, und eine ausladende Geste.

»Nehmt euch bitte schon etwas zu trinken!«

Queen Bee steht in ihrem Paillettenkleid hinter ihm und lächelt einladend, sie weiß, dass sie verdammt gut aussieht. Ihr blondes Haar hat sie zu einer aufwendigen Frisur hochgesteckt. Das gehört sich so, denn diese alljährliche Tradition bringt die wichtigsten Clubmitglieder zusammen. Ein Ritual, das dazu da ist, die Blutsbande zu stärken. Die große Familie ruft ihre verlorenen Söhne heim.

Die Tür geht erneut auf. Der Akademiker tritt ein, und sein Blick trifft sofort den von Queen Bee. Er trägt ein schwarzes Poloshirt, eine gerade Anzughose, seine Haare sind millimetergenau geschnitten. Queen Bee sieht verwundert die junge Frau an, die er überraschend dabeihat. Das schüchterne und unsichere Mädchen wirkt wie ein Lamm, das er mitgebracht hat, um es gemeinsam zu zerreißen.

Der Akademiker übernimmt die Vorstellungsrunde.

»Das hier ist meine Liebste«, sagt er. »Und das ist Queen Bee.«

Das Mädchen nickt und streckt schüchtern seine Hand aus. Queen Bee ergreift sie, dabei funkeln ihre diamantbesetzten langen künstlichen Fingernägel im Sonnenlicht, das durchs Fenster hereinfällt. Das Mädchen ist eindeutig aufgeregt. Sie ist anders als die Frauen, die der Akademiker sonst abschleppt, irgendwie unschuldiger. Hübsches, zierliches Gesicht, zartes Wesen, aber groß. Sie könnte ein Model sein, aber wahrscheinlich fehlen ihr dafür genau die paar entscheidenden Zentimeter.

»Ich wusste gar nicht, dass du mit uns das Wochenende verbringst. Aber herzlich willkommen, wir fügen noch einen Teller hinzu«, sagt Queen Bee und lächelt so breit, dass man ihre Zähne sieht. »Entschuldigt mich, ich muss noch für einen Moment in die Küche.«

Die junge Frau und der Akademiker nicken.

Queen Bee nimmt sich einen fertig angerichteten Gin Tonic vom Tisch und zieht sich in die Küche zurück. Die Männer haben versprochen, an derartigen Wochenenden in der Villa das Geschäftliche auf ein Minimum zu beschränken. Es geht ausschließlich ums Beisammensein, gutes Essen, gute Drinks.

Keine Außenstehenden. Nur der harte Kern des Clubs, sechs Männer mit ihren Frauen. Und jetzt das. Die anderen haben Ehefrauen, der Akademiker hat ein *Mädchen*. Trotzdem bietet ihm niemand die Stirn. Jeder weiß, wie er ist. Schon in den Anfangszeiten konnte es vorkommen, dass er am selben Tag über europäische Filmklassiker oder Tierrechte philosophierte und dann, ohne mit der Wimper zu zucken, einen Junkie umlegte, der ihn übers Ohr gehauen hatte.

Die Flüssigkeit rinnt langsam von Queen Bees Handfläche über ihr Handgelenk in Richtung Ellenbogen. Sie legt die Gehirne zurück in die Schüssel und reißt ein Stück Küchenpapier ab, um sich den Arm trocken zu wischen. Elf Hirne – zwölf Gäste. Der Akademiker darf seines schön teilen. Queen Bee gießt das Wasser in den Ausguss. Die Gehirne wurden nun lange genug eingeweicht. Sie schneidet jedes in zwei Hälften und legt sie in eine Bratpfanne, fügt Salz und Pfeffer hinzu und presst etwas Zitrone darüber. Anschließend bedeckt sie sie wieder mit kaltem Wasser und schaltet die Platte ein. Während sie kochen, mischt Queen Bee Parmesan mit Paniermehl. Wenn die Hirnstücke abgekühlt sind, müssen sie noch einen Moment ruhen. Queen Bee gibt Butter in die heiße Pfanne, wendet die Hälften in Mehl, Ei und schließlich der Mischung aus Parmesan und Paniermehl. Fertig gebraten sieht alles sehr lecker aus. Die runden, goldbraunen Bällchen warten auf die hungrigen Gäste. Das Vorspeisenspecial im traditionellen Stil der Wölfe.

Queen Bee betrachtet das Rudel: groß gewachsene Männer, die mit kleinem Silberbesteck das Essen in mundgerechte Stückchen schneiden. Queen Bees Blick trifft den ihres Mannes, und sie lächelt. Zeit zusammenzukommen, Zeit, sich für alles zu bedanken, Zeit, das Glas zu erheben. Und Zeit zu saufen. Auf die Blutsbande, auf die Macht, auf die Wölfe! Queen Bee sieht zu, wie die Gäste sich das Hirn schmecken lassen. Im Hintergrund läuft Chopin.

Sie schneidet ein Hirnbällchen entzwei und steckt sich ein Stück in den Mund. Es ist ziemlich moderat gewürzt, aber lecker. Währenddessen wartet sie auf die Rede, das zweite Willkommensritual. Sie wischt sich den Mund an einer weißen Stoffserviette ab und wirft ihrem Mann einen liebevollen Blick zu. Queen Bee ist wie Marilyn, die Mr President Happy Birthday wünscht, nur dass jetzt ein ganzer Club gefeiert wird und kein Geburtstag.

»Bitte erhebt euch«, sagt der Präsident.

Prompt unterbrechen alle ihre kostbare Mahlzeit, stehen auf und greifen nach ihren Gläsern. Ein Raum voller Testosteron und hübscher Begleitungen, die sich anspruchslos mit dem ihnen zugedachten Part begnügen. Queen Bee ist sich vollends darüber im Klaren, dass die Frauen der Clubmitglieder sich widerstandslos in ihre Rolle fügen. Sie wurden nicht dazu gezwungen, sondern haben sich aus freien Stücken dazu entschieden, haben sich Männer ausgesucht, für die der Club immer an erster Stelle stehen wird. Sie müssen es aushalten, dass der Club die Männer jederzeit einbestellen kann. Erst letztes Jahr hat Queen Bee angefangen, das versteckte Potenzial dieser Frauen zu sehen. Wenn sie schon alles Mögliche, was ihre Männer getan haben, ertragen haben, was wären sie wohl sonst noch bereit auszuhalten? Sie muss daran denken, wie jede dieser Frauen sich mit Botox das Gesicht aufspritzen lässt und sich die Körperhaare mitsamt der Wurzel ausreißt. Diese Frauen sind mindestens genauso widerstandsfähig wie ihre Kerle.

Lächelnd lässt Queen Bee ihren Blick über alle Anwesenden schweifen, sie sind wie eine große Familie. Auch an die Kinder wurde gedacht, für sie gibt es an einem separaten Tisch in der Küche Hamburger. Verärgert bemerkt sie ein kleines Stück

Gehirn, das zwischen ihren Backenzähnen hängen geblieben ist. Verstohlen versucht sie, es mit ihren Fingernägeln zu befreien, aber es gelingt ihr nicht.

»Wir haben uns hier versammelt...«, beginnt ihr Mann. Queen Bee schaltet innerlich ab. Sie weiß, was jetzt kommt, schließlich hat sie die Rede geschrieben. Es war ihre eigene Entscheidung, dass die Männer nach außen den Club vertreten. Es genügt, wenn nur sie beide wissen, wer die wahre Anführerin ist. Statt ihren Mann anzusehen, lässt sie ihren Blick erneut über einen Gast nach dem anderen schweifen. Die Führungsriege des Wolves MC hat sich hier versammelt, die Elite. Von diesem Tisch aus läuft die Scheiße nur nach unten. Amüsiert beobachtet Queen Bee, wie über hundert Kilo schwere, tätowierte Männer kleine Kristallgläser in ihren riesigen, schaufelartigen Händen halten und auf die feierliche Zusammenkunft trinken. Das Rudel ist alles, woran sie glauben.

Als die Rede vorbei ist, dreht Queen Bee die Musik auf. Sie nimmt einen Schluck Wein und zwinkert dem Akademiker zu. Sofort bekommt sie einen Luftkuss zurück. Je mehr sie trinkt, desto größer wird ihre Verärgerung, dass der Akademiker die junge Frau mitgebracht hat. Sie sticht zwischen den anderen heraus. Warum musste Mikko die ansonsten so harmonische Stimmung kaputt machen? Hoffentlich steckt nicht so etwas Widerliches wie echte Gefühle dahinter. Jeder der Anwesenden weiß nur zu gut, wie der Akademiker seine Freundinnen am Ende behandelt. Vielleicht sind sie erst in der Turtelphase.

Nach dem offiziellen Essen ziehen sie vom Speisesaal in das gemütlichere Wohnzimmer um. Der größte Teil bleibt über Nacht. Nur der Sekretär und der Road Captain fahren mit ihren Partnerinnen nach Hause. Es sind auf jeden Fall genug Zimmer für alle da.

Am Morgen tröpfeln die verschlafenen Gäste einzeln aus

ihren Zimmern und kommen die Treppe herunter. Es wird ein sonniger Tag werden. Queen Bee geht durch das Haus, um die Vorhänge zu öffnen, damit man die Eichen im Garten, die schöne Rasenfläche und den schimmernden See vom Fenster aus sehen kann. Sie muss lachen. Sie ist besessen davon, die Landschaft zu präsentieren, dabei wird keiner der Männer auch nur eine Sekunde damit verschwenden, die Aussicht zu bewundern. Mit dem Blender mixt sie eine große Portion Bloody Mary und schneidet Stangensellerie in passend große Stücke. Manche kommen durch den Drink wieder runter, manche erst richtig in Fahrt, das hängt vom Typ ab. Jemand hatte den Vorschlag gemacht, übers Wochenende ein paar Hänger im Garten Wache schieben zu lassen, aber die Ehefrauen hatten sofort Protest eingelegt. Wenn die Laufburschen draußen wären, so ihr Argument, würde das die Männer nur unnötig dazu verleiten, die Jungs loszuschicken, um Dinge zu erledigen. Auch für die Kinder sei es schöner, wenn draußen nicht noch mehr Typen herumstreunten.

Queen Bee lächelt. Im Wohnzimmer laufen Zeichentrickfilme. Die Kinder schauen Netflix, und der Präsident döst mit ihnen auf dem harten, unbequemen Rokokosofa. Die junge Frau, die der Akademiker mitgebracht hat, sitzt im Sessel und scrollt auf ihrem Handy herum.

Mit routinierten Handgriffen bereitet Queen Bee als Nächstes den Nachtisch für das Mittagessen vor. Als das Blech mit dem Heidelbeerkuchen im Ofen ist, sieht sie, dass ihr Mann und der Akademiker vors Haus gegangen sind, um sich zu unterhalten. Sie stellt den Timer für den Kuchen ein. An diesen Moment wird sie sich später noch erinnern. Der sanfte Druck auf den Gummiknopf des digitalen Küchenweckers. Der flüchtige Moment, in dem das Leben noch in Ordnung war.

Denn schon im nächsten Augenblick dringt das Knirschen

des Schotters in der Einfahrt gedämpft zum Küchenfenster herein. Queen Bee sieht vom Wecker auf und blickt hinunter. Aus einem Range Rover springt ein Mann in dunklen Klamotten, das Gesicht mit einer schwarzen Haube verdeckt, in der Hand ein Sturmgewehr. Er feuert, zischend durchschneiden die Kugeln die Luft. Ein Teil von ihnen trifft die Außenwand der Holzvilla, drei erreichen ihr Ziel. Ein Kreischen – es scheint aus Queen Bees eigenem Mund zu kommen. Der Präsident, ihr Mann, wirft sich zu Boden, greift nach der Waffe an seinem Rücken, feuert auf das davonrasende Auto. Das Auto, das dennoch unversehrt mit quietschenden Reifen hinter der Kurve verschwindet. Erst dann: Schreie und eine seltsame Stille.

Die Haustür wird aufgerissen, alle Männer stürmen hinaus. Dann sehen sie es. Ihn, der nicht mehr reagiert. Den Akademiker, der mit dem Bauch in einer Blutlache liegt, mit dem Gesicht auf dem Boden.

Queen Bee steht immer noch am Küchenfenster und schaut hinunter. Auf dem Wecker verstreichen lautlos die Sekunden, aber ihre Zeit scheint stehen geblieben zu sein. Alles, was sie sieht, ist, wie die Blutlache immer größer wird. Alles, was sie hört, sind die gedämpften Geräusche eines Zeichentrickfilms.

Sitzung Nr. X

Kaj nimmt einen Schluck Kaffee. Er ist schon fast kalt.
»Haben Sie auch andere Patienten, die Sie außerhalb Ihrer Praxis treffen?«, fragt die junge Frau neugierig.
Sie ist heute in etwas frischere Farben gekleidet. Statt der schwarzen Lederjacke trägt sie einen weißen Pullover, statt der Strumpfhose eine mädchenhafte Jeans, statt Schnürstiefeln Pumps. Außerdem ist sie ungeschminkt. Ohne Make-up sieht sie noch jünger aus. Ob ihre Aufmachung ein Anzeichen dafür ist, dass sie nach langer Zeit wieder Zugang dazu findet, wer sie wirklich ist? Kommt jetzt wieder der Mensch zum Vorschein, der sie hinter der finsteren Biker-Verkleidung die ganze Zeit über war? Jetzt, da sie nicht mehr unter dem Einfluss des Mannes steht, hat sie vielleicht die Chance, Fortschritte zu machen.
»Sie meinen Klienten«, korrigiert Kaj. »Leider kann ich über andere Klienten nichts sagen.«
»Sie können gerne länger hierbleiben, wenn Sie wollen«, sagt die Frau. »Ich habe auch schon neuen Kaffee gekocht.«
Kaj lächelt, lehnt aber höflich ab.
»Könnten Sie die anderen Therapiesitzungen nicht absagen?

Ich kann auch für eine weitere Stunde bezahlen«, sagt sie, und Kaj beschleicht ein merkwürdiges Gefühl. Zeigt sie etwa schon einen Anflug von Eifersucht und besitzergreifendem Verhalten? Das ist eigenartig, aber leider nicht selten. Kaj muss an vergangene Fälle denken, als es bei Klientinnen Anzeichen von übermäßiger Zuneigung gab, die sich unter anderem in Form von Eifersucht ausdrückten. Die Situationen konnten zwar gelöst werden, aber auch wenn Kaj noch so professionell ist, bringt ihn so etwas einfach in Verlegenheit.

Er sieht sich um. In der Küche steht eine Papiertüte von einem Lieferdienst, nirgendwo sind persönliche Gegenstände zu sehen. Die junge Frau sitzt mit überkreuzten Beinen auf dem Sofa, geschmeidig wie eine Katze.

»Ich will eigentlich nur weg hier. Können Sie mir helfen, damit die mich hier bald weglassen?«, fragt sie und sieht Kaj trotz ihrer Trauer so verschwörerisch an, dass er das Gefühl hat, sie würden gemeinsam etwas aushecken.

»Vertrauen Sie in dieser Hinsicht auf die Polizei. Sie ist jetzt die Instanz, die Ihre Lage am besten beurteilen und einschätzen kann, wie gefährlich es für Sie ist.«

»Es hat gerade ein Bandenkrieg begonnen, und die Polizei soll da am besten helfen können?«, stellt sie spöttisch fest. Dann wird ihre Miene wieder ernst. »Ich kann immer noch nicht begreifen, was passiert ist. Wir haben dort ein ganz normales Wochenende verbracht. Die Kinder haben Zeichentrickfilme geschaut, und Queen Bee hat Heidelbeerkuchen gebacken. Wie hätte jemand damit rechnen sollen, dass genau in dem Moment so etwas passiert?«

»Meiner Meinung nach brauchen Sie jetzt vor allem Ruhe und Erholung. Sie sind hier in Sicherheit. Wenn die Situation sich beruhigt hat, können wir uns wieder treffen«, sagt Kaj und klappt sein schwarzes Heft zu.

»Was meinen Sie? Wollen Sie mich nicht mehr sehen?« Sie putzt sich geräuschvoll die Nase.

»Das ist es nicht«, murmelt Kaj.

»Was dann?« Der Blick, mit dem sie ihn ansieht, ist eine Spur mutiger als sonst.

Kaj erwidert ihren Blick. Zum ersten Mal wird ihm klar, wie kräftezehrend die Arbeit mit ihr ist. Aus irgendeinem Grund fühlt er sich zunehmend unwohl in ihrer Gegenwart und muss viel investieren, um selbst im Gleichgewicht zu bleiben. Sie hat etwas Ungewöhnliches an sich. Kaj hört in sich hinein. Ob noch etwas anderes dahintersteckt? Könnte es nicht auch sein, dass die Hoffnungslosigkeit, die er hin und wieder verspürt, das taube Gefühl und seine etwas zynische Prognose über ihre Genesung eigentlich Symptome für etwas anderes sind? Für einen Burn-out vielleicht? Kaj muss an all die auf Durchhalten programmierten Einserschüler denken, die er im Laufe der Jahre getroffen hat. Die Überflieger, die nur noch Wracks sind. Solche, die ein Gefühl von Wertlosigkeit empfinden und versuchen, es durch permanentes Arbeiten loszuwerden. Auch eine behütete Kindheit ist kein Garant dafür, dass ein Mensch sich wertvoll fühlt und in sich hineinhören kann. Im Laufe der Jahre hat Kaj dem Burn-out oft ins Auge geblickt und trotzdem nicht begriffen, dass er selbst zu diesen Leuten gehört. Er sollte eigentlich in der Lage sein, seinen Gefühlen in der Supervision mehr Ausdruck zu verleihen. Vielleicht könnte er auch versuchen, die Herausforderungen der Arbeit mit der jungen Frau in Worte zu fassen.

Kaj überlegt, wo er anfangen würde. Wie würde er seinem Supervisor die Schwierigkeiten mit ihr erklären? Was soll er nur antworten, wenn die Frage nach dem Warum kommt? Warum fällt es ihm so schwer, mit ihr zu arbeiten? Weil sie ständig mit ihm flirtet? Weil sie sich in seine Gedanken schleicht und er sie nicht mehr aus dem Kopf bekommt?

Je länger er darüber nachdenkt, desto klarer wird ihm, dass er dem Supervisor wohl nie von seinen Gefühlen erzählen können wird. Irgendetwas hält ihn davon ab, die Herausforderungen, die die Arbeit mit der Frau mit sich bringt, mit ihm zu teilen. Scham? Ist es das? So leicht gelangt ein Mensch also in eine Spirale, in der der eigene Stolz ihn dazu bringt, Dinge zu verheimlichen, anstatt zu riskieren, sich selbst zum Gespött zu machen und seine eigenen Schwächen offenzulegen. Kaj atmet tief ein.

»Ist alles in Ordnung?«, fragt die Klientin und sieht Kaj verwundert an.

»Natürlich«, antwortet er schnell. Er will bloß weg von hier.

»Bevor wir aufhören, will ich wissen, was Sie in dieses Heft geschrieben haben.« Sie deutet mit dem Finger auf das Heft, das zugeklappt auf Kajs Schoß liegt.

»Notizen. Das hier ist eine vertrauliche Sitzung, ich mache mir nur Notizen für mich selbst, damit ich Ihnen besser helfen kann. Aber natürlich haben Sie das Recht, meine Vermerke zu sehen, wenn Sie wollen. Möchten Sie?«

»Ja, ich möchte«, sagt sie und steht auf. Zielstrebig kommt sie auf Kaj zu und nimmt ihm das Heft mit dem schwarzen Ledereinband aus der Hand. »Ich möchte«, flüstert sie noch einmal leise, den Blick nicht auf das Heft, sondern auf Kaj gerichtet.

»Hier steht: ›X's Resilienz muss gestärkt werden.‹ Was heißt das?«

»Also kurz zusammengefasst meine ich mit Resilienz die geistige Kapazität. Sind Sie jetzt zufrieden?«

Die Frau blättert weiter durch das Heft und liest hier und da ein paar Stellen.

»Noch nicht ganz«, sagt sie und liest weiter.

Schließlich legt sie das Heft langsam auf den Tisch, streicht sich eine Haarsträhne hinters Ohr und mustert Kaj mit einem eigenartigen Gesichtsausdruck. Sein Körper spannt sich an, während er mit Schrecken zusieht, wie die junge Frau langsam die Knöpfe ihres Oberteils öffnet. Er weiß, dass er eigentlich aufstehen müsste, augenblicklich sagen müsste: Was tun Sie denn da, hören Sie auf! Aber er fühlt sich wie gelähmt. Sein Körper klebt am Sessel fest. Mit starrem Blick sieht er zu, wie die Frau sich auszieht, und ist nicht imstande aufzustehen.

Freitag, 20. September

JAN

Jan ist früh dran und beschließt, Kaj zu fragen, ob er bereits jetzt Zeit hat. Er zieht die schwere Tür des Hochhauses auf und nimmt bis in den zweiten Stock hinauf immer zwei der flachen Stufen auf einmal. An der Tür zur Praxis stehen drei Namen, einer davon ist Johansson. Jan klingelt und wartet. Kaj öffnet die Tür.

»Wie geht's?«, fragt Jan in der Hoffnung, nicht die übliche, schablonenartige Antwort zu bekommen. Wenn Kaj jetzt sagt, es gehe ihm gut, dann verheimlicht er etwas, beschließt Jan innerlich.

»Gut geht's«, antwortet Kaj mit einer verdächtigen Leichtigkeit.

Er wirkt irgendwie bedrückt, stellt Jan fest, als er ihm ins hinterste Zimmer folgt, einen hohen Raum mit schlichten, sorgfältig ausgewählten Möbeln. Wahrscheinlich stammen sie alle von Versteigerungen. Ein marokkanischer Teppich, ein Schreibtisch von Merivaara und Kajs ganzer Stolz: zwei schwarze Ledersessel. Jan hätte sie nicht als die Barcelona-Sessel von Mies van der Rohe erkannt, wenn sein Freund es ihm nicht schon viele Male begeistert erzählt hätte. Für Jan ist Barcelona kein Möbelstück, sondern ausschließlich eine Fußballmannschaft.

»Im Moment beschäftigen wir uns genauer mit dem Motorradclub Wolves«, sagt Jan, nachdem er auf dem Sofa Platz genommen hat, und wirft Kaj einen scharfen Blick zu. Dieser scheint ihm überhaupt nicht zuzuhören, sondern starrt nur ausdruckslos an die Wand. Sein dunkelblaues Hemd ist zerknittert, und es steckt auch nicht wie sonst ordentlich in seiner Hose.

»Es gibt einen neuen Vergiftungsfall«, fährt Jan fort.

Er würde Kaj am liebsten schütteln, ihm auf den Rücken schlagen oder Hallo rufen. Stattdessen sitzt er nur still da und mustert seinen alten Freund, der eindeutig nicht er selbst ist.

»Ein Mann, deutlich über dreißig. Trägt ein Tattoo mit dem gleichen Symbol, das wir schon auf den Halsketten gesehen haben. Das gleiche Gift.«

Endlich scheint Kaj zuzuhören. Er wird ganz blass.

»Ein neues Opfer und dasselbe Ritual?«, wiederholt er, um sicherzugehen.

Jan nickt. »Ist auch wirklich alles in Ordnung?«, fragt er noch einmal, aber als Kaj erneut bejaht, lässt er es auf sich beruhen, schließlich ist Kaj erwachsen. Außerdem hat er jedes Recht, es ihm nicht zu erzählen.

»Ich wollte mich mit dir unterhalten, weil die Sache langsam komplett aus dem Ruder läuft.«

»Habt ihr neue Informationen zu den laufenden Ermittlungen?«, fragt Kaj.

»Ja, haben wir«, sagt Jan, fasst anschließend alles zusammen, was sie bisher wissen, und endet mit dem Vergiftungsversuch, der soeben ans Licht gekommen ist. »Was denkst du darüber?«, fragt er dann.

»Ich denke, dass ich uns ein Bier hole«, sagt Kaj und verschwindet kurz in der Küche.

Mit gemischten Gefühlen nimmt Jan die eiskalte Bierflasche entgegen. Er hat eigentlich keine Lust auf Bier, Kaj hingegen scheint sogar ein paar mehr nötig zu haben, denn er öffnet eilig seine Flasche und lässt den Kronkorken einfach auf den Tisch fallen.

»Also gut, kehren wir zu unserem mutmaßlichen Serienmörder zurück«, sagt Kaj. »Der Täter, den wir suchen, ist verdammt geschickt und darum äußerst gefährlich. Er hat sich selbst gut im Griff. Falls er schon eine andere Straftat auf dem Kerbholz hat, die er vor Johannes' Tod begangen hat, würde ich, nach allem, was wir wissen, sagen, dass er dafür nicht belangt wurde. Das alles könnte ihn in seinem Mut noch bestärken. Möglicherweise hält er sich jetzt für unbesiegbar. Seine letzten Taten zeigen außerdem, dass er auf eine gewisse Art und Weise rastlos ist.

Wurden bei Roy oder Aila irgendwo in der Nähe Blumen abgelegt? Ist der Täter hier demselben Schema gefolgt, oder war es eine spontane Tat?« Kaj lässt Jan nicht gleich antworten. »Wir müssen bedenken, dass ein Täter immer eine Vergangenheit hat. Was ist dort vorgefallen? Mich interessiert vor allem, wie das alles angefangen hat. Wie wurden die Opfer ausgewählt? Aila passt nicht ins Bild. Meiner Meinung nach bricht er in ihrem Fall auf krasse Weise mit seinem Muster. Das bedeutet meistens, dass er improvisieren musste. Vielleicht schützt er sich selbst. Aus irgendeinem Grund mussten diese Menschen beseitigt werden.«

Jan nickt. Kaj nimmt einen Schluck Bier und fährt fort:

»Der Täter begeht die Morde in der Natur oder in den Wohnungen der Opfer. Er will sein eigenes Nest nicht beschmutzen.«

»Genau das«, stimmt Jan zu. »Ich habe auch schon darüber nachgedacht, dass dem Mord eine Art Treffen vorausgehen muss, denn die Opfer wurden nicht transportiert. Aber ein Treffen erfordert Vertrauen. Der Mörder versteht sich also darauf, vertrauenerweckend zu sein.«

Kaj nickt und sagt: »Er oder sie ist jemand, den niemand verdächtigt. Entschuldigung, aber ich muss einfach fragen: Glaubst du, dass der Wolves MC und diese Mordfälle etwas miteinander zu tun haben?«

SAANA

Inkeri ist auf dem Weg zurück nach Hartola, und Saana fühlt sich leer. Inkeri ist mehr als nur eine Tante für sie. In letzter Zeit stand sie Saana von allen Menschen am nächsten. Ihre Freunde sieht Saana viel zu selten. Kurzerhand schreibt sie eine Nachricht an Veera und schlägt ihr einen Besuch im Sauna-Restaurant *Löyly* vor. Zu ihrer Überraschung sagt Veera sofort zu.

Als sie nach dem ersten Saunagang im Freien stehen, spürt Saana den kühlen Steg unter ihren Zehen. Hinter ihr ragt die Silhouette des Holzgebäudes empor, und vor ihr wogt das September-Meer auf und ab. Der Weg von der Sauna bis zum Wasser ist nicht besonders weit, aber wenn der Wind – heute weht vom Meer eine kräftige Brise herüber – auf die feuchte Haut trifft, fühlt sich die Luft kälter an, als sie eigentlich ist. Saana hat sich in ihr Saunatuch gewickelt, steigt die Treppe hinunter und bleibt auf der letzten Stufe stehen, um die Aussicht zu genießen. Zu ihrer Rechten liegen ein paar Inseln und Wasser, so weit das Auge reicht, zu ihrer Linken die schönen Umrisse der Stadt, die Häuser und die Felsenküste von Eiranranta. Vom Meer aus gesehen ist Helsinki besonders schön, denkt Saana, bevor sie mit angehaltenem Atem die Leiter hinunter ins eiskalte Wasser steigt. Als sie den Handlauf loslässt und sich rücklings ins Wasser fallen lässt, entfährt ihr ein kleiner Schrei.

»Hast du gerade wirklich gekreischt?«, fragt Veera hinter ihr lachend.

Veera trägt nicht mal ein Handtuch. In aufrechter Haltung steht sie auf der Treppe und lacht Saana aus, die Kälte scheint ihr überhaupt nichts anzuhaben.

»Als Nächstes gehen wir in die Rauchsauna«, ruft Saana, während sie aus dem Wasser steigt, und sieht verblüfft zu, wie Veera seelenruhig immer noch im kalten Meer herumschwimmt.

Wenig später kommt aber auch Veera aus dem Wasser, und sie steigen gemeinsam die Stufen zur etwas schummrigen Rauchsauna hinauf. Sofort schlägt ihnen eine herrliche Wärme entgegen. Die Leute rutschen beiseite, um ihnen Platz auf der Bank zu machen.

»Erzähl, wie läuft's bei dir und Jan?« Veera bemüht sich nicht mal darum, ihre Neugier zu verstecken.

Das salzige Meerwasser tropft Saana von den Haaren ins Gesicht. Der heiße Saunadampf brennt auf der Haut, die vom kalten Wasser ganz ausgekühlt ist.

»Tja«, hört sie sich sagen und hält dann inne, um zu überlegen. Einerseits ist sie total verknallt, ja sogar verliebt, andererseits muss sie auch zugeben, dass Jans ständige Abwesenheit wegen seiner Arbeit sich eigenartig anfühlt. Langsam hat sie Angst, es könnte irgendwann zu viel für sie werden, dass er sich ständig so rarmacht.

»Inkeri war zu Besuch. Sie ist einfach toll. Ich werde den Gedanken nicht los, dass die Frauen in meiner Familie genetisch zu stark dazu veranlagt sind, allein klarzukommen. Sie haben eine Art hartnäckiges Bedürfnis, andere stets auf Abstand zu halten und die ganze Zeit auf der Hut und kritisch zu sein, um Herzschmerz zu vermeiden«, sagt Saana und reibt sich das Gesicht.

»Willst du damit sagen, du sehnst dich danach, allein zu sein, obwohl du Jan gerade erst kennengelernt hast?« Veera wischt sich den Schweiß von der Stirn.

»Eigentlich nicht, aber ich merke einfach, dass mein Kopf die ganze Zeit versucht, Gründe zu finden, warum ich einen gewissen Sicherheitsabstand zu Jan halten und mir meinen eigenen Raum bewahren sollte.«

»Na, so in der Anfangsphase ist das bestimmt unbedenklich. Übrigens wünsche ich mir auch eine Tante Inkeri in meinem Leben«, sagt Veera und lacht. Dann schweigen sie beide und genießen den nächsten entspannenden Aufguss.

Im Umkleideraum geht es eng zu. Fast jeder Spind ist belegt. Saana beobachtet eine sorgfältig geschminkte Frau, die sich in Strumpfhose und BH die Haare föhnt, und betrachtet sich dann selbst im Spiegel. Ihre blonden Haare hängen nass an ihr herunter, ihr Gesicht glüht.

»Wie läuft's zwischen dir und Kaj?«, fragt sie, während sie sich in ihre Jeans quetscht, die sich auf einmal zu eng anfühlt. Die Haut fängt bereits an nachzuschwitzen.

»Ich weiß nicht«, antwortet Veera überraschend. Saana sieht sie forschend an.

»Bei uns läuft es schon seit Längerem, wie soll ich sagen, scheiße«, gesteht Veera.

»Wie geht es dir damit?«, fragt Saana besorgt. Auf einmal wirkt die sonst so selbstsichere und energiegeladene Veera klein und unsicher.

»Alles hat irgendwann nach den Sommerferien angefangen. Ich hatte das Gefühl, dass Kaj sich immer mehr in sein Schneckenhaus zurückzieht oder die Nase voll hat, keine Ahnung. Seitdem verhält er sich ab und zu so, als ob er ein Gefangener in seinem eigenen Zuhause wäre. Schaut sich gehetzt um, mit einem Gesichtsausdruck, als wäre er am liebsten irgendwo anders, bloß nicht bei seiner eigenen Familie. Das vielleicht Schlimmste ist aber, dass er denkt, ich würde es nicht sehen.«

»Er hat doch wohl keine andere?«

»Kaum«, murmelt Veera. »Aber was weiß ich schon.«

HEIDI

»Wir brauchen eine Gästeliste und Informationen über jeden, der an der Party der Biker-Gang teilgenommen hat und zum Zeitpunkt der Schießerei in Kirkkonummi war«, sagt Heidi. Sie sitzen gemeinsam am Tisch und versuchen, die Entdeckung zu verdauen, dass eine der an jenem Abend im Haus anwesenden Personen Mikko Linder vergiftet und dabei das gleiche Gift verwendet hat wie der Mörder, nach dem sie suchen.

»In den Unterlagen, die wir von Ojala bekommen haben, steht, dass als Inhaberin des Hauses eine gewisse Kadi Saarinen eingetragen ist. Sie hat eine estnische Mutter und einen finnischen Vater und ist in Estland geboren. In internen Kreisen des Clubs wird sie auch Queen Bee genannt«, berichtet Saki.

»Gut, dann kontaktieren wir Frau Saarinen als Erstes«, sagt Jan.

»Aber Ojala hat doch gesagt...«, setzt Heidi an.

»Ojala sagt so einiges«, meint Jan. »Wenn wir mit der Führungsriege des Clubs sprechen müssen, dann müssen wir das eben. Dazu brauchen wir keinen Ojala. Lass uns unsere Nachforschungen anstellen, ohne viel Aufhebens zu machen.«

Saki setzt sich an den Tisch und sieht müde aus.

»Wann hast du zuletzt geschlafen?«, fragt Heidi ihn, als er seine Brille abnimmt und sich die Augen reibt.

»Ich schlafe weder in der Arbeit noch zu Hause«, erwidert Saki, aber der Stolz eines frischgebackenen Vaters steht ihm dennoch ins Gesicht geschrieben.

Heidi wird klar, dass sie ihn während der gesamten Ermittlungen kein einziges Mal etwas Persönliches gefragt hat. Wie das Kind heißt, wo sie wohnen, mit wem Saki verheiratet ist, sie weiß gar nichts. Trotzdem bringt sie nach wie vor keine Frage heraus.

»In Ordnung. Konzentrieren wir uns auf Frau Saarinen. Sie müssen wir vernehmen. Fahren wir hin und plaudern mit ihr«, sagt Heidi und wirft Jan einen bedeutungsschweren Blick zu.

Heidi klingelt an der Tür, und Jan hält sich im Hintergrund. Sie warten. Heidis Blick fällt auf den Zigarettenmülleimer neben der Haustür. Solche stehen meistens vor Hotels. Jemand fuhrwerkt geräuschvoll am Sicherheitsschloss herum und öffnet dann die Tür. Heidi sieht auf, und ihr Blick trifft direkt auf das rasierte Kinn eines groß gewachsenen, tätowierten Mannes.

»Wir möchten zu Kadi Saarinen«, sagt sie und zückt ihren Dienstausweis. Auch Jan tritt näher.

»Warten Sie hier«, sagt der Mann ausdruckslos.

Sie betreten den Flur. Heidi bleibt stehen und mustert den Garderobenständer. Dann geht sie hastig die Jacken durch und wird kurze Zeit später fündig: An einer hängt ein blondes Haar. Hastig schnappt sie es sich und steckt es in eine Tüte, die sie schnell in ihrer Jackentasche verschwinden lässt. Blonde Haarprobe gesucht, blonde Haarprobe gefunden.

»Wie komme ich zu dieser Ehre?«, fragt Kadi Saarinen alias Queen Bee, die auf roten High Heels hereinmarschiert kommt.

Heidi fragt sich angesichts dieses Auftritts unwillkürlich, welche Rolle sie innerhalb des Clubs wohl hat.

»Darf ich Ihnen denn etwas anbieten? Wasser, Orangensaft, Kokain?«, fragt Queen Bee übertrieben höflich, während sie sie ins Wohnzimmer führt.

Heidi wirft ihr einen finsteren Blick zu, der bei Queen Bee zu größter Erheiterung führt.

»Wir ermitteln wegen Mordes«, sagt Heidi, während sie sich umsieht. Der in einem protzigen, amerikanischen Stil eingerichtete Raum sieht aus, als würde er direkt aus *Desperate Housewives* stammen. Nur dass sie sich hier nicht in Beverly Hills befinden, sondern in Kirkkonummi.

»Wo waren Sie am Freitag, dem 23. August?«, fragt Heidi und sieht Frau Saarinen kampfeslustig an.

»Ich war auf einer Staycation im *Kämp*«, sagt Queen Bee, erneut breit lächelnd. »Sie können von mir aus die Aufzeichnungen der Überwachungskameras überprüfen, dann sehen Sie, dass ich den ganzen Abend über im Hotel war. Mein Mann hat mich begleitet, das wird er Ihnen ebenfalls bestätigen. Aber wieso? Worum geht es hier?«

Heidi antwortet nicht.

»Und am Donnerstag, dem 29. August?«

»Ich habe nichts zu verheimlichen, da war ich zu Hause. Ich kann Ihnen die Nummer des Mannes geben, der Ihnen auch hierzu die Aufzeichnungen der Überwachungskameras aushändigen kann. Sie werden schnell feststellen, dass ich den ganzen Abend über hier war.«

»Ich brauche eine Liste der eingeladenen Gäste, den Namen jeder einzelnen Person, die am Samstag und Sonntag hier war. Auch diejenigen, die nur kurz vorbeigeschaut haben.«

Frau Saarinen hebt ihre geschminkten Brauen.

»Ich besorge Ihnen die Liste«, sagt sie dann. »Aber sagen Sie mir, wofür? Wurden die Zeugenaussagen nicht schon aufgenommen?« Ihr selbstsicheres Auftreten kommt für einen winzigen Moment ins Wanken.

»Es ist äußerst wichtig, dass wir diese Namensliste bekommen«, sagt Heidi und genießt die Wirkung ihrer Worte.

Kadi Saarinen starrt Heidi an. Sie sieht aus, als würde sie versuchen, einen Code zu knacken, herauszufinden, was Heidi ungesagt gelassen hat.

»Und ja, ich hätte gerne eine Line Koks«, fügt Heidi hinzu und erwidert Queen Bees Blick.

Diese schweigt, zögert. Dann lacht sie erneut, diesmal gezwungen.

»Für einen Moment habe ich es fast geglaubt«, sagt sie und begleitet Heidi und Jan dann mit klackernden Schritten zurück in den Flur.

Jan geht zuerst hinaus. Heidi wirft Kadi Saarinen noch einen verstohlenen Blick zu. Da sind sie also, zwei ungefähr gleichaltrige Frauen, aber in komplett verschiedenen Lebenssituationen. Queen Bee treibt gefährliche Spiele in der Welt der Motorrad-Gangs, und Heidi versucht, für Ordnung zu sorgen, indem sie für die Guten arbeitet. Zu ihrer eigenen Überraschung muss sie feststellen, dass sie sogar ein kleines bisschen Respekt vor Queen Bee hat. Nur wenige kommen bei Auseinandersetzungen zwischen Gangs mit dem Leben davon.

»Seien Sie vorsichtig bei Ihren Bandenkriegen, die gehen selten gut aus«, sagt Heidi leise und geht dann, ohne sich noch einmal umzusehen.

KAJ

Kaj muss das Auto bei der Praxis stehen lassen. Nachdem Jan gegangen ist, hat er allein noch drei Bier hinuntergekippt und die Wand angestarrt, anstatt nach Hause zu gehen. Den ganzen Abend schon denkt er über die Katastrophe nach, die sich mit der jungen Frau ereignet hat, und versucht, irgendetwas zu finden, was ihm Halt geben könnte. Sein einziger Trost ist, dass es nicht zum Äußersten gekommen ist.

Als Kaj die Haustür öffnet, spürt er immer noch ihre Haut unter seinen Handflächen. Gerade als die Sache zu eskalieren drohte, hat zum Glück eine Stimme in seinem Kopf geschrien und ihn aus seiner tückischen Trance gerissen. Er hat die Kontrolle über sich zurückgewonnen und die Klientin gebeten, augenblicklich aufzuhören. Daraufhin hat sie gekränkt geschwiegen und sich in ihr Schneckenhaus verkrochen. Die Situation ist nicht gerade wie im Lehrbuch abgelaufen, und Kaj ist sich nicht sicher, was er als Nächstes tun soll. Er ist der Profi, er sollte es eigentlich wissen, aber auf einmal fühlt er sich, als würde er in eine tiefe Schlucht voller Hoffnungslosigkeit hinabstürzen.

Kaj stochert mit der Gabel an einem Fischstäbchen herum, und die orange Panade löst sich ab. Er sieht zu, wie die Kinder die Erbsen von ihren Tellern picken. Alles ist wie immer. Nur dass es das nicht ist. Er wagt es nicht einmal, Veera anzusehen.

Sie ist gerade dabei, die Kinder ins Bett zu bringen, als Kaj spürt, wie das Handy in der Tasche seiner Jogginghose vibriert. Eine Nachricht von der Klientin.

Was passiert ist, tut mir leid. Das wollte ich nicht, vergessen wir es. Aber Sie sind der Einzige, dem ich noch vertrauen kann. Meine Mutter ist komplett durcheinander. Kann ich zu Ihnen kommen?

Kaj schluckt. Auf keinen Fall kann oder will er seine Familie in das hier mit hineinziehen. Als Psychotherapeut sollte er professionell bleiben, aber jetzt haben sie die Grenze bereits überschritten. Er muss irgendetwas antworten. Doch bevor ihm etwas einfällt, klingelt sein Handy. Sie ruft an. Kaj späht die Treppe hinauf und horcht. Veera ist immer noch im Kinderzimmer.

»Ich bin verheiratet«, zischt Kaj ins Telefon.

»Gut, dann vergessen Sie's. Ich bin es ja schon gewohnt, dass mir niemand hilft.« Als Kaj das hört, muss er sich unweigerlich fragen, wie schlecht ihre Verfassung tatsächlich ist.

»Ich wohne wieder zu Hause, darf das Haus aber nicht verlassen. Ich habe Angst. Können Sie herkommen? Dann klären wir die Situation«, sagt sie und legt auf.

Es folgt eine Nachricht, in der eine Adresse steht. Kaj horcht noch einmal, ob die Kinder schon schlafen. Von oben sind gedämpfte Laufschritte und Gekicher zu hören, Veera hat es also noch nicht geschafft, die Kleinen müde zu kriegen. Leise schnappt Kaj sich Autoschlüssel und Handy, zieht sich im Flur seine Jacke über und schleicht sich hinaus, um die vertrackte Situation zu lösen.

Kaj schaut zu, wie das elektrische Tor sich langsam öffnet und den Blick auf ein großes weißes Haus mit Garten freigibt. Auf dem Messingschild an der Tür steht »Heikkinen«. Als seine Klientin ihm öffnet, trägt sie nichts als einen Morgenmantel. Ihr Gesicht sieht aus, als hätte sie geweint, und ihr Atem riecht nach Alkohol. Er folgt der leicht schwankenden Frau in das geräumige Wohnzimmer. Die Außenwand besteht fast komplett aus Glas.

»Eigentlich ist es ziemlich komisch«, sagt sie.

»Was?«, fragt Kaj mit einem Anflug von Gereiztheit in der Stimme.

»Dass ich für einen Moment wirklich bekommen habe, was ich wollte.«

»Was meinen Sie?«

»Dass es Menschen gab und gibt, die sich in mich verliebt haben. Auch du.«

»Ich?«, wiederholt Kaj. »Das haben Sie falsch verstanden, ich ...«

»Was war es dann?«, zischt die Frau. »Reine Lust?«

Beide schweigen. Kaj hört, wie draußen ein Auto vorbeifährt. In dieser Gegend liegen die Grundstücke sehr geschützt, und es gibt nur wenige Nachbarn.

»Ich hatte ziemliches Pech, was die Liebe angeht. Aber was erzähle ich dir das, du bist schließlich mein Therapeut. Du weißt das ja.« Sie fängt an zu kichern. »Man könnte sagen, dass ich immer nur einen kurzen Moment lang glücklich bin. Bis ...«

»Bis was?«, fragt Kaj.

»Bis der Tag kommt, an dem mein Freund mich verlassen will.«

Kaj öffnet den Mund und schließt ihn gleich wieder. Wie ein Goldfisch. Er weiß nicht, was er sagen soll, er will einfach nur weg und alles vergessen. Vor allem will er nur noch nach Hause zu seiner Familie.

»Ich habe dir schon Weißwein eingeschenkt«, sagt sie und

reicht Kaj ein großes Glas. Ihre Augen sind gerötet, das viele Make-up hat schwarze Flecke darunter hinterlassen.

»Wo ist Ihre Mutter?«, fragt Kaj.

»Auf Dienstreise.«

»Ihnen ist doch klar, dass ich nicht bleiben kann.«

»Lass uns doch ein bisschen Wein trinken und dann...«, sagt sie und öffnet ihren seidenen Morgenmantel ein kleines Stück.

Kaj wendet den Blick von der halb nackten Frau ab.

»Trinken wir auf uns.« Sie erhebt ihr Glas.

Kaj sieht sie an und fühlt sich, als würde er in kleine Stücke zerrissen werden. Hat sie denn nicht gehört? Er muss sofort gehen, aber er hält immer noch das Glas in der Hand. Der Wein ist so kalt, dass es beschlägt. Die ganze Situation fühlt sich verboten an. Absolut verboten.

»Ich bin mit dem Auto da, ich kann nichts trinken«, sagt er schließlich und stellt das Weinglas zurück auf den Tisch.

Die Frau legt den Kopf schief, denkt nach.

»Ich habe ein Geschenk für dich«, sagt sie. »Warte hier.«

Sie verschwindet durch eine Tür, und als sie kurz darauf zurückkehrt, hat sie eine kleine Schachtel in der Hand. Betreten nimmt Kaj sie entgegen.

»Das ist nicht nötig. Ich habe doch mein Honorar bekommen.«

»Dann nimm es halt als Freund.« Sie nippt an ihrem Wein, ohne den Blick von ihm abzuwenden. Kaj versucht, ihr die Schachtel zurückzugeben, aber sie wehrt ab und nimmt noch einen größeren Schluck Wein.

Ein Tropfen läuft ihr übers Dekolleté. Kaj glaubt, unter dem dünnen Morgenmantel ihre Brustwarzen erkennen zu können. Sie ist erschreckend jung.

»Mach es wenigstens auf«, sagt sie und tritt ganz dicht an ihn heran. Kaj kann ihr süßliches Parfüm riechen.

»Okay, aber dann gehe ich«, sagt er höflich, aber bestimmt, öffnet die Schachtel und blickt irritiert auf das Schmuckstück darin. Eine dünne Silberkette mit einem kleinen Unendlichkeitssymbol.

Er schluckt. Jetzt ist es nicht mehr Verwirrung, die sein trügerisches Herz ihn empfinden lässt, sondern etwas völlig anderes. Angst, nein, Panik.

»Ich bin dein«, sagt sie.

Der dünne seidene Morgenmantel fällt zu Boden.

Darunter ist sie komplett nackt.

»Nein, ich ...«

Kaj findet keine Worte, er weiß nur, dass er verdammt noch mal abhauen sollte. Wieder kommt ihm die Schlucht in den Sinn, in der er sich befindet. Er kann keinen klaren Gedanken mehr fassen, seine Beine gehorchen ihm nicht mehr.

»Wenn du jetzt gehst, dann sorge ich mit meiner Mutter dafür, dass du eine Anzeige bekommst, weil du was mit einer Patientin angefangen hast«, sagt sie mit einer völlig neuen Eiseskälte in der Stimme und packt Kaj am Arm.

»Ziehen Sie sich wieder an, dann reden wir in Ruhe«, sagt er und bemüht sich, seiner Stimme so viel Ruhe zu verleihen, wie es ihm sein zerrütteter Zustand noch erlaubt.

Sie ist komplett durchgeknallt. Die ganze Zeit über hat sie das Opfer gespielt, diejenige, die von anderen ausgenutzt wird. Und jetzt ... Kaj starrt sie entgeistert an. Alles, was sie bisher gesagt hat, erscheint jetzt in einem ganz anderen Licht.

Auf einmal stürzt sie sich, immer noch nackt, mit einer solchen Wucht auf ihn, dass er beinah umfällt. Instinktiv fängt er sie auf, damit sie nicht zu Boden geht.

»Genau so, danke«, zischt sie zwischen den Zähnen hervor und sieht Kaj triumphierend an. Dann fängt sie an, zu schreien und sich aus seinem Griff zu winden.

»Lassen Sie mich los, Sie Wahnsinniger! Wie sind Sie überhaupt in mein Haus gekommen? Lassen Sie mich in Ruhe, Sie Perverser!«
»Hören Sie auf!«, ruft Kaj.
Etwas anderes fällt ihm nicht ein. Er weiß schon, welches Szenario sie mit dem teuren Überwachungssystem der Familie aufzeichnen will.
Wütend und ungläubig weicht Kaj zurück. Ohne sich noch einmal umzublicken, rennt er die Treppe hinunter und zur Tür hinaus.
»Fuck, fuck, fuck!«, flucht er. Seine Hände zittern so sehr, dass er es fast nicht schafft, den Autoschlüssel ins Zündschloss zu stecken. Im Rückspiegel beobachtet er, wie das elektrische Tor sich quälend langsam öffnet, und rangiert dann panisch das Auto hinaus. Wenn ich nur endlich hier wegkomme, betet er sich innerlich vor. Erst dann wird er darüber nachdenken, wie das Ganze noch gerettet werden kann.

Normalerweise empfindet er ein Gefühl der Erleichterung und Ruhe, wenn er zu Hause in den Hof einfährt, aber jetzt ist genau das Gegenteil der Fall. Die Qualen, die ihm die junge Frau verschafft, rauben ihm beinahe den Atem, schnüren ihm die Kehle zu. Er sieht auf die Zeitanzeige des Autos. 23:37 Uhr. Jetzt kann er nichts mehr ausrichten. Ein Gefühl von Scham überrollt ihn. Er muss bis zum Morgen warten.
Kaum ist er im Haus, schließt er die Tür ab und auch noch das Sicherheitsschloss. Im Flur angekommen, stößt er einen tiefen Seufzer aus, bevor er mit Schuhen ins Wohnzimmer geht und einen Schluck Whisky direkt aus der Flasche trinkt. Anschließend kehrt er in den Flur zurück und sieht sich um. Die Familie schläft, ich bin zu Hause, alles ist gut, denkt er und versucht, sich zu beruhigen. Morgen früh wird er sich eine Lösung über-

legen. Er schleicht die Treppe hinauf, um die anderen nicht zu wecken.

Im Halbdunkel des Schlafzimmers erkennt er die Silhouette seiner Frau. Sie liegt auf ihrer Seite des Bettes und wirkt so sanft und friedlich. Der schiere Gedanke daran, dass er das alles eines Tages nicht mehr haben könnte, zerreißt ihm fast das Herz. Leise zieht er sich aus, legt das Handy auf den Nachttisch, klettert ins Bett und drückt den Kopf ins Kissen.

Eine Stunde später starrt Kaj noch immer aus dem Fenster und betrachtet die ihm so vertrauten Zweige der Bäume. Er kann nicht einschlafen, ist immer noch aufgeregt. Auf einmal geht draußen das Licht an. Die automatische Außenbeleuchtung hat einen Bewegungssensor, jemand muss an der Haustür vorbeigegangen sein. Kaj steht auf, schleicht sicherheitshalber zum Fenster und späht hinaus. Niemand. Er schließt die Jalousie und will gerade zurück ins Bett gehen, als ihm klar wird, dass er im Augenwinkel etwas wahrgenommen hat, etwas, was er beinahe übersehen hätte. Durch die Lamellen der Jalousie schaut er noch einmal hinaus. Jetzt sieht er es: Auf der Straße, nur hundert Meter von seiner Haustür entfernt, steht eine Frau in einem langen dunklen Mantel. Die Klientin.

Sein Puls beschleunigt sich, und sein Herz fängt an zu hämmern. Was zur Hölle macht sie hier? Wie ist sie an seine geheime Adresse gekommen? Was zum Henker …?, sagt er leise zu sich selbst. Zum Glück schläft Veera tief und fest. Er schleicht sich zum Nachttisch, nimmt sein Handy und geht die Treppe hinunter, um zu überlegen, was er tun soll.

Samstag, 21. September

SAANA

Saana sieht zu, wie Samuli Gemüse klein schneidet und es vom Brett ins kochende Wasser kippt. Kartoffeln, Karotten, Zucchini, Blumenkohl, Zwiebeln, Süßkartoffeln. Anschließend wäscht er die Linsen unter dem Wasserhahn. Aus irgendeinem Grund muss Saana an Jan denken. Was ihm wohl gerade durch den Kopf geht und was er gerade macht? Es ist schon seltsam, wie unterschiedlich Stimmungen und Orte mit verschiedenen Menschen sein können. Wenn sie mit Jan zusammen ist, knistert die Luft, und es umgibt sie eine Art strahlende Energie, die sie wach und lebendig macht, vielleicht sogar ein bisschen vorsichtig. Mit Samuli wiederum fühlt sie sich wie zu Hause.

»Ich kann das Essen nur mild würzen, Venla mag es nicht so scharf«, sagt er und schüttet die Linsen vom Sieb in den Topf.

Das kleine Mädchen sitzt auf dem Wohnzimmerboden und kämmt die Haare seines Schminkkopfes. Die Atmosphäre ist gemütlich, irgendwie unbeschwert. Heimelig. So wäre es also, denkt Saana. So wäre der Alltag, wenn ich eine kleine Familie hätte.

»Mädels, Essen ist fertig«, sagt Samuli kurz darauf, und sie setzen sich an den bereits gedeckten Tisch.

Samuli und Venla albern miteinander herum, und Saana fühlt sich wie ein Eindringling. Einerseits ist sie bei diesem alltäglichen Familienritual das fünfte Rad am Wagen, andererseits fühlt sie sich trotzdem willkommen. Es ist, als wäre sie immer Teil der Gruppe gewesen. Sie richtet ihren Blick auf Samuli, der ein kariertes Hemd und eine schwarze Mütze trägt – selbst in der Wohnung. Dann reicht sie ihm ihren Teller, damit er ihr Suppe auftun kann.

Nachdem Venla endlich eingeschlafen ist, schleicht Samuli sich zu Saana ins Wohnzimmer und setzt sich neben sie aufs Sofa. Auf einmal schämt Saana sich. Warum ist sie nicht nach Hause gegangen? Warum sitzt sie immer noch hier? Es ist, als würde sie nach etwas suchen, als wollte sie gern noch einen Moment lang an der gemütlichen Atmosphäre in Samulis Wohnung teilhaben.

»Ich habe einen Entwurf für die nächste Podcastfolge geschrieben«, sagt sie. »Ich habe da so ein Gefühl, dass wir Jeremias noch finden werden.«

Überrascht dreht Samuli sich zu ihr um.

Saana hat Angst, ein derartig großes Versprechen nach so langer Zeit laut auszusprechen, aber die Puzzleteile scheinen sich endlich ineinanderzufügen. Während Samuli Venla ins Bett brachte, hat Saana eine weitere E-Mail an Heidi Nurmi geschrieben. Darin hat sie zusammengefasst, was sie im Gespräch mit Tiia Hagman in Erfahrung gebracht hat, von ihrer Suche nach Suvi berichtet und von der Schwierigkeit, dass deren Kontaktdaten nicht öffentlich einsehbar waren. Sie hat Heidi um Hilfe bei der Suche gebeten, vielleicht könne sie Suvi finden und befragen. Während Saana das alles zusammengeschrieben hat, ist ihr eine Idee gekommen. Was, wenn Jeremias gar nicht entführt wurde, sondern etwas Wichtiges herausgefunden hat, begriffen hat, dass er in Gefahr schwebt, und absichtlich untergetaucht ist?

»Wenn du so aus dem Stegreif einen Ort irgendwo auf der Welt nennen müsstest, an dem sich Jeremias verstecken würde, welcher wäre das?«, fragt Saana und sieht Samuli gespannt an. Seine Augen wirken gleichermaßen sanft und traurig. Anstatt zu antworten, beugt er sich plötzlich nach vorn und küsst sie. Sie spürt seine weichen Lippen auf ihrem Mund und erstarrt. Es fühlt sich gleichzeitig gut und komplett falsch an. Nach kurzem Zögern löst sie sich abrupt von ihm und steht auf. Ich habe nicht mitgemacht, ich bin sofort zurückgewichen, versucht sie sich einzureden. Wenn Jan so etwas tun würde, wäre sie außer sich vor Wut. Samuli beobachtet sie schweigend. Die Stimmung ist angespannt, erwartungsvoll.

»Es tut mir leid, ich wollte nicht...«, stammelt er schließlich.

»Es macht nichts, also ich meine, mir tut es auch leid, dass ich nicht...«

»Hast du zurzeit jemanden?«

»Gewissermaßen ja, sorry, ich hätte dir gleich...«

Saana fühlt sich noch miserabler. Jan ist viel mehr als nur ein »Gewissermaßen«.

EINE WOCHE VOR DEM VERSCHWINDEN

Jeremias schlurft über den Flur. Die erste Unterrichtswoche nach den Sommerferien kommt ihm öde vor. Der Sommer ist nicht mehr diese spannende Zeit wie in seiner Kindheit, die sich wie eine Ewigkeit anfühlt und in der die Klassenkameraden in die Höhe schießen und jeder alle möglichen Metamorphosen durchläuft. Jetzt geht einfach alles so weiter wie vorher. Dazwischen war nur dieser viel zu kurze Sommer, ein paar merkwürdige Wochen. Träge schaltet Jeremias den Laptop ein, holt sein Notizheft aus dem Rucksack, wirft es auf den Tisch, kramt einen Stift hervor, setzt sich die Kopfhörer auf und beginnt, das gesammelte Filmmaterial durchzugehen. Am Anfang passiert im Video nicht viel, aber dann erregt eine Gestalt am Ende des Bretterpfades seine Aufmerksamkeit. Jeremias notiert sich das Datum und die Zeit in seinem Heft. Kann das wirklich sein? Wenn ja, was macht diese Person dort? Hat sie ihn schon lange beobachtet? Sein Magen fängt an zu knurren. Reagiert sein Körper auf die überraschende Entdeckung, weil sie ihm Angst macht, oder hat er nur Hunger? Jeremias hofft auf Letzteres.

In der Essensschlange der Mensa entdeckt er Abdi und gesellt sich zu ihm.

»Es kommt mir vor, als hätten wir keine Ferien gehabt, weil du uns den ganzen Sommer über eingespannt hast«, sagt Abdi lachend und klopft ihm kumpelhaft auf die Schulter.

»Ich hab angefangen, unser Zeug noch mal durchzugehen«, sagt Jeremias und ignoriert Abdis Frotzelei. »Da ist alles Mögliche drauf. Als ich mir unsere langen Takes angeschaut hab, konnte ich sehen, dass sich da was bewegt. Ich habe das Gefühl, als hätte uns ab und zu jemand beobachtet.«

»Lass mich raten, irgendwelche seltsamen Wesen?«, sagt Abdi lachend, aber Jeremias schüttelt den Kopf und schweigt.

Sie nehmen sich je ein Tablett, füllen ihre Gläser am Hahn mit Leitungswasser, gehen hinüber zum Salatbereich und holen sich Tomaten, geriebene Steckrüben und ein paar Salatblätter. Dann geht es weiter zum warmen Essen, Kartoffel-Gemüse-Pfanne, und zum Schluss noch ein paar Scheiben Brot. Alles für ein paar Euro.

Als Jeremias anschließend wieder über den Flur geht, versucht er, sich zu erinnern, in welchen Seminarraum er muss. Vor dem Fenster liegt die Altstadtstromschnelle. Viel lieber würde er jetzt über Kuusiluoto spazieren, als hier zu hocken und seinen Nachmittag in einem Kurs namens »Methodik und Fertigkeiten für das Erstellen der Abschlussarbeit« zu verbringen.

JAN

Jan lehnt sein Fahrrad an das Geländer und trinkt einen Schluck Wasser. Vor ihm erstreckt sich das Meer. Das herrschende Tiefdruckgebiet macht ihn benebelt und schlapp. Er holt sein Handy heraus. Jetzt muss er es einfach hinter sich bringen. Während der Fahrt hat er sich die Worte zurechtgelegt, nun muss er sie nur noch aussprechen. Er holt tief Luft und drückt auf das Hörersymbol. Es dauert einen Moment, bis sein Vater abhebt.

»Hey«, grüßt er Jan auf eine Art und Weise, die ihm gar nicht ähnlich sieht. Jan fragt sich, ob Anu gerade wieder bei ihm ist.

»Hallo«, sagt er matt. Auf einmal fällt es ihm schwer vorzubringen, was er sagen wollte.

»Anu hat mich gerade einen komischen Kauz genannt«, sagt sein Vater überraschend und lacht. »Sie behauptet, meine Witze wären so typische trockene Väterwitze, das Wort hat sie benutzt. Findest du das auch?«

Jan grinst in sich hinein. Er kann sich nicht erinnern, wann sein Vater das letzte Mal so unbeschwert war. Er blickt aufs Meer. Auf einem Felsen sitzt wie versteinert eine Silbermöwe und hält Wache.

»Mir ist heute bewusst geworden, dass die Bezeichnung

›Kauz‹ eigentlich ziemlich eigenartig ist«, fährt sein Vater fort, bevor Jan antworten kann. »Hast du jemals darüber nachgedacht, dass Eulen in vielen Kulturen ein Symbol für Weisheit sind? Aber Käuze gelten trotzdem als verschroben.«
»Ich wollte dir nur sagen, dass ...«, setzt Jan an. »Ich verstehe, dass du dein Leben weiterführen willst«, bekommt er endlich heraus und fühlt sich unendlich erleichtert. Sie haben denselben Verlust durchgemacht, aber ihre Trauer ist grundverschieden. Jan hat seine Mutter verloren und sein Vater seine langjährige Ehefrau.

Die Fahrt mit dem Fahrrad hat Jans Laune kurzzeitig gehoben. Seine Wohnung spendet ihm Trost, hier kann er sich aufs Wohlfühlen konzentrieren. Er lässt sich aufs Bett fallen und spürt, wie er in einen Zustand der Entspannung sinkt. Ein paar Stunden Ruhe zu Hause, dann geht es weiter. Wehmütig schaut er zur anderen Hälfte des Bettes, wo Saana normalerweise schläft, wenn sie zu Besuch ist. Heute werden sie sich wieder nicht sehen können. Wie gut, dass Saana ein eigenes Leben hat, ihre eigenen Unternehmungen, ihre eigenen Pläne. Als das Handy klingelt, wird er aus seinen Gedanken gerissen.

Es ist Kaj.

»Ich bin komplett am Arsch, könntest du vielleicht ...? Ich habe einen schlimmen Fehler begangen, ich brauch deine Hilfe.«

QUEEN BEE

Queen Bee setzt ihren Fuß auf den Schotter. Der Absatz ihres Stöckelschuhs versinkt im Kies, und sie ahnt bereits, welche Dellen die kleinen Steinchen darin hinterlassen werden. Doch es ist ihr egal. Sie geht zur Eingangstür des Clubs, kramt die Schlüssel aus der Jackentasche hervor und tritt ein. Hartnäckiger, übel riechender Partymief hängt in der Luft, der Boden ist klebrig. Anscheinend war die Putzkraft noch nicht da. Queen Bee durchquert den schwarz gestrichenen Raum und geht hinüber zum Bartresen. Dort findet sie schnell, wonach sie sucht, schenkt sich einen kleinen Schluck Koskenkorva in ein Glas und stürzt den brennenden Wodka hinunter. Möglichst wenig Kalorien, möglichst schnelle Rauschwirkung. Sie füllt das Glas wieder auf und sieht auf das surrende pinke Neonschild an der Wand. Es bildet das Wort PULT, die letzte Silbe ist ausgegangen. Queen Bee reibt sich die Schläfen, steht auf und nimmt die Flasche und das Glas mit. Zeit, in den Clubbereich zu gehen. In einer halben Stunde werden alle wichtigen Leute da sein.

Beim Gedanken an Rache durchströmt Queen Bee ein wohliges Gefühl. Es könnte aber auch vom Wodka kommen. Plötzlich klopft jemand an die Tür und ruft. Queen Bee zuckt zusammen und wirft einen Blick auf die Uhr. Als sie zur Tür geht, bleiben die Absätze ihrer High Heels am Betonboden kleben.

»Hi«, sagt das große, dünne Mädchen und bleibt im Türrahmen stehen, als ob sie auf eine Einladung warten würde. Wie ein Vampir, der erst eintreten kann, wenn er die Erlaubnis dazu bekommen hat. Die Flamme des Akademikers. Sie trägt ein schwarzes Kleid, Springerstiefel und einen pillenförmigen Hut. Ihr Outfit sieht aus wie eine schlechte Kopie von Jackie Kennedys Beerdigungslook.

»Was willst du?«, fragt Queen Bee barsch. Aus irgendeinem Grund ist es ihr von Anfang an schwergefallen, sie zu mögen. Dennoch lässt sie sie herein.

»Ich will dabei sein«, sagt das Mädchen. Sie nimmt ihren Hut nicht ab, schiebt nicht einmal den Trauerschleier beiseite, der daran befestigt ist.

»Wobei?« Queen Bee kann es nicht lassen, sie das zu fragen.

Eine Schnupperpraktikantin kann sie hier nicht gebrauchen. Der Akademiker ist tot, und sie ist nicht verpflichtet, sich um die junge Frau zu kümmern. Die Situation ist traurig, verfahren. Es wird Zeit brauchen, bis sie ihre Truppe wieder aufgerichtet hat. Und dabei hilft nur Rache. Für die erste Attacke ist schon alles vorbereitet.

»Wenn ich eine Sache über den Club gelernt habe, dann, dass ihr irgendeine Art von Racheaktion plant«, sagt das Mädchen hinter dem Schleier und verlagert das Gewicht von einem Bein auf das andere. »Ich brauche einen Ort, an dem ich mich ausruhen kann. Ich habe keinen anderen.«

Zum ersten Mal glaubt Queen Bee, hinter ihre Zerbrechlichkeit blicken zu können. Ob die Unsicherheit, die sie ausstrahlt, nur gespielt ist?

»Willst du etwas trinken?«, fragt sie und kehrt zurück zum Tresen.

»Einen Doppelten bitte«, sagt die junge Frau, ohne zu ergänzen, wovon.

Als Queen Bee ihr ein dickes und breites Kristallglas mit Whisky auf Eis bringt, hebt sie den Schleier ihres Pillenhuts ein wenig an und nimmt einen Schluck.

Queen Bee beobachtet, wie Suvi mit ihren kleinen süßen Lippen am Whisky schlürft, und fragt sich, ob sie sich nicht von Anfang an ein falsches Urteil über sie gebildet hat. Womöglich hat sie dieses kleine Biest unterschätzt. Wer ist diese junge Frau wirklich, die am Tag der Abrechnung in Trauerkleidung an ihrer Tür auftaucht?

HEIDI

Jan, Heidi, Saki und Jone sitzen am Tisch.
»Die Sache sieht folgendermaßen aus«, beginnt Jone und scheint zu überlegen, wie sie all die Bruchstücke zusammensetzen soll. »Kaj Johanssons Klientin, Suvi Heikkinen, hat sich als ziemlich unberechenbare Person entpuppt. Sie hat versucht, Kaj zu erpressen, und wollte ihm eine Halskette schenken. Der Schmuck bringt sie mit unseren Opfern in Verbindung. Wir haben vier Leichen. Zwei der Opfer wurden vergiftet, zwei auf andere Art ermordet. Wir wissen bereits mit Sicherheit, dass Suvi Heikkinen mit dem Biker namens Mikko Linder zusammen war und dass ihr Name auf der Gästeliste von Kirkkonummi steht. Linder, genannt der Akademiker, hatte ein Tattoo mit einem Unendlichkeitssymbol, dasselbe Motiv wie auf den Halsketten. Wir müssen so schnell wie möglich auch eine Verbindung zwischen Suvi und Johannes finden. Außerdem muss ein gewisser Vermisstenfall von vor ein paar Jahren aufgeklärt werden. Es gibt eine Verbindung zwischen dieser vermissten Person und Suvi Heikkinen: Sie waren auf derselben Schule. Heidi, kannst du uns mehr darüber erzählen?«
»Mit Sakis Hilfe bin ich auf den alten Fall des achtzehnjähri-

gen Kasper Hakala gestoßen, der nach der Abifeier spurlos verschwand. Fotos zufolge, die vor seinem Verschwinden gemacht wurden, trug er eine Halskette, ihr ahnt bestimmt schon, was für eine. Auch Saana hat den Fall entdeckt«, sagt Heidi und genießt Jans leicht gereizte Miene. »Laut meinen Informationen wurde Suvi auf dem Gymnasium möglicherweise von Hakala vergewaltigt. Sollte sie etwas mit dessen Verschwinden zu tun haben, könnte das der Grund für die Tat sein.«

»Wir tun also ab sofort alles, um Suvi Heikkinen zu finden«, sagt Jone.

»Und Jeremias?«, fragt Jan. »Wir wissen auch, dass Jeremias Silvasto und Suvi Heikkinen auf demselben Gymnasium waren. Jeremias hat vor seinem Verschwinden Kaspers Fall recherchiert.«

»Ich habe hier eine Szene, die etwas mit Jeremias zu tun hat«, sagt Heidi und geht zum Computer. »Hier ist ein Clip, den mir Abdi gerade geschickt hat.«

Auf dem Video ist zu sehen, wie Roy Kuusisto im Schaukelstuhl sitzt und spricht. »*Unsere Sprache führt uns zu unserer eigenen Geschichte. Damit wir unsere Vergangenheit verstehen, müssen wir unserer Sprache zuhören. Sie birgt alle Antworten.*« Heidi spult vor, und die Kamera schwenkt von der Stube hinaus in den Garten.

»Worauf willst du hinaus, Heidi?«, fragt Jone ungeduldig.

»Uns interessiert nicht, was Roy sagt, sondern was draußen zu sehen ist. Im Garten waren die ganze Zeit über zwei Kajaks, ein grünes und ein rotes. Aber jetzt ist nur noch eins da. Das rote. Das zweite Kajak war während unserer gesamten Ermittlungen nicht da, und niemand hat es zurückgebracht. Keiner hat das grüne Kajak gesehen, und Roy ist nicht gerade ein Kajakfahrer. Meine Theorie lautet: Jeremias ist damit von der Insel geflohen. Ich sage ›geflohen‹, weil ich denke, dass es sich genau darum handelt. Es ist also möglich, dass wir Jeremias noch lebend finden. Vermutlich hat er die Gefahr erkannt und ist deshalb geflüchtet. Und da man ihn bis jetzt nicht gefunden hat, vermute ich, dass er dem Mörder beziehungsweise der Mörderin entkommen ist.«

»Was wissen wir über Suvi?«, fragt Jone und sieht Jan an.

»Über Suvi ist nicht viel zu finden. Sie ist dreiundzwanzig und wohnhaft bei ihrer Mutter«, antwortet Saki schnell.

»Kaj hat mir Suvis Hintergründe geschildert«, sagt Jan. »Ihre Mutter arbeitet beim Staat, im Innenministerium, und hat sich von Anfang an Sorgen darüber gemacht, dass ihre Tochter sich einen Biker ausgesucht hat, aber wir wissen nicht, wie viel die Mutter über die Machenschaften ihrer Tochter weiß. Ich lese euch kurz vor, was Kaj gesagt hat: ›Suvi Heikkinen ist äußerst gefährlich. Sie besitzt eine hohe Sozialkompetenz und ist geschickt darin, Menschen zu manipulieren, um zu bekommen, was sie will. Sie ist emotional instabil, kann ihre Gefühle nicht gut regulieren und hat eine verzerrte Wahrnehmung der Folgen ihrer Taten. Es sollte ein psychiatrisches Gutachten über ihre geistige Verfassung angefertigt werden, um ihre Schuldfähigkeit ermitteln zu können.‹«

»Heidi, lass uns sofort das Haus der Heikkinens überprüfen«, sagt Jan, während er bereits entschlossen aufsteht. »Saki, sieh bitte zu, dass Suvis Handy so schnell wie möglich geortet wird.«

Heidi sitzt am Steuer, Jan wählt Rosa Heikkinens Telefonnummer. Erst nimmt niemand ab, und er will schon aufgeben, als am anderen Ende eine heisere Stimme ertönt.

»Jan Leino, KRP«, meldet er sich, um direkt Frau Heikkinens volle Aufmerksamkeit zu gewinnen. »Wir sind auf der Suche nach Suvi Heikkinen. Sie ist Ihre Tochter, richtig?«

»Warum? Wie kommen wir zu der Ehre?«, fragt Frau Heikkinen merkwürdig ruhig. »Ich fürchte, ich kann Ihnen nicht weiterhelfen. Sie ist erwachsen, sie kommt und geht. Natürlich weiß ich nicht ständig, wo sie sich aufhält.«

»Wo sind Sie selbst gerade?«, bohrt Jan nach, aber Frau Heikkinen antwortet nicht.

»Erklären Sie mir etwas genauer, worum es geht?«, fragt sie dann.

Jan kommt es vor, als wolle sie Zeit schinden. Er gibt auf.

»Wenn Ihre Tochter Sie kontaktiert, geben Sie mir bitte sofort unter dieser Nummer Bescheid«, befiehlt er und legt auf.

Am wichtigsten ist jetzt, dass es ihnen gelingt, Suvi zu überraschen und kein Aufsehen zu erregen.

Sie biegen gerade in die Einfahrt ein, als Saki anruft.

»Den Daten zufolge ist Rosa Heikkinen zu Hause, aber das Handy, das auf Suvi Heikkinen registriert ist, befindet sich momentan in der Pulttitie im Stadtteil Roihupelto.«

Heidi setzt sofort zurück und wendet energisch das Auto.

SECHS TAGE
VOR DEM VERSCHWINDEN

Je näher Jeremias herankommt, desto lauter ist das dumpfe Hämmern der Musik zu hören. Eine Handvoll Leute steht draußen beim Rauchen. Die als Aschenbecher fungierende rostige Baggerschaufel quillt vor Zigarettenstummeln über, obwohl der Großteil der Feiernden E-Zigaretten zu rauchen scheint. Ein paar Plastikstühle und ein kaputtes Ledersofa dienen als Terrassenmöbel. Das große, helle Gebäude hat keine Fenster, die einzige Öffnung in der breiten Frontseite ist eine kleine Tür, vor der sich eine Schlange gebildet hat. Jeremias blickt auf das Plakat an der Wellblechwand. Johannes legt heute Nacht hier auf und verschafft ihnen mit einem bloßen Kopfnicken Zutritt. Das Stimmengewirr wird von Technomusik überdeckt, als die Tür geöffnet wird und sie hineingelassen werden.

Jeremias sieht zu, wie die Menschen im hellen Blitzlicht des schwarz gestrichenen Raums herumwabern wie Zombies. Es sieht aus, als würden sie die Musik direkt durch die Haut in ihr Bewusstsein aufsaugen. Jeder ist für sich und tanzt allein oder für den DJ.

Jeremias folgt Johannes zur Bar, der für sich selbst Wasser und für Jeremias einen Energy-Drink bestellt.

»Willst du Special K?«, fragt Johannes, aber Jeremias schüttelt den Kopf.

»In den Gebäuden dahinten sind die Garage und der Clubbereich. Wir sind im Wolfsrevier«, sagt Johannes und grinst.

»Ich nehme doch ein bisschen«, sagt Jeremias. Zumindest für eine Weile will er sich von all dem Druck frei machen. Er fragt nicht, warum Johannes nicht im Unterricht war. Er fragt nicht, warum er dealt. Er fragt nicht, wen Johannes datet. Stattdessen geht er einfach auf die Toilette.

Auf einmal geht die Tür zum Backstage-Bereich auf, und eine Frau taumelt heraus. Sie hält sich die Wange und sieht sich Schutz suchend um. Aus dem Augenwinkel nimmt Jeremias ihren engen schwarzen Jumpsuit und ihre kurzen blonden Haare wahr. Ihre Augen sind stark geschminkt.

Als Jeremias von der Toilette zurückkommt, steht sie bei Johannes. Johannes geht seltsam vertraut mit ihr um, reicht ihr erst ein Taschentuch und beugt sich dann dicht zu ihr, um ihr etwas ins Ohr zu sagen. Als Nächstes lässt Johannes ein paar Tabletten in ihre Hand fallen. Jeremias schluckt. Warum lässt jemand sich so behandeln? Als er sich nähert, dreht sich die Frau zu ihm um. Sie richtet sich auf und sieht ihn aus ihren großen kohlschwarzen Augen neugierig an. Johannes legt seine Hand auf ihren unteren Rücken und schiebt sie plötzlich auf Jeremias zu, wie um sie anzuspornen, vorzutreten.

»Das ist Suvi«, sagt Johannes mit einem Stolz in der Stimme, den Jeremias den ganzen Sommer über noch nicht bei ihm erlebt hat. »Sie würde gern bei den Dreharbeiten zusehen, ich habe ihr schon alles erzählt, aber das reicht anscheinend noch nicht. Sie will alles aus der Nähe sehen«, fügt Johannes hinzu und drückt Suvis Hand.

Sein Gesicht strahlt vor Stolz.

Jeremias sieht Suvi in die Augen. Es dauert einen Moment,

bis er sie erkennt, aber dann, mit einem Mal, kommt es ihm wie ein unmöglicher Zufall vor. Suvi sagt nichts, erwidert nur seinen Blick. Als wisse sie schon, dass er sie erkannt hat.

»Sei nicht unhöflich«, knurrt Johannes, als Jeremias nichts sagt.

»Wir kennen uns schon«, erwidert Jeremias.

Suvi nickt. »Wir waren auf demselben Gymnasium«, fügt sie hinzu.

In dem Moment beginnt das Ketamin zu wirken. Jeremias will alles loslassen. Er hat keine Kontrolle mehr über sich und versucht auch nicht mehr, die Situation zu beherrschen. Der minimalistische Techno pulsiert in seinen Ohren, dringt ihm bis ins Mark. Er schließt die Augen. Der ganze Ort ist wie ein Tor zur Unterwelt. Jeremias sieht zu, wie Suvi ihre Arme wie Tentakel um Johannes schlingt, als wollte sie ihn erdrosseln. Er beobachtet, wie Suvis Umrisse in einiger Entfernung im schwarzen Raum herumflackern und sich in einem Lichtfleck auflösen. Plötzlich sieht er die Dinge klarer, ist sich ganz sicher.

Vor ihm steht die Gestalt, die auf der Insel von der Kamera eingefangen wurde. Das Mädchen, das sie wie besessen bei ihrer Arbeit beobachtet hat. Schnell wird ihm klar, wie alles abgelaufen sein muss.

Johannes und Suvi sind offenbar gegangen, also rennt Jeremias hinaus in den frühen Augustmorgen. Er muss Johannes warnen, aber als er den Hof erreicht, ist dieser leer. Also schickt er ihm eine Nachricht: »Ich warne dich«, bevor er sich in einen kaputten Gartenstuhl fallen lässt. Die letzten Jahre ziehen im Schnelldurchlauf vor seinem inneren Auge vorbei.

Suvi in der zehnten Klasse mit blondem Haar wie ein Engel, jedes Jahr ein anderer Style, wie ein Chamäleon. Suvi im Abijahr mit schwarzen Haaren, dazu die schlimmen Gerüchte, die an der Schule im Umlauf waren. Trotzdem unternahm keiner etwas. Kasper wurde trotz seiner Tat einfach in Ruhe gelassen. Und dann die Veränderung, die Suvi nach und nach durchlebte. Der Abend, an dem Kasper verschwand. Alles, was du anrührst, stirbt, denkt Jeremias. Er sollte sich nach Hause schleppen, um zu schlafen. Gleichzeitig wächst seine Sorge. Ob er recht hat? Er muss der Sache unbedingt auf den Grund gehen.

QUEEN BEE

Ein schwarzer Mercedes-Van hält vor dem Gebäude. Die Schiebetür geht auf, und die schwer bewaffneten Gang-Mitglieder steigen ein. Alle Wölfe für einen. Queen Bee wirft einen Blick auf Suvi, die nicht aussieht, als würde sie dazugehören. Eher wie eine aufsässige Teenagerin aus einer anständigen Familie, nur dass sie diesmal im völlig falschen Umfeld rebelliert. An einem Ort, von dem es kein Zurück mehr gibt. Wenn Suvi hier mitfährt, hat sie ihr Schicksal besiegelt. In diesem Auto zu sitzen macht jeden von ihnen mindestens zu einem Mittäter.

Als der Transporter losfährt und sich auf den Weg zu dem Ort macht, an dem die Operation stattfinden soll, lehnt sich Queen Bee zurück und lauscht ihrem klopfenden Herzen. Sie riecht das süßliche Parfüm von Suvi, die neben ihr sitzt. Warum ist Suvi eigentlich zum Clubquartier gekommen? Im Kopf lässt Queen Bee noch einmal die Ereignisse des schicksalhaften Sonntags Revue passieren. Haben sie in ihren Reihen einen Verräter, einen Kannibalen, der Teil des Rudels ist, ihn aber von innen heraus bejagt? Queen Bee geht noch einmal die Namensliste durch, die sie der Polizei gegeben hat. Ob die Polizei glaubt, dass sich darunter der Verräter befindet? Queen Bee sieht die Männer an, die ihr gegenübersitzen. Jeder von ihnen war in Kirkkonummi dabei, andererseits setzt auch jeder von ihnen sein Leben aufs Spiel, um den Akademiker zu rächen.

Das Fahrzeug hält an, und die Männer rutschen unruhig hin und her. Sie werfen einen Blick auf ihre Uhren: Alle gehen gleich. Sie prüfen ihre Waffen, alle haben genügend Munition. Sie sehen einander in die Augen, versichern sich, dass niemand einen Rückzieher macht. Sie halten zusammen wie Pech und Schwefel. Dann wird die Tür geöffnet, und die Männer springen hinaus, der Rache entgegen. Die Arbeitsteilung ist klar. Queen Bee und Suvi bleiben im Van, und das Killerkommando regelt die Sache. Drei Personen sollen liquidiert werden.

Queen Bee will, dass Suvi, die trauernde Witwe, das Blutvergießen sieht. Ein Herz für ein Herz. Sie hofft, dass der Transporter ordentliche Fenster hat, damit sie den Vorhang beiseiteschieben und ihr zeigen kann, was sie mit Leuten machen, die sich gegen den Club auflehnen.

Draußen sind Schüsse zu hören. Suvi hüstelt. Queen Bee dreht sich nach rechts, sieht sie an. Die Schießerei scheint Suvi überhaupt nicht zu schockieren. Sie sitzt nur still auf ihrem Platz. Auf einmal wird Queen Bee alles klar. Ein Neuling im engsten Kreis und kurz darauf eine Schwachstelle in der vorher so geeinten Gruppe. War sie es am Ende? Kann es sein, dass das Mädchen selbst den Akademiker tot sehen wollte? Während sie nachdenkt, beißt Queen Bee sich versehentlich in die eigene Wange. Ein metallischer Geschmack verteilt sich in ihrem Mund. Sie muss daran denken, dass Katzen angeblich neun Leben haben. Wenn jemand eine Katze tötet, müsste man dann neun Leben rächen?

Wölfe gehören zur Familie der Hunde. Neun Leben reichen nicht. Der Wert jedes einzelnen Wolfes ist unermesslich. Nichts wird den Akademiker zurückbringen. Wenn du einem Wolf

Schaden zufügst, kannst du nicht mehr herumlaufen, ohne die Anwesenheit des Rudels zu spüren. Greife einen Wolf an, und du wirst bei lebendigem Leib zerrissen. Wölfe vergessen niemals.

JAN

Heidi fährt mit Bleifuß. Jan spürt die Geschwindigkeit, mit der sie über die Straßen fliegen. Dann biegt Heidi auch schon in die Pulttitie ein und hält am Straßenrand. Jan späht hinüber zum weißen Gebäude. Vor der Industriehalle des Wolves MC steht ein schwarzer Transporter, der den Blick auf die Tür verdeckt.

»Sehe ich richtig, steigen in den Van da gerade Leute ein?«, fragt Heidi laut und setzt gleichzeitig ein Stück zurück, damit sie besser sehen können. Wachsam beobachten sie, wie eine junge, in Schwarz gekleidete Frau, die Suvi Heikkinen sein könnte, als eine der Letzten einsteigt.

»Scheint, als würden die Wolves sich auf irgendetwas vorbereiten. Wir dürfen das Auto nicht aus den Augen verlieren«, sagt Jan.

Während sie darauf warten, dass der Transporter losfährt, informiert Jan die anderen. Die wegen Heikkinens geplanter Festnahme alarmierten Kollegen werden in ein paar Minuten da sein. Doch bevor es so weit ist, setzt sich der schwarze Mercedes mit quietschenden Reifen in Bewegung, Heidi fährt langsam hinterher. Erst als sie einen gewissen Abstand haben, beschleunigt sie.

»Wir müssen darauf achten, dass sie uns nicht sofort bemerken«, stellt Jan fest und versichert sich, dass ihr Standort laufend an ihre Kollegen übermittelt wird. Dann ruft er Ojala an, um ihm die Lage zu schildern.

»Angenommen, die Wolves wollen sich dafür rächen, dass der Akademiker erschossen wurde – nach wem würden sie suchen?« Am anderen Ende ist es einen Moment lang still. Als Ojala dann den Namen des bekanntesten Motorradclubs Finnlands nennt, wird Jan klar, dass die Wolves ein großes Risiko eingehen.

»Warum ist Suvi mit dabei?«, überlegt Heidi laut. »Ahnt sie bereits, dass wir sie suchen? Hat sie beschlossen, sich im Club zu verstecken?«

Heidi schaltet einen Gang hoch. Der Transporter fährt auf die östliche Schnellstraße.

»Frag Ojala, wohin sie fahren könnten«, sagt sie und konzentriert sich dann darauf, ein Auto mit Anhänger zu überholen, um direkt hinter dem Transporter bleiben zu können.

Auf der Höhe von Puotila verlässt der Van die Schnellstraße, wieder folgt Heidi ihm.

»Was ist in Puotila?«, fragt Jan Ojala, der immer noch in der Leitung ist.

»Mal sehen«, sagt Ojala. Es scheint, als hätte er Adressdaten vor sich liegen. »Überall in Helsinki und Espoo wohnen Bandenmitglieder, aber in Ost-Helsinki... In Ost-Helsinki gibt es ein Anwesen, das auf den Namen einer Person registriert ist, die im Verdacht steht, ein Strohmann zu sein. Laut unseren Informationen wohnt dort der Anführer der Gang mit seiner Familie. Dorthin sind sie wahrscheinlich unterwegs.«

Die Straße wird schmaler, und der Mercedes rast weiter, ohne sich an die Geschwindigkeitsbegrenzungen zu halten, bis er plötzlich ohne Vorwarnung in eine kleine Querstraße einbiegt.

Innerhalb von Sekundenbruchteilen schalten sich Jans Reflexe ein, und er ruft: »Bremsen!«
Heidi reagiert sofort.
»Wir können nicht aussteigen, bevor die anderen da sind. Die Leute im Van sind wahrscheinlich voll ausgerüstet«, meint Jan. Er hat den Satz noch nicht beendet, da ist Heidi bereits draußen. Gequält sieht er ihr nach, bevor er ihr schließlich folgt. Hoffentlich kommen die anderen schnell. Der schwarze Transporter hat in ein paar Hundert Metern Entfernung neben einer Hecke geparkt, die Schiebetür geht auf. Jan und Heidi verstecken sich hinter einem Busch. Drei vermummte Männer springen heraus und rennen an der Hecke entlang zur Einfahrt, die zum Haus führt.
»Sie greifen bereits an, was sollen wir tun?«, zischt Heidi zwischen den Zähnen hervor. Hinterherzugehen wäre Selbstmord. Jedes der Gangmitglieder trägt ein Sturmgewehr.
»Wir warten«, brummt Jan, auch wenn ihn der Vorschlag frustriert.
»Ich will in den Van hineinschauen«, sagt Heidi. Sie tauschen einen bedeutungsschweren Blick aus. Er dauert nur ein paar Sekunden, aber Jan kommt es vor, als wollten sie damit beide ein Gefühl der Sicherheit erlangen, denn zum gründlichen Abwägen der Folgen haben sie keine Zeit. Er nickt ernst, kaum merklich, aber beide wissen, dass es sich um eine Vereinbarung handelt.
Hintereinander schleichen sie zum schwarzen Transporter. Gerade als sie ihn fast erreicht haben, sind im Haus Schüsse zu hören. Es ist unmöglich zu sagen, wohin die Kugeln fliegen. Instinktiv wirft Jan sich auf den Boden und zieht Heidi mit sich hinunter. Im selben Moment taucht hinter der Biegung der Transporter des Sondereinsatzkommandos »Bärengruppe« auf. Die Spezialeinheit steigt geräuschlos aus, nur einen Moment

später ist der Mercedes bereits umzingelt. Ein anderer Teil der Einheit dringt weiter zum Haus vor. Aus der Froschperspektive sieht Jan zu, wie Stiefel mit dicken Sohlen hin und her laufen. Er spürt den von der Sonne warmen Asphalt unter seinem Bauch. Hier und da piksen ihn einzelne Steinchen, um ihn herum liegen trockene Blätter. Erst jetzt bemerkt Jan, dass sein rechter Oberschenkel blutet. Kurze Zeit später spürt er eine Hand auf seiner Schulter und steht auf.

Drei Stunden später sitzen Jan und Heidi im Vernehmungsraum und mustern die vor ihnen sitzende Frau, beobachten jede ihrer Bewegungen. Suvi Heikkinen starrt schweigend vor sich hin. Sie sieht ziemlich jung und irgendwie fragil aus, findet Jan. Die brutalen Taten stehen im krassen Widerspruch zu ihrer Erscheinung. Suvis Mutter, Rosa Heikkinen, hat am Telefon gesagt, sie sei bald da, ebenso wie der Anwalt der Familie.

»Möchten Sie ein Glas Wasser?«, bricht Heidi die Stille.

Jan fragt sich, warum ein Glas Wasser in so vielen Situationen als Geste gesehen wird, die Erleichterung verschaffen soll. Auch damals, als seine Mutter von ihrer unheilbaren Krankheit erfuhr, fragte der Arzt, ob sie ein Glas Wasser wolle. Als Jan seine Mutter im Hospiz besuchte, brachten die Pflegekräfte regelmäßig frisches Wasser ins Zimmer und ermunterten sie, wenigstens ein bisschen zu trinken. Wasser erscheint Jan so belanglos angesichts derart großer Dinge. Und jetzt, im Vernehmungsraum, bieten sie es der Frau an, die mutmaßlich mehrere Menschenleben auf dem Gewissen hat. Jan betrachtet die ruhige Wasseroberfläche im weißen Plastikbecher. Trügerisch.

Bis jetzt hat Suvi noch nichts gesagt. Jan und Heidi gehen für einen Moment aus dem Zimmer. Sie haben Zeit.

»Was haben wir alles gegen Suvi in der Hand?«, fragt Heidi ausdruckslos.

»Wir wissen zumindest schon, dass das blonde Haar, das

man bei Roy gefunden hat, nicht Suvi gehört. Es passt nicht zu ihrer Haarfarbe. Aber fangen wir mit Johannes' Tod an und schauen wir, wohin das Gespräch uns führt. Wenn Suvi hinter den Taten steckt, kann es sein, dass sie zu einem Geständnis bereit ist.«

»Vier Tote. Ist es wirklich möglich, dass dieses zarte Geschöpf da drüben sie alle umgebracht hat?«, fragt Heidi. Sie schauen durch das Plexiglas in den Vernehmungsraum.

»Rosa Heikkinen ist da«, verkündet Heidi, und Jan steht auf, um Suvis Mutter zu begrüßen.

Frau Heikkinen wirkt entschlossen, und ihre ersten Worte bestätigen diesen Eindruck.

»Meine Tochter hat Ihnen nichts zu sagen.«

Jan sieht zu, wie Frau Heikkinen sich setzt und ihre Tochter in den Arm nimmt. Suvi scheint die Umarmung nicht zu erwidern. Der Anwalt, den Frau Heikkinen im Schlepptau hat, holt sich einen Stuhl aus der Ecke und schiebt ihn an den Tisch. Dann wird es still im Raum.

»Können Sie uns in Ihren eigenen Worten beschreiben, welches Verhältnis Sie zu Johannes Järvinen hatten?«, fragt Jan als Erstes, nachdem Frau Heikkinen das Zimmer verlassen hat und der Anwalt sich neben Suvi an den Tisch gesetzt hat.

Jan sieht Suvi in die Augen. Ihr Blick ist rätselhaft und schwer zu lesen.

»Johannes liebt mich«, sagt Suvi. »Er wird mich nie verlassen.«

Der Jurist bemüht sich augenscheinlich, seine Überraschung zu verbergen. Aber als Jan diese Worte hört, weiß er es auf einmal – er weiß, dass Suvi Heikkinen das Polizeirevier nicht als freier Mensch verlassen wird.

»Mikko Linder starb bei einer Schießerei in Kirkkonummi.

Wir wissen, dass Sie dort waren. Wir wissen, dass Sie mit ihm zusammen waren. Was haben Sie uns dazu zu sagen?«, fragt Jan.

»Ich habe nicht viel zu sagen. Ich habe so etwas noch nie erlebt. Wie ist es möglich, jemanden zu lieben und gleichzeitig so sehr zu hassen?«

»Kennen Sie Roy Kuusisto und Aila Savolainen?«, fragt Jan als Nächstes.

Suvi erwidert verwundert seinen Blick.

»Ich verstehe nicht, wovon er spricht«, sagt sie an den Anwalt gerichtet.

»Frau Heikkinen bittet um eine genauere Erläuterung«, sagt dieser sofort.

»Roy Kuusisto und Aila Savolainen wurden tot aufgefunden. Wir haben Grund zur Annahme einer Täterschaft Suvi Heikkinens in diesen beiden Fällen«, sagt Jan mit übertrieben deutlicher Artikulation.

»Ich verstehe immer noch nicht. Ich habe damit überhaupt nichts zu tun«, murmelt Suvi. »Ich gebe zu, dass ich eventuell die Stiefel, die ich benutzt habe, in Kuusistos Haus gebracht habe, um Sie auf eine falsche Fährte zu locken, aber ich schwöre, dass ich ihm nichts angetan habe. Wirklich nicht«, sagt Suvi und klingt auf einmal vernünftiger als noch vor wenigen Augenblicken, als sie von ewiger Liebe sprach.

Jans Magen krampft sich zusammen.

»Entschuldigung, ich muss kurz weg«, sagt er und stürmt hinaus in den Flur.

Heidi und Jone sitzen im Raum hinter der Glaswand, Jan reißt die Tür auf.

»Rosa Heikkinen«, platzt er heraus. »Wo ist sie?«

Gemeinsam rennen sie über den Flur, um Suvis Mutter zu finden.

Draußen weht ein starker Wind. Eine Böe rüttelt an der Schnur des Fahnenmasts und erzeugt dabei ein schepperndes, klirrendes Geräusch. Rosa Heikkinen steht zitternd vor Kälte in ein paar Dutzend Metern Entfernung vor dem Haupteingang und raucht. Als Jan und Heidi zur Tür herauskommen, dreht sie sich um. Ihr Gesichtsausdruck ist fragend.

»Ist das Gespräch mit meiner Tochter schon zu Ende? Meine Tochter bestreitet alles«, erklärt sie.

Unruhig tritt sie von einem Bein aufs andere. Der Wind zerzaust ihre langen blonden Haare. Nach einem letzten Zug von ihrer Zigarette tritt sie diese auf dem Boden aus, den Mülleimer neben sich ignorierend.

»Wir müssen Sie höflich bitten, uns zu folgen«, sagt Jan kühl.

Während sie durch den Flur mit der niedrigen Decke zum Vernehmungsraum gehen, ergibt mit einem Mal alles Sinn. Rosa Heikkinen war zu keinem Zeitpunkt nicht über die Taten ihrer Tochter im Bilde. Im Gegenteil. Irgendwann ist etwas passiert, was auch sie dazu gebracht hat, unwiderrufliche, grausame Dinge zu tun.

Jan, Heidi und Jone sitzen in dem kleinen Raum, von dem aus man einen direkten Blick in das Zimmer hat, in dem sich jetzt Rosa Heikkinen befindet.

Frau Heikkinen muss irgendwann begriffen haben, was Suvi getan hat, aber anders, als man erwarten würde, hat sie beschlossen, ihre Tochter wie eine Löwenmutter zu beschützen, anstatt sie anzuzeigen.

»Und ›beschützen‹ heißt …?«, fragt Jone.

»Den Totschlag von Kasper Hakala zu verheimlichen, Roy und Aila umzubringen«, sagt Heidi, und jeder von ihnen kann vor seinem inneren Auge sehen, wie die Teile des grässlichen Puzzles endlich ein Ganzes ergeben.

»Wir geben Ihnen einen Moment Zeit, um sich zu verabschieden«, sagt Jan kurz darauf leise zu Suvi und Rosa Heikkinen. Doch statt diese Gelegenheit zu ergreifen, beginnt Frau Heikkinen zu reden.

»An dem Morgen, als ich erfuhr, was passiert war, veränderte sich mein Leben komplett. Mir wurde klar, dass ich mich nicht nur von dir trennen musste, sondern von allem von den Träumen und Dingen, auf die ich mich schon gefreut habe, seit ich Mutter geworden bin: zu verfolgen, wie du dir dein Leben aufbaust. Dass du eines Tages glücklich die Bühne betrittst und dir dein Master-Zeugnis abholst. Dass ich eines Tages Großmutter werde. Auch von meiner Moral musste ich mich verabschieden. Ich begriff, dass ich wegen dir auch meinen Gerechtigkeitssinn über Bord werfen musste. Mein ganzes Leben lang habe ich dafür gearbeitet, für Ordnung zu sorgen. An dem Morgen, als du mir erzähltest, was mich in unserem Keller erwartete, was passiert war, musste ich an all die Fälle denken, von denen ich während meiner beruflichen Laufbahn erfahren hatte. Das Wort einer jungen Frau gegen das eines jungen Mannes. Alkohol im Spiel, einflussreiche Eltern, der beliebteste Schüler der Schule. Solche Dinge gehen selten zugunsten des Mädchens aus. Und da beging ich meinen ersten schrecklichen Fehler«, sagt Frau Heikkinen und verstummt.

Suvi rutscht unruhig hin und her. Der Anwalt schweigt.

»Ich weiß immer noch nicht, warum ich das getan habe. Vielleicht war es am Ende nur die Abwehrreaktion einer Mutter. Ich tat alles aus Liebe zu dir.«

»Mama, du hast es aus Liebe zu dir selbst getan«, sagt Suvi leise. »Du wolltest deinen eigenen Ruf schützen. Du wolltest verhindern, dass er einen Sprung bekommt, aber alles ist schon lange vorher kaputtgegangen. Du wolltest nur den Schein aufrechterhalten.«

Frau Heikkinen wirft ihrer Tochter einen Blick zu und streckt den Arm nach ihr aus, als wolle sie sie streicheln, aber Suvi schlägt ihre Hand weg.

»Als ich die Nachricht über den toten jungen Mann im Wald las, schöpfte ich Verdacht. Ich fragte mich, ob du es noch einmal getan haben könntest. Schließlich hatte ich die Grenze bereits überschritten, als wir Kasper begruben. Wenn man weiß, dass es kein Zurück gibt, ist es nicht gerade ein sehr abwegiger Gedanke, einfach weiterzumachen«, sagt Frau Heikkinen und macht ungeachtet der Situation einen kohärenten und stolzen Eindruck.

»Letzten Endes war alles fast schon zu einfach. Bei Roy musste ich nur auf die Insel gehen und die Tür öffnen. Er war uns schon auf der Spur, aber zu unbeholfen, um die Sache zu Ende zu bringen. Roy ging zu dem Zeitpunkt schon lange Kaspers Verschwinden auf den Grund, war aber gleichzeitig in einem Zustand, in dem er nicht viel hätte ausrichten können. Ich brauchte ihn einfach nur zu erschießen und seine schmutzige Hand um die Waffe zu legen. Nur Jeremias ist mir entwischt. Aila wollte ich nicht umbringen, aber sie hat mich auf dem Rückweg von Kuusiluoto gesehen. Ich musste mich entscheiden, ob all der Aufwand, den ich bisher betrieben habe, um dich zu schützen, umsonst war oder ob ich noch eine letzte Tat begehen sollte, damit wir unser Leben weiterführen können. Ich habe Aila in Kruununhaka getroffen, als ich gerade von der Arbeit kam. Ich hatte Glück, hielt es für eine Vorsehung: Auf einmal hatte ich die Person, die beobachtet hatte, wie ich am Abend des Mordes Roys Haus verließ, vor mir, und sie wohnte auch noch in der Nähe meines Arbeitsplatzes. Als ich so an der Straßenecke stand, traf ich die Entscheidung. Ich würde auch noch Aila umbringen, um dich zu schützen. Danach würde ich aufhören. Ich begleitete sie nach Hause. Ich tat alles, damit du wenigstens für eine Weile zufrieden sein konntest.«

»Begreifst du nicht, dass du genauso schlecht bist wie ich?«, fragt Suvi mit gebrochener Stimme. »Hast du schon mal darüber nachgedacht, woher all das Schlechte eigentlich kommt? Die ganze Zeit über war ich so allein und hasste es, zurückgewiesen zu werden. Und jetzt tust du es wieder.«
»Ich glaube, wenn du dich nicht mit einem Motorradclub eingelassen hättest, hätten wir alles geregelt bekommen. Aber du hast nicht mehr logisch gehandelt. Ich habe den Überblick verloren, obwohl ich deine Mutter bin.«
»Es ist zu spät, schon damals war es viel zu spät«, murmelt Suvi und starrt vor sich hin.
Als alles gesagt ist, sehen sich Mutter und Tochter lange an. Jan ist sich nicht sicher, ob in ihren Blicken Liebe oder Hass liegt.

Als er das Polizeirevier verlässt, ist es draußen schon dunkel. Die Nacht ist klar, und am Himmel sind ein paar einzelne Sterne zu sehen. Der bescheidene Sternenhimmel erzeugt in Jan die Sehnsucht nach einer weit abgelegenen Sommerhütte, wo der Himmel noch so aussieht wie zu der Zeit, als es noch keine beleuchteten Städte gab. Jan macht den Reißverschluss seiner Barbour-Jacke zu. Jetzt, da er sich von den anderen verabschiedet hat und unterwegs nach Hause ist, spürt er, wie die Müdigkeit, die schon seit Wochen anhält, wieder hervorbricht. Wenn er loslässt, wenn er aufhört zu schuften, fühlt es sich an, als würde jede einzelne seiner Zellen aufgeben. Er sehnt sich nach einem langen Schlaf.

Als er im Stadtteil Kallio angekommen ist, geht er kurz zum Tokoistrand. Auf dem Steg hockt ein Entenpärchen. Jan denkt an Saana. In früheren Beziehungen hat er immer Abstand gehalten und die Lage beobachtet. Obwohl er immer viel gearbeitet hat, hat er bei Saana nicht das Bedürfnis, in der Arbeit Zuflucht zu suchen. Im Gegenteil. Oft ist es schwer, sich von Saana zu verabschieden. Er kann sich nicht erinnern, wann das zuletzt so war. Hatte er überhaupt schon einmal jemanden, bei dem er sich so wohlgefühlt hat? In letzter Zeit waren sie wegen seiner Arbeit oft voneinander getrennt. Jetzt muss ich etwas dafür tun, um wieder Nähe herzustellen, verspricht er sich selbst.

Sonntag, 22. September

SAANA

Ob ich in manchen Dingen bin wie Mama?, überlegt Saana und betrachtet ihr liebstes Kindheitsfoto, das sie an den Kühlschrank gehängt hat und auf dem sie als kleiner Blondschopf auf dem Schoß ihrer Mutter sitzt. Sie trägt ein rotes Kleid mit weißen Herzchen, ihre Mutter einen Hosenanzug und eine Sonnenbrille. Sie sieht glücklich aus. Saana zieht die Wohnungstür hinter sich zu und joggt die Treppe hinunter.

Samuli hat vor dem Supermarkt in der Sturenkatu geparkt. »Los geht's«, sagt er, während Saana auf dem Beifahrersitz Platz nimmt. Sie hat erwartet, dass die Atmosphäre peinlicher wäre. Das Schuldgefühl drückt ihr auf die Brust. Sie hat sich noch nicht entschieden, ob sie Jan davon erzählen soll, was zwischen ihr und Samuli passiert ist. Ob es nicht besser wäre, es nicht zu erzählen?

»Die ganze Zeit über habe ich das Schlimmste befürchtet, aber du hast trotzdem Vollgas gegeben. Danke dafür«, sagt Samuli, als sie sich Kilometer für Kilometer von der Stadt entfernen.

»Was passiert ist, tut mir leid«, fügt er hinzu und grinst, als würde er schon ahnen, was gleich kommt. Saana hat nichts als

Bewunderung für Samulis Art, den Tatsachen ins Auge zu sehen, anstatt zu schweigen und davonzulaufen.

»Freunde?«, fragt Samuli und reicht Saana die Hand.

»Freunde«, sagt Saana und ergreift sie.

»Du bist ein toller Typ, das weißt du«, sagt sie und sieht ihn an.

Sie könnten tatsächlich gute Freunde werden, aber mehr nicht. Samuli ist extrem angenehm, und mit ihm Zeit zu verbringen fühlt sich mühelos an, aber Saana ist vergeben. Selbst wenn sie nicht mit Jan zusammen wäre, würde sie in Samuli kaum mehr sehen als einen Kumpel. Zwischen ihnen fehlt der gewisse Funke.

»Und mir tut es jetzt schon leid, falls ich mit meiner Vermutung falschliege«, meint Saana.

»Das ist momentan die beste Vermutung, die wir haben«, sagt Samuli. »Es gibt nichts mehr zu verlieren.«

»Wo liegt eure Sommerhütte denn genau?«, fragt Saana.

»In der Gemeinde Kemiönsaari, aber mir ist nicht klar, warum Jeremias dort sein sollte. Unsere Eltern haben sich schon vergewissert, dass das Haus leer ist. Wenn ich das richtig verstanden habe, war auch die örtliche Polizei dort und hat nachgesehen. Das Haus war unberührt.«

Saana zieht ihre Sneaker aus, stellt die Füße entspannt hoch auf den Sitz und denkt nach. Jeremias wollte verschwinden, unsichtbar sein. Es ist alles andere als unmöglich, sich kurz zu verstecken, wenn jemand beim Haus vorbeischaut. Niemand würde ihn an einem Ort vermuten, der schon einmal von der Polizei überprüft wurde.

»Wir brauchen noch gute zwei Stunden. Du kannst dich entspannt zurücklehnen«, sagt Samuli und sieht zu Saana herüber. Sie hat es sich bereits bequem gemacht.

Sie fahren an Häusern, kleinen Sommerhütten, Stegen und einem gelben Schild vorbei, auf dem »Privatgrund« steht, bis sie schließlich das richtige Grundstück erreichen. Aufgeregt steigen sie aus und blicken auf das moderne, würfelförmige Gebäude, das auf einem Felsen errichtet wurde. Eine lange Treppe führt vom Felsen hinunter zum Strand.

»Es steht zumindest kein Fahrzeug im Hof«, sagt Samuli und sperrt das Auto ab.

Während sie sich der Sommerhütte nähern, die auf den ersten Blick unbewohnt zu sein scheint, beschleichen Saana langsam Zweifel. Ob sie die Situation falsch eingeschätzt hat? Was, wenn Jeremias sich gar nicht hier versteckt hält? Dann hat sie wieder einmal umsonst Samulis Hoffnung geweckt. Vielleicht sollten sie sich trotzdem auf das Schlimmste gefasst machen.

Samuli steckt den Schlüssel ins Schloss und dreht ihn um. Neugierig treten sie ein.

»Niemand zu sehen«, sagt Samuli und sieht sich hastig um.

»Jeremias?«, ruft er. »Ich bin's, Samuli.«

In seiner Stimme liegen Hoffnung und Verzweiflung gleichermaßen.

»Er ist nicht hier«, stellt er fest, nachdem sie eine Weile in absoluter Stille gewartet haben.

Saana geht nachdenklich auf und ab und fährt mit den Händen durch die Luft, um die Raumtemperatur zu testen. »Sommerhütte« ist das komplett falsche Wort für diese geräumige, schicke Ferienwohnung.

»Spürst du das?«, fragt Saana. »Hier ist es warm. Möglich, dass vor Kurzem jemand hier war. Wenn Jeremias sich nicht sicher fühlt, kann es sein, dass er zwischen mehreren Orten hin und her wechselt. Wo könnte er sonst noch sein?«

Samuli setzt sich und starrt vor sich hin. Saana gibt ihm die Zeit nachzudenken. Vor dem Fenster wiegen sich die Kiefern im Wind. Unten am Strand wogt unruhig das Meer, hier und da sind ein paar Schaumkronen zu sehen.

»Vor ein paar Jahren hat Papa hier ein neues Waldstück gekauft«, sagt Samuli schließlich, und Saana spürt, wie ihre Aufregung steigt. »Dort liegt eine kleine Kate. Ich war noch nie dort. Ich schätze, sie ist in einem ziemlich heruntergekommenen Zustand, sie steht schon seit Jahrzehnten leer. Wir verwenden sie nicht, aber wir haben es auch nicht übers Herz gebracht, sie abzureißen.«

»Dann hat sie auch keine offizielle Adresse?«

»Genau, es gibt weder Strom noch Wasser.« Sie tauschen einen bedeutungsvollen Blick aus.

Samuli markiert auf Google Maps die Stelle, die er für die richtige hält, dann fahren sie los. Als sie den Eingang erreichen, ist die Anspannung im Wagen ins Unermessliche gestiegen. Ein rostiges Metalltor versperrt die Zufahrt zum nicht gewarteten Waldweg, also steigen sie aus dem Auto und gehen zu Fuß weiter. Saana geht auf der einen Seite des Weges, Samuli auf der anderen. Zwischen ihnen liegt dichtes, wild wucherndes Gras. Der Mittelstreifen sieht aus wie ein Irokese, denkt Saana schmunzelnd. Der Sand knirscht unter ihren Turnschuhen, in der Ferne ruft ein Kuckuck. Es dauert nicht lange, bis die ersten Hirschlausfliegen auftauchen. Blutdürstig stürzen sich die Insekten auf sie und krabbeln direkt unter die Kleidung, auf der Suche nach nackter Haut. Saana zupft eine der zappelnden Fliegen aus ihren Haaren und ist heilfroh, dass sie eine lange Hose und eine dicke Jacke angezogen hat. Samuli bleibt stehen, um einen Blick auf sein Handy zu werfen.

»Das Haus müsste hier irgendwo sein«, stellt er fest und vergrößert das hellgrüne Areal, das grau wird, sobald er näher heranzoomt. »Es ist nicht auf der Karte verzeichnet. Dieser Weg führt gar nicht zum Grundstück.«

Im selben Moment bemerkt Saana aufsteigenden Rauch über den Baumwipfeln. Sie gehen darauf zu, und bald zeichnet sich zwischen den Bäumen ein hellgelbes Holzhaus ab. Die Farbe ist ziemlich verblasst und blättert überall ab, aber ansonsten sieht das Haus intakt aus. Es ist nicht mehr als ein Unterschlupf, der Schutz vor Regen bietet, aber Jeremias ist es offensichtlich gelungen, ihn zu beheizen. Das Grundstück ist mit Gras überwuchert, hier und da wachsen Baumsprösslinge. Saana hält den Blick auf ihre Füße gerichtet, während sie sich stampfend vorwärtsbewegt. Vor dem Eingang ist das Gras niedergetreten. Samuli wirft ihr einen ungläubigen Blick zu und rennt mit einem Mal los Richtung Tür.

Als Saana kurz nach ihm das Haus betritt, sieht sie, wie er einen blonden jungen Mann fest an sich drückt. Sie haben Jeremias Silvasto gefunden.

FÜNF STUNDEN
VOR DEM VERSCHWINDEN

Jeremias starrt auf den alten Zeitungsartikel. Kasper Hakala aus Helsinki ist verschwunden. Jeremias schließt die Augen, ruft sich Details der Abifeier im *Katajanokan Kasino* ins Gedächtnis. Blaue und rote Disco-Lichter, die über Kunstpalmen streifen. An der Decke hängen große, schwere Kronleuchter, deren Kristalle klirren, als für das ambitionierte Gruppenfoto alle gleichzeitig in die Luft springen und wieder auf dem Parkett landen. Der Moment, in dem Jeremias sich im großen goldgerahmten Spiegel betrachtet und lächelt. Der Teppichboden, der sich unter den glatten Sohlen seiner Anzugschuhe so weich anfühlt. Der Schwips und die riesige Vorfreude. Die beste Party seines Lebens.

Nach diesem Frühjahr würden alle getrennte Wege gehen. Über der Gartenterrasse schwebt Zigarettenrauch. Ein paar dichte Büsche umrahmen das schöne, helle, historische Gebäude. Es dämmert bereits leicht, das Meer ist ruhig. Jeremias lauscht dem Stimmengewirr der Raucher, jemand lacht. Und dann erinnert er sich wieder an das, was ihm noch lange im Kopf herumgegeistert ist. Suvi, die in ihrem goldenen Kleid Richtung Strand geht, und am Strand eine Gestalt, die aussieht wie Kasper und sich zu ihr umdreht, einen undeutbaren Ausdruck im Gesicht.

Jeremias kneift die Augen so fest zusammen, dass er fast Blitze sieht. Trotzdem schafft er es nicht, sich noch mehr in Erinnerung zu rufen. Er weiß nicht, wie spät es zu diesem Zeitpunkt war, erinnert sich nicht, was er damals der Polizei erzählt hat. Sie waren über siebzig Partygäste. Die Fragen waren so oberflächlich, und der Kater am nächsten Morgen hatte seine Gedanken getrübt.

Haben Sie irgendetwas Ungewöhnliches gesehen? Nein.
Kam es unter den Feiernden zu Streit? Nicht, dass ich es mitbekommen hätte.
Haben Sie im Laufe des Abends persönlich mit Kasper gesprochen? Nein.

Doch an diesem Abend verschwand Kasper, und niemand hat ihn je wieder gesehen.

Donnerstagabend, 17 Uhr. Jeremias besucht Suvi in der teuersten Wohngegend Helsinkis. Er klingelt an der Tür und legt sich innerlich noch einmal die Worte zurecht. Er würde ihr gern sagen, dass er weiß, was sie getan hat, aber dafür ist es noch zu früh. Zuerst muss er sie aus der Reserve locken, sie irgendwie zum Reden bringen. Er startet die Aufnahmefunktion seines Handys und steckt es in die Hosentasche.

Die Tür geht auf, aber vor ihm steht wider Erwarten Suvis Mutter Rosa. Sie grüßt ihn.

»Suvi ist gerade nicht zu Hause. Sie ist ...« Rosa scheint zu überlegen. »Sie ist gerade nicht zu Hause. Aber sie kommt bestimmt bald. Willst du hier auf sie warten?«

»Ja, ich kann einen Moment warten«, antwortet Jeremias und betritt das Haus.

»Wie geht es dir? Wo studierst du jetzt?«, fragt Rosa höflich.

»Ich studiere Film. Darum bin ich eigentlich auch hier. Ich

interessiere mich für ein Ereignis, das mit Suvis und meiner Vergangenheit zu tun hat. Es passierte damals auf dem Gymnasium, im Abijahr.«

Rosa dreht sich um und geht in die Küche. Jeremias hört, wie sie den Hahn aufdreht. Kurz darauf kommt sie mit einem Glas Wasser zurück.

»Vielleicht sollten wir ins Wohnzimmer gehen.«

Jeremias setzt sich auf das große weiße Howard-Sofa und greift nach dem Glas Wasser, das Rosa vor ihm auf den Glastisch gestellt hat. Es hat einen Ring auf der Oberfläche hinterlassen. Jeremias trinkt es in einem Zug aus.

»Im letzten Jahr auf dem Gymnasium ist Kasper verschwunden und wurde nie gefunden. Irgendwie habe ich so viele Dinge von diesem Abend vergessen, darum wollte ich mit Suvi darüber sprechen«, sagt er und sieht an Rosa vorbei nach draußen. Die Außenwand ist fast komplett gläsern.

Rosa mustert ihn mit einem bohrenden Blick.

»Worauf willst du hinaus?«

»Ich interessiere mich für Geschichten, an denen irgendetwas unklar ist. Die Lücken haben. Als ich die Doku auf Lammassaari und Kuusiluoto gedreht und dort jemanden interviewt habe, kam die Sache wieder an die Oberfläche. Ich muss – oder ich würde gerne hören, wie Suvi…«, stammelt Jeremias.

»Alles ist irgendwie miteinander verwoben, ich bin mir sicher, dass…«, fährt er nervös fort, verstummt dann aber. Besser, er wartet auf Suvi.

Während er so auf dem Sofa sitzt, in dem er fast versinkt, Rosas Blicken ausgesetzt, vor ihm das leere Wasserglas, wird ihm klar, dass er keinen Plan hat. Naiv ist er ins Rampenlicht getreten, hat seine Vermutungen offengelegt, ohne darüber nachzudenken, was danach passieren könnte.

»Weißt du, wessen ich mir sicher bin?«, fragt Rosa. Jeremias glaubt, eine unterschwellige Drohung in ihrer Stimme wahrzunehmen. Rosas Augen haben einen seltsamen Glanz. Sie mustert ihn ganz genau. Ihm fällt ein, dass sie im Innenministerium arbeitet. Sie muss großen Einfluss haben, sogar auf die Polizei.

»Ich bin mir sicher, dass man die Vergangenheit irgendwann ruhen lassen muss. An irgendeinem Punkt muss der Mensch sich entscheiden, ob er von der Last der Vergangenheit nach unten gezogen werden will oder ob er an die Oberfläche schwimmen und alles hinter sich lassen will. Man muss das Schwimmen neu lernen. Du bist noch so jung, ich rate dir dringend, dich für das Schwimmen zu entscheiden«, sagt Rosa und verzieht den Mund zu einem Lächeln, doch ihre Augen lachen nicht mit.

»Ich glaube, ich sollte doch besser gehen«, sagt Jeremias und steht auf. Es wäre ein Fehler, Suvi auch nur irgendeine Frage zu stellen, das weiß er jetzt. Er braucht einen besseren Plan.

»Ich sage das nur ein einziges Mal«, sagt Rosa und fixiert Jeremias mit ihrem Blick. »Lass den Fall auf sich beruhen. Was auch immer du glaubst, herausfinden zu können – du liegst falsch. Außerdem will niemand, dass du dich in Gefahr bringst. Ich hoffe, du verstehst.«

Jeremias öffnet den Mund, um etwas zu sagen, schließt ihn dann aber wieder. Hat Rosa ihm gerade gedroht? Er ist ganz durcheinander. Das bestätigt all seine Vermutungen. Gleichzeitig wird ihm klar, dass es ein Fehler war hierherzukommen. Ein großer Fehler, für den er sicher noch bezahlen muss.

Jeremias geht in den Flur. Rosa folgt ihm nicht, sondern bleibt schweigend im Wohnzimmer sitzen. Ihr knallrotes Kostüm steht im grellen Kontrast zu den schlichten Beige- und Weißtönen des Raums. Jeremias verlässt das Haus, ohne sich noch einmal umzusehen. Er denkt an alles, was ungesagt geblieben ist, hat Respekt vor Suvis Gerissenheit. Ist es möglich, dass Suvi das Geheimnis all die Jahre bewahrt hat? Und dann ist da Rosa, ihre Mutter, die es vielleicht die ganze Zeit wusste. Die beim Innenministerium auf der Seite der Guten arbeitet und dazu bereit ist, so weit zu gehen, bis es kein Zurück mehr gibt. Ob irgendetwas Rosa davon abhalten würde, diese Grenze erneut zu überschreiten?

Jeremias wägt seine Optionen ab. Er muss Zeit schinden. Am besten, er verschwindet einfach. Dann hätte er Zeit, darüber nachzudenken, wie er das alles lösen soll. Er bräuchte Beweise. Ohne Beweise stünde nur Aussage gegen Aussage, und Rosa würde es sicherlich schaffen, ihren Worten das Gewicht von Felsbrocken zu verleihen.

Jeremias spürt die Augustwärme auf seinem Gesicht. Die Abendsonne hat noch genug Kraft. Er bleibt kurz stehen, um dem Rauschen des Röhrichts zu lauschen. Es erstreckt sich bis ins Unendliche. Niemand ist zu sehen, doch er muss sichergehen, dass ihm niemand folgt. Wie schnell doch alles passiert ist. Johannes ist tot, und er selbst wird der Nächste sein, wenn er nicht sofort handelt – und verschwindet.

Im Kopf geht er noch einmal seinen Plan durch. So schnell wie möglich nach Kuusiluoto, dort ein kurzer Abschied von Roy. Von Kuusiluoto weiter mit dem Seekajak. Er würde Spuren auf der Insel hinterlassen, sie aber ohne großes Aufsehen wieder verlassen, alle glauben lassen, er sei verschwunden. An einen sicheren Ort paddeln, für eine Weile komplett untertauchen.

EPILOG

HEIDI

Heidi steht auf dem Grundstück der Heikkinens und beobachtet, wie die Blumenbeete ausgehoben werden. Hinter ihr ragt das weiße Haus empor, auf der anderen Seite des Zauns schimmert das Meer. Perfekte Rahmenbedingungen für ein perfektes Leben. Allerdings sind diese Rahmenbedingungen nunmehr ein Schauplatz völliger Zerstörung. Heidi denkt über Suvi und Rosa nach, Mutter und Tochter. Bei der Vernehmung hat die junge Frau die Angst nicht beschreiben können, die sie sicherlich empfunden hatte, als ihr klar wurde, dass Kasper sich den Kopf am Tisch angeschlagen hatte und tot war. Sie war nicht imstande gewesen, ihr Motiv zu benennen, hatte die Beamten nur angestarrt. Angst vor Zurückweisung? Davor, verlassen zu werden? Vergewaltigung? Heidi fielen viele mögliche Gründe ein, die die junge Frau gehabt haben könnte, aber die Wahrheit ist selten simpel. Jemanden umzubringen ist oft das Resultat einer ganzen Summe von Komponenten. Viele denken über Mord nach, aber erst das Überschreiten der Grenze lässt das Böse endgültig werden. Nichts deutet im Voraus darauf hin, wer wirklich dazu bereit ist.

Eine kurze brutale Szene, in der die junge Frau Kasper gewaltsam gegen den Glastisch schubste. Sie waren beim Nachglühen in Suvis Haus. Was ist vor dem Stoß passiert? In den Augen des Gesetzes spielt das keine Rolle. Entscheidend ist ausschließlich die Kette an Ereignissen, die darauf folgte. Kaspers betrunkenes Taumeln, das Aufschlagen seines Kopfes auf dem Glastisch und Suvis Entscheidung. Anstatt einen Krankenwagen zu rufen, hat sie Kaspers Leiden still beobachtet. Den Entschluss getroffen, ihn sterben zu lassen. Den Toten mit der Mutter aus dem Haus geschleift. Ein Loch gegraben. Die Leiche im Garten verbuddelt. Eine eiskalte, grausame Lösung. Heidi beobachtet, wie die Grabungsarbeiten langsam voranschreiten – eine ziemlich anstrengende und zeitintensive Angelegenheit.

Heidi muss an Johannes denken, den jungen Mann, der wiederum Teil der skurrilen Zeremonie geworden war, die diese kranke junge Frau veranstaltet hatte. Anders als bei Kasper war sein Tod geplant gewesen. Suvis Erzählung zufolge hatten Johannes und sie das Ganze sogar vereinbart. Zuerst waren sie mit dem Fahrrad in den Wald gefahren. Johannes hatte Suvi auf seinem Rad mitgenommen, und an einem passenden Ort hatten sie eine ganz normale Sommernacht verbracht und Dosenbier getrunken. Aber irgendwann war das Thema darauf gekommen, wie groß seine Liebe war. Wenn du mit mir anstößt, beweist du damit, dass du es ernst mit mir meinst. Trinken wir auf uns.

Suvi hatte nur unterschlagen, womit das Trinken verknüpft war. Unwissend würde Johannes ihr ein unwiederbringliches Opfer darbieten. Indem sie sich zuprosteten, waren sie für immer zusammen, und Johannes konnte sie niemals verlassen. Er würde sein irdisches Leben zurücklassen, bliebe aber an sie gebunden. Nach ihr käme niemand anderes mehr. Sie wollte ihn auf ewig in sich einschließen. Kasper hatte sie nur loswerden wollen, aber der stille Johannes hatte sie angebetet. Ihn wollte sie behalten.

Wo vorher das Blumenbeet mit dem Fingerhut war, liegen jetzt große Erdbrocken, aus denen Blumenstiele emporragen. Klumpen für Klumpen graben die Arbeiter immer tiefer, bis sie eine Stelle erreichen, an der schon einmal gegraben wurde. Schweigend sieht Heidi zu, wie sie die Schaufeln immer vorsichtiger ansetzen, bis sie schließlich zu Pinseln übergehen. Kurze Zeit später kommt das erste Stück eines weißen Knochens zum Vorschein. Suvi Heikkinens dunkelstes Geheimnis wird freigelegt.

Heidi geht zu ihrem Auto und drückt auf den Aufsperrknopf ihres Schlüssels. Sie selbst kehrt zurück in ihr Leben, aber die junge Frau wird für ziemlich lange Zeit eingesperrt werden. Auf Kajs Empfehlung hin wird ein psychiatrisches Gutachten erstellt werden, um ihre Schuldfähigkeit zu bestimmen. Es war schwer, in Suvi hineinzuschauen. Heidi weiß nicht, ob diese überhaupt begriffen hat, welche Konsequenzen ihre Taten haben.

Während Heidi davonfährt und Kaspers Fundort hinter sich lässt, wird ihr bewusst, dass sie vor lauter Entsetzen gar nicht klar denken kann. Jahr für Jahr graben sich neue Fälle in die Winkel ihrer Seele ein, werden neue Details in ihrem Unterbewusstsein gespeichert und geistern dort wahrscheinlich bis ans Ende ihres Lebens herum.

Mordserien lassen Heidi ihren Glauben an die Menschheit verlieren. In den kommenden Tagen wird sie sich große Mühe geben müssen, sich wieder aufzuladen, mit möglichst vielen guten Dingen. Es wird Winter werden, danach Frühling. Neue Fälle werden kommen. Sofort fallen ihr wieder die Dinge ein, die sie am meisten überrascht haben. Nachdem Suvi ihrer Mutter von Kasper berichtet hatte, hatte diese ihre Tochter wider Erwarten nicht bei der Polizei angezeigt, sondern beschlossen zu schweigen. Sie wollte für ihre Tochter sorgen, ungeachtet dessen, was diese getan hatte.

Als Suvi Jahre später erneut tötete, diesmal Johannes, befürchtete ihre Mutter das Schlimmste. Jeremias hat mit seinen Fragen die falschen Dinge an die Oberfläche gebracht, und zum komplett falschen Zeitpunkt. Dass Rosa für die Morde an Roy und Aila verantwortlich war, hat das ganze Ermittlerteam schockiert. Heidi lässt die Ereignisse der vergangenen Wochen noch ein letztes Mal Revue passieren und hofft, dass sie die Dinge dadurch endgültig hinter sich lassen kann.

Es liegt jetzt bei mir selbst, ob ich es schaffe, mich für eine Weile wieder auf die Seite der Lebenden zu begeben und mich mit guten Dingen zu befassen, denkt Heidi und steigt aus dem Auto. Sie atmet tief ein und wieder aus. Sicherheitshalber nimmt sie die Jacke vom Beifahrersitz mit. Sie lässt den Tod zurück, den Stress, nimmt sich vor, alles ganz einfach zu vergessen, und geht weiter.

Als sie in einiger Entfernung Laura sieht, hebt sie die Hand zu einem lockeren Gruß. Laura lächelt und kommt auf sie zu. Wie peinlich es doch ist zuzuschauen, wie die andere Person immer näher kommt, aber noch zu weit weg ist, um mit einem sprechen zu können. Laura ist es offensichtlich auch unangenehm, und sie macht beim Gehen eine spontane Tanzbewegung, um etwas zu tun zu haben. Heidi lacht und spürt ein Kribbeln im Bauch.

Auf einmal klingelt ihr Handy. »Julia ruft an«, steht auf dem Display.

»Etwas Wichtiges?« Laura bleibt vor Heidi stehen, den Blick auf das klingelnde Handy in deren Hand gerichtet. »Wir haben es nicht eilig. Geh ruhig ran.«

Heidi sieht erst das Handy, dann Laura an. Grüne Mütze, leuchtend grüne Augen.

»Nein, das ist nichts Wichtiges«, sagt sie und schaltet das Telefon ganz aus.

SUVI

Suvi blickt aus dem Fenster ihrer Zelle. Sie stößt die Luft aus, versucht, ihre Lunge zu leeren. Sie will, dass die verdorbene Luft aus ihr hinausströmt. Der Himmel wirkt sommerlich, weil durch das Fenster kein einziger Baum zu sehen ist. Sie weiß nicht, wie gelb die Blätter geworden sind. Bald werden sie herunterfallen. Suvi blickt einfach nur in den Himmel, rahmt ihn mit den Fingern ein und schließt die Augen, um die Illusion aufrechtzuerhalten. Sie stellt sich vor, wie die Sonne ihr Gesicht wärmt. Ferne Erinnerungen an die Sommertage ihrer Kindheit steigen in ihr auf. Wie es war, nach einem solch perfekten Tag im Bett zu liegen. Wie schön es war, so dazuliegen, sorglos, vom Spielen müde, glücklich. Sie erinnert sich daran, wie es sich anfühlt, wenn man so müde ist, dass die schweren Augenlider von selbst zufallen. Sie weiß noch, wie heiß Wangen und Arme werden, wenn sie den ganzen Tag der Sonne ausgesetzt sind. Die Haut riecht nach Schweiß, Wald, Erde, nach Sand vom Sportplatz, die Finger nach Flieder.

Das wohlige Gefühl verblasst langsam. Suvi erinnert sich, wie sie eines Morgens in die Küche ging, eine Schüssel aus dem Schrank nahm, Cornflakes hineinschüttete und danach Milch.

Ihre Mutter und ihr Vater unterhielten sich draußen im Garten. Suvi setzte sich auf einen der Barhocker und dachte darüber nach, zum Badestrand zu gehen. Aus dem Augenwinkel beobachtete sie durch das Fenster, wie ihr Vater aufstand und entschlossenen Schrittes zum Auto ging. Anfangs sah es so aus, als ob ihre Mutter nur in der Gartenschaukel saß und schaukelte. Aber als Suvi genauer hinsah, wurde ihr klar, dass ihre Mutter so heftig weinte, dass es sie schüttelte. Nach diesem Tag sah Suvi ihren Vater nie wieder.

»Wir zwei machen uns heute einen Mädelsabend«, sagte ihre Mutter an jenem Morgen und wischte sich die Tränen ab.

Aber am Abend musste sie dann doch zur Arbeit. Während Suvi allein zu Hause war, hörte sie, wie das kalte Haus ächzte und stöhnte. Es kam ihr vor, als wäre sie die einzige lebendige Person auf der ganzen Welt. Alle verlassen mich – das waren ihre Gedanken.

In ihrem Pyjama ging sie hinaus in den Garten, lief eine Weile herum, bis sie schließlich an ihrem Lieblingsplatz stehen blieb und den Fingerhut betrachtete.

»Vorsicht, Mädchen, der ist giftig!«, hörte sie im Kopf die Worte ihrer Großmutter. Suvi fixierte die gelben Blüten mit ihrem Blick immer intensiver. Sie hatte Lust, sie anzufassen. An ihnen zu riechen. Es war ihr unbegreiflich, wie etwas so Schönes so giftig sein konnte.

JEREMIAS

Jeremias öffnet die Tür, kickt seine Schuhe unter den Garderobenständer und geht ins Wohnzimmer. Mitten im Raum bleibt er stehen und lässt den Rucksack von seiner Schulter auf den Boden gleiten. Müde tritt er ans Fenster, greift nach der Glückskatze und dreht sie um, sodass sie nach innen schaut. Dann schreibt er den Anfangstext für den Dokumentarfilm.

Auf der Insel hält man sich gern versteckt, ist abgeschieden, unsichtbar und damit auf gewisse Art und Weise wirklich frei. In dieser Bucht schwimmen zahlreiche Leichen aus den letzten Jahrhunderten herum, die nie gefunden wurden. Ihre Seelen schweben über dem Wasser und flüstern den Wasservögeln zu. Dieses Jahr hat Roy die Insel verlassen. Ich will nicht, dass seine Spuren jemals verschwinden.

Jeremias sieht sich eine seiner Aufnahmen an, auf der Roy in der Stube sitzt und im vertrauten Schaukelstuhl vor- und zurückwippt.

»Der Mensch hat keine *Beziehung* zur Natur«, sagt er und blickt in die Kamera. »Er hat nicht die Wahl, ob er in einer

Beziehung zur Natur steht oder nicht. Wir sind ein Teil von ihr, nicht von ihr losgelöst.«

Je länger sich Jeremias die Szene ansieht, desto überzeugter ist er davon, dass genau diese Stelle, genau diese Worte diejenigen sein werden, mit denen der Film beginnen soll. Gute Reise, denkt er.

Anschließend schreibt er einen Insert-Text, den er als Widmung für Roy einblenden will.

Das Spiel des Windes ist verstummt.
Ringsum klingen die ewig stillen Wasser.
Aaro Hellaakoski

SAANA

Saana joggt am Koppelzaun der Villa Anneberg vorbei. Zwischen den Holzpfosten ist ein weißes Elektroband gespannt. Das schwarz-weiße Pony hinter dem Zaun beobachtet sie einen Moment lang und senkt den Kopf wieder, um weiterzugrasen. Saana lässt die schönen Villen hinter sich, läuft in den Wald, hinauf auf die Anhöhe mit dem gelben Holzhaus und dann nach rechts, weiter nach oben, bis sie die Spitze des Hügels erreicht. Heute kommt sie ungewöhnlich gut voran. Sie spürt, wie ihr die Bewegung Energie und ein wohliges Gefühl verleiht, das ein Kribbeln im ganzen Körper auslöst. Beim Joggen sind die Sinne besonders geschärft. Der Geruchssinn ist stärker, die Wahrnehmung feiner. Oben angekommen, bleibt Saana stehen, um durchzuatmen. Der Himmel ist schön. Sie versucht, ein Foto davon zu machen, obwohl sie weiß, dass es niemals die Stimmung dieses Augenblicks einfangen kann. Außerdem holt sie die Bilder, die sie von Häusern und Plätzen gemacht hat, selten noch einmal heraus. Normalerweise sieht sie sich nur die Fotos mit Menschen noch einmal an.

Auf einem Felsen steht ein Denkmal, eine einsame dreieckige Steinsäule. In den Stein ist ein Text eingraviert: *Hier, im alten*

Helsinki, hielt Gustav II. Adolf eine Versammlung mit den Ständevertretern Finnlands ab, nachdem unsere neue Ostgrenze gesichert wurde. Altstadt, Altstadtstromschnelle, Altstadtbucht. Das Stadtzentrum von Helsinki liegt schon sehr lange nicht mehr hier. Die Geschichte kommt nur noch in Ortsnamen zum Vorschein, und nur noch diese verlassene Steinsäule hier auf dem Felsen zeugt von Helsinkis Vergangenheit.

Saana fallen ihre eigenen Wurzeln ein. Sie muss an ihre Mutter denken, die sie allein großzog und nicht das Leben hatte, von dem sie vielleicht träumte. Und an ihren Vater, der am Anfang noch bei ihnen wohnte, sich aber schließlich in die Einsamkeit des hohen Nordens zurückzog. Tante Inkeri, die sich die ganze Zeit darum bemüht hat, ihre eigenen Regeln zu bestimmen und ihr Revier abzustecken, sich von zu engen Beziehungen fernzuhalten, um das Gefühl zu haben, selbst über ihr Leben zu bestimmen. Und nun sie selbst, die nach Rissen in ihrem eigentlich gut gelungenen Neuanfang sucht, um sich noch weiter zurückziehen zu können.

Und dann ist Jan aufgetaucht, der die Karten neu gemischt hat und anscheinend nicht vorhat, wieder zu gehen.

Saana lässt den Blick über die Landschaft schweifen, in der Baumwipfel und Dachfirste miteinander verschmelzen. Sie steigt neben der Säule auf den Felsen, in der Ferne schimmert das Meer, eingerahmt vom hellgelben Schilfgras. Das rote Haus von Kuusiluoto ist gerade noch so zu erkennen. Die Hochhäuser von Kalasatama und ein großer Kran. Die Villa Anneberg mit ihrem schönen Garten und den gelben Nebengebäuden. Im Hintergrund das Rauschen des Verkehrs. Auf einem Feld steht eine Reihe vertrockneter Sonnenblumen, wie Greise mit gesenkten Köpfen. Es wirkt, als würden sie das Ende des Sommers betrauern. Die Zeit des Wachstums geht zu Ende, aus Grün wird Braun. Alles beginnt zu welken, zu vertrocknen und zu verrotten, bis es schließlich wieder neu zum Leben erwacht. Man muss sich wohl damit abfinden, dass es nicht mehr Spätsommer, sondern schon früher Herbst ist. Es liegt am Wind. Es wirkt, als wäre er fordernder, als die sanfte Sommerbrise es war. Die Blätter, die sich im Wind wiegen, sind trockener als zuvor.

Saana entdeckt ein gelbes Birkenblatt, das in eine Pfütze gefallen ist. Ein schrecklicher Vorbote für den unumgänglichen Einzug des Herbstes. Sie geht die hölzerne Treppe hinunter, fort vom Hügel. Der Feldweg ist voller Birkensamen mit jeweils vier Kätzchen, die aussehen wie kleine unförmige Sterne. Ob sie sich tatsächlich trauen soll, Jan nah an sich heranzulassen? Sich zu öffnen und auch ihre schlechten Seiten zu zeigen? In der Hoffnung, dass er trotzdem alles an ihr akzeptiert? Das würde unweigerlich passieren, wenn sie ihre Beziehung weiterführen. Würde sie es aushalten, wenn er, nachdem er auch ihre schlechten Seiten gesehen hat, nicht gehen, sondern bei ihr bleiben würde?

Nachdem Jan seine anstrengenden Mordermittlungen abgeschlossen hat, ist er direkt zu ihr gekommen. Hat geklingelt, Saana stürmisch in seine Arme geschlossen und verkündet, er würde jetzt erst einmal nicht mehr gehen. Dann hat er ihr einen Vorschlag gemacht: Was, wenn sie zusammenziehen würden? Oder ob sie wenigstens seinen Wohnungsschlüssel und ein eigenes Regal für ihre Sachen annehmen würde, damit sie nicht dauernd alles hin- und hertragen müsse? Saana denkt über seine Frage und die Panik, die sie in ihr ausgelöst hat, nach. Die Frage nach dem Zusammenziehen kam viel zu plötzlich, und nun hat sie gemischte Gefühle. An manchen Tagen quillt ihr Herz über vor Liebe zu ihm, an anderen empfindet sie hauptsächlich Unsicherheit und Angst. Aber das macht das Leben aus – all diese wechselhaften Gefühle auszuhalten. Vielleicht muss ich einfach akzeptieren, dass ich mir nicht einmal über mich selbst im

Klaren bin, denkt Saana amüsiert. Wenn sie zusammenziehen würden, sähen sie sich öfter. Vielleicht zum ersten Mal in ihrem Leben beschließt sie, das Ganze nicht zu sehr zu analysieren. Als sie verschwitzt im Treppenhaus steht und ihre Wohnungstür öffnet, weiß sie bereits die richtige Lösung.

Am Abend findet in der Agentur eine Feier statt. Saana bemüht sich, ihr immer stärker werdendes Gefühl, nicht dazuzugehören, zu unterdrücken. Nominativ: die Interessengruppe, Genitiv: der Interessengruppe, Plural: die Interessengruppen, sagt sie sich innerlich vor und lächelt den vorbeikommenden Kollegen und Kunden zu. Sie grüßt jeden und ermuntert die Leute, sich noch mehr zu essen und zu trinken zu holen. Sie gibt sich die größte Mühe, bloß nicht zu zeigen, wie unwohl sie sich fühlt. Um Zeit totzuschlagen, geht sie mehrmals auf die Toilette, nimmt sich schließlich einen Sushi-Burrito vom Büfett und hofft, einen Moment lang ungestört zu bleiben. Während sie sich halb hinter einem großen Drachenbaum versteckt, Wein trinkt und den Burrito verschlingt, wird ihr klar, dass es sich hierbei um ihre erste und möglicherweise letzte Geschäftsfeier handelt. Hoffentlich ist es okay, wenn sie sich künftig nur auf ihre Arbeit beschränkt.

Plötzlich sieht sie Samuli. Er winkt und bahnt sich durch die Menschenmenge einen Weg zu ihr.

»Danke«, sagt er, und sie umarmen sich so fest, dass der Wein in ihrem Glas fast überschwappt. »Danke für alles.«

»Ist mit Jeremias jetzt alles in Ordnung?«, fragt Saana und freut sich, als Samuli nickt. Sie stehen zu zweit unter dem Drachenbaum und nippen an ihren Getränken.

»Wusstest du, dass heute die Herbsttagundnachtgleiche ist?«, fragt Saana. »Die Sonne wandert von der Nord- auf die Südhalbkugel. Vom Sommer kannst du dich verabschieden.«

Samuli lacht.

»Ist mir egal. Ich bin einfach glücklich, dass ich mich nicht von meinem kleinen Bruder verabschieden musste.«

»Kannst du das mal kurz halten?«, fragt Saana und reicht ihm ihr Weinglas. »Ich habe etwas für Venla.«

Sie kramt ein violettes Pony aus ihrer Tasche und gibt es ihm. »Das habe ich gefunden, als ich meine alten Sachen durchgegangen bin. Das hat einmal mir gehört. Als ich so alt war wie Venla, habe ich es total geliebt«, sagt sie lächelnd.

Samuli nimmt das Pony entgegen. Saana blickt in seine freundlichen Augen, wünscht ihm innerlich alles Gute. Neben dem Pony hat sie auch alte Fotos aus der Zeit gefunden, in der ihre Mutter noch am Leben war. Saana denkt eine Weile über sie und den Teil der Vergangenheit nach, den sie einfach auf dem Dachboden vergraben hat, wo er nun auf den passenden Moment wartet. Über die Fragen, auf die sie zu Lebzeiten ihrer Mutter keine Antworten bekommen hat. Schon seit über zehn Jahren wartet sie darauf, dass die Trauer verblasst und nur noch Sehnsucht und Neugier ihren Platz einnehmen. Darauf, dass sie wieder Kraft hat. Vielleicht ist dieser Zeitpunkt jetzt gekommen. Aber zuallererst muss sie noch eine letzte Folge für den Podcast aufnehmen.

Ich gehe über den wurzligen Weg, der zum Anfang des Bretterpfades führt. »Der Schoß der Natur erwartet dich«, steht auf einem Schild. Zwischen den Bäumen schimmert das Meer. Saftig grün und erhaben thront Lammassaari inmitten des Schilfgrases. Die umliegende Landschaft hat sich im Laufe der Jahrzehnte gewandelt, aber die Insel verharrt beständig und stolz an Ort und Stelle. Sie kümmert sich nicht darum, dass der Wind in den Ästen peitscht, zwischen den Wandbohlen der Sommerhäuser hindurchpfeift, Blätter und Reisig aufwirbelt, durchs Riedgras raschelt.

Irgendwo klopft ein Specht gegen einen hohlen Baum, und das Meer trägt die Geräusche der Sprengungsarbeiten von den weit entfernten Baustellen in Kalasatama herüber. Zu meiner Linken liegen Sommerhäuser, vor mir moosbedeckte Felsen. Ganz in der Nähe krächzt eine Krähe. Rötliche Wolken gleiten über den sanften Abendhimmel. Es ist schön, noch einmal hier spazieren zu gehen, ohne Sorgen.

Die samtenen Quasten der Schilfgräser wiegen hin und her. Wenn man nur ein einzelnes Schilfgras betrachtet, sieht man nichts als die bloße Ähre, aber wenn man auf den Vogelbeobachtungsturm steigt und hinunterblickt, sieht man das ganze Röhricht wie ein wogendes goldenes Meer, so weit das Auge reicht. Und über allem fliegen die Vögel, so unbeschwert, so entschlossen. Sie nehmen den Wind unter ihre Flügel, und mit sicheren Bewegungen steuern sie ihren Flug, sinken hinunter ins Schilf oder ziehen weiter oben ihre Kreise. Bald ist alles bereit für den Vogelzug. Einer nach dem anderen findet seinen Platz im Schwarm, wird zu einem Teil der Formation. Gemeinsam sind sie mehr als jemals zuvor. Der Schwarm sorgt füreinander und steigt als mächtige dunkle Schar in den Himmel auf. Verabschiedet sich von den Feldern, vom Wasser ringsum, vom Himmel über genau diesem Fleckchen Erde und von Finnland, nur um im Frühjahr wieder hierher zurückzukehren, ins nordische Vogelparadies.

NACHWORT DER AUTORIN

Dieses Buch gäbe es ohne die lieben Menschen um mich herum nicht. Ein ganz besonderer Dank geht an Oliver. Jemand hat einmal gesagt, die Arbeit einer Autorin sei einsam. Zu meiner Freude durfte ich stattdessen mit vielen wunderbaren Profis zusammenarbeiten. Ich danke dem Otava-Verlag für alles. Danke, Reetta Sirén & Antti Kasper. Danke, Silka Raatikainen, Jojo Uimonen, Jenni Heiti. Elina Ahlbäck und Elina Ahlback Literary Agency, es ist eine Ehre, mit euch zusammenzuarbeiten.

Es gibt noch eine besondere Gruppe an Menschen, die mit ihrem hochinteressanten Wissen und ihrer grandiosen Unterstützung einen Platz in meinem Herzen haben:

Tiia Tuovinen, Elisa Konttinen, Piia Peltonen, Jenni Kanerva, Paula Niska, Karolina Huuhtanen, Jyri Malinen, Eero Haapanen, Venla Anttila, James Ennoila, Merja Olenius, Marjo Liikonen, Joel Pyykkönen, Joonas Jansson, Nirananda Lanki, Antti Rastivo, Hanna Sakara, Pasi Koste, Sami Tenkanen, Tapu Haro, Emilia Liinpää, Heidi Holmavuo, Riitta Backman, Ulla Karjala, Heini Karjala, Erja Kari, Papa, Mama und noch viele mehr. So viele Menschen, dass mir das Herz übergeht!

Ein besonderer Dank auch an alle, die mir Leserbriefe zu meinem Erstlingswerk geschickt haben! <3 Jede einzelne Nachricht, die ich erhalten habe, hat mir unglaublich viel bedeutet.

Die Helsinkier Insel Lammassaari mit ihrer Umgebung ist einer meiner liebsten Orte auf der ganzen Welt. Zum ersten Mal war ich bei einer Fahrradtour mit meinem Vater dort, als ich noch ganz klein war. Und jetzt besuche ich sie mit meiner eigenen Familie. Es ist unmöglich, die Insel so zu beschreiben, dass man ihr gerecht wird. Ich lege Ihnen also wärmstens an Herz, den Ort zu besuchen, an dem das Schilfgras rauscht. Nehmen Sie guten Proviant mit, und betreten Sie mutig den Bretterpfad. Dann kommen Sie in den Genuss eines Naturschauspiels, das jedes Mal ein anderes ist.

Elina Backman

@elinabackman_crime
elinabackman.com